KARL MARTELL

Thomas R. P. Mielke, 1940 als Sohn eines Brasilienpastors in Detmold geboren, lebt in Berlin. Nach einer Ausbildung zum Fluglotsen und dem Besuch der Werbeakademie Hamburg arbeitete er drei Jahrzehnte als Kreativdirektor in internationalen Werbeagenturen. Neben historischen Bestsellern wie »Gilgamesch«, »Inanna«, »Attila« und »Karl der Große« schrieb er weitere historische Romane und Romanbiographien. Hierzu gehören »Attila«, »Die Avignon-Trilogie« oder »Die Varus-Legende«. Seine Bücher erreichen sechsstellige Auflagen und wurden in mehrere Sprachen übersetzt. Im Emons Verlag erschien »COLONIA – Roman einer Stadt«.

Thomas R. P. Mielke

KARL MARTELL

Roman eines »Königs«

Überarbeitete Neuausgabe

emons:

Bibliografische Information der Deutschen Nationalbibliothek
Die Deutsche Nationalbibliothek verzeichnet diese Publikation
in der Deutschen Nationalbibliografie; detaillierte bibliografische
Daten sind im Internet über http://dnb.d-nb.de abrufbar.

© Emons Verlag GmbH
Alle Rechte vorbehalten
Umschlagmotiv: akg-images / Erich Lessing
Umschlaggestaltung: Tobias Doetsch
Druck und Weiterverarbeitung: CPI – Clausen & Bosse, Leck
Printed in Germany 2014
Erstausgabe 2011
ISBN 978-3-89705-872-9

Unser Newsletter informiert Sie
regelmäßig über Neues von emons:
Kostenlos bestellen unter
www.emons-verlag.de

Inhalt

1

Von Kerker zu Kerker

»Karl? Hörst du mich? Ich bin's, Graf Rotbert ...«

Seit Monaten blickte der Gefangene nur finster und grimmig. Nun zog er die Brauen zusammen, schob seine vollen Lippen vor und spuckte auf den feucht glänzenden Steinboden unter der winzigen Flamme des Kienspans an der Mauer.

»Nein!«, knurrte er und schüttelte so wild den Kopf, dass seine blonde, strähnig gewordene Mähne nach allen Seiten flog. Wie die meisten Franken trug er Bart und Haare ebenso lang wie ihre Könige aus dem Geschlecht der Merowinger.

So leicht ließ er sich nicht mehr in eine Falle locken! Nicht von Plektrud, diesem verhassten Weib, das nicht nur seine Stiefmutter, sondern jetzt auch noch die alleinige Regentin über das östliche Frankenreich zwischen Main und Maas war. Nicht von ihren schleimenden Vasallen, die ihn gleich nach dem Tod seines Vaters vor nun schon fast neun Monaten brutal ergriffen, verschleppt und in die Kerker von Aquis grana gesperrt hatten. Und erst recht nicht von jenen, mit denen er Seite an Seite und Schulter an Schulter gekämpft hatte: gegen Friesen und Sachsen, Baiern und Alamannen und gegen ihre verfeindeten Stammesbrüder im westlichen Teil der Francia.

»Verschwinde!«, stieß er wütend hervor. Er ballte die Hände zu Fäusten, als wollte er gegen die Bohlentür schlagen. Auch das hatte er in den ersten Wochen und Monaten getan. Er hatte getobt und geschrien, seinen gesamten Besitz und sein Erbteil für seine Freiheit geboten. Er hatte alles zertrümmert, was er erreichen konnte, und auch jene verflucht, die sich mit Kreuz und Bibel bis zu ihm vorgewagt hatten. Inzwischen öffnete niemand mehr die kleine Türluke. Brot und Wasser erhielt er nur noch durch einen schmalen Schacht in der Decke, der kaum groß genug war, um den Gestank abziehen zu lassen – auch dann nicht, wenn sie ihm in unregelmäßigen Abständen einen Schwall Schwefelwasser aus den zerfallenen römischen Thermen schickten, um das Verlies durchzuspülen.

Wieder schlug es von außen gegen die schwere, mit rostigen Eisen beschlagene Bohlentür. Karl glaubte nicht, dass es tatsächlich Rotbert war. Und selbst wenn … was konnte er wollen?

In all den Monaten hatte Karl keine Anklage gehört und keinen Richter gesehen!

Beides war überflüssig, denn alle wussten, warum er nach dem Tod seines Vaters und der Mönchs-Grablege auf dem Chevremons so schnell verschwunden war. Offiziell war seine Mutter Alphaid der Grund – die Zweitfrau, die der fränkische Majordomus Pippin von Heristal mehr geliebt hatte als seine Hauptfrau Plektrud. In Wahrheit aber fürchtete die Witwe des mächtigsten Mannes der Franken ihren Stiefsohn, der vor fünfundzwanzig Jahren vom Bischof von Reims voller Bewunderung »Kerrl« genannt worden war. Aus dem Erstaunen war sein Taufname geworden. Inzwischen hatte er ebenfalls geheiratet und drei eigene Kinder: den neunjährigen Karlmann, die sechsjährige Hiltrud und einen elf Monate alten Knaben, von dem er nicht einmal wusste, ob er schon getauft war und einen Namen erhalten hatte. Vielleicht hatte er deshalb an seine eigene Taufe denken müssen …

Rotbert, der in den letzten Jahren so oft neben ihm geritten war, schlug erneut gegen die Kerkertür. Ganz langsam, mit einem krächzenden Geräusch öffnete sich die winzige Klappe in der Bohlentür. Karl konnte das Licht einer Fackel auf der anderen Seite erkennen, aber nicht einmal den Schatten des früheren Freundes.

»Was willst du, Rotbert?«, fragte Karl. »Hol mich hier raus oder lass mich in Ruhe!«

»Sei still und komm näher! Ich habe eine Nachricht für dich.«

Rotbert war immer ein guter und zuverlässiger Freund gewesen – so lange jedenfalls, bis sich fast alle, die im Gefolge des verstorbenen Majordomus geritten waren, auf Plektruds Seite geschlagen hatten.

Die mächtige Matrone in Colonia mit ihrer reichen, bis hin zur Mosel begüterten Verwandtschaft hatte sämtliche Trümpfe in ihrer Hand. Und einer davon war ihr unmündiger Enkel Theudoald, den sie gegen Recht und Gesetz zum Majordomus über das östliche Franken, von Friesland bis Metz und von Reims bis zum Main, erhoben hatte.

Karl näherte sich der Bohlentür. »Was willst du?«, fragte er noch einmal. »Und warum meldet sich einer von euch erst nach so vielen Monaten?«

»Es ging nicht anders«, antwortete der langjährige Getreue. Rotbert sah kränklich und so blass aus, als hätte er die Monate in feuchter Dunkelheit verbracht. Dabei besaß er einträgliche Ländereien und die Gerichtsbarkeit im Gebiet um Maastricht und im Haspengau. Dagegen konnte Karl von seinem geerbten Pflichtteil in der Nähe von Echternach und ein paar Rechten in verstreuten Walddörfern kein Gefolge, geschweige denn bewaffnete Reiter unterhalten.

»Hör mir jetzt zu, Karl!«, stieß Rotbert ungeduldig hervor. »Nur wenn du mitspielst, siehst du die Freiheit wieder.«

»Was soll das? Was habt ihr vor?«

»Du hast einen Gönner gewonnen, mindestens ebenso mächtig wie deine Stiefmutter …«

»Wer soll das sein?«, fragte Karl. »Etwa mein Taufpate, Bischof Rigobert von Reims?«

»Ach, der hält eigennützig zu Paris und den Neustriern.«

Karl schnaubte nur. Monatelang hatte sich niemand um ihn gekümmert, und nun kam Rotbert mit seltsamen Andeutungen.

»Was verlangst du von mir?«

»Du wirst morgen früh von Aquis grana nach Colonia gebracht. Plektrud befürchtet, dass entweder die Neustrier oder die Männer, die immer noch auf deinen Vater schwören, dich zu einem der Ihren machen.«

»Auf den Gedanken hätten sie bereits vor neun Monaten kommen können«, stellte Karl zornig fest.

»Weißt du denn nicht, was inzwischen passiert ist?«

»Ich weiß nur, dass ich ausgestoßen und enterbt bin.«

»Vergiss das jetzt, Karl! Nur dann kann ich dich morgen nach Colonia bringen lassen.«

»Und wozu?«, fragte Karl. »Kerker sind überall gleich.«

»Der Trupp, der dich zum Rhein bringt, wird von Alberich angeführt. Du kennst ihn ja.«

»Und ob ich diesen Erstgeborenen von Adela kenne!«, knurrte Karl abfällig. »Der ach so frommen Schwester meiner Stiefmutter! Ich dachte viel zu lange, dass Alberich und ich Gefährten sind.«

»Wir können Alberich wieder für uns gewinnen. Aber nur dann, wenn du ihm keine Schwierigkeiten machst. Wir wollen daher, dass du für eine Weile deinen Zorn und deine Wut bezwingst.«

»Was steckt dahinter? Was habt ihr mit mir vor?«

»Zunächst ein Schauspiel«, antwortete der Graf. »Das ist schon mehr, als ich dir sagen dürfte. Ich muss los. Die Wärter kommen ... aber kein Wort zu ihnen!«

Der klare Augusttag hatte schon heiß begonnen. Er wurde unerträglich. Karl stöhnte leise, während sein Pferd wie zur Antwort schnaubte. Er spürte seine Hände kaum noch. Sie waren nur lose an den Sattel gefesselt, aber die Hitze, der Schweiß und die Bewegungen des Ritts kamen ihm längst wie eine Sklavenfolterung vor. Er ritt inmitten von einem Dutzend junger Männer. Sie gaben sich laut und mutig, obwohl sie die ganze Zeit einen gebührenden Abstand hielten.

Ohne große Erklärung hatten sie ihn abgeholt und waren zwischen den dicht bewaldeten Hügeln nach Osten geritten. Sie waren jung, gut bewaffnet und ritten auf Kaltblütern, die leichter aussahen als die Tiere jenseits des Rheins bei den Sachsen.

Nur langsam kamen sie voran, mieden die Reste der weiter nördlich gelegenen Römerstraßen und blieben im Halbdunkel unter dem Dach der hohen Wipfel von Buchen und Eichen. Gegen Mittag erreichten sie Wasserläufe, aus denen bereits die Römer frisches Wasser für ihre Grenzsiedlungen am Rhein gewonnen hatten – auch dann noch, als sie bereits die große Frischwasserleitung vom Nordrand der Ardennen bis nach Colonia gebaut hatten.

Karl sah, wie ein tief hängender Eichenzweig auf ihn zukam. Er wollte sich ducken, kam aber nicht tief genug. Das harte Laub peitschte über sein Gesicht, färbte es rot.

Sie hatten ihn am Morgen kurz in ein Thermebecken mit heißem, schweflig stinkendem Wasser eintauchen lassen und ihm dann neue Kleidung gegeben: ein ärmelloses, mit Kastaniensaft gefärbtes Hemd, lange Leinenhosen, einen Ledergürtel mit leeren Schlaufen an den Knoten, grünliche Wadenbinden und flache Lederschuhe. Seine eigenen Kleidungsstücke und das Schwert, das er bei seiner Festnahme getragen hatte, blieben verschwunden.

Plektruds Vasallen waren am Abend vor Weihnachten im Landgut Heristal an der Maas aufgetaucht – drei Wochen nach dem Tod seines Vaters. Seine Kinder schliefen bereits, als er friedlich mit seiner starken, bescheidenen Gemahlin Chrotrud zusammensaß. Kurz zuvor hatte sie einen Strauß aus Mistelzweigen für den heiligsten Tag des Jahres an das Holzkreuz der Wohnhalle gehängt. Jetzt war sie dabei, mit einem schmalen, armlangen Holzbrettchen die sieben Wollfäden für einen bunten Weihnachtsgürtel zu weben. Sie lächelte ihm zu und sang dabei leise das Lied von den mordwilligen Königinnen der Merowinger.

Karl fühlte sich warm und wohlig in ihrer Nähe. Er hatte sich gerade eine Damaszenerklinge mit ihrem eigenartigen Muster im Eisen aus einer gepolsterten Holztruhe am Rand der Wohnhalle genommen, als es geschah ...

Sie hatten das schwere Haupttor aufgestoßen, waren an ihm vorbei bis zu Chrotrud gepoltert, hatten nach allen Seiten mit Äxten und Spathae gewütet und waren über ihn hergefallen, noch ehe er auch nur einmal die Damaszenerklinge im Feuerschein heben konnte. Bevor es dunkel um ihn geworden war, hatte er gewusst, wer hinter dem Überfall steckte ...

Plektrud war gleich nach der Beerdigung ihres Gemahls Pippin II. auf dem Chèvremont östlich von Jupille nach Colonia weitergezogen. Dort, in der Hauptstadt des östlichen Frankenreiches, wollte sie weiterregieren, obwohl kein Gesetz – weder ein merowingisches noch eines der salischen oder ripuarischen Franken – der Witwe eines verstorbenen Majordomus das Recht dazu gab. Nach wie vor gehörte die Krone den Königen aus der Familie der Merowinger.

Bereits damals hatten sich die Stämme der Franken in zwei große Gruppen gespalten, die sich auf den Katalaunischen Feldern an der Marne im Kampf Römer gegen Hunnen feindlich gegenüberstanden hatten. Die vom Rhein stammenden Franken hatten zusammen mit Attila gekämpft und dabei ihr Anrecht auf den fränkischen Thron verloren. Ein anderer Stamm aber, der auf der Seite des untergehenden Römischen Reiches gestritten hatte, war zum Stammvater und Ahnherrn der Merowinger geworden.

Und doch hatte sich das Blatt schon bald erneut gewendet. Als die Merowinger sich selbst zerfleischten und Hilfe bei neuen Anführern suchten, waren es die Hausmeier aus der Familie der Pippine gewesen, die zunächst als Erzieher der Königskinder und Hausverwalter der Königinnen und dann als die eigentlichen Herrscher die Macht übernommen hatten.

Pippin der Ältere hatte zusammen mit Bischof Arnulf von Metz und zehn anderen Schiedsmännern des Adels Chlothar II. in das Königreich Austrasien geholt. Bereits sein Sohn Grimoald machte den großen Fehler, zu früh nach der ganzen Macht in der Francia zu greifen. Er ließ seinen Sohn von einem Merowinger adoptieren und unter dem Namen Childebert ein Jahr lang König sein. Der Versuch, der einem Staatsstreich gegen die herrschende Dynastie gleichkam, war furchtbar ausgegangen. Doch auch der zweite Anlauf endete anders als vorgesehen.

Karl dachte daran, warum sein Vater die mächtigste und reichste aller Frauen geheiratet hatte. Alles schien bestens geregelt. Doch dann starb sein erster Sohn Drogo als Herzog der Champagne. Sein zweiter Sohn Grimoald war noch Majordomus geworden, aber er starb wenige Monate vor seinem Vater. Übrig blieben nur zwei Männer, die den Makel trugen, keine Nachkommen der reichen und stolzen Plektrud zu sein: Der eine war der oft wankelmütige Hitzkopf Hildebrand, von Pippin mit einer burgundischen Konkubine gezeugt. Der andere war er selbst – aus Pippins Zweitehe, die nach fränkischem Recht anerkannt war, doch in den Augen von Plektrud nichts galt.

Der Trupp verließ den Wald und ritt in das weite, flache Land. Sie blieben weit von der Römerstraße entfernt und überquerten eine Weile später den kleinen Fluss Erft.

Karl sah auf den schon abgeernteten Feldern zwischen Waldstücken nur hin und wieder ein paar Hörige mit ihren Familien. Sie klaubten die Reste der Ähren auf, die bei der ersten Mahd zu Boden gefallen waren. Die Reiter wagten sich jetzt dichter an ihn heran – ganz so, als fürchteten sie, dass Karl kurz vor der Stadt noch einen Fluchtversuch wagen könnte.

Die Mittagsstunde war bereits vergangen, als Alberich dicht neben Karl ritt und ihm einen Wasserbeutel reichte. Karl trank und bedankte sich.

»Ich weiß nicht, ob du dich wohl bei dem fühlst, was du hier mit mir machst«, sagte er eher sachlich als vorwurfsvoll. »Ich weiß, dass es nicht genug Gold oder Silber gibt, um damit den Stolz und die Ehre eines Mannes wie dir zu kaufen. Doch gerade deshalb möchte ich wissen, warum du zum Erfüllungsgehilfen deiner Tante geworden bist.«

»Ich wusste, dass du das fragen würdest«, antwortete Alberich und legte seine Hand auf den Griff seines Kurzschwertes. »Aber ich kann und will dir nicht darauf antworten!«

Karl wunderte sich, wie leer und verlassen die ganze Gegend auch noch kurz vor den Stadtmauern Colonias wirkte. Die einstmals mächtige, von vielen Tausend Einwohnern besiedelte Stadt hatte fast alle Hinweise auf ihre frühere Größe verloren. Die Franken waren eigentlich nur späte Gäste in der ehemaligen *Colonia Claudia Ara Agrippinensium*. Ebenso wie in der früheren Kaiserstadt Trier lebten in Colonia nur noch ein paar Tausend Menschen. Doch nutzten auch sie die alten Regierungs- und Verwaltungsgebäude.

Die Pferde der kleinen Gruppe mit dem Gefangenen in ihrer Mitte folgten für eine Weile der alten Römerstraße, die in einem großen Stadttor in den *Decumanus Maximus* überging. Colonia war nicht anders gebaut als Dutzende von ähnlichen Städten überall im früheren Imperium Romanum. Wie alle Franken empfand Karl auch jetzt noch eine heimliche Scheu vor dem künstlichen Gebirge aus behauenen Steinen. Mit klappernden Hufen ritten sie durch die breite Ostweststraße, die von Hausfront zu Hausfront gut zweiunddreißig Schritt maß. Überall waren Mauern eingestürzt und Steinquader herausgebrochen worden. Dort, wo einst Klammern aus Eisen und Kupfer Stein und Gebälk zusammengehalten hatten, waren jetzt nur noch dunkle Löcher zu sehen, aus denen Rostnasen sickerten. Die meisten Flächen waren von Buschwerk und Birken, dem Unkraut des Waldes, überwuchert. Es gab schon lange niemanden mehr, der sich um die Pflege der Straßenplatten, der Dächer und der Kanalisation kümmerte.

Sie ritten über den ehemaligen Forumsplatz, ließen die Ruinen der früheren Thermen an der Südseite des Platzes hinter sich und ritten auf das *praetorium* zu.

Irgendwie erinnerte Karl das zweistöckige Gebäude mit dem immer wieder nur notdürftig geflickten Ziegeldach an ein flaches Kirchenschiff ohne Turm. Bereits als Halbwüchsiger hatte er zusammen mit seinen Spielkameraden in großen Schritten die langen Fronten der Gebäude ausgemessen. Die *regia* oder »der Palast«, wie sie damals gesagt hatten, maß an der Rheinseite über neunzig Schritte – und das bereits ohne die Hofräume und Gemächer an den Seiten. Das große Oktogon in der Mitte des Gebäudes war sein Empfangssaal und gleichzeitig Ausstellungsraum für den Königsschatz gewesen. Obwohl Karl fast alle Räume des *praetoriums* kannte, empfand er es plötzlich als hart und abweisend in seiner römischen Symmetrie und Ebenmäßigkeit.

Zum ersten Mal nach langem Schweigen führte Alberich sein Pferd neben Karl:»Wir melden uns hier nur zurück, ehe wir dich zu deinem neuen Kerker unter der Kirche St. Maria im Kapitol bringen.«

»Warum das?«, fragte Karl spöttisch.»Hat dieses hasserfüllte Weib Plektrud hier keine Räume mit festen Türen und ausreichend Bewaffneten?«

»Plektrud zieht ein Dutzend guter Männer den vielen vor, die hier nur saufen und herumlungern.«

Im selben Augenblick erkannte Karl, was Alberich meinte. Wie auf ein geheimes Kommando hin tauchten von allen Seiten Männer in Waffen auf. Es war, als hätten sie sich nur deshalb hinter Mauern und Fensteröffnungen, Torbögen und Arkadenpfeilern zurückgezogen, um die kleine Gruppe mit dem ältesten noch lebenden Sohn Pippins passieren zu lassen.

Handwerker, Flussleute und Händler drängten sich vor, um den Einzug des lange verschollenen Gefangenen zu sehen. Einige winkten ihm verstohlen zu, ehe sie wieder im Schatten der Häuser verschwanden. Die meisten aber starrten ihn nur an und verfolgten mit ihren Blicken die bewaffnete Eskorte, die Karl bis vor den Haupteingang des *praetoriums* geleitete.

Zehn, zwanzig Adlige aus Plektruds Hofstaat kamen zwischen den Säulen des dreifachen Haupteingangs hervor und bildeten ein Spalier. Karl richtete sich so hoch auf, wie es seine an den Sattel gefesselten Hände zuließen. Er nahm die Schultern zurück, schüttelte den Kopf, um seine blonden Haare fliegen zu lassen, und zeigte seine Zähne. Nach all der Kälte und Dunkelheit im Verlies von Aquis grana brannte seine Haut, und er war sicher, dass er nicht krank und blass, sondern so stark und hitzig aussah, wie es sein Stolz und sein Ruf erforderten.

»He, Plektrud!«, rief er, so laut er konnte.»Hier kommt der Kerrl ... Karl, Pippins Sohn, vor dem du dich mehr fürchtest als vor dem Leibhaftigen!«

Nur zwei Stunden später, als die letzten Strahlen der untergehenden Sonne die östliche Rheinseite in warmes Rot tauchten, begriff Karl, dass er umdenken musste.

Noch als seine Hände vom Sattel gelöst wurden, hätte er schwören können, dass nichts auf der Welt seinen Zorn auf Plektrud bändigen konnte.

Doch dann war seine Frau Chrotrud vor den Säulen des *praetoriums* erschienen, den neunjährigen Karlmann und die sechsjährige Hiltrud an ihrer Seite. In ihren Armen hatte sie den jüngsten Sohn getragen. Sie waren bis an sein Pferd herangekommen, dann hatte Chrotrud den Kleinen zu ihm hochgehalten. »Er heißt Pippin III. – nach deinem Vater und Großvater. Erzbischof Willibrord von Utrecht hat ihn zu Ostern auf diesen Namen getauft.«

Nun saßen sie auf dem ehemaligen römischen Kapitolshügel. Er fiel zum Rhein hin ab und war noch immer mit einer breiten Freitreppe verziert. Hier, im Südosten der Stadt, wo die südliche Stadtmauer in die Flussbollwerke überging, hatten bereits die früheren Herrscher der ripuarischen Franken ihren Wohnsitz gehabt und dafür den Tempel der Trias aus den Göttern Jupiter, Juno und Minerva zu ihrer eigenen Pfalz umgebaut.

Mit allem anderen hatte er gerechnet – aber nicht damit, dass die verhasste Stiefmutter ihn zusammen mit ihren engsten Beratern zu einem Abendessen auf die Terrasse des Kapitols laden würde ...

Im Lärm des Festmahls unter freiem Himmel kamen die Bilder der Erinnerung vollkommen ungeordnet über Karl. Ihm war, als würde alles, was er je gesehen oder auch gehört hatte, wie Reihen von Bewaffneten an ihm vorüber zu einer Märzversammlung ziehen.

Er blickte über den Rhein hinweg und erkannte die Reste der Brücke, die Kaiser Konstantin, der Schöpfer Konstantinopels, vor vierhundert Jahren selbst eingeweiht hatte. Der Mundschenk Plektruds ließ neuen Wein in seinen kostbaren Römerkelch eingießen. Karl dankte mit einer schweren Handbewegung. Dabei blickte er auf das breite Band des Flusses und auf die fest im Hafen vertäuten Schiffe friesischer Händler.

Karl schloss für einen Moment die Augen. Er spürte das Glühen des ungewohnten Weines und die Hitze des langsam vergehenden Augusttages in allen Fasern seines Leibes. Seine Haut brannte, und sein Bauch war voll vom ungewohnt schweren Braten. Auf seinen Lippen schmeckte er noch immer die in Wacholderbutter gebackenen Krammetsvögel mit ihren von Federn und Krallen befreiten und über Kreuz durch die Augenhöhlen gesteckten Füßen. Er hörte die Stimmen um sich herum, erkannte die helleren seiner eigenen Kinder, die seiner Stiefmutter, seiner vier Stiefneffen und den weithin dröhnenden Bass von Rigobert, dem Bischof von Reims.

»Ich sage euch noch einmal: Ihr müsst den Neustriern ein Angebot machen«, forderte Rigobert wie von der Kanzel herab. »Sie wollen einfach nicht wahrhaben, dass hier im Ostteil des Reiches erstmals eine hochedle Frouwe regiert, wenn auch im Namen eines erst siebenjährigen Majordomus.«

Karl fuhr zusammen. Im ersten Augenblick glaubte er, nicht recht gehört zu haben. Dann lachte er kurz. Es klang wie der Beuteaufschrei eines Falken. Sie hatte es getan! Sie hatte es tatsächlich getan!

Schon als die schwere Krankheit seinen Vater anfiel, hatte Karl von Plektruds weitreichenden Plänen gehört. Man munkelte, dass nicht die Söhne seines kurz zuvor verstorbenen Stiefbruders Drogo die Nachfolge antreten sollten, sondern ihr Enkel – der uneheliche Grimoaldsohn Theudoald.

Wie konnte sie einen siebenjährigen Bastard zum Majordomus ernennen? Karl stöhnte unwillkürlich. War er selbst nicht weitaus näher an der Erbfolge?

Karl öffnete die Augen und blinzelte zu Chrotrud hinüber. Auch ohne Worte wussten sie, dass sie sich aufeinander verlassen konnten. Und plötzlich freute Karl sich darüber, dass es sie gab. Chrotrud war eine einfache, aber sehr schöne junge Frau aus einer kleinen Siedlung zwischen Lüttich und Maastricht. Er liebte ihr schweres weizenblondes Haar und auch den kräftigen Körperbau, den es im Grenzland von Toxandrien, zwischen den Friesen und Franken, häufiger gab.

Ihre Familie war mit der seiner eigenen Mutter Alphaid seit Generationen befreundet. Sie waren erdverbundene, zuverlässige Nachbarn und eher bäuerlich als kriegerisch.

Ihr Jüngster und die sechsjährige Hiltrud nahmen nicht am Abendessen teil. Nur Karlmann mit seinen neun Jahren hatte dabei sein dürfen – ebenso wie Theudoald.

Mit seinen halblangen rotblonden Wuschelhaaren sah Karlmann bereits aufmerksam und verständig aus. Er verfolgte die Gespräche der Erwachsenen mit hellen blauen Augen, die er von seinem Vater geerbt hatte. Theudoald hingegen, dessen ebenfalls blonde Haare so lang und glatt wie möglich bis zu den Schultern gekämmt waren, rekelte sich gelangweilt in seinem Prunksessel. Er schien nicht einmal zu ahnen, welche Bedeutung die ihm übertragenen Ämter und Titel besaßen. Trotzdem bewachte ihn die Witwe seines Großvaters wie einen lebenden Kronschatz. Sie stand bereits in der Mitte der Sechziger, doch ihrer herben Strenge entgingen kein Wort und keine Bewegung des Jungen.

Karl überlegte, ob er Plektrud eher mit Juno oder Minerva vergleichen sollte. Ihr Gesicht wirkte so unnahbar, als sei es ebenfalls aus Stein gehauen. Karlmann stand auf und kam auf Karl zu. Chrotrud wollte ihn zurückhalten, doch Karlmann duckte sich und entschlüpfte ihrem Griff. Karl sah, wie Plektrud sich unwillkürlich aufrichtete. Wachsam wie das Weibchen des Adlers ließ sie ihren Blick von einem zum anderen zucken, während ihre Lippen schmaler und die schrägen Kerben an den Mundwinkeln tiefer wurden. Karl sah, wie ihre Nasenflügel bebten.

Er wehrte sich dagegen, dass sich die Müdigkeit wie eine durchnässte, immer schwerere Pferdedecke über ihn legte. Alles blieb dunkel und undurchsichtig. Ihm fehlten die Monate, die er, von jeder Nachricht abgeschnitten, im stinkenden Kerker von Aquis grana verbracht hatte. Nur eins war ihm klar: Er durfte auf keinen Fall gegen den Rat von Graf Rotbert verstoßen, aufspringen und alles zerschlagen.

Schon dadurch, dass Plektrud seine Frau und seine Kinder nach Colonia geholt hatte, war er viel besser und geschickt er gefesselt als durch Eisen und Ketten. Er musste sich einfach beherrschen. Auch wenn das Blut ihm wieder und wieder bis in den Kopf schoss und in den Schläfen hämmerte.

Er atmete tief durch und hörte, wie auf der anderen Seite des Tempels Musikinstrumente angespielt und noch mehr Spießbraten mit klirrenden Messern verteilt wurde. Plektrud schien sehr gut zu wissen, wie sie Anhänger und Vasallen, Krieger und Knechte bei Laune halten konnte.

Vielleicht war es diese Bequemlichkeit, dachte Karl, dass keiner der Anhänger Pippins den Aufstand geprobt hatte, als seine Witwe das Regiment übernahm.

Er wusste nicht genau, was in den vergangenen Monaten tatsächlich geschehen war. Er hatte nur gehört, dass es vor knapp einem Monat in den bewaldeten Hügeln bei Compiègne nördlich von Paris zu erbitterten Kämpfen gekommen war. Nur unter großen Verlusten und mit sehr viel Mühe war es den Männern von Colonia gelungen, ihren kindlichen Anführer Theudoald in Sicherheit zu bringen.

Im Siegesrausch hatten sie sofort einen neuen Majordomus für Neustrien gewählt. Sie hatten sich für den starken und mächtigen Raganfrid mit der zerbissenen Lippe entschieden. Es gab viele Gerüchte darüber, wer ihm die Oberlippe mit einer schrägen Narbe verziert hatte. Manche behaupteten, es sei ein vergifteter Wolfszahn in einer Vollmondnacht gewesen, andere schworen, er hätte sich seine Scharte von einer Bauerntochter geholt, die sich vor seinem behaarten Bauch ekelte. Des ungeachtet besaß Raganfrid nicht nur weite Ländereien nördlich von Paris, sondern auch Fischereirechte, große Wälder, Dörfer mit Hörigen und Sklaven und Äcker mit Weinstöcken in Richtung Marne.

Plektrud hatte sich eine ganze Weile die streitenden Männer angehört. Einige wollten die Friesen zu Hilfe holen, andere die Sachsen. Sie hob die linke Hand. Sofort verstummten alle Gespräche. Die Männer blickten sie an.

»Ich bin nicht bereit, auf kindische oder lächerliche Vorschläge zu antworten«, sagte sie mit harter Stimme. Sie sprach nicht besonders laut, doch ihre Augen wurden klein, und die Falten ihres Gesichtes strafften sich, während sie redete: »Es ist viel zu gefährlich, Alamannen oder Baiuwaren, Sachsen oder Friesen zur Verstärkung heranzuholen. Ebenso könnten wir die Herrscher der sieben britischen Königreiche, die Dänen oder die Langobarden um Hilfe bitten.«

Sie zog die Mundwinkel herab und blickte unverwandt auf Karl. Er wusste nicht, was sie beabsichtigte.

»Warum siehst du mich so an?«, schnaubte er. »Ich bin der Einzige, der sich an eurer Niederlage nicht beteiligt hat.«

Sie lachte kurz. »Du bist der Mann, der zwischen mir und diesem bauchhaarigen Wolfsopfer Raganfrid das Zünglein an der Waage spielen kann.«

»Ich war noch nie ein Freund der Neustrier.«

»Du warst auch mir kein Freund …«

»Ich bitte dich, Plektrud«, unterbrach Bischof Rigobert von Reims. »So kommen wir nicht weiter. Die Sachsen sind in Hatuarien bei Xanten über den Rhein gekommen. Von Westen her wurden die ersten Neustrier bereits an der Römerstraße zwischen Maastricht und Jülich gesichtet. Und am Niederrhein ruft Fürst Radbod seine Friesen zu den Waffen.«

»Ja, auch Fürst Radbod ist dabei«, zürnte die Witwe Pippins. »Er hatte ja nur eine unfruchtbare Tochter für Grimoald, meinen Sohn. Wenn auch von ihm hier Enkel sitzen würden, wäre er ein Verbündeter und kein Kumpan der Neustrier …«

Karl hatte Mühe, sich nach dem langen Tag noch länger wach zu halten. In seinen Armen, seinen Beinen, seinem Kopf kämpfte Schwäche gegen das erste Fieber. Der Ritt durch die Augustsonne war ihm viel schlechter bekommen, als er sich eingestehen wollte. Wie gern wäre er jetzt mit einem satten Seufzen an Chrotruds Brust gesunken, hätte sie in den Arm genommen und wäre wie ein Kind neben ihr eingeschlafen. Er ahnte nicht, dass er in diesem Augenblick genau den Eindruck machte, den seine Stiefmutter sorgfältig vorgeplant und eingefädelt hatte.

Er griff mit beiden Händen nach dem Rand des Bohlentischs, spürte erneut den Blick von Plektrud, sah ihre leicht herabgezogenen Mundwinkel – sah den Triumph in ihren Augen. Karl hatte einfach keine Kraft mehr. Und wie so viele andere beim Gelage rutschte er zum ersten Mal in seinem Leben besinnungslos unter den Tisch.

2

Flucht aus dem Kapitol

Tote und Lebende kämpften miteinander, Männer und Frauen, Kinder und Greise. Dazwischen Bischöfe und Skelette rasender Wolkenschiffe und die Erdwichtel, die sich nach dem Abzug der Römer in jeder der unterirdischen Heizungsanlagen versteckt hielten, um von dort aus ihren Schabernack bis in die Hütten und Häuser der Menschen zu treiben.

Karl hatte das Gefühl, als zerspränge sein Schädel im Lärm und Getöse, im Schlachtengetümmel der Geister und Dämonen wieder und wieder in tausend Stücke.

Mühsam versuchte er, sich aufzurichten, rutschte an einer glatten Steinwand hoch und befühlte mit seinen Händen den schmerzenden Schädel. Gleichzeitig erkannte er, dass die große Schlacht nicht um ihn herum, sondern in seinem Kopf stattfand.

Er wollte aufwachen, herausfinden, wo er war. Seine Gedanken rasten durcheinander, doch irgendetwas fehlte ihm. Er blieb mit dem Rücken gegen die Wand gelehnt stehen, schnaufte und kämpfte gegen das Feuer, das wieder und wieder durch seinen Körper brandete.

Sie hatten ihn eingesperrt – erneut in die Nacht geworfen! Er spürte die Nähe von Wasser. Es stank nach Fisch, saurem Wein und nach Weihrauch. Was war geschehen?

Welches Unterpfand und welche Geisel konnte er für sie sein? Hatte sie wirklich befürchtet, er könnte in Aquis grana von den Neustriern befreit werden, um gemeinsame Sache mit den verfeindeten westlichen Franken zu machen? Karl spürte, dass ihm das Denken immer noch schwerfiel. Er kam einfach nicht dahinter, warum er innerhalb weniger Stunden aus seinem Gefängnis geholt, am Tisch der Noblen betrunken gemacht und anschließend wieder in ein Verlies geworfen worden war.

Sie hatte das Naheliegende nicht getan. Je klarer ihm wurde, dass er die Stiefmutter noch immer nicht durchschaute, umso besorgter wurde er.

Er richtete sich ächzend auf und wankte ein paar Schritte hin und her. Erst jetzt bemerkte er, dass sein neues Verlies nicht vollkommen dunkel war. Er sah Schatten von Säulen inmitten eines tonnenförmigen Gewölbes. An der Schmalseite drang etwas Licht durch einen Schacht. Und plötzlich wusste er wieder, wo er war.

Er erinnerte sich an die aufregende Zeit, kurz bevor er mit fünfzehn Jahren nach fränkischem Recht volljährig geworden war. Damals waren er, der dürre Rotbert und ein paar andere Freunde tagelang durch die verlassenen, von Gebüsch überwucherten Ruinen Colonias gestreift, während ihre Väter im *praetorium* um Recht und Verträge, Krieg und Frieden rangen.

Karl hatte miterlebt, wie seine Stiefmutter innerhalb der Mauern des früheren römischen Kapitols ein Stift errichtet hatte, das ausschließlich Mädchen von nobler Herkunft und Gesittung aufnehmen sollte. Er grinste, als im wieder einfiel, wie sie sich vor gut zehn Jahren abends versteckt hatten, um zu beobachten, wie die Mädchen nach ihren Nachtgebeten zu Bett gebracht wurden.

Er lehnte sich mit dem Rücken an die Wand unter dem Lichtschacht. Der tonnenförmige Raum war damals eines der vielen Verstecke und Höhlenlager der Jungen gewesen. Irgendwo in der Mitte hatte ein halb verbogener römischer Reiseofen gestanden. Karl erinnerte sich noch gut an den geflochtenen Korb aus Eisenbändern, der so über einem Dreibein angebracht war, dass er mit einem einzigen Handgriff flach zusammengelegt werden konnte. Der Ofen war ihr Lagerfeuer in all den Stunden gewesen, in denen sie hier unten zusammengehockt und von den großen Taten geschwärmt hatten, die jeder von ihnen einmal vollbringen wollte.

An diesem Punkt seiner Erinnerungen hielt Karl unwillkürlich die Luft an. War es wirklich ein Zufall, dass er jetzt ausgerechnet in diesem Raum gefangen gehalten wurde? Jetzt fiel ihm wieder ein, woran er viele Jahre lang nicht gedacht hatte. Es gab ein Geheimnis, das nur er, Rotbert und drei, vier andere kannten. Sie hatten sich damals geschworen, dass keiner darüber sprechen würde – es sei denn, wenn einer von ihnen in Lebensgefahr schwebte.

Karl atmete ganz langsam ein und aus. Er spürte, wie er zunehmend ruhiger und kühler wurde, wie sein Kopf und sein Verstand sich langsam klärten. Ja, das konnte es sein! Warum hatte der schmalbrüstige Rotbert gesagt, er solle sich nicht dagegen wehren, nach Colonia überführt zu werden? Warum war er von all den Möglichkeiten, die es in Colonia gab, ausgerechnet in diesen Kellerraum gebracht worden?

Karl stieß sich von der Mauer ab. Er stürzte an den ersten zwei Säulen vorbei bis in eine Ecke, in der auch nach so langer Zeit noch staubige Steintrümmer lagen. Im Halbdunkel des Kellergewölbes sahen sie ganz so aus, als wären sie seit Jahrhunderten nicht mehr bewegt worden. Karl wusste es besser! Hier, genau hier lag der Schlüssel für das Geheimnis, das sie vor gut zehn Jahren gemeinsam entdeckt hatten ...

Er war ungeduldig, als er versuchte, einen der schweren Steinquader zu heben. Er keuchte und mühte sich mehrmals vergeblich. Bis ihm wieder einfiel, wie sie es damals gemacht hatten. Sie waren mehrere gewesen, doch diesmal musste er es allein schaffen!

Er überlegte einen Moment. Dann stellte er sich breitbeinig über den Steinblock, nahm einen faustgroßen Steinbrocken und klemmte ihn unter sein Kinn. Er neigte sich vor, bückte sich und griff mit beiden Händen unter das große Trümmerstück. Mit einem Ruck hob er es an. Gleichzeitig hob er etwas den Kopf und ließ den Steinbrocken unter seinem Kinn nach unten fallen. Er traf den Spalt und verschwand. Karl klaubte weitere Steine zusammen und schob sie in die entstandene Höhlung – so lange, bis der leicht schräg liegende Stein fest verkeilt war. Er wollte gerade darangehen, den stützenden Trümmerberg aus kleineren Steinen wegzuräumen, als er ein Geräusch an der Tür hörte. So schnell wie möglich wankte er zum steinernen Bogen, der den Ausgang des Kellergewölbes bildete.

»Mach keinen Unsinn, Karl!«, rief eine Stimme von draußen. »Vier Männer stehen hier mit erhobenem Schwert, und weitere vier werden dich mit ihren Lanzen aufspießen, falls du versuchen solltest, die Tür aufzustoßen und mich zu überrennen.«

»Ihr wisst, dass ich das nicht tun würde«, antwortete Karl erschöpft.

»Wir bringen dir etwas zu essen und zu trinken«, antwortete Alberich. »Außerdem soll ich dir im Auftrag von Plektrud sagen, dass eine Flucht sinnlos wäre. Dein Freund Rotbert ist schon im frühen Morgenrot mit seinen Spießgesellen an der Südmauer gefangen worden.«

»Graf Rotbert gefangen?«

Karl spürte, wie ihm übel wurde. Ein großer Schlüssel schob den sehr alten Türriegel zur Seite. Er kniff die Augen zusammen und blinzelte in den Schein der Fackeln. Er brauchte lange, bis er Alberich und die Männer dahinter deutlicher sah.

»Der spacke, stinkende Graf Rotbert lebt«, sagte Alberich und schnippte mit den Fingern. Einer der Männer hielt Karl einen Wasserkrug hin. Ein anderer reichte ihm einen Lederbeutel mit harten Brotstücken, Nüssen und Scheiben von Trockenfrüchten, wie er üblicherweise an Pferdesätteln hing.

»Was ist geschehen?«, fragte er, hob den Wasserkrug und nahm einen tiefen Schluck. Das Wasser schmeckte nicht nach Schwefel.

»Wir nehmen an, dass der schmale Rotbert versuchen wollte, dich hier herauszuholen«, antwortete Alberich sachlich.

»Das wäre dumm von ihm gewesen.«

»Ja«, sagte Albereich abfällig. »Jedermann wusste, dass er es versuchen würde. So aber hat er einige gute Männer verloren und Plektrud nur dazu gebracht, deine Frau und deine Kinder noch besser zu verstecken.«

Karl presste die Lippen zusammen, dann nickte er. »Dieses verdammte Weib!«

»Ich fürchte, du begreifst noch immer nicht, was wirklich los ist«, antwortete Alberich nachsichtig. »Plektrud hat nur noch Colonia und ein paar Güter hier zwischen Rhein und Maas. Sie weiß genau, dass sie im Augenblick schwächer ist als die Neustrier im Westen. Sie kann sich nicht mehr auf die Edlen Austriens verlassen. Und sie muss fürchten, dass du es bist, der ihr am gefährlichsten werden kann.«

»Na und?«, fragte Karl. »Was will sie tun? Mich langsam aushungern und verderben lassen? Meine Familie zur Fronarbeit auf ihre Felder schicken? Sollen wir alle in den Wäldern Bucheckern sammeln? Was kann sie denn gewinnen, wenn sie uns alle umbringt?«

»Denk doch mal andersrum«, sagte Alberich. »Was hätte sie davon, wenn sie es nicht tut?«

Noch in derselben Nacht, als Fledermäuse durch die Ruinen der alten Stadt strichen und in den Wäldern südlich der Stadtmauern Käuzchen und Nachtgetier Laut gaben, löste sich ganz langsam ein kleiner Nachen vom Ufer jenes Rheinarms, der seit Jahrhunderten den schützenden Hafen von Colonia bildete. Das Boot fuhr einige Hundert Schritt flussaufwärts, ehe es den schneller fließenden Hauptstrom erreichte. Aber es bog nicht nach Osten ab, nicht hinüber zur sächsischen Seite mit seinem längst verfallenen Kastell Divitia. Es blieb vielmehr dicht am Uferschilf. Mit starken, dennoch lautlosen Bewegungen der mit Werg umwickelten Ruder glitt es stromaufwärts.

Der Schein des zunehmenden Halbmondes wanderte an weiß gezackten Rändern der schwarzen Nachtwolken entlang. Sie bedeckten ihn fast vollständig, und nur gelegentlich ließ ein Loch in den Wolken den Fluss und die Ufer ein wenig heller werden. In diesen Momenten bewegte sich nichts mehr in dem kleinen Nachen, der ein Stück der gerade geruderten Strecke flussabwärts trieb.

An einer dunklen Stelle bog der Kahn in einen Bach ein, der von Westen her in den Rhein mündete. Hier war das Ufergebüsch so dicht, dass die Schatten im Boot keine Entdeckung mehr fürchten mussten. Die Ruderschläge wurden schneller, und das Wassergefährt legte am südlichen Ufer des Baches an.

Für eine Weile blieb alles still. Dann teilten sich die Zweige. Kräftige Hände halfen erst einer dunklen Gestalt ans Ufer, dann zwei kleineren. Andere Schatten kletterten vorsichtig in das kleine Boot. Der Ruderer stieß es vom Ufer ab und ließ es mit der leise glucksenden Strömung des Baches in das große Wasser zurückschwimmen.

Nur wenig später war alles am Hafen von Colonia wieder so still wie zuvor. Niemand hatte bemerkt, dass sich mit dem kurzen Austausch von verhüllten Menschen alles erneut verändert hatte.

Karl stand auf, reckte sich und ging mit schmerzenden Gliedern näher zum Licht. Er wusste sehr gut, wie sein Vater damals in der Nähe von Sankt Quentin über die Neustrier gesiegt hatte. Wieder und wieder war an den abendlichen Feuern erzählt worden, wie Theuderich II. samt seinem Königsschatz in die Gewalt des Hausmeiers geraten war.

Die Tochter des Besiegten war Pippins Schwiegertochter geworden. Aber auch er selbst gönnte sich eine besondere Belohnung, indem er Alphaid heiratete und zu seiner zweiten Frau machte. Und um auch an anderer Stelle klarzustellen, wer jetzt das Schwert der Franken führte, griff Pippin auch noch Fürst Theodo in Baiern an.

Ein Jahr später war Karl geboren worden. In diesen Jahren vergab Pippin Bistümer und Abteien an seine Gefolgsleute. Er konnte ihnen mehr bieten als die Merowingerkönige, die kaum noch Ländereien und nur noch wenige Fiskalgüter in ihrem Kronschatz hatten.

Als Dreizehnjähriger hatte Karl miterlebt, wie sein Vater in der Blüte seiner Macht seine Ländereien unter seinen drei legitimen Söhnen aufteilen wollte. Zu diesem Zeitpunkt war der schon lange schwelende Hass Plektruds offen ausgebrochen. Sie ließ verbreiten, dass Karls Mutter sich bei Pippin eingeschlichen hatte, als sie selbst mit ihren Schwestern Gertrud, Bertrada und Adela zu einem Familientreffen auf ihrer Stammburg in der Nähe von Prüm gereist war. Ihre Beschuldigungen wurden so heftig, dass sogar Bischof Lambert von Maastricht ihre Partei ergriff und sich gegen Alphaid und Karl wandte.

Karl war zu jung gewesen, um sich mit einem Bischof anzulegen. Ohnmächtig musste er zusehen, wie seine Mutter immer mehr verkümmerte, abmagerte, in sich ging und schließlich niemanden mehr sehen wollte. Schließlich kamen der Bischof ebenso wie sein Onkel Dodo, der Verwalter der Königsgüter in der Nähe von Lüttich, und verschiedene andere von den Waldsiedlungen rechts und links der Maas mit bewaffnetem Gefolge zum Gottesdienst. Doch irgendwann lief der Leidenskelch über.

Dann, als Lambert erneut die Ehre von Karls Mutter angriff, kam es zum Eklat. Zwei Neffen des Bischofs erschlugen noch in der Kirche zwei Männer seines Onkels, der nur knapp entkommen konnte. Bereits am folgenden Sonntag kehrte Dodo zurück. Diesmal war er der Stärkere. Er selbst hob den Speer, als Lambert in vollem Ornat vom Altar zur Kanzel ging. Der Bischof kam nicht mehr dazu, Karls Mutter erneut eine Hure zu nennen, die nach altem Recht eine Nebenfrau Pippins war. Er brach direkt neben dem steinernen Taufbecken in seinem Blut zusammen.

Im selben Jahr war Karl volljährig geworden. Er konnte seine Gespielin Chrotrud in der Familienpfalz Jupille zwischen der Maas und den nach Osten hin steil und waldig aufsteigenden Hügeln der Ardennen heiraten. Kurz darauf, im Mai des Jahres 706, wurde sein erster Sohn Karlmann geboren.

Zu dieser Zeit lebte Karls Mutter Alphaid nicht mehr, und ihre

Familie war längst geächtet. Die meisten wussten, dass hinter all dem eine ganz andere Frau stand: Plektrud, die mächtige Schwester der frommen Adela von Pfalzel. Um Frieden über die vielen Gerüchte und Geschichten zu legen, verschenkten Pippin und Plektrud am 20. Mai desselben Jahres ihre sämtlichen Anteile am Kloster Echternach an Willibrord. Jedermann wusste, dass diese Schenkung eine Art Buße für Pippins zweite, nach christlichem Brauch nicht zulässige Ehe war.

In den folgenden Jahren war Karl viermal mit seinem Vater, den Großen Austriens und einigen Tausend fränkischen Kriegern zu Fuß gegen die Alamannen gezogen. Bereits beim ersten Zug war der Alamannenherzog Gotefrid durch das Schwert umgekommen. Pippin wollte nicht, dass der starke, tödliche Schlag seinem Sohn Karl zugerechnet wurde. Er verbot allen, die es gesehen hatten, darüber zu reden.

Aber auch wenn ihm dieser Befehl noch gelang, war er nicht mehr stark genug gewesen, um sich gegen den Verfall seines Einigungswerkes zu wehren. Noch einmal setzte er überall neue Bischöfe ein, gründete Klöster und verschenkte Land an die Kirche.

Zu Beginn des vorangegangenen Jahres war der fromme Grimoald gekommen, um seinen schwer kranken Vater zu besuchen. An seinem Bett gaben sich die Stiefbrüder die Hand. Anschließend waren sie zusammen zur neuen Lambert-Basilika nach Lüttich geritten, um dort für Pippin zu beten. Darüber hinaus wollten sie sehen, wie die Kirche ausgestattet war, in die der Körper des Märtyrers Lambert einmal überführt werden sollte. Doch dann war etwas geschehen, womit niemand rechnen konnte.

Noch während der Besichtigung, an einem ganz normalen Wochentag, kam ein Mann auf die versöhnten Brüder zu. Weder Karl noch Grimoald kannten den Fremden. Noch ehe sie ihn begrüßen und befragen konnten, riss der andere sein kurzes zweischneidiges Schwert hervor und stach Grimoald so hart durch die Brust, dass die Schwertspitze fast ohne Widerstand gleich aus dem Rücken fuhr. Er ließ sein Schwert stecken und verschwand so schnell, dass weder Karl noch irgendein anderer ihn einfangen konnten.

Viel später erst und durch die Prüfung der Mordwaffe kam heraus, dass dieser Mann namens Randgar zu den Friesen von Herzog Radbod gehörte, die mit den Neustriern im Westen verbündet waren.

Nur wenige Tage später schenkten Pippin und Plektrud in ihrer Trauer dem Kloster Echternach weitere Ländereien. Da Pippin zu krank war, beauftragte er Plektrud, die Schenkungsurkunde ohne ihn zu unterzeichnen.

Pippins Krankheit, der Übergang seiner Macht auf Plektrud und der Verlust ihrer beiden einzigen Söhne, all dies verstärkte Plektruds Hass gegen Karl. Sie ließ behaupten, dass er den Mörder mit voller Absicht hatte entkommen lassen. In ihrer zornigen Trauer streute sie sogar das Gerücht, dass es nur Angehörige von Karls Familie mütterlicherseits gewesen sein könnten, die im Zusammenspiel mit Neustriern und Friesen ihren zweiten und letzten Sohn beseitigt hätten. Ihr hasserfülltes Herz ließ sich auch dadurch nicht beruhigen, dass Grimoald mit einer Tochter des Friesenfürsten Radbod verheiratet gewesen war. Zu allem Unglück gab es aus dieser Ehe keine Kinder. Damit zerbrach sowohl für Radbod als auch für Plektrud das einst mit großen Hoffnungen geschlossene Bündnis.

Karl schüttelte unwillkürlich den Kopf, als er daran dachte, welche weiteren, noch wilderen Gerüchte vor einem Jahr aufgetaucht waren. Möglicherweise war Plektrud damals davon überzeugt gewesen, dass die vier legitimen Söhne ihres Erstgeborenen nicht die Fähigkeiten besaßen, die sie von einem Führer der Franken erwartete. Schon zu diesem Zeitpunkt hatte sie sich auffällig für den fünften Enkel eingesetzt, den Grimoald mit irgendeiner Magd gezeugt hatte.

Karl hatte niemals an die Gerüchte glauben wollen. Sie erinnerten zu sehr an die mörderischen Intrigen der Merowinger. Er spürte, dass etwas ganz anderes in der Luft lag. Kamen nicht Friesen, Sachsen und Neustrier von drei Seiten zugleich auf Colonia zu?

Er seufzte tief. Dann ging ein Ruck durch seinen Körper. Es war, als würde er aus seiner langen, unheimlichen Benommenheit erwachen. War es das Schwefelwasser von Aquis grana, das ihn über Monate gelähmt hatte? Konnte der Hass der Stiefmutter ihm die Kraft und seinen Mut geraubt haben? Er schüttelte, dehnte und reckte sich, bis die Gelenke knackten.

»Schluss damit!«, stieß er hervor, und seine Stimme war so klar wie schon seit Monaten nicht mehr. »Wach auf, Kerl! Wach endlich auf!«

Er schwankte kaum noch, als er mit langen Schritten durch den Kerker stampfte. Dann bückte er sich vor dem Stein, den er so mühsam aufgerichtet hatte. Er räumte alles fort, was das Versteck verdeckte, das er vor rund zehn Jahren mit Rotbert, einem stiernackigen Friesen namens Wusing und ein paar anderen Jungen angelegt hatte. Und wie damals hielt er die Luft an, als seine Finger erneut in die Römermünzen griffen, die schon seit Jahrhunderten im Fundament des Kapitolstempels versteckt waren.

Die wild aussehenden Flussleute lehnten sich gelangweilt an die fast mannshohen hölzernen Fässer auf ihrem Frachtkahn. Sie sahen den Sklaven zu, von denen sie nicht einmal wussten, woher sie alle stammten. Es waren zwielichtige Sachsen unter ihnen, magere Männer aus dem Osten, mehrere aufsässige Dänen und ein paar Franken, die aus der Hörigkeit entflohen waren, weil sie durch ständige Verheerung den Zins für ihre winzigen Ackerstücke nicht mehr bezahlen konnten.

Der Frachtkahn kam aus Dorestad. Er hatte an der Südspitze der Hafeninsel von Colonia angelegt, um frisches Wasser aufzunehmen. Obwohl fast überall mit neuem Kriegsgeschrei gerechnet wurde, hatten die Händler keine Furcht vor Angreifern an den Ufern des Flusses, ebenso wenig wie vor Piraten, die auch nicht wilder waren als die mutigen Männer, die nur geleerte Fässer an die Mosel zurückbrachten.

Nur wer genau hinsah, hätte noch eine dritte Gruppe auf dem Frachtkahn ausmachen können. Sie waren keine Friesen und sahen auch nicht aus wie Hörige. Einige blickten sich die ganze Zeit misstrauisch um, andere sahen wie Edle aus, die auch zu Pferd zu kämpfen wussten. Sie alle hatten sich das Gesicht mit Pflanzensaft und Holzkohle unkenntlich gemacht.

Der Anführer der Flussleute blieb ebenfalls vorsichtig. Erst als Wusing ihm das Fünffache der üblichen Leerfracht anbot, willigte er in die Fahrt rheinaufwärts mit einer Handvoll Namenloser ein.

Die Männer der Hafeninsel von Colonia wurden im Voraus mit Gold- und Silbermünzen bezahlt. Voller Bewunderung tuschelten die Friesenhändler noch immer darüber, dass die schweigsamen Männer goldene Solidi mit den Bildnissen römischer Kaiser in ihren Lederbeuteln hatten.

Jeder der weit gereisten Händler aus Friesland dachte dasselbe. Ihre Gedanken kreisten einzig und allein um die Frage, wie hoch der Preis dafür sein würde, sämtliche zehn Passagiere umzubringen oder über Bord zu werfen, um dadurch so viel zu gewinnen, dass keiner mehr mit Wein handeln oder sich an den Rudern quälen musste.

Der Frachtkahn fuhr den ganzen Tag flussaufwärts. Er passierte das Römerkastell Bonn und das im östlichen Sachsenland liegende Siebengebirge. Gegen Abend näherten sie sich den römischen Ruinen von Remagen. Kurz darauf erreichten sie die Mündung der Ahr in den Rhein. Der Wasserstand war nicht besonders hoch, dennoch gelang es den friesischen Flussleuten, den Frachtkahn bis in die unzugängliche Felswildnis rudern zu lassen.

Dort, wo die Berge wie himmelhoch aufragende Mauern begannen, steuerten sie ihr Schiff an den Rand des Flusses. Sie ankerten und ließen Holzbohlen bis auf die Steine am Ufer fallen. Die Franken hatten keinen Augenblick lang die Griffe ihrer Schwerter und Messer losgelassen. Der Einzige von ihnen, der nicht einmal ein Schwert trug, öffnete den großen und schweren Lederbeutel an seinem Gürtel und zahlte die Friesen aus. Das Gold blitzte in der untergehenden Sonne, und nur die Silbermünzen sahen grau und schmutzig aus. Dennoch wussten die friesischen Händler, dass sie noch immer mehr wert waren als alle anderen Prägungen, die es in den zweihundert Jahren der Merowingerkönige gegeben hatte.

Der große, wild aussehende Franke sprang als Erster an Land. Für alle sichtbar taumelte er ein wenig, ehe er sich wieder fing. Erst danach verließen auch die bewaffneten Männer das Schiff der Friesen. Sie achteten darauf, dass nirgendwo Pfeil und Bogen auftauchten oder Wurfspeere auf sie gerichtet wurden. Misstrauisch und vorsichtig verteilten sie sich am Uferbuschwerk.

Der Flusskahn legte vom Ufer ab, drehte sich in der Strömung und wurde von den Sklaven in Richtung Rhein gerudert. Und dann rief der Anführer der friesischen Händler doch noch etwas zum Ufer hinüber:

»Du bist Karl, nicht wahr! Ja, du bist Karl, der Sohn von Pippin. Wir haben dir zur Flucht verholfen, und wir werden dich und dein Gold in guter Erinnerung behalten. Wenn du uns brauchst …«

Er brach ab, hob beide Arme und lachte. Die zehn Männer am Ufer sahen dem schnell davonschwimmenden Frachtkahn nach.

»Ich würde schwören«, knurrte einer der Männer am Ufer, »ich würde schwören, dass irgendeiner von denen noch einmal die Hand aufhalten und Plektrud verraten wird, wo sie uns abgesetzt haben.« Es war Graf Rotbert.

Karl schob die Unterlippe vor. »Wir sind zwar nah an Prüm und Plektruds Familienburg«, sagte er dann, »dennoch vertraue ich auf Gott und die Mönche von Echternach.«

Er streckte den Arm aus und deutete auf eine Gruppe von Männern in grauen Kapuzenkutten. Sie stolperten den Bergpfad herab und zogen widerspenstige Esel hinter sich her.

3

Die Mönche von Echternach

»Die rohe Natur und die oft finsteren Nebel um die Bergkuppen in dieser Gegend halten die Menschen fern«, sagte Willibrord ein paar Stunden später. Sie lagerten am Ufer eines der vielen kleinen Bäche, die zur Sommerzeit nur noch wie Rinnsale aus den Bergen zur Ahr flossen.

»Im Winter und Frühling ist hier kein Durchkommen«, erzählte der Erzbischof von Utrecht, der kurz vor Pippins Tod endgültig nach Echternach umgezogen war.

Die frommen Männer hatten Zelte, Proviant und Töpfe mitgebracht. Noch immer erstaunt, beobachteten die Franken aus Colonia, dass die irischen Mönche nicht nur beten und predigen konnten. Sie bewegten sich so geschickt, als wären sie nicht in Abteien und Klosterzellen, sondern in den Wäldern aufgewachsen.

Willibrords Männer verteilten kalten Braten und kleine Näpfe mit Grütze. Dann stellten sie Schutzplanen auf und entfachten ein kleines Feuer. Anschließend brachen sie das mitgebrachte Brot und schenkten mit Wasser verdünnten Moselwein aus.

Der Erzbischof von Utrecht stand auf und wartete, bis die anderen verstummt waren. Dann neigte er den Kopf und sprach ein Gebet. Er dankte Gott dafür, dass seine Pläne bisher so gut gelungen waren. Anschließend aßen sie und berichteten sich gegenseitig, was bisher geschehen war.

Die Männer aus der Wachmannschaft des Kapitols, die Karl und Rotbert mit ihren römischen Münzen bestochen hatten, zogen sich an den Rand des Lagers zurück. Sie fühlten sich nicht wohl im Kreis der irischen Mönche. Dennoch hatte jeder von ihnen bereits geschworen, in Zukunft treu zu Karl zu stehen.

Es störte den Sohn des großen Pippin nicht, dass er die ersten Männer, die an seiner Seite auf Leben und Tod kämpfen würden, mit römischem Gold und Silber bezahlte. Jeder Franke, der in ein Aufgebot fiel oder am Heribann teilnehmen musste, wurde auf diese oder jene Weise entlohnt. Es war ein Geflecht aus Geben und Nehmen, ohne das alles wie ein römisches Fußbodenmosaik in irgendeiner der Ruinenstädte zerbrochen und auseinandergefallen wäre.

Karl wusste inzwischen, dass Willibrord der große Unbekannte war, der aus dem fernen Echternach die Fäden gezogen hatte. »Natürlich hättest du auch allein fliehen können«, sagte der Erzbischof von Utrecht. »Aber wo hättest du Mitstreiter gefunden? Was hättest du ihnen bieten können?«

»Ich weiß«, antwortete Karl. »Aber ich weiß auch, dass es viele Männer in Austrien gibt, die mit meinem Vater zusammen gekämpft haben und die nichts von Plektrud halten.«

Willibrord sah Karl lange an. »Du bist noch nicht so weit«, sagte er schließlich. »Wenn du deine Stiefmutter und all ihre Verbündeten bezwingen willst, darfst du nicht wild um dich schlagen, sondern musst Schritt für Schritt und sorgfältig geplant vorgehen. Du musst die Stärken und Schwächen deiner Gegner erkunden, wieder zu Kräften kommen und alte Anhänger deines Vaters für dich gewinnen. Du brauchst dafür den gesamten Herbst und auch den Winter, bis du gegen die Friesen, die Neustrier oder gar Colonia ziehen kannst. Gewiss, du hast Gold, um einige Männer zu bezahlen, aber vergiss nicht, was Pferde und Schwerter, Helme und Rüstungen kosten. So viel hast du einfach nicht in deinem Beutel und auch nicht in deinem Erbteil.«

Sie sprachen noch eine Weile über verschiedene Möglichkeiten. Dann teilten sie die Wachzeiten gerecht zwischen den irischen Mönchen und den Franken auf. Zum ersten Mal sah Karl, was er bisher nur gehört hatte: Die Männer in ihren Kutten nahmen aus ihrem Gepäck sorgfältig eingewickelte Schwerter. Einige hatten sogar Pfeile und Bogen aus Eibenholz mitgebracht.

»Seltsam«, wunderte sich Karl, »ich dachte immer, das Evangelium ist eure Waffe.«

Willibrord lachte. »Wie wahr! Aber es ziemt sich nun mal nicht, mit dem Evangelium oder gar mit dem Kreuz zuzuschlagen, wenn wir angegriffen werden. Wer missionieren will, weiß, dass er sich in Gefahr begibt. Und wer sich davor fürchtet, der muss in Klosterzellen bleiben, hinter der Abtei die Gräber der Verstorbenen pflegen oder das Unkraut aus Gemüsebeeten zupfen.«

»Es sind schon viele fromme Männer umgekommen«, erwiderte Karl. Er überlegte einen Augenblick, bevor er Willibrord sagte, was ihm in diesem Augenblick wieder durch den Kopf ging. »Woher nehmt ihr eigentlich das Recht, übers Meer zu kommen und die Standbilder zu zerschlagen, die unser aller Götter waren? Ich bin auch getauft, aber ich denke manchmal, dass ihr den Menschen ihre alten Götter stehlt.«

Willibrord hob die Hände. Dann nickte er zustimmend. »Wir geben ihnen dafür den Trost und die Erlösung von Jesus Christus, unserem Herrn«, antwortete er. Er wirkte eher sanft als eifernd und zeigte, dass auch er gelernt hatte, den milden Weg der Überzeugung und Bekehrung einzuschlagen.

»Ja«, sagte er dann, lehnte sich mit dem Rücken gegen einen umgestürzten Baumstamm und streckte die Beine aus. »Jetzt, wo du mich daran erinnerst, fällt mir wieder ein, wie peinlich ich damit gescheitert bin, den Friesenfürsten Radbod zu bekehren.«

Er lachte leise vor sich hin und schüttelte den Kopf. Karl hob die Brauen. Einer der Mönche reichte ihm eine Schale heiße Brühe. Der Tag war sehr warm gewesen, und auch die Nacht wurde nicht kühler, doch Karl dankte ihm mit einem Kopfnicken. Er schlürfte ein paar Schlucke, dann wandte er sich wieder dem Bischof in der schlichten Mönchsgewandung zu.

»Ich habe schon davon gehört«, sagte er dann. »Stimmt es denn, dass du Radbod bereits splitternackt in einem Fluss zur Taufe stehen hattest?«

»Ja, das ist richtig«, antwortete Willibrord. »Es war der Flie, in dem ich es versuchte.« Sie sahen, dass auch andere näher kamen. Die Mönche schienen die Geschichte schon zu kennen, aber Graf Rotbert und die anderen wollten mehr hören. »Ich gebe zu, dass mir die ganze Sache noch immer unbehaglich ist«, sagte Willibrord nach kurzem Zögern. »Ich hatte damals versagt, weil ich zu jung war. Ich war so überzeugt von meiner Mission, dass ich nicht mitempfand, was andere in ihrem Kopf und Herzen bewegt.«

Karl wunderte sich über die Offenheit, mit der der große Bischof seinen Fehler eingestand. Er kannte ihn seit vielen Jahren und hatte ihn mehrmals mit seinem Vater im Gespräch gesehen. Aber erst jetzt, in dieser Sommernacht irgendwo in der Felsenwildnis, lernte er den Iren wirklich kennen.

»Ich wusste selbstverständlich, warum dein Vater, Karl, mir seinen Schutz versprochen hatte, als ich ihn darum bat, mich bei den

Friesen zu empfehlen. Ich wusste auch, dass mein Vorgänger Kilian an euren eigenen Bischöfen gescheitert ist. Sie schätzen nicht, dass wir für den Primat des Papstes eintreten und wollen lieber ihre eigenen Fürsten in den Diözesen bleiben. Deshalb habe ich von Anfang an versprochen, dass ich mich nicht für Austrien oder Neustrien interessiere. Ich habe stattdessen angeboten, die Friesen zu bekehren. Die Zeit dafür war günstig. Radbods Tochter war bereits getauft und mit deinem Stiefbruder Grimoald verheiratet. Was also lag da näher, als auch seinen störrischen Schwiegervater öffentlich zu taufen?«

»Dann ging es dir und meinem Vater nicht um die Bekehrung Frieslands?«

Willibrord kicherte ein wenig in sich hinein, dann seufzte er und sagte: »Du musst noch sehr viel lernen, Karl. Du weißt vielleicht das Schwert zu führen und Alamannenherzöge vom Pferd zu holen, aber ganz oben werden Pläne viel feiner noch gesponnen als feinste Seide in Mädchenhänden.«

Karl akzeptierte ohne Zorn die Rüge. Er wusste nicht, warum der immer wieder reich beschenkte Bischof Plektrud urplötzlich aufgegeben und stattdessen auf ihn gesetzt hatte.

»Also gut«, sagte Willibrord dann. »Ich habe Jahre gebraucht, um diesen Friesenfürsten weichzureden. Als es dann endlich so weit war, kamen wir überein, die Taufe groß und würdig zu begehen, mit allen Edlen seines Hofes und so viel Volk, wie überall am flachen Ufer stehen konnte. Natürlich hoffte Radbod, dass ihm Pippin einen Teil seines verlorenen Reiches zurückgab, wenn er sich taufen ließ. Und ich selbst hoffte, dass überall davon geredet werden würde – so, wie über jene legendäre Taufe von Zülpich, mit der das Frankenreich der Merowingerkönige christlich wurde.«

»Aber du hast ihn nicht getauft«, stellte Karl fest.

»Nein, Karl. Das ist mir nicht gelungen«, gab der Bischof zu. »Er hatte seinen Fuß bereits im Taufwasser, aber wir sahen alle, dass er im Grunde seines Herzens noch nicht überzeugt war. Auch ich spürte natürlich seine Anspannung und Unruhe. Ich biss die Zähne zusammen und wusste plötzlich, dass ich keine Zeit mehr verlieren durfte. Doch dann passierte mir der größte Fehler meines Lebens.«

Willibrord schien nicht zu merken, dass inzwischen alle Mönche und auch die Frankenkrieger von der Kerkerwache von Plektrud nah herangekommen waren. Er hob seine linke Hand.

»Hiermit habe ich den Arm des Friesen gepackt und versucht, ihn festzuhalten. Er wandte sich zu mir, und seine hellen Augen blitzten. Ich, der ich taufen wollte, musste mit dem Heiden kämpfen. Doch plötzlich erkannte ich, was ich tat, und ließ ihn los. ›Sag, was geschieht!‹, schrie er so laut, dass alle am Ufer ihn hören mussten. ›Was geschieht mit meinen Ahnen, wenn ich mich von dir taufen lasse? Gehe ich zu ihnen, wenn ich den Tod besiegt habe?‹

›Nur Jesus Christus, Gottes Sohn, hat je den Tod besiegt‹, antwortete ich ebenso laut und viel zu unbedacht. Ich wollte nicht mit ihm streiten, wollte ihn taufen … mehr nicht. Und dann sagte ich, was ich nie hätte sagen dürfen: ›Und deine Ahnen, Friesenfürst – all diese ungetauften Heiden schmoren selbstverständlich in der Hölle.‹

Er riss sich mit voller Kraft aus meinem Griff. Er stieß mich von sich und brüllte: ›Ha! Du verdammter Priester! Soll ich für dich und deinen Christengott all meine Vorfahren verraten? Willst du mich deshalb taufen und dadurch das Band zu meinen Ahnen zerreißen? Verschwinde mir aus den Augen, ehe ich dich und deinesgleichen mit bloßer Faust erschlage! Und kehrt niemals zurück – denn Friesland bleibt treu unseren alten Göttern!‹«

Für eine Weile war nur das leise Knacken im letzten Feuerschein zu hören. Keiner der Männer sprach. Doch mindestens die Hälfte von ihnen konnte verstehen, warum der Friese sich entschieden hatte, lieber nicht in das Paradies der Christen zu kommen.

Am nächsten Morgen badeten die Männer kurz im kalten Fluss. Einige schnauften, balgten im Wasser und planschten wie Kinder. Sie wuschen sich, während die Mönche beteten. Dann kamen alle wieder ins Trockene. Sie aßen gemeinsam, beteten nochmals und zogen weiter flussaufwärts.

Sie passierten einen Vulkankegel, der mit scharfer Stirn zum Fluss hin so hoch aufstieg, wie die Lerchen über den Feldern fliegen konnten. Gegen Mittag machten sie Rast und aßen etwas, dann trug einer der Mönche aus dem Lukasevangelium vor.

Karl wunderte sich darüber, wie gut der Ire Fränkisch sprach. Willibrord sah sein Erstaunen und lächelte ihm zu. Erst jetzt erkannte Karl, dass sich die Augen des irischen Mönchs kaum bewegten. Er las nicht vor, sondern hatte alles in der für ihn ungewohnten Sprache auswendig gelernt.

Auch der neue Tag wurde sommerlich und heiß. Obwohl die anderen Männer weder müde noch erschöpft aussahen, nutzten einige von ihnen die Pause für ein Viertelstündchen Schlaf.

Karl hatte plötzlich das Gefühl, dass die Rast eher ihm zuliebe über das gewohnte Maß ausgedehnt wurde. Gleichzeitig fiel ihm auf, dass er den ganzen Vormittag nicht an seine Familie gedacht hatte. In all den langen Kerkermonaten hatte er unablässig daran gedacht, wie es wohl wäre, wenn er mit seinem Ältesten den Wald erforschte und ihm aus einem Haselzweig eine Flöte schnitzte, für Hiltrud Puppenwagen bauen und seinen Jüngsten in den Armen wiegen würde. Doch bereits jetzt – eineinhalb Tage nachdem er wieder in der Sonne war – dachte er kaum noch an seine Familie. Er wusste nur, dass sie schon in der vorletzten Nacht über den Rhein und den südlich von Colonia liegenden Duffesbach in Sicherheit gebracht worden war. Graf Rotbert hatte sie in einem winzigen Gehöft versteckt, das zu seinen Ländereien gehörte.

Willibrord gab das Zeichen zum Aufbruch. Am späten Nachmittag wichen die Berghänge so weit zurück, dass ein paar größere Bäche in die Ahr einmünden konnten. Als sie an diesem Abend Rast machten, befanden sie sich genau zwischen dem Rhein und der alten Römerstraße, die von Colonia quer durch die östlichen Ardennen nach Trier und weiter bis nach Metz führte.

»Bisher war alles einfach«, sagte Willibrord, nachdem sie gebetet, gegessen und getrunken hatten. Sie saßen unter dichten Buchen auf umgekippten Baumstämmen. Ein paar der Mönche waren losgezogen, um noch im letzten Abendlicht nach Pilzen zu suchen. Sie kamen bereits kurz darauf mit prall gefüllten Leinenbeuteln zurück.

»Es wäre Sünde, nichts von dem Reichtum mitzunehmen, den Gott, der Herr hier überall verstreut hat«, sagte der Mönch Martin mit sanfter Stimme. Willibrord nickte ihm zu und schickte ihn damit wieder fort.

»Warum trägst du eigentlich nicht den Namen, den dir der Papst verliehen hat?«, fragte Karl.

»Ganz einfach«, antwortete der Erzbischof von Utrecht lachend. »Mir gefällt mein Name Willibrord nun mal besser als Clemens. Was soll ich in dieser wilden Gegend mit einem Namen, der nur ›der Milde‹ bedeutet?«

»Bist du es etwa nicht?«, fragte Karl zurück und lachte ebenfalls.

»Lass mich so antworten: Wenn ich mein Leben lang so nachsichtig und freundlich gewesen wäre, wie du mich jetzt siehst, hätte ich gleich in Irland bleiben können.«

»Aber ihr verkündet doch Güte und Mildtätigkeit.«

»Das ist richtig«, antwortete Willibrord. »Wir ziehen herum und verkünden das Evangelium von Jesus Christus, der am Kreuz gestorben und auferstanden ist. Durch den Glauben, den wir euch verkünden, sollen die Menschen wieder erkennen, dass sie Brüder und alle Kinder eines Gottes sind.«

»Zu schön, um wahr zu sein«, lachte Karl trocken. »Aber wer weiß? Vielleicht gelingt es dir ja noch, auch Plektrud und die Neustrier von deinem Gott zu überzeugen. Schließlich sind sie allesamt getauft.«

Sie unterhielten sich noch eine Weile. Dann bat Karl den langjährigen Schützling seines Vaters, ihm zu erzählen, wie er zum Mönch geworden und zweimal bis nach Rom gekommen war.

Während die anderen langsam einschliefen, berichtete der Ältere mit leiser Stimme, was ihn zu dem gemacht hatte, was er inzwischen war.

»Ich bin nun sechsundfünfzig Jahre alt und habe mir den stillen Platz hinter meiner Abtei selbst verdient. Du weißt, dass ich Angelsachse bin und aus Northumbrien stamme. Man könnte denken, dass mein Glaube bis auf die Römerzeit zurückgeht. Aber das ist nicht so. Was das Schwert der Legionäre nicht geschafft hatte, gelang erst viele Jahre später Mönchen aus Rom. Sie verkündigten nicht nur das Wort Gottes, sondern verbesserten Saat und Ernten, förderten Handel und Handwerk und errichteten die ersten Schulen.«

»Dann habt ihr eigentlich nichts anderes getan als die römischen Kolonisatoren.«

»Mit einem Unterschied«, meinte Willibrord zustimmend. »Wir haben nicht versklavt und unterjocht, sondern waren der Sauerteig für Menschen ohne große Hoffnung. Und eben diese Hoffnung war es, die meinen eigenen Vater dazu veranlasste, mich Willibrord, das heißt ›der Speer des starken Willens‹, zu nennen.«

Endlich verstand auch Karl, warum der Bischof nicht Clemens heißen wollte.

»Meine Mutter starb, als ich noch im Kindesalter war. Nach ihrem Tod brachte mein Vater mich zu den Benediktinern im Kloster Ripon, um einen guten Streiter Gottes aus mir zu machen. Ich selbst verließ später Britannien und schiffte mich nach Irland ein. Dort traf ich dann auf meine späteren Getreuen.«

»Du hast also die ganze Zeit in Irland und nicht in Britannien gelebt?«

»Zusammen mit meinen Freunden«, sagte Willibrord. »Im Alter von dreißig Jahren habe ich dann meine Primiz gefeiert, die erste Messe, die ein Priester halten darf. Aber schon vorher hatten meine Freunde und ich nur ein einziges, ganz großes Ziel – wir wollten ausziehen, um das Evangelium zu verkünden.«

»Ich hörte schon davon, dass es sehr große Schwierigkeiten am Anfang gab.«

»Ja, der Missionsversuch von unserem Bruder Wigbert endete mit einem Misserfolg. Erst zwei Jahre später konnte ich selbst mit elf Gefährten ein kleines Boot besteigen. Wir luden Lebensmittel und Wasser für die Fahrt ein. Aber auch Bücher und Reliquien, Messgewänder und sogar einen Tragaltar. Das Ganze wurde festgeschnürt, weil schon zuvor mehrere kleine Schiffe zwischen Britannien und Friesland in plötzlichen Stürmen gekentert und gesunken waren. Auch wir legten bei gutem Wetter ab und beteten für guten Wind auf der langen Überfahrt von Irland bis zur Rheinmündung ...«

Willibrord schwieg, seufzte und starrte lange vor sich hin. Karl wusste bereits, was ihm und seinen Begleitern auf der Fahrt zugestoßen war. Er hatte früher schon davon gehört.

»Konnte denn irgendeiner von euch schwimmen?«, fragte er.

Willibrord schüttelte den Kopf.

»Das haben wir erst hier gelernt. Und viele Jahre später. Aber du weißt ja, wie uns Gott der Herr aus einem plötzlich auftauchenden Gewittersturm doch noch gerettet hat ...«

»... indem er euer Schiff so hart an Land warf, dass ihr von den Strandläufern der Friesen, fast noch im Wasser liegend, zuerst ausgeraubt und dann fast erschlagen worden wäret.«

»Es war das Kreuz, das uns gerettet hat«, antwortete Willibrord. »Das Kreuz auf unserem tragbaren Altarkasten. Sie hatten dieses Zeichen schon gesehen und glaubten deshalb, dass es das Zauberzeichen eines Gottes war, den sie bisher nicht kannten.«

»Wart ihr bewaffnet?«, fragte Karl.

Willibrord hob die Schultern. »Wir trugen die Kapuzenmäntel, wie wir sie stets zur Nacht anlegen. Dazu an nackten Füßen die Sandalen mit hochgezogenen Lederkappen, wie wir sie jetzt anhaben. Am meisten muss die Friesen wohl gewundert haben, dass wir weder Schmuck noch Wehrgehänge trugen, sondern nur den Strick, mit dem wir unseren Leib umgürten.«

»Hattet ihr damals schon Tonsuren?«

»Ja«, antwortete Willibrord. »Aber du musst nicht denken, dass das Scheren des Haupthaars eine Erfindung der Christen ist. Ursprünglich war es einmal die Absage an alle Eitelkeiten dieser Welt. Erst Papst Gregor I. hat vor gut hundert Jahren die kahl geschorene Stelle auf dem Hinterkopf zum Zeichen für die Aufnahme in den geistlichen Stand erklärt.«

Inzwischen schliefen alle Mönche und Franken bis auf die beiden Männer, die als erste Nachtwachen eingeteilt worden waren. Nur Karl und Willibrord sprachen noch immer über die ersten Jahre der irischen Mission in Friesland und Franken.

»Wir wurden gefangen genommen«, berichtete der spätere Erzbischof von Utrecht weiter. »Natürlich wurden wir bis zu Fürst Radbod geprügelt, der erst kurz zuvor deinem Vater unterlegen war. Er schrie uns voller Wut an, ihm jetzt nicht noch die Männer wegzunehmen, nachdem er bereits viel Land verloren hatte. Wir sahen damals keine Möglichkeit, ihn zu bekehren. Als er uns schließlich freiließ, gingen wir bis zu deinem Vater. Pippin erkannte sofort, dass es nicht schlecht wäre, wenn die Friesen ebenfalls Christen würden.«

Karl grinste still vor sich hin und fing ganz langsam an, die Pläne seines Vaters zu verstehen.

Nach dem erneuten morgendlichen Bad begann der nächste Teil im Plan des gewieften Missionars. Sämtliche Franken mussten ihre Kleider, Waffen und was sie sonst noch bei sich trugen ablegen. Das Eigentum jedes Mannes wurde in Sackleinen gehüllt und fest verschnürt. Anstelle ihrer eigenen Bekleidung erhielten Karl, Graf Rotbert und die Franken aus der Kerkerwache von Colonia Mönchskutten und Sandalen. Sie protestierten laut, als sich die Mönche daranmachten, ihnen auch noch die Haare abzuschneiden und kahle Stellen auf den Hinterkopf zu schaben.

Es dauerte nicht lange, und Blut vermischte sich mit abgeschorenem Haar, denn nicht bei allen gelang die Schur so glatt wie bei Karl und Graf Rotbert. Erst als die Schnitte und die Schabestellen mit Kräutersud betupft und anschließend mit Hirschtalg eingefettet waren, beruhigten sich die Franken wieder.

Frisch eingekleidet und geschoren sahen die ehemaligen Kerkerwächter von St. Maria im Kapitol wie bußfertige Irenmönche aus.

»Hoffentlich kommt keiner, der einen Segen oder das Evangelium von diesen Mimen hören will«, seufzte der Bischof.

Graf Rotbert ging von einem Mann zum anderen, fasste ihn fest an den Oberarmen und ah ihm in die Augen. Sie hatten alle neue Namen angenommen, wie es bei Mönchen üblich war. Als Willibrord dann jeweils fünf Mönche und fünf Franken zueinanderstellte und sich daraus zwei neue Gruppen bildeten, hätte niemand erkennen können, wer Mönch und wer Rebell im Dienst von Karl und Graf Rotbert war.

Sie kamen zügig voran, obwohl die Uferwege immer schlechter wurden, je weiter sie flussaufwärts gingen. Sowohl die Berge als auch der Wald veränderten sich langsam. Sie hatten einen Esel bei sich, und während Willibrord führte, erzählte er Karl weiter, wie er nach Rom gekommen war und Papst Sergius getroffen hatte.

»Ich hatte schon so viel von der Ewigen Stadt gehört, dass ich kaum erwarten konnte, sie endlich einmal mit eigenen Augen zu sehen. Du kannst dir gar nicht vorstellen, wie überwältigt und wie dankbar ich damals unter Pinien über die Via Appia gegangen bin. Überall ragten Zypressen von den sanften Hügeln, und mir kam alles fast schon wie das Paradies vor. Papst Sergius hat mich damals mit großer Freude aufgenommen und mich darin bestärkt, als erster Missionar in seinem Auftrag nördlich der Alpen zu wirken und die frohe Botschaft zu verkünden.«

»Wusste Sergius, dass du bereits von meinem Vater unterstützt wurdest?«

»Natürlich wusste er das. Aber du darfst nicht denken, dass er einen Majordomus im Reich der Franken für einen Barbaren hielt. Er konnte sehr gut einschätzen, was dein Vater wirklich war. Er wusste auch, dass sich die Merowingerkönige längst selbst um ihren Machtanspruch gebracht hatten.«

»Ich nehme an, dass auch mein Vater wissen wollte, wie Rom ihn und unsere Familie sah.«

»Richtig«, antwortete Willibrord zustimmend. »Aber es gab natürlich auch sehr viele, die sich damals entschieden gegen mich gewandt haben. Vor allem fränkische Priester. Und die Bischöfe mochten uns nicht, wenn wir herumzogen und dabei etwas taten, was sie sich selbst vorbehalten hatten.«

»Aber wart ihr nicht in Friesland?«, fragte Karl. »Was kümmerte es Frankenbischöfe, wenn ihr bei Heiden eure Predigt hieltet?«

»Vergiss nicht, dass wir auch durch rechtsrheinische Gebiete eures Königreiches und bis nach Sachsen wanderten. Zwei unserer besten Männer, die Gebrüder Ewald, kamen bis zur Weser. Sie wurden als Zauberer erschlagen. Wir lernten schnell, ebenso zu denken wie Friesen, Sachsen oder wie ihr Franken. Es war uns ja nicht verboten, das Gastrecht der Germanen zu nutzen. Und jedes Mal, wenn wir zu kostspielig für eine Familie wurden, empfahl sie uns an eine andere. So kamen wir weit herum, ohne uns aufzudrängen ...«

Er stieß gegen einen morschen Ast und stolperte. Karl konnte ihn gerade noch auffangen.

»Das mit den Ewalden war eigentlich ein Unfall«, fuhr Willibrord nach einer schnellen Segnung fort. »Solange sie vernünftig sprachen, waren sie wohlgelitten. Dann aber machten sie den Fehler, die Psalmen in Latein zu singen. Mit dieser Sprache konnten wohl die Franken und vielleicht die Friesen etwas anfangen, nicht aber die Sachsen. Sie hatten selbst eine Sprache, auf die sie stolz waren. Deshalb klang Latein für sie wie eine Sprache fremdartiger Dämonen. Und was so rhythmisch an den Psalmen ist, empfanden sie als geheime Flüche und bedrohliche Beschwörungsformeln.«

Karl lächelte. Er wusste längst, dass Willibrord bereits damit begonnen hatte, ihm das zu übermitteln, was er für wichtig hielt und was ihm selbst von Nutzen sein konnte.

»Nachdem ich fast sieben Jahre bei den Friesen gelebt hatte, ging ich erneut nach Rom, um mir weitere Vollmachten zu holen«, setzte Willibrord seinen Bericht fort. »Papst Sergius I. erteilte mir am zweiundzwanzigsten November des Jahres 696 in der Kirche der heiligen Caecilie die Weihe zum Erzbischof. Damals erhielt ich auch den Vornamen Clemens, den ich, wie du weißt, niemals benutzt habe. Dein Vater hat mich bei der Rückkehr großartig unterstützt. Ich erhielt die Wiltaburg, das frühere *Trajectum ad Rhenum*, das wir seither Utrecht nennen.«

»Ja, daran erinnere ich mich noch«, sagte Karl. »Einige Tage später sind wir zum Vergnügen auf das Wasser ... ich meine ... auf das Meer hinausgefahren ...«

»Das mag für dich bereits das Meer gewesen sein«, sagte Willibrord schmunzelnd. »Aber was du gesehen hast, war nur ein Meerbusen – geschützt von langen Dünen vor der echten wilden Nordsee.«

»Trotzdem war mir ziemlich übel«, sagte Karl und zog die Schultern hoch.

»O ja, auch ich habe den Fischen oft geopfert«, meinte der Abt und lachte jetzt. »Aber lass mich weiter berichten: Ich errichtete also die Metropolkirche. Anschließend konnte ich mit Hilfe deines Vaters mehrere Klöster und Bistümer in Friesland gründen. Es war, wie du jetzt siehst, eine sehr gute Allianz zwischen mir, dem Papst und deinem Vater. Viele von meinen ersten Gefährten wurden Bischöfe. Einige sind bereits so alt, dass sie es vorgezogen haben, mit mir gemeinsam in Echternach zu leben und zu beten. Das, Karl, ist es, was du wissen musst, um zu verstehen, warum ich mich nach langem Überlegen von der Witwe deines Vaters abwandte, obwohl sie stets sehr großzügig und freigebig gewesen ist.«

Er sah nach oben, folgte mit seinem Blick dem Flug eines hoch über ihnen kreisenden Habichts, dann sagte er:

»Sie hat nicht mehr die Kraft, die Änderungen zu verstehen, die sich durch deines Vaters Tod ergeben. Das Land der Franken braucht wieder eine starke Hand. Und nur du kannst der Hammer sein, der alte Götzenbilder ebenso wie morsch gewordene Stammbäume zerschlägt und Fundamente für das neue Reich der Franken setzt.«

»Gibst du das Kreuz in meine Hand, den Hammer oder gar das Schwert?«, fragte Karl. Willibrord blickte noch immer zum Himmel hinauf. Der Habicht stürzte sich nahezu senkrecht auf seine ferne Beute.

»Was geschehen soll, geschieht«, brummte Willibrord. »Doch erst einmal müssen wir Echternach erreichen und dort den Winter überstehen. Sobald uns das gelungen ist, sehen wir weiter. Das gilt für mich genauso wie für dich. Und letztlich auch für alle, die uns auf diesem Weg begleiten. Denn der wird lang sein ... und sehr steinig.«

4

Klosterleben

Wenige Tage später hatte Karl fast alle Räume des Klosters erkundet. Er kannte Willibrords Gefährten, die inzwischen von ihm geweihten Priester und die Laienmönche. Obwohl ein großer Teil des Klosters erst durch die irischen Mönche erbaut worden war, erinnerte die Anlage noch immer an ein römisches Landgut. Zum ersten Mal in seinem Leben erfuhr er, was die Mönche taten, wenn sie nicht mit ihren Eseln herumzogen oder sich bei Kranken nützlich machten. Er hatte inzwischen gesehen, wie sie selbst ihre Kühe molken, hinter Ochsenpflügen mit seltsam geformten Eisenschaufeln hergingen, Weintrauben sammelten, sie mit den Füßen zerstampften und nur wenig später ebenso angestrengt mit bloßen Händen bröckelige Käsestücke aus flachen Reifetrögen fischten.

Trotz all der schweren Arbeit fanden Willibrords Mönche immer noch Zeit, in ihr *scriptorium* zu gehen. Hier schrieben sie selbst die aus Irland mitgebrachten Bücher ab. Daneben zeigten sie auch anderen, wie Buchstabe um Buchstabe und Ziffer um Ziffer hintereinandergefügt werden mussten, um das festzuhalten, was ihnen wichtig erschien.

Voller Bewunderung beobachtete Karl, der nie in seinem Leben schreiben und lesen gelernt hatte, wie die Mönche mit schwieligen Händen und von der Arbeit schmerzenden Rücken an ihren einfachen Schreibpulten hockten, um Gänsefedern anzuspitzen, ganz feine Tintenlinien zu ziehen oder auch kleine Bilder in bunten Farben an die Anfänge der einzelnen Seiten zu malen.

Der Mönch Laurentius Vergilius, der fast so alt wie Willibrord war, brachte Karl nach und nach den Unterschied zwischen germanischen Runen und lateinischen Buchstaben bei. Er zeigte ihm, dass die Bücher, die sie aus Irland mitgebracht hatten, ganz unterschiedliche Bedeutungen besaßen. Karl lernte, dass es nicht nur Evangeliare gab, sondern auch Kalendarien und Totenregister, Bücher mit den Lebensgeschichten von Heiligen und Perikopenbücher, aus denen einzelne Abschnitte im Gottesdienst vorgelesen wurden.

Er hatte sich nie besonders für derartige Dinge interessiert. Erst

jetzt, in den angestrengt stillen, geheimnisvoll wispernden Schreib-
räumen mit ihren manchmal quietschenden Federn und dem scha-
benden Geräusch gelegentlich über den Steinboden rutschender
Schreibpulte, dem Knistern von Pergament und den leisen Seufzern
der Mönche – erst jetzt begann er zu verstehen, wie viel Mühe und
Arbeit, wie viel Kraft und Geduld, aber auch wie viel Schmerz und
Leid das von Willibrord und seinen Mönchen gewählte Leben tatsächlich bedeutete ...

Dennoch fehlte ihm bei allem Respekt noch immer das Verständ-
nis für das, was die Kuttenmänner taten. Auch er trug Sandalen und
einen Strick um den Leib. Aber er wusste, dass er sich so lange nackt
und wehrlos fühlen würde, wie Willibrord ihn daran hinderte, ein
Wehrgehänge als wahren Schmuck des Mannes anzulegen. Ihm fehlte bereits länger der schwere Gürtel mit den Futteralen für Messer
und das Kurzschwert, der Schlaufe für die Wurfaxt und der verzierten Scheide für das große Schwert, ohne das kein Edler im Frankenreich Haus und Hof verließ.

Ende September, sieben Wochen nach Karls Flucht aus Colonia,
blieben sie eines Abends noch zusammen, nachdem sie gebetet, gegessen und getrunken hatten. Die meisten saßen mit ausgestreckten
Beinen und an die Wand gelehnten Rücken an der äußeren Klostermauer. Von hier aus konnten sie sehen, wie zuerst das Westufer des
Flusses und dann die alte Römerbrücke in den Schatten des Abends
eintauchten. Ein paar der Franken spielten mit einem Ball zwischen
dem Fluss und den mehrere Hundert Schritt langen Mauerresten
des alten römischen Landgutes.

Als sich die Nacht langsam in das Tal senkte und nur noch das
helle Band des Flusses zu sehen war, kamen die Ballspieler zurück.
Die anderen an der Klostermauer nahmen ihre Bänke und Schemel
auf und gingen, ohne viel zu reden, in den Innenhof zurück.

Es war die Zeit für die *vesper*, die gebetet wurde, ehe sie sich alle
in die großen Schlafräume zurückzogen.

Willibrord als Erzbischof von Utrecht und Abt des Klosters verfügte über eine eigene Zelle. Auch Karl und Graf Rotbert hatten einen
der kleinen kargen Räume bekommen. Graf Rotberts Kammer lag
direkt neben dem Ziegenstall. Karl hatte den Raum erhalten, der zuvor der Durchgang von der Küche zum Refektorium gewesen war.

Als die kleine Glocke am Refektorium erklang, konnten auch die stärksten Männer nicht verhehlen, wie müde und erschöpft sie waren. Zwischen dem Kloster und dem Fluss befand sich ein alter, aus Ziegelstein gemauerter Römerbrunnen. Die Männer hätten ebenso gut bis zum Fluss gehen können, aber fast allen waren die wenigen Hundert Schritte zu mühsam. Sie drängten sich lieber an den Waschtrögen und balgten sich um den hölzernen Brunneneimer.

Am nächsten Morgen nach der ersten Messe bat Willibrord Karl und Graf Rotbert zur Seite.

»Lasst uns ein wenig gehen«, sagte er, »ich muss mit euch reden.«

Sie verließen das Kloster und schritten nebeneinander zu den bewaldeten Bergen im Westen hinauf.

Sowohl Karl als auch Rotbert hatten in der vergangenen Nacht mitbekommen, dass Stimmen an der Mauer laut geworden und in Kutten gehüllte Gestalten durch das Dunkel des Innenhofs, in den kein Mondschein reichte, gehuscht waren.

Sie erreichten das Ende des Pfades und stiegen ein Stück durch buschiges Unterholz, das sich bereits in herbstliche Farben kleidete. Nach einer halben Stunde erreichten sie einen neuen Pfad, der in einem kleinen, etwa zwanzig Schritt großen Teich endete.

Die drei Männer stiegen über die glitschigen Uferfelsen bis zu einer kleinen, wie mit einem römischen Bogen errichteten Brücke, deren Geländer aus notdürftig zusammengebundenen Stangen und Ästen bestand.

»Das war die erste Brücke, die wir in dieser Gegend gebaut haben«, verkündete Willibrord. Er entfernte ein paar morsch gewordene Stangen und warf sie ins Wasser hinab.

Vorsichtig gingen die drei Männer über die alte Brücke und stiegen noch weiter den Berghang hinauf. Als das Rauschen des Wasserfalls nicht mehr zu hören war und die Stille des Waldes sie erneut umfing, öffnete sich direkt vor ihnen eine kleine Lichtung. Sie gab den Blick zwischen hohen Bäumen auf das flache Tal an der Biegung des Flusses frei. Inmitten der Lichtung lag quer zur Aussicht ein von Rinde und Ästen befreiter Baumstamm. Er war so bearbeitet, dass er eine bequeme Sitzbank mit einer massiven Lehne bildete.

Willibrord setzte sich in die Mitte und streckte aufatmend seine Beine aus. Die beiden anderen setzten sich ebenfalls.

»Könnt ihr jetzt verstehen, warum es mir hier angenehmer ist als in der rauen Stadt Utrecht?«

»Das hier sieht fast genauso aus wie die Gegend zwischen Colonia und Lüttich, aus der wir beide stammen«, antwortete Graf Rotbert.

»Trotzdem habe ich nie verstanden, warum du als Erzbischof von Utrecht hier in dieser Einsamkeit ein Kloster aufgebaut hast«, sagte Karl.

Willibrord nickte und überlegte eine Weile. Anders als sonst ging in diesem Augenblick eine starke Ruhe von ihm aus.

»Hast du einmal überlegt, warum das große Rom die Provinzstadt Trier zur Hauptstadt über Gallien, Hispanien und Britannien gemacht hat?«

Karl hob die Schultern.

»Es sind die Flüsse«, antwortete Willibrord, »die Brücken und die Furten, an denen sich die Straßen, die Macht, der Reichtum und die Märkte treffen.«

»Trier wurde sogar Hauptstadt des Imperium Romanum!«, warf Graf Rotbert ein. »… und ein Gefangenenlager. Der große Konstantin, dessen Namen gerade ihr Bischöfe mit Ehrfurcht aussprecht, hat uns Franken nicht gutgetan. Ließ er nicht Tausende von Kriegern und Gefangenen im Triumph nach Trier bringen, um sie im dortigen Amphitheater abzuschlachten?«

»Ja, davon spricht man«, sagte Willibrord zustimmend. »Sie nannten es die Frankenspiele.«

Sie saßen eine Weile schweigend nebeneinander und genossen den Frieden der Natur.

»Es wird langsam Herbst«, sagte Willibrord schließlich, als gäbe es nichts anderes von Wichtigkeit in der Welt. Karl spürte dennoch einen neuen Ton in der Stimme des Erzbischofs und Abtes.

»Willst du etwa dein Haus bereits bestellen?«, fragte Graf Rotbert. »Welcher von deinen Mönchen ist es denn, den du dir als Nachfolger ausersehen hast?«

»Der Mann, der mich beerben wird, muss erst noch kommen«, antwortete Willibrord. »Ich weiß, dass alle meine Männer fromm und gottesfürchtig sind. Aber in diesen Zeiten braucht das Kreuz auch Kämpfer gegen Odin, Freia und den Hammer Thors.«

»Was ist geschehen?«, fragte Karl direkt. »Hat das etwas mit den Schatten zu tun, die heute Nacht ins Kloster kamen?«

»Hast du jemanden gesehen?«, fragte Willibrord.

Karl nickte. »Ich dachte schon, du wolltest nicht mit uns darüber reden.«

»Nun gut«, antwortete Willibrord. »Ihr wisst, dass Raganfrid und seine Neustrier den Jungen ziemlich hart geschlagen haben, den noch dein Vater, Karl, zum Majordomus über Neustrien bestimmt hat.«

»Wir waren nicht dabei«, antwortete Graf Rotbert an Karls Stelle.

»Ihr hättet diese Niederlage bei Compiègne auch nicht verhindern können«, schnaubte der Erzbischof von Utrecht fast schon erbost. »Die Neustrier hatten genügend Zeit, ihren Zorn über Pippins letzte Anweisungen zu bündeln. Sie wussten, dass dein Vater sterben würde, Karl. Sie wussten ebenfalls, dass seine Witwe mit allen Mitteln den Anspruch ihres Blutes durchsetzen würde. Hätte sie dich sonst eingekerkert? Hätte sie sonst versucht, sofort und ohne notwendige Vorbereitung ihren Enkel Theudoald nach Neustrien zu jagen – dorthin, wo sie bei Paris den gerade erst volljährigen Merowingerkönig Dagobert III. vermutete?«

»Als Majordomus oder seine Witwe brauchst du nun einmal einen König«, konterte Karl trocken.

»Ganz richtig«, sagte Willibrord bedächtig. »Aber was tut zum Beispiel ein gerade erst von allen Großen Neustriens ausgewählter Majordomus, wenn ihm der König unerwartet stirbt?«

Karl zuckte zusammen. Er drehte sich zur Seite und starrte Willibrord ungläubig an.

»Du meinst ...«

»Ich meine, dass wir Mönche hier schon seit Wochen wissen, dass Raganfrid Probleme hat. Dagoberts Tod konnte geheim gehalten werden. Denn offiziell ist Raganfrid kein selbstständiger Herrscher, sondern nur Princeps eines Königs, erster Verwalter also. Herzog der Herzöge, wenn man so will, Schatzmeister und stärkster Ast am Stamm eines ganz anderen ...«

»Du musst mir nicht erklären, was alles zu den Ämtern und Gefahren eines Majordomus zählt«, sagte Karl. »Meine Familie stellt seit hundert Jahren die grauen Eminenzen im Reich der Merowingerkönige.«

»Ja, und genau damit hatte der besagte Raganfrid wochenlang

Schwierigkeiten. Er fand keinen Merowinger mehr, dem er als seinem König dienen konnte.«

»Keinen Merowinger mehr?«, wiederholte Graf Rotbert lachend. »Sollten sie sich letzten Endes doch noch gegenseitig umgebracht haben?«

»Nicht alle«, antwortete Willibrord. »Schließlich hat Ranganfrid doch noch einen Lebenden mit dem *sang real*, dem angeblich so überirdischen und kostbaren königlichen Blut, gefunden.«

»Wer ist es?«,stieß Karl hervor.

Willibrord lächelte genüsslich. »Ihr werdet es nicht glauben, aber es ist ein Mönch ...«

»Ein Mönch?«, wunderten sich Karl und Rotbert gleichzeitig.

Willibrord nickte. Karl sprang auf. Mit ausgreifenden Schritten lief er vor der Baumbank hin und her. Dann blieb er ruckartig vor Willibrord stehen.

»Und das soll zufällig sein?«, fragte er ironisch. »Nach langer Suche ausgerechnet ein Mönch? Wahrscheinlich irgendeiner, der schon als Kind ins Kloster gesteckt wurde.«

»Genauso ist es«, antwortete der Erzbischof von Utrecht. »Der Mönch namens Daniel ist vermutlich sogar ein Sohn des anno 675 ermordeten Merowingerkönigs Childerich II.«

»Wie alt ist er denn?«, fragte Graf Rotbert.

»Er dürfte jetzt etwa fünfzig Jahre zählen – also wie Karl vermutet, mit zehn, zwölf Jahren unter die Obhut anderer Mönche gekommen sein.«

»Und dieser Mönch Daniel ist jetzt ein neuer Childerich?«

»Nicht Childerich«, korrigierte Willibrord. »Er selbst will sich Chilperich II. nennen, nach dem Chilperich, der 561 bis 564 König von Soissons, später Mitkönig von Paris und König von Tournai gewesen ist.«

Karl starrte eine Weile vor sich hin. »Dieser verdammte Blutwahnsinn!«, presste er hervor. »Ist es natürlich und nach dem Plan Gottes vereint, gilt es doch nichts, ehe ein Fremder kommt, der ein paar Wörter murmelt und nur dadurch festschreibt, ob aus dem Blut eines Menschen ein Edler und Erbe oder ein rechtloser Bastard wird. Haben sich Adam und Eva nicht auch ohne Priester vereint?«

Willibrord schwieg. Dann neigte er zustimmend den Kopf.

Während überall im Frankenreich die letzten Ernten auf den Domänen und den kleinen Bauernhöfen eingefahren wurden, entwickelte sich aus dem *scriptorium* der Mönche von Echternach über Nacht eine Art Kanzlei.

Laurentius Vergilius hatte bis auf Weiteres die Schreibarbeiten an den heiligen Büchern unterbrechen lassen. Die Priester und Laienmönche beschäftigten sich seither mit den Kopien uralter römischer und merowingischer Provinzpläne. Sie kopierten Straßenkarten und Aufzeichnungen über Königsgüter und Bischofsstädte zwischen dem großen Ozean im Westen, über die Ardennen hinweg bis in die Gebiete der Mainfranken, Thüringer, Baiuwaren und Alamannen. Sie schrieben heraus, welche Bischöfe und Grafen, Herzöge und Äbte in Burgund und der Provence, in Neustrien rund um Paris oder gar bei den Friesen für Karls großen Kampf gewonnen werden könnten.

Karl wollte sich und allen Edlen Austriens das ganze Reich zurückholen, das durch den Sieg in Tertry gewonnen und durch den schändlich schlecht geführten Zug von Plektruds Enkel Theudoald und seinen unfähigen Vasallen im Wald südlich von Compiègne wieder verloren gegangen war.

Beinahe täglich kamen als Jäger, Bauern oder friesische Händler verkleidete Mönche und Laienbrüder nach Echternach. Auf Anraten von Willibrord zeigte sich Karl keinem einzigen der vielen Männer, die für ein, zwei Nächte im Kloster blieben, ehe sie wieder in die herbstlich gewordenen Wälder zurückkehrten. Erst als kein Fremder mehr im Kloster war, setzten sich Karl, Willibrord, Graf Rotbert, Vergilius und ein paar andere zusammen.

»Lass dir berichten«, sagte Willibrord immer wieder. »Lass dir so oft berichten, bis du selbst meinst, dass du es nicht mehr hören kannst. Achte auf jeden Unterschied, selbst wenn er dir noch so geringfügig erscheint. Aber glaube nichts, wenn du es nur ein einziges Mal hörst. Erst die Bestätigung durch einen zweiten Mund macht ein Gerücht zur interessanten Nachricht. Auch wenn du selbst keine Zweifel mehr hast, zögere nicht, noch einen Dritten auszuschicken, der von der Sache bisher nichts weiß. Nur so kannst du vermeiden, dass man dich hintergeht.«

Ganz langsam begann Karl zu verstehen, wie es der kleinen Gruppe von Kuttenmännern aus Britannien und Irland in den vergangenen Jahrzehnten gelungen war, ein Netzwerk von Klöstern und Abteien aufzubauen, in dem Fakten und das Geschriebene mehr galten als die phantastisch geschmückten Erzählungen von Boten und Reisenden.

»Mag sein, dass früher irgendwann einmal gesprochene Worte einen Wert hatten, auf den man sich verlassen konnte. Aber du weißt ebenso wie ich, dass wir in Zeiten leben, in denen sich das wahre Wort gern ins Gegenteil verkleidet. Der eine kommt und weint dir vor, wie übel er von irgendeinem anderen behandelt wurde. Der andere dagegen schleppt Zeugen vor Gericht, die noch das Gold für ihre Lügen in der Hand haben. Du siehst es, weißt genau, dass sie verkehrt aussagen. Aber du kannst nichts tun, weil das Gesetz dir auferlegt, dem Zeugenschwur stets mehr zu glauben als den Tränen eines Mannes, der dummerweise nichts beweisen kann.«

Karl überlegte eine Weile. Dann sagte er: »Ich würde Recht so sprechen, wie ich es selbst als richtig und gerecht empfinde.«

»Genau das darfst du nicht tun«, warnte Willibrord. »Denn dein Empfinden wird oft nichts mit dem zu tun haben, was andere von dir erwarten. Niemand kann lange gegen die Meinung der Großen eines Landes herrschen und regieren.«

»Es sei denn, dass ich ihnen alles nehme und gerecht verteile.«

Willibrord lachte trocken. »Und du willst wissen, was gerecht ist?«

Als die Herbststürme die Blätter von den Bäumen fegten und das Gras nicht mehr so hoch stand, begann Graf Rotbert damit, die Kerkerwächter von Colonia zu Kriegern auszubilden. Er wollte, dass sie auch auf schweren Ackergäulen schneller waren als die zumeist zu Fuß kämpfenden Gefolgsleute der Lehnsherren.

»Meint ihr wirklich, dass sich dieser Aufwand lohnt?«, fragte der Erzbischof von Utrecht eines Abends, als sie zum Mahl zusammensaßen. »Die Pferde hier sind Kaltblüter. Sie können Wagen, Pflüge oder Baumstämme aus den Wäldern ziehen. Aber sie eignen sich nun mal nicht für Attacken, wie sie von den Arabern und ihren Einfällen in Aquitanien berichtet werden.«

Karl warf einen abgenagten Hasenknochen hinter sich auf den Boden. »Wir brauchen spätestens im nächsten Frühjahr eine Reiterei, um Erfolg zu haben. Ich weiß, es werden nicht einmal hundert sein. Doch ohne sie wird uns jeder für eine wilde Räuberbande aus den Ardennen halten und nicht für eine Truppe, die Raganfrid und seine Neustrier verjagen könnte.«

»Steckt eure Pläne nicht zu hoch«, mahnte Willibrord. »Und welchen Weg ihr gehen müsst, könnt ihr erst dann entscheiden, wenn ihr im Frühjahr wisst, wie viele Anhänger deines Vaters sich dann auf deine Seite schlagen, Karl.«

»Plektrud ist reich!«, stieß Karl hervor. »So reich, dass sie sich jede Menge Günstlinge kaufen kann!«

»Wohl wahr, wohl wahr«, sagte Willibrord mit einem tiefen, fast schon sehnsüchtigen Seufzer.

Karl zog die Brauen zusammen. Auf seiner Stirn bildete sich eine doppelte Falte. Für einen Moment war er versucht, zu glauben, dass jetzt sogar der alte Freund und Vertraute seines Vaters in die Fänge von Plektruds Nachkommen geraten war.

»Das Kloster Echternach ist hocherfreut darüber, dass es jetzt auch noch Wald, Felder, einen Teil des Flusses und altgermanische Thingstätten auf den Berghöhen besitzt, die allesamt nicht einmal zehn Meilen von hier entfernt sind.«

»Du meinst nicht etwa ... Bollendorf?«

»Ganz recht, Karl«, antwortete Willibrord. »Dein Stiefneffe, der gerade einundzwanzigjährige Arnulf, hat mir seinen Anteil an Bollendorf geschenkt. Damit sind wir Mönche wie du selbst zu gleichen Teilen Eigentümer der wunderschönen Germanenfeste nur ein Stück stromauf.«

Die drei in braune Kapuzenkutten gekleideten und mit weißen Stricken gegürteten Männer gingen hintereinander am schmalen Ufersaum des Flusses entlang, der gemächlich am Fuß der Berge in Richtung Mosel floss. Von Zeit zu Zeit wurden mächtige nackte Felsbänke mit eigenartigen Ausbuchtungen und Höhlen in halber Höhe der Bergflanken sichtbar.

Obwohl keiner der drei Männer darüber sprach, wussten sie alle, was sie in diesen Augenblicken dachten: Genauso musste es ausgesehen haben, wenn die alten Götter der Germanen in ihren Himmelsburgen in Streit gerieten. Die Felsen waren herabgefallen, teilweise im Wald und in das Flussbett eingeschlagen und jetzt blank gespült.

Sie erreichten eine Biegung des Flusses, der von Westen her einem gewaltigen Plateau auswich. Die natürliche Waldfestung stürzte an drei Seiten durch steile Täler bis zu den Flüssen Sauer und Prüm hinab. Und an der vierten Seite sollte der Berg durch große germanische Wälle befestigt sein. Überall entdeckten sie Reste der römischen Besiedlung.

»Das ist schon mehr als fünfhundert Jahre alt«, sagte Willibrord, als sie an einem halb zerstörten Standbild der Göttin Diana vorbeigingen.

Karl und Rotbert sahen nur noch den unteren Teil eines großen Reliefs mit Tier- und Menschenfüßen zwischen römischen Säulen. In drei Teilen war in Großbuchstaben in den Stein gehauen, dass ein Quintus Postumus das Denkmal für die antike Göttin der Jagd gestiftet hatte.

»Mit diesen Fäusten«, lachte Willibrord und hob beide Hände, »mit diesen Fäusten habe ich Hammer und Meißel gehalten, um eigenhändig das Götzenbild zu zerstören.«

»Warum das?«, fragte Graf Rotbert verwundert.

»Warum das, fragst du mich?«, stieß Willibrord hervor. »Glaubst du im Ernst, wir würden irgendein heidnisches Götzenbild in einer Gegend stehen lassen, die wir durch die Taufe unserem Herrn Jesus Christus zugeführt haben?«

Rotbert schüttelte den Kopf. »Ich sehe keinen Sinn darin, Steinbilder zu zerschlagen. Sie schaden doch niemandem mehr.«

»Ihr wisst zu wenig von den vielfältigen Versuchungen und Anfechtungen, die unser Glaube bestehen muss. Nicht genug, dass wir für die Vernichtung heidnischer Symbole zu kämpfen haben – in manchen Gebieten südlich der Alpen macht sich sogar eine ganz neue Art von Reliquienverehrung breit. Und ich bin mir nicht sicher, ob es gut ist, wenn zu viele Dinge vom eigentlichen Glauben ablenken.«

»Du meinst den Streit um die Bilder der Heiligen, den es bereits in Byzanz geben soll?«

»Ja«, antwortete Willibrord. »Dort macht man den Fehler, die Ikonen selbst als heilig anzusehen. Aber Ikonen sind nun mal keine Reliquien, sondern von Menschen gemachte Abbilder, die bestenfalls einen symbolischen Wert haben.«

»Gott sei Dank ist das nicht auch noch unser Problem«, stellte

Karl fest und strich mit einer Hand über die halb zerstörte Säule. Sie gingen ein Stück zurück und wanderten auf der anderen Seite des Weilerbachs bis zu einer gefährlich wirkenden Felsschlucht von etwa dreihundert Schritt Länge mit einem schmalen Ein- und Ausgang.

»Seht ihr? Auch hier«, sagte Willibrord und deutete auf zwei eingemeißelte Worte an den Wänden. »Artioni Biber«, las er vor.

»Was heißt das?«, fragte Karl.

»Artio war die keltische Bärengöttin«, erklärte Willibrord, »eine Jagdgöttin wie Diana. Ihr Kult lebte zur Zeit der Römer bei den Treverern in Trier weiter. Und irgendein Galloromane namens Biber hat dann an diesem Ort die beschwörende Inschrift in die Wand geschlagen.«

»Zu welchem Zweck?«, fragte Graf Rotbert.

»Zu dem gleichen wahrscheinlich, zu dem es hier überall noch Verbrennungsplätze, Urnengräber und Menhire mit Druidensteinen gibt.«

Sie gingen eine Weile nebeneinander her auf dem Weg zurück bis zum Steilabfall der Hochfläche zur Bollendorfer Seite. Erst jetzt sahen sie, dass dort alle paar Schritte riesige Felstürme aus den senkrechten Wänden hervorsprangen. Sie sahen aus, als würden sie wie zyklopische Bastionen den einst umlaufenden Ringwall verstärken.

Plötzlich ahnte Karl, warum sich Willibrord so entschieden für Echternach als seinen zweiten Stützpunkt eingesetzt hatte: Echternach lag am Südrand des großen Felsplateaus – jener gewaltigen und schwer zugänglichen Hochburg von ungezählten vorgeschichtlichen, römischen und germanischen Gottheiten. Zwölf mal zwölf Mönche und zwölf mal zwölf Jahre würden nicht ausreichen, um alle Spuren des alten Glaubens so auszulöschen, wie es die Missionare für ihre Aufgabe hielten. Viel Zeit also für sehr viel Arbeit guter Missionare …

»Wir warten hier«, sagte Willibrord und setzte sich auf einen Felsstein. Er schnürte ein Leinentuch auf, in dem er ein wenig Proviant getragen hatte, bot den anderen an und blickte sehr zufrieden ins stille Tal des Sauerflusses hinab.

Sie hatten gerade den ersten Brocken Brot gebrochen, als aus dem Unterholz an der Plateauseite einer von Willibrords Mönchen hervorkam. Er schüttelte sich und streifte Dornen und Kletten von seiner Kutte.

»Sie kommen«, keuchte er mit schweißnassem Gesicht. Er musste sehr schnell durch den Wald gelaufen und über Felsbrocken gestiegen sein.

»Ist Milo auch dabei?«, fragte Willibrord.

Der Mönch nickte. »Sie haben ihre Pferde unten an der Bärenklamm zurückgelassen.«

Karl trat einen halben Schritt vor. »Sind sie gekleidet und gerüstet, wie ich gefordert habe? Haben sie alle die Waffen, Knechte und genug Verpflegung mit, wie es zum Märzfeld das Gesetz ist?«

»Das ist im Augenblick nicht wichtig«, antwortete Willibrord. »Wichtig ist vielmehr, ob derartige Männer auf deine Seite übergehen oder ob du sie bekämpfen musst.«

»Ja, du hast recht«, sagte Karl nach kurzer Überlegung. »Aber hör auf, mich zu behandeln, als wäre ich noch immer krank und rechtlos. Das ist vorbei, Bischof von Utrecht und Abt von Echternach! Und nun lass deine Freunde kommen, die du mit mir verbünden willst!«

5

In der Germanenfeste

Der große schwarzhaarige Mann brach wie ein Bär durch das Unterholz. Karl wusste sofort, dass es Abt Milo sein musste, der Sohn des alt gewordenen Bischofs von Trier. Er hatte viel von ihm gehört, ihn aber noch nie zuvor gesehen. Milo kam direkt auf ihn zu und streckte seine Hände aus. Er trug eine äußerst seltsame Gewandung: die braune Kapuzenkutte der irischen Wandermönche, aber anstelle des weißen geknoteten Stricks ein fränkisches Wehrgehänge aus starken Lederriemen. Er war unbewaffnet, sah aber ganz so aus, als könne er sich mit ein, zwei Handgriffen von einem Mönch in einen starken und geübten Waffengänger verwandeln.

»Sei gegrüßt, Karl«, rief der Abt bereits, als er noch zehn, zwanzig Schritte entfernt war. »Geht es jetzt endlich los mit dir?«

Er stürmte auf Karl zu, umschlang ihn mit seinen bärenstarken Armen und presste ihn an seine Brust. »Ich bin so froh«, rief er begeistert, und seine dunklen Augen blitzten. »Endlich kein Kind mehr und kein jämmerlicher Pfalzgraf, den wir mit Gottes Hilfe zum Majordomus von Austrien machen können. Und dann, wenn wir das böse alte Weib gezwungen haben, zu ihren Betschwestern im Kapitol zu ziehen, auch noch zum obersten Verwalter des Königtums in Neustrien und Burgund.«

»Musst du ihm gleich mit dem Allerschlimmsten drohen?«, rief Willibrord und lachte. »Lass ihm doch erst mal Zeit, sich an dein ungestümes Wesen zu gewöhnen.«

Nacheinander kamen immer mehr Männer aus dem Dickicht auf den freien Platz unter den Bäumen an der Felsbastion. Einen der nächsten kannte Karl bereits. Es war Hedan, Herzog der Thüringer. Sie nannten ihn den Jüngeren, obwohl er durch sein Alter bereits leicht gebeugt ging.

»Ich freue mich, dich hier zu sehen«, rief der Edle von der Unstrut. »Du weißt, dass ich ein treuer Kampfgefährte deines Vaters war und manches Mal an seiner Seite ritt.«

»O ja, das weiß ich«, gab Karl zurück. Er war erfreut und überrascht zugleich, dass sich mit Hedan die besten Männer Thüringens auf seine Seite stellten. Das war mehr wert als alles andere, was jetzt noch kommen konnte.

»Erlaube, dass ich dir meinen Sohn Thuring vorstelle«, sagte Hedan. Er deutete auf einen schlanken blonden Mann, der nach Karls Einschätzung gerade erst volljährig geworden sein konnte. Für einen Augenblick versetzte ihm die Jugend von Hedans Sohn einen Stich. Er wollte eigentlich nur mit erfahrenen und kampfgeübten Männern gegen die Friesen und Neustrier ziehen. Sie waren noch zu wenige, um auch nur einen dadurch zu verlieren, dass sie das Feuer seiner Jugend über die eigenen Fähigkeiten täuschte.

»Schön, dass du mitgekommen bist«, sagte Karl dennoch und reichte Thuring die Hand. Sie fühlte sich schon stark und fest an.

»Täusche dich nicht in mir, Karl«, sagte der junge Thüringer. »Mir wächst vielleicht erst in ein paar Jahren ein Rauschebart wie manchem anderen hier. Aber ich übertreibe nicht, wenn ich dir sage, dass es nur wenige zwischen der Unstrut und der Seine geben dürfte, die geschickter auf einem guten Pferd sind als ich selbst.«

»Da übertreibt der junge Recke keineswegs«, knurrte Abt Milo wohlwollend. »Ich habe ihn gesehen, wie er in schweren und verdammt brutalen Zweigefechten einen Gegner nach dem anderen aus dem Sattel schlug.«

»Unsere Männer sind bereits eingewiesen«, unterbrach sie Herzog Hedan. Er wandte sich an seinen Sohn: »Wie viele hast du mitgebracht?«

»Immerhin fünfzig«, antwortete Thuring stolz. »Die Hälfte Freie, die ihre eigenen Waffen tragen, die andere Hälfte Hörige, denen ich nur ein paar Hufen zusätzliches Land versprochen habe.«

Karl wandte sich an den Abt. »Wer kommt sonst noch?«

»Die meisten wollen abwarten, wie sich das alles hier entwickelt«, antwortete Milo. »Hier rund um Trier und Echternach kann ich im Frühjahr noch ein paar starke Arme zu euch bringen. Nach Süden hin sieht es viel schlechter aus. Aus Metz können wir zurzeit nichts erwarten. Ebenso wenig aus Verdun und Reims.«

Er zog die Mundwinkel herab und spuckte aus. »Dort herrscht noch immer Bischof Rigobert. Er war dein Taufpate, aber inzwischen ist er ziemlich abhängig von Bischof Raganfrid in Rouen, der ja noch immer keine Messe selber lesen kann, weil er zu dumm und ungebildet dafür ist ...«

»Was ist mit Mainz, den Königspfalzen östlich von hier am Rhein?«

»Nichts zu machen«, sagte der Herzog der Thüringer und schüttelte den Kopf. »Natürlich hätte ich in meinem Amt gewisse Möglichkeiten, aber das wäre für uns alle im Augenblick viel zu gefährlich. Wir brauchen Männer, auf die wir uns verlassen können, und keine Mitläufer, die nur das Fähnchen nach dem Wind hängen.«

Willibrord drehte sich zu Karl um und legte ihm die Hände auf die Schultern. »Ich kann von nun an nicht mehr viel für dich tun«, sagte er.

»Wir werden schon über den Winter kommen«, warf Graf Rotbert ein.

»Nur das allein wäre mir und vielen anderen zu wenig«, gab Willibrord zurück. Er schwieg für einen Moment und blickte Karl und Rotbert abwechselnd in die Augen. Dann drehte er sich um und ging mit großen Schritten in den Wald.

Es dauerte bis zum Weihnachtsabend, ehe Willibrord mit seinen Mönchen in die Waldfestung an der Sauer zurückkehrte. Sie brachten köstliches Gebäck mit, dazu gut gereiften Käse, Unmengen von Speckseiten, Trockenobst und ein halbes Dutzend Fässchen mit gutem Moselwein.

Irgendwann in den vergangenen Wochen waren auch Mädchen und Frauen aus der Umgebung in Karls erstem Winterlager aufgetaucht. Er selbst erfuhr von Willibrord, dass es seiner eigenen Frau und seinen Kindern gut ging. Sie waren im Doppelkloster von Stavlot-Malmedy untergekommen und wurden dort versteckt.

»Ich hätte sehr viel lieber gesehen, wenn Chrotrud und die Kinder bei der Familie meiner Mutter wären«, sagte er.

»Du meinst, weil Bischof Hugbert von Maastricht früher einmal Abt von Stavlot-Malmedy gewesen ist?«, fragte Willibrord. »Du kannst beruhigt sein. Bischöfe halten nichts von Blutrache. Die Angelegenheit mit Lambert, der durch den Streit mit dem Bruder deiner Mutter umkam, ist zwar nicht vergessen, aber ihr hier habt nichts damit zu tun.«

Die Nächte in den Bergen blieben kalt, aber die Tage für die Waffenübungen wurden mit dem neuen Jahr immer länger. Noch ehe sich auch nur das erste Schneeglöckchen am Rand des Felsenlagers zeigte, klirrten die Waffen freudiger als in den trüben Wochen, die alles nur gelähmt und furchtsam gemacht hatten. Keiner der Männer konnte sich über die Verpflegung, mangelnde Bewegung oder Langeweile an den Lagerfeuern beklagen. Sie hatten satt zu essen und so viel zu tun, dass sie stöhnend auf die Felle sanken, sobald Karl den Übungstag beendete.

An einem dieser Abende setzte sich Herzog Hedan wieder einmal zu Karl.

»Du wirst erst dann mehr Anhänger deines Vaters bekommen, wenn diese Edlen sehen, dass du nicht nur Rebell, sondern der neue Anführer für alle sein kannst«, sagte er. »Schon deshalb brauchst du bald einen Kampf, der Zutrauen in deine Kraft und Stärke verbreitet.«

»Sehr schöne Worte«, antwortete Karl, noch immer von den Anstrengungen der letzten Stunden schnaufend. »Aber so, wie es im Moment aussieht, könnten wir noch nicht einmal die Ruinen Colonias erobern. Wir haben derzeit knapp zweihundert Männer unter Waffen. Mich, Rotbert und sogar Abt Milo eingeschlossen. Nehmen wir an, im Frühling kämen noch einmal fünfhundert oder tausend Männer hinzu. Meinst du, damit könnte ich die Neustrier aufhalten? Mit ihrem rechtmäßig gewählten Hausmeier und einem gottgewollten Merowingerkönig?«

»Natürlich nicht«, antwortete Herzog Hedan. »Du brauchst schon ein paar Tausend Mann, wenn du nicht mit der gleichen Schande untergehen willst wie Theudoald bei Compiègne.«

»Ein paar Tausend Mann«, wiederholte Karl und presste die Lippen zusammen. Genau das war es! Er zweifelte nicht einen Augenblick daran, dass sie sich finden ließen. Aber er hatte nichts, was er ihnen für die Gefolgschaft und einen Zug auf Leben oder Tod als Gegenleistung bieten konnte.

Am ersten warmen Frühlingstag kam Willibrord erneut in das Berglager zu Karl und seinen Männern.

»Bei uns liegt kaum noch Schnee«, sagte er. »Die ersten Krokusse kommen hervor, Schneeglöckchen ebenfalls.«

»Die haben wir hier auch«, antwortete Karl lächelnd und zeigte auf die vielen kleinen Sträußchen, die ihm die Mädchen im Lager geschenkt hatten.

»Es sieht so aus, als ob Raganfrid nichts anbrennen lässt«, berichtete der Abt von Echternach.

Sie gingen zum Feuer vor einer der Holzhütten, die entlang einer Felswand errichtet worden waren, und setzten sich auf rohe Holzstühle. Lachende Mädchen brachten heißen Honigwein und knuspriges, in der Holzkohlenglut gebackenes Brot.

»Eigentlich wäre nach dem Tod von König Dagobert III. sein Sohn Theuderich erbberechtigt gewesen«, sagte Willibrord und ließ sich Wein nachschenken. »Wir haben uns schon längere Zeit gefragt, was sie mit ihm anstellen würden, nachdem der Mönch Daniel zum neuen Merowingerkönig erhoben worden ist.«

»Und? Haben sie ihn umgebracht?«

»Nein«, lachte Willibrord mit bitterem Unterton. »Das hätten selbst Raganfrid und seine Anhänger nicht gewagt. Er war ja erst ein halbes Jahr alt. Nein, umgebracht haben sie ihn nicht. Er ist ins Kloster Calla an der Marne, zweieinhalb Meilen westlich von Paris, gebracht worden.«

»Ein Mönch wird König und ein rechtmäßiger Thronfolger wird Mönch!«, lachte Graf Rotbert. »Was ist das nur für eine Welt!«

»Das Wetter bessert sich«, sagte Willibrord. »Wie sehen deine Pläne aus?«

»Eine Möglichkeit wäre, den Neustriern über Metz, Verdun und Reims entgegenzuziehen. Aber diese Marschrichtung hebe ich mir für später auf. Im Augenblick ist es günstiger, wenn ich nur den Wurfspeer hebe und ihn dorthin schleudere, wo ich meinen ersten Kampf bestehen will.«

»Und wo wäre das?«, fragte Willibrord. »Etwa doch vor den Toren Colonias?«

»Nein«, antwortete Karl. »Ich werde nicht warten, bis sich die Neustrier mit den Friesen zusammenschließen, sondern schon vorher einen Keil zwischen sie treiben. Ich denke daher, dass ich quer durch die Teufelsschlucht dort drüben an der Prüm entlang in den Bedagau eindringe und dann vorsichtig nach Norden marschiere.«

»Und wie dann weiter?«, fragte Willibrord.

»Von Bitburg aus an der Kyll entlang bis nach Mürlenbach.«

»Bist du von Sinnen?«, stieß Herzog Hedan von Thüringen hervor. »Die Burg Mürlenbach ist der Stammsitz von Bertrada, Tochter von Irmina und Schwester deiner Stiefmutter.«

»Du musst mir nicht erzählen, welche Verwandtschaft Plektrud hat«, antwortete Karl. »Aber wir werden ab Mürlenbach nicht weiter flussauf bis Gerolstein gehen, sondern nach Westen abbiegen. Ich kenne einen Weg dort durch die Täler bis nach Prüm und weiter in die Ardennen hinein, den ich mit meinem Vater einmal geritten bin.«

»Warum nehmen wir nicht einen einfacheren Weg?«, fragte Graf Rotbert. »Wir können ja die alten Römerstraßen meiden und uns immer ein wenig westlich davon halten.«

Karl sah ihn an und lachte. »Willst du mir etwa verübeln, wenn ich nach vielen Monaten in unserem Winterlager meine Frau und meine Kinder wiedersehen möchte?«

»Natürlich nicht«, antwortete Graf Rotbert. Sein Gesicht war rotfleckig und verfroren. Das Winterlager, die Mädchen und der viele Wein waren seiner Haut nicht gut bekommen. »Aber du könntest auch allein kurz hinreiten, während wir weiter über das Hohe Venn nach Norden vorrücken.«

»Genau das sollt ihr auch«, antwortete Karl. »Wir trennen uns spätestens in Malmedy. Während ihr weiterzieht, reite ich an der Amblève entlang bis zum Kloster Stavlot. Das kann ich leicht in einer halben Stunde schaffen.«

»Und du willst tatsächlich allein nach Stavlot?«, fragte Abt Milo. »Ich könnte dir behilflich sein und würde gern wieder einmal mit dem Abt dort einen Humpen heben.«

»Damit sich Rotbert mit den anderen im Wald verläuft?«, gab Karl lachend zurück. »Nein, nein, Milo. Ich möchte, dass ihr beiden zusammenbleibt und euch die Gegend zwischen Stavlot und Malmedy etwas genauer anseht. Möglicherweise können wir in dieser Gegend unser Sommerversteck einrichten.«

Sie saßen noch sehr lange um das nächtliche Feuer. Erst als im Osten die Morgenröte hinter dunklen Bäumen auftauchte, verabschiedete sich Willibrord.

Bereits am nächsten Tag lösten sie das Lager auf und verstauten alles, was sie mitnehmen wollten, auf Eseln oder Pferden. Karl übernahm den ersten Trupp mit zwei Dutzend Reitern. Graf Rotbert führte die Hauptgruppe der kleinen Streitmacht, und Abt Milo übernahm den Tross mit Zimmerleuten, Schmieden, Frauen und allen anderen, die bisher noch nicht eingeteilt worden waren.

Erst bei dieser Gelegenheit stellten sie fest, dass sie insgesamt doch fast zweihundertfünfzig Menschen gewesen waren, die sich zum Schluss im Winterlager aufgehalten hatten.

Karl, Herzog Hedan mit seinem Sohn Thuring und ihre fünfundzwanzig Berittenen brachen bereits im ersten Morgenlicht auf. Sie kamen zügig voran, ritten in den Bedagau, in dem vor einigen Jahrhunderten überall starke Römerkastelle gebaut und sogar die kaiserlichen Domänen mit endlosen Mauern gegen die Germanen umgeben worden waren. In den Jahrhunderten seit dem Abzug der Römer war das Land mit seinen steilen Flusstälern längst wieder mit einem dichten, dunklen Wald wie in den alten Zeiten überwachsen.

Die Berittenen verließen die Reste der alten Römerstraße und bewegten sich in weitem Bogen um den Sitz von Graf Arnold. Der Sohn von Drogo und damit Stiefneffe von Karl hatte sich in den Ruinen des alten Römerkastells eingerichtet und verwaltete von hier aus die ehemalige römische Kornkammer für Trier.

Das Wetter blieb gut, und Karl entschied sich, an der römischen Villa Otrang nach Nordwesten abzubiegen. Sie übernachteten in einem steil ansteigenden Waldstück südlich von Prüm und erreichten zwei Tage später den Zusammenfluss der beiden Bäche Warche und Amblève zwischen Stavlot und Malmedy. Hier teilte Karl seine Begleiter.

»Reitet ihr durch das Warchetal nach Malmedy«, sagte er zu Herzog Hedan. »Ich selbst reite nach Stavlot und bleibe dort, bis Graf Rotbert und Abt Milo mit dem Tross eingetroffen sind.«

»Das kann gut eine Woche dauern«, gab Herzog Hedan zu bedenken.

Karl schmunzelte vergnügt. »Ich habe nichts dagegen«, sagte er. »Vergiss nicht, dass ich mein Weib und meine Kinder monatelang nicht gesehen habe.«

Sie wussten bereits, dass er kam, und erwarteten ihn am Nordufer der Amblève. Hier, am nördlichen Punkt des Flusses, zwischen hohen, dicht bewaldeten Bergen, wirkte das kleine Kloster Stavlot wie eine nach allen Seiten geschützte Königspfalz.

Karl ritt in leichtem Trab auf seine Familie zu, die ihn am Zaun zwischen den Klostergebäuden, den säuberlich gepflegten Gräbern der Kirchenmänner und den Gemüsebeeten am Flussufer erwartete.

Er dachte daran, dass sein Vorfahr Grimoald nicht nur dieses Kloster gegründet, sondern auch als Sohn und Nachfolger des ersten Majordomus mit dem Namen Pippin die schlimmste Krise in ihrer Familie verursacht hatte.

Er war derjenige gewesen, der vor fast hundert Jahren aus gotteslästerlichem Hochmut die Königswürde der Merowinger für sich selbst gefordert hatte. Doch alle Macht der Familie, sein Landbesitz und der Einfluss seiner Anhänger hatten nicht ausgereicht, um das Verbrechen gegen Gottes Fügung durchzusetzen. Der Majordomus Grimoald war im Jahr 662 nach der Geburt Jesu Christi hingerichtet worden. Sein Sohn, Childerich der Adoptierte, verschwand ebenfalls über Nacht. Damit war die männliche Nachfolge von Pippin dem Älteren ausgestorben.

Seine Schwester Gertrud war bereits drei Jahre zuvor als Äbtissin des Klosters von Nivelles gestorben. Begga, seine zweite Schwester, heiratete Ansegisel, den Sohn des Bischofs von Metz. Sie wurden die Eltern von Pippin II., seinem Vater. Karl hatte sich oft mit seinem eigenen Eheweib darüber amüsiert, dass sein Vater nicht nach dem Vorfahr väterlicherseits, sondern nach dem Vater seiner Mutter benannt worden war. Genau dies war dann der Grund gewesen, aus dem Chrotrud ihren zweiten Sohn während Karls Kerkerhaft ebenfalls auf den Namen Pippin hatte taufen lassen.

Karlmann und Hiltrud rannten ihm entgegen. Er aber blickte auf den dritten Pippin in den Armen von Chrotrud.

Die beiden größeren Kinder erreichten ihn auf seinem Pferd. Karl beugte sich zur Seite und hob zuerst seine Tochter hoch. Er hatte Mühe, sich unter ihren stürmischen Umarmungen im Sattel zu halten. Dann nahm er auch noch Karlmann auf das Pferd und ließ ihn vor sich sitzen. Die Kinder schmiegten sich an ihn und jauchzten vor Freude darüber, dass sie ihn nach so langer Zeit wieder umarmen konnten. Chrotrud stand hoch aufgerichtet am Gartenzaun und blickte ihm fröhlich strahlend entgegen.

»Sie lassen mich nicht zu euch«, rief Karl ihr zu. »Wie geht es dir? Und was macht unser dritter Pippin?«

»Ihm geht es gut. Ebenso mir und den beiden anderen, wie du

siehst«, antwortete Chrotrud fröhlich. Sie gab ihm den Kleinen hoch und legte dann die Hände auf sein linkes Knie.

»Genau so könnten wir zu einem Denkmal werden«, freute sich Karl. Es störte ihn nicht, dass Tränen in seine Augen traten. »Heimkehr des Kriegers, noch ehe irgendetwas in den Gemüsebeeten verwelkt.«

»Aber du kehrst nicht heim«, sagte sie und konnte nur mit Mühe den Kummer in ihrer Stimme unterdrücken.

»Zunächst einmal bleibe ich ein paar Tage bei euch. Ich habe viel Zeit für jeden von euch mitgebracht.«

Die Kinder kreischten und kletterten an ihm herum. Karlmann riss an seinem Schwertgriff, während Hiltrud mit ihren kleinen zarten Fingern seinen flauschigen blonden Bart durchkämmte, der ihm während der Wintermonate von Bollendorf gewachsen war.

Dicht nebeneinander gingen sie alle auf das Kloster von Stavlot zu. Einige Mönche richteten sich von ihrer Hofarbeit auf. Andere blickten ihnen aus den Fenstern im ersten Stock entgegen. Stavlot war ein aus massivem Felsstein erbautes Kloster mit einer Kirche und verschiedenen Einzelgebäuden.

Entgegen seinem Versprechen hatte Karl an diesem Tag doch nur wenig Zeit für seine Familie. Bereits am Abend bat ihn der Abt zu einem wichtigen Gespräch. Dabei erfuhr Karl, dass die Neustrier unter Majordomus Raganfrid schon viel weiter durch den Kohlenwald nach Osten vorgedrungen waren, als er in Echternach gehört hatte.

»Sie sind zu stark für euch, Karl«, sagte der Abt von Stavlot. »Mach nicht den gleichen Fehler wie dein Vorfahr Grimoald. Du bist noch nicht so weit, dass du nach dem Amt des Majordomus greifen kannst. Warte, bis sich die Dinge geklärt haben und deine Stiefmutter ebenfalls vor Gott den Herrn getreten ist.«

»Wir haben darüber oft genug in Echternach gesprochen«, antwortete Karl. »Wenn auch nur ein Jahr mehr vergeht, haben die Austrier sich an das Weib gewöhnt, oder an die Friesen, die sich wahrscheinlich von Raganfrid Colonia als Beute geben lassen.«

»Das glaube ich auf keinen Fall«, sagte der Abt. »Raganfrid wird diesen Heiden niemals die Hauptstadt Austriens überlassen. Dafür hängt viel zu viel Geschichte und Tradition zwischen den Mauern der *Colonia Agrippinensis*. Er wird ihnen das Land zurückgeben, das ihnen von deinem Vater genommen wurde. Mehr aber nicht!«

Sie sprachen noch eine Weile miteinander, dabei erfuhr Karl, welche der Freien und Hörigen aus den Gebieten zwischen Lüttich und Maastricht, Aquis grana und Zülpich möglicherweise zu ihm stoßen würden. Es waren viel weniger, als er erwartet hatte. In dieser Nacht verbarg er sich in der weichen Wärme seiner Frau dicht neben sich. Sie hielten sich umschlungen, streichelten sich und wurden immer wieder eins. Und spürten dennoch, dass sich viel verändert hatte ...

In den nächsten Tagen nahm Karl Hiltrud mehrmals mit in den Sattel. Karlmann durfte auf einem eigenen Pferd neben ihm reiten. Manchmal wurden sie durch in paar kräftige Mönche bis hinüber zum anderen Teil des Klosters in Malmedy begleitet.

Karl jagte oben auf den Bergen und ritt in halber Höhe auf beiden Seiten des Tales hin und her. Zwei- oder dreimal sah er auch andere Angehörige seiner kleinen Streitmacht. Er vermied es, mit ihnen zusammenzutreffen, denn heftiger als je zuvor wollte er die Zeit, die er sich selbst zugebilligt hatte, zum Kräftesammeln bei seiner Frau und seinen Kindern nutzen.

Als viel zu schnell die Zeit des Abschieds kam, ahnten alle, wie schwer der Weg sein würde, den Karl jetzt vor sich hatte. Aber weder Chrotrud noch die Kinder weinten. Es war Karl selbst, der schlucken musste, als er eine Woche nach seinem Eintreffen erneut sein Pferd bestieg. Er blickte Chrotrud und die Kinder lange an. Dann nickte er, räusperte sich und rief seinem Pferd ein heiseres »Ho! Ho!« zu, ehe er die Hacken in die Flanken des Tieres schlug.

Büsche, Bäume und Felder nördlich der Ardennen wirkten auch in der zweiten Märzhälfte des Jahres 716 kahler als in den Flusstälern nahe der Mosel. Dennoch waren die Männer um Karl froh, dass sie die Berge und die windigen Hochmoore des Hohen Fenns hinter sich gelassen hatten.

Vier Meilen vor der alten Römerstraße von Colonia über Maastricht nach Reims ließ Karl anhalten. Sie fanden eine flache Böschung am Ufer der Erft. Hier konnten sich Pferde und Männer so lange verbergen, bis Karl mit Graf Rotbert und Thuring die Lage erkundet hatte.

Die drei Männer ritten so lange nach Osten, bis sie mehrere kleine

Waldstücke passiert hatten und die Mauern der alten Stadt Colonia erkennen konnten.

»Näher dürfen wir auf keinen Fall an Plektruds Festung heran«, rief Karl den beiden anderen zu.

»Ich könnte mich allein in der Stadt umsehen«, bot Thuring an. Karl schnaubte unwillig. »Was willst du sagen, wenn du aufgegriffen wirst?«

»Einfach die Wahrheit«, antwortete der junge Thüringer. »Dass ich Thuring, der Sohn von Herzog Hedan II., bin.«

»Du kannst reiten«, antwortete Karl. »Aber ich warne dich! Solltest du keinen Erfolg haben, würde es selbst deinem Vater mit seinen Männern schwerfallen, dich aus Colonia wieder herauszuholen. Ich gebe dir zwei Tage Zeit, doch dann musst du zurück sein.«

»Ich schaffe es!«, versprach Thuring. »Falls aber dennoch etwas dazwischenkommt, werde ich Mittel finden, dich zu benachrichtigen ...«

Bis zum Nachmittag des übernächsten Tages waren weder Thuring noch irgendeine Nachricht von ihm eingetroffen. Als sich die ersten Abendschatten über Wälder und Felder legten, kam Herzog Hedan mit einer kleinen Reiterschar aus Thüringen von Westen her zurück. Sie hatten vereinbart, dass sie bis zu einem hohen Aussichtspunkt westlich von Aquis grana vorstoßen sollten. Von dort aus konnten sie viele Meilen weit über Wälder und Täler nach Westen, Norden und Osten blicken.

»Wir sahen sehr viel Rauch aufsteigen«, berichtete der Herzog, nachdem er abgestiegen und vom schweren Wehrgehänge befreit worden war. Er ließ sich neben Karl und Rotbert ans Lagerfeuer fallen. Ebenso wie seine Männer brauchte er erst einmal einen großen Krug Wein.

»Es ist unglaublich, was die Neustrier überall verheeren«, stöhnte er dann. Er ließ sich seine Beine und die Schultern von zwei jungen, kräftigen Mosel-Maiden aus dem Gefolge Karls weich walken.

»Haben sie die Maas schon überschritten?«

»Längst«, stöhnte Hedan. »Ich fürchte, dass morgen schon die ersten Späher hier auftauchen. Raganfrid, sein Merowingerkönig und ihre Hauptmacht werden spätestens bis zum Sonntag in Jülich oder an der Erft sein.«

»Dann wollen sie Colonia direkt angreifen?«

»… oder sich irgendwo in dieser Gegend mit den Friesen treffen.«
Den ganzen Tag über waren zerlumpte Flüchtlinge an ihrem Lager vorbeigezogen. Einige hatten auch mit den Mönchen von Abt Milo gesprochen. Sie bestätigten, dass die Neustrier mit ihrem Merowingerkönig längst durch den Kohlenwald vorgedrungen waren und die Maas überquert hatten.

Karl und Graf Rotbert überlegten hin und her, was sie noch tun konnten. Die alte Krätze in Rotberts Gesicht hatte sich auch in der lauen Frühlingsluft nicht verbessert. Wie seine Krankheit war auch seine Laune.

»Ich fürchte, dass wir keinen Ausweg haben. Unten am Rheinstrom herrschen die Friesen. Jenseits von Colonia warten die Sachsen darauf, dass Anhänger deines Vaters mit Gold und Schätzen beladen ihr Leben zu retten versuchen.«

»Ja, du hast recht«, stimmte Karl nach einem tiefen Seufzer zu. »Selbst die schreckliche Plektrud kann sich im besten Fall noch wenige Wochen in Colonia halten. Noch hat sie Wasser, Vorräte und Bewaffnete. Doch das gilt nicht ewig.«

Karl wusste ebenso wie seine Stiefmutter, dass fränkische Krieger germanisch kämpften und nicht in der Lage waren, wie längst verschwundene römische Legionäre Belagerungstürme zu konstruieren, Katapulte zu bauen oder im Takt von Pauken schwerste Baumstämme so gleichmäßig gegen massive Stadttore zu rammen, dass sie zermalmt wurden und schließlich zerbrachen.

Einer von Willibrords Mönchen kam heran. Er flüsterte dem Herzog der Thüringer etwas ins Ohr.

»Es sieht so aus, als hätten nicht nur wir gute Kundschafter«, sagte Herzog Hedan, nachdem er sehr lange still und nachdenklich gewesen war.

Karl sah, dass Hedan nur mühsam ein tiefes Seufzen unterdrückte. Er ging auf ihn zu und legte eine Hand auf den Oberarm des Thüringers. »Du kannst dich nicht dein ganzes Leben mit Schwert und Schild vor deinen Sohn stellen«, sagte er. »Thuring ist volljährig und weiß selbst, was er tut.«

»Hast du von mir auch nur ein Wort der Klage gehört?«, fragte Hedan. Doch seine Mundwinkel zuckten kaum merklich.

6

Die Friesenfalle

Gegen Mittag des 22. März im Jahr 716 kam ein junger, rotgesichtiger Mann quer über ein abgeholztes Stück Allmendewald westlich von Colonia.

Der junge Mann hielt sich hinter den noch immer ziemlich hoch aus dem Boden ragenden Baumstümpfen und zögerte bei jedem Schritt, mit dem er sich dem wild und ungeordnet wirkenden Haufen von Fußkriegern und Reitern näherte. Nur wenige Augenblicke später schnitten ihm bewaffnete Männer den Weg ab.

»Wer bist du? Und welcher Teufel reitet dich, dass du dich in unsere Nähe wagst?«, fragte Graf Rotbert.

»Du … du musst mich doch kennen«, keuchte der stämmige, junge Mann. »Ich bin Tankred, Sohn von Widram und Gerolinde. Wir haben unseren Hof an der Urft von dir selbst als Lehen erhalten.«

»Ach ja! Die Leute aus dem grünen Pütz …«

Es klang herablassend, aber der junge Mann hielt mutig dagegen: »Ganz recht, wir sind Nachfahren der Ubier, die von den Römern in Colonia angesiedelt wurden.«

»Treib's nicht zu kühn!«, warnte Graf Rotbert. »Was treibt dich hierher?«

»Mein Vater schickt mich«, antwortete Tankred. »Er sagt: ›So wie ich mit frohem Herzen Fische für meinen Lehnsherrn gefangen habe, so will ich ihm auch diesmal zeigen, dass ich ihm für das Lehen dankbar bin.‹«

»Ich sehe keinen Korb mit Fischen«, lachte Graf Rotbert. »Oder hast du etwas anderes mitgebracht?«

»Ja«, antwortete Tankred. »Ich kann es selbst nicht lesen, aber ich soll dir das hier geben.«

Er nestelte eine schmale Rolle aus weißem Ziegenleder unter seinem Kittel hervor, Graf Rotbert streckte die Hand aus. Tankred gab ihm das Lederstück mit kleinen Strichen. Sie sahen aus, als sei ein Vogel über das Leder gelaufen. Rotbert ging mit Karl und Milo zu einem der kleinen Feuer.

»Seht euch das an!«

»Ich kann nichts erkennen«, schnaubte Abt Milo.

Karl stieß einen leisen Pfiff aus.

»Runen«, sagte er. »Das sind ganz eindeutig Runen.«

»Und was bedeuten sie?«, fragte der Abt.

»Tankreds Vater teilt uns mit, dass sich die Friesen geteilt haben«, entzifferte Rotbert die Zeichen. »Die eine Hälfte stößt von Norden her auf das zehnte Tor von Colonia zu. Die andere soll während der Nacht dort in die Stadt eindringen, an der die Römer sich früher einmal frisches Wasser aus den Bergen mit großen Leitungen in ihre Colonia geholt haben.«

»Nicht schlecht«, gab Karl zu. »Die Friesen sind doch pfiffiger, als ich vermutet habe. Das bedeutet auch, dass sie nicht allzu schwer bewaffnet sein können.«

»Genau das steht hier«, meinte Graf Rotbert.

Karl sah zu seinen Männern, die Zweige mit den ersten grünen Blättern abgeschlagen und auf der nassen Erde ausgebreitet hatten. Sie hockten auf den darübergelegten Schaffellen, Kuhhäuten und Waffensäcken. Die meisten kochten irgendetwas in Kesseln, die an Stangen über dem Feuer hingen, oder brieten sich das eine oder andere Stück Wild, von dem nach und nach die gar gewordenen Fleischschichten abgeschnitten und, in dünne Brotfladen gehüllt, gegessen wurden.

»Wie viele Mann unter Waffen gibt es zurzeit in Colonia?«, fragte Rotbert.

»Ich habe von zweitausend gehört«, antwortete Tankred.

»Und was spricht man von den Neustriern?«, wollte Karl wissen. »Von Raganfrid und König Chilperich II.?«

»Es heißt, dass sie mit fast zweitausend Reitern und ungefähr dreitausend Kriegern zu Fuß heranrücken.«

»Das kann stimmen«, meinte Rotbert. »Und die Friesen?«

»Es sollen ebenfalls zweitausend sein«, antwortete Tankred. »Ich habe sie gesehen, aber ich kann nicht so weit zählen.«

Zum ersten Mal stellte auch Herzog Hedan eine Frage: »Hast du etwas von meinem Sohn Thuring gehört?«

»Ja, und es geht ihm gut«, antwortete Tankred. »Wir wissen immer, was am Hof von Plektrud, in den Unterkünften und in den Ställen geschieht. Wir haben gute Verbindungen zu den Handwerkern und sogar zu den Priestern der verschiedenen Kirchen von Colonia.«

Karl strich sich mit den Fingern durch seinen noch recht kurzen Bart. »Wie viele Schwerter?«, fragte er direkt. »Wie viele Schwerter könnt ihr aus Colonia beschaffen?«

»Wir selbst haben leider nur zwanzig«, antwortete Tankred bedauernd, doch seine Augen leuchteten. »Doch jedes davon ist mehr wert als drei Kühe. Zusammen mit anderen aus den verschiedenen Lehen, Höfen und Dörfern könnten es drei- bis vierhundert werden.«

Karl starrte den jungen rotgesichtigen Mann ungläubig an.

»Drei- bis vierhundert, sagst du? Warum hast du das nicht gleich gesagt?«

Die Feuer am Ufer der Erft wurden langsam kleiner. Während die meisten sich schlafen gelegt und mit ihren Schafpelzen zugedeckt hatten, sprachen ihre Anführer noch lange über die Friesen.

»Wer die Friesen bezwingen will, muss sich voll und ganz auf sie einstellen«, sagte Karl. »Mein Vater hat es einmal geschafft, ihren Herzog Radbod zu besiegen. Er hat sie so weit zurückgetrieben, dass sie ihre Wut danach an den irischen Mönchen ausließen. Natürlich sehen sie jetzt bei den Neustriern die Chance, ihr verlorenes Land im Gebiet von Toxandrien wiederzubekommen. Das war vorher nicht möglich. Vergesst nicht, dass mein Stiefbruder Grimoald, der zweite Sohn Plektruds, mit Radbods Tochter verheiratet war. Hätten sie Kinder bekommen, sähe die Welt um uns herum sicherlich anders aus. Aber das alles zählt jetzt nicht mehr.«

Karl machte eine Pause und starrte in die Flammen des Feuers. »Meine Stiefbrüder Drogo und Grimoald sind tot. Doch nicht einmal Drogos Söhne haben es geschafft, Gnade vor den Augen ihrer Großmutter zu finden. Sie entschied sich stattdessen für diesen unehelich geborenen Enkel Theudoald, um mich zu beleidigen.«

»Und ich weiß nicht, was die Friesen hier eigentlich wollen«, brummte Abt Milo. »Sie sind doch reich genug. Inzwischen sind ihre silbernen Sceattas schon mehr wert als manches Goldstück der Merowinger.«

»Das nützt ihnen alles nichts, solange sie kein richtiges Königreich wie wir Franken haben«, sagte Karl. »Friesische Herrscher hatten nie ein großes Gefolge. Nur deshalb hat Radbod im Jahr 689 bei Dorestad gegen meinen Vater so furchtbar verloren.«

»Er hat sich all die Jahre loyal und ruhig verhalten«, sagte Herzog Hedan von Thüringen.

»Nein«, widersprach Karl und schüttelte den Kopf. »Er hat sich niemals loyal verhalten, sondern nur abwartend. Ein Mann wie dieser Friese kennt die Gezeiten und weiß, dass nach jeder Ebbe auch wieder eine Flut kommt. So jedenfalls hat es mein Vater einmal gesagt.«

Am nächsten Morgen rückte Karls kleine Streitmacht Wäldchen um Wäldchen weiter auf Colonia zu. Jeder von ihnen achtete darauf, dass nie mehr als zwei oder drei Mann zusammen gesehen wurden, wenn sie zwischen den Waldrändern und den noch nicht bestellten Ackerflächen entlanggingen. Einige hielten sich an die Senken von kleinen Bächen. Andere blieben gleich im Wald und folgten den Wegen, die sich seit vielen Jahrhunderten als schmale Pfade durch Gebüsch und Unterholz gebildet hatten.

»Wir werden kämpfen, wie es schon unsere Väter taten«, versprach Karl, als sie an diesem Morgen alles zusammengepackt hatten.

Er wusste längst, wie wichtig es war, vor den Männern Stärke zu zeigen, auch wenn er selbst noch Zweifel hatte. Jeder, der einen Haufen Bewaffneter zu führen hatte, musste mit lauter Stimme den Sieg beschwören, die Kraft und die Geschicklichkeit jedes Einzelnen in höchsten Tönen loben und sie auch dazu bringen, gemeinsam die Hilfe Gottes und der Helden in Wallhall zu preisen.

Am Spätnachmittag war Karl mit seinem Gefolge so dicht an Colonia herangekommen, dass ihre Pfeile fast über die Mauerzinnen fliegen konnten. Einige waren nicht einmal mehr hundert Schritt von den südlichen und westlichen Stadttoren entfernt.

Die eigentliche Stadt mit ihren ursprünglich tausend mal tausend Schritt großem Geviert am Westufer des Rheins war weder von den sanften Bodenwellen noch von den Rücken der Pferde aus zu erkennen.

Karl ließ einige der jüngeren Männer in die Bäume steigen, um von dort aus zu beobachten, wie sich die Friesen auf die Eroberung der Stadt von Süden her vorbereiteten. Einige andere aus dem Gefolge von Abt Milo gingen als Mönche zur Hauptstreitmacht des Friesenfürsten. Auf diese Weise erfuhr Karl, dass Radbod sich mit seinen wild und laut auftrumpfenden Bewaffneten nördlich der Stadt in einer Gemarkung aufhielt, die regelmäßig vom Frühlingshochwasser überschwemmt wurde.

Auch diesmal gab es dort noch Bereiche, in denen flache Kähne vom Rhein aus weit um die Erhebung herumfahren konnten, auf der die Römer einst ihre wichtigste Stadt im Norden errichtet hatten. Gleichzeitig bildeten die Hochwasserreste eine natürliche Sperre gegen eine zu schnelle Vereinigung der Friesen mit den Neustriern.

Es war Graf Rotbert, der sie darauf hinwies. Doch Karl sah, dass sie selbst das gleiche Problem hatten. Südlich der alten Ubierstadt und der zweiten Umwallung von Colonia waren auch die Zuflüsse zum Duffesbach noch immer viel breiter und tiefer, als sie bisher angenommen hatten.

»Wir sind nicht darauf vorbereitet, Stege anzulegen oder gar Brücken zu bauen«, sagte Karl. »Jeder Axthieb und jeder Hammerschlag wäre bis in die Stadt zu hören.«

»Was dann?«, fragte Herzog Hedan. Karl sah ihn zum ersten Mal unsicher, aber er knurrte nur. Seit der Thüringer wusste, dass sich sein Sohn innerhalb der Mauern aufhielt, hatte er viel von seiner sonstigen Überlegenheit verloren.

Dafür zeigte der schwarze Abt Milo, dass er nicht nur mit dem Kreuz und dem Schwert umgehen konnte. Seine Männer erkundeten auf den überall verstreut liegenden Gräberfeldern und jahrhundertealten Friedhöfen, wo sich Gebetshäuser, Kapellen oder gar kleine Kirchen befanden.

Der Tag neigte sich bereits dem Ende entgegen, als Abt Milo zu Karl kam und ihm vortrug, wie sie ohne großen Lärm doch noch zu Brücken kommen konnten.

»Manchmal haben die alten Gesetze mehr Gutes, als man meint«, sagte er grinsend. »Weder die Römer noch später die Franken wollten, dass ihre Gräberfelder sich innerhalb der Stadtmauern befanden. Also, was war die Folge? Die Kirchen und Kapellen mussten den Särgen nach draußen folgen. Meine Brüder haben einige dieser Kirchen aufgesucht und festgestellt, dass sie bereits ziemlich verfallen sind.«

»Was erzählst du von Kirchen?«, fragte Karl. »Lass dir lieber etwas einfallen, wie wir bei Dunkelheit über die tiefen und an den Ufern verschlammten Bäche kommen können. Wir brauchen Dutzende von Übergängen, wenn wir nicht alles auf eine Karte setzen wollen.«

»Genau das wollte ich dir eben vorschlagen«, sagte Abt Milo, noch immer grinsend. »Wir haben das Material entdeckt, aus dem wir Brücken bauen können, ohne einen einzigen Baum zu fällen.«

»Und wie willst du das machen?«

»Die Kirchen und Kapellen ...«, antwortete der schwarze Abt. »Einige der Balken sind vielleicht morsch. Aber die meisten eignen sich mit Sicherheit zur Uferbefestigung und für kleine Brückenkonstruktionen.«

»Du willst die Kirchen einreißen?«, fragte Karl entsetzt.

»Nicht einreißen, Karl. Wir wollen nur ein wenig aufräumen, nachdem die meisten Gräber ohnehin längst geplündert und ausgeraubt worden sind.«

»Ja, ja, ich weiß«, gab Karl zurück. »Es ist eine Schande, was da geschehen ist. Wir Franken sind wohl das einzige Volk Europas, das nicht nur die Gräber der ehemaligen römischen Besatzer, sondern auch noch die der eigenen Ahnen ausgeraubt hat.«

»Warum soll in der Erde bei den Toten verkommen, was für die Lebenden noch nützlich und brauchbar ist?«, fragte der schwarze Abt und hob die Schultern. »Du weißt so gut wie ich, wie selten Eisen und Bronze, Kupfer und Messing geworden sind. Kaum jemand versteht sich noch auf die Herstellung von Glas. Und all das gab es nun mal reichlich in den Gräbern ...«

»Trotzdem«, sagte Karl. »Mir hat nie gefallen, dass in Friedhöfen statt in Bergwerken gegraben wurde.«

Dunkle Gestalten huschten durch die Märznacht. Obwohl es raschelte und planschte, schluckte ein schneller, kühler Frühlingswind nahezu alle Geräusche. Er trug sie nicht in die Stadt hinein, sondern wehte sie nach Südosten über den Rhein hinweg. Dünne, nur in der Nähe des Mondes weiß gefaserte Wolken folgten ihnen und brachten neue Dunkelheit.

Unten an den kalten Bächen gelang nicht jedem ein sicherer Übergang. Niemand konnte verhindern, dass es gelegentlich platschte und abgehackte Rufe laut wurden. Dennoch näherten sich Karls Männer unablässig der äußeren südlichen Umwallung von Colonia. Zwei Stunden vor Mitternacht gaben die Ersten von ihnen durch eine Serie von Käuzchenrufen bekannt, dass sie ihr Ziel erreicht hatten.

In dieser windigen, schon fast stürmischen Frühlingsnacht schienen besonders viele Tiere zum Duffesbach zu kommen. Es waren die Männer, die in den Winterwochen auf dem Hochplateau von Bollendorf immer wieder geübt hatten, sich auf diese Weise miteinander zu verständigen.

Und dann, kurz vor Mitternacht, trafen zwei Gruppen aufeinander, von denen die eine die Sprache der Tiere nicht beherrschte. Die andere versuchte es mehrmals. Kein Käuzchen antwortete auf Käuzchen, kein Fuchs auf die Füchse.

Die Gruppe um Karl hatte sich am weitesten bis zu den Mauerdurchbrüchen vorgewagt. Noch einmal versuchten sie, eine Antwort von den anderen Schatten zu erhalten. Erst als einer der Mönche die anderen auf Friesisch anrief, wurden Flüche in derselben Sprache laut.

»Sie sind es!«, stieß Karl halblaut hervor.

Wie vereinbart stürzten die Männer in der halbmondhellen Nacht auf die Feinde zu. Die ersten Speere flogen hoch. Die Getroffenen schrien auf. Gleichzeitig rissen sie ihre eigenen Waffen hervor. Karls beste Leute schleuderten die Wurfäxte mit schnellen Drehungen gegen die anderen. Schilde zerbrachen, Helme flogen von den Köpfen.

Die Franken hatten keine Langschwerter mitgenommen. Im Kampf Mann gegen Mann im schwierigen, schräg ansteigenden Gelände waren Dolch, Spieß und Kurzschwert die besseren Waffen.

Obwohl kaum jemals zuvor schlechtere Bedingungen für einen Kampf auf Leben und Tod geherrscht hatten, begriffen die Friesen schnell, dass mit Karls Männern ein neuer, bisher unbekannter Feind aufgetaucht war.

»Es ist der Kerrl!«, gellte es plötzlich durch die Nacht. Irgendeiner der Friesen musste die richtige Vermutung geschrien haben. »Der Kerrl ... der Karl ... der Bastard, den Plektrudis hasst ...«

Als hätten die bisher versteckten Friesen nur noch auf diese Bestätigung gewartet, brachen sie plötzlich aus allen Schatten hervor.

Sie stürzten sich auf Karls Männer. Es schien, als würde der Mond mit jedem Schwertschlag und jedem Aufschrei heller und zugleich kälter. Die Sterne funkelten so gnadenlos herab, als wären sie die Augen der Ahnen, die mit ihren Blicken das ganze Unternehmen durch die Verachtung von so viel Hochmut straften.

Karl erkannte plötzlich, wie sehr er sich getäuscht hatte, als er von einem schnellen Sieg über die Friesen überzeugt gewesen war. Noch hatten sie es nicht einmal mit der Hauptstreitmacht von Radbod zu tun. Doch bereits jetzt sah es ganz so aus, als würden die Friesen sie Mann für Mann in den Duffesbach werfen.

»Weiter!«, brüllte Karl. Er sah, wie die Arme der Männer schwerer wurden, hörte, wie der Klang der Schwerter schon nach wenigen Schlägen nicht mehr die Kraft besaß, die für den Sieg Bedingung war.

Niemand konnte später sagen, warum sie ausgerechnet vor ihrem ersten Kampf das Wichtigste vergessen hatten. Nicht einmal der schwarze Abt hatte daran gedacht, dass sie selbst noch im schwachen Licht des Mondes niederknien und Gott um Beistand anflehen mussten, eh sie das Schwert hoben. Erst als Karl und Graf Rotbert nebeneinander zu Boden gingen, um sich mühsam an ihren im Schlamm steckenden Schwertern wieder aufzurichten, erkannten sie gleichzeitig ihre sündhafte Unterlassung.

»Herrgott, so hilf uns doch!«, schrie Karl.

Für einen kurzen Augenblick keimte Hoffnung auf. Nur einen Atemzug später sprang aus den Mauerdurchbrüchen am alten Viadukt der junge Thuring mit einem Trupp Bewaffneter hervor, die er sich irgendwo in der Stadt beschafft hatte.

Viel konnte Karl nicht erkennen, aber selbst bei Tageslicht hätte dieser Entsatzversuch die wilde Kampfesfreude der Friesen nicht abkühlen können. Die Männer von der Küste waren den Franken eindeutig überlegen. Sie schlugen härter zu, nahmen weniger Rücksicht und zögerten keinen Augenblick, wenn es darum ging, den Gegner gleich zu töten, statt ihn zu verwunden. Hier galt die alte Regel der Germanen nicht mehr, dass ein Verwundeter schon ein Besiegter war.

Das wilde Drauflosschlagen war alles andere als ein Kampf, wie ihn Karl in vielen Jahren an der Seite seines Vaters miterlebt hatte.

Hier war niemand aufgestellt worden, um sich von berittenen Edlen noch einmal aufmuntern und für den Kampf anfeuern zu lassen. Hier hatten sich die Gegner nicht vorher sehen und gegenseitig abschätzen können. Hier gab es keinen Kampf Mann gegen Mann, sondern nur ein unberechenbares Gefecht keuchender Schatten.

Die Männer schlugen auf Büsche ein, hieben gegen Baumstämme, rammten den Speer in Erdhaufen, in denen sie bereits gefallene Feinde vermuteten. Karl sah, wie Thuring seinem Vater zu Hilfe eilte. Er konnte nicht erkennen, was genau geschah. Aber er spürte, dass Herzog Hedan in Bedrängnis geriet.

»Los, mitkommen!«, befahl er knapp.

Sie stürmten auf die Stelle zu, an der Thuring und sein Vater sich gegen eine Übermacht von Friesen mühsam behaupteten. Mindestens vierzig oder fünfzig kaum voneinander zu unterscheidende Männer schlugen wild aufeinander ein. Hier erst kam den Franken das unwegsame Gelände zu Hilfe. So hatten sie es auch auf dem Felsplateau im Nordosten von Bollendorf angetroffen. Die Friesen dagegen waren eher an flaches, weiträumiges Gelände gewöhnt.

»Karl! Hierher!«

Thurings Stimme war so weit zu hören, dass Karl unwillkürlich die Zähne zusammenbiss. Musste der Bursche denn seinen Namen so laut rufen, dass man ihn bis in die Stadt hinein hören konnte?

Plektrud musste längst gehört haben, dass er nach Colonia zurückgekommen war. Jeder konnte ihm nur eine Niederlage wünschen, dachte Karl im selben Moment. Seine Stiefmutter ebenso wie die Friesen oder die Neustrier mit Raganfrid und seinem Merowingerkönig.

Karl stürzte sich in das Getümmel um die beiden Thüringer. Vater und Sohn standen Rücken an Rücken und schwangen ihre Schwerter, als hätten sie die Kraft sämtlicher Geister und Dämonen in ihren Armen. In einem Ring um sie kämpften die Besten von denen, die sie aus Thüringen mitgebracht hatten. Es waren nicht mehr viele.

Karl preschte vor. Er bildete den Dritten im Bund zwischen Vater und Sohn. Jetzt hatte jeder von ihnen nur noch ein Drittel des Kreises zu bedienen, aus dem die Angreifer pausenlos hervorbrachen.

Dann kam auch noch der schwarze Abt dazu. Karl und Thuring ließen ihn schnell zwischen sich. Die Rücken der vier Männer bildeten jetzt ein Quadrat, das wie zufällig nach den vier Himmelsrichtungen ausgerichtet war.

Nach Osten zum Rhein hin kämpfte der Herzog der Thüringer, nach Westen sein Sohn Thuring. Abt Milo focht gegen die vom Duffesbach im Süden herankommenden Friesen, und Karl hatten die Gegner vor den aufragenden Mauern von Colonia direkt vor sich. Genau so, wie sie es immer wieder geübt hatten, blieben die vier Männer so eng wie möglich zusammen. Sie wussten, dass sie nur dann Erfolg haben konnten, wenn jeder dem anderen tatsächlich den Rücken freihielt. Ein einziger schlecht abgewehrter Schlag, ein zu spät oder zu früh gehobener Schild konnte die Trutzburg aus Männerkörpern zum Einsturz bringen.

So leicht es sich anhörte, so schwer war die Kunst der doppelten Verteidigung umzusetzen. Denn jeder der vier musste nicht nur an seinen eigenen Kopf denken, wenn ein Pfeil angeschwirrt kam, sondern auch an die der drei anderen. Sie mussten ein Körper werden, ein Leib mit vierfachem Schwertarm und vierfachem Schutzschild. Gleichzeitig durften sie keinen Augenblick an einer Stelle stehen bleiben. Sie mussten sich so bewegen wie die kleinste Schildkrötenformation römischer Legionäre: vier Arme mit dem Schwert, vier weitere mit dem Schild.

Sie kamen bis an den Durchbruch des Aquäduktes in die Stadt hinein. Doch genau dort, wo sie mit den Männern zusammentreffen wollten, die Thuring in Colonia für ihre gemeinsame Sache gewonnen hatte, war plötzlich alles zu Ende.

Diejenigen, die als Verteidiger der Stadt nicht nur die Friesen abwehren, sondern dann auch zu Karl überlaufen wollten, zogen sich fluchtartig zurück. Sie verschwanden einfach zwischen den Mauerdurchbrüchen und entkamen so den nachsetzenden Friesen. Diese – jetzt ohne Gegner – kehrten um und verstärkten die Haufen, die Karl und seine Männer zurückschlugen.

Und dann hörten sie alle, warum die Männer Plektruds zurück in die Stadt geflohen waren. Mit großem Lärm preschten Reiter durch die Nacht. Sie kamen über einen der schmalen Wege unterhalb der Stadtumwallung. Hier konnten nur zwei Pferde nebeneinander reiten. Das reichte aus, um den zu Fuß kämpfenden Friesen die Verstärkung zu bringen, der Karl und die Angreifer nichts mehr entgegenzusetzen hatten.

In Wahrheit konnten die Reiter im fahlen Mondlicht und im schrägen Gelände zwischen der Stadtmauer und dem Duffesbach nicht viel ausrichten. Büsche und Bäume behinderten sie. Ebenso Tote und Verwundete am Boden. Trotzdem schickten die Angreifer aus dem Norden einen vielstimmigen Freudenschrei durch die Nacht. Sie jubelten so laut, als hätten sie bereits Karl erschlagen, die ganze Stadt erobert und Plektrud aus ihrer Kirche im Kapitol vertrieben.

Noch ehe Karl irgendetwas tun konnte, brach hinter ihm Herzog Hedan mit einem schrecklich klingenden Gurgeln zusammen. Das Quadrat der kämpfenden Körper wankte. Thuring wandte sich zur Seite, wollte seinen Vater auffangen und stürzte ebenfalls.

Vollkommen unerwartet kam in diesem Augenblick der junge, nur durch ein Lederwams geschützte Tankred mit einem Sauspieß auf sie zu. Es war, als wolle er den Platz der beiden gestürzten Thüringer einnehmen. Er war keine zwei Schritt mehr von Karl und Milo entfernt, als ein Speer von einem Reiter auf sie zuflog. Sie konnten ihn kaum sehen, sondern nur erahnen.

Noch ehe Karl oder Milo dazu kamen, ihre Schilde hochzureißen, war Tankred bereits vor ihnen. Er schleuderte seinen Sauspieß wie einen Speer gegen den Reiter im Schatten. Dessen Aufschrei und der Todesschrei von Tankred vermischten sich mit dem Gebrüll der Franken, die in diesem Augenblick erkannten, dass jetzt auch noch die Hauptstreitmacht von Herzog Radbod herangekommen war. Sie stießen mit Pferden, Pfeilen, Bogen und großen Fackeln durch die Löcher in der Stadtmauer.

»Zurück!«, schrie Karl. Und dann nochmals: »Zurück! Alles zurück!«

Aber sie saßen in der Falle. Nach Osten hin versperrte der Rhein die Flucht, nach Norden die Stadtmauer, nach Süden der Duffesbach und seine Seitenarme und nach Westen hin die dichte Front der Friesen.

In diesem grauenhaften Augenblick erkannte Karl, dass nicht ein Einziger von ihnen überleben würde, wenn Gott kein Einsehen hatte und seinen Engeln irgendein Wunder auftrug …

7

Der erste Sieg

Obwohl in Karls Kopf noch immer ohnmächtiger Zorn und eine wilde Wut miteinander kämpften, wurde ihm ganz langsam klar, dass sie trotz allem verdammtes Glück gehabt hatten. Die schreckliche Niederlage vor den Toren von Colonia wäre noch grausamer gewesen, wenn nicht die Friesen, sondern Sachsen oder andere Germanenvölker über sie triumphiert hätten.

So aber kam den Geschlagenen die eigentliche Schwäche der Männer von der Küste zugute: die Friesen fürchteten sich vor den tiefen unheimlichen Wäldern des Binnenlandes. Auf ihren Eroberungszügen achteten sie stets darauf, in der Nähe von Flussläufen zu bleiben, die für sie die gleiche Bedeutung hatten wie die gepflasterten Straßen für die Römer.

Finstere Wälder mit ihren wilden Tieren, raunenden Dämonen, Hohlwegen, Schluchten und Fallgruben waren für sie noch schrecklicher als sämtliche Höllenqualen, mit denen irische Mönche wieder und wieder drohten.

Die Männer um Karl mussten nicht in wilder Jagd fliehen. Sie konnten so langsam durch die Ardennen ziehen, dass Schwerverwundete auf Ochsenkarren mitgeführt wurden. Obwohl kaum einer der Männer unblutig davongekommen war, klagten sie nicht.

Herzog Hedan war so schwer verletzt, dass er besinnungslos auf einem der strohgepolsterten Karren lag. Sein Sohn blieb die ganze Zeit neben dem Ochsengespann. Sogar Abt Milo hatte sein Pferd zur Verfügung gestellt und lief zu Fuß voran.

Bis zu den Thermen von Zülpich waren sie in der Nähe der alten Römerstraße geblieben, dann bogen sie nach Westen zu den Quellhöhlen der Urft ab. Der Weg vom Ort der Niederlage bei Colonia über die Berge und durch die Wälder bis zum schützenden Doppelkloster von Stavlot-Malmedy dauerte normalerweise nur zwei bis drei Tage. Jetzt aber war Karl mit seinen Rebellen fast eine Woche unterwegs, bis auch der Letzte in die Obhut des Klosters gelangte.

Für viele bedeutete die Ankunft im engen Tal von Stavlot die letzte Rettung. Für Karl hingegen war es die Heimkehr.

Sie verbrachten Ostern in Stavlot. Bereits am Ostersamstag kamen von den grünen Bergen und von allen Gehöften und Siedlungen entlang der Bergbäche ganze Familien zum Kloster. Sie lagerten im Gras und warteten darauf, dass sie dem Kloster ihre Geschenke übergeben konnten. Als Gegenleistung erhielten sie Suppe aus großen Kesseln und den ersten Segen der Mönche.

Karl ging mit seinem Sohn Karlmann an den verschiedenen Gruppen entlang und erklärte ihm, dass kein Mensch so war wie der andere. Auch wenn sie so aussahen, als wären sie Geschwister, konnte der eine ein Freier mit einem Stück Land, der andere ein Sklave und der dritte sogar ein Freigelassener sein, der nur herumzog und noch ärmlicher lebte als die anderen.

»Du hast es wahrscheinlich noch nie gesehen«, sagte Karl zu seinem Ältesten. »Aber besonders nach schlechten Ernten, Seuchen und Hungersnöten ziehen oft große Gruppen von Sklaven vom einen Ende des Reiches zum anderen. Sie werden an jeden verkauft, der sie bezahlen kann.«

»Sind Bauern nicht auch eine Art Sklaven?«, fragte Karlmann. Karl lachte.

»Gewiss sind sie das. Jedenfalls einige von ihnen. Es gibt Bauern, die arbeiten für einen Tageslohn. Andere haben irgendwann einmal ein kleines Stück Land geschenkt bekommen, sich ein Stück Wald gerodet oder ein halb verfallenes Haus mit einem kleinen Acker entdeckt und für sich in Besitz genommen.«

»Mutter hat gesagt, dass ein freier Bauer mit seiner Familie mindestens zwölf Hektar Land benötigt.«

»Das ist richtig«, sagte Karl und nickte. »Er kann über den Ertrag seiner Arbeit selbst verfügen. Aber du darfst nicht vergessen, dass es niemals im Leben Rechte ohne gleichzeitige Pflichten gibt. Ein freier Bauer, der seine Behausung schützen und erhalten will, muss für dieses Recht bezahlen.«

Sie gingen am Ufer der Amblève entlang, blieben hin und wieder stehen und beobachteten, wie die Gäste des Klosters an den ihnen zugewiesenen Stellen Reusen auslegten oder mit Angeln versuchten, noch ein paar Fische für die Abendmahlzeit zu fangen. An anderen Stellen wurde geschlachtet und das Festmahl für den kommenden Tag vorbereitet.

Karl und sein Sohn wurden überall mit Respekt begrüßt. Vater und Sohn setzten sich auf einen weiß gewaschenen Felsen am Ufer des Flusses und ließen kleine flache Steine möglichst oft über das Wasser springen.

»Ich wollte dir noch etwas zu den Bauern sagen«, meinte Karl.

»Elf, zwölf, dreizehn«, antwortete Karlmann. »Hast du gesehen? Mein Stein ist dreizehn Mal über das Wasser gehüpft.«

»Sehr gut«, lachte Karl. »Aber hör zu, denn das kann einmal wichtig für dich sein: Wenn ein Bauer zur Heeresfolge aufgerufen wird, muss er persönlich kommen, wenn er mehr als vier Acker besitzt.«

»Und wenn er weniger hat?«

»Wenn er weniger hat, muss er sich mit anderen zusammenschließen, die ebenso gering begütert sind. Sie sind verpflichtet, gemeinsam einen oder mehrere Krieger zu stellen und sie mit Waffen und Verpflegung für die Sommermonate auszurüsten. Das ist nicht einfach – auch für die reicheren Grundherren nicht. Deshalb kommen niemals so viele Männer zu einem Heribann, wie das Gesetz es eigentlich befiehlt.«

Karlmann seufzte tief auf: »Ich glaube, ich werde nie verstehen, warum alles im Leben so kompliziert und schwierig sein muss.«

Vater und Sohn sahen sich lange in die Augen. »Du bist mein Erstgeborener, Karlmann«, sagte Karl schließlich. »Ich bin sehr stolz auf dich und deiner Mutter dankbar dafür, dass sie dich und deine Geschwister geboren hat. Aber auch Vater und Sohn müssen nicht gleich sein. Ich habe immer gedacht, dass ich meinen Vater Pippin liebe und dass er mein größtes Vorbild ist. Als er starb, hatte ich nicht den geringsten Zweifel an dem, was er tat. Er war für mich der wahre König, der Erste unter den Gleichen und der Nobelste aller Edlen ...«

»Ist er ... ist er das nicht mehr?«, fragte Karlmann zögernd. Karl presste die Lippen zusammen.

»Nein«, sagte er dann. »Er ist es nicht mehr. Und auch du wirst dich irgendwann einmal von dem lösen, was ich getan habe oder noch tun werde. Denn jeder Mann muss seinen eigenen Weg finden.«

Er warf seinen letzten flachen Stein ins Wasser der Amblève. Aber er achtete nicht mehr darauf, ob er weitersprang oder gleich versank.

Der Ostersonntag des Jahres 716 begann um Mitternacht damit, dass vor der Kirche ein großes Feuer angezündet wurde. Nach der langen Zeit des angestrengten Kampfes gegen Sünde, Welt und Fleisch mit Vorbereitung und Fastenzeit kam nun der Höhepunkt des Jahres für die Mönche. Sie weihten das Feuer, besprengten es laut singend mit Weihwasser und legten kleine Stücke Weihrauch in ein Räucherfass. Der Abt segnete alles, nahm das Räucherfass und schwenkte es dann über dem Feuer. Anschließend brachte einer der Mönche eine große Osterkerze aus Bienenwachs heran.

»*Christus heri et hodi*«, rief der Abt mit lautem Singsang. »Christus gestern und heute.«

Er ritzte einen Strich auf die Kerze. Karl stand in der Nähe und verfolgte ebenso gebannt wie die anderen Zuschauer das eigenartige Ritual. Es war noch faszinierender als alle Hexenbeschwörungen und magischen Zusammenkünfte, von denen er gehört hatte.

»Anfang und Ende«, rief der Abt. Jetzt folgte der Querstrich, mit dem er ein Kreuz bildete.

»Alpha«, rief der Abt und zeichnete in griechischen Buchstaben ans obere Ende des Kreuzes. Anschließend rief er: »Omega.«

Er ritzte auch diesen Buchstaben in die Kerze.

»Sein sind die Zeiten«, rief er und malte einen Kreis in das linke obere Feld des Kreuzes.

»Sein die Jahrhunderte …«

Die Zahl Sieben kam in das rechte obere Feld.

»Sein ist die Herrlichkeit und das Reich …«

Er ritzte die Zahl Eins in das linke untere Feld.

»Durch alle Äonen der Ewigkeit. Amen.«

Ein Aufseufzen ging durch die Menge. Fast alle murmelten erleichtert ein paar Worte, die nicht einmal jeder der andächtigen Mönche verstand …

Der Lärm wurde schließlich so laut, dass der Abt mitten in seiner Liturgie ein Machtwort sprechen musste. Danach gingen die Festlichkeiten einigermaßen geordnet weiter. Sie zogen sich über den gesamten Vormittag hin, nur von gemeinsam eingenommenen Mahlzeiten unterbrochen. Gegen Mittag waren alle derart erschöpft und benommen von zu viel Wein, dass Ruhe an allen Lagerstellen einkehrte.

Kurz vor Pfingsten waren die meisten der äußerlichen Verletzungen bei Karls Männern so weit abgeheilt, dass nur noch erträgliche Schmerzen zurückblieben. Auch die gebrochenen und zerschlagenen Knochen heilten dank der guten Hilfe schnell.

Nur Herzog Hedan wollte nicht wieder genesen. Er hatte innere Verletzungen, von denen niemand wusste, wie sie geheilt werden konnten. Thuring kümmerte sich rührend um seinen Vater. Doch er war machtlos, wenn der Herzog von Thüringen ins Delirium fiel und mit schwacher Stimme von den Heldentaten seiner Vorfahren schwärmte.

Karls Männer blieben nach wie vor vorsichtig in ihrem Versteck. Sie mussten damit rechnen, dass neugierige Augen und Ohren dennoch erfahren hatten, wo sie sich befanden.

»Vielleicht sind wir einfach nicht wichtig«, meinte Graf Rotbert eines Morgens. Die Salbe der Mönche aus Kräutern hatte den Schwären in seinem Gesicht gutgetan. Es gab nur noch kleinere rote Flecken auf seinen Wangen.

Sie wollten bereits den Erkundungsritt für den nächsten Tag vorbereiten, als sich eine kleine Gruppe von Männern der Amblève näherte. Einer von ihnen ging so eigentümlichen und wiegenden Schrittes, dass Karl und Rotbert ihn bereits erkannten, als er noch fast eine Meile entfernt war.

»Siehst du, was ich sehe?«, fragte Rotbert. Karl nickte erfreut.

»Das kann nur Willibrord sein.«

»Dann lass uns hören, was er zu berichten hat.«

Es war Willibrord. Später, nachdem sich alle begrüßt und die wichtigsten Neuigkeiten ausgetauscht hatten, nahm Karl neben Rotbert auch noch Thuring und Abt Milo hinzu. Sie schritten gemeinsam an den Säulen des Kreuzgangs um den quadratischen Kräutergarten des Klosters von Stavlot herum.

»Die Friesen sind tatsächlich bei Colonia geblieben, um das Hauptheer der Neustrier zu erwarten«, bestätigte der Abt von Echternach.

»Ist die Stadt immer noch nicht erobert?«, fragte Karl verwundert.

»Ihr habt zwar dort verloren«, antwortete Willibrord, »aber auch diese furchtbare Niederlage und der Verlust vieler guter Männer war eigentlich doch noch ein Erfolg.«

»Ein Erfolg?«, fragte Karl erstaunt. »Wie das?«

»Fürst Radbod war nie an einer sinnlosen Belagerung ohne geeignete Waffen und schweres Gerät interessiert. Sein Traum war vielmehr, das Land zurückzugewinnen, das ihm dein Vater, Karl, nach dem verlustreichen Kampf bei Dorestad genommen hat. Nach deines Vaters Tod hoffte er auf eine Einigung mit deiner Stiefmutter. Doch Plektrud war nicht einmal bereit, mit dem Friesenherzog zu reden. Nur deshalb hat er sofort zugestimmt, als ihm die Neustrier das Waffenbündnis angeboten haben.«

»Also nicht gegen Colonia«, wiederholte Karl. »Er wollte überhaupt nicht gegen Colonia.«

»Genauso ist es«, stellte Willibrord fest. »Deshalb gilt eure Niederlage viel mehr, als du ahnst. Denn jeder Blutstropfen, der von Köln vergossen wurde, ist ein Beweis dafür, dass du, Karl, die Führung hier in Austrien beanspruchst.«

»Wie ist das möglich?«, wollte Graf Rotbert wissen. »Wir haben doch noch kläglicher verloren als Plektruds Enkel Theudoald kurz vor Paris.«

»Versteht ihr mich denn immer noch nicht?«, schnaubte Willibrord. »Theudoalds und damit Plektruds Niederlage ist doch der klare Beweis für Selbstüberschätzung. Auch eure Niederlage war vorhersehbar! Ihr wusstet doch, dass die Friesen dort waren und dass ihr nicht gewinnen konntet!«

»So?«, presste Karl zwischen den Zähnen hervor. »Wussten wir das?«

»Hör auf, mit mir zu streiten!«, forderte Willibrord scharf.

»Ich bin lange genug irischer Mönch, Abt und Bischof. Und du, Karl, sollst verdammt sein, wenn du nicht endlich lernst, dass du mit Schwert und Faust allein keinen Sieg und keinen Ruhm erwerben kannst! Wer wirklich herrschen will, braucht nun mal einen klaren Verstand und dazu einfache Wunder und Legenden!«

Karl lachte trocken. Er schlug mit der flachen Hand gegen eine der Säulen des Kreuzgangs. »Ich weiß ja, dass Priester, Mönche und Äbte gern mit wohlklingenden Worten und in Gleichnissen reden«, meinte Karl. »Aber vielleicht könntest du irgendwann einmal sagen, was wirklich geschehen ist.«

»Habe ich das noch nicht?«, fragte Willibrord angriffslustig. »Dann mach die Ohren auf, Karl! Die Neustrier haben ihre Belagerung abgebrochen, weil Plektrud ihnen versichert hatte, dass sie sich ab sofort nicht mehr in Politik und die Dinge einmischen würde, die eigentlich Männersache sind. Sie will sich in ihr Stift auf dem Kapitolshügel von Colonia zurückziehen.«

»Und das reicht Raganfrid bereits?«, fragte Karl verwundert.

»Natürlich nicht«, antwortete der Abt von Echternach. »Denn eine Kleinigkeit musste sie in den Verhandlungen mit den Belagerern doch noch aufgeben.«

»Und die wäre?«

»Sie musste Chilperich II. als König aller Franken anerkennen.«

»Was soll das schon für Folgen haben?«, meinte Graf Rotbert.

»Ganz einfach«, sagte Willibrord. »Mehrere Wagen voller Gold, Geschmeide, kostbarer Kelche und Reliquien, mit Tuchen, Gobelins und Teppichen, mit Edelsteinen und Gewürzen und rundum allem, was nun einmal zu einem anständigen Königsschatz gehört.«

Die Männer im Säulengang des Klosters Stavlot-Malmedy starrten den Iren fassungslos an. Karl war der Erste, der sich räusperte.

»Meinst du ... meinst du etwa, dass sie alles, was meinem Vater und dem letzten Merowingerkönig Austriens gehörte, einfach herausgegeben hat?«

Willibrord lächelte, hob die Hände und legte seinen Arm um Karl.

Zwei Tage nachdem Willibrord abgereist war, kam der schwarze Abt gegen Mittag zu Karl. Sie gingen zum Fluss hinab. Erst dort, an den weiß gewaschenen Ufersteinen, berichtete Milo von einem Vorgang, der, auch wenn er zutraf, so unglaublich war, dass auch Karl ihn zunächst bezweifelte.

»Und doch muss etwas dran sein«, sagte der schwarze Abt. »Die Männer haben den König und seine Begleiter so genau beschrieben, dass ich einfach nicht an ein Gerücht glauben kann.«

»Aber das würde bedeuten, dass wir hier völlig ahnungslos unsere Wunden gepflegt haben, während ein Teil der neustrischen Streitmacht nur ein paar Meilen weiter östlich an uns vorbeigezogen ist.«

»Genau das behaupten diejenigen, die auch gesagt haben, dass Chilperich II. erst kurz vor Colonia mit dem Houptheer unter Raganfrid zusammengetroffen ist.«

»Aber wie ist er geritten?«, fragte Karl. »Von Paris über Reims,

Verdun und Metz sind auch schon früher die langhaarigen Könige mit Ochsenwagen von Pfalz zu Pfalz gebracht worden. Aber ein Merowinger an der Spitze eines Heeres – das hat es schon lange nicht mehr gegeben.«

»Noch dazu eines Heeres, von dem niemand hier in der Gegend irgendetwas gesehen hat.«

»Ich verstehe einfach nicht, was da vorgefallen ist«, sagte Karl.

»Ja, wenn wir Sommer oder auch Herbst hätten, würde ich verstehen, dass sich einige Tausend Berittene und Krieger zu Fuß ungesehen durch die Wälder bewegen können. Aber doch nicht durch einen kahlen, noch fast blattlosen Wald. Sie müssen essen, kochen, Feuer entzünden. Kühe und Schafe, Hunde und alle anderen mitgeführten Tiere machen einen höllischen Lärm. Ein Heer wie das der Neustrier bewegt sich nun einmal nicht so leise und schleichend voran, wie wir es vor Colonia getan haben.«

Sie sprachen noch eine Weile über das Wunder, das sie in ihrem Versteck von Stavlot vollkommen unbehelligt gelassen hatte. Doch dann ging Karl plötzlich auf, was der Bericht des Abtes auch jetzt noch bedeuten konnte.

»Was hat Willibrord gesagt?«, meinte er nachdenklich. »Wem hat Plektrud den Königsschatz ausgehändigt?«

»Natürlich Raganfrid, dem Majordomus«, antwortete der schwarze Abt. »Er muss ihn schließlich verwalten.«

Aus Richtung Malmedy ritt ungewohnt schnell Graf Rotbert auf sie zu. Er schlug auf sein Pferd ein, obwohl der Kaltblüter eher zum Ziehen von Planwagen oder von Räderpflügen geeignet war. Karl und Milo mussten zur Seite springen, um nicht umgeritten zu werden.

»Du glaubst es nicht, Karl«, stieß Rotbert erhitzt hervor. »Du glaubst nicht, was ich gesehen habe …«

»Hey, hey, hey!«, rief Karl Rotbert zu. »Bist du etwa dem König der Neustrier über den Weg geritten? Oder er dir?«

»Woher … woher weißt du …?«

»Wo sind sie?«, fragte Karl sofort.

Rotbert schluckte, hustete zwei-, dreimal, bis er seine Stimme wiederfand, dann keuchte er: »Sie müssten in ein, zwei Stunden drüben im anderen Kloster in Malmedy sein.«

»Wie viele sind es?«, fragte Karl.

»Ich konnte nicht alle zählen. Aber ich schätze, dass hinter Chilperich II. mit einem Trupp von etwa dreihundert Berittenen bestimmt noch tausend oder zweitausend Krieger zu Fuß und ein Tross folgen können.«

»Viel zu viel für ein Nachtlager im engen Tal von Malmedy«, sagte der schwarze Abt.

»Was glaubst du?«, fragte Karl. »Was werden sie tun?«

»Ganz einfach«, antwortete Rotbert. »Der König muss daran interessiert sein, möglichst schnell nach Soissons, Sankt Denis oder Paris zurückzukommen.«

»Das heißt also, Chilperich II. reitet mit seinen Besten voraus und lässt sein eigentliches Heer allmählich nachkommen.«

»Damit hätten sie sich in drei Gruppen geteilt«, stellte Karl fest. »Wenn das so ist, bekommen wir eine Möglichkeit, die sich in den nächsten Jahren nicht so schnell wiederholen dürfte.«

»Was hast du vor?«, fragte Rotbert entsetzt. »Mit den paar Männern, die wir hier haben? Wir könnten es nicht einmal mit den dreihundert Berittenen um den König aufnehmen.«

»Das habe ich auch nicht vor«, antwortete Karl. »Wir lassen den König über die schmale Amblève südwärts ziehen. Uns kann doch nur recht sein, wenn Chilperich heil durch die Ardennen kommt.«

Bis in die späten Abendstunden fand rund um das Kloster von Stavlot eine Versammlung statt. Jeder einzelne Angehörige von Karls kleiner Streitmacht musste vor ihn, Milo, Rotbert und Thuring treten und wie ein Gladiator im antiken Rom Arme und Beine so bewegen, wie er es vermochte. Karl hatte den Befehl erteilt, dass niemand an dem kommenden Waffengang teilnehmen durfte, der seine Gliedmaßen nicht so bewegen konnte, wie es erforderlich war. Viele der Männer trugen noch immer Verbände, einige humpelten, andere hatten einen Arm in der Schlinge.

Karl hatte sein Wehrgehänge angelegt, mit Messer und Spatha. Dazu trug er einen einfachen Lederhelm mit einem bogenförmigen Metallschutz nach beiden Seiten und von vorn nach hinten. Sein Helm war nicht einmal vergoldet, und bis auf einige im Nacken herabhängende Kettenglieder bot er keinen weiteren Schutz für Gesicht und Wangen.

Zusammen mit freien Bauern aus der Umgebung und einigen anderen, die mit leichten Waffen ausgerüstet worden waren, kamen sie auf achtzig Berittene und knapp zweihundertfünfzig Krieger zu Fuß. Selbst wenn sie die Männer mitzählten, die laut darum baten, dabei sein zu dürfen, obwohl sie nicht einmal schnell genug waren, um vor einem Verfolger davonzuhumpeln, blieb die Rechnung nach wie vor unter dem halben Tausend.

»Es gibt da eine Geschichte im Buch der Bücher, an die wir uns jetzt erinnern sollten«, meinte der schwarze Abt. »Sie handelt von einem Knaben namens David und einem Riesen, der laut und dröhnend lachte, als ihm der Hirtenjunge ohne Schwert und Rüstung und nur mit einer Steinschleuder bewaffnet entgegentrat.«

»Ja«, antwortete Rotbert. »Ich kenne diese Geschichte. Deswegen bitte ich darum, dass ich dieser David sein darf.«

»Ich habe dich nie mit einer Steinschleuder gesehen«, sagte Karl verwundert.

»Was heißt hier Steinschleuder?«, grinste Rotbert. »Ich selbst werde es sein, der sich wie ein Stein zwischen die anderen wirft. Und ihr braucht dann nichts weiter zu tun, als die Verwirrung für euch zu nutzen.«

Thuring und sein Vater sammelten alle während der Nacht eintreffenden Nachrichten und Beobachtungen. Sie wurden mehrfach überprüft und dann von den Schreibern des Klosters auf einer Karte eingetragen.

Herzog Hedan litt noch immer an seinen schweren Verletzungen, aber sein Kopf war wieder klar. Niemand wusste, ob er jemals wieder ein Pferd würde besteigen können. Er lag fast wie ein Merowingerkönig in einem kleinen, extra für ihn angefertigten Wagen, der von einem Pferd gezogen werden konnte. Für Kämpfe war er nicht mehr geeignet.

Bereits vor Sonnenaufgang brachen Karl und seine engsten Getreuen auf, um sich mit aller Vorsicht den Neustriern zu nähern.

Als sich der Himmel über den steilen Bergen östlich der beiden Flüsschen Warche und Amblève langsam rot färbte, erwachte auch das Heer der Neustrier. Die Berittenen um den Merowingerkönig hatten sich einige Hundert Schritt südlich des Zusammenflusses der beiden Gewässer einen Lagerplatz für ihre bunten Zelte ausgesucht. Während im Lager der Fußkrieger die ersten Weckrufe ertönten, blieb bei den Zelten des Königs noch alles ruhig.

Noch ehe der Tag ganz erwacht war, rückten Karls Männer bis zur vorletzten Biegung vor der Einmündung der Warche in die Amblève vor. Fast pausenlos trafen Mönche mit ihren Beobachtungen ein.

»Sie kochen noch immer«, berichtete einer.

»Die Ersten packen bereits Töpfe und Gerätschaften ein«, meldete ein anderer.

»Und wie sieht es im Lager des Königs aus?«

»Dort hat man es eiliger«, sagte einer der Mönche. »Die Zelte sind bereits abgebaut und auf den Packpferden verstaut.«

Im selben Augenblick kam Thuring mit der letzten von Mönchen gezeichneten Karte heran. Er rollte sie auf und zeigte Karl die Stelle, an der sie ihre eigenen Männer postiert hatten. Das Heer der Neustrier war so weit auseinandergezogen, dass die Nachhut bis fast nach Malmedy im Norden reichte.

»Es wäre vollkommener Unsinn, gegen einen so weit verteilten Heereszug auf beiden Seiten eines Flusses zwischen engen Bergen vorzugehen«, sagte Karl. »Ich hatte gehofft, dass sie sich alle an der Mündung der Warche in die Amblève versammeln. Dann nämlich hätten wir um sie herumjagen können wie die Schäferhunde um eine Herde.«

Die Männer aus Karls engstem Gefolge standen unsicher um ihn herum. »Was willst du tun?«, fragte der schwarze Abt schließlich. Karl schob die Unterlippe vor. Dann zwinkerte er Thuring wortlos zu. Der nickte nur. Karl wandte sich an Milo.

»Und du?«, fragte er. »Was sagst du als Mann Gottes?«

»Ich bin hier als Mann des Schwertes und erst dann als einer des Kreuzes«, antwortete Milo. »Ich meine, es ist nicht wichtig, ob wir die Neustrier vernichtend schlagen oder ob wir ganz einfach zwischen sie fahren und ihnen den Heiligen Geist verkünden.«

»Mönchlein, Mönchlein, du versündigst dich«, spottete Karl.

»Ich bleibe bei meinem Angebot«, warf Graf Rotbert ein.

Karl überlegte einen Moment, dann lächelte er und nickte. »Gut, Rotbert«, sagte er. »Ich kann dich nicht daran hindern, dir Prügel abzuholen. Aber wenn es dich so sehr juckt, dann sei lieber Thors Hammer als dieser Hirtenjunge aus dem Buch der Bücher.«

»Ich fliege!«, rief Graf Rotbert begeistert.

Rotbert blieb eine ganze Weile im Schatten der Bäume. Karl, der schwarze Abt und ein paar andere ritten bis zu einem Felsvorsprung an der Biegung des Flusses. Von hier aus konnten sie das feindliche Lager sehen und beobachteten, dass die meisten der Männer ihre Waffen abgelegt hatten, um die Gerätschaften des Frühmahls und das Zubehör für das Nachtlager auf Ochsenkarren und Packpferden zu verstauen. Sie hörten ganz deutlich die Rufe, fröhliches Kindergeschrei und sogar Gesang von Frauen.

»Jetzt müsste Rotbert längst an der Brücke sein«, sagte Abt Milo angespannt.

Kaum ausgesprochen, geschah es auch schon. Wie ein Wahnsinniger stürzte sich der verwegene Graf ganz allein in das Lager der aufbrechenden Feinde. Er zog sein Langschwert und schlug in rasendem Ritt jeden nieder, der nicht rechtzeitig zur Seite sprang. Schilde flogen in die Luft, dann auch Schwerter und Speere, bereits verschnürte Bogen und Köcher mit Pfeilen.

»Gleich ist Karl unter euch Feiglingen!«, schrie Rotbert. Trotz aller Kräutersalben war sein Gesicht inzwischen wieder eine einzige, grellrot flammende Botschaft. »Ja, flieht nur! Flieht! Gleich kommt Karl, der Sohn von Pippin!«

Eisen- und Schwerterklang und das Geschrei von Rotbert hallten laut durch die Morgenstille am Ufer des Bergflusses.

»Los jetzt!«, rief Karl. Er richtete sich hoch in den neu angebrachten Steigbügeln auf. Es waren die Mönche von Stavlot-Malmedy, die ihm zum neuen, sicheren Halt auf dem Pferd geraten hatten.

Er jagte den Felspfad hinab auf den Fluss und das Lager der Neustrier zu. Rotbert kam im gestreckten Galopp auf ihn zu und riss sein Pferd herum, als er auf gleicher Höhe mit Karl war. Gemeinsam preschten die beiden Seite an Seite erneut gegen die Neustrier.

Das Heer des Königs wurde durch die beiden rasenden Reiter genau in der Mitte zerteilt. Die nördliche Hälfte floh an beiden Ufern der Warche zurück in Richtung Malmedy. Im selben Moment tauchte Thuring mit seinen jungen Kriegern zwischen den Bäumen auf. Damit schloss sich die Falle.

»Zeig ihnen dein Kreuz, Milo!«, rief Karl, als der schwarze Abt ebenfalls heran war. Der rammte sein Schwert in die Scheide zurück, stellte sich in die Steigbügel und richtete sich hoch in seinem Sattel auf. In seiner Rechten reckte er das Kreuz nach oben, das er unter der Kutte an einem ledernen Flechtband auf der nackten Brust getragen hatte.

»Männer und Christen …«, brüllte er. »Werft die Waffen weg! Ihr seid besiegt und behaltet die Ehre! Das verspricht euch Karl, Pippins Sohn!«

Zehn, fünfzehn machten den Anfang und warfen ihre Schwerter weg. Sicherheitshalber behielten sie ihre Schilde.

»Bringt alle Waffen dort hinten in die Kapelle!«, rief Karl und deutete auf ein steinernes Gebäude, das bereits vor vielen Jahren durch die Mönche von Stavlot hier errichtet worden war, um damit den Grundstein für ein weiteres Dorf zu legen.

»Eine wunderbare Beute!«, jubelte Robert, und seine Augen blitzten.

»Wir könnten tausend Männer damit ausstatten«, rief Thuring erhitzt.

»Tausend Mann?«, rief Karl. »Kannst du mir tausend Mann beschaffen, Thüringer?«

Abt Milo ließ misstrauisch die Nasenflügel beben. »Dürfen wir als deine engsten Gefährten wissen, wie die List aussieht, die wieder einmal in deinen Heldenaugen blitzt?«

Karl starrte ihn an und begann plötzlich zu lachen. Er lachte und lachte, schlug sich auf die Schenkel und richtete sich erneut hoch auf. »Was ich vorhabe?«, wiederholte er. »Nun gut, dann sage ich es: Wir machen gar nichts. Wir lassen sie ganz einfach gehen! All diese Männer sollen zurückkehren und überall berichten, wie wir sie beschämt haben!«

»Beschämt?«, fragte Thuring verständnislos.

»Ja, junger Recke!«, gab Karl gut gelaunt zurück. »Wir schlagen sie nicht weiter, strafen sie nicht und lassen ihnen sogar alles, was sie bei sich haben.«

»Das kannst du nicht machen, Karl!«, protestierte Abt Milo. »Was ist mit Beute? Und was mit den Geschenken und den Gegengaben, die der Abt von Stavlot dafür bekommen muss, dass wir ihm so lange Keller und Küche leer gefressen haben?«

»Jeder wird das bekommen, was er verdient«, antwortete Karl unwirsch. »Alles zu seiner Zeit …«

Sie spürten plötzlich, dass Karl sich verändert hatte. Es war, als wäre die Last der Niederlage von Colonia schlagartig von ihm abgefallen. Als er jetzt auch noch den Helm abnahm, um sich den Schweiß von Stirn und Nacken zu wischen, sahen sie, dass sein blondes lockiges Haar wieder halb so lang wie das der Merowingerkönige geworden war. Nichts erinnerte mehr an die Tonsur, nichts mehr an die Bescheidenheit eines ausgebrochenen Gefangenen.

8

Auf nach Verdun

Obwohl Karl täglich zur Eile drängte, dauerte es noch fast drei Wochen, bis sie als eine kleine Streitmacht mit lederbespannten Gepäckwagen, Packpferden und Ochsenkarren zwischen den Flüssen Maas und Mosel in Richtung Verdun ziehen konnten.

Thuring hatte die Aufgabe erhalten, seinen Vater, Karls Familie und einige andere, die sich in der Gegend von Stavlot-Malmedy zu unsicher fühlten, nach Echternach zu bringen. Er war bereits drei Tage nach der eigenartigen Schlacht an der Amblève aufgebrochen.

Karl ließ seine Truppe ein paar Meilen westlich von Metz ihr drittes Lager aufschlagen, seit sie die steilen Berge und engen Flusstäler hinter sich gelassen hatten. Der Weg war immer noch schwierig, aber er führte jetzt durch eher hügeliges Gelände, in dem die Pfade breiter und weite Strecken fast schon eben waren. Er befahl einen Ruhetag, um die trotz aller Vorsicht doch wund geriebenen Stellen bei einigen der Zugtiere mit Ringelblumensalbe und Druckverbänden aus gepressten Kräutern zu behandeln.

Auch bei den Männern gab es einige, die sich in der Hitze wund geritten hatten. Obwohl sie größtenteils ohne schwere Rüstung und Bewaffnung mit den Waffenwagen immer weiter gegen Metz gezogen waren, blieb es auch bei erfahrenen Kämpfern nicht aus, dass sich Scharniere an den Harnischen verklemmten, Schnallen zu tief in die Haut einschnitten und sich lästiges Ungeziefer in der Kleidung einnistete.

Trotz bester Hausmittel aus den Klostergärten kam es immer wieder zu Entzündungen nach Insektenstichen, Dornenkratzern oder kleineren Verletzungen bei der Waffenpflege und beim Zubereiten der Mahlzeiten.

Niemand wusste besser als der Sohn des großen Pippin, wie gefährlich lange Züge waren, wenn sie nicht von kleinen Kämpfen und den anschließenden Waschungen unterbrochen waren.

Die meisten der Männer führten kaum Kleider zum Wechseln mit. Nur wenige hatten auf den Gepäckwagen Wettermäntel, Schafspelze und Überröcke, andere vielleicht auch noch ein paar Ersatzbeinkleider, Sandalen, Schuhe oder Wadenbinden, aber die meisten wussten, dass sie sich jede Bequemlichkeit zusätzlicher Kleidungsstücke nur mit Schweiß erkaufen konnten.

Zum Erstaunen von Karl und seinen Gefährten schickte der noch nicht gewählte Bischof von Metz eine Abordnung in Karls Lager. Sie wurde angeführt von einem halben Dutzend Priestern. Hinter ihnen karrten Einwohner von Metz große Mengen Lebensmittel und Weinfässer heran. Andere trieben kleine Herden von fetten Hammeln, Schafen und faltigen Schweinen mit tief hängenden Bäuchen vor sich her.

»Das alles soll unseren Dank ausdrücken, dass du die Stadt so mit Respekt behandelt hast«, sagte der Sprecher der Priester.

Karl nickte und bedeutete Rotbert mit einer Handbewegung, sich um die Geschenke der Stadt zu kümmern.

»Sigibald und die Edlen von Metz möchten natürlich wissen, wann du in die Stadt kommen willst«, sagte der Priester so vorsichtig, als könne er nicht ganz glauben, dass Karl tatsächlich ohne einen Besuch an Metz vorbeiziehen würde.

»So?«, fragte Karl kühl. »Was erwartet ihr von mir? Dass ich die Grablege meines Stiefbruders Drogo besuche? Dafür müsste ich nicht einmal in die Stadt. Denn Sankt Arnulf liegt bekanntlich außerhalb der Stadtmauern.«

»Nein«, antwortete der Priester. »Daran dachten wir nicht. Aber wir meinten, dass du vielleicht mit einigen wichtigen Leuten aus der Stadt und dem Gau sprechen müsstest. Sie sind aus der ganzen Grafschaft zusammengeströmt, nachdem sie hörten, dass du kommst.«

»Ach«, sagte Karl und lächelte kaum merklich. Er warf Abt Milo einen verstohlenen Blick zu. »Da warten also in dieser altehrwürdigen Stadt Männer von Rang und Einfluss, Grafen und Edle und sogar der designierte Bischof darauf, dass ich an die Tore der Stadt klopfe und um Einlass bitte.«

»Nein, nein!«, wehrte der Diakon sofort ab. »Ganz und gar nicht, Karl. Wir freuen uns doch, dass du kommst. Wir haben von dir gehört und wissen, was wir dir schuldig sind, nachdem wir dich so lange nur zögerlich beobachtet haben.«

»Nur zögerlich beobachtet?«, fragte Karl. »Und du wagst es, mir das hier und heute einzugestehen? Ihr habt mich verraten! Allesamt! Ihr habt nicht geglaubt, dass ich jemals wieder aus dem Kerker rauskomme. Selbst als ich bei Willibrord in Echternach war, habt ihr gezögert und nicht ein einziges Schwert, nicht einen einzigen Beutel Gold geschickt. Und ihr wollt Freunde meiner Familie und meines Vaters gewesen sein? Wenn das alles ist, dann bleibt doch auf euren Pfeffersäcken hocken und küsst den Merowingerkönig, den Majordomus Raganfrid und meinetwegen auch Plektrud, die nicht nur die Königsschätze von Austrien, sondern den ganzen Osten des Reiches durch ihren Hass und ihre Hartherzigkeit verschenkt hat.«

Er drehte sich um und ließ die Priester einfach stehen. Sein zorniger Ausbruch erschreckte sie so sehr, dass sie nicht mehr wussten, was sie antworten sollten.

»Es ist besser, ihr kehrt ganz schnell um«, mahnte der schwarze Abt. »Karl wird nichts gegen Metz unternehmen, aber schon Verdun als die nächste Stadt zwischen euch und Paris dürfte es nicht leicht haben …«

Verdun, das kleine römische *Virodunum*, war eine ebenso alte Bischofsstadt wie Metz oder Trier, Colonia oder Maastricht. Obwohl die Stadt am Rande der Champagne noch zum austrischen Reichsteil gehörte, kam sie Karl viel feindlicher vor als Paris oder irgendeine andere Stadt der Neustrier. Denn hier herrschte eine Familie, die schon immer mit seiner eigenen verfeindet gewesen war. Sie führte sich auf Wulfoald zurück, der unter dem Merowingerkönig Dagobert II. Hausmeier gewesen war.

Am Abend des dritten Tages hatte Karls Rebellenheer die vierzig Meilen zwischen Metz und Verdun trotz der schweren Waffenkarren hinter sich gebracht. Sie lagerten in Sichtweite der Stadt am Ufer der Maas. Nachdem sie gegessen und sich für die Nacht vorbereitet hatten, besprachen die Männer um Karl, wie sie am nächsten Tag vorgehen sollten.

Karl streckte die Beine aus, nachdem er sich ein Stück Fleisch vom Drehspieß heruntergeschnitten hatte. Die Sonne ging langsam unter, und ein glühendes Sommerrot beschloss den Tag vor der dritten Schlacht, die Karl anführen wollte.

»Was hältst du von Sigibald?«, fragte er Milo nach einer Weile.

»Meinst du, er sollte tatsächlich Bischof von Metz werden?«

»Von mir aus gern«, antwortete der schwarze Abt. »Ich kenne eigentlich keinen, der etwas gegen ihn hat. Er ist loyal und hat sich stets zurückgehalten. Solange er in Metz bestimmt, kannst du dich auf diese Stadt verlassen.«

»Und was ist mit Verdun?«, fragte Karl. »Hier fehlt ebenfalls ein Bischof.«

»Nimm einen guten Mann aus dem Umfeld von Willibrord«, empfahl Milo.

»Was? Noch einen Iren?« Karl schob die Lippen vor. »Ich dachte eher daran, dass ich Willibrord Utrecht zurückgebe, sobald es uns gelingt, Radbod über den Grenzfluss zurückzuschlagen.«

»Wir bekommen hohen Besuch«, meldete Graf Rotbert, der die letzten Worte zwischen Karl und Abt Milo mitbekommen hatte. Er deutete zur alten Römerstraße, die im Abendrot deutlich zu erkennen war.

In losen Gruppen von jeweils einem Dutzend Reitern und Männern zu Fuß näherte sich ein langer Zug bunt gekleideter Gestalten.

»Was ist das?«, fragte Karl. »Wo wollen diese Männer hin?«

Der schwarze Abt schnaubte. »Du weißt genau, dass du die Unterstützung von vielen Adligen und Grundbesitzern brauchst. Ohne die Grafen, die Äbte und die freien Bauern und ohne all die Männer, die deinen Vater unterstützt haben, kommst du nicht gegen König Chilperich und seine Neustrier an.«

Sie spürten alle den Widerwillen, mit dem Karl den Männern entgegenblickte, die sich länger als ein Jahr von ihm zurückgezogen hatten.

Und dann erkannte Karl den Mann, der Pippins Beichtvater gewesen war. Der Priester namens Peppo war etwa fünfzig Jahre alt, und ebenso wie Milo trug er ein Wehrgehänge über seiner Kutte. Er war einer von jenen Männern, die das Kreuz nie ablegten, es aber jedes Mal unter der Kleidung verbargen, wenn sie sich gezwungen sahen, zu Schwert und Schild zu greifen.

Reiter um Reiter kam in den Kreis, der sich vor Karl gebildet hatte. Es waren weit über hundert Männer mit guten Rüstungen und Helmen, frisch beschlagenen, geschmückten Schilden, teilweise gold verzierten Schwertern, starken, mit Zierspangen geschmückten Pferden und guten Waffenknechten.

Es dauerte fast eine halbe Stunde, bis sich die Reiter und die Fußkrieger aus dem Lager in der Innenstadt von Metz so weit aufgestellt hatten, dass Peppo als der Ärmste, aber von allen akzeptierte Wortführer Karl gegenübertreten konnte.

»Dir, Karl«, rief er, »dir, Karl, dem sein Vater unter dem Einfluss eines bösen Weibes das Erbe vorenthalten hat ... dir wollen wir ab sofort folgen ... als Erstem über Austrien und, so Gott es will, eines Tages auch über Neustrien und das gesamte Reich der Franken.«

Karl spürte, wie ihm die Röte ins Gesicht schoss. Aber für alle anderen konnte der Feuerschein auf seiner Haut auch von den letzten Strahlen der blutrot untergehenden Sonne stammen. In dieser stillen Abendstunde fühlten viele, dass etwas Neues eingetreten war: Karl stand nicht mehr allein mit einem Haufen Thüringern und ein paar Männern von irgendwelchen Landgütern, sondern erhielt in dieser Stunde die Anerkennung und die Unterstützung der wirklich Mächtigen des Ostreichs.

Irgendwo klang Musik auf. Wie aus dem Nichts wurden Wagen mit Weinfässern herangerollt. Noch ehe Karl einen Befehl geben konnte, begann ein lautes, lärmendes Fest, das bereits Siege feierte, eh Verdun eingekesselt, belagert oder erobert war.

Die Eroberung von Verdun am nächsten Tag kostete dennoch einige Dutzend Tote und Verwundete. Karl hatte bis zum frühen Nachmittag gewartet, ehe die Mittagshitze so weit abgeklungen war, dass aus den vielen schwankenden Gestalten wieder Männer wurden, die das Schwert zu führen wussten.

Sie mussten kämpfen und hätten wiederum verloren, wenn die Krieger der Wulfoaldfamilie nicht so leichtsinnig gewesen wären, ihrer alten, an vielen Stellen eingebrochenen Stadtmauer zu viel zuzutrauen.

Der Sieg über die Wulfoalde und die mit ihnen verbündeten Familien änderte Karls Pläne. Er besprach sich mit seinen engsten Gefährten und den neu hinzugekommenen Grafen. Dann stand sein Entschluss fest. »Ich glaube nicht, dass wir das, was uns durch die verrotteten Stadtmauern von Verdun gelungen ist, in Paris wiederholen können«, sagte er.

»Was dann?«, fragte Abt Milo.

Karl blickte dem wildesten seiner Gefolgsleute in die Augen. Sie hielten ihm vollkommen klar mit ganzer Härte stand.

»Ich will, dass wir die Waffen, die wir an der Amblève erbeutet haben, mit nur kleiner Begleitung an König Chilperich nach Paris schicken.«

»Was soll das werden?«, knurrte Milo.

»Eine grandiose Demütigung«, antwortete Karl. »Die Schmach für ihn wird noch größer sein, als wenn ich selbst mitreite.«

Viele bedauerten den Verlust des zweiten Königsschatzes, der für die meisten noch wichtiger gewesen wäre als das Gold und Geschmeide, das Pippins Witwe Plektrud in Colonia an Raganfrid ausgehändigt hatte.

»Weißt du eigentlich, was ein gutes Schwert heutzutage kostet?«, fragte Graf Rotbert in einem letzten Versuch, Karl doch noch umzustimmen.

»Ich habe mir ganz genau angesehen, was wir dem Merowingerkönig zurückgeben«, antwortete Karl und lachte. »Manch eine zweihändige Spatha für Hieb und Stoß ist sieben Schillinge und mehr wert. Manch eine Lanze und manch ein Schild mindestens zwei Schillinge. Lederhelme sechs Schillinge und mit Eisenschuppen gepanzerte Lederhemden auch das Doppelte.«

»Und?«, fragte Graf Rotbert. »Hast du mal überschlagen, wie viel dieser Kriegsschatz wert ist?«

»Ja«, antwortete Karl laut. »Exakt so viel, um tausend Krieger eines Merowingerkönigs auszurüsten.«

Abt Milo lachte im Hintergrund.

»Du wirst ja richtig gut, Karl.«

»Ich bin gut!«, gab Karl zurück und lachte ebenfalls. »Aber das musste ja nicht jeder wissen, solange mir die Hände noch gefesselt waren. Jetzt sieht das alles etwas anders aus. Denn jetzt kann ich denjenigen, die zu mir hielten, auch einmal ein Geschenk machen.«

»Nicht schlecht«, antwortete Abt Milo. »Hast du da schon irgendeine Vorstellung von derartigen Geschenken?«

Karl ging ganz langsam auf den schwarzen Abt zu. Dann stieß er ihm mit dem Zeigefinger seiner linken Hand genau dort auf die Brust, wo Milo sein Kruzifix verborgen hatte.

»Du kennst die Ordensregeln Benedikts«, sagte er. »Und da heißt es wohl, dass ihr in Armut leben und nicht zu gierig sein sollt. Oder irre ich mich da?«

»War ja auch nur eine Idee«, meinte Milo. »Aber du hast recht. Ich bin auch dafür, dass wir zuallererst unseren Freund Peppo belohnen sollten. Er hat uns schließlich die Männer herangeführt, die du dringend brauchst.«

»Eben deshalb meine ich, dass Peppo Bischof von Verdun werden sollte. Wir brauchen hier neben Metz eine Diözese, auf die wir uns verlassen können. Auf diese Weise stärken wir die Südflanke von Austrien, bilden einen Schutz gegen Burgund und bedenken auch diejenigen, die sich frühzeitig für uns entscheiden.«

An den darauffolgenden Tagen schwärmten die Schreibkundigen aus dem neuen Gefolge von Karl zusammen mit Grafen aus den anderen Gauen und bewaffneten Trupps nach allen Seiten aus. Sie sollten feststellen, wer ein Parteigänger der Wulfoalde war und wer für den legitimen Nachfolger des verstorbenen Majordomus Pippin gewonnen werden konnte.

Die südliche Begrenzung für die Erkundungsritte bildete die alte, fast schnurgerade Römerstraße von Basel bis nach Reims. Sie kreuzte genau dort den Weg von Metz nach Paris, wo vor einem Vierteljahrtausend die große Schlacht auf dem Campus Mauriacus stattgefunden hatte.

Karl hätte sich liebend gern die legendären Katalaunischen Felder und den riesigen Ringwall angesehen, in den sich Attila, der Hunnenkönig, mit seinen Verbündeten zurückgezogen hatte, als die große Schlacht unentschieden endete. Aber für derartige Wünsche blieb ihm im Augenblick zu wenig Zeit. Der Sommer hatte seinen Höhepunkt bereits überschritten. Langsam musste er daran denken, wo er den Herbst und den Winter verbringen wollte.

»So schwer es mir auch fällt«, sagte Karl Ende September, »aber ich muss die meisten Männer jetzt nach Hause schicken. Natürlich wissen wir nicht, wie viele von ihnen im nächsten Frühjahr einem Ruf zum Märzfeld folgen werden. Ich bin kein König und kein Majordomus und habe nicht das Recht, die Edlen Austriens und ihre Männer an irgendeinen Platz zu rufen.«

»Sie werden kommen«, antwortete Graf Rotbert. »Ich bin ganz sicher, dass sie kommen werden. Wahrscheinlich sogar mehr, als wir heute ahnen.«

Nach und nach wurde das erste Gebiet unter Karls Herrschaft so aufgeteilt, dass es eine gute Pfründe für den Bischof und eine sichere Nahrungsreserve für zukünftige Vorhaben bildete. Einige der Familien aus dem Umkreis der Wulfoalde behielten Land bis in die ebene Champagne hinein und nach Norden bis zu den Ardennen.

Karl selbst interessierte sich nur für die Maas. Als Einziger der Wasserläufe dieser Gegend und aus dem angrenzenden Burgund floss er nicht nach Westen hin zur Seine, sondern durch die Schluchten der Berge so weit nordwärts, bis ihm der Rhein kurz vor seiner Mündung in die Nordsee den Lauf streitig machte und ebenfalls nach Westen abdrängte.

In diesen Wochen, die Karl später oft zu den unbeschwertesten in seinem Leben zählte, erreichten ihn auch Nachrichten von den entfernten Grenzen des Reiches, das sein Vater jahrzehntelang verwaltet hatte.

Wandernde Mönche berichteten aus Friesland, dass dort eine neue Gruppe von Mönchen aus England eingetroffen war. Nicht wissend, welchen Erfolg sich Radbod gerade erst in Colonia errungen hatte, war ein gewisser Winfried als ihr Anführer vor den Friesenherzog getreten. Ganz so, als hätte es niemals einen Willibrord gegeben, hatte er versucht, Radbod vom Heil des Christentums zu überzeugen. Er war mit Hohngelächter verjagt worden.

»Im Augenblick interessieren mich weder rüpelhafte Mönche bei den Friesen«, sagte Karl, als er davon hörte, »noch Propheten bei den Sarazenen oder Bischöfe in Baiern. Hier in der Francia zwischen Paris und Colonia muss sich entscheiden, ob Neustrien oder Austrien, Raganfrid oder ich selbst die Nachfolge von Pippin antrete. Und ich bin wild entschlossen, nicht zu teilen.«

»Ja. Dieser Übermut macht mich allmählich zornig«, schnappte Graf Rotbert. »Du besitzt kaum mehr, als du an deinem Wehrgehänge mit dir herumträgst. Aber du fährst dem Feind die eigenen Waffen hochmütig hinterher, willst sie ihm sogar vor die Füße werfen, damit er sie nur aufzuheben braucht.«

»Du hast vollkommen recht«, stieß Karl mit einem überlegen wirkenden Lachen aus. »Das, Rotbert und ihr alle, das ist der Preis, der Trumpf, mit dem ich dieses Würfelspiel beginne. Es ist der Speck, mit dem man Mäuse fängt. Habt ihr das schon vergessen?«

Als der Herbst nahte, löste sich Karls kleines Heer langsam wieder auf. Er schickte alle Grafen und die Männer zurück, die in den Dörfern oder auf den Höfen längst gebraucht wurden.

Das Land war arm geworden in den vergangenen Jahren. Überall fehlten Hände für die letzten Ernten. Holz sollte für den Winter geschlagen und an den Häusern aufgestapelt werden. Zusätzlich brauchten viele Dächer eine neue Eindeckung, Lehmwände mussten vor dem Winter ausgebessert werden, und auch die Ställe brauchten manchen neuen Balken gegen die Novemberstürme und die Schneelast, die in diesem Jahr lange vor Weihnachten erwartet wurde.

Karl zog über viele Umwege an der Maas entlang nach Norden. Überall dort, wo er Verbündete und ehemalige Anhänger seines Vaters vermutete, machte er einen Abstecher und besuchte diejenigen, die sich bisher noch nicht für oder gegen ihn entschieden hatten.

Seine Familie erwartete ihn am Martinstag nur ein paar Meilen flussabwärts von Lüttich an der Ostseite des Flusses. Hier befand sich eines der alten Gehöfte ihrer Familie.

Karl genoss es, wieder bei ihnen zu sein. Bis auf einen harten Kern von gut hundertfünfzig Männern waren alle anderen dorthin zurückgegangen, wo sie selbst ihre Familien hatten. Auch die Thüringer mit dem kranken Herzog Hedan und seinem Sohn Thuring waren in ihre heimatlichen Bergwälder an der Unstrut zurückgekehrt.

Trotzdem blieb Karl auch in seinem Winterquartier nicht von den Ereignissen abgeschnitten, die draußen in der Welt passierten. Jeder Händler, jeder Pilger, der vorbeizog, und jeder Wandermönch hatte etwas zu erzählen. Für eine Schüssel Fleischsuppe, ein trockenes Nachtlager und einen Beutel Wegzehr entgalten die Besucher die Gastfreundschaft.

Karl wusste ebenso wie alle anderen, dass Gastfreundschaft, wie sie seit jeher bei den Germanen üblich und Gesetz war, von den Mönchen ausgenutzt wurde. Mehr noch als die Mönche aus Britannien rechneten die Iren fest damit, dass sie ihr Bekehrungswerk umso wirksamer durchführen konnten, je mehr sie auf Bescheidenheit verzichteten. In einigen Gegenden hieß es bereits, dass die Missionsgebiete nur deshalb immer größer wurden, weil die Mönche so verfressen und versoffen waren.

Viele der Familien im Frankenreich, aber auch in Sachsen, Thüringen und Baiern empfanden Mönche aus den sieben Königreichen in Britannien und von der Insel Irland nicht als Bedrohung für den alten Glauben. Sie waren vielmehr überzeugt, dass die Mönche mit dem Kreuz gegen Thor und Odin oder Loki immer unterliegen würden, dass sie machtlos waren gegen das gewaltig stürmende Himmelsheer der Ahnen und im Himmel der Christen nur noch Langeweile herrschte. Dennoch zeigten sie den Mönchen immer neue Wege zu Höfen, Gütern oder Siedlungen, zu Freunden oder auch Feinden. Manch einer gab den Mönchen sogar ein Geldstück und bat sie, doch möglichst bald zu anderen zu gehen, um sie für Jesus Christus zu gewinnen und zu taufen.

Kurz vor Weihnachten erfuhr Karl, dass die beiden neuen Bischöfe von Verdun und Metz feierlich in ihre Ämter eingeführt worden waren. Damit stand die erste Linie von Verbündeten für Karl.

»Mir ist noch unklar, wie Rigobert als Erzbischof von Reims zu uns steht«, sagte Karl, als er abends mit Abt Milo und einem Dutzend anderer Männer am Bohlentisch des größten Raumes in Jupille saß. Außer Rotbert war inzwischen auch der junge und wild gelockte Graf Folker mit einem kleinen, sehr lauten Reitergefolge eingetroffen. Obwohl der Saal mit Fachwerkwänden und einem gut gezimmerten, ineinander verstrebten Dachgiebel geräumiger war als manche Steinkirche der Bischöfe, bot er nicht genügend Platz für alle Männer. Einige mussten daher mit einem großen Zelt vor dem Saalbau vorliebnehmen.

Nur die Grafen und die zuerst Gekommenen saßen im Saalinneren auf einfachen Holzbänken mit Rückenbrett. Die meisten hatten ihre Wehrgehänge abgenommen und hinter sich über Holzpflöcke gelegt, die in Gürtelhöhe aus dem Wandbalken ragten. Zwischen den Tischen, den Bänken und den Fachwerkwänden war immer noch genügend Platz für Knechte und Bedienstete.

Der Raum besaß eine leicht erhöhte Feuerstelle aus vermauerten Feldsteinen und einen trichterförmigen, mit Blech beschlagenen Kaminabzug. Seit dem Nachmittag drehten zwei Hörige aus den Gesindehäusern von Jupille abwechselnd den Spieß mit zwei Ferkeln über dem Feuer.

Obwohl sie eigentlich bedient werden konnten, standen die Adligen und Freien aus Karls Gefolge in unregelmäßigen Abständen selbst auf, gingen zum Herdkamin und schnitten sich mit ihren Messern ein daumenbreites Stück vom frisch Gebratenen herunter. Sie nahmen es bis zu den Bohlentischen mit und tunkten die Enden in verschiedene Näpfe mit scharfem Flammenpfeffer, Wacholdersoße oder Meerrettichsenf.

Karl fühlte sich zufrieden, aber müde. Er hatte einen Becher Wein vor sich stehen und hielt in einer Hand das Messer, mit dem er sich ebenfalls ein Stück vom Schweinebraten über dem Feuer geholt hatte. Während das Gemurmel seiner Leute rund um ihn herum sich mit dem Knistern und Knacken des Feuers vermischte, wanderten seine Gedanken zu demjenigen aus dem Haus der Merowinger, der als der erste echte Frankenkönig galt: Chlodwig. Dessen Vater Childerich I. war noch römischer General gewesen. Er kämpfte gegen die Alamannen, hatte die Tochter des Thüringerkönigs geheiratet und war nach seinem Tod in Tournai an der Schelde ins Grab gelegt worden.

Erst sein Sohn Chlodwig hatte den Ruhm errungen, der erste König aller Franken zu sein. Karl dachte daran, dass Chlodwig I. gerade sechzehn Jahre alt gewesen war, als er die Krone nahm. In den ersten fünf Jahren seiner Herrschaft hatte er sich ruhig verhalten und erst dann alle Rivalen in den Familien beseitigt, die ihm gefährlich werden konnten. Im Jahr 486 hatte er im Tal der Aisne Herzog Syagrius als letzten römischen Vasallen in Gallien besiegt.

Vierzehn Jahre danach hatte er bei Zülpich an der alten Römerstraße von Colonia nach Trier auch noch die Alamannen und die Burgunden besiegt. Weitere sieben Jahre später hatte er auch noch das kampferprobte Volk der Westgoten über die Pyrenäen bis nach Spanien verjagt.

Karl dachte daran, dass Chlodwig I. den gleichen Fehler gemacht hatte wie viele andere Herrscher vor und nach ihm: Er hatte nicht einen seiner Söhne zum Nachfolger ernannt, sondern zugelassen, dass das Reich nach dem alten saalfränkischen Gesetz geteilt wurde.

Sein gerade erst geschaffenes Imperium wurde erneut zerstückelt. Als Folge davon hatte jeder in der Familie der Merowinger gegen jeden gekämpft. Brüder hatten ihre Brüder umgebracht, Mütter ihre eigenen Kinder, Enkel oder Neffen. Kaum einer in der Königsfamilie war je eines natürlichen Todes gestorben.

Wie alle Franken lief Karl noch immer ein Schauder über den Rücken, als er an Brunhild, die Schlimmste von allen, dachte. Sie hatte Mönche gedungen und bezahlt, die Nebenbuhler mit Messermorden aus dem Wege zu räumen. Aber auch sie war schließlich über ihre eigene Grausamkeit gestolpert und zur Strafe für ihre Schandtaten von vier Pferden zerrissen worden.

Schon als sie bereits zu schwach geworden waren, um allein zu herrschen, hatten ihre Hausmeier mitgespielt und dann die Nachfolge angetreten ...

Der schwere Wein, der viele Braten und die Gespräche ließen Karl für einen Augenblick einnicken. Doch dann lachte irgendjemand, und er schreckte wieder hoch. Urplötzlich fiel ihm ein, dass sie sich auf einem Bauernhof und nicht in einer Königspfalz befanden.

Genau genommen hatte er nicht einmal Wohnrecht in den Häusern von Jupille und Heristal. Sie gehörten Plektrud und den vier Söhnen seines verstorbenen Halbbruders Drogo.

»Die alte Hexe wird mich nicht vertreiben!«, stieß er mit schwerer Zunge hervor. »Nicht mehr in diesem Winter ... niemals mehr ...«

9

Heristal

Anfang des neuen Jahres kamen jüdische Händler von Norden her über die vereiste Maas. Karl ging ihnen bis zum Flussufer entgegen. Dutzende von Männern, Frauen und Kindern beobachteten in Decken, Tücher und Felle gehüllt, wie die fünf Händler über die Böschung kletterten und dabei einen großen, voll bepackten Schlitten hinter sich herwuchteten. Karl trat ihnen nicht entgegen. Er wartete, bis sie bei ihm angekommen waren.

»Wir grüßen dich, Karl, Sohn Pippins ... er soll in Frieden ruhen«, sagte der Älteste zu Karls Überraschung in allerbestem Fränkisch. Es klang sogar ein wenig nach Burgund.

»Und wundere dich nicht, dass wir von Norden kommen«, fuhr ein Jüngerer fort, der den Augen nach der Sohn des Alten sein konnte.

»Erlaube zuvor, dass wir unsere Namen nennen«, unterbrach der Ältere. »Ich heiße Isaak, Fernhändler aus Lyon. Hier zur Linken siehst du meinen Ältesten, Elias, der leider Christ geworden ist, um eine Schöne aus Cordoba zu heiraten, von der es heißt, dass sie die Enkelin einer Gotenprinzessin ist.«

»Einer niederen Magd von ihr«, korrigierte der Jüngere vorlaut.

Karl presste die Lippen zusammen und bemühte sich, nicht zu belustigt auszusehen.

»Der faule Mensch hier rechts von mir ist Omar vom Stamm der nordafrikanischen Berber. Sein Vater hatte ihm befohlen, ein großer Krieger im Sarazenenheer zu werden. Aber Omar wollte sich nun einmal nicht mit Aquitaniern oder Franken schlagen. Er fährt viel lieber mit uns über die Meere.«

»Ihr seht nicht gerade aus wie Seefahrer«, meinte Karl. Er bat die Männer in das größte der Häuser von Jupille. Sie legten ihre Pelze ab, behielten aber ihre Mützen auf. Isaak streifte mit den Fingern kleine Eisklumpen aus seinem zotteligen zweigeteilten Bart. Omar, der bartlose Araber, eilte, ohne zu zögern, zur Feuerstelle und rieb sich die Hände über den Flammen. Nur Elias schien zu wissen, dass sie warten mussten, bis sie aufgefordert wurden, Gäste Karls zu sein.

»Setzt euch«, sagte Karl zu den drei Anführern und ihren beiden stilleren Begleitern. Er sah sie fragend an. Dann merkte er, dass sie das Fränkische nicht verstanden.

»Woher kommen die beiden?«, fragte Karl den alten Juden.

»Oh, sieht man das nicht?«, schmunzelte Isaak. »Sie sind viel bessere Juden als ich selbst. Der eine stammt aus Tyros unweit von Jerusalem. Der andere kam erst vor einem Monat von Marseille die Rhone herauf. Er hat mir eine kleine Schiffsladung Gewürze von meinem Schwager mitgebracht.«

»Gewürze aus Arabien?«, fragte Karl interessiert. »Bringt ihr auch Weihrauch und Myrrhe für unsere Klöster? Oder dürft ihr das nicht?«

Der Händler lachte, dann nickte er. »Natürlich haben wir auch diese Kostbarkeiten in unserem Gepäck. Schließlich war Isa, den Ihr Jesus nennt, ebenfalls Jude, als er bei seiner Geburt damit beschenkt wurde.«

Karl beugte sich zur Seite und gab einem der Bediensteten die Anweisung, Gemüse ohne Fleisch für die Fernhändler zu kochen. Vorab ließ er Brot und Wein bringen.

»Keinen Speck, bitte«, sagte Isaak besorgt. »Ich weiß ja, dass ihr Franken Dutzende von Sorten kennt, die allesamt sehr köstlich sein sollen. Aber bei Speck und Schmalz müssen wir leider ebenso enthaltsam sein wie eure Priester bei ein paar anderen Genüssen.«

Karl lachte und schüttelte vergnügt den Kopf. »Wenn sie es denn nur wären ...«, sagte er. »Aber du weißt selbst, dass einige der Priester den Zölibat nicht einmal buchstabieren, geschweige denn befolgen können. Manche von ihnen haben sogar mehr Ehefrauen als die Sarazenen ...«

»Das zu beurteilen steht mir nicht zu«, antwortete Isaak behutsam.

Nach und nach kamen auch andere Männer in den großen Raum, setzten sich zu ihnen und warteten darauf, dass die Händler von ihren Reisen und von Geschehnissen berichteten, die interessanter waren als die zugefrorene Maas.

»Es ist nicht leicht für uns«, meinte Isaak nach vielen Stunden, in denen sie über Friesenmissionare, Alamannen, Thüringer und Sachsen, Baiern und die Merowingerkönige geredet hatten.

»Im letzten Sommer beispielsweise gerieten wir in eine Falle ...«

»Berichte«, sagte Karl und zog mit seinen Fingern an den Enden seines dichten blonden Schnurrbartes.

»Nun, wie schon oft kam ich mit Spezereien und Gewürzen bis zur Zollstelle bei Marseille. Ich war bereit, für meine Waren die Abgaben zu zahlen, wie sie in allen Häfen und Städten üblich sind. Aber ich wurde von den Zöllnern so übel ausgenommen, dass meine Fahrt über das Meer im Süden keinen Gewinn mehr brachte.«

»Warum hast du dich nicht beschwert?«, fragte Karl. »Auch Zöllner dürfen nicht zu Räubern werden.«

»Sie waren keine Räuber, sondern haben nur getan, wozu sie den Befehl erhalten hatten.«

»Einen Befehl, jüdische Händler auszurauben?«

»Nein«, antwortete Isaak. »Aber am 29. April vergangenen Jahres – und das war gleich nach Ostern – hat König Chilperich II. dem Kloster Corbie ein Diplom für sämtliche Einkünfte aus dem Zoll von Marseille ausgestellt …«

Karl beugte sich ruckartig vor. »Kurz nach Ostern?«, wiederholte er und legte die Stirn in Falten. »Was hatte er zu dieser Zeit mit Marseille im Sinn? Oder mit dem Kloster Corbie?«

Er blickte sich fragend nach allen Seiten um. Aber auch Abt Milo und die Grafen, die den Winter über in Jupille geblieben waren, hoben nur die Schultern.

»Wofür?«, fragte Karl deshalb direkt.

»Nun, mit der angeblichen Schenkung haben der Majordomus Raganfrid und König Chilperich verfügt, dass die Begleiter von Transporten, seien sie Mönche oder nicht, mit Ersatzpferden und Lebensmitteln, mit Kümmel, Pfeffer und sogar dieser ekligen römischen Garumfischsoße bedacht werden.«

»Ich kann darin nichts Illegales erkennen«, meinte Karl beinahe erleichtert. »Mein Vater hat während seiner Amtszeit ständig vergleichbare Privilegien und Geschenke ausgeteilt.«

»Du meinst, dass Chilperich mit dem Zoll etwas viel Wertvolleres gekauft hat?«

»Genauso ist es«, nickte Karl. »Kümmel für wache Augen, Pfeffer zur Schärfung des Gehörs und Fischsoße als Luxus. Ich denke daher, dass diese Schenkung offiziell an die Bedingungen geknüpft ist, die Mönche sollten jederzeit für Chilperich und seine Seele beten. Aber in Wirklichkeit will er sich damit ein neues Netz von Kundschaftern kaufen.«

Am nächsten Morgen hinderte starkes Schneetreiben die Fernhändler daran, weiterzuziehen. Karl nutze die Gelegenheit. Er fragte Isaak und seinen Sohn nach Städten der Provence und Aquitaniens, nach Sarazenen, Langobarden und der legendären Stadt Konstantinopel. »O ja, Konstantinopel«, sagte der alte Jude mit einem tiefen Seufzer. Er schloss die Augen und lehnte sich ein Stück zurück. »Konstantinopel ist die einzige Stadt der Welt, die mir noch vor Rom oder Ravenna, Trier oder Colonia mein heiliges Jerusalem ersetzen könnte.«

»Aber wir hörten, dass auch dort die Anhänger des Propheten Mohammed bedrohlich und gefährlich werden.«

»Wie wahr, wie wahr!«, antwortete Isaak und öffnete die Augen. »Im vergangenen Jahr kamen die Araber mit einer Flotte und großen Heerscharen zugleich. Sie lagerten am Goldenen Horn und schlossen Kaiser Leo wochenlang ein. Dem Herrn sei Dank, dass alle Mauern hielten, die Kaiser Theodosius II. errichten ließ, als diese Stadt vor nunmehr drei Jahrhunderten den Angriffen der Hunnen und den mit ihnen verbündeten Germanenstämmen standhalten musste.«

»Und? Haben sie sich jetzt auch gegen die Araber bewährt?«

»Ja«, seufzte der alte Jude. »Wer weiß schon, wo sich sonst diese Flut gebrochen hätte? Stellt euch nur vor, wie die Zange aussehen würde, wenn diese Krummschwerter von Südosten und Südwesten gleichermaßen nach Europa einfielen. Die einen an der Donau entlang bis zu den Grenzen eures Frankenreiches, die anderen von Spanien aus nach Aquitanien und in die Provence.«

»Sind sie so anders als die Hunnen?«, fragte Karl.

»Die Hunnen wollten Beute und sonst nichts. Für sie war unwichtig, ob sie für Westrom, Ostrom oder an der Seite von Franken oder Goten ritten. Den Anhängern von Mohammed dagegen bedeuten Gold und Beute nur eine Zugabe, die sie zum Überleben brauchen. Für sie zählt nur, dass sie den Anspruch des Propheten Mohammed in alle Welt verbreiten.«

»Das unterscheidet sie nicht sehr von unseren Bischöfen und Mönchen«, sagte Karl lachend.

»Es ist ein riesengroßer Unterschied, ob Irenmönche nur alte Götterbilder zerschlagen oder ob die Muselmanen gnadenlos jeden niedermachen, der sich nicht dem Willen ihres Gottes unterwirft. Sie fordern die totale Unterwerfung unter ihren Gott mit Namen Allah, der viel härter ist als euer Christengott und unser Herr des alten Bundes.«

In diesem kalten Winter hatten sich kaum Eisschollen auf dem zugefrorenen Fluss gebildet. Viele der Jüngeren aus dem Gesinde der beiden Gutshöfe und aus dem Gefolge Karls schafften Schlitten und Bohlen, alte, nicht mehr brauchbare Schilde, angebrochene Pflugscharen und allerlei anderes Gerümpel zum Fluss.

Überall johlten, kreischten und lachten die Menschen, während sie sich auf dem Eis vergnügten. Viele der Frauen und Mädchen genossen die Abwechslung und die klare Luft als Ausgleich für die vielen Stunden, die sie Tag für Tag in Ställen, Spinnstuben oder Küchen verbrachten.

Karl ließ sie alle gewähren. Er hielt nichts davon, in den beiden Gehöften seines Vaters eine Strenge einzuführen, wie er sie aus den Klöstern von Stavlot und Echternach kannte. Menschen, die im Winter sehr leicht erfrieren und verhungern konnten und im Frühjahr damit rechnen mussten, dass sie zum Heribann gerufen wurden, um wie jedes Jahr in den Krieg zu ziehen – diese Menschen sollten sich freuen und lachen, sooft und solange sie konnten ...

»Wie viele kriegen wir hier zusammen?«, fragte Karl Ende Januar. Rotbert und Folker hatten bereits mit dieser Frage gerechnet.

»Hier ungefähr sechzig Männer«, antwortete Rotbert für Jupille.

»Auf der anderen Seite des Flusses leben im Umkreis von dreißig Meilen ungefähr fünfhundert waffenfähige Männer«, ergänzte Folker. »Mehr als ein Drittel davon kannst du nicht zum Heribann rufen, wenn du bedenkst, dass weiterhin Tiere aufgezogen, Äcker bestellt und Bäume gefällt werden müssen.«

»Das sind kaum mehr, als wir in Colonia und an der Amblève hatten«, stellte Karl grimmig fest.

»Ich glaube nicht, dass Plektrud noch sehr viel Unterstützung bekommen wird«, meinte der schwarze Abt.

Wie zur Bestätigung kam wenige Tage später ein erstes, unerwartet großes Aufgebot aus Richtung Lüttich über den vereisten Fluss. Sie wurden mit großem Hallo und noch mehr Aufregung und Durcheinander begrüßt.

Karl brauchte eine Weile, bis ihm klar wurde, dass mit diesen Männern tatsächlich das erste Kontingent von ehemaligen Parteigängern von Plektrud zu ihnen gestoßen war.

»Na also!«, rief er, so laut er konnte, über den vereisten Fluss hinweg. »Sie kommen! Sie kommen doch zu mir!«

Karl tanzte wie ein Jüngling an der Uferböschung auf und ab. Er sang und röhrte, schlang seine Arme um fröhlich aufkreischende Mädchen, rutschte mit ihnen bis aufs Eis und boxte übermütig mit erhitzten Jungen, die sich wie Kletten an ihn hängten.

Es wurde bereits dunkel, als er endlich in die Halle des größten Hauses zurückkehrte. Chrotrud selbst reichte ihm heißen Würzwein, eh sie ihm aus seinen nass gewordenen Pelzen half.

»Ich mag es, wenn du dich auf diese Art vergnügst und austobst«, sagte sie gurrend. »Schnee im Bart lässt sich viel leichter lösen als Blut von irgendwelchen Feinden.«

Er schürzte seine Lippen, deute einen breiten Kuss an und nahm sie fest in seine Arme.

»Danke, mein Herz!«

Er lachte laut, dann setzte er sich zu Alberich und seinen Männern. Plektruds ältester Neffe berichtete, was in der Zwischenzeit an Rhein und Mosel geschehen war. Seine Knechte und Waffenträger kümmerten sich wärenddessen darum, dass die Tiere richtig versorgt und alle Metallteile an der gesamten Ausrüstung mit Leinöl und Bibergeil eingerieben wurden.

»Die Thüringer sind im Moment wohl die Einzigen, die sich friedlich und abwartend verhalten«, sagte Alberich nach dem ersten Becher Gewürzwein. »Aber auch Herzog Theodo von Baiern befürchtet inzwischen, dass der Einfluss der Mönche aus Britannien und Irland auch bis zu ihm vordringt.«

»Was hat er vor?«

»Er will noch in diesem Jahr mit großem Gefolge zu Papst Gregor nach Rom pilgern.«

»Dann muss er schon einen sehr guten Plan haben«, meinte Karl.

»Dabei ist sein Gedanke ganz einfach«, sagte Alberich. »Er will dem Papst die Gründung von eigenen Bistümern in Salzburg, Freising und Passau vorschlagen – Bistümer, die zudem durch eine ständige römische Gesandtschaft in Baiern verankert werden sollen.«

Karl setzte den Becher ab. »Weißt du, was das bedeutet?«

»Ja«, sagte Alberich ebenfalls besorgt. »Es ist ein Konkordat – ein unlösbarer Vertrag zwischen den Baiern und dem Papst in Rom.«

Obwohl der Winter nach wie vor kalt war, blieb er schön und trocken. Alle paar Tage kamen kleinere Botengruppen, um Karl mitzuteilen, dass immer mehr der Leudes, die zu Pippins Kampfgefährten gezählt hatten, nunmehr auf seine Seite übertreten wollten.

»Dass meine Stiefmutter und ihre weitverzweigte Verwandtschaft gegen mich sind, überrascht mich nicht«, sagte Karl Anfang Februar. »Aber ich wundere mich doch, dass mich Bischof Rigobert, der immerhin mein Taufpate gewesen ist, so vollkommen hängen lässt.«

»Du hast sehr viel gelernt, seit ich dich zum letzten Mal gesehen habe«, meinte Alberich respektvoll. »Und ich muss sagen, dass dir das letzte Jahr mit deinen beiden kleinen Schlachten gegen die Friesen und das zweite Heer des Merowingers überall Anerkennung eingebracht hat.«

»Mich wundert trotzdem, dass mir so viele Männer folgen, obwohl ich nicht einmal ein Graf oder Herzog, geschweige denn der Majordomus bin.«

»Ich schwöre dir, sie werden kommen, sobald sie hören, dass du sie bereits im Frühling gegen Neustrien führen wirst«, antwortete Alberich.

»Also dann los!«, sagte Karl entschlossen. »Formuliert das Aufgebot genauso, wie mein Vater es getan hätte. Aber fügt hinzu, dass wir nach dem Waffengang nach Colonia ziehen, um auch dort endlich auszumisten.«

Einer der Ersten, die Karls Aufruf folgten, war der Friese Wusing. Er, der vor vielen Jahren vor der Willkür Radbods zu Karls Halbbruder Grimoald geflohen war, war inzwischen Christ und hatte sich geweigert, jemals wieder nach Friesland zurückzukehren, solange Radbod und die Seinen dort wie die Wilden herrschten. Wusing war ein ernster Mann, der nie verwunden hatte, dass sein jüngster

Sohn Thiatgrim sich von ihm getrennt hatte, um mit Radbods Männern zu kämpfen.

Wusing brachte mehr Männer mit, als in diesem Winter in den beiden Gehöften des verstorbenen Majordomus gelebt hatten. Schlagartig verdoppelte die kleine Streitmacht aus Toxandrien Karls gerade erst entstehendes Heer. Mehrere Tage lang schlugen Äxte und Beile die Balken von alten, halb eingefallenen Stallungen und Futterstellen zur Seite. Sie rissen Zäune ein und ebneten den Platz für Zelte mit Lattenrosten über Reisigböden.

Während in den ersten Wochen des Jahres oft Kinderlachen und fröhlicher Gesang von Frauen und Mädchen durch das weite Tal der Maas geweht waren, dominierten jetzt raue Männerstimmen, kräftige Gesänge und gelegentlich auch grölendes Geschrei, wenn sich Streitende verprügelten oder im Ringkampf über den Boden rollten.

Dass sich jetzt langsam die Tage eines neuen Märzfeldes bei Jupille und Heristal näherten, zeigte sich auch daran, wie viele Händler, Gaukler und Tagediebe sich nach und nach einfanden.

Den ganzen Winter über hatte es kaum etwas ausgemacht, dass draußen Schnee lag und auch die Kleidung feucht war, wenn sie in die wärmeren Räume getragen wurde. Jetzt aber dampften die Hosen, Kittel und Kleider, die Umhänge, Mäntel und Pelze, als wollten sie nie wieder trocken werden. In jedem Raum, jedem Zelt, in dem sich mehr als zwei, drei Menschen befanden, stank es entsetzlich nach warmer Nässe und ihren Ausdünstungen.

Jedermann hasste und verfluchte die schlechten Bedingungen vor einem Märzfeld. Aber die jährlichen Treffen waren viel mehr als eine Heerschau. Für die Könige und ihre obersten Verwalter waren sie seit der Römerzeit gleichzeitig Gerichtstage, Anlass für Schenkungen und die Verkündung von neuen, großen Zielen.

Karl hatte nichts zu verschenken. Er wusste auch, dass im Grunde niemand verpflichtet war, den eigenen Kopf für ihn hinzuhalten.

Zwei Tage vor dem Beginn des offiziellen Märzfeldes kam ein kleiner Mönch mit einer Handvoll halbwüchsiger Jungen in viel zu kurzen Kutten und sommerlichen Beingewändern aus Richtung Lüttich bis zu den Feldlagern am Fluss. Zwischen den rauen Gestalten hier an der Maas wirkte er geradezu zierlich. Er wartete bescheiden am Rand des Lagers von Jupille, bis er sich Schritt für Schritt näher an die Häuser des eigentlichen Gehöftes wagte.

Irgendwann im Laufe des Tages hatte seine hartnäckige Bescheidenheit Erfolg. Er kam bis an den Eingang jenes Hauses, in dem Karl und die wichtigsten Gefolgsleute versammelt waren. Der Mönch und seine jugendlichen Begleiter warteten Stunde um Stunde, bis Karl mit großen schweren Schritten ins Freie kam, sich reckte und zur Seite spuckte.

»Entschuldige, Karl«, rief der Mönch. »Ich will nicht lästig sein ...«

»Das bist du schon!«

»Oh, ich weiß, Herr! Verzeih Beningus, dem Abt des Klosters Sankt Wandrille.«

Karl drehte sich um.

»Meinst du Wandrille bei Fontanelle?«

»Oh, Karl, wie wahr, wie wahr! Aber es ist vergangen. Das Kloster Sankt Wandrille existiert nicht mehr. Sie haben mir alles genommen, wofür ich jahrelang gebetet und gelebt habe.«

»Wenn ich nicht irre, gehörten dir und deinem Kloster ein Dutzend Landgüter«, stellte Karl ungerührt fest. Gleichzeitig wurde ihm wieder bewusst, wie unvermögend er selbst immer noch war.

»Es waren eigentlich schon zwei Dutzend Landgüter«, gab Abt Beningus zu. »Und alle wurden mir persönlich übergeben – nicht nur als Lehen oder *beneficium*, das ich nur zu Lebzeiten nutzen durfte, nein – größtenteils besiegelt und mein volles Eigentum.«

»Nicht schlecht für einen Abt, der eigentlich mit frommen Werken genug zu tun haben sollte«, meinte Karl mit einem Seitenblick zu Milo.

»Alles ist weg«, klagte Beningus, und seine Stimme erstickte fast vor Tränen. »Ich habe nichts mehr. Nicht einmal eine Mühle, einen Fischteich oder einen winzigen Gemüsegarten.«

»Du wirst schon nicht verhungern«, sagte Karl gönnerhaft. »Wenn du bei mir bleibst, wirst du jedenfalls satt zu essen haben. Das gilt natürlich auch für deine Jungen, die ganz so aussehen, als könnten sie Söhne von dir sein.«

»Sie sind auch meine Söhne«, sagte der Abt und reckte sich ein wenig. Die anderen lachten laut auf und klopften sich gegenseitig auf die Schultern.

Alberich, der Sohn von Plektruds Schwester Adela von Pfalzel, erhielt das Amt des Zeremonienmeisters. Wie sein Pfalzgraf durfte er beim ersten Tauwetter die Ziegenglocken und die kleine Glocke der Hofkapelle läuten lassen. Nach und nach versammelten sich immer mehr Männer an beiden Flussufern.

»Männer von Austrien! Edle und Krieger! Freie und Lehnsleute!«, rief Alberich, so laut er konnte. »Wollt ihr, dass Karl, der letzte Blutsohn von Majordomus Pippin, euch gegen das niederträchtige Neustrien mit dem verkommenen Paris führt?«

Er wollte die Entscheidung dieses Märzfelds unter den Segen Gottes stellen, doch da dröhnte bereits aus vielen Stimmen nur noch Zustimmung.

»Jaaaa!«, tönte es von beiden Ufern über den Fluss.

Drei Pferdeknechte brachten ein gestriegeltes, mit goldenen Riemen, Laschen, Verzierungen und dem Zaumzeug Pippins geschmücktes Schlachtross an die Uferböschung. Drei andere griffen nach dem Sattel und stellten sich mit dem Rücken zu Karl. Er griff an sein Langschwert, hielt es fest am Körper und stieg in den linken Steigbügel.

Seit langer Zeit trug er wieder einen ledernen Brustpanzer mit aufgenähten Eisenplättchen, dazu den glänzend runden Eisenhelm mit kreuzförmig über den Kopf laufenden vergoldeten und fein gravierten Eisenbändern. Zu beiden Seiten hingen die beiden Bleche des Wangenschutzes herab, während der Nackenschutz aus kleinen Kettengliedern kalt auf seiner Haut lag.

Karl rückte sich in seinem Sattel zurecht, ließ das Langschwert los und öffnete die Schlaufe für die Halterung der Wurfaxt. Alberich reichte ihm den großen bunt bemalten Schild aus Holz, wie ihn die Reiter der Merowingerkönige zu tragen pflegten. Karl hatte noch kein Wappen ausgewählt, aber er wusste, dass es auch für ihn nur der schwarze Adler auf weißem Grund sein konnte.

Anders als andere Anführer hob er nicht das Schwert hoch, als er sein neues Pferd aus der Zucht von Jupille an den Männern vorbeiführte. Stattdessen hielt er die Franziska hoch, die schon sein Vater benutzt hatte. Karl liebte seine Wurfaxt mit ihrer scharfen runden Schneide. Sie folgte nicht der einfachen gebogenen Flugbahn wie Speere oder Pfeile. Wer sich auf ihre Kunst verstand, konnte sie so schleudern, dass sie sich wie ein schnelles Rad durch die Luft drehte und exakt auf den Gegner traf.

Als die Männer sahen, dass sich Karl nicht mit dem Schwert der Könige, sondern mit der Franziska zeigte, stieg ein ungeheurer Jubel über allen Köpfen auf.

Er ritt an den vielen Männern, Frauen und Kindern vor den Fachwerkhäusern von Jupille vorbei und ein Stück in Richtung Lüttich. Dann nahm er den Weg zum Haupthaus des Gehöftes. Bis in den späten Abend sollte überall gefeiert, gegessen und getrunken, gesungen und geliebt werden. Karl hatte keinerlei Beschränkungen erlassen.

Karl hatte fest damit gerechnet, dass die entscheidende Schlacht irgendwo zwischen Reims und Paris stattfinden würde. Als aber die zuletzt ausgeschickten Kundschafter zurückkehrten, berichteten sie, dass sie nirgendwo ein Heer der Neustrier gesehen hatten.

Kurz entschlossen brach Karl bereits am nächsten Morgen mit wenigen Begleitern nach Reims auf. Sie wollten scharf reiten und rechneten mit zwei Tagen an der Maas entlang und dann durch die westlichen Ardennen. Kurz vor Sedan wurde das Wetter so schlecht, dass sie doch einen Tag länger brauchten.

»Irgendetwas stimmt hier nicht!«, rief Karl, als sie sich schließlich Reims näherten.

Obwohl die Stadt zu den größeren des Reiches zählte und fast viertausend Bewohner hatte, zeigte sich keine Menschenseele vor den Mauern. Nicht einmal die üblicherweise vor den Toren der Stadt herumlungernden Gestalten waren zu sehen.

Karl und seine Begleiter ritten an den halb zerfallenen Stadtmauern von Reims entlang. Sie stammten wie die meisten anderen steinernen Bauten noch aus der Zeit der Römer.

»Dein Taufpate hat sich eingeigelt«, rief Graf Rotbert Karl zu. »Einfach in seine Stadt zurückgezogen und dann von innen die Tore verriegelt.«

»Vielleicht hat er auch nur Angst davor, dass wir ihm alles wegfressen«, rief Graf Alberich lachend. Karl schüttelte den Kopf.

Sie ritten eine halbe Meile um die Stadt herum, passierten das große, baumhoch aufragende Westtor und hielten einen Steinwurf von den Turmfenstern entfernt.

Kaum hatten sie angehalten, als auch schon ein paar jüngere Priester die Köpfe aus den Luken steckten. Sie fühlten sich stark und sicher und wagten sogar, Karl und seine Männer zu verhöhnen.

Mit unbewegtem Gesicht blieb Karl auf seinem Pferd sitzen. Er bedeutete den anderen, sich nicht vom Fleck zu bewegen. Fast eine Stunde verging, ohne dass irgendetwas an den Mauern oder der Fensteröffnung geschah.

Doch dann tauchte plötzlich der Erzbischof von Reims in vollem Ornat an einer der größeren, noch weiter oben liegenden Maueröffnungen auf.

»Was willst du, Karl?«, rief er mit seiner hohen, heiseren Stimme. Sie klang hell, aber furchtlos und zornig.

»Ich will, dass du die Stadttore aufmachst oder uns deinen Schlüssel herunterwirfst.«

»Warum sollte ich das tun?«

»Damit ich einziehen und bei der heiligen Maria beten kann.«

Der Erzbischof von Reims stieß ein meckerndes Gelächter aus.

»Nein, Karl, ich werde dir meine Stadt nicht öffnen – so lange nicht, bis ich weiß, ob du als Sieger oder als Verlierer von deinem Zug gegen die Neustrier zurückkehrst.«

»Heißt das, der Erzbischof von Reims ist zu feige, zu seinem Patenkind zu stehen?«, rief Karl nach oben.

»Nein, Karl«, gab der Erzbischof von Reims ebenso laut mit seiner hohen Stimme zurück. »Du musst noch lernen, dass Feigheit und Klugheit zwei unterschiedliche Paar Schuhe sind. Bis du das weißt, bleiben die Tore von Reims für dich geschlossen.«

Während der Erzbischof seine Worte wie von einer Kanzel zu den Berittenen herabschleuderte, ritt der schwarze Abt direkt neben Karl. Es war, als ahnte er, dass Karl sich nur noch mühsam beherrschen konnte.

»Lass ihn reden«, zischte er warnend.

»Selbst wenn du die ganze Welt eroberst, wirst du eines doch nicht erlangen«, rief Rigobert immer erregter. »Du bist und bleibst ein Bastard – auch wenn du mich für diese Wahrheit tötest, wie es der Bruder deiner Hurenmutter mit Bischof Lambert getan hat.«

Karl blieb einen Augenblick völlig erstarrt auf seinem Pferd sitzen, dann schlug er mit der flachen Hand auf die Schwertscheide an seiner Seite.

»Dann bleib in deinen Mauern, alter Mann, und bete weiter«, rief er schließlich rau und wütend. »Aber ich schwöre dir, dass ich dich strafen werde, wenn ich als Sieger wiederkomme. Nicht, weil du mir die Schlüssel deiner Stadt verweigerst, sondern für das, was du als mein Taufpate über meine Mutter gesagt hast.«

10

Das Königsheer

Mitte März hatten die Frühlingswinde den Boden so weit getrocknet, dass Karls nachgerückte Streitmacht ohne große Schwierigkeiten nach Westen vorstoßen konnte. Sie folgte den uralten Pfaden und Wegen und machte sich nicht die Mühe, eigene Übergänge an den Wasserläufen der Flüsse und an den sumpfigen Ufern aufzubauen. Trotzdem hatten es die wenigen Berittenen auf dem ganzen Marsch schwerer als die Krieger zu Fuß. Die Männer konnten an den Flussufern leichter trockene Stellen finden als die schweren Tiere.

Sie blieben im flachen Land und passierten die Grafschaft Laon, ohne deren Pfalz direkt zu berühren. Hier kam auch Karl von Reims aus hinzu. Der Graf von Laon ließ keine Vermutungen zu, ob er sich auf die eine oder die andere Seite schlagen würde, aber er stellte immerhin unaufgefordert genügend Mehl, Speck und Honig, Käse und Schlachttiere für Karls Heer zur Verfügung.

Obwohl Karl weiterhin ungewöhnlich wortkarg blieb, begann er doch, die Männer zu einer schnelleren Gangart zu drängen. »Was ist?«, fragte er mehrmals. »Wollt ihr etwa erst bei Colonia auf die Neustrier treffen?«

Sie passierten Sankt Quentin und stießen in Richtung Tournai vor – jener Stadt am rechten Ufer der Schelde, in der sich das Grab von Childerich I. befand.

Karl ritt an der Spitze des lang gezogenen Zuges. Es wäre für ihn und die Berittenen hinter ihm ein Leichtes gewesen, die alte Königsstadt in weniger als einem Tag zu erreichen, aber er musste auf die Langsamsten in seinem Heer Rücksicht nehmen. Und das waren nun einmal die Wagen und Ochsenkarren, die auch in ebenem Gelände nicht mehr als zehn oder fünfzehn Meilen pro Tag schafften.

»Hat einer von euch das Grab Childerichs schon einmal gesehen?«, fragte er.

Die Männer in ihren Sätteln, einer nach dem anderen, schüttelten den Kopf. »Ich weiß nur, dass Childerich in einem Hügelgrab bestattet ist, das einen Durchmesser von fast dreißig Schritt haben soll«, sagte Alberich. »Bei uns in Pfalzel haben meine Eltern und Bischof Liutwin immer wieder darüber gestritten, ob die Pferde in den umliegenden Gräbern heidnisch oder christlich geopfert wurden.«

»Was heißt hier geopfert?«, rief der schwarze Abt, der eine halbe Pferdelänge hinter Alberich ritt. »Ich weiß genau, was mein Vater gesagt hat, denn auch wir haben über diese Frage gestritten.«

»Und? Zu welchem Ergebnis seid ihr gekommen?« Zum ersten Mal seit den beleidigenden Vorwürfen des Erzbischofs von Reims zeigte Karl wieder ein Lächeln.

»Die Antwort ist nicht besonders schwierig«, antwortete Abt Milo. »Unser erster Merowingerkönig war Franke und Römer zugleich. Er selbst soll christlich begraben worden sein, aber sein Grabmal ist und bleibt eine Art Tumulus – ein Grabhügel, wie er bereits für keltische Fürsten aufgeschüttet wurde.«

»Und seine Pferde?«, fragte Karl. »Was ist mit seinen Pferden?«

»Es heißt, dass dreizehn Wallache, fünf Hengste und drei Fohlen in nordsüdlicher Richtung begraben worden sind. Childerich selbst dagegen soll mit allen Insignien seiner Größe und mit seinen Waffen in ostwestliche Richtung gelegt worden sein.«

»Ja, das beweist natürlich den Unterschied«, gab Karl zu. »Aber die Tiere waren schließlich nicht getauft. Schon um das klarzustellen, mussten sie anders gelegt werden als der verstorbene König.«

Die Männer in seinem Gefolge nickten zustimmend.

Am 18. März überquerte Karls Heer den Fluss Sambre. Es war ein schöner Märztag, und bis zum Sonnenuntergang hatte auch der Tross den flachen Aufstieg vom Flussufer bis zu einem lang gezogenen Hügelbogen geschafft, von dem aus der Blick nach Westen und Nordwesten frei war.

»Jetzt liegt nur noch die Somme zwischen ihnen und uns«, stellte Karl zufrieden fest. »Wir lagern hier, und morgen früh reite ich mit kleiner Begleitung zum Heer der Neustrier.«

»Bist du wahnsinnig?«, stieß der schwarze Abt hervor. »Willst du dich freiwillig und ohne Not zu ihrem Gefangenen machen?«

»Sie werden mich nicht gefangen nehmen«, antwortete Karl. Er reckte sich hoch in seinem Sattel auf und nahm die Zügel fester. Für eine Weile starrten Pferd und Reiter bewegungslos nach Nordwesten.

»Ich muss es versuchen«, stieß Karl schließlich hervor. »Ich muss versuchen, mit ihnen zu reden und ihnen wenigstens zu sagen, was ich von ihnen will und welchen Anspruch ich auf die Rechte und Titel meines Vaters anmelde.«

»Es ehrt dich, dass du so denkst«, sagte der schwarze Abt. »Aber du vergisst dabei, dass du in ihren Augen nicht ebenbürtig bist.«

»Genau das will ich selbst von ihnen hören«, stieß Karl entschlossen hervor. »Ich will wissen, ob alle ebenso denken wie mein hochmütiger Taufpate Rigobert oder ob es in Neustrien Männer der Kirche und des Adels gibt, die meine Rechte anerkennen.«

»Und wenn es so wäre?«, mischte sich jetzt auch Graf Rotbert ein. »Was hättest du davon, wenn sie sagen: ›Ja, dieser Karl ist ein Sohn von Pippin. Rechtmäßig gezeugt mit der Jungfrau Alphaid, die keine Konkubine, sondern seine *uxor*, also seine zweite Ehefrau war.‹«

»Ich will es hören«, erwiderte Karl. »Sobald ich das gehört habe, werde ich öffentlich erklären, dass ich Chilperich II. nicht nur als Merowingerkönig von Neustrien, sondern auch für den austrischen Teil des Frankenreiches anerkenne.«

Die Männer um Karl herum schwiegen.

»Noch gibt es Plektrud in Colonia«, sagte Alberich in die Stille hinein. »Und meine Tante wird niemals vor dir den Kopf senken.«

»Soll ich denn tatenlos zusehen, wie die Neustrier unsere Grafschaften verwüsten, Gehöfte niederbrennen, das Vieh von den Weiden treiben, Frauen vergewaltigen und so lange Jahr für Jahr wiederkommen, bis es bei uns keinen Widerstand mehr gibt? Bis sie Colonia in Besitz nehmen und ihr Reich bis an die Rheinufer ausgedehnt ist?«, fragte Karl.

»Niemand von uns hat Derartiges gesagt«, antwortete Alberich deutlich verärgert. »All diese Männer, die dir jetzt folgen, haben Familien und stammen aus den Gebieten, die seit deines Vaters Tod nur noch offene, ungeschützte Grenzen haben. Sie stimmen für dich, Karl, weil du die Hoffnung für uns alle bist. Aber du musst die Dinge so sehen, wie sie sind.«

»Ja, Karl«, stimmte auch der schwarze Abt zu. »Du kannst nicht einfach mit deinem Dickkopf durch die Wand. Dass du mit Plektrud über Kreuz bist, kann jeder von uns gut verstehen. Die hat dich schlechter noch behandelt als dein Taufpate in Reims. Das ist die eine Seite ...«

»Was willst du wirklich sagen?«, unterbrach ihn Karl.

»Sieh auch die andere«, dröhnte Abt Milo so kraftvoll, dass viele ihn verstanden. »Du, Karl, bist in den Augen unseres Gegners nicht mehr als der Anführer einer Räuberbande, die dem rechtmäßigen neustrischen Heer sowie dem König aller Franken und dem rechtmäßig von allen Adligen Neustriens gewählten Majordomus Raganfrid in die Quere kommt.«

»Was soll das, Milo?«, brüllte Karl unvermittelt. »Seid ihr denn alle durch diesen Erzbischof von Reims vollkommen krank in eurem Denken geworden? Warum ziehen wir denn durch den Frühlingsschlamm und durch die Wälder? Doch nicht, weil ich den Groll über die Ungerechtigkeit meines Vaters im Herzen trage. Nein, Männer! Wir sind hier, um die Freiheit des Landes zu verteidigen, das immer unser Land gewesen ist.«

Er gab seinem Pferd die Hacken in die Flanken und ritt einmal um die versammelten Reiter in seinem Gefolge herum.

»Ich weiß selbst, dass wir zu wenig Schwert- und Axtarme haben, zu wenig Pferde und zu wenig Übung im Kampf. Ich weiß natürlich auch, dass die anderen einen gewählten Majordomus vorweisen können. Aber ich sage euch nochmals: Sie werden wieder bis nach Colonia vorstoßen und dann die Klammer nach Norden bis zum Friesenherzog schließen. Doch ehe das geschehen soll, gibt es mich und euch alle nicht mehr!«

»Wir werden kämpfen!«, rief Alberich laut und deutlich. Wie zur Bestätigung tauchte plötzlich ein Schwarm von Reitern am östlichen Ufer der Sambre auf. Nahezu hundert Berittene und mindestens fünfhundert Krieger zu Fuß drängten über die zerstampften Stellen, an denen kurz zuvor die Franken den Fluss überschritten hatten.

»Die Thüringer!«, stieß Alberich erfreut hervor. »Jetzt haben wir noch ein Argument mehr, nicht zu verhandeln.«

»Im Gegenteil«, widersprach Karl. »Ich kenne Thuring. Er ist auf meiner Seite. Ich will ihn mitnehmen und morgen früh allein mit ihm hinüber zu den Neustriern reiten.«

Karl und Thuring legten von Anfang an das schärfste Tempo vor, das ihnen ihre schweren Pferde ermöglichten. Sie wussten beide, dass sie mindesten zwanzig Meilen bis zu den Neustriern zurücklegen mussten. Wenn zutraf, was Karls Kundschafter berichtet hatten, dann befand sich das feindliche Heer noch in der Nähe von Cambrai.

Karl kannte die gesamte Gegend aus der Zeit seiner Kindheit. Damals hatten sie den Sommer oft auf dem Familiengut seines Großvaters in Nivelles verbracht. Pippin der Ältere, genannt »von Landen«, war von hier aus zum Majordomus der Merowingerkönige berufen worden. Karl erinnerte sich noch mit Freuden an die Herbsttage, wenn sie in den Tälern des Kohlenwaldes einige Dutzend Meilen weiter östlich gejagt hatten.

Hier, in den niemals genau festgelegten Grenzgebieten in Wäldern und Auen zwischen dem neustrischen und austrischen Teil des Frankenlandes, hatten inzwischen derartig viele Wechsel von Besitz und Herrschaft stattgefunden, dass jeder recht bekommen musste, der auch nur ein einziges brauchbares Dokument oder den Rest einer ausgeblichenen Schenkungsurkunde zeigen konnte.

Karl und Thuring ritten die meiste Zeit über unbestellte Äcker, dunkelerdige Brachen und vollkommen leeres Weideland. Eigentlich wäre die Zeit jetzt kurz vor Ostern reif gewesen, erneut Schweine und Rinder, Ziegen und Schafe in das frische Grün zu lassen. An vielen Stellen bedeckte es bereits mit grünen Schatten die Erde.

Sie ritten ein Stück nach Norden auf Cambrai und die Römerstraße zu. An kleinen Weihern standen bereits grüne Birken und Weiden mit lang herabhängenden Kätzchen.

»Da sind sie!«, stieß Thuring plötzlich hervor und zügelte sein Pferd.

Karl hatte sie ebenfalls gesehen. In einem langen und bunten Zug leuchteten frische Farben hinter schwarz-weißen Birkenstämmen. Die Berittenen und die Krieger zu Fuß waren nicht schneller als die langsamsten Ochsenkarren.

»Steigen die Merowingerkönige immer noch nicht auf Pferde?«, fragte der junge Thuring und lachte.

»Der jetzige schon«, antwortete Karl. »Aber du hast recht. Die Könige der Franken sind inzwischen so dekadent, dass sie nur noch wie lebende Reliquien herumgefahren und dem Volk gezeigt werden.«

»Es sieht nicht gut aus, oder?«, fragte Thuring vorsichtig und deutete auf den langsam weiterziehenden Heerwurm.

»Hast du deinen Mut noch?«, fragte Karl.

Der junge Thüringer antwortete nicht leichtfertig, wie es vielleicht andere getan hätten. Er nahm sich die Zeit zum Überlegen und sah zum Himmel hinauf. Sein gutes Pferd schnaubte leise. Thuring beugte sich etwas vor und strich mit der linken Hand über dessen Hals, dann richtete er sich wieder auf und holte tief Luft.

»Weißt du, was mir mein Vater stets gesagt hat?«, fragte er dann.

Karl sah ihn an und hob die Brauen.

»Wer herrschen will, darf keine Freude am Kampf und eigennützigen Triumphen haben.«

»Sondern?«

»Er muss vielmehr den Blick nur auf die große Stille danach lenken – auf das Ergebnis einer Schlacht.«

Karl schob die Lippen vor. »Ein kluger Mann, dein Vater«, sagte er dann und nickte. In diesem Moment wünschte er, seine eigenen Söhne würden auch einmal so werden wie dieser junge Mann.

»Bist du bereit?«

Thuring nickte.

»Dann komm!«, stieß Karl hervor. Er räusperte sich einmal, zweimal, dann spuckte er zur Seite und beugte sich nach vorn. Mit einem lauten »Johojo!« schlug er Hacken und Steigbügel in die Flanken seines Wallachs.

Die beiden Reiter waren weder unbemerkt noch unerkannt geblieben. Noch ehe sie heran waren, gellten laute Rufe über die Köpfe der Marschierenden hinweg. Nur ganz allmählich geriet der lange Zug ins Stocken. An einigen Stellen hielt er bereits, an anderen stauten sich Menschen, Tiere und Wagen.

Karl und Thuring kannten das seltsame Bild, das immer dann entstand, wenn irgendetwas Unerwartetes den einmal begonnenen Tagesmarsch durcheinanderbrachte. Dann lösten sich die ersten Berittenen, die den Zug der Fußgänger rechts und links wie Schäferhunde begleitet hatten, und folgten ihnen auf gleicher Höhe. Karl nickte Thuring zu.

»Noch kannst du zurück«, rief er.

Thuring lachte verwegen.

»Damit dann in den Annalen steht, die Thüringer sind Hasenfüße? Nein, Karl, den Triumph gönnen wir euch nicht!«

Karl lachte. Es tat ihm gut, diesen kecken Krieger neben sich zu wissen. Er war in diesem Augenblick mehr wert als alle Grafen Austriens. Er beobachtete noch einmal, wie die Neustrier voranrückten. Die Gruppe mit dem König war deutlich zu erkennen. Dann stockte sie vor einem kleinen Wäldchen aus Rotbuchen. Genau dort verstopfte sich die Straße mit Reitern, Fußkriegern und Wagen.

Karl und Thuring mussten einen Bogen um eine etwa zweihundert Schritt große Buschgruppe machen. Als sie von Westen her wieder zur Straße zurückkehrten, sahen sie, dass schon die kurze Zeit für Majordomus Raganfrid und seine Männer ausgereicht hatte, einen Platz vorzubereiten, auf dem sie empfangen werden konnten. Noch während sie näher ritten, beendeten zwei Dutzend Waffenknechte den schnellen Aufbau von fünf übermannshohen roten, weißen und rot-gelb gestreiften Zelten.

Nahezu hundert Männer auf reich geschmückten Pferden mit vielfach blitzenden Harnischen und Rüstungen, Helmen und Schwertgehängen bildeten einen großen Kreis um das Geviert der Zelte. Buchstäblich im letzten Augenblick stieg auch der Merowingerkönig über eine Art Trittleiter aus seinem strohgepolsterten Ochsenkarren herab. Karl schnäuzte sich über den Handrücken hinweg.

»Was meinst du? Sieht das nun gut oder schlecht für uns aus?«

»Eher schlecht«, antwortete Thuring.

Karl nahm die Zügel seines Wallachs straffer. Er ließ ihn nur mit kleinen Schritten auf den klobigen Reisethron des Merowingerkönigs zugehen. Ihm war so heiß wie nie zuvor. Mehrere Atemzüge lang überlegte er krampfhaft, ob es war, der zuerst reden musste, oder die Neustrier mit ihrem Merowingerkönig. Der ehemalige Mönch sah angestrengt und müde aus. Raganfrid dagegen war ein dunkelhaariger, nicht besonders großer, aber hart und zäh wirkender Mann, unter dessen Vorfahren auch Kelten oder römische Senatoren gewesen sein konnten.

»Es ehrt dich, dass du zu uns kommst, Sohn Pippins von Heristal«, rief der Majordomus der neustrischen Franken mit schneidender Stimme. »Aber die Frühlingssonne scheint dich zu blenden.«

Karl wusste nicht, was er von diesem Vorwurf halten sollte.

»Mich blendet gar nichts. Nicht einmal euer Waffenglanz.«

»Du musst verblendet sein«, rief Raganfrid bedauernd. »Sonst würdest du nicht wagen, bis vor des Königs Thron zu reiten, ohne den Kopf zu senken.«

Das war es! Der Punkt, an dem er sie herausfordern und zum Verhandeln zwingen konnte.

»Ich bin ein freier Franke aus den Gauen Austriens«, rief er. »Und ich sehe keinen König, vor dem ich mich verbeugen müsste.«

»Du weißt wie alle, dass der zweite Chilperich Merowingerblut in seinen Adern hat und deshalb König aller Franken ist.«

»Ja, das behauptest du«, gab Karl furchtlos zurück. »Aber Austrien hat keinen Merowingerkönig mehr, seit Dagobert III. tot ist. Und dass ihr einem Mönch die Königskrone aufgesetzt habt, interessiert mich weniger als ein Nonnenfurz.«

Für einen Augenblick blieb alles still. Dann kicherten und glucksten einige der Männer hinter dem Majordomus und dem König.

»Du sagst, du seist ein freier Franke. Ist das so?«

»Ja, Raganfrid, das ist so.«

»Dann höre, was die edlen Neustrier auf dem Märzfeld vor knapp drei Wochen für dich und deine Anhänger beschlossen haben.«

Karl lachte abfällig. »Was wollt ihr schon beschließen?«

»Anders als du folgen wir den uralten Gesetzen, die für jeden Franken gelten, gleichgültig, ob er der *Lex Ripuaria* oder der *Lex Salica* unterworfen ist.«

Karl hatte es geahnt. Ganz tief in seinem Herzen hatte er stets befürchtet, nicht durch das Schwert, sondern durch die Saat besiegt zu werden, die Mönche und Notare auf den jungfräulichen Äckern ihrer Urkunden und Bücherseiten ausstreuten, um die geheime Ernte neues Gesetz und Recht zu nennen.

Karl spürte die hämische Unruhe unter den Männern. Er sah zu Thuring, aber der Sohn von Herzog Hedan zuckte nur leicht mit den Achseln.

»Nun gut, ich spanne dich nicht länger auf die Folter«, rief Majordomus Raganfrid. »Wir haben dich verurteilt, Karl. Dich und jeden anderen Freien, der bei Stavlot-Malmedy einen Königsmann erschlagen hat.«

Er machte eine Pause, um seine Worte wirken zu lassen.

»Nach der *Lex Ripuaria* muss ein freier Franke, der einen anderen freien Franken willkürlich erschlägt, sechshundert Solidi an die

Familie des Erschlagenen zahlen. Sechshundert Solidi, Karl, oder sechzig Reitpferde. Gemessen an der Zahl der Männer, die an der Amblève starben, gehören daher alle Pferde Austriens nicht mehr euch, sondern unseren Familien.«

Karl schnappte nach Luft. Er war so überrumpelt von dieser Wendung, dass er nicht wusste, was er entgegnen sollte. Doch plötzlich sah er hinter Raganfrid die feixenden Gesichter irischer Mönche. Die Kuttenmänner rieben sich ebenso die Hände wie die Notare aus dem Hofstaat des Merowingerkönigs. Karl erkannte, dass er auf diesem Weg nur gegen Mauern rennen würde. Mit ihren Federkielen, Pergamenten und Gesetzbüchern waren sie stärker als jedes Frankenheer.

»Keine Verhandlungen also!«, presste er schließlich hervor.

Raganfrid hob wie mit größtem Bedauern die Schultern.

»Du hast verloren, Karl«, sagte er sanft. »Doch wir gewähren dir noch eine Gunst. Die Strafe kann jedem braven Mann erlassen werden, der mich und König Chilperich vor allen anderen anerkennt. Dieses Verfahren erspart uns Waffengänge sowie das Blut der Besten.«

Karl starrte den Majordomus der Neustrier und dessen König finster an. Er holte tief Luft, dann sagte er nur ein Wort:

»Nein!«

Es war die erste milde Frühlingsnacht. Nach ihrer Rückkehr kurz vor Sonnenuntergang hatten Karl und Thuring den Edlen in ihrem Gefolge Wort für Wort berichtet, was Raganfrid und Karl gesagt hatten. Dennoch kamen sie nicht weiter. Gemeinsam nahmen sie sich Satz für Satz vor und besprachen ihn. Aber es blieb dabei: Die Neustrier hatten recht.

»Aber ich denke nicht daran, einfach aufzugeben!«, wütete Karl lange nach Mitternacht. »Sie mögen hundertmal behaupten, dass ich kein Majordomus werden kann, weil wir keinen Merowingerkönig haben. Ich gebe zu, dass nur das Haus verwaltet werden kann, das auch vorhanden ist. Aber wie verhält es sich mit meiner Stiefmutter? Hat sie zurückgesteckt und ihre Ämter abgegeben, die sie nach meines Vaters Tod so selbstverständlich übernahm?«

»Das ist etwas ganz anderes«, wandte Alberich ein. »Du bist stets das, was deine Eltern waren, und kannst dir niemals aussuchen, ob du ein Edler, Bauer oder Sklave wirst! Es sind dein Blut und deine Herkunft, die deinen dir von Gott bestimmten Platz im Leben und dein Recht bestimmen!«

»Vielleicht gibt es doch noch eine Möglichkeit«, meinte der schwarze Abt nachdenklich. Im Gegensatz zu seinem sonst üblichen wilden Auftreten war er den ganzen Abend schweigsam geblieben. Er hatte sich mit anderen besprochen, die ebenfalls die Kutte trugen, und war zwei Stunden lang von einem Lagerfeuer zum anderen gegangen. Als er zurückkehrte, hatte er sich schweigend an Karls Feuer gehockt, einen Krug Met genommen und wortlos in die Flammen gestarrt.

»Was hast du ausgebrütet?«, fragte Karl drängend. »Wir können hier nicht länger lagern, sonst laufen uns schon morgen die Leute weg und suchen sich auf eigene Faust etwas zu trinken und zu essen.«

Der schwarze Abt schüttelte den Kopf.

»Sie wollen nicht, dass du das Heer auflöst und sie in ihre Dörfer zurückschickst.«

»Wir brauchen eigentlich nur einen Tag, um den Zug von Chilperich und Raganfrid zu stellen«, sagte Karl. »Wenn sie erst einmal an Cambrai vorbei sind, wird der durchnässte Boden so schlecht, dass keine Schlacht mehr möglich ist.«

»Was hast du vor?«, fragte Alberich.

»Nun gut, hört zu!« Karl richtete sich auf. »Wir müssen sie bei Cambrai festhalten. Die Gegend ist ideal, wenn wir sie etwas von der Straße weg bis vor das Dorf Vincy locken können. Ich kenne diese Gegend besser als Raganfrid. Es gibt dort kleine Flüsse und Waldstücke mit Bäumen, die dicht wie eine Mauer stehen. Das ist genau der Platz, an dem wir meines Vaters Sieg von Tertry wiederholen und Plektruds Niederlage von Compiègne auslöschen können. Ich weiß, wir haben nur noch einen Tag für die Vorbereitungen, und übermorgen ist Sonntag.«

Die anderen begriffen zunächst nicht, was er damit meinte. Doch dann ging es einem nach dem anderen auf, dass in zwei Tagen ein Fastensonntag begann. An diesen Sonntagen sollte nach den kirchlichen Vorschriften kein Blut in Streit und Kampf vergossen werden.

»Willst du das wirklich wagen?«, fragte der schwarze Abt.

Karl starrte grimmig in die Flammen. Auch sein Gesicht schien jetzt zu glühen.

»Siehst du eine andere Möglichkeit?«, fragte er dann.

Die Männer schwiegen. Dann fragte Milo vorsichtig: »Denkst du vielleicht an einen Waffengang am Nachmittag?«

Karl wiegte den Kopf.

»Ich ahnte es«, sagte Milo mit einem tiefen Seufzer. »Aber sag mir jetzt nicht, dass du sie genau dann treffen willst, wenn sie zum Gottesdienst versammelt sind.«

Karl hob den Kopf, und seine Augen blickten hart. Sein linker Mundwinkel zog sich etwas herab, und seine vollen Lippen bewegten sich mehrmals hin und her.

»Ihr Gott ist genauso gut unser Gott«, sagte er dann. »Und diesem Gott kann nicht gefallen, dass sie mit ihrem Heer zum Rhein ziehen und dabei rauben, plündern und jeden erschlagen, der sich ihnen in den Weg stellt. Denkt an die Frauen, Männer! Denkt an die Kinder! Denkt an die Äcker, die keine Ernten geben, wenn sie in diesem Frühjahr nicht bestellt werden! Sie werden Gräber säen und kein Getreide, von dem wir leben können.«

»Gott sei mit uns«, murmelte Graf Rotbert heiser.

»Und mit seiner Gnade«, ergänzte Alberich sehr leise.

11

Die Schlacht von Cambrai

Am 21. März, dem Sonntag zwei Wochen vor Ostern des Jahres 717, fanden im Gau von Cambrai gleich zwei Gottesdienste auf freiem Feld statt. Der eine, der von Anfang an wesentlich feierlicher und geordneter wirkte, wurde vom Bischof von Paris und einem halben Dutzend weiterer kirchlicher Würdenträger zelebriert. Sie folgten den alten, schon vor den ersten Merowingerkönigen eingeführten Ritualen. Überall wurden bunte Fahnen zwischen den festlich gekleideten Priestern und Adligen des neustrischen Heeres herumgetragen. Priester gingen mit ihren Glöckchen und Weihrauchfässern am Gebüsch und an den Waldrändern rechts und links der alten Römerstraße entlang. Sie riefen auch jene zusammen, die sich bisher verspätet hatten.

Als der Klang von Fanfaren und Hörnern endlich über den Sammelplatz südöstlich von Cambrai schallte, begann eine Meile weiter der andere Heeresgottesdienst. Er war nicht so feierlich angelegt und glich eher einer Versammlung von Bauern, Fußkriegern und Mönchen.

Keiner der Bischöfe aus dem nördlichen Teil Austriens hatte sich bereitgefunden, Karl zu unterstützen. Genau genommen waren es nur drei Kirchenfürsten, von denen alle wussten, dass sie zu ihm hielten: der Bischof von Metz, der Bischof von Verdun und der schwarze Abt Milo, von dem es inzwischen hieß, dass er nur zu Karl gegangen war, weil er Trier nicht übernehmen wollte, nachdem sein Vater gestorben war.

Karls Messe war kurz und endete bereits, als das Kreuz und die Bilder auf dem tragbaren Altar zum Zeichen der Passion mit dunklen Tüchern verhängt wurden. Nach dem Ende des Gottesdienstes dauerte es nur wenige Augenblicke, bis diejenigen, die sich vor ihren Pferden versammelt hatten, mit Hilfe ihrer Pferdeknechte wieder aufsaßen.

Als alle so weit waren, zog Karl sein Langschwert aus der Scheide, reckte sich und hielt es hoch in den hellblau strahlenden Himmel. Noch einmal verstummten alle, und der sonst übliche Lärm erlosch.

Selbst die Pferde spürten die Anspannung in dieser Stunde vor der großen, alles entscheidenden Schlacht. Sie schnaubten unruhig. Einige von ihnen bewegten sich tänzelnd mit kleinen Schritten hin und her. Andere schlugen hart mit den Hufen auf und ließen sich nur mühsam in den Zügeln halten.

»Hört zu, ihr Franken, Thüringer und alle mit mir Verbündeten!«, rief Karl mit lauter, weithin tragender Stimme in die sonntägliche Morgenstille hinein. »Ihr wisst wie ich, dass wir in diesen Tagen fasten und kein Blut vergießen sollen. Aber ich sage euch, dass noch mehr Blut vergossen wird, wenn wir die Neustrier jetzt nicht stellen ...«

Er hielt inne und wartete, bis seine Worte sich gesetzt hatten. »Ich sage euch auch, dass es ein harter, schwerer Kampf sein wird. Wir werden am Abend über viele Tote und Verwundete klagen.«

Er wartete besonders lange, dann rief er laut und bis zum letzten Krieger hörbar: »Aber wir werden siegen, Männer! Habt ihr verstanden? Ich rufe noch einmal: Wir werden siegen ... hooooh!«

Er hielt inne und holte tief Luft. Gleichzeitig blickte er über die Köpfe der vielen Tausend Fußkrieger hinweg, die ihn mit angespannten und bereits glühenden Gesichtern ansahen.

Karl hielt das Schwert senkrecht über seinem Kopf. Er drehte es nur etwas hin und her, damit das Blitzen der blanken Klinge überall gesehen werden konnte. Dann holte er noch einmal ganz tief Luft. Er stieß den Kriegsschrei aus, der so laut durch den Morgen schallte, dass selbst das Heer der Neustrier in seiner Weihrauchwolke über der Römerstraße ihn hören musste.

Sämtliche Männer in seinem Gefolge antworteten mit dem uralten Schlachtgebrüll der Germanen. Ihr Baritus, von den hölzernen Schilden vielfach verstärkt, zerstörte den christlichen Osterfrieden.

Karl dankte seinen Männern, indem er sich in seinen Steigbügeln hoch aufstellte. Er drehte sich in alle Himmelsrichtungen. Mit einem kräftigen »Hoho!« ließ er sein Pferd den ersten Schritt nach vorn tun.

Männer und Pferde um ihn herum hatten nur darauf gewartet. Ohne jeden weiteren Befehl bewegte sich das eher ungeordnete Heer auf das Waldstück an der Römerstraße zu. Das große Treffen der beiden fränkischen Heere wurde nicht durch gegenseitigen Schimpf, laute Drohungen von einer Seite zur anderen oder Schwärme von Pfeilen eingeleitet. Sämtliche Vorspiele einer Schlacht, die sonst üblich waren, entfielen an diesem Sonntagmorgen. Was gesagt werden musste, war bereits gesagt.

Die Neustrier merkten viel zu spät, was Karl beabsichtigte. Niemand von ihnen hätte für möglich gehalten, dass Männer, die getauft waren, sie an einem Sonntagvormittag angreifen würden.

Pfeilwolken flogen über die Männer hinweg, prasselten auf Helme und Rüstungen, blieben in ungeschützten Körperteilen stecken. Eisen schlug klirrend gegen Eisen, gegen hölzerne Schilde und in schreiendes Fleisch. Blut spritzte überall, während die Knochen brachen, Pferde sich wiehernd aufbäumten und ihre Hufe die schon Gefallenen zerstampften. Es war, als würden zwei Schwärme wilder Hornissen übereinander herfallen.

Sie kämpften hart, grausam und verbissen, umklammerten sich und schlugen mit aller Kraft zu. Jeder der Männer wusste, dass schon der nächste Schlag sein letzter sein konnte. Zu viele Arme, zu viele Schwerter, zu viele Eisenspieße kamen von hinten, von vorn und von den Seiten. Hier ging es längst nicht mehr um den Kampf Mann gegen Mann oder um einen Feind, der besiegt werden konnte, sondern nur darum, weniger Schläge zu erhalten als den einen, der zum Sterben erforderlich war, und mehr auszuteilen, um andere sterben zu lassen.

Stunde um Stunde verging. Langsam erlahmten die Kräfte. Als dann die Sonne in ein rötliches Nachmittagsglühen überging, schien auch der Himmel im blutigen Dunst zu versinken. Überall lagen Schatten am Boden, die sich nicht mehr bewegten. Einzelne Pferde ohne Reiter liefen zwischen den Leichen hindurch, ganz so, als suchten sie nach jenen, die sie zuvor in das Inferno getragen hatten.

Karl und seine engsten Getreuen waren die Letzten, die sich noch immer in einem erbitterten Waffengang mit den Besten der Neustrier befanden. Sie rechneten nicht mehr damit, dass ihnen noch irgendein ernster Widerstand drohte. Trotzdem schrie Thuring plötzlich: »Pass auf, Karl – eine Falle!«

Karl riss sein ermattetes Pferd herum. Er sah, wie eine Gruppe von gut dreißig Berittenen aus der Deckung des Waldes hervorbrach.

»Weg hier!«, brüllte Alberich sofort. »Das ist Raganfrid, dieser verdammte Wolfsbissige!«

»Zu viele!«, schrie auch der schwarze Abt. »Zu viele für uns!«
»Halt!«

Es war der bartlose Thuring, dem Karls Befehl galt. Der junge Thüringer gehorchte ihm nicht. Er riss sein Schwert hoch, stieß seinem Pferd die Hacken in die Flanken und stürmte ganz allein auf die wütenden Neustrier zu.

Raganfrid und seine neustrischen Herzöge und Grafen waren derartig verwirrt, dass sie nicht wussten, was sie von der plötzlichen Attacke des über und über blutbespritzten Jünglings halten sollten. Es waren die Pferde, die ihnen die Entscheidung abnahmen. Zu viel Waffenlärm, zu harte Zügelbewegungen über Stunden hinweg hatten ihre Mäuler zu blutenden Wunden gemacht. Sie reagierten heftiger, als ihren Reitern lieb sein konnte.

In diesem Augenblick erkannte Karl, dass Thuring ihm einen entscheidenden Hinweis gegeben hatte. Er konnte die Gegner schlagen – wenn er die Schwäche der Pferde ausnutzte ...

»Los! Auf sie!«, brüllte Karl laut, schon heiser von seinen vielen anfeuernden Schreien.

Es war, als würde neues Feuer in seine Krieger fahren. Jeder, der konnte, raffte sich noch einmal auf, um den verhassten Feind ins Herz zu treffen.

Thuring erreichte als Erster den aufbrechenden Schutzwall um Raganfrid. Er war es, der Wurfäxte, Speere und Pfeile auf sich zog, damit Karl und die anderen durchbrechen konnten.

Er sank, ein Dutzend Mal zum Tod getroffen, so schwach von seinem Pferd, wie er es selbst niemals geglaubt hätte. Karl sah ihn mit einem letzten glücklichen Lachen, als er blutüberströmt an ihm vorbeipreschte.

Nicht nur die Neustrier, sondern auch ihre Pferde gerieten in Panik. Von Angst und Schmerz getrieben, flohen die Pferde mit ihren hilflos aufsitzenden Reitern in Richtung Süden. Sie tobten an der alten Römerstraße entlang. Karl fletschte die Zähne. Gleichzeitig erkannte er, dass er gewonnen hatte. Ohne zu zögern, setzte er den Fliehenden nach.

Mit jeder Pferdelänge, die er Raganfrid und seine Adligen weiter von seinem Heer wegtrieb, wurde der Triumph des Sieges größer. Sie ritten so lange, wie es die hereinbrechende Nacht erlaubte. Erst als die eigenen Pferde unsicher wurden und immer wieder strauchelten, sammelten sich die Männer, die Karl durch Blut und Schweiß, Schmerz und Tränen begleitet hatten. Nur langsam kehrten sie zurück.

»Man sollte ...«, keuchte der schwarze Abt, »... man sollte tatsächlich zu Boden sinken und Gott im Himmel für seine Güte danken.«

»Und du wirst noch mal in der Hölle schmoren für deinen Spott und Hohn«, schnaufte Karl vollkommen erschöpft. Er glitt wie alle anderen nur mühsam von seinem Pferd. Alles in ihm war nur noch Schmerz.

»Macht, was ihr wollt«, stöhnte auch Alberich. »Aber ich falle auf der Stelle um, noch ehe ich ganz am Boden bin.«

»Das wirst du nicht tun«, sagte Karl. »Wenn wir hier abbrechen, verschenken wir den vollen Sieg!«

Er wischte sich mit aufgeschlagenen, blutenden Händen den Schweiß aus dem Gesicht, nahm kurz den Helm ab und schüttelte die rote Nässe aus seinen langen Haarsträhnen.

»Noch einmal mache ich das nicht mit!«, schnappte jetzt auch Graf Rotbert nach Luft.

»Was wollt ihr eigentlich?«, lachte Karl heiser. »Begreift doch, wir haben ... gewonnen!«

Der Tag danach war fast noch härter. Obwohl alle jubeln und sich über den Sieg freuen sollten, lag die bleierne Schwere des Todes über dem Schlachtfeld. Besonders Thurings mutiges Opfer tat Karl weh.

Es dauerte lange, bis das Entsetzen aus den Gesichtern wich. Und dann, nachdem Karl erwacht und einfach liegen geblieben war, tauchten hinter den Bodenwellen Männer und Frauen auf, die nicht mitgekämpft hatten, sondern nur mit Karls Heereshaufen mitgezogen waren. Einige von ihnen sammelten wie diebische Elstern herumliegende Waffen, Gürtel und Ausrüstungsgegenstände auf. Sie näherten sich ganz langsam den blutverschmierten Stücken, blickten verstohlen nach allen Seiten, bückten sich schnell, griffen zu und liefen geduckt wieder weg.

Karl schob sich ein wenig näher an die Stangen über der Feuerstelle heran, holte noch einmal tief Luft und griff dann an das stützende Holz. Er wusste, dass er auch jetzt keine Schwäche zeigen durfte, wenn über den Sieg kein weiterer bitterer Schatten fallen sollte. Viel schwerer als alles andere fiel es ihm, die bedrückenden Gedanken an die vielen, vielen Toten aus seinem Kopf und seinem Herzen zu verscheuchen. Aber es war vorbei!

Er war der Sieger – der Sieger über den gewählten Majordomus Raganfrid und über den König aller Franken aus dem heiligen Geschlecht der Merowinger!

Er, Karl, der letzte lebende Sohn des Majordomus Pippin von Heristal, hatte das starke Heer der Neustrier samt ihren Adligen, den Herzögen und Grafen, den Bischöfen und Priestern auf seinem Eroberungszug bis zum Rhein geschlagen!

Bereits einen Tag später zeigte sich, wie hart im Nehmen die Franken aus dem Nordosten des Reiches waren. Obwohl viele humpelten, Verbände trugen oder wegen der Schmerzen in ihren Gliedern die schweren Teile ihrer Rüstungen auf den Wagen im Tross abgelegt hatten, stampften sie Schritt um Schritt rechts und links der Römerstraße nach Süden. Vor ihnen lag das weite Land in der Frühlingssonne, das erst bei Compiègne wieder in Hügel und Berge übergehen sollte.

Das, was noch von seinem Heer übrig war, würde mindestens vier Tage bis Compiègne brauchen. Karl entschloss sich daher, mit ein paar guten und nur geringfügig verletzten Reitern von der Straße abzuweichen, um die Gegend nach beiden Seiten zu erkunden. Die Jahreszeit war günstig. Die Wälder waren noch nicht dicht mit Blättern zugewachsen, und auf den Wiesen stand das Gras noch nicht zu hoch.

Am ersten Tag kamen sie bis kurz vor Amiens.

»Ich würde gern in diese Stadt reiten, in der der heilige Martin getauft wurde«, sagte Karl, als sie anhielten.

»Wegen des Mantels?«, fragte Graf Alberich. Die Männer hatten sich angewöhnt, abwechselnd an seinen Seiten zu reiten. Jedes Mal, wenn einer von ihnen den Eindruck hatte, dass Karl eine Weile lang nichts mehr mit ihm bereden wollte, fiel er ein wenig zurück und machte einem anderen Platz. Denn Karl war schweigsamer geworden nach seinem großen Sieg – schweigsamer, barscher und ungeduldiger.

»Mich interessiert viel mehr, wo er getauft wurde«, sagte er und verzog nachdenklich sein Gesicht. Alberich wollte weiterfragen, geduldete sich aber. »Mich ärgert nämlich, dass Raganfrid mit dem Mantelstück des heiligen Martin entkommen konnte«, knurrte Karl. »Wenn wir schon keinen König und keinen Königsschatz haben, wäre die große Reliquie der Franken noch wichtiger als alle Kreuze!«

»Und das willst du in Amiens erfahren?«

»Unsinn!«, schnaubte Karl unwillig. »In Amiens könnten wir herausfinden, ob es wirklich nur den einen Schrein für die Reliquie gibt oder ob sich die verschiedenen Merowingerkönige vielleicht mehrere anfertigen ließen.«

»Du meinst tatsächlich ...«

»Ich meine gar nichts! Aber ich frage mich, welchem der vielen Teilkönige der Mantel Martins zustand – dem König von Paris oder dem jeweils mächtigsten und stärksten.«

Er wendete sein Pferd und ritt schweigend zurück. Für einen Augenblick blieben seine Getreuen unschlüssig. Sie wussten nicht, was plötzlich in ihn gefahren war. Nur Milo wagte es, hinter ihm herzurufen: »He, Karl! Was willst du jetzt?«

»Den Mantel von Sankt Martin!«, gab Karl laut zurück.

»Den darf doch immer nur ein Merowingerkönig mitführen!«

»Dann beschafft mir einen!«, brüllte Karl und ritt immer weiter. »Ich will den Mantel – und wenn es sein muss, auch einen eigenen von diesen Königen!«

Das angeschlagene Heer brauchte vier Tage, bis es Compiègne erreichte. Unterwegs wichen auch die Fußkrieger immer wieder einige Meilen nach links und rechts von der Straße ab. Sie plünderten Gehöfte und kleine Klöster, steckten sie in Brand, sobald sie noch verstecktes Vieh, verstörte Weiber und irgendwelche Bauern oder geflohene Männer aus dem Heer der Neustrier aufgespürt und ins Freie getrieben hatten. Karls Heer brauchte einfach jeden Mann, der als Pferdebursche, Handwerker, Wagenknecht oder Waffenträger geeignet war.

Am dritten Tag bog Karl mit der Hälfte der Berittenen von der Römerstraße nach Osten ab. Sie ritten über sanfte Höhen und durch weite, lieblich wirkende Senken in Richtung Sankt Quentin und Laon. Sie mussten schnell feststellen, dass die Gegend zu dünn besiedelt und für Beutezüge nicht geeignet war. Deshalb hatten sie schon nach ein paar Meilen die Richtung gewechselt und waren ins flache Oise-Tal hinabgeritten.

»Hier würde ich gern eine Pfalz haben«, sagte Graf Rotbert und holte ruckartig Luft. Sie näherten sich dem Landgut und beschlossen, von hier aus zur Römerstraße im Westen zurückzukehren. Zum ersten Mal seit der Schlacht von Vincy schmunzelte er wieder. Er blickte zu den Weiden am Flussufer, zu den sanft ansteigenden Hügeln an beiden Seiten der Oise.

»Ich denke, dass dies tatsächlich ein guter Platz zum Wohnen und Überwintern ist – besser als alle Städte wie Trier, Paris, Colonia oder Reims.«

»Na ja«, sagte der schwarze Abt. »Trier ist so übel nicht, wenn dieser Willibrord mit seinem Echternach und Pfalzel mit der Sippe Alberichs nicht so dicht vor den Toren wäre. Sogar an Reims könnte ich mich eventuell gewöhnen, aber auch da sitzt einer, den ich gar nicht mag.«

Karl sah ihm mit einem langen, forschenden Blick in die Augen. Dann schob er die Unterlippe vor und nickte.

Als Karl endlich mit dem noch kampffähigen Teil seines Heeres auf Paris zuzog, erfüllte ihn eine tiefe Genugtuung. Alle Berittenen an der Spitze des Zuges blickten unverwandt nach links ins Tal von Compiègne hinab. Die helle Frühlingssonne zeigte nichts mehr von dem, was im vergangenen Jahr geschehen war. Aber die Männer konnten sich sehr gut vorstellen, wie die schlecht vorbereiteten und von der Witwe Pippins aufgehetzten Adligen der ganzen Gegend um Colonia hier ihre blutige Lektion erhalten hatten. Nach fast einer Generation war es das erste Mal gewesen, dass Männer aus dem früheren Gefolge des großen Majordomus Pippin geschlagen worden waren.

Für einen Augenblick dachte Karl darüber nach, ob es vielleicht besser gewesen wäre, wenn seine Schlacht gegen die Neustrier an ebendieser Stelle stattgefunden hätte.

»Eigentlich ist es ein Jammer, dass wir hier einfach so vorbeireiten«, rief der schwarze Abt, als das Tal schon fast hinter ihnen lag.

Karl drehte sich halb im Sattel um.

»Wieso?«, rief er Milo zu. »Habe ich irgendetwas übersehen?«

»Du vielleicht, aber die anderen nicht«, gab der schwarze Abt zurück. »Sie haben nicht vergessen, was du ihnen noch an Beute schuldest ...«

Karl lachte trocken.

»Noch zwanzig Meilen bis Sankt Denis«, sagte er einige Stunden später. Sein kleiner Heereszug konnte die Märtyrerkirche des heiligen Dionysius an diesem Tag nicht mehr erreichen. Aber mit zwei, drei Dutzend noch rüstigen Pferden konnten sie noch vor Sonnenuntergang beim Kloster sein.

»Ich brauche Freiwillige!«, rief Karl deshalb. »Der Rest kann alles plündern, was bis Sankt Denis am Weg liegt.«

Rotbert, Folker, der schwarze Abt, Wusing, Alberich und all die anderen, die inzwischen zu Karls engsten Gefährten gehörten, gaben seine Anweisungen weiter. Bis zu den entferntesten Nachzüglern, die gut eine Meile hinter ihnen waren, hörten alle, dass Karl nur mit ein paar Getreuen in Richtung Seine vorstoßen wollte. Dankbar für die Verschnaufpause und die Freigabe zur Plünderung ertönte überall so fröhliches Geschrei, als wären die furchtbaren Stunden von Cambrai bereits vergessen.

Karl zögerte nicht lange und trieb sein Pferd an. Als sich die Sonne dem Horizont näherte, ließ Karl im Ritt abzählen.

»Mich selbst eingeschlossen, sind wir immerhin neunundneunzig«, rief er dann den anderen zu. »Und wenn Thuring noch bei uns wäre, dieser tapfere Thüringer, dann hätten wir tatsächlich eine Hundertschaft zu bieten, wie sie bei den Germanen noch Brauch war.«

Aus dem flachen Land erhoben sich bereits die Hügel der großen Seineschleife. Karl dachte daran, wie Chlodwig, der erste der großen Merowingerkönige, Paris zum Sitz seines Königreiches bestimmt hatte. Es musste ein großes Ereignis gewesen sein, das kurz nach dem Triumph stattgefunden hatte, den dieser König im Jahr 507 bei Poitiers über die Westgoten errungen hatte.

Jeder Franke kannte die Geschichte von Chlodwig, wie er mit dem Purpurmantel bekleidet und einem Diadem auf dem Kopf von der Basilika des heiligen Martin in Tours bis zur Kathedrale geritten war.

Während sie weiterritten und Paris immer näher rückte, hing

Karl weiter seinen Gedanken nach, in denen er sich fragte, warum frühere Könige so viel Wert auf Hauptstädte gelegt hatten, während seit mehr als hundert Jahren für die Franken eigentlich keine richtige Metropole mehr existierte. Fast jeder König und Kaiser war mit dem Namen irgendeiner Stadt verbunden – die Konstantine mit dem neuen Rom am Bosporus, die Ostgoten mit Ravenna, die Westgoten mit Toulouse und anschließend Toledo, die Burgunden mit Worms und Lyon und die ersten der Merowinger mit Paris.

Nach Chlodwigs Tod war sein Königreich zwischen seinen Söhnen Theuderich, Chlodomer, Childebert und Chlothar aufgeteilt worden. Bereits dadurch hatte Paris seinen gerade erst erworbenen Rang wieder verloren.

Es wurde bereits dunkel, als sich die Reiter der Basilika von Sankt Denis näherten. Das große Tor des Klosters war halb geöffnet. Rechts und links entdeckten sie mehrere Kuttenmänner. Sie hielten Fackeln hoch, um ihren Weg um den Toreingang zu erleuchten.

»Das sieht ja wesentlich freundlicher aus als bei meinem Taufpaten in Reims«, meinte Karl wohlwollend. Dann wandte er sich zu den Mönchen.

»He! Kennt ihr uns?«, fragte er ohne Begrüßung.

»Ja, Karl«, antwortete der offensichtlich jüngste der Mönche. Er war nicht älter als Karl und konnte deshalb die letzten Weihen noch nicht erhalten haben. »Wir kennen dich und auch einige deiner Gefährten. Und wir haben sehr viel von dem gehört, was geschehen ist, seit dich die Witwe deines Vaters in den Kerker werfen ließ.«

»Wollt ihr uns nicht hereinbitten?«

»Wir unterstehen keinem eurer Bischöfe, keinem der Grafen in eurem Gefolge und wüssten nicht, warum wir dich als Herzog eines Frankenheeres aus Austrien anerkennen sollten.«

»Ho!«, sagte Karl verblüfft. »Du bist sehr mutig, Kuttenmann. Bist du der Abt von Sankt Denis?«

»Nein«, antwortete der andere ohne Furcht. »Ich bin nur ein unbedeutendes Mönchlein namens Sigbert. Wir mussten unseren Abt und einige andere zusammen mit dem Majordomus Raganfrid und König Chilperich fliehen lassen. Wir wurden nur zurückgelassen, um dir zu sagen, dass Neustrien deinen Sieg von Cambrai anerkennt und dass du dennoch nicht bis nach Paris ziehen darfst.«

»Und wer will mich daran hindern?«

»Der große Fluss dort unten«, antwortete der junge Mönch. »Die Seine umschließt die Inselfestung in ihrer Mitte besser als die Mauern von Jericho. Aber wir bieten dir hier ein gutes, reichliches Mahl und auch ein trockenes Nachtlager in der Kirche. Dazu die besten Kräutersalben und Wein, so viel ihr wollt. Doch morgen ist Palmarum, der letzte Sonntag vor dem Osterfest. Wir bitten euch daher im Namen Gottes des Allmächtigen, Paris nicht zu verheeren und wenigstens in der Karwoche kein weiteres Gemetzel anzurichten.«

12

Verteilung der Beute

Am nächsten Morgen war das kleine Kirchlein von Sankt Denis zur großen Sonntagsmesse so überfüllt, dass viele draußen bleiben mussten. Trotzdem feierten die Mönche ohne Hast und mit sehr großem Ernst die Messe. Karl ließ sie gewähren. Zum ersten Mal seit langer Zeit empfand er eine Art Zufriedenheit während einer Messe. Er hatte nie etwas gegen Gott, Jesus Christus oder die Predigten der Mönche gehabt. Aber erst durch Willibrord war ihm aufgegangen, dass auch die Kirche mehrere Gesichter hatte. Irische und fränkische Priester dienten derselben Sache, aber sie waren so unterschiedlich wie die Franken, die als Neustrier und Austrier gegeneinander um ihren Herrschaftsanspruch kämpften.

Nach dem Segen warteten alle darauf, dass Karl als Erster die Basilika verlassen würde. Die Grafen und Edlen seines Gefolges blickten ihn fragend an. Doch Karl blieb stehen und winkte sie an sich vorbei, bis nur noch Folker, Rotbert, Milo und der junge Mönch von Sankt Denis in der Basilika zurückblieben.

»Ich will die Gräber sehen«, sagte Karl.

»Du meinst die Sarkophage der Merowingerkönige?«, fragte der junge Mönch.

»Ja, aber auch die Nekropole mit den Gräbern aus der Römerzeit. Ich möchte wissen, ob es hier den heiligen Dionysius wirklich gegeben hat.«

Er sah, wie Sigbert merklich zusammenzuckte. Der Mönch schloss kurz die Augen, dann nickte er und streckte seine rechte Hand aus.

»Ihr steht hier in der Basilika des heiligen Dionysius«, sagte er, und seine Stimme klang, als würde er jetzt erst die Messe zelebrieren. »Das älteste Gebäude hier bestand nur aus zwei Räumen. In dieser ersten Kirche wurden schon zur Zeit der Römerkaiser Menschen in der Erde oder in Sarkophagen bestattet.«

Sie gingen bis zur Apsis der Basilika. Karl blickte auf die halb ausgegrabenen Grablegen, die eng zusammengedrängt den ganzen Raum einnahmen.

»Welcher davon gehört nun Dionysius und welcher einem Merowingerkönig?«, fragte Karl.

»Das ist gar nicht so einfach«, antwortete der Mönch. »Was du hier siehst, sind zumeist Frauengräber, nur im Ostteil des Kirchenschiffs wurden reiche Männer beerdigt. Das Grab des Heiligen befindet sich dort drüben an der Südwand. Zu seiner rechten Seite wurde der große König Dagobert beigesetzt. Sein Schatzmeister und Goldschmied hat das Sanktuarium mit goldenen Rahmen um die Heiligtümer verschönert.«

»Dagobert muss ein ungewöhnlich freigebiger Mann gewesen sein«, meinte Karl spöttisch.

»Das konnte er auch«, bestätigte der Mönch. »Und zwar schon deshalb, weil er einen neuen Markt für Sankt Denis einrichten ließ. Die Abgaben der Händler waren so groß, dass alle etwas davon hatten.«

Karl stieß einen leisen Pfiff aus. »So also macht man das«, sagte er dann. »Zuerst ein Heiligengrab, dann hohe Spenden für Verschönerungen, schließlich ein Markt, zu dem die Leute kommen, und daraus wieder neue Einnahmen, damit der Kreis sich schließt.«

Sigbert nickte eifrig. »Genauso ist es«, sagte er. »Natürlich wurden die beiden großen Kirchentüren aus purem Gold und Silber sowie zwei weitere aus Elfenbein und Silber nicht allein von König Dagobert bezahlt. Dennoch kannst du hier an den Portalen einen Teil von seinem Silberschatz wiederfinden. Außerdem war er es, der für die hohen Festtage des Jahres das gesamte Öl gestiftet hat. Und damit du verstehst, was das bedeutet: Es sind eintausendzweihundertfünfzig Lampen, die an jedem Festtag dreimal angezündet werden. Und man braucht acht Maß Öl, um alle Lampen einmal aufzufüllen.«

»Schon gut, schon gut!«, unterbrach Karl, eher belustigt als verstimmt. »Aber ich habe nichts dergleichen, was ich dir spenden könnte. Das Wenige, das mir gehört, steht einem anderen Kloster zu.«

Der Weg war kurz, und auch die älteren Mönche konnten Karl und seinen Reitern mühelos auf ihren Eseln folgen. Karl ließ die Merowingerpfalz von Clichy rechts liegen und ritt direkt auf den Hügel, der seit Jahrhunderten der wichtigste Totenberg von Paris war. Von hier aus konnten sie weit über den alten Lauf der Seine bis zu den Inseln im neuen Flusslauf und der alten Römerstadt auf der gegenüberliegenden Seite blicken. An einigen Stellen waren die Kirchendächer von Friedhöfen im schräg abfallenden Waldhang zu erkennen.

»Ich will dir alles erklären«, sagte Sigbert von seinem Esel herab. »Aber verrate deinen Männern nicht, dass dort unten auf der Mittelinsel auch das Kloster Sankt Martial steht ...«

Karl blickte den blonden Mönch fragend an.

»... in dem inzwischen dreihundert Nonnen leben.«

Karl pfiff leise durch die Zähne und grinste amüsiert. »Dreihundert Nonnen?«, wiederholte er. »Das sollten wir tatsächlich nicht zu laut verkünden!«

»Auch das gehört nun einmal zu Paris«, meinte der Mönch. »Denn schon die heilige Genoveva hatte den Weibern dieser Stadt geraten, wie sie die vor Attilas Hunnen mutlos gewordenen Männer wieder anfeuern konnten.«

»Du meinst die Sache mit den Ärschen?«, fragte Karl amüsiert.

»Genau die meine ich«, bestätigte der Mönch. »Kocht für sie, so gut ihr könnt, aus den Resten unserer Vorräte‹, hatte sie geraten, ›und dann zeigt ihnen die nackten Ärsche, die sie aber erst dann anpacken dürfen, wenn sie zum Kampf und zur Verteidigung der Seineinsel bereit sind.‹«

»Die Dame gefällt mir mehr und mehr«, sagte Karl und grinste. »Endlich mal eine Heilige, die nicht bereits zu Lebzeiten ein himmlisch reiner Engel war.«

»Vielleicht war sie das doch«, sagte Sigbert und hob die Augen zum Himmel. Er seufzte leise, dann wandte er sich wieder den Gebäuden zu, die im Seinetal unter ihnen lagen.

»Siehst du dort?«, fragte er und zeigte auf das östliche Ende der großen Flussinsel. »Dort ist der sogenannte Bischofsbezirk.«

»Das sind gleich mehrere Kirchen«, meinte Karl.

»Ganz richtig«, sagte Sigbert und nickte. »Das ist so üblich hier nach unseren liturgischen Gebräuchen. Wenn du genau hinsiehst, kannst du die Kathedralen Sankt Etienne und Notre-Dame erkennen, dazu das Baptisterium und die beiden Frauenklöster.«

»Zwei Klöster?«, fragte Karl erstaunt. »Warten im anderen etwa auch dreihundert Nonnen auf uns?«

»Nein«, lachte Sigbert. »In Sankt Christophe leben etwas weniger.«

»Und irgendwo da unten auf der Insel verbergen sich jetzt Raganfrid und sein Merowingerkönig«, knurrte Karl, nachdem er eine Weile das weite Panorama in sich aufgenommen hatte. »Irgendwie erinnert mich das alles doch an unser Colonia, wenn es auch viel ummauerter wirkt als diese Stadt im Tal.«

Er drehte sich halb um und winkte Folker, Alberich und den inzwischen zäh gewordenen Graf Rotbert näher.

»Wir teilen jetzt das Heer«, sagte er ihnen. »Ihr bleibt mit den Verwundeten und dem größten Teil der Fußkrieger zurück. Ich selbst nehme die Reiterei und alle Männer, die noch gut zu Fuß sind. Seht zu, dass ihr den Neustriern hier schnell deutlich macht, dass sie noch immer die Verlierer sind. Ich sorge unterdessen am Rhein für saubere Verhältnisse.«

»Willst du etwa Plektrud angreifen und die Mauern Colonias mit ein paar Hundert Reitern niederreißen?«, fragte Alberich erstaunt.

»Nein«, antwortete Karl. »Ich werde andere Wege finden, um deine hochverehrte Tante dorthin zu schicken, wo sie hingehört.«

Er lachte trocken, aber niemand wagte in diesem Augenblick genauer nachzufragen. Es war, als wäre in ihm, nach all den stillen und duldsamen Jahren an der Seite seines Vaters, plötzlich jene Stärke erwacht, die seine Stiefmutter Plektrud stets gefürchtet hatte.

In den folgenden Tagen spürten die Gefährten um Karl eine ganz eigenartige Trauer und Zurückhaltung bei den Menschen, die ihnen unterwegs begegneten. Es waren nicht viele, die den Mut hatten, sich in die Nähe des Siegers von Vincy zu wagen. Dennoch schienen alle, selbst in den entlegensten Dörfern, zu wissen, was im Gau von Cambrai geschehen war. Immer wieder säumten Händler, wandernde Bauern und Karren, von denen niemand wusste, woher sie kamen und wohin sie fuhren, die Straßen zwischen Paris und Reims.

Karl und seine Berittenen waren eine Weile der Marne von ihrer Mündung in die Seine flussaufwärts gefolgt. Erst als ihre Biegungen zu weit nach Norden führten, kürzten sie den Weg ab und folgten schmaleren Pfaden über die Hügel.

Am 1. April des Jahres 717, vier Tage vor Ostern, ließen sie die Hügel von Reims hinter sich und näherten sich erneut dem Westtor. Diesmal tauchten keine Priester und Mönche und auch kein Bischof in den Fensteröffnungen auf, um ihn zu verhöhnen. Im Gegenteil: Rigobert selbst kam ihnen höchstpersönlich und zu Fuß zum alten römischen Marstor entgegen.

Obwohl die Kirche für den Tag vor der Kreuzigung des Erlösers Bitterkeit, Buße, Jammern und Greinen vorgesehen hatte, deutete nichts in Reims auf einen Greindonnerstag hin. Überall standen dicht an dicht die Bewohner der Stadt. Sie warfen Kappen und Mützen in die Luft und jubelten Karl samt seinen Reitern zu. Unschlüssig und voller Vorsicht folgten die Männer Karl in die Stadt hinein. Sie blickten sich nach allen Seiten um. Manch einer löste bereits die Schlaufen um Schwertgriff und Wurfaxt.

Karl ließ sein Pferd immer kleinere Schritte machen, je näher er dem Bischof und seinen festlich gewandeten Begleitern kam. Schließlich zwang Karl sein Pferd mit leichtem Zügelzug zum Stehen. Dann wurde es so still, wie sonst nur in den Stunden nach Mitternacht. Irgendwo in den schmalen Gassen begann ein Kind zu weinen. An einer anderen Stelle bellte ein Hund. Beide Geräusche verstummten so schnell wieder, als seien sie sofort in großer Angst erstickt worden.

Noch während Karl angestrengt überlegte, wie er sich jetzt verhalten sollte, zog der Bischof die Hände aus seinem seidig glänzenden roten Ornat. Karl sah sofort, dass Rigobert als der Geübtere von beiden das Ritual dieser Begrüßung bestimmen wollte. Er ahnte sofort, was als Nächstes kommen musste. Rigobert würde ihn und die siegreichen Kämpfer von Vincy in Gottes Namen segnen und sie dadurch zwingen, vor ihm die Helme abzunehmen und den Kopf zu senken.

Karl schnaubte zornig, als er begriff, was der Bischof beabsichtigte. Er musste schneller sein, um einen winzig kleinen Lidschlag schneller.

»Raus hier!«, brüllte er, so laut er konnte. »Verschwinde aus der Stadt, bevor ich dich auspeitschen und dann in Ketten legen lasse!«

Der Bischof brauchte weniger als einen Lidschlag, um zu begreifen, dass er verloren hatte.

Die dunklen Wolken blieben niedrig am Himmel, und eine unheimliche Stille hing den ganzen Karfreitag zwischen den eng verschachtelten Fachwerkhäusern von Reims. Nie zuvor war ein ganzer Tag so quälend langsam und fast ohne jede Bewegung innerhalb der Stadtmauern vergangen. Die Menschen wagten sich nicht aus den Häusern, und in den Kirchen versagte selbst den gläubigsten der Priester die Sprache. Sie konnten nicht mehr singen, nicht mehr laut beten. Es war, als wäre die Kreuzigung des Herrn nicht vor sieben Jahrhunderten, sondern gerade erst geschehen.

Für viele Menschen in der Stadt, selbst für die Adligen und Händler, hatte Karls hartes Strafgericht ohne jede Gerichtssitzung, ohne Synode und ohne ordentliche Verhandlung endgültig klargestellt, dass die alten Privilegien und Rechte kaum noch etwas galten. Denn etwas Ungeheures, ja Gotteslästerliches war passiert!

Karl hatte Rigobert, den Erzbischof von Reims und eigenen Taufpaten, mit harter Hand davongejagt!

Er hatte ihm nur bis zum Morgen am größten Trauertag der Christen Zeit gelassen. Fünf Wagen, hoch beladen mit bischöflichen Schätzen, Vorräten und Hausrat, waren noch in der Morgendämmerung durch die Schatten der Innenstadt von Reims gerumpelt. Rigobert hatte fast hundert Angehörige seiner Familie, dazu Priester, Frauen und Kinder, Knechte, Mägde und Knappen, Pferde und Rinder, Schafe, Ziegen, Hunde und sogar seine Singvögel in goldenen Käfigen mitgenommen.

Am Abend, ehe die lange Nacht zum Ostersonntag in den Kirchen begann, rief Karl den schwarzen Abt in den Prunksaal des bischöflichen Palais.

»Mach du das hier«, sagte Karl und legte seine rechte Hand auf das mit schwarzen Tüchern verhängte Kreuz jener Monstranz, die für die großen Prozessionen vorgesehen war und die Rigobert auf Karls Befehl zurückgelassen hatte.

»Was soll ich machen?«, fragte der schwarze Abt. Er hob die Brauen und blickte Karl verwundert an.

»Kümmere dich darum, dass wir um Mitternacht nicht nur die Auferstehung Christi, sondern auch deine Investitur mit einem ordentlichen Saufgelage feiern können.«

»Aber du kannst nicht …«

»Was kann ich nicht?«, fragte Karl grollend. »Meinst du, ich könnte dich nicht zum Nachfolger des Bischofs erheben, der das Katheder hier im Stich gelassen hat und mit Sack und Pack über die Marne in Richtung Orleans geflohen ist?«

»Aber du bist kein Majordomus!«, sagte der schwarze Abt. »Kein Merowingerkönig, keine Bischofsversammlung und erst recht kein Papst.«

»Nein?«, fragte Karl ironisch. »Bin ich das alles nicht?«

Er nahm die Schultern zurück und richtete sich zu seiner vollen Größe auf. Mit einem harten, stolzen Lächeln blickte er sich in der Runde um. Er sah in jedes einzelne Gesicht, suchte die Augen jedes Mannes. Dann nickte er und sagte: »Milo hat recht! Ich bin nur Karl, der dritte Sohn Pippins von Heristal, Enkel von Ansegisel, Urenkel von Bischof Arnulf von Metz. Aber auch Enkel von Ansegisels Ehefrau Begga, die wiederum eine Tochter von Pippin dem Älteren war. Und falls ihr es vergessen haben solltet: Bischof Arnulf von Metz und Pippin von Landen waren die ersten Franken, die ihren Merowingerkönigen vorschreiben konnten, was sie zu tun oder zu lassen hatten. Und genau das, ihr Männer, ist das Erbe, das mir weder mein Vater noch irgendjemand sonst verweigern kann!«

Der schwarze Abt begriff schneller als die anderen. Noch während Karl mit ihnen sprach, hatte er sich bereits entschieden.

»Ich nehme an«, rief er, ohne darauf zu warten, dass Karl ihn noch einmal fragte.

»Aber das geht nicht!«, murmelte einer der Priester in der Nähe. »Er kann doch nicht Bischof in zwei Diözesen sein.«

Karl lächelte kaum wahrnehmbar, ging aber nicht weiter auf den zaghaften Einwand ein.

»Jeder, der sich bisher gut und tapfer für mich geschlagen hat, wird zu diesem Osterfest belohnt werden«, sagte er dann. »Aber ich werde euch nichts geben, was ihr eigentlich nicht haben wollt. Deshalb soll jeder zwei Wünsche nach kleinen Dörfern, etwas Land, Wald, Klöstern oder Gold und Silber nennen.«

Er blickte zur Seite und sah in Milos fragendes Gesicht. »Das ist nun mal der Preis, Erzbischof, den du für deinen neuen Titel zahlen musst.«

Der schwarze Abt stieß die Luft laut und lange aus seinen Lungen. »Du hast gewonnen«, sagte er dann. »Ich gebe notgedrungen ein wenig von dem Fell ab, das du mir gerade erst so angenehm und warm um meine Schultern gelegt hast.«

»Dafür darfst du mir einen ganz besonderen und edlen Dienst erweisen«, sagte Karl. »Ich brauche einen König. Und du musst ihn beschaffen, noch während ich nach Colonia zu Plektrud unterwegs bin.«

»Du meinst, du willst auch ...«

»Ja, edler Erzbischof von Reims und Trier. Du kennst die Klöster und weißt, wo wir noch einen Merowinger finden können. Soll Raganfrid seinen Chilperich II. behalten! Ich brauche einen anderen, damit die Edlen Austriens mich zu seinem obersten Verwalter, Schatzkämmerer, Herzog und Richter wählen können. Er soll nach Colonia gebracht werden, damit ich ihn mit einem Freudenfest am Rhein empfangen kann.«

Sie kamen gut voran und besuchten mehrere kleinere Abteien, Dörfer und Landgüter zwischen Reims und der Maas. Die Männer, die Karl seinem Zug vorausgeschickt hatte, beschafften Nahrung und Vorräte so rechtzeitig, dass bereits der Duft von Gebratenem und Gesottenem aufstieg, noch ehe Karls Reitertruppe am nächsten Lagerplatz eintraf.

Am Zufluss der Sambre bog die Maas scharf nach Osten ab. Sie ritten noch einige Meilen weiter, bis sie zur alten Bergfestung von Huy kamen. Die steile Felswand ragte wie ein Schiffsbug bis fast an das südliche Flussufer heran. Da er zügig geritten und gut vorangekommen war, beschloss Karl, nicht in Huy zu lagern, sondern in Richtung Lüttich, Jupille und Heristal weiterzureiten.

Der Fluss machte eine erneute Biegung. Während auf der gegenüberliegenden nördlichen Uferseite breite und grau übereinanderliegende Felsbänder wie eine natürliche Mauer aufragten, wichen die Berge auf der alten Handelsstraße langsam zurück. Schon kurz darauf wurden die Flussinseln bei Lüttich und die neu erbaute Kirche für die Gebeine des gewaltsam gestorbenen Bischofs Lambert von Maastricht sichtbar.

»Kennst du eigentlich den Ziegenberg?«, wandte sich Karl plötzlich an Alberich.

Der Graf aus dem Moselgebiet schüttelte den Kopf. »Ich habe nur davon gehört«, sagte er dann. »Das ist doch dieses kleine Kastell, ein paar Meilen weiter östlich am Fluss Vesdre, das sich dein Vater als Fluchtburg ausgebaut hat.«

»Nicht erst mein Vater«, sagte Karl und lachte. »Die Zuflucht

146

stammt bereits von meinen Vorfahren Ansegisel und Begga. Im Augenblick wohnen dort oben nur ein Dutzend irische Mönche.«

Die Berittenen erreichten noch vor Sonnenuntergang jene Biegung des Flusses, die den Bereich von Lüttich von den Landgütern Heristal und Jupille trennte. Sie hatten den Engpass am Ufer noch nicht ganz überwunden, als Karl plötzlich die Hand hob.

»Hört ihr das?«, fragte er, indem er sich halb zu den anderen umdrehte.

Es dauerte einige Atemzüge, bis auch die nachfolgenden Pferde standen. Obwohl seit Ostern drei Wochen vergangen waren, klang aus Richtung Jupille oder von Heristal auf der anderen Seite des Flusses der Chor von Männern, die in lateinischer Sprache sangen.

»Was, bei allen Heiligen und Teufeln, ist das nun schon wieder?«, wollte Karl wissen. Er lauschte einen Augenblick, strich sich über Bart und Mund, dann schlug er hart die Hacken in die Flanken seines Pferdes. »Los, Männer! Weiter!«

Nach Jupille war es nicht einmal mehr eine Meile. Trotzdem wunderte er sich, dass sie bereits auf so große Entfernung hin den Gesang gehört hatten. Im Grunde genommen gab es dafür nur eine einzige Erklärung: Die singenden Männer konnten sich weder in Jupille noch in dem weiter entfernten Heristal befinden. Nein – um sie derartig laut und deutlich zu hören, mussten sie sich auf einer der Inseln im Fluss aufhalten.

Karl ritt schneller. Er achtete nicht mehr darauf, ob die anderen ihm folgten. Er wollte wissen, was hier, im Kernland seiner eigenen Familie, vorgefallen war, während er die vorrückenden Neustrier so siegreich geschlagen hatte. Aber was suchte er wirklich? Wie sah es in Utrecht, Colonia oder Mainz aus? Welche Pläne hatten Theodo von Baiern, die Söhne des Alamannenherzogs Gotefrid oder gar der mächtige, nach allen Seiten verbundene Herzog Eudo von Aquitanien? Karl begriff plötzlich, dass er auch in ein Wespennest gestochen hatte.

Ein eigenartiges Gefühl aus Schuld und Sorge kam in ihm auf. Natürlich hatte er in den vergangenen Wochen immer wieder an seine Frau und seine Kinder gedacht. Aber waren sie ihm wirklich wichtig gewesen? Er war niemandem, außer sich selbst, Rechenschaft schuldig. Und doch empfand er in diesem Augenblick eine Reue, wie er sie nie zuvor gekannt hatte. Weder die Toten auf dem Schlachtfeld von Vincy noch die brennenden Häuser oder die jammernden Bauern in den verwüsteten neustrischen Dörfern hatten ihn weich werden lassen.

Und dann sah er sie! Lange vor allen anderen erkannte er die Mönche und ihre überall aufgestellten Fahnen und Wimpel. Noch ehe er jede einzelne Zugehörigkeit benennen konnte, wurde ihm klar, was das bedeutete.

Milo, dieser verdammte schwarze Abt, hatte ihn gefunden! Er hatte tatsächlich irgendeinen Mann aus seiner Mönchszelle geholt, der durch das heilige Blut in seinem Körper neuer König aus der Familie der Merowinger für Austrien, für die Franken zwischen Maas und Rhein und für Karl auf den Schild gehoben werden konnte.

Karl sah dankbar und ergriffen zum hellen Himmel hinauf. Das war für ihn die beste Beute.

13

Ein König für Karl

Er hieß Chlothar und hatte sich in den letzten Monaten bei den Kirchenmännern auf dem Ziegenfels versteckt gehalten. Anders als der Mönch Daniel, der inzwischen als Chilperich II. mit seinem Majordomus Raganfrid über die Loire geflohen war, hatte Chlothar nie eine Priesterweihe empfangen. Karl lernte ihn noch am selben Abend kennen. Erst als ihm Willibrord freudestrahlend und mit ausgebreiteten Armen entgegenkam, begann er zu ahnen, wie schnell der schwarze Abt von Reims aus seine Fäden gezogen hatte.

»Wie kommst du hierher?«, fragte er, während er Willibrord umarmte. Die beiden ungleichen und doch wieder ähnlichen Männer verbargen nicht, wie sehr sie sich freuten, einander wiederzusehen.

Sie gingen zu einem der einfachen Zeltlager, die sich die verschiedenen Gruppen von Mönchen und Kirchenmännern auf der größten der Inseln in der Maas eingerichtet hatten. Die schlichten Zelte unter den hohen Bäumen trugen als einzigen Schmuck Bänder von einer Elle Breite und drei Ellen Länge, die teilweise mit Kreuzen und dem Christusmonogramm bemalt waren.

»Was ist das alles?«, fragte Karl verwundert. »Wollt ihr hier eine Synode abhalten – eine Versammlung von Bischöfen, irischen Mönchen und fränkischen Äbten?«

»Das ist gar nicht so falsch«, antwortete Willibrord und lächelte. Er drehte sich um und ging voraus zur westlichen Seite der Insel.

»Du siehst mich wirklich überrascht«, sagte Karl leise. »Warum wusste ich von all dem nichts?«

»Nimm es als kleinen Dank deines Freundes und Kampfgefährten Milo. Du hast ihn zum Bischof von Reims ernannt, aber er ist und bleibt nun einmal der schwarze Abt. Er war schon immer besser geeignet, ein Heerlager zu organisieren als eine einfache Morgenmesse.«

»Ich wusste es«, sagte Karl vergnügt. »Ich wusste von Anfang an, dass er es schaffen würde.«

Im selben Augenblick öffneten sich die Stoffbahnen am Eingang des größten und prächtigsten der bunten Zelte. Ein Mann, der nicht älter war als Karl, trat heraus. Er war wie der Gaugraf gekleidet, trug aber weder ein Wehrgehänge noch irgendwelche Waffen. Seine Hosen, Gamaschen und Schuhe waren im gleichen braungrünen Farbton gehalten. Er hatte einen ärmellosen Kittel und ein kurzes Hemd ohne Kragen an. Das Auffälligste an ihm waren seine seidigen, bis fast zu den Schulterblättern reichenden goldblonden Haare.

Karl starrte ihn an, als würde er zum ersten Mal in seinem Leben einen der legendären und schon fast heiligen Männer aus der königlichen Dynastie der Merowinger sehen.

»Das ist der Mann, den die hier zusammengekommenen Adligen Austriens schon morgen Mittag als vierten König mit Namen Chlothar auf den Schild heben werden. Er hat sich bisher nach rheinischer Art nicht Chlothar, sondern Lothar genannt. Vielleicht lag es daran, dass bisher kaum jemand an diesen Sohn von König Theuderich III. gedacht hat.«

»Ja, jetzt erinnere ich mich«, sagte Karl. »Eigentlich wussten wir alle, dass es noch einen Chlothar gab. Warum sind die Neustrier nicht auf ihn gekommen?«

»Weil ich nicht wollte, dass sie mich finden«, sagte der junge Mann mit dem goldblonden Haar. Er hatte eine sanfte, doch gleichzeitig leer und abwesend klingende Stimme.

Wie eine Puppe, dachte Karl. Wie eine große, sehr schöne und völlig unbeteiligte Puppe. Ihm fiel wieder ein, wie sie als Kinder aus Spinnwirteln und manchmal auch aus Scheiten von Lindenholz kleine Menschen gesteckt hatten. Jungen und Mädchen hatten sich gleichermaßen daran beteiligt, wenn die Winterabende in Heristal sehr lang gewesen waren. Wenn Geschichten erzählt wurden und die Dachbalken knackten, als trieben Elfen und Kobolde dort Schabernack, und vom Nachthimmel die Ahnen herabschauten.

Karl spürte, dass etwas ganz Eigenartiges und Besonderes von diesem jungen Mann aus dem Geschlecht der Merowinger ausging. Er war ein geborener König. Und doch wieder nicht, denn dazu fehlten ihm mehr als Krone und Schwert. Der königliche Mönch schien überhaupt nicht da zu sein …

»Gut«, sagte Karl schließlich. »Sehr gut sogar! Das ist genau der Mann, den wir dem anderen entgegenstellen können.«

»Ein echter Merowingerkönig eben«, bestätigte auch Willibrord.

»Heiliges Blut, das einen legitimen Anspruch auf einen großen starken Majordomus hat.«

»Dann lass uns keine Zeit verlieren«, sagte er ungeduldig. »Macht weiter, wie ihr so gut begonnen habt. Doch mich müsst ihr entschuldigen – zumindest für die Nacht, auf die mein Weib jetzt Anspruch hat. Und morgen früh will ich bei meinen Kindern sein.«

Die Krönung des Merowingers begann wie ein Schauspielstück in einem römischen Amphitheater. Selbst die noch in letzter Stunde eingetroffenen Bischöfe und Edlen Austriens verrieten mit keiner Geste, ob sie die feierliche Zeremonie am Ostufer der Maas ernst nahmen oder nicht. Nach und nach waren über tausend Große aus allen Teilen des Landes zusammengekommen, um Chlothar an jenem Platz auf den Schild zu heben, der nur das heimatliche Landgut von Karls Vaters gewesen war. Niemand sprach noch von Metz oder gar Colonia.

Karl war früh aufgestanden und mit den Kindern zur Badestelle am Fluss gelaufen. Anschließend hatte er sich zur Feier des Tages Haare und Bart stutzen lassen. Nach der ersten der kleinen Morgenmessen, die an verschiedenen Stellen auf beiden Seiten des Flusses und auf der großen Mittelinsel gefeiert wurden, war er noch einmal in das Haus zurückgekehrt, in dem Chrotrud wohnte, seit sie das Kloster von Stavlot-Malmedy verlassen hatte.

»Bist du ganz sicher, dass es nicht Willibrord und seine Mönche von Echternach waren, die hier alles vorbereitet haben?«

»Wie oft willst du mich das noch fragen?«, lächelte Chrotrud. Sie kam auf ihn zu, schmiegte sich an ihn und strich über seinen frisch gestutzten Bart.

Karl lächelte ebenfalls. Aber er war bereits wieder ungeduldig. »Erstaunlich, erstaunlich«, murmelte er. »Ich hätte nie gedacht, dass sich die reichen und mächtigen Bischöfe unserer Städte doch noch mit diesen schlichten Gesellen aus Irland versöhnen würden.«

»Vielleicht war es die frohe Botschaft, die sie zusammengeführt hat«, meinte Chrotrud.

»Ich glaube eher, dass mein Sieg über die Neustrier manch einen hier bekehrt hat. Du siehst doch selbst, wie schnell sogar jene die Fahne gewechselt haben, die mich im vorigen Jahr noch als Bastard verachtet haben.«

»Du bist auch nicht mehr der, der mich zum Abschied am Kloster von Stavlot-Malmedy sanft geküsst hat.«

»Habe ich mich wirklich so sehr verändert?«, fragte Karl mit einer Mischung aus Stolz und Verwunderung.

Chrotrud lehnte sich schweigend gegen die Härte und Kälte seines Waffenkleides, das zwar gereinigt und geputzt war, aber noch immer die Spuren unzähliger Schläge und Pfeilspitzen aus den vergangenen Monaten trug.

Sie blieben eng umschlungen stehen, und die liebevolle Geborgenheit dieser Umarmung schien eine Ewigkeit zu dauern. Irgendwann hob sie wieder ihren Kopf, und ihre Tränen verrieten ihm mehr als alles andere.

»Ich muss jetzt gehen«, sagte er mit dunkler Stimme. »Sie warten darauf, mich zum neuen Majordomus auszurufen, damit nicht weiter zerfällt, was auch mein Vater zum Schluss nicht mehr zusammenhalten konnte.«

»Geh nur«, sagte Chrotrud mit einem wehen Lächeln. »Aber vergesst bei allem nicht, dass es auch noch uns Frauen gibt, die Kinder und all jene, die nur noch weinen oder hungern können, wenn ihr Kerle euch nicht einig seid.«

»War es denn jemals anders?«, fragte Karl. »Wo ist der Schutz, den heute noch ein Lehnsherr für seine Leute und seine Dörfer bieten kann? Wo werden die alten Gesetze befolgt, und wo sind die Mächtigen, die auch für andere Recht sprechen?«

»Dann geh und nimm das wahre Erbe deines Vaters auf.«

Hörner, Pauken und Luren riefen bereits zur Versammlung. Gemeinsam traten Karl und Chrotrud ins helle Sonnenlicht. Ihr Haus lag auf einer kleinen Bodenwelle, von der aus alles gut zu überblicken war.

Noch nie zuvor hatte Karl eine derart große vollständig gerüstete und feierlich gewandete Menschenmenge gesehen. Gleichzeitig fragte er sich, wie Willibrord und Milo es geschafft hatten, so viele Männer in allen Teilen Austriens in Bewegung zu setzen. Überall standen die Aussaaten und Frühlingsarbeiten auf den Feldern an. Genau genommen war keiner der vielen prächtig gekleideten Priester oder Adligen auch nur einen Deut besser als der von ihm vertriebene Bischof Rigobert von Reims. Die meisten hatten abgewartet, ihn verspottet und nicht ernst genommen.

»Komm«, sagte er zu seinem Weib. »Die Edelsten der Wölfe, diebischen Elstern und Aasgeier wollen gefüttert werden.«

Alle Bewaffneten schlugen mit ihren kurzen Schwertern gegen die Schilde, als Karl mit Chrotrud durch die Gasse ging, die sich vor ihnen bildete.

Erst jetzt fiel Karl ein, dass die große Zeremonie völlig überflüssig war. Merowinger mussten schon lange nicht mehr gesalbt oder gekrönt werden. Sie waren von Geburt an königlich, weil das heilige Blut in ihren Adern floss! Merowinger blieben Merowinger – auch wenn sie nur als Mönche lebten oder nur zum Märzfeld ihrem Volk gezeigt wurden.

Karl blieb sehr ernst, als er an den Männern vorbeischritt, die er zum größten Teil noch an den Tischen seines Vaters erlebt hatte. Einige von ihnen hatten noch gesehen, wie er als Gefangener aus den Kerkern Aachens bis zu Plektrud in Colonia vorgeführt worden war. Dieselben Männer waren es, die jetzt trotz aller Pracht, mit der sie sich gekleidet hatten, die Blicke vor ihm senkten. Sie wussten alle, dass Karl keinen von ihnen vergessen hatte.

Er dachte nicht daran, sie freundlich anzusehen. Sein Blick blieb kalt, und nicht einmal ein Lächeln des Triumphs huschte über sein Gesicht. Gleichzeitig fühlte er das eigenartige Gefühl des Rausches, wie es die Priester und die Kirchenmänner überkommen musste, wenn sie sich in Weihrauchschwaden genauso bewegten, wie es seit Jahrhunderten festgeschrieben war.

Er spürte, wie sich seine Beine ganz von selbst bewegten, wie er sich einordnete und genau den Platz einnahm, der ihm neben den Bischöfen und Äbten zwischen den anderen Adligen zukam. Der große, weite Platz war fast zu eng für die Messe unter freiem Himmel, mit der die Erhebung Chlothars zelebriert wurde.

Karl erkannte, dass alles längst begonnen hatte. Es gab nichts mehr, was er selbst befehlen oder regeln musste. Und dann sah er, dass nicht der Bischof von Lüttich oder Maastricht die Krönungsmesse feiern sollte, sondern der eher friedfertige Oberhirte von Colonia.

Karl kannte Faramundus. Er war zum Schluss Beichtvater seines Vaters gewesen. Faramundus kam ihm in diesem Augenblick noch kleiner vor, als er ihn in Erinnerung hatte. Mit seinen roten Wangen wirkte er eher wie der Wirt in einer Weinschenke. Aber er machte seine Sache ausgezeichnet. Ohne irgendwelche Hast und mit voller Inbrunst las er die Messe, hielt die vorgeschriebenen Gebete und die Pausen ein und setzte schließlich Chlothar eine der Merowingerkronen auf, die Plektrud nicht an Raganfrid und die Neustrier ausgehändigt hatte.

Die große Krönungsmesse dauerte fast zwei Stunden. Als sie dann endlich abgeschlossen war, brachen die Versammelten in lauten Jubel aus. Vorausbestimmte Adlige, die dafür hohe Schenkungen an Willibrord und den schwarzen Abt vereinbart hatten, hoben den gerade erst Gekrönten hoch über ihre Schultern. Andere schoben einen Holzschild unter seine extra angefertigten Schuhe. Der neue König schwankte und blieb nur mit sehr viel Glück und Mühe im Gleichgewicht.

Dann ließen sie ihn wieder auf den Boden zurück, übergaben ihn denjenigen, die ihn auch hergebracht und eingekleidet hatten. Sie stürzten mit Bärenhunger zu den Feuern, über denen große Kessel mit Fleisch und Suppe hingen, und zu den anderen, an denen sich die Braten drehten.

Für alle Großen und Edlen Austriens, die sich so eilfertig zur schnellen Königskrönung eingefunden hatten, waren am Flussufer mehrere Reihen Holzböcke aufgestellt, auf die Bohlen gelegt worden waren. Über die Balken waren ungefärbte, aber gebleichte Stoffbahnen gehängt, die bis auf die Erde reichten.

Der neue König wurde zu dem aus Colonia herangeschafften Thronsessel an der Nordseite der größten Speisetafel geführt. Jeder der Bischöfe bekam ein anderes Kopfende von weiteren Tischreihen zugewiesen. Nur Karl und Chrotrud durften neben dem neuen König sitzen. Ihnen gegenüber nahmen Willibrord und der Bischof von Colonia Platz.

Karl wusste, dass sich Willibrord und Faramundus nicht besonders mochten. Jetzt aber ließen sie nichts von ihrer alten, gegenseitigen Missgunst erkennen. Es schien, als hätten sie sich zu einem neuen Bündnis zusammengetan, das ihnen beiden nutzen konnte. Karl lächelte kaum merklich.

Es wurden mehrere Hundert Männer und Frauen, die schließlich an der Festtafel Platz nahmen. Gegen jede fränkische Regel hatten die irischen Mönche durchgesetzt, dass nicht gleich Wein ausgeschenkt wurde, sondern zunächst zu süßem Kuchen leicht vergorener, unverdünnter Birkensaft.

Karl kannte das Getränk, das auch bei den Sachsen sehr beliebt war. Er hielt es ebenso wie einige der anderen englischen Rezepte für ein Beispiel der Höllenqualen. Trotzdem gab er sich keine Blöße und trank wie alle anderen einen Schluck, ehe er den Rest in seinem Holzbecher unauffällig zwischen seine Füße kippte.

Selbst der Kuchen war nicht süß genug, um den Geschmack des Birkensafts zu überdecken. Es wurde laut, als endlich Krüge mit Wein gereicht wurden. Irgendjemand hatte sogar Pokale und Becher aufgetrieben, wie sie reichlich in alten Römergräbern gefunden wurden.

Die Bediensteten und das schnaufende Gesinde um die königliche Tafel hatten nie geübt, was sie jetzt schaffen sollten. Schon bald gab es ein heilloses Durcheinander in der Speisenfolge und bei den Gerichten, die aufgetragen oder wieder fortgenommen wurden. Niemand störte sich daran. Alle wussten schließlich, dass Jupille und Heristal nicht einmal ordentliche Königspfalzen waren.

Männer und Frauen griffen nach Würsten, Schinken, Speck und Brot, nach Schweinebraten mit Nüssen, Backpflaumen und Äpfeln. Jeder ließ sich schmecken, was er gerade greifen konnte, häufte Köstlichkeiten vor sich auf, tauschte mit seinen Nachbarn.

Es gab Fische aus der Maas, gedünstet und gebraten. Schon beim Geflügel fehlten den Kirchenmännern einige Gewürze, die in den Städten und in Bischofsküchen gern verwendet wurden. Sie musste ohne Pfeffer, Kümmel oder Kardamom, nur leicht gesalzene Hühnerstücke, das Gänseklein, Schmalz mit Entenfleisch und in Essig eingelegtes Gemüse essen.

Nach und nach lichteten sich die Reihen an den Tischen. Während die Frauen sich zurückzogen, breiteten sich die Männer immer mehr aus. Die Stoffbahnen wurden unter dem Gejohle der ersten stark Bezechten weggezogen und mitsamt den Knochenresten, Gebäck, Brot und leeren Speiseplatten bündelweise weggeschleppt. Wer sein Glas oder seinen Becher aufgehoben hatte, stellte ihn auf die nackten Bohlen zurück. Viele rammten satt und selig ihre Dolche ins Holz. Andere verschwanden hinter Büschen, um ihren Leib für weitere Getränke frei zu machen.

»Was hast du als Nächstes vor?«, fragte Willibrord schließlich.

Auch er hatte dem Wein nicht schlechter zugesprochen als die Männer ringsherum. Allerdings gehörte er wie sein Amtsbruder aus Colonia zu jenen, die ziemlich viel vertragen konnten.

»Ich warte noch, bis alles hier vorbei ist«, sagte Karl schließlich, »dann sehe ich, wie stark die Unterstützung ist, die mir für einen Ritt gegen Colonia gegeben wird.«

»Was willst du tun?«, fragte Bischof Faramundus zum wiederholten Male. »Willst du Colonia belagern oder aushungern?«

Karl lachte nur. Dann hob er beinahe unschlüssig die Schultern, streckte die Arme nach beiden Seiten aus und reckte sich. »Ich weiß noch nicht«, sagte er. »Aber ich fürchte, dass meine Stiefmutter die Stadt und alles andere nicht freiwillig herausgibt.«

»Da magst du recht haben«, seufzte Bischof Faramundus. »Ich kenne sie nun viele Jahre. Und sie ist hart geworden seit deines Vaters Tod.«

»Das war sie auch schon früher«, warf Willibrord ironisch ein. »Schließlich hat sie Pippin von Heristal nur geheiratet, weil er derjenige gewesen ist, an dessen Seite sie die erste aller Frauen im Königreich der Franken werden konnte. Doch erst ihr eigenes Geld und ihre riesigen Besitzungen haben Pippin II. dann zum ersten Mann im Staat gemacht. Um es noch deutlicher zu sagen: Ohne Plektrud wäre dein Vater niemals zum Majordomus gewählt worden.«

Karl zuckte zusammen. Willibrord sprach die Wahrheit. Und sie gefiel ihm nicht.

Die nächsten Tage vergingen weniger festlich, dafür noch geschäftiger. Ein Teil des einfachen Volkes rückte ab, andere bestimmten, wer noch an der Maas bleiben sollte und wer auf die heimatlichen Felder zurückkehren musste.

Karl saß vom ersten Morgenmahl bis tief in die Nacht mit den austrischen Großen zusammen. Zum ersten Mal musste er sich intensiv mit Fragen und Problemen beschäftigen, die ihn bisher nur am Rande interessiert hatten. Jetzt rächte sich auch, dass er nie richtig schreiben und lesen gelernt hatte. Das wenige, das ihm die Mönche von Echternach beigebracht hatten, reichte nicht aus, um die vielen lateinischen Worte und Begriffe zu verstehen, in denen die Urkunden und Protokolle, die Diplome und Dokumente des Königreichs abgefasst waren.

»Du magst ein starker Kerl sein«, seufzte Willibrord eines Abends. »Aber du musst noch sehr viel lernen, ehe du wirklich herrschen kannst.«

Den ganzen Tag über hatten mehrere Gruppen gemeinsam versucht, wenigstens ungefähr zu bestimmen, welche der königlichen Domänen im Norden und Osten Austriens in den vergangenen beiden Jahren von Plektrud verwaltet worden waren und welche sie nicht beachtet hatte.

»Ohne die Dokumente in Colonia können wir nicht sicher entscheiden«, sagte Alberich schließlich und lehnte sich erschöpft zurück. Er hatte inzwischen die Funktion eines Pfalzgrafen an Karls Seite übernommen. Obwohl Ränge und Titel noch nicht neu festgelegt worden waren, bildeten sich langsam einzelne Zuständigkeiten heraus.

Der pausbäckige Friese Wusing erwies sich als wertvoller Ratgeber für die nördlichen Bereiche Austriens, Toxandrien und Frieslands. Alberich gab sich große Mühe, doch ohne Willibrord und seine Mönche hätte er nicht einmal eine ordentliche Aufstellung über die Vorräte, das Viehfutter und die Zahl der Menschen auf den Höfen und in den Dörfern der näheren Umgebung zustande gebracht. Für Städte und Bischofssitze sah es etwas besser aus. Aber nicht einmal Bischof Faramundus konnte sagen, wie viele Adlige, Freie oder Bewaffnete sich gerade in Colonia aufhielten.

»Ich habe keine Ahnung, welche Schätze Plektrud noch besitzt«, sagte er bedauernd. »Ich weiß auch nicht, wie viel Wein in ihren Kellern lagert, wie viel Speck und Pökelfleisch, Trockenfisch und Dörrobst in den Speichern auf der Rheininsel gehortet ist und wie es in den Waffenkammern der Matrone aussieht.«

»Auf jeden Fall wird sich meine Tante in ihrer Kirche Maria im Kapitol verschanzen«, stieß Alberich unwirsch hervor. »So lange, wie noch ein Tropfen Galle in ihr ist.«

14

Der Aufstand von Colonia

Karl wäre am liebsten noch im Mai nach Colonia gezogen. Aber er musste warten. Er brauchte für seinen Vorstoß die Zustimmung aus den umliegenden Gauen.

Trotz aller Vorräte, die zur Krönung von Chlothar IV. nach Heristal geschafft worden waren, hatten die kleinen Landgüter nicht genügend Korn und Mehl, Fleisch und Speck, Käse und Wein und all die anderen Dinge, die gebraucht wurden, um das Heer hungriger Männer und Pferde wochenlang zu ernähren. Schon durch das Winterlager waren die Reserven der kleinen Siedlungen an der Maas aufgebraucht. Karl blieb nichts anderes übrig, als abzuwarten.

Er wohnte mit Chrotrud und den Kindern in einem kleinen riedgedeckten Haus am Flussufer von Heristal. Nur einmal ritt er sehr früh durch den Wald in Richtung Lüttich. Er hatte keine Rüstung und kein großes Wehrgehänge angelegt, sondern sich wie einer der vielen freien Bauern in der Gegend mit Hosen, Bundschuhen und Beinbinden, halblangem Kittel und Schultermantel sowie einem ledernen Gürtel mit Schlaufen für Messer und Kurzschwert bekleidet. Auch sein Wallach war gegen einen einfachen, nicht besonders schnellen Gaul ausgetauscht worden. Während er ritt, ließ er absichtlich die Schultern hängen und saß auch nicht besonders gerade in dem einfachen Bauernsattel, wie er bei den Lehnsherren der Gegend üblich war.

Die kleine aus großen Steinen errichtete Kirche, die Hugbert für die Gebeine von Bischof Lambert erbaut hatte, lag auf einer Anhöhe inmitten morastiger Flussniederungen.

Karl schlüpfte in den Kirchenraum und ging langsam zum Sarkophag von Bischof Lambert. Es dauerte eine ganze Weile, bis er die richtige Stelle fand, an der in Stein gehauen der Vorwurf angebracht war, den der Bischof mit seinem Leben bezahlen musste. Er las seinen eigenen Namen, den seines Vaters und seiner Mutter Alphaid. Doch den genauen Zusammenhang der Inschrift konnte er nicht entziffern.

Er verließ die Kirche, überquerte die Maas und ritt über steile Wege bis zur klösterlichen Anlage auf dem Ziegenberg hinauf. Der steile Abhang, der von Norden her bis zur Felskuppe führte, wurde auch an diesem Tag durch ein Dutzend misstrauischer Bergziegen bewacht. Sie kletterten bis zur Grabhöhle, in der auch sein Vater seine letzte Ruhe gefunden hatte, und meckerten schon, als er noch hundert Schritt entfernt war.

Die Mönche auf dem Chèvremont begrüßten ihn als einen der Ihren. Er aß Brot und Käse mit ihnen, trank Ziegenmilch, und dann sprachen sie davon, dass die Zeiten dunkel und gefährlich waren.

»Könnt ihr den König aufnehmen, der hier gewohnt hat, als er noch keine Krone trug?«, fragte er zum Abschied. Die Mönche nickten.

»Wir ahnten bereits, dass du kommen würdest, um uns das zu fragen«, sagte der älteste von ihnen.

»Ich möchte nicht, dass Chlothar in Gefahr gerät«, erklärte Karl.

Sie gaben ihm noch etwas Ziegenkäse mit. Dann ritt er wieder über steile Wege den Berg zum Fluss hinunter. Er überquerte an der Kirche Lamberts die Maas und ihre Zuflüsse, dann nahm das Halbdunkel zwischen den Bäumen ihn wie ein Tier auf, das zum Wald gehörte.

Obwohl sie sich alle sehr beherrschten und ihre Tage mit Waffenübungen, Ausritten und Bädern im Fluss verbrachten, wurden die Männer an der Maas immer unruhiger. Besonders diejenigen, die von Anfang an mit ihm geritten waren und vor einiger Zeit sogar seine Kerkerwächter gewesen waren, drängten Karl, endlich nach Colonia aufzubrechen.

Seit Karl in Jupille war, hatte er sich freundlich und leutselig verhalten. Ein paar Mal war er sogar allein zu Chlothar IV. gegangen. Der frisch gekrönte Merowingerkönig erwies sich als sehr sanfter Mann. Er sprach nicht viel, beschwerte sich nicht und nahm alles, was mit ihm geschah, als gottgegeben hin.

Als Karl nach Heristal zurückkehrte und über den Fluss setzte, hatte er genug nachgedacht. Er war entschlossen, nicht länger zu warten. Und dann sah er, wie seine Männer von allen Seiten auf die Stelle zukamen, an der sein Nachen anlegen würde.

»Chilperich II. hat sich über Orleans und die Loire in Richtung Süden abgesetzt«, rief Willibrord ihm zu, während er noch auf dem

Wasser war. »Es heißt, dass er bei Herzog Eudo von Aquitanien Verstärkung suchen will.«

»Dann soll er weiterwandern«, sagte Karl. »Weiß man bereits, was die Großen in Neustrien über unsere Wahl sagen?«

»Ich habe noch nichts gehört«, antwortete Willibrord. »Aber ich glaube nicht, dass es da Einwände gibt. Sie haben ihren Merowinger, und du hast deinen.«

»Jetzt braucht eigentlich nur noch Tante Plektrud einen«, lästerte Alberich. Die Umstehenden lachten. Karl lachte kurz. »Das könnte euch so passen!«

»Vergiss die Langobarden nicht«, meinte Willibrord. »Auch dort sitzen die Königskronen nicht besonders fest.«

»Ich werde mich darum kümmern«, sagte Karl. »Aber immer eins nach dem anderen. Zuerst will ich Colonia einnehmen. In spätestens einer Woche will ich im großen Festsaal des *praetorium*s am Rhein die Edlen der Stadt vor mir sehen. Und zwar genau vor dem Stuhl, auf dem schon mein Vater saß.«

»Und Tante Plektrud?«, fragte Alberich. »Wirst du dich rächen an ihr?«

Karl schüttelte den Kopf. »Nein. Wenn ich in Colonia einziehe, heißt mein erster Befehl, dass meine Stiefmutter in meiner Nähe zu bleiben hat. Sie soll Tag und Nacht wissen, dass ich sie überwache und ganz genau verfolge, was sie nach ihrem Morgengebet und nach ihrer letzten Abendmahlzeit macht. Sie wollte mich niemals sehen, hat mich verleugnet, verachtet und fortgestoßen. Ich aber binde sie an mich, indem ich ihr erlaube, Tag und Nacht Gutes zu tun. Sie soll das Stift ausbauen, das klösterliche Stift, das sie bereits mit meinem Vater gründete. Und zwar genau dort, wo sie mich betrunken gemacht und in die Keller geworfen hat.«

Die Belagerung von Colonia begann in den ersten Junitagen. Karl kam nicht mit einem großen Heer, sondern ließ kleine Kontingente der Gaugrafen ohne Umweg nördlich und westlich der Stadtmauern von Colonia anrücken. Sie sammelten sich an den Friedhofskirchen außerhalb der Stadt. Ihre Glocken ersetzten jetzt den Lärm der Pauken und Kriegshörner. Sankt Gereon und Sankt Kunibert wurden wie zufällig zu den wichtigsten Sammelpunkten.

Karl hatte Sankt Gereon mit voller Absicht ausgewählt. Die Kirche war nach dem römischen Centurio Gereon und seinen thebäischen Legionären benannt, die Anfang des vierten Jahrhunderts zum Christentum übergetreten waren. Sie starben in einem Massaker während der Christenverfolgung und wurden dadurch zu Märtyrern.

Das zweite große Heerlager entstand direkt am Rheinufer zwischen der nördlichen Stadtmauer und der Kirche Sankt Kunibert. Obwohl diese Kirche wesentlich jünger als Sankt Gereon war, besaß sie für die Bewohner Colonias ebenfalls eine besondere Bedeutung. Hier hatte Kunibert, der Nachfolger von Arnulf am Königshof, das Stift Sankt Clemens gegründet. Als erster Bischof von Colonia war er auch in der von ihm errichteten Kirche beigesetzt worden.

Noch wichtiger für Karl war, dass von hier aus über die nördlichen Stadtmauern von Colonia hinweg der kleine, geduckt wirkende Turm der Bischofskirche zu sehen war. Sankt Peter und Paul befand sich ebenso nah am Rheinufer wie Sankt Kunibert. Hier sollte Rauch aufsteigen, den Bischof Faramundus zuerst rot und dann weiß einfärben lassen wollte, sobald er genügend Männer für einen Aufstand gegen Plektrud gefunden hatte.

Karl ritt drei Tage lang täglich zweimal an der Mauer von Colonia entlang, die das quadratische, nach jeder Seite gut tausend Schritt weit reichende Stadtgebiet schützte. Zusammen mit dem getreuen Friesen Wusing besichtigte er einige abgetakelte Flusskähne, die nicht im geschützten Hafenarm des Rheins am Ufer lagen.

»Kann man damit noch etwas anfangen?«, fragte er.

Wusing stieg in die halb voll Wasser gelaufenen Boote. Er klopfte gegen das Holz und stocherte in den Ritzen der Planken herum.

»Rausziehen, nicht zu trocken werden lassen und mit Holzkohlenteer und Werg abdichten«, sagte er dann.

Karl nickte. »Lass dir von Rotbert Männer und Material beschaffen!«

Am siebten Tag der Belagerung Colonias umfasste Karls Heer mehr als viertausend Bewaffnete. Hinzu kam eine große Anzahl von Unfreien, Knechten, Sklaven, Händlern, Huren und Mitläufern aller Art. Wenn er alle mitzählte, war sein Heer inzwischen auf mehr Menschen angewachsen, als zusammen in Colonia, Trier, Metz und Reims lebten.

Nachdem er sich in der ersten Woche stets beherrscht hatte, wurde Karl nun von Tag zu Tag unwilliger.

»Wo bleibt der Rauch?«, schnauzte er Alberich an, der inzwischen zu seinem zuverlässigsten Begleiter geworden war. Der Neffe Plektruds nahm Karl alle Arbeiten ab, die ihm zu lästig erschienen. »Was denkt sich dieser Kirchenmann?«

»Du musst Geduld haben, Karl«, gab Alberich zurück. »Das ist das Einzige, was uns jetzt helfen kann: Geduld und immer wieder nur Geduld.«

Als auch nach Tagen nichts auf ein Ende der fruchtlosen Belagerung hindeutete, nahmen die Händel und Raufereien überall zu. Fast keine Stunde verging, in der nicht irgendwo zwischen den Zelten und Feuerplätzen geflucht, gestritten und gerauft wurde. Immer häufiger arteten die sonst harmlosen Rangeleien in Geprügel und gefährliche Kämpfe aus.

Zum ersten Mal, seit er ein großes Heer anführte, musste Karl über Männer, die mit Schwert und Leben für ihn kämpfen wollten, zu Gericht sitzen und Strafen verhängen.

Die ersten zwanzig wurden entwaffnet und einfach fortgejagt. Die nächsten fünf kamen weniger glimpflich davon. Sie stammten aus den Familien freier Bauern im Bedagau. Jeder der Männer wusste, dass Karl sie jederzeit hinrichten oder mit großen Sühnezahlungen nach der *Lex Ripuaria* bestrafen konnte. Doch Karl entschied anders.

»Ihr sollt ungestraft davonkommen, wenn ihr den Auftrag erfüllt, den ich euch hiermit erteile: Geht bis zu Plektrud und fordert sie zur Übergabe von Colonia auf. Kommt innerhalb von vierundzwanzig Stunden hierher zurück. Falls ihr das nicht tut, ehe ich die Stadt einnehme, sollt ihr mit Steinsäcken um den Hals im Rhein ersäuft werden.«

Die Männer wurden am nordwestlichen Römerturm bis auf wenige Schritte zum nächsten Tor gebracht. Alle fünf waren unbewaffnet. Sie trugen weder Rüstungen noch Helme. Stattdessen hielten sie Wurfspeere hoch, an denen die eisernen Spitzen entfernt worden waren. An jeder der fünf Stangen hing ein langes und fast schon weiß gebleichtes Leinentuch.

»Meinst du, dass sie die richtigen Kuriere für deine Botschaft sind?«, fragte Alberich skeptisch. »Sie sehen ziemlich verloren aus, wie sie da am Rand des Wassergrabens vor der Mauer stehen.«

»Sollte ich lieber dich als Unterhändler schicken?«, fragte Karl.

»Ich wäre gegangen«, sagte Alberich. »Aber ich dachte, dass es keinen Zweck hätte, dich zu fragen.«

»Da hast du gut gedacht«, gab Karl zurück und lächelte. »Ich schicke doch nicht meine rechte Hand zu einer um sich hackenden Henne. Nein, Alberich, dafür bist du zu wertvoll.«

Er legte seine Hand auf die Schulter des Mannes, der ihn nun schon so lange begleitet hatte.

»Trotzdem habe ich eine Bitte«, meinte Alberich. Karl nickte ihm aufmunternd zu.

»Wenn das hier vorbei ist und du Majordomus bist, möchte ich meinen ältesten Sohn Gregor zu uns holen, damit er neben dem Kriegshandwerk auch noch lernt, wie eine Pfalz verwaltet wird.«

»Du meinst, das kann er bei mir lernen?«, fragte Karl und lachte.

»Du verstehst mich nicht«, sagte Alberich ernsthaft. »Sobald wir in Colonia sind, werden sehr viele zu dir kommen und für ihre Söhne bitten. Ich möchte nur, dass Gregor einer der ersten auf der langen Liste wird.«

»Nun gut«, sagte Karl. »Wenn du so großen Wert darauf legst. Wie alt ist dein Sohn?«

»Er wird jetzt zwölf«, antwortete Alberich. Karl blieb stehen und drehte sich ruckartig um.

»Er wird zwölf, sagst du? Dann kann er mir doch bestenfalls als Knappe dienen.«

»Genau das wollte ich«, lächelte der Neffe Plektruds. »Ich will ganz einfach, dass er von Anfang an miterlebt, wie ein großer Mann ein großes Reich vor dem Untergang rettet.«

»Das hast du schön gesagt«, seufzte der Friese Wusing, der zusammen mit den Grafen Rotbert und Folker zu ihnen getreten war und die letzten Worte gehört hatte. Diesmal lachten sie alle.

Die fünf Unglücklichen mit ihren schlaffen weißen Fahnen näherten sich dem nordwestlichen Römerturm. Oben traten Männer der Wachmannschaft zusammen. Sie waren misstrauisch, aber sie schickten keine Pfeilwolken herab. Keiner der Wächter kippte heißen Teer und nicht einmal Jauche über ihre Köpfe. Nein, irgendjemand in der Stadt, der sich auf die Taktik von Belagerung und Verteidigung verstand, hatte den Befehl gegeben, die fünf Botschafter Karls mit weißem Wein zu tränken.

Mit lauten Rufen wuchtete die Wachmannschaft ein großes Holzfass über einen Mauervorsprung. Mit einem dumpfen Schlag krachte das Fass zu Boden, platzte auseinander und durchnässte die Männer mit ihren schlaffen Fahnenresten.

»So eine Schande!«, schimpfte Wusing. »Sie haben noch so viel zu saufen, dass sie uns mit bestem Wein sogar überschütten können.«

»Genau das ist es, was wir denken sollen«, lachte Karl abfällig. Zusammen mit seinen engsten Gefährten stand er nicht weit entfernt hinter schützendem Buschwerk.

»Könnten wir nicht wenigstens darüber verhandeln, dass sie die Weinfässer an Seilen und langsam über die Mauer lassen?«, fragte Wusing bittend. Karl knurrte ablehnend.

»Von mir aus können sie den ganzen Römergraben vor der Stadtmauer mit ihrem Wein auffüllen! Selbst wenn sie ihre ganzen Ochsen an Spießen braten und Stück für Stück zu uns herüberwerfen, kann mich das nicht beeindrucken. Wir warten hier, bis der Bischof von Colonia uns das Zeichen gibt, das wir vereinbart haben.«

Die Grafen Alberich, Rotbert und Folker reckten plötzlich ihre Hälse. Sie hielten ihre Nasen hoch und schnupperten zur Stadt hinüber.

»Was ist das?«, hustete Rotbert. »Entweder Ochsenbraten oder …«

»Alte Lumpen«, unterbrach Karl humorlos. Er streckte seine linke Hand aus und deutete zum Turm der Kirche von Sankt Petrus. »Das ist das Zeichen!«

Jetzt sahen es auch die Männer rund um Karl. Vom Turm der Bischofskirche dicht an der nördlichen Stadtmauer stiegen in unregelmäßigen Abständen weißlich und rötlich gefärbte Rauchwolken empor. An drei, vier und dann an fünf weiteren Stellen quoll ebenfalls Rauch in den diesigen Sommerhimmel hinauf. Doch dieser Rauch war schwarz und wallend, wie von brennenden Häusern. Der Lärm aus der Stadt nahm zu. Aus einzelnen Schreien wurde schnell ein Gebrüll von vielen Hundert Stimmen. Die Schreie mischten sich mit harten Schlägen von Metall gegen Metall.

»Los!«, befahl Karl. »Das ist der Aufstand, auf den wir gewartet haben. Alle Rammböcke und Belagerungsmaschinen sofort zum Römertor dort vorn!«

»Die Schiffe!«, rief der Friese Wusing dazwischen. »Die Schiffe sollen ablegen und in den Hafenarm des Rheins eindringen!«

»Ja, übernimm du das!«, befahl Karl schnell. Überall sprangen Männer auf ihre Pferde, lederne Planen wurden von den Waffenkarren gerissen, Pauken und Blashörner für den Kriegslärm ausgepackt. Überall jagten die jüngsten der Männer auf ungestümen Hengsten von einem Lagerplatz zum anderen.

»Los, Männer! Los!«, riefen sie mit hellen Stimmen. »Seht ihr die Rauchzeichen über Sankt Petrus? Sie öffnen uns die Tore. Die Aufrührer in Plektruds Stadt schnappen sich alle Beute, wenn ihr nicht schneller seid …«

Und dann läutete die alte eiserne Glocke von Sankt Kunibert, die überall nur Schweinsglocke genannt wurde. Die anderen Glocken der Friedhofskirchen rund um die Stadt fielen ein. Sie alle läuteten buchstäblich das Ende der Regentin Plektrud ein.

Karl selbst musste nicht einen einzigen Schwertschlag führen. Er ritt mit gut hundert Mann, den Grafen und anderen Großen seines Gefolges, als Triumphator auf der alten Römerstraße am Rheinufer entlang auf Colonia zu. Es war ganz anders als in Verdun und Reims oder bei Paris. Das waren fremde Städte für sie gewesen. Hier aber kehrten die Franken in ihre eigene Königsstadt zurück. Die Stadt der beiden Dagoberts, die Stadt von Sigibert und die Stadt, in der es auch ein vom Land stammender Adliger wie Karls Vater gut ausgehalten hatte.

Als sie die lang gestreckte Kirche dicht am Rheinufer erreichten, die schon vor einem halben Jahrtausend von Maternus, dem ersten Bischof von Colonia, errichtet worden war, gab Karl das Zeichen für den großen Siegeslärm.

»Los, Männer!«, rief er. »Lasst Hörner blasen und die großen Pauken schlagen. Wir nehmen diese Stadt nicht als Eroberer, sondern als rechtmäßige Besitzer.«

Ein ungeheurer Jubel stieg in den Sommerhimmel hinauf. An allen Toren drängten sich Berittene, Krieger zu Fuß, Mönche und dann die ersten Händler, von denen niemand wusste, ob sie nun in die Stadt hinein- oder aus ihr herauswollten.

Zum Zentrum der Stadt hin brannten an den Straßenecken nur Haufen alter Lumpen. Einige rochen nach Bienenwachs und Öl, wie es für die Kerzen und Lampen in den Kirchen verwendet wurde. Von anderen stieg sogar der Geruch von Weihrauch auf.

Karl und seine Begleiter ritten dicht nebeneinander über die breite Nordsüdstraße, die in gerader Linie durch die Stadt lief. Sie ritten bis zum vielfach umgebauten römischen Verwaltungspalast, der auch für seinen Vater und Plektrud das Zentrum ihrer Macht gewesen war.

Karl zügelte sein Pferd, richtete sich hoch auf und blickte sich nach allen Seiten um. Dann griff er nach dem Langschwert an seiner Seite, zog es aus der Scheide und hielt es hoch über seinen Kopf in den Himmel, damit es alle sehen konnten.

»Männer!«, rief Karl. »Austrier und Ripuarier!«

Er wartete, bis es ruhiger wurde. »Männer aus Colonia und aus dem ganzen Frankenland, aber auch Thüringer, Baiuwaren und Friesen, die uns verbunden sind ...«

Wieder wartete er, bis seine Worte verstanden worden waren. »Männer!«, rief er erneut, diesmal so laut und mächtig, wie er nur konnte. Zum ersten Mal, seit er ein Heer anführte, klang seine Stimme nicht nur stark und kräftig, sondern auch von innen her bewegt: »Das ist der Sieg! Wir sind am Ziel!«

Die Jubelschreie, Pfiffe und Schwertschläge gegen Hunderte und Tausende von Schilden überall in den Straßen und auf den Plätzen Colonias war die schönste Festmusik, die sich ein Heerführer nur wünschen konnte. Ohne dass er noch etwas dazu tat, kam jetzt das Wort aus vielen Kehlen, das ihn für alles entschädigte, was ihm von seinem Vater und seiner Stiefmutter verweigert worden war.

»Ma-jor-do-mus!«, riefen sie. Und dann wieder und wieder: »Ma-jor-do-mus Karl ... Ma-jor-do-mus Karl ...«

15

Plektruds Bestrafung

Karl konnte sein immer wieder scheuendes Pferd nur mühsam durch die jubelnde, dicht an dicht gedrängte Menge bewegen. Er hielt die Zügel mit der linken Hand straff, während er mit der rechten den Männern zuwinkte, von denen nicht mehr zu sagen war, ob sie zu den Eroberern oder den Belagerten gehörten. Allen stand die Freude darüber im Gesicht, dass durch Gottes gnädige Fügung alles gut gegangen und kein Blut über die Straßen Colonias geflossen war.

Und dann enttäuschte Karl die Bewohner von Colonia doch noch. Viele von ihnen hatten ihn auf dem quadratischen Forum inmitten der Stadt erwartet. Er aber bog bereits nördlich davon zur Rheinfront hin ab. Er konnte nicht abwarten, so schnell wie möglich vor seiner Stiefmutter zu stehen. Erst in den großen Innenhöfen kam er schneller voran. Und dann zügelte er sein Pferd vor den drei Eingangsportalen des Kaisersaals, stieg mit kraftvollem Schwung aus dem Sattel und sprang auf die Steinplatten des Vorplatzes. Kostbar gekleidete Pfalzbedienstete, ängstliche Vasallen und sogar Mönche und Priester wichen vor ihm zurück, neigten die Köpfe oder fielen ganz vor ihm auf den Boden. Karl strafte sie alle mit Verachtung.

Je näher er dem hohen achteckigen Mittelsaal des Palastes an der Rheinseite der Stadt kam, umso mehr nahm er die Schultern zurück und genoss für alle sichtbar seinen Triumph. Es waren diese Augenblicke, die ihn für ein Vierteljahrhundert der Demütigung durch seine Stiefmutter Plektrud entschädigten. Gleichzeitig kam die Erinnerung an die Kälte, die Dunkelheit und den Gestank der Kerkerräume von Aquis grana und unter dem Kapitolstempel von Colonia zurück. Dutzende von Demütigungen fielen ihm wieder ein, die er und seine Mutter erduldet hatten.

Im selben Augenblick sprangen drei junge Adlige mit gezogenen Schwertern hinter einer Säule hervor. Karl war überrascht, doch er zog sein Schwert ebenfalls schnell. Schon wollte er zuschlagen, doch dann erkannte er, wer sich ihm hier entgegenstellte.

Er stieß einen kurzen, sehr ärgerlichen Ruf aus. Es waren drei von Plektruds Enkeln: der dreiundzwanzigjährige Arnulf, der zwanzigjährige Arnold und Drogo II., der jüngste der vier Söhne seines verstorbenen Halbbruders Drogo, dem Herzog der Champagne. Sie sahen alle drei bleich im Gesicht aus, als sie sich auf ihn stürzen wollten. Karl hob abwehrend die Hände.

»Lasst das, ihr Narren!«, befahl er streng. Was niemand für möglich gehalten hätte, geschah: Sie, die ihre eigene Großmutter mit Schwert und Leben verteidigen wollten, gehorchten Karl. Sie starrten ihn mit großen, ungläubigen Augen an. Nur Drogo versuchte noch einmal eine Drohgebärde. Er hob sein Schwert bis in Kopfhöhe. Dann ließ er es mit einem Aufstöhnen wieder sinken. Ohne ein weiteres Wort schritt Karl an seinen Stiefneffen vorbei.

Gleich darauf stand er vor ihr. Sie empfing ihn wie eine römische Kaiserin mit der ganzen Abscheu und Verachtung, derer sie fähig war. Ihr hageres, spitz gewordenes Gesicht mit den dicht zusammenstehenden Augen war grell geschminkt und verblasste dennoch gegen den Glanz ihrer Kleider und das Funkeln der kostbaren Ketten um ihre Schultern. Sie hatte sogar gewagt, sich mit kleinen bienenförmigen Emailbroschen zu schmücken, wie sie bereits vor mehr als zwei Jahrhunderten dem Merowingerkönig Childerich I. von Tournai mit ins Grab gelegt worden waren.

Er schüttelte ganz leicht und nur für sie sichtbar den Kopf. »Nein, Plektrud«, hieß das, »du hast es nicht geschafft, das Königtum von der Familie der Merowinger auf dich und deine eigenen Nachkommen zu übertragen! Und jetzt bin ich, den du von Anfang an nur als den Bastard angesehen und verachtet hast, der Mann, der dir verwehrt, weiterhin Regentin in Colonia zu sein!«

Karl stellte sich breitbeinig vor sie hin. Sie war fast zwei Köpfe kleiner als er. Er blickte über sie hinweg durch die halbrunden Fenster, durch die er den Rhein, die alten Speicher auf der Insel im Fluss und das Kastell Divitia auf der anderen Seite sehen konnte.

Obwohl er sich oft vorgestellt hatte, wie es sein würde, wenn er so wie jetzt vor ihr stand, konnte er plötzlich keinen Hass mehr empfinden. Sie war nichts mehr, hatte ihre gesamte Macht verloren und wurde nur noch durch festliche Kleider und ihren Stolz gehalten.

Auch wenn von draußen noch immer Jubelrufe zu hören waren, herrschte im alten Kaisersaal der Römer eine fast unwirkliche Stille. Es war, als würden Säulen und Mauern, die alten Mosaiken und

Wandgemälde nur darauf warten, dass wieder ein Wechsel verkündet würde. Auch Karls langsam nachgerückte Begleiter warteten atemlos darauf, was er jetzt tun würde.

Karl spürte, dass es keinen Sinn mehr machte, gegen diese alte Frau zu kämpfen.

»Es ist vorbei!«, sagte er nur. Er wunderte sich selbst, wie ruhig und fast schon sanft seine Stimme klang. Dann nannte er seine Forderungen: »Ich verlange die Herausgabe aller Schätze, die meinem Vater gehört haben. Du hast keinen Anspruch auf sie, denn sie gehören mir als seinem einzigen lebenden Sohn.«

Er schloss für einen Moment die Augen. Dann sagte er: »Du kannst behalten, was du selbst in die Ehe mit meinem Vater eingebracht hast. Alles andere muss in eine Schenkung übergehen. Durch sie soll das Stift auf dem Kapitol, das du zusammen mit meinem Vater gegründet hast, zu einem großen und frommen Werk erweitert werden. Du selbst wirst im Stift der Mädchen so lange beten, bis der Allmächtige sich deiner erbarmt.«

Plektrud bewegte sich nicht. Sie stand wie eine zu Stein gewordene Statue inmitten des hohen Raumes. Karl sah sie lange an.

In diesem Augenblick löste sich der Bischof von Colonia aus den Reihen der hinter Karl Versammelten. Auch er war kostbar gekleidet, jedoch nicht wie für eine Messe. Er ging auf Plektrud zu, hob den rechten Ellenbogen und bot ihr Halt an. Die bis zu diesem Augenblick bewegungslose Herrscherin über die ripuarischen Franken legte ihre linke, mit vielen Ringen geschmückte Hand in die Armbeuge des Bischofs. Dann gingen beide mit sehr langsamen Schritten in den Südflügel des *praetoriums*.

Sie hatten bereits den ersten Saal halb durchschritten, als einer der Edlen, die bis zuletzt an ihrer Seite gestanden hatten, seinen Fuß nach vorn setzte. Zwei, drei andere folgten und dann verließen sämtliche Angehörige des alten Hofstaates den achteckigen Saal. Sie erkannten, dass ihre Zeit vorbei war, und fügten sich in das Unvermeidliche eines von Gott gewollten Ratschlusses.

Karl sah ihnen nach, bis auch der Letzte verschwunden war. Dann wandte er sich an seine eigenen Gefolgsleute.

»Jetzt ist die Luft in Colonia wieder rein!«

Er lachte plötzlich. »Damit das klar ist: Hier muss alles neu aufgebaut werden. Der Hofstaat, wie er über meinen Vater bis zu Plek-

trud Bestand gehabt hat, existiert nicht mehr. Ich werde wahrscheinlich einige der Besten zurückholen. Aber ihr müsst wissen, dass noch
viel Arbeit vor uns liegt.«

Dann wandte er sich an Alberich. »Nun darfst du zeigen, dass
wir nicht nur kämpfen und siegen, sondern auch feiern können. Ich
will, dass die ganze kommende Woche ein großes Fest für das alte
Colonia ist. Und wer von den Gütern und Höfen vor der Stadt mit-
feiern will, soll uns willkommen sein.«

Die folgenden Wochen gehörten zu den anstrengendsten seines Lebens. Karl konnte sich nur schwer an die endlosen Beratungen mit
Männern gewöhnen, die aus einer ganz anderen Welt zu kommen
schienen. Sie verstanden zu wenig von den Schmerzen in allen Gliedern nach einem langen Ritt oder Gefecht, wenn auch die Stärksten
sich kaum noch bewegen konnten.

Als es Herbst wurde und die Ernten eingebracht waren, kam es
Karl vor, als hätte er bereits Jahre im lang gestreckten Verwaltungspalast der Römer, der austrischen Merowingerkönige und ihrer
Hausmeier verbracht. Nüchtern betrachtet hätte er zufrieden sein
können. Bisher war keine Woche vergangen ohne Nachrichten von
Grafen und Äbten, in denen es hieß, dass sie schon immer gegen Plektrud gewesen seien und nun Gott im Himmel dankten, dass endlich
wieder ein starker Mann für das Wohl des krank und schwach gewordenen Fränkischen Reiches sorgen wolle.

Einige Tage nach der Absetzung von Plektrud lehnten sich Karls
Stiefneffen Arnulf, Arnold und Drogo II. erneut gegen ihn auf. Sie
bestritten nicht einmal, dass sie Mädchen in der Küche hatten beste-
chen wollen, seinen Wein mit Schierlingsgift und Honig anzurühren.
Es war Alberich, der die auch mit ihm verwandten Enkel Plektruds
dabei überraschte. Auf seine Bitten hin verzichtete Karl auf ein großes Gerichtsverfahren. Die ganze Angelegenheit kam ihm zu tölpel-
haft und kindisch vor.

Ohne große Diskussionen ließ er die Enkel Plektruds unter Arrest stellen. Jetzt waren sie es, die einmal schmecken sollten, wie bitter sogar der beste Wein aufstieß, wenn er von strengen Wächtern
eingeschenkt wurde.

Plektruds vierter Enkel Hugo war von all dem nicht betroffen.
Der zweite Sohn von Herzog Drogo hatte sich frühzeitig für einen

Lebensweg als Geistlicher entschieden. Er war neben Alberich der Einzige aus der Familie Plektruds, der eher auf seiner Seite gestanden hatte.

Karl und Chrotrud hatten gedacht, dass sie in Colonia endlich mehr Zeit füreinander haben würden. Doch wenn er spät am Abend in die Räume des *praetoriums* zurückkam, die sie gemeinsam mit den Kindern bewohnten, war er oft nicht in der Lage, mehr als ein paar freundliche Worte mit ihr zu wechseln. Außerdem musste er noch in den Nachtstunden überlegen, was er während des nächsten Tages nach allen Seiten antworten und entscheiden sollte.

Nach der Frühmesse besprach er sich kurz mit Bischof Faramundus, dem er noch immer für seine Hilfe bei der Einnahme Colonias dankbar war. Er fragte ihn mehrmals, welche Gegenleistung er dafür haben wollte, dass sich die Bürger von Colonia gegen Plektrud erhoben hatten. Faramundus zögerte lange, dann meinte er, dass ihm die Insel ein paar Meilen flussabwärts sehr gut gefiel.

»Leider hat Plektrud sie im Jahr 695 dem Bischof Suitbert geschenkt, als er von den Sachsen vertrieben wurde.«

»Ich weiß, die Insel heißt sogar Suitbertwerth nach ihm, aber sie hat doch nie allein diesem verdienstvollen Missionar, sondern auch seinen Mönchen gehört«, wandte Karl ein. »Ich erinnere mich noch genau an den Tag, an dem Suitbert mit seinen überlebenden Mönchen verschmutzt und blutbeschmiert bei meinem Vater aufgetaucht ist. Das war hier in Colonia, und ich muss damals ungefähr sechs Jahre alt gewesen sein.«

»Ja, das kann zutreffen«, meinte Faramundus und strahlte über sein rundes Gesicht. »Suitbert ist Anfang der neunziger Jahre von Willibrord persönlich zum Bischof geweiht worden. Er ging in das Gebiet der Brukterer südlich des Flusses Lippe. Aber die Sachsen duldeten die Männer aus Irland und England nicht lange. Obwohl ihre Sprachen ähnlich sind, fürchteten sich die Sachsen vor den lateinischen Gesängen der Mönche. Sie hielten unsere Messen für Hexerei und gefährliche Beschwörungen.«

Karl dachte an das, was Willibrord ihm erzählt hatte. Er stellte sich vor, was er selbst wohl gedacht hätte, wenn plötzlich Männer mit einem kreisrund geschorenen Hautfleck auf dem Hinterkopf, schäbigen Kutten und einem Strick anstelle des Waffengürtels um den Leib vor ihm aufgetaucht wären – Männer, die, ohne lange zu fragen, schwere Hämmer nahmen und seine Heiligtümer zerstörten. Männer, die ohne Unterlass von Liebe sprachen und doch jedes Zusammensein mit einem Weib ablehnten und die darüber hinaus Tag und Nacht alles schlecht machten, was ihm selbst und seinen Vorfahren seit Urzeiten heilig war.

»Ja, es war seltsam damals«, sagte Karl nachdenklich. »Wenn ich mich recht erinnere, war mein Vater dagegen, noch mehr Bischöfe zu beschenken. Er hat sehr viel von Willibrord gehalten. Und irgendwann muss ihn Plektrud überredet haben, Suitbert und seinen Mönchen die Rheininsel zu schenken.«

»Suitbert ist vor vier Jahren gestorben«, sagte Faramundus. »Seither ist dieses Kloster immer wieder von den Sachsen heimgesucht worden. Sie haben es noch nicht zerstört. Aber ich denke, dass wir uns darum kümmern sollten.«

Karl schmunzelte. »Du meinst, du würdest dich durch meine Gunst von jetzt an selber darum kümmern.«

»Ich bin kein kämpferischer Mönch und auch kein Missionsbischof«, seufzte Faramundus. »Aber du solltest gerade jetzt nichts aufgeben, was zu Austrien gehört. Selbst wenn es nur eine kleine unbedeutende Insel im Grenzfluss ist.«

»Meinst du, die Friesen würden kommen und mich auf die Probe stellen?«

»Ich denke eher, dass die Sachsen zur Gefahr werden. Es sind sehr wilde Stämme. Nach allem, was man hört, wollen sie weiterhin nach Westen. Ebenso wie die Friesen warten sie doch nur auf die nächste günstige Gelegenheit.«

Einige Tage nach dem Martinsfest erfuhr Karl noch mehr über die Geheimnisse der Verwaltung. Er war auf dem Weg von Chrotrud zu seiner ersten Morgenbesprechung im großen Saal des *praetoriums*. Dabei kam er an den Räumen vorbei, in denen Mönche aus Echternach einige der Jugendlichen und Kinder unterrichteten. In einem der kleineren Zimmer entdeckte Karl im Vorbeigehen seinen Sohn Karlmann und Alberichs ältesten Sohn Gregor.

Sie wurden vom irischen Mönch Martin aus Echternach unterwiesen, der hin und wieder auch sein eigener Beichtvater gewesen war. Seit Karl mit seinen engsten Getreuen und deren Familien im *praetorium* wohnte, hatten sich Karlmann und Gregor angefreundet. Karl hatte nichts dagegen, denn seit einiger Zeit kränkelte Alberich. Keiner der Ärzte wusste, was ihm eigentlich fehlte. Er selbst war der Meinung, dass es irgendetwas mit dem Rauch zu tun haben könnte, den er bei der Eroberung Colonias eingeatmet hatte, doch Karl wurde den Verdacht nicht los, dass Alberichs Leiden eher mit Gift zu tun hatte.

Alberich spuckte Blut, hustete immer mehr und nahm ab, obwohl Karl bestimmt hatte, kräuterkundige Weiber zu ihm zu lassen. Er setzte sich dabei über Aberglaube und Gerüchte ebenso hinweg wie über Warnungen der Priester. Karl hatte zusätzlich Wahrsager und Traumdeuter kommen lassen. Schließlich hatte er die Mönche sogar gefragt, wie sie mit magischen Quadraten den Verlauf von Alberichs Krankheit ins Bessere richten könnten, indem sie die Buchstaben seines Namens mit dem Datum der Erkrankung kombinierten. Weil aber Alberich nicht sagen wollte, wann er zum ersten Mal die Pein in seinem Leib gespürt hatte, blieben auch diese Bemühungen ohne Erfolg.

Karl schüttelte sich, wenn er daran dachte, wie viel Gebein von Toten, Asche und Kohle, Heilkräuter und Talismane vollkommen nutzlos für Alberich aufgewendet worden waren. Eine der kundigen Frauen hatte angeboten, Alberichs Arme und Beine abzumessen, um daraus hölzerne Gliedmaßen herstellen zu lassen, die an Bäumen und Wegkreuzungen in den Ardennen aufgehängt werden sollten. Andere hatten vorgeschlagen, ihn mitsamt seinem Bett am Turm von Sankt Petrus hochzuziehen, damit er dort für eine Nacht im Schein des Vollmonds hängen sollte.

Karl ertappte sich dabei, dass er an eine geheimnisvolle Zauberheilung von Alberich gedacht hatte, während zur selben Zeit ihre beiden ältesten Söhne in das verschlüsselte System amtlicher Urkunden und Diplome eingeweiht wurden.

Und plötzlich erkannte Karl, dass auch in diesen Regeln eine geheime Magie verborgen war – ein Ritual, mit dem Geschriebenes zu einem festeren Gesetz wurde als jedes Männerwort und jeder Handschlag.

Es waren die Urkunden, die nicht nur die Macht der Kirche, sondern auch die der Herrschenden begründeten. Sie waren wichtiger als Türme und Mauern und vielleicht sogar noch wirksamer als das Schwert.

Karl schien plötzlich zu erwachen.

»Also, Karlmann«, sagte der Mönch Martin im kahlen Schulraum des *praetoriums*, »kannst du noch einmal wiederholen, warum Urkunden so wichtig sind?«

»Urkunden sind schriftlich festgelegte Wahrheiten«, antwortete Karls Ältester eifrig.

»Richtig«, stimmte Mönch Martin zu. »Und nun zum Aufbau jeder Urkunde. Das Protokoll beginnt mit der Anrufung des göttlichen Namens. Das kann mit Worten, aber auch mit Zeichen geschehen. Was kommt danach, Karlmann?«

»Die Intitulation mit dem Namen und den wichtigsten Titeln des Ausstellers.«

»Sehr gut. Und was gehört bei anständigen Urkunden ebenfalls dazu?«

»Natürlich eine Unterwerfungsformel«, antwortete Gregor. »In ihr wird gesagt, dass der Aussteller seinen Rang nur der Gnade Gottes verdankt.«

»Und schließlich muss natürlich der Empfänger oder derjenige genannt werden, an den sich die Urkunde richtet«, fuhr Martin fort.

»*Salutatio*«, warfen Karlmann und Gregor gleichzeitig ein.

»Falsch!«, sagte der Mönch. »Die *salutatio* – also die Grußformel – kommt erst nach der *inscriptio*.«

Karl hob die Schultern. Ihm war, als würde er niemals begreifen, warum das alles so kompliziert sein musste. Er hatte den Verdacht, dass die Mönche und Schreiber absichtlich die vielen Details eingeführt hatten, damit nur sie selbst und niemand sonst entscheiden konnte, ob eine Urkunde echt war oder nicht.

»Aber dann kommt das Eigentliche«, meinte Karlmann.

»Wo denkst du hin?«, rief der Mönch. »Nein, das Eigentliche kommt erst später. Denn so einfach ist das alles nicht ...«

»Puh, ist das umständlich«, stöhnte Karlmann. »Würde es denn nicht reichen, wenn ich sage: ›Ich, Karlmann, schenke dir, Gregor, meine Schreibtafel aus Wachs mit allem, was dazugehört‹? Dann unterschreiben zwei, drei Zeugen mit ihrem Namen oder ihren Zeichen und setzen dann das Datum drunter.«

»Du hast vollkommen recht, Karlmann«, antwortete Martin. »Denn alles, was zu einem solchen Rechtsgeschäft gehört, ist in seinem Kern nur eine sehr genaue Aufzählung von Immobilien, Gütern und Waren. Doch meistens gehören auch noch Menschen dazu, die von einem Besitz in einen anderen übergehen. Schon deshalb sollte alles sehr genau sein. Stellt euch nur einmal vor, wie ärgerlich es wäre, wenn ein paar Handwerker und Sklaven von einem Gutsherrn an einen anderen übergehen, doch ihre Weiber nicht erwähnt würden.«

»Ich denke, die Frauen gehen immer mit, wenn ein Mann den Besitzer wechselt.«

»Das muss nicht sein«, antwortete der Mönch. »Denn zum Schluss gilt immer nur, was aufgeschrieben ist. Doch etwas ganz Wichtiges fehlt noch, ehe unsere Urkunde fertig ist.«

»Was denn noch?«, fragte Karlmann. »Wenn doch schon so viel gesagt ist ...«

»Die *sanctio*, Karlmann«, mahnte der Mönch, »die Strafe. Saubere Urkunden müssen Strafen und ewige Verdammnis für alle androhen, die sich nicht an die Abmachungen halten oder sie verfälschen wollen.«

»Ich lerne es nie!«, stöhnte Gregor.

»Ich auch nicht«, murmelte Karl hinter der halb geöffneten Tür.

»So, und zum Schluss, noch wichtiger als die sorgfältige Nennung aller Einzelheiten, kommt der dritte und letzte Teil«, sagte der Mönch unbeirrt. »Das Eschatokoll enthält alle Unterschriften der Zeugen – entweder eigenhändig, durch den Schreiber oder den sogenannten Vollzugsstrich. Und was sollte dabei bedacht werden?«

»Je mehr Namen, umso besser«, rief Karlmann.

Der Mönch nickte. »Sehr gut. Natürlich folgt dann auch noch eurem Wunsch entsprechend das Datum. Und wenn es gut sein soll, auch noch ein Schlussgebet um die Verwirklichung des Willens unseres Herrn.«

»Amen«, sagten Gregor und Karlmann gleichzeitig.

»Ja, amen. Denn das heißt ja, dass geschehen soll, was vorher gesagt oder geschrieben wurde.«

Karl seufzte leise, dann hob er die Brauen, schüttelte etwas den Kopf und ging nachdenklich weiter. Vielleicht wäre es doch besser, wenn er auch in der Pfalz von Colonia wieder eine Art Kanzlei einrichtete, wie es sie bis zur Vertreibung Plektruds gegeben hatte. Er nahm sich vor, dieses Problem mit Rotbert und Folker zu besprechen. Am liebsten hätte er auch Alberichs Rat gehört, doch so, wie es inzwischen aussah, würde der Freund das Jahr nicht überleben.

Sie verbrachten das Weihnachtsfest im *praetorium* von Colonia. Obwohl es kalt war, gab es in diesem Jahr nicht sehr viel Schnee. Die kleineren Flüsse froren zu, aber der Rhein blieb nach wie vor schiffbar. Auch in den Tagen zwischen Weihnachten und Neujahr legten Boote und Frachtkähne aus beiden Richtungen im geschützten Stromarm an, den schon die Römer zum Hafen ausgebaut hatten.

Alberich erholte sich nicht mehr. Er starb am letzten Tag des Jahres. Karl war bei ihm, als er die Augen schloss. Nur der Tod des jungen Thuring hatte Karl ähnlich ergriffen wie der Verlust jenes Mannes, der als Plektruds Neffe eigentlich zu seinen Gegnern gezählt hatte.

»Ich werde ihn an die Mosel zurückbringen«, sagte Karl zu den schweigend Versammelten. »Gleich nach Epiphanias.«

Keiner von ihnen widersprach.

Am Tag der Abreise wurde Karl gemeldet, dass wieder Juden aus Friesland angekommen waren – unter ihnen auch Isaak, der Händler aus Lyon, mit einigen Begleitern. Karl überlegte kurz. Dann entschied er, die Abfahrt mit Alberichs Leichnam um einen Tag zu verschieben. Er wollte hören, was Isaak von der Rheinmündung und aus Ostfriesland zu berichten hatte.

»Radbod ist inzwischen auch schon sechzig Jahre alt«, sagte Isaak noch am selben Abend. Karl hatte ihn und seine Begleiter eingeladen, mit ihm zusammen zur Nacht zu essen.

»Gibt es schon einen Nachfolger für ihn?«, wollte Karl wissen. Sie hatten Gemüsesuppe gegessen, das Brot gebrochen und beschäftigten sich jetzt mit dem Zerteilen von Schweinebraten und frisch geräucherten Würsten. Für die Juden an den großen Tischen im *praetorium* war ein Hammel und ein Korb voll Hühner geschlachtet worden. Fast alle Speisen waren wenig gesalzen und dafür umso stärker gepfeffert. Karl wusste genau, warum er gerade diese Anordnung gegeben hatte: Der sündhaft teure Pfeffer brachte nicht nur den Eigengeschmack besonders zur Geltung, sondern war auch ein Zeichen dafür, dass er begonnen hatte, wie ein Majordomus Hof zu halten.

»Noch ist es nicht so weit«, sagte der alte Isaak. Er ließ keines der aufgetragenen Gerichte aus, hielt sich aber bei Wein und milchig saurem Bier zurück.

Die Gespräche wurden immer lauter. Bereits nach einer Stunde herrschte ein so großer Lärm innerhalb der hohen Hallen, dass Karl mehrmals die Hand heben musste, um noch zu verstehen, was Isaak ihm berichtete.

»Radbod will das, was dein Vater ihm vor vielen Jahren weggenommen hat und was er sich von Plektrud zurückholte, nie wieder verlieren.«

»Rechnet er damit, dass ich gegen ihn vorgehe?«

»Jedermann zwischen dem Rhein und der See rechnet damit, dass du nicht lange wartest, um mit dem Schwert die Grenzlinie zwischen dem Reich der Franken und den friesischen Gebieten neu zu ziehen.«

»Sind sie darauf vorbereitet?«, fragte Karl ganz direkt.

»Ja, sie sind vorbereitet«, antwortete Isaak. »Sehr gut sogar. Und sie sind bereit, bis zum letzten Blutstropfen zu kämpfen.«

Sie blieben noch lange zusammen, aßen und tranken und naschten süßes Gebäck, als die Platten mit Fleisch und Gemüse, mit Brot und Trockenobst fortgetragen waren.

Obwohl Karl nur ungern daran zurückdachte, kam es ihm plötzlich wieder genauso vor wie damals, als er zum ersten Mal nach langer Kerkerhaft an Plektruds Tisch gesessen hatte. Auch jetzt waren die ersten der Männer bereits trunken von ihren Bänken unter die Tische gerutscht. Sie schnarchten zwischen abgenagten Knochen, Brotresten und großen Weinlachen. Karl hatte sich vorgenommen, vieles anders zu machen, aber erst jetzt fiel ihm auf, dass auch die Hunde wieder da waren. Er hatte nichts gegen die Jagd und die Meute, doch es erschreckte ihn, wie schnell sich sein eigenes Leben verändert hatte, seit er zum Herrscher aufgestiegen war und auch so lebte.

16

Schatten der Vergangenheit

Karl entschied, dass Alberich nicht durch die verschneiten Ardennen gefahren werden sollte. Stattdessen wählten sie einen der großen Frachtkähne, auf denen im Spätherbst der Moselwein nach Colonia und weiter nach Dorestad am unteren Rhein gebracht worden war. Viele der Flussschiffer hatten auf der Rückfahrt die Weihnachtszeit und den Beginn des neuen Jahres in Colonia verbracht. Sie wollten warten, bis sich das Wetter besserte, um dann erneut stromaufwärts zu rudern.

Da Karl drei Bootsbesatzungen einen ordentlichen Lohn zugesichert hatte, waren sie schnell bereit gewesen, ohne die übliche Ladung aus leeren Weinfässern den schützenden Flusshafen in Colonia zu verlassen.

Die Frachtkähne mit dem in Wachstuch eingenähten Leichnam, einigen ausgewählten Gefährten und Mädchen, die sie wie sonst begleiteten, kamen gut voran. Nichts erinnerte mehr an die abenteuerliche Fahrt, die Karl mit Willibrord und seiner ersten Mannschaft bei seiner Flucht aus Colonia unternommen hatte.

Sie blieben auch während der Nachtstunden auf den Kähnen. Nur in den Pfalzen und den verschneiten ehemaligen Römerkastellen von Bonn und Remagen, Andernach und Koblenz gingen sie an Land, um sich aufzuwärmen. Und dann wurde die Fahrt durch die endlosen Moselschleifen doch noch ermüdend.

Kurz vor ihrem Ziel im alten Weinort Noviomagus, der von einigen bereits Neumagen genannt wurde, ließ Karl einen Ruhetag einlegen. Hier war Plektruds Land – oder zumindest das ihrer mächtigen Familie. Kaum ein Bewohner der Ufersiedlungen zeigte sich. Karl und seine Männer sahen, wie einige von ihnen in den Weinbergen verschwanden. Offensichtlich interessierte die Menschen an der Mosel nicht, dass er der älteste, noch lebende Sohn des großen Majordomus Pippin war. Für sie galt viel mehr, dass Irmina von Pfalzel das heilige Blut der Merowinger in sich hatte. Darüber hinaus vergaßen sie nicht, wie reich Irmina und ihre Tochter Plektrud das Kloster Echternach und viele andere beschenkt hatten.

Einem so guten und weitverbreiteten Ruf hatte Karl nichts entgegenzusetzen. Er spürte schmerzhaft, dass er hier an der Mosel noch immer als Bastard und Emporkömmling galt.

Doch dann kam ihm kurz vor der Einmündung der Ruwer in die Mosel ein kleiner, feierlich aussehender Trupp von Reitern entgegen. Schon von Weitem erkannte Karl den Anführer. Obwohl die Reiter winterlich vermummt waren, sah er, dass es Milo, der Bischof von Reims und Trier, war, der ihm entgegenkam.

Karl und der schwarze Abt begrüßten sich mit großer Freude.

»Du hast sehr viel gewonnen im vergangenen Jahr«, sagte Milo, nachdem sie sich ein Stück von ihren Begleitern zum Moselufer hin entfernt hatten. »Aber du hast mit Thuring und Alberich auch zwei von deinen Besten in die Ewigkeit eingehen lassen.«

»Wenn ich wüsste, dass sie das Paradies erreichen, wäre mir wesentlich wohler«, gab Karl zurück.

Der schwarze Abt lächelte. »Ich werde für sie beten«, sagte er dann.

»Es war das letzte Mal, dass ich durch diese endlosen Flusswindungen gefahren bin«, schwor Karl. »Wenn ich das geahnt hätte, wäre ich lieber durch den Schnee über die Ardennen gezogen.«

»Ich komme dir auch nur entgegen, weil ich dich warnen will«, sagte Milo, nachdem er eine Weile auf den Fluss geblickt hatte.

»Was gibt es?«, fragte Karl. »Gibt es erneute Schwierigkeiten mit Raganfrid und seinem Merowingerkönig?«

»Das auch«, antwortete Milo. »Doch davon später. Viel schlimmer ist der Widerstand, der hier von Pfalzel ausgeht. Es heißt, dass sich Plektruds Schwester Adela nur noch im Kloster auf ihrem Hofgut aufhält. Sie betet Gottes Schutz und Segen für sich und gegen dich heran.«

»Dann kannst du doch als Bischof von Trier dafür sorgen, dass Adela von zuverlässigen Mönchen oder Nonnen überwacht wird.«

»Schon längst geschehen«, antwortete Milo. »Du hast Plektrud in Verwahrung, und ich lasse ihre Schwester Adela beobachten. Aber wir sollten nicht vergessen, dass es auch noch die dritte Schwester Bertrada in der Burg Mürlenbach gibt.«

»Ich denke, die ist friedlich.«

»Doch nur, solange sie noch hoffen kann, dass ihr Sohn Heribert Graf in Laon und eines Tages auch noch Herzog wird.«

»Wäre er als Nachfolger und Ersatz für Alberich geeignet?«, fragte Karl.

Milo hob die Schultern.

»Er wird sich niemals gegen seine Mutter oder ihre Schwestern stellen. Bertrada ist sehr fromm und plant die Gründung eines eigenen Klosters in der Ortschaft Prüm. Wesentlich mehr Sorgen sollte uns Plektruds vierte Schwester Regentrud machen.«

»Was?«, stöhnte Karl. »Noch ein Kloster?«

Der schwarze Abt lachte dröhnend. »Nein, nein! Regentrud geht es um nicht weniger als ein ganzes Herzogtum. Hast du vergessen, dass sie in zweiter Ehe mit dem Baiuwarenherzog Theodo vermählt ist? Du musst sie loben, ehren, für dich einnehmen!«

Karl knurrte nur, dann schüttelte er den Kopf. »Das alles habe ich schon viel zu oft gehört. Aber ich kann das nicht! Schleim und Intrigen haben mich niemals interessiert, verstehst du?«

»Du musst das lernen, Karl! Alles!«, sagte Milo ernst. »Du kannst nicht nur dein Schwert hochreißen und zuschlagen, wo dir irgendetwas nicht passt. Es gibt Familien! Blutsbande und Verträge! Das alles lenkt das Recht und die Gesetze. So dicht verwoben und verstrickt, dass du nur überleben kannst, wenn du verstehst, an welchen Fäden du zu ziehen hast, damit das Knäuel sich so entwirrt, dass es zu deinem Vorteil ist.«

»Du predigst gut«, sagte Karl knurrig. Er blickte auf den Fluss hinaus. »Gibt es denn irgendetwas Angenehmes, was du mir noch berichten könntest?«

»Ich bin nicht hier, um dir zu schmeicheln«, antwortete Milo trocken. »Nur wenn du endlich anfängst, die Dinge so zu sehen, wie sie wirklich sind, wirst du dich über alle anderen erheben. Du kannst mit starken Männern, einem großen Heer und sehr viel Blut vielleicht ein Reich erobern. Aber der größte Sieg bleibt leeres Stroh, wenn es dir nicht gelingt, die Früchte einzusammeln und durch Gesetze und Verträge sicher zu verschließen.«

»Was jetzt also?«, fragte Karl leicht verärgert, aber einsichtig.

»Ich rate dir, den Leichnam von Adelas Erstgeborenem nicht in ihr Kloster nach Pfalzel zu bringen, sondern in meinen Dom nach Trier.«

»Nach Trier?«, wiederholte Karl verwundert. »Damit gewinnt die ganze Angelegenheit noch mehr Bedeutung.«

»Genau das soll sie ja auch«, lächelte Milo. »Denn damit zeigst du, dass du ihn schon fast zum Märtyrer erhebst. Ich weiß, ich weiß ... Alberich wurde das Opfer seines Fiebers und nicht irgendwelcher Heiden. Aber was heißt das schon? Wenn Adelas Sohn in der Kirche aufgebahrt wird, die der große Kaiser Konstantin gegründet hat, dann ehrt das Alberich und zugleich dich. Dagegen kann nicht einmal die Äbtissin des Klosters Pfalzel etwas haben. Außerdem habe ich bereits mit Willibrord vereinbart, dass wir für diesen edlen Toten ganz öffentlich mehrere Messen lesen wollen.«

»Seit wann kannst du denn Messen lesen?«, fragte Karl boshaft.

»Ich musste ebenfalls ein wenig lernen«, sagte Milo.

Karl blickte amüsiert zur Seite. Dann sahen sich die beiden Männer mit verschwörerischem Lächeln an.

Karl musste nicht die ganze Zeit in Trier bleiben. Nachdem genügend Leute gesehen hatten, wie hochgeschätzt und wertvoll ihm Alberich gewesen war, wollte er sich in Bitburg um die verwaiste Pfalz von Plektruds Enkel Arnulf kümmern. Seit er ihn und seine Brüder eingekerkert hatte, waren wieder Ländereien frei geworden, über die er bei Gelegenheit verfügen musste.

Willibrord begleitete ihn und seine Männer mit einer Handvoll Mönchen aus Trier und Echternach. Sie murrten zwar, weil sie jetzt zusammenarbeiten sollten, aber Karl, Willibrord und Milo ließen keine Ausreden gelten. Bereits am ersten Abend ließ Karl alle Männer aus der Pfalz von Plektruds Enkel Arnulf im großen Hof zusammenrufen. Die halb verfallenen Gebäude und die nur nachlässig instand gehaltenen Mauern, Wehrgänge und Beobachtungstürme boten einen kläglichen Anblick in diesen Februartagen.

»Ihr wisst alle, dass Karl jetzt euer neuer Herr ist«, verkündete der Abt des Klosters Echternach. Viele von ihnen kannten Willibrord. »Und ihr wisst auch, dass ihr Arnulf, Drogo und Arnold nicht so schnell wiedersehen werdet. Für die nächste Zeit wird deshalb hier alles so verwaltet, als wäre es ein Lehen für die Kirchen von Echternach und Trier.«

»Aber es ist kein Lehen«, warf Karl knapp ein. So schnell konnte ihn selbst ein Mann wie Willibrord nicht über den Tisch ziehen! Der Abt von Echternach hielt für einen kurzen Augenblick die Luft an.

»Gut, dass du das noch einmal hier betonst«, fuhr er dann unbeirrt fort. »Die Ländereien hier im Bedagau gehören durch deinen Willen, Karl, nach wie vor den Enkeln Plektruds – auch wenn diese gegenwärtig hinter Kerkertüren über sich und Gottes unergründlichen Ratschluss nachdenken dürfen.«

»Ich will, dass jedermann hier seine Pflicht tut«, sagte Karl streng. »Was die Mönche anordnen, wird sofort und ohne Widerspruch getan. Wenn mir zu Ohren kommt, dass irgendjemand stiehlt, faul ist oder Widerworte gibt, will ich ihn eigenhändig strafen.«

Er sah über die Köpfe der Pfalzbewohner und der Bauern hinweg. Dann sagte er: »Ich will, dass jeder Mann und jede Frau und jedes Kind genug zu essen und zu trinken hat. Das gilt für alle. Liefert die Überschüsse bis auf Weiteres an das Kloster von Pfalzel und die Äbtissin Adela ab. Die frommen Weiber sollen keinen Hunger leiden, nur weil der Bedagau jetzt ohne Grafen ist.«

Am 23. Februar des Jahres 718 bekam auch Willibrord seine verdiente Belohnung. Obwohl Karl bereits mehrfach Kirchen, kleine Ortschaften, Mühlen und schließlich sogar ein ganzes Bistum vergeben hatte, kam dieser Schenkung eine ganz besondere Bedeutung zu. Zum ersten Mal in seinem Leben bemühte Karl sich, eine Urkunde Wort für Wort zu lesen und selbst zu überprüfen. Sie hielten sich an diesem Tag in Vidiacus auf, einem kleinen Ort im Bedagau. Willibrord war für einige Tage nach Echternach zurückgegangen und dann mit der fertigen Urkunde, einigen Kopien und seinen beiden besten Schreibmönchen zurückgekehrt. In seiner Begleitung befand sich noch ein weiterer Mönch, der aber nicht zum Kloster Echternach gehörte. Karl erkannte ihn sofort und sah ihm mit erstauntem Blick entgegen.

»Du hier, Hugo?«, fragte er verwundert. »Kommst du, um mich zu beschimpfen oder mich um Gnade für deine Brüder zu bitten?«

»Nichts liegt mir ferner, als dich zu beschimpfen, Karl«, antwortete der zweite Sohn von Drogo. Hugo war bereits als Vierzehnjähriger aus freien Stücken zuerst ins Kloster Jumièges und dann nach Sankt Wandrille gegangen. Karl hatte ihn seither nicht mehr gesehen. Jeder, der von ihm berichtete, bestätigte, dass der jetzt Zweiundzwanzigjährige fromm und gottesgläubig sei und sich zudem als geschickt bei allem anstellte, was die Verwaltung und die Ernteplanung, den Verzicht auf überflüssige Ausgaben und die Einteilung des Gesindes in den Klöstern anging.

»Ich bin gekommen, um dir meine Hilfe anzubieten«, sagte der junge, kräftig gewachsene Mönch. Er hatte ein offenes, markantes Gesicht, und seine Augen waren ebenso hell und blau wie die von Karl. Nur sein Haar war dunkler und hellbraun wie die erste Haut junger Kastanien.

»Ich würde es verstehen, wenn du mit Hass im Herzen zu mir kämst«, sagte Karl.

Hugo schüttelte den Kopf.

»Ich bin Christ, vergiss das nicht. Ich lebe davon, dass ich anderen vergebe. Und meine Liebe zu den Menschen sollte auch für dich ausreichen.«

Karl zögerte noch immer. Doch dann sah er, dass Willibrord ihm zunickte.

»Ich glaube, dass du diesem jungen Mann vertrauen kannst«, sagte er. »Nach allem, was ich bisher von ihm hörte, ist er nicht so wie seine Brüder. Ich habe ihm schon angeboten, nach Echternach zu kommen. Aber er will weiter in den Klöstern bleiben, die deinem Vater treu waren, als Austrien und Neustrien noch von ihm verwaltet wurden.«

»Und warum kommst du wirklich zu mir?«, fragte Karl.

»Ich halte nichts von Majordomus Raganfrid und seinem Merowingerkönig«, antwortete Hugo offen. »Sie streiten und verstecken sich und planen längst den neuen großen Feldzug gegen dich. Und jetzt versuchen sie sogar, auch außerhalb von Neustrien Verbündete zu kaufen. Sie waren unterwegs bis zu den Pyrenäen. Ich weiß, dass sie dort wilde Vasgonenkämpfer angeworben haben. Außerdem sollen sie mit Herzog Eudo von Aquitanien einen Bündnisvertrag gegen dich geschlossen haben.«

»Mit Herzog Eudo?«, lachte Karl. »Dann müssen sie sich davor hüten, dass sie nicht selbst zu Aquitaniern werden. Ich weiß genug von Eudo. Er ist ein großer Fürst, der sich sogar mit den Sarazenen aus Spanien einigen konnte.«

»Das ist schon wahr«, sagte Hugo. »Andererseits braucht Eudo auch Rückendeckung gegen andere Mächtige bei den Muselmanen, die nicht mit ihm verhandeln wollen. Narbonne ist immer noch besetzt, und bei Carcassonne haben die Araber eine starke Festung mitten in Eudos Land.«

»Werden die Neustrier bis zum Sommer stark genug sein, um gegen mich zu ziehen?«, fragte Karl direkt.

»Ich fürchte ja«, antwortete der junge Mönch und sah ihm in die Augen. Und plötzlich merkten beide, dass sie sich mochten und verstanden. Karl streckte die Arme aus und legte seine Hände auf die Schultern Hugos.

»Danke«, sagte er. »Ich danke dir, dass du gekommen bist.«

Für einen Augenblick war alles still in dem engen und verräucherten Versammlungsraum des Dörfchens Vidiacus. Dann räusperte sich Willibrord und faltete die erste der neuen Urkunden so weit aus, dass er sie auf einen Tisch legen konnte. Zwei Mönche hielten Kienspäne mit leise knisternden Flammen über das Dokument. Jedes Mal, wenn Karl ein Wort erkannte, sprach er es halblaut aus, um gleich darauf weiter zu grummeln und zu murmeln: »… für die Kirchen Sankt Petrus und Sankt Paulus … Kloster von Echternach … mein Erbteil … Bollendorf … einige Meilen nördlich am Fluss Sauer … zum freiesten Gebrauch …«

Er strich sich mit der flachen Hand über seinen blonden, wieder voll über die Mundwinkel herabhängenden Schnauzbart, nickte ein paar Mal und richtete sich auf.

»Und nun die Unterschriften«, sagte er dann. Er ließ sich Gänsekiel und Tinte reichen, tauchte ihn sehr sorgfältig ein, streifte ihn ab und zog die Feder zu den Strichen, von denen er annahm, dass sie die Buchstaben des Namens Karl bildeten, über das Pergament.

»Und jetzt seid ihr dran – möglichst viele.«

Er passte genau auf, dass jeder seiner Edlen unterschrieb oder den Mönchen sagte, dass er ebenfalls Zeuge sei. Wer selbst nicht unterschreiben konnte, wurde von den Schreibern in der Urkunde eingetragen. Karl rieb sich die Hände und ging zur Tür. Er trat in den Wintertag hinaus und ließ den Atemhauch als kleine Wolke in die Kälte wallen. Willibrord folgte ihm hinaus und legte ihm den Arm um die Schultern. Es gab nur wenige, von denen Karl sich eine solche Geste gefallen ließ.

»Ich werde mich nur schwer daran gewöhnen, dass diese Kalbshäute mehr wert sein sollen als ein Männerwort«, sagte Karl. »Schon deshalb wird es nicht sehr viele Urkunden und ähnliche Diplome von mir geben. Doch wo es sein muss, werde ich mich euren Bräuchen beugen.«

Der Weg zurück nach Colonia war kalt, aber erträglich. Sie blieben auf der alten Römerstraße quer durch die verschneiten Ardennen. Weil nichts zur Eile antrieb, beschlossen sie, einen Tag länger als vorgesehen in Zülpich zu rasten. Den Zülpichern war es in den vergangenen Jahren gelungen, eine der alten römischen Thermen so weit instand zu setzen, dass Durchreisende in einem der Gebäudeflügel ein warmes Bad nehmen konnten. Die Erträge aus diesen Sondereinnahmen waren bisher an Graf Folker gegangen.

Auch jetzt sorgte der Graf mit großem Vergnügen dafür, dass für Karl und seine Begleiter reichlich Warmwasser angeheizt wurde. Nicht nur die Adligen des kleinen Reitertrupps, sondern nach ihnen auch alle anderen ließen sich lärmend und mit Wohlbehagen in die gemauerten, von unten mit viel heißer Luft beheizten Wasserbecken gleiten. Einige besonders Mutige liefen splitternackt in den schneebedeckten Hof hinaus, bewarfen sich mit Schneebällen und rannten anschließend laut johlend in die Wärme zurück.

Viele von ihnen hatten noch nie zuvor das Bad in einer römischen Therme genossen. Bereits nach kurzer Zeit riefen die Männer sich gegenseitig zu, dass nun die Schönen von Zülpich kommen könnten. Karl hatte nichts dagegen.

Nahezu jeder Adlige im Königreich der Franken hatte für kürzere oder längere Zeiten Mädchen und Weiber auf seinem Lager im Zelt. Solange es nur Sklavinnen, Unfreie oder Bedienstete waren, regte sich niemand darüber auf. Aber je höher und vornehmer die Gefährtinnen der Nacht wurden, umso riskanter wurden derartige Verbindungen. Und irgendwo gab es eine Grenzlinie, die schärfer gezogen war als alle kirchlichen Verbote.

An diesem Abend ließ Karl zu, dass sich ein Mädchen an ihn schmiegte, von dem er schon in Bollendorf Sträuße von Schneeglöckchen erhalten hatte. Sie hieß Roudheid, hatte breite Hüften und war bei allem, was sie tat, sehr fingerfertig und geschickt. Die gerade Sechzehnjährige war Tochter eines Köhlers aus den Wäldern von Echternach. Und wie manch anderes Mädchen in ihrem Gefolge war sie keineswegs stumm und duldsam, sondern nur zu gern bereit, die gleichen Freuden zu genießen wie die Männer.

Karl hatte mit ihr in den Thermen gebadet und dabei viel gelacht. Nachdem die Wintersonne mit herrlichen roten Streifen am Himmel versunken war, begann ein lautes Gelage, das anders war als die üblichen Zusammenkünfte zum Nachtmahl. Schon vor dem ersten Schluck Wein fühlten sich alle sehr ausgelassen. Sie aßen und tranken und langten zu, als hätten sie seit Tagen nichts mehr gehabt. Nur wenig später begannen sie, die alten Lieder zu singen, die von den Heldentaten der Vorväter berichteten.

Sie sangen das Lied von den stolzen Sugambrern, wie Bischof Remigius von Reims König Chlodwig und seine Krieger genannt hatte, nachdem sie bei Zülpich in einer grandiosen Schlacht die vordringenden Alamannen geschlagen hatten. Sie sangen davon, wie Chlodwig nach dem Sieg zum Christentum übertrat und Tausende in Metz getauft wurden.

Wieder und wieder wurden auch die Geschichten gesungen, die Gregor von Tours und Fredegar aufgeschrieben hatten. Sie erzählten von blutrünstigen Königinnen der Merowinger, von mörderischen Schlachten, tödlichen Intrigen und immer neuen Bündnissen.

Irgendwann fiel Karl auf, dass die letzten der Lieder beim großen Sieg seines Vaters in der Schlacht von Tertry endeten. Kein Lied mehr und keine Strophe erinnerten an die Vorfälle und Verstrickungen seiner eigenen Familie. Er hatte nie darüber nachgedacht, aber jetzt wunderte er sich, warum er niemals ein Lied über die Ermordung von Majordomus Ebroin vor fast vierzig Jahren oder den gewaltsamen Tod von Bischof Lambert vor auch schon fast fünfzehn Jahren gehört hatte. Der dritte Tod, über den so gut wie nie gesprochen und erst recht nicht gesungen worden war, betraf König Dagobert II. Nur manchmal hieß es, dass dieser König, der zuletzt in Metz residiert hatte, Pippin von Heristal allzu sehr im Weg gestanden haben sollte …

17

Sachsenfehde

Wie vorgesehen holte Karl König Chlothar zum Märzfeld nach Colonia. Ursprünglich hatte die Heerschau wie bei seinem Vater auf freiem Feld zwischen den Friedhöfen und Kirchen außerhalb der Stadtmauern von Colonia stattfinden sollen. Zur allgemeinen Verwunderung verzichtete Karl jedoch auf die endlosen Vorführungen von Grafen und Gutsherren, die nacheinander vortreten und zeigen mussten, dass sie die geforderte Anzahl von Berittenen und Kriegern zu Fuß mit ihrer vorgeschriebenen Ausrüstung und Verpflegung für drei Monate aufgebracht hatten.

Stattdessen ließ Karl dreimal hintereinander eine große Messe inmitten der Stadt abhalten. Der alte quadratische Forumsplatz war zu diesem Zweck zu einem Kirchenraum unter freiem Himmel hergerichtet worden.

Noch vor wenigen Monaten wäre Karl nicht auf den Gedanken gekommen, etwas anderes als üblich zu planen. Doch dann war es ausgerechnet Hugo gewesen, der ihm vorrechnete, dass ein großer Kriegszug gegen die Neustrier, wenn er bereits im Frühling begann, ein zu großes Risiko darstellte.

»Du kannst so viel verheeren, siegen und erobern, wie du willst«, sagte er eindringlich zu Karl, als sie in kleinem Kreis zusammensaßen, »aber niemand von euch wird von geraubtem Gold und Edelsteinen satt. So früh im Jahr ist einfach nichts mehr da in den Vorratskammern der Gutshöfe und Klöster.«

Karl zupfte an seinen Schnurrbartspitzen und dachte nach. Er wusste sofort, dass Hugo recht hatte. Er war niemals in seinem Leben Domesticus, Verwalter von Domänen oder Pfalzgraf gewesen. Er verstand fast nichts von Ackerbau und kannte sich bestenfalls bei der Zucht von Pferden aus.

»Setzt ihr euch zusammen und arbeitet alles so aus, dass es mir vorgelegt werden kann«, sagte er schließlich. »Ich will keine großen Pläne mit Dutzenden von Ausnahmen, sondern alles so handfest und so einfach, dass ich bei jedem Punkt ohne Kopfschmerzen Ja oder Nein sagen kann.«

»Dazu müsstest du die Welt erst neu erschaffen«, meinte der Bischof, der sich die ganze Zeit ruhig verhalten hatte. »Nirgendwo wird mehr gelogen und betrogen als bei den notwendigen Abgaben.«

Sie besprachen noch lange die Möglichkeiten für einen Heereszug gegen die Neustrier. Spät in der Nacht stimmte Karl zu, noch ein Jahr zu warten.

Es war ein kluger Beschluss. Während überall auf den Feldern eine ungewöhnlich schlechte Ernte eingebracht wurde, kam Willibrord Ende August mit einigen Mönchen nach Colonia. Er hatte kaum den ersten Schluck Wein zur Erfrischung getrunken und seine schmerzenden Füße in einen schnell herbeigeschafften Holzbottich mit Kräuterwasser gestellt, als er auch schon Kritik an Karl übte und Forderungen vorbrachte.

»In Trier und an der Mosel murren die Menschen, weil du so hart mit Plektrud umgegangen bist«, sagte er. »Niemand hat sie geliebt. Aber es heißt, dass du sie und ihre Söhne zu unbarmherzig behandelst.«

»Wie das?«, fragte Karl verwundert. Er setzte sich neben Willibrord und ließ sich ebenfalls einen Becher Wein reichen. »Sie hat alles, was sie braucht, kann sich die köstlichsten Speisen beschaffen, dann beten, musizieren und mit ihren Mädchen singen.«

»Das mag schon sein«, meinte Willibrord und trank einen kleinen Schluck. Er ächzte leise, während er die nackten Füße immer wieder aus dem Wasser hob, um sie dann erneut einzutauchen. »Die langen Reisen sind nichts mehr für mich«, sagte er dann gepresst. »Ich werde künftig wohl in Echternach bleiben müssen, damit man mich nicht wie einen Merowingerkönig mit einem Ochsenkarren durch die Lande fahren muss.«

Karl lachte leise, während er dem verhaltenen Lärm des schwülen Sommertages in der Stadt lauschte. Seit ein paar Tagen war es so heiß, dass sich während der Tagesstunden kaum jemand auf die Straßen wagte. Jetzt zeigte sich, dass es sich in den steinernen Bauten der alten Römer gerade im Sommer angenehm leben ließ.

»Was sollte ich nach deiner Meinung an weiteren Vergünstigungen für die Matrone Plektrud und ihre herrschsüchtigen Enkel zulassen?«

Willibrord stieg aus dem Wassertrog, schlüpfte in seine eigenartigen Sandalen, wie sie nur von den Mönchen in Echternach hergestellt wurden, und schlurfte zu einem der Fenster im großen Saal des *praetoriums*. Die Mönche in seiner Begleitung hatten sich an einem der Nebentische niedergelassen. Sie aßen langsam und genüsslich Fetzen von gebratenen Kapaunen, die sie sich mitgebracht hatten.

Karl wusste sehr wohl, dass dies nur eine deutlich zelebrierte Geste für ihn war. Irische Mönche neigten zur Bescheidenheit und Genügsamkeit. Selbst bei den Sachsen auf der anderen Seite des Rheins war es anfänglich gut angekommen, wenn sie nicht als Männer auftraten, die nur das Gastrecht ausnutzten. Wie verfressen und versoffen die Mönche wirklich sein konnten, zeigten sie erst, wenn das Misstrauen verflogen war.

»Es heißt, dass Plektrud und ihre Enkel gern die Gräber ihrer Familie an der Mosel besuchen würden. Sie beten täglich darum, Weihnachten in Pfalzel zu feiern.«

Karl presste die Lippen zusammen. »Und zum Dreikönigstag dann nach Prüm, Ostern nach Bitburg, Pfingsten zur Burg Mürlenbach und dann weiter jeden Sonntag auf ein anderes Gut oder zu den Dörfern, die sie überall besitzen.«

Er schüttelte den Kopf. »Ich habe die Matrone Plektrud als Witwe meines Vaters und meine Stiefmutter nicht ohne Grund hier in Colonia unter Arrest gestellt«, sagte er dann. »Du weißt so gut wie ich, was diese Frau nicht nur mir, sondern auch meinem Vater angetan hat.«

»Sie hat aus Pippin II. immerhin den stärksten Mann gemacht, den es in der gesamten Francia gab.«

Karl widersprach sofort. »Sie war es, die entschieden und regiert hat. Sie hatte stets die Hand auf dem Besitz, den sie mit in die Ehe brachte. Du weißt wie ich, warum sie mich nach dem Tod ihres letzten Sohnes einkerkern ließ.«

»Weil sie genau das verhindern wollte, was jetzt eingetreten ist«, sagte Willibrord. »Sie wollte deines Vaters Rang und Ansehen auf ihre eigenen Söhne übertragen.«

»Ich weiß, ich weiß. Und als die beiden zu früh verstarben, sollten es die Enkel sein.«

Sie standen nebeneinander an einem der großen Fenster zum Fluss und blickten auf den Rhein hinaus. Die Speicher auf der Hafeninsel wirkten noch immer wie eine Römerfestung. Nur hin und wieder trieben kleine Lastkähne mit der Strömung flussabwärts. Die Schiffe trugen keine Zeichen der Friesen, Briten oder Sachsen. Die meisten hatten nur ein paar bunte, schlaff herabhängende Wimpel von Fernhändlern an den Mastbäumen.

»Bei schönem Wetter, ohne Sturm von Norden oder Osten, kann diese Stadt recht friedlich sein«, sagte Karl.

»Aber sie ist nicht friedlich«, meinte Willibrord besorgt. »Und wenn wir Plektrud einmal für einen Augenblick vergessen, müssen wir uns ganz andere Sorgen machen.«

»Ehrwürdiger Ire, Abt und Bischof«, gab Karl lächelnd zurück. »Denkst du, ich weiß das nicht? Von wem habe ich denn gelernt, wie man in einem Meer von Blüten den wahren Grund und auch die Wurzeln findet? Du lenkst von Plektrud ab. Man könnte meinen, dass du mich deshalb gegen die Friesen drängst. Aber ich kenne dich und ahne, dass es viel eher die Sachsen sind, denen du noch nicht vergeben hast.«

»Ja, du hast recht«, sagte Willibrord. »Und ich bestreite nicht, dass mich die wilden Sachsen seit vielen Jahren ärgern. Die Friesen sagen klipp und klar, dass sie bei ihren alten Göttern bleiben wollen. Aber die Sachsen beugen jedes Mal das Haupt, wenn sie sich taufen lassen. Sie schwören und geloben, dass sie an Jesus Christus glauben werden.«

»Vielleicht tun sie das ja auch«, unterbrach Karl spöttisch.

»Ich bin im Augenblick nicht zum Scherzen aufgelegt«, wehrte der Abt von Echternach ab. »Sie vertreiben alle Missionare, verprügeln unsere Mönche, pinkeln in die gerade erst gebauten Kirchen oder stecken sie gleich an.«

»Du willst also, dass ich etwas gegen diese wilden Kerle unternehme. Gut – ich bin einverstanden. Nenne mir drei oder auch fünf Plätze, an denen ich die Sachsen zur Ordnung rufen kann.«

»Genau das ist mein Problem«, seufzte Willibrord. »Sie leben so verstreut in den Wäldern, an den Flüssen und sogar in Mooren, dass sie wie der frische Käse durch die Finger gleiten, wenn du sie packen willst.«

»Aber sie haben Siedlungen und Höfe zwischen Rhein und Weser«, sagte Karl.

»Ja«, sagte Willibrord und nickte, »richtig gefährlich wird es erst an den Quellen der Flüsse Pader, Ems und Lippe bis hin zur *Porta Visurgis*. Bis zum Weserdurchbruch nach Norden hin sind die Wälder finster und die Schluchten so gut wie unpassierbar. Dort haben die Germanenstämme auch die geheimnisvollen Volksburgen, hinter deren Wällen aus Fels und Erde sie unangreifbar sind.«

»Und was ist mit ihren heiligen Plätzen? Wirken dort tatsächlich unsichtbare Kräfte aus dem Inneren der Erde?«

»Es gibt sehr viele Dinge, die auch ein Bischof nicht erklären kann«, sagte Willibrord lächelnd. »Aber du solltest nie die geheimen Mächte unterschätzen, die jeder Glaube wecken kann. Unserer ebenso wie der von Sachsen oder Sarazenen …«

»Wo also soll ich hin?«

Willibrord streckte den Arm aus. »Dort drüben, auf der anderen Rheinseite, in den bergischen Wäldern. Dort wurden vor genau fünfundzwanzig Jahren zwei Missionsmönche erschlagen, die wir den schwarzen und den weißen Ewald nennen und die inzwischen in Sankt Kunibert begraben sind.«

»Du willst, dass ich die Sachsen strafe?«

»Das würde wohl kaum ausreichen«, meinte Willibrord. »Nein, Karl, wenn du sie wie Flöhe aus dem Pelz halten willst, musst du die Sachsen über den Lippefluss hinweg nach Osten und nach Norden treiben. Und wenn es sein muss, bis zu den fernen Meeren.«

»Du bist sehr hart in deinen Forderungen.«

»Und du musst dich daran erinnern, wie wenig es gebracht hat, dass dein Vater immer nur mit schwachen Strafmaßnahmen gegen die Sachsen vorging. Wenn du das Gleiche tust, werden noch deine Söhne und Enkel Jahr für Jahr gegen die Sachsen ziehen, ohne sie wirklich zu besiegen.«

»Also hart zuschlagen und nicht mehr taufen.«

»Ich ziehe jeden Tropfen Taufwasser dem kleinsten Tropfen Blut vor«, sagte Willibrord. »Und das, Karl, meine ich ernst. Entscheide du, was du für richtig hältst. Aber bedenke, was ich dir gesagt habe.«

Es dauerte zwei Wochen, ehe Karl wie vorgesehen mit sechshundert Männern zu Fuß und knapp hundert Berittenen aufbrechen konnte.

In der Zwischenzeit waren immer wieder Besucher von den südlichen Grenzen Austriens aus Burgund, Alamannien und sogar Baiern und Thüringen in Colonia eingetroffen. Keine der Gruppen berichtete von Kriegen, Aufständen oder anderen Erhebungen. Der Sommer hätte sehr friedvoll sein können, wenn aus dem Norden und Osten nicht nach wie vor Gefahr gedroht hätte.

In den Vormittagsstunden blieb Karl genügend Zeit für Chrotrud und die Kinder. Hin und wieder setzte er sich auch zu Martin, dem Mönch, der Karlmann, Gregor und andere unterrichtete.

»Wenn wir so weitermachen, haben wir hier bald eine bessere Schule als Willibrord in Echternach«, scherzte Karl. Er meinte es nicht ernst, aber auch Chrotrud gefiel es, dass die Jungen für einige Stunden unter frommer Aufsicht waren.

»Ich meine allerdings, dass deine Tochter Hiltrud ebenfalls ein Recht darauf hat, lesen und schreiben zu lernen«, sagte sie eines Morgens. »Du kannst es immer noch nicht richtig, und ich muss mir ebenfalls große Mühe geben, wenn ich in der Bibel lesen will. Du solltest nicht vergessen, dass eine andere Frau, die du ganz und gar nicht magst, sehr gut lesen und schreiben kann.«

»Erwähne mir ihren Namen nicht!«, sagte Karl nur.

»Soll ich ihn dir vielleicht aufschreiben?«, scherzte Chrotrud. Er legte einen Arm um sie, drückte sie an sich und küsste sie.

In diesen Tagen kamen auch zwei Priester nach Colonia, die sämtlichen Kirchenmännern in der Stadt, die Zornesröte ins Gesicht trieben. Karl hörte davon.

»Ich will sie sehen und hören, was sie zu sagen haben«, befahl er. Und so kam es, dass zwei wandernde Mönche am Abendgelage über dem Flussufer teilnahmen. Karl hatte angeordnet, dass an den Abenden, die noch sehr warm waren, Tischplatten in das Atrium des *praetoriums* gestellt wurden. An ihnen sollten sich die Edlen der Stadt und des Colonias einmal pro Woche einfinden.

An diesem Septemberabend dauerte es lange, bis die Gäste gesättigt waren und Karl Zeit fand, sich auch mit den beiden seltsamen Priestern zu befassen, die bisher schweigend am unteren Tischende gesessen hatten.

»Sie sollen zu uns kommen«, befahl er. Faramundus protestierte dagegen, dass die beiden Männer überhaupt beachtet wurden.

»Jetzt bist auch du einmal still, Bischof von Colonia!«, sagte Karl barsch. Faramundus kroch ein wenig in sich zusammen und starrte missmutig auf seinen gläsernen Weinkelch. Er trank immer aus demselben, mit gläsernen Girlanden und Bögen verziertem Römerglas. Es stammte, wie gemunkelt wurde, aus einem Grabraub draußen vor der Stadt.

Die beiden Wanderprediger traten an Karls Tisch.

»Setzt euch«, sagte Karl, »wer von euch ist Adelbert und wer Clemens?«

»Ich bin Adelbert«, meinte ein stämmiger, rotgesichtiger und etwa dreißigjähriger Mann. Von seinem ganzen Wesen her erinnerte er Karl an den schwarzen Abt.

»Friese?«, fragte Karl.

»Nein, ich bin Franke und stamme aus Toxandrien – dem Grenzgebiet zu den Friesen an der unteren Maas also.«

»Ich kenne die Gegend«, sagte Karl. »Ich war mit meinem Vater dort. Und du bist Priester?«

»Ich wurde in England und Irland erzogen und habe auch dort meine Weihen erhalten.«

»Aber es heißt, dass du schon einige Zeit durch die Lande ziehst und den Mönchen von Willibrord Konkurrenz machst.«

»Ehrlich gesagt, habe ich noch nie jemanden getauft«, gestand Adelbert. »Ich erzähle stets nur von Jesus Christus, vom heiligen Martin und von Eremiten, die Tag und Nacht auf Säulen sitzen, um dort zum Lobe Gottes zu fasten und zu beten.«

»Kein Wort davon ist wahr!«, fauchte der zweite Prediger. Karl unterdrückte ein Lächeln und wandte sich an den hageren, fast ausgezehrt wirkenden Mann, der in seinen wilden flammend roten Haarschopf eine blutverkrustete Tonsur geschoren hatte.

»Mir scheint, dass ihr beide nicht gerade befreundet seid«, meinte Karl lächelnd. »Was habt ihr gegeneinander? Austrien ist doch groß genug für jeden, der beten und Gutes tun will.«

»Der kann ja gar nicht richtig beten!«, krächzte der Rothaarige. Seine Stimme klang wie das Schaben von Nägeln auf verrostetem Blech. »Er lügt schon, wenn er nur behauptet, dass er jemals ein Kloster von innen gesehen hat.«

»Und du bist Heide … ein nie getaufter roter Schotte«, knurrte der andere, »kein Ire, Engländer, nicht einmal Friese oder Sachse.«

»Ich hasse euch Flachländer«, knarzte der Rothaarige. »Ja, ich bin Schotte. Und das stolzeste Blut der Pikten fließt in meinen Adern. Aber ich kenne alle Evangelien. Und ich bin besser als dieser hier, der mit dem Daumenorakel die Menschen betrügt.«

»Eine ganz furchtbare und gotteslästerliche Sitte«, stöhnte Bischof Faramundus.

Karl kannte die Unsitte. Quacksalber und betrügerische Mönche benutzten das Daumenorakel, indem sie sich zuerst Sorgen und Wünsche der Gutgläubigen berichten ließen, um dann mit dem Daumen auf eine zerfledderte Abschrift von einem Evangelium zu tippen und aus der Textstelle genau die Antwort herauszulesen, die ihnen den meisten Lohn einbrachte.

»Wir werden heute nicht mehr klären können, wer von euch beiden der bessere Mönch, Priester oder Scharlatan ist«, sagte Karl, und seine Augen blitzten schadenfroh. »Aber ich brauche bei meinem nächsten Zug gegen die Sachsen auch Männer, die sich auf die Heiligen Schriften ebenso verstehen wie auf Quacksalberei, Betrug und Aberglaube.«

»Das kannst du nicht machen!«, protestierte Adelbert. »Wir sind friedfertige Männer ... waren noch nie im Tross eines Heeres.«

»Und ob du das warst!«, fauchte der Schotte. »Geflüchtet vorm Heribann, desertiert, vor Angst schlotternd weggelaufen. Ja, das bist du, Adelbert. Und ich sage ganz offen, dass du eigentlich anders heißt.«

»Wage es nur! Dann sage ich nämlich, dass du kein Schotte, sondern ein Däne bist und Kundschafter der Friesen.«

Karl hob die Hände und versuchte, die beiden Streithähne zu besänftigen.

»Nicht alle Vorwürfe auf einmal!«, sagte er lachend. »Aber es bleibt dabei – ihr begleitet mich bei meinem Zug gegen die Sachsen! Und wehe, einer von euch beiden flieht schon bei Neumond! Dann nämlich werde ich einen Freibrief ausstellen, der jedermann erlaubt, euch auf der Stelle zu erschlagen.«

»Aber das kannst du nicht!«, protestierte der Schotte kaltblütig. »Du bist kein König und kein Bischof.«

Für einen Augenblick war nicht nur Karl sprachlos. Der Mann war dreist und unverschämt. Aber er war auch mutiger als viele andere. Karl ahnte plötzlich, dass er für ihn noch einmal Verwendung haben würde ...

Am nächsten Vormittag tauchten jammernde Flüchtlinge aus dem Borukogau auf, die so fürchterlich zugerichtet waren, dass nicht nur Karl die Hände zu Fäusten ballte. Es dauerte lange, bis die verstörten Menschen erzählen konnten, was geschehen war.

»Die Ersten haben unser gesamtes Vieh weggetrieben und abgestochen, was sie nicht mitnehmen konnten«, berichtete einer der Bauern. »Die Nächsten nahmen alles weg, was wir durch grausame Schlachtung gerade noch retten konnten. Aber am schlimmsten waren diejenigen, die nur noch uns selbst arm und beraubt vorfanden. In ihrem Zorn über die entgangene Beute steckten sie alles an, schlugen die Männer bis zum Tod auf den Kopf und vergewaltigten die Weiber.«

Noch in derselben Stunde entschied Karl, dass alle, die bereit waren, auf der linken Rheinseite nach Norden marschieren sollten. »Du, Folker, übernimmst mit deinen Berittenen die gesamten Fußtruppen«, befahl er. »Seht zu, dass ihr so schnell wie möglich an der alten Römerstraße entlang bis nach Neuss kommt. Beschafft euch dort Boote und wartet, bis ihr von mir hört.«

»Dann willst du selbst schon hier über den Rhein setzen?«, fragte Folker. Karl schob die Lippe vor.

Noch in der Dunkelheit der Nacht landeten Karls Männer auf der Ostseite des Flusses. Sie sammelten sich an den noch immer massiven Ruinenmauern des Römerkastells Divitia. Karl wartete nicht, bis alle zusammen waren, sondern ritt sofort in Richtung Wuppermündung.

Sie schwärmten so weit aus, dass sie möglichst viele Siedlungen auf den Anhöhen und in den Tälern überprüfen konnten. Die Menschen, denen sie begegneten und die sie noch auf den Feldern antrafen, berichteten freimütig von ihrer Angst. Aber sie sagten auch, dass die letzten Überfälle schon einige Jahre zurücklagen.

Doch dann, als Karl die Wupper erreichte, sahen sie verlassene Dörfer. So sehr sie auch suchten, konnten sie niemanden finden, der ihnen sagte, was geschehen war.

»Über die Wupper!«, befahl Karl deshalb. Der Fluss war flach und bildete kein Hindernis für die Berittenen.

»Kein Sachse weit und breit!«, schnaubte Karl, als er auf der anderen Seite war. Wusing und der inzwischen zu ihnen gestoßene Hildebrand ritten dicht neben ihm. Hier gab es keine Wege mehr, sondern bestenfalls Pfade unter Bäumen und an großen Felsbrocken entlang im Wald.

Kurz vor Sonnenuntergang erreichten sie den Fluss Ruhr. Karl kannte die Gegend von einem früheren Zug mit seinem Vater. Hier überwand der Hellweg als Handelsstraße nach einem steil zum Fluss hin abfallenden Hang eine Furt. Karl und seine Begleiter ritten über eine schmale, an den Rändern mit hölzernen Pfosten befestigte Erdbrücke auf ein halb geöffnetes Palisadentor zu.

Nichts regte sich in der Abendstille. Karl hörte weder das Muhen von Kühen, die auf das Melken warteten, noch Stimmen oder das Klappern von Eimern oder Töpfen. Er hob den linken Arm und ließ die anderen zurückbleiben, dann nahm er die Zügel straff und ließ sein Pferd mit sehr kleinen Schritten weitergehen.

Das Wehrgehöft befand sich an der ersten engen Stelle der Ruhr. Hier konnten sowohl der Flusslauf als auch die Furt des Hellwegs leicht gesperrt werden.

Karl zog sein Kurzschwert und legte es vor sich über den Sattel. Er schnalzte leise mit den Lippen, dann ritt er auf das halb geöffnete Holztor zu. Noch einmal glühte überall das Licht der Sonne auf. Liebkosend wie zum Abschied streichelte es mit sanfter roter Wärme über den Uferwald, den kleinen Fluss und die Rindendächer hinter der Palisadenmauer.

Der Tritt des Rosses klang hart und hohl. Aus der einfachen Erdbrücke wurde ein Bohlenweg. Karl griff sein Schwert noch etwas fester und legte seine Beine stramm um den Leib des Pferdes. Er wäre bereit, wenn sie jetzt mit grölendem Geschrei über ihn herfielen.

Doch dann sah er, dass hier niemand schreien würde, kein Sachse und kein Franke, kein Mann und keine Frau. Nicht einmal die Kinder überall am Boden würden jemals wieder weinen. Karl ritt ganz langsam in den Hof. Er sah zum Haus, aus dem kein Rauch mehr aufstieg. Er blickte auf die nackten Leichen überall am Boden. Die meisten waren grauenhaft verstümmelt. Ihr Blut war noch so frisch und rot, dass sich noch nicht einmal Fliegen oder anderes Geschmeiß eingefunden hatten.

Sie folgten den Spuren der Geflohenen bis in die Finsternis der Wälder hinein. Obwohl der Himmel noch sehr lange hell blieb, war unten im Wald und am Fluss schon bald nichts mehr zu sehen.

»Es hat keinen Zweck!«, rief Karl schließlich den anderen zu. »Wir kehren um!«

Noch ehe er losgestürmt war, hatte er befohlen, dass zehn Mann zurückbleiben sollten, um die Toten im völlig verwüsteten Haupthaus der Wehrsiedlung nebeneinanderzubetten und mit Tüchern zu bedecken.

»Zwölf Hörige, sieben Weiber und fünf Schreihälse«, berichtete Hildebrand, der innerhalb der Wehrsiedlung zurückgeblieben war. Auf dem Platz hinter ihm loderte ein Feuer hoch in den Himmel. »Wir haben uns auch schon gewundert, warum es nicht mehr sind.«

»Nicht mehr?«, fragte Karl und stieg erhitzt von seinem Pferd. Er übergab es und ging bis zur geöffneten Tür des Hauses.

»Sind sie da drin?«

»Ja«, sagte Hildebrand und hob die Hände. »Ich weiß, es ist schrecklich, aber wir sollten uns nichts vormachen.«

»Wie meinst du das?«

»Die Gesichter«, antwortete Karls Halbbruder fast schon abfällig. »Viel ist nicht mehr zu erkennen. Doch wenn du mich fragst, dann ist keiner der hier Erschlagenen ein Franke gewesen.«

»Was soll das heißen?«, fragte Karl. »Dass jetzt die Sachsen schon ihre eigenen Leute umbringen?«

»Viel eher Sklaven«, sagte Hildebrand. »Sie sehen aus, als würden sie alle aus den Regionen sehr weit im Osten stammen.«

Karl ärgerte sich über die herablassende Art seines Halbbruders. »Da kommt ihr Burgunden doch auch her! Wir werden sie trotzdem begraben, sobald die Fußkrieger und die Priester eingetroffen sind.«

»Das kann bis morgen Abend dauern«, meinte Hildebrand. »Willst du hier so lange warten?«

Karl blieb einen Augenblick bewegungslos stehen.

»Nein«, sagte er dann. »Aber du hast in mir mit deinen Beobachtungen gerade einen furchtbaren Verdacht geweckt: Wenn er zutrifft – wo sind dann die Männer und Frauen, die hier gelebt haben? Ich meine die rechtsrheinischen Franken, Ripuarier ...«

Die Flammen des großen Feuers auf dem Uferhügel stiegen hoch in den Himmel hinauf. Funken stoben nach allen Seiten auseinander, und das trockene Holz krachte in der Hitze.

Inzwischen hatten sich auch die anderen um ihn versammelt.

»Hört zu!«, rief er. »Bei Jesus Christus, allen Göttern der Germanen und diesem Feuer hier schwöre ich, dass ich sie rächen werde. Ganz gleich, ob sie freie Franken, unfreie Bauern oder Sklaven waren. Und jedes Dorf, jede Siedlung, ja, jedes Haus, auf das wir unterwegs stoßen, soll ebenso brennen wie dieses Feuer hier.«

Die Männer in seinem Gefolge schlugen zustimmend gegen die Schwertscheiden an den Wehrgehängen. Karl wandte sich um, blickte noch einmal auf das zum Totenhaus gewordene Gebäude, dem auch die Palisaden keinen Schutz geboten hatten, und spuckte aus. Er sah, dass Wusing sich neben ihn stellte und schweigend ins Feuer blickte.

»Ist noch etwas?«, fragte er. Wusing bewegte sich nicht.

»Wenn du sie wirklich treffen willst«, sagte er schließlich so leise, dass nur Karl ihn hören konnte, »wenn du sie wirklich treffen willst, dann kannst du sie nur dort schlagen, wo sie sich alle zum letzten Vollmond in ihrem Jahreskreis treffen werden.«

»Dazu müsste ich wissen, wo dieser geheime Platz ist«, sagte Karl und lachte trocken. »Aber so, wie ich die Sachsen kenne, stürzen sie sich eher ins Moor, als einem Fremden zu verraten, wo sich die heiligen Steine und Höhlen befinden.«

»Sie müssen dir diese Plätze nicht verraten«, sagte Wusing, der Friese, »denn einen davon kenne ich selbst. Und er gehört sogar zu den größten und wichtigsten Heiligtümern der heidnischen Stämme.«

Auch in den beiden folgenden Tagen ließen sich keine Sachsen blicken. Die Nacht am kristallklaren Teich war so unruhig gewesen, dass Karl und seine Männer kaum Schlaf gefunden hatten und schon früh wieder aufgebrochen waren. An diesem Tag drangen sie noch weiter nach Osten vor, verbrannten noch mehr leere Bauernkaten und Hütten in den Wäldern und stießen schließlich sogar noch auf zurückgelassene Schweine, Ziegen und Schafe. Trotzdem fühlten sich die Männer immer unwohler. Sie hörten überall unheimliche Geräusche und fingen an, nachts die seltsamsten Erscheinungen zu sehen.

»Die Sachsen kennen sich eben hier aus«, beschwichtigte Wusing. »Vergiss nicht, dass hier der Osning beginnt oder Brücke der Asen-Götter, wie die gesamte Bergkette bis an die Weser genannt wird.«

»Ich weiß, worauf ich mich einlasse«, antwortete Karl.

»Weißt du das wirklich?«, fragte Wusing ahnungsvoll. »In Vollmondnächten werden die Männer der Sachsen zu Wölfen werden. Sie berauschen sich derart mit Bier und giftigem Kräutersud, dass sie sämtliche Kräfte der Ahnen in ihren Gliedern spüren. Und wenn sie erst einmal um die heiligen Feuer tanzen, fühlt sich jeder Knabe mit einem Knüppel oder Messer in der Hand stärker als ein gepanzerter Frankenreiter.«

18

Der Fluch der Externsteine

Sie drangen nicht bis in die südlichen Götterberge der Germanen vor, sondern ritten direkt nach Osten. Kaum einer der Franken wusste mehr vom legendären Handelsweg durch die Wälder als das, was auf der linken Rheinseite erzählt worden war.

Bereits am frühen Mittag erreichten sie das weite Tal der Lippe und folgten dem Gewässer flussaufwärts. Der Ritt war leicht, und sie kamen schnell voran. Wenn sie auf verlassene Häuser und kleine Gehöfte stießen, hielten sie sich nicht lange auf. Sie nahmen mit, was sie noch brauchen konnten, warfen Brandfackeln in die Dächer und ritten sofort weiter.

Haus um Haus und Hof um Hof gingen in Flammen auf. Noch ehe der erste Tag nach dem Massaker an der Ruhr zur Neige ging, stiegen gut zwanzig Rauchsäulen fast senkrecht in den Septemberhimmel. An keiner Stelle hatten sie Sachsen oder irgendwelche anderen Menschen gesehen. Nicht einmal Händler und Vagabunden, wandernde Gaukler oder das diebische Gesindel, das sich sonst an jeder der großen Straßen im Frankenreich aufhielt und von ihr lebte, waren in den Sachsengauen zu sehen.

»Sie kämpfen nicht«, sagte Karl nachdenklich zu Hildebrand und Wusing. »Sie unternehmen nicht einmal den Versuch, uns aufzuhalten. Sind sie nun klug oder nur feige?«

»Ich halte einen ganz anderen Grund für wahrscheinlicher«, meinte Wusing. »Es sind nur noch zwei Nächte bis Vollmond. Ihr Christen im Rheinland gehört seit Jahrhunderten zu den Getauften. Was wisst ihr denn noch von den Initiationsriten, den Opfervorschriften und den Versammlungen der Eingeweihten?«

Karl blickte ihn verständnislos an.

»Ja, auch dich meine ich, Karl! Was weißt du noch von Erd- und Moorgeistern, von Nymphen oder Feen und von der Kraft des Feuers, das die Herzen reinigt?«

»Willst du etwa sagen, dass den Sachsen die alten Bräuche und Zeremonien mehr bedeuten als wir? Dass sie starrsinnig und gläubig daran festhalten, auch wenn bereits ihre Häuser brennen?«

»Genau das wird es sein«, warf Hildebrand ein. »Ich war schon immer der Meinung, dass gute Legenden und ein fester Glaube viel mehr bewirken als jeder Schwertarm.«

Karl lachte nur. »Du solltest dich als Mönch bei Willibrord bewerben! Ich habe nichts gegen die Evangelien und das Wirken der Missionare. Aber für mich ist das Sichtbare wichtiger als alles Unsichtbare ...«

Sie erreichten den Zufluss der Aase in die Lippe und wollten bereits lagern, als einer der Männer aus dem Gefolge bis zu Karl aufrückte.

»Wenn wir der Aase ein Stück flussauf folgen, können wir unser Lager an einem heiligen Ort der Sachsen aufschlagen«, meinte er, »an einem Opferplatz mit neun nie versiegenden Quellen ...«

»Weißt du noch mehr?«

»Die Sachsen nennen die Lichtung im Wald Ardey«, berichtete der Franke. »Die neun nie versiegenden Quellen bilden einen kleinen Teich, der eine Badestelle für die Götter sein soll. Denn ganz gleich, was auch geschieht – das Wasser dieses Teiches bleibt immer kristallklar.«

»Dann werden wir uns das einmal genauer ansehen«, entschied Karl.

Es dauerte doch etwas länger als eine halbe Stunde, ehe sie den alten germanischen Opferplatz erreichten. Der Teich der neun niemals versiegenden Quellen war tatsächlich so klar, dass die Männer bis in die Tiefe hinabblicken konnten. Karl führte sein Pferd bis ans Ende einer kleinen Landzunge.

»Siehst du die Eichenpfähle dort vorn?«, fragte der Franke, der bereits mit Pippin an derselben Stelle gestanden hatte. Karl nickte.

»Ist das der Opferplatz?«

Wie zur Bestätigung stieg eine gewaltige schillernde Kugel aus den Tiefen des Teiches auf. Sie war größer als ein Weinfass und erinnerte die Männer an glitzernde Schwimmblasen von Fischen. Gebannt starrten sie alle auf das eigenartige Gebilde, das dicht unter der Wasseroberfläche kurz innehielt.

»Was ist das?«, keuchte Hildebrand und bekreuzigte sich.

Im selben Augenblick platzte die Luftblase, Teichwasser spritzte nach allen Seiten und ließ die Pferde scheuen. Mehrere der Tiere stiegen so wild erschreckt auf ihre Hinterhufe, dass ihre Reiter herunterfielen. Es war, als würden unsichtbare Dämonen im Zorn gegen die fränkischen Eindringlinge aufwallen.

Am nächsten Tag ließ Karl durch Folker und Rotbert alle inzwischen herangerückten Fußkrieger in Gruppen zwischen achtzig und hundert Mann einteilen.

»Es hat keinen Zweck, wenn wir uns wie ein Lindwurm durch die engen Täler bis zur Weser quälen«, sagte er.

»Genau das war der Fehler, den die Römer vor siebenhundert Jahren gemacht haben«, warf Wusing knurrig ein. »Ihr Feldherr Varus hätte niemals gegen die Germanen verloren, wenn er seine fast zwanzigtausend Legionäre dicht zusammengelassen hätte. Seine Legionen waren mehr als einen Marschtag weit auseinander, als sie von ihrem Sommerlager an der Weserpforte zurück zum Rhein zogen. Auf diese Weise wurden sie zu leichten Opfern für die Germanen um Arminius, die nur an engen Stellen hinter Felsen warten mussten, bis wieder eine Gruppe Römer in der Falle steckte.«

»Möglicherweise hast du recht«, gab Karl sofort zu. »Aber wir machen es jetzt so, wie ich befohlen habe.«

Einige der Männer aus seinem engeren Gefolge schüttelten kaum merklich den Kopf. Sie hatten längst mitbekommen, dass Karl und Wusing nicht immer einer Meinung waren. Der Friese hatte Karl mehrmals angesprochen und trotz aller Bitten nur erreicht, dass drei Bereiche zwischen den Paderquellen und dem Weserbogen im Osten ausgeklammert bleiben sollten: zum einen die schon legendären Felsklippen der Externsteine, die wie riesige Drachenzähne kirchturmhoch aus dem Boden ragen sollten, zum anderen die Ringwälle der alten germanischen Grotenburg, von denen aus ein weiter Blick über das gesamte umliegende Bergland möglich war, und zum dritten jene Erdfälle wenige Meilen vor der Weser, die unter Bäumen und Büschen versteckt wie offene Fallgruben oder riesige Trichter tief in die Erde hineinführten.

»Wir müssen diese Höllenschlünde auf jeden Fall umgehen«, warnte Wusing ein allerletztes Mal. »Wenn wir die Sachsen in den Wäldern angreifen oder sie uns bis an die Ringwälle oder zu diesen großen Gruben drängen können, verlieren wir den Sturm oder stürzen mit Mann und Ross hinab und sind schneller weg als in jedem Moor.«

Karl, der sich eigentlich nicht mehr überreden lassen wollte, hörte sich an, was die anderen Edlen in seiner Begleitung zu sagen hatten. Sie waren damit einverstanden, bis zum Westufer der Weser vorzudringen. Aber sie wollten ebenfalls nicht zu den Plätzen, die den Sachsen heilig waren.

»Wir bei uns in Schottland fürchten uns vor nichts und niemandem«, behauptete der Prediger, der sich Clemens nannte. »Ich kann auch dann noch mit den Sachsen reden, wenn sie im Vollrausch um die Feuer tanzen.«

»Da seht ihr wieder einmal, wie ahnungslos dieser Quacksalber ist!«, widersprach Adelbert, der andere betrügerische Prediger. Sie wurden beide nur deshalb von Karl geduldet, weil er bei diesem Zug keine besseren Kirchenmänner hatte. »Ich habe niemals Sachsen um ein Feuer tanzen sehen.«

»Dann bringen wir ihnen eben bei, wie sie bei Vollmond tanzen müssen«, rief der rothaarige Mönch mit Piktenblut in seinen Adern. »Und so wie die saufen die Männer in den Hochlanden nördlich des Hadrianwalls schon seit Jahrhunderten.«

»Ich schicke euch gebündelt und mit abgeschnittenen Zungen zu den Sachsen, wenn ihr nicht endlich Ruhe gebt!« Karl wandte sich an seine Grafen. »Bis morgen Abend will ich alle Adligen an der Weser sehen, auch wenn ihr euch jetzt wundes Fleisch an die Ärsche reitet.«

Zum ersten Mal nach einem langen Sommer war eine Nacht kühl, fast schon kalt gewesen. Karls kleines Heer hatte ohne irgendwelche Verluste den großen Flussbogen erreicht, den sich die Weser vor ihrem Durchbruch zum Meer im Norden an der Porta Visurgis geschaffen hatte. Auf den letzten Höhenkuppen vor dem meilenweit ausgedehnten Flusstal kamen ihm Kundschafter entgegen, die Folker vorausgeschickt hatte.

»Nichts«, berichteten ihm die jungen Adligen, denen die schnellen Ritte großes Vergnügen bereiteten. »Weder unten am Fluss noch auf den Hügeln in der Mitte der Schleife oder auf der anderen Seite dort drüben, wo die Weser durch die Berge schneidet.«

»Aber sie können doch nicht alle in irgendwelchen Höhlen hocken!«, knurrte Karl ärgerlich. »Wo sind sie denn, diese wilden Sachsen, die uns in Colonia ständig in Angst und Schrecken versetzt haben? Hat irgendeiner von euch auch nur einen Mann, ein Weib oder ein Kind gesehen?«

Die Männer auf ihren Pferden schüttelten gleichzeitig den Kopf. Sie sahen, wie sich unten am Fluss in den flachen Ausschwemmungen nach und nach auch jene Männer zusammenfanden, die als Fußkrieger den anstrengenden Marsch vom Rhein bis zur Weser überstanden hatten. Kurz darauf kam auch Folker den Berghang heraufgeritten.

»Habt ihr irgendetwas gesehen?«, fragte Karl sofort.

»Nichts«, berichtete Folker enttäuscht. »Absolut nichts.«

»Aber ich schwöre euch, dass sie da sind!«, warf Wusing ein. »Und wenn ich der Einzige bin, der sie hört, fühlt und riecht – sie sind überall, hinter den Bäumen, im Gebüsch, in den Bergen und an den Ufern der Bäche. Ich weiß es und verpfände meine letzten Silbermünzen darauf.«

»Behalte deine Sceattas«, lachte Karl trocken. Sie saßen für eine Weile ab, lehnten sich mit dem Rücken an Felsbrocken, die wie Findlinge aussahen, und blickten zur zwei Meilen entfernten, unter ihnen liegenden Weser.

»Macht Beute«, sagte Karl unvermittelt. »Steckt jedes Haus an, verwüstet die Gärten, räumt alle Scheunen aus und treibt das Vieh vor euch her. Vielleicht hat der Allmächtige absichtlich die Sachsen vor uns versteckt. Und vielleicht meint er, dass es bereits genügt, wenn wir die Anwesen verheeren und sie damit für ein oder zwei Jahre gewaltsam zum Frieden zwingen.«

»Und du selbst?«, fragte Folker. »Was hast du vor?«

»Ich«, sagte Karl nachdenklich, »ich werde sie noch ein paar Tage weitersuchen, und hundert unserer besten Reiter sollen mich begleiten.«

Folker blickte Karl prüfend an. Er kannte ihn gut genug und wusste, dass Karl noch nicht alles gesagt hatte.

»Und wohin willst du? Oder ist das ein Geheimnis?«

»Lass für die beiden Mönche ebenfalls Pferde bringen«, antwortete Karl. »Ich will sie bei mir haben.«

Herzog Folker schob die Lippen vor. Er kniff die Augen ein wenig zusammen, dann fragte er: »Und du brauchst wirklich keine Hilfe von mir oder dem ausgetrockneten Rotbert?«

»Ich nehme Hildebrand und Wusing mit«, sagte Karl knapp.

»Heute Nacht wird Vollmond sein«, sagte Wusing unvermittelt. »Ich weiß das ebenfalls, mein schlauer Friese!«, meinte Karl mit verschwörerischem Grinsen. »Genau deshalb reiten wir jetzt zu den Externsteinen …«

Der kleine Trupp von Männern bewegte sich vorsichtig durch die Dunkelheit des Waldes. Die Nacht war kalt und sternenklar. Karl hatte die Tiere und den größten Teil seiner Berittenen in einer kleinen geschützten Talmulde des heiligen Baches zurückgelassen, von dem Wusing behauptete, dass er sowohl Wimbeke als auch Lichthäupte genannt wurde.

Obwohl es am Bach entlang einfacher gewesen wäre, hatte Karl befohlen, dass sie sich durch den Wald auf die fünf Externsteine zubewegten. Das Licht des Vollmonds brach nur an wenigen Stellen durch das dichte Blätterdach der Buchen und Eichen. Dann aber hüllte es die Büsche und den Waldboden um sie herum wie mit einem Heiligenschein ein. Karl und die Männer vermieden alle hellen Stellen. Sie hielten sich in der unheimlichen Finsternis, die gerade noch erkennen ließ, wo die großen Bäume standen.

Karl und sein Dutzend ausgesuchter Männer waren nur mit Messern, Wurfäxten und Kurzschwertern bewaffnet. Nur zwei von ihnen hatten nicht einmal diese Waffen mitgenommen. Die beiden selbst ernannten Mönche Adelbert und Clemens taumelten eher, als dass sie gingen, hinter den anderen her. Beide verfluchten sie den Tag, an dem sie es gewagt hatten, bis nach Colonia zu wandern.

Noch ehe sie die Externsteine mitten im Wald sehen konnten, hörten sie plötzlich seltsame melodische Töne. Karl zischte leise durch die Zähne. Für einen kurzen Moment lauschten er und die Männer auf eine Art Sprechgesang, in den sich auch hellere Frauenstimmen mischten. Sie gingen weiter und achteten noch mehr darauf, dass sie nicht in die vom Licht des vollen Mondes erhellten Stellen im Wald gerieten. Und dann veränderten sich allmählich die Kanten an den Baumschatten direkt vor ihnen. Sie wurden gelblich und ganz langsam heller.

»Passt auf, dass ihr nicht in den Feuerschein geratet«, flüsterte Karl noch einmal. Dann drehte er sich um und holte die beiden falschen Mönche zu sich.

»Ich hoffe, ihr habt nicht vergessen, dass ich euch vor ein Bischofsgericht stellen lasse«, sagte er leise. »Ihr kommt nur heil davon, wenn ihr genau das tut, was ich euch befohlen habe.«

»Heil ist gut«, sagte der Schotte rau. »Ich spüre jetzt schon alles gleichzeitig – den Strick um meinen Hals, das Schwert in meinem Nacken, den Giftbecher an meinen Lippen ...«

Karl schnalzte nur kurz mit der Zunge. Der Mann, der sich Clemens nannte, verstummte. Schritt für Schritt tasteten sie sich weiter vor. Mit ihren Füßen prüften sie den Boden, vermieden Äste oder Eicheln, deren Knacken sie verraten könnte. Keiner der Männer machte sich irgendetwas vor: Die Sachsen an den Externsteinen wussten mit Sicherheit schon lange, dass die Franken das Gebiet der Engern und der heiligen Wälder erreicht hatten. Trotzdem baute Karl voll und ganz darauf, dass sich die Beobachter der Sachsen täuschen ließen.

Er wusste ebenso wie alle anderen, dass die Sachsen keinen König hatten. Ihre Gaue waren keine Grafschaften, und ihre Krieger wählten nur zu großen Zügen Anführer zu Herzögen. Genau auf dieser Schwäche baute Karls Plan auf.

Der Gesang aus vielen Männerstimmen wurde immer lauter. Schon sahen sie die Flammen, die bis zur halben Höhe der fünf eigenartigen Felsklippen mitten im Wald aufloderten. Unter ihnen hatten sich Hunderte von Sachsen versammelt. Karl erkannte Bewaffnete und dazwischen Frauen und junge Mädchen, die schöne Kleider und ihren Schmuck angelegt hatten.

Ein größerer Kreis von Männern in hellen, ohne Gürtel von den Schultern fallenden Gewändern bewegte sich mit seltsam gemessenen Schritten auf ein großes Feuer vor den Felsen zu.

»Siehst du die Gruppe rechts am zweiten Stein?«, flüsterte Karl Wusing zu.

»Ja, Karl, das könnten unsere Franken von der Ruhr sein.«

Urplötzlich verstummte der Gesang. Die Tanzenden hielten wie verzaubert inne. Dann traten drei seltsame Gestalten hinter den Felsklippen im Wald hervor. Jeder der Männer war mit einem Geflecht aus Wildgehörn, Kräutergirlanden und Blumen geschmückt. Und jeder von ihnen trug einen von allem Fleisch befreiten und weiß gekochten Pferdeschädel zu mannshohen Stangen vor dem Hauptfeuer.

Heidnische Priester der Sachsen!

Karl und seine Männer konnten hörten, wie einer der unheimlich wirkenden Knochenträger seine Stimme erhob.

»Ich setze jetzt den ersten reinen Pferdekopf auf diese Schimpfstange«, rief er, »und richte ihn gegen die Franken im Westen!«

»Ich setze jetzt den zweiten reinen Pferdekopf auf diese Schimpfstange«, rief der zweite, »und drehe ihn einmal im Kreis, auf alle Feinde, damit sie sich in unseren Wäldern verirren und nicht mehr in ihre Heimat finden!«

»Und ich setze jetzt den dritten reinen Pferdekopf auf diese Schimpfstange«, rief der dritte, »und richte ihn gegen Karl, den Sohn von Majordomus Pippin!«

Er drehte den Pferdekopf. Im selben Augenblick lief es den Männern um Karl kalt den Rücken herunter. Der weiß gebleichte Schädel zeigte genau auf die Stelle, an der sie sich verborgen hielten.

»Die Schimpfbeschwörung!«, stöhnte Wusing. Karl duckte sich.

»Und jetzt schneiden sie die gleichen Schimpfworte als Runenzeichen in die drei Schimpfstangen«, flüsterte Wusing. »Das macht den Schimpf zum Fluch der Götter!«

Es blieb vollkommen still, während die Kundigen auf der anderen Seite der hell erleuchteten Wasserfläche im nächtlichen Wald ihre Schriftzeichen in die Stangen einschnitzten.

»Was kommt nun?«, fragte Karl.

»Jetzt müssen die Runenzeichen mit Blut getränkt werden, damit der Fluch auch noch als Zauber wirksam wird.«

Und dann sahen sie es: Zehn, fünfzehn, nein, zwanzig Männer wurden mit gefesselten Händen und verbundenen Augen in den Lichtschein des großen Feuers an den Felsklippen geführt. Sie waren allesamt barfuß und trugen nur sackartige, ungefärbte Leinengewänder, die wie grobe, ärmellose Hemden aussahen.

»Das müssen sie sein!«, stieß Karl hervor. »Die Unglücklichen von der Ruhr!«

Er hob den linken Arm und gab damit das vereinbarte Zeichen. Im selben Augenblick stöhnte Wusing auf.

»Was hast du?«, fragte Karl schnell.

»Mein Sohn!«, presste der alte Friese mühsam hervor. »Mein jüngster Sohn Thiatgrim!«

»Unter den Opfern und Gefangenen?«

»Nein«, stöhnte Wusing, »bei den Sachsen.«

Damit hatte niemand gerechnet! Karl stand für einen Moment wie vom Donner gerührt am Rand des heiligen Hains. Nichts, aber auch gar nichts hätte in diesem Augenblick schlimmer sein können als Wusings Eröffnung, dass sein eigener Sohn allem Anschein nach an dem heimtückischen Überfall der Sachsen beteiligt gewesen war.

»Bist du sicher?«, stieß Karl schließlich hervor. »Wirklich ganz sicher?«

»Und wenn ich mich hier vor deinen Augen in mein Schwert stürze, würde auch das nichts wiedergutmachen«, antwortete Wusing tonlos.

Karl empfand plötzlich Mitleid mit dem Älteren. Er ging auf ihn zu und legte einen Arm um Wusings Schultern.

»Du bleibst zurück!«, sagte er. Seine Stimme klang sanft. »Ich verlange nicht, dass du an meiner Seite das Schwert gegen dein eigen Fleisch und Blut erhebst …«

Er drehte sich abrupt um und ging zu den beiden falschen Priestern.

»So, Männer«, sagte er hart und bestimmt, »jetzt müsst ihr zeigen, dass ihr mehr könnt als betteln oder stehlen. Denn jetzt dürft ihr durch meine und auch Gottes Gnade das Spiel um euer Leben spielen.«

Während der Mann aus Toxandrien zappelig von einem Bein auf das andere trat, stand der rothaarige Schotte bewegungslos ein wenig schräg nach vorn geneigt vor einem Baum. Er hatte das Gesicht verzogen, als würde er einfältig grinsen, doch seine zu schmalen Schlitzen zusammengezogenen Augen ließen auch im Feuerschein erkennen, wie angestrengt er dachte.

»Ich hasse alle Flachländer«, stieß er schließlich hervor. »Ich hasse sie so sehr, dass ich jetzt weiß, wie ich sie täuschen kann.«

Clemens, der Schotte, setzte sich wie eine lebende Vogelscheuche mit langen staksigen Schritten in Bewegung. Ohne zu zögern, ging er auf das große Feuer zu. Eine unwirkliche und schon fast übernatürliche Kraft ging von dem Scharlatan aus, der von der britischen Insel gekommen war, um fränkischen Bischöfen und Äbten und den aufrechten irischen Mönchen durch Lug und Trug ihre Anhänger abspenstig zu machen.

Für einen Moment zweifelte Karl daran, ob wirklich gelingen könnte, was sie sich ausgedacht hatten. Es war so absurd, dass er unter normalen Bedingungen keinen Augenblick daran geglaubt hätte, auf diese Weise die heiligen Handlungen der Sachsen stören zu können. Es war Hildebrand gewesen, der am vergangenen Abend eher beiläufig das hölzerne Pferd erwähnt hatte, durch das Odysseus mit einer Handvoll Krieger die zuvor unbesiegbare Stadt Troja eingenommen hatte.

»Das war eine List, aber kein Betrug«, hatte Clemens daraufhin gesagt. »Außerdem hat Odysseus nur Gleiches mit Gleichem bekämpft, wie es seit Urzeiten alle Schamanen und Kräuterkundigen bei Krankheiten des Körpers und der Seele tun.«

Es war diese Äußerung des falschen Priesters gewesen, die Karl darauf gebracht hatte, wie sie auch ohne eine große Schlacht den Kampf um das Leben der geraubten Franken aufnehmen könnten.

»Sie sind bei ihrem Götterdienst so sehr auf die Kraft von heiligen Zeremonien eingestellt, dass sie wahrscheinlich zu wilden Wölfen würden, wenn irgendjemand sie dabei stört. Doch was passiert, Männer«, hatte er gesagt, »was passiert, wenn wir an genau dieser Stelle weiterdenken? Wenn wir Heiliges zu Heiligem tun ... einfach noch besser sind ... furchtloser ... wenn wir das Kreuz genau in den Zauberkreis tragen, von dem sie sich Kraft, Schutz und Sicherheit erhoffen?«

Keiner von ihnen hatte Karls Frage beantworten können. Doch dann war es wiederum Hildebrand gewesen, der daran erinnert hatte, wie die ersten christlichen Mönche und Missionare ins Reich der Franken und Friesen und zu den Sachsen gekommen waren: »Sie konnten nur deshalb bekehren und taufen, weil sie keine Legionen von Bewaffneten, keine Äxte schleudernden Horden und keine Schwerter schwingenden Reiter bei sich hatten. Sie hatten nur den Mut und den Glauben. Und diese Waffen waren stärker als alles andere.«

Sie gingen zu fünft auf das Feuer vor den Felsklippen zu – allen voran Clemens, der rothaarige Schotte. Ihm folgte mit einigen Schritten Abstand Adelbert, der Mann von der unteren Maas. Er stieß merkwürdig glucksende Laute aus. Es hörte sich an, als würde er zugleich lachen und weinen. Dann kam schon Karl.

Der Sprechgesang der Sachsen verstummte. Alle Bewegungen froren ein. Es war, als hätten alle gleichzeitig aus einem großen unsichtbaren Giftbecher getrunken. Noch nie zuvor hatte Karl eine eben noch betende, murmelnde Menschenmenge so schnell ersterben sehen. Nur aus dem großen Feuer direkt vor den Felsenklippen der Externsteine schossen die Flammen bis fast vor die Spitzen des Waldheiligtums hinauf. Sehr weit oben verbanden zwei hölzerne Brücken die beiden größten Steine. An einer langen, waagerechten Stange hing ein Behälter, aus dem sich neues bläuliches Feuer in die gelben und roten Flammen ergoss.

»Gelobt sei Jesus Christus!«, brüllte der Schotte und streckte die Hand aus, in der er sein kleines, mit Goldblech beschlagenes Kreuz gegen die Männer an den gebleichten Pferdeköpfen hielt.

Jetzt wurde auch Adelbert in seiner Verzweiflung mutiger. Was Clemens konnte, das konnte er schon lange! Er stolperte auf die Pferdeköpfe zu und trat wie närrisch gegen die runenbedeckten Schimpfpfähle. Die beiden ersten kippten sofort um. Nur der dritte schien aus besserem, härterem Holz zu sein. Es war derjenige, dessen weiß gebleichter Pferdekopf den Schimpf, Götterfluch und Blutzauber gegen Karl in sich trug.

Im selben Augenblick wusste Karl, was er jetzt zu tun hatte. Er schob Adelbert zur Seite, griff mit beiden Händen den Pferdeschädel, hob ihn hoch über seinen Kopf, drehte sich einmal nach links, dann nach rechts und schritt auf das Feuer zu. Ein schreckliches Aufstöhnen ging durch die Menge. Die Sachsen waren so entsetzt über den furchtbaren Frevel der Franken, dass sie weder den Mut noch die Kraft hatten, sich gegen das Versagen ihrer alten Götter und ihres Glaubens aufzulehnen.

Mit einem tief aus seiner Brust kommenden Aufschrei warf Karl den weißen Pferdeschädel in die Flammen. Die Sachsen rissen sich vom Anblick des schrecklichen Geschehens los. Sie kreischten auf und flohen in den rettenden Schutz des Waldes.

Schlimm genug, dass die heiligen Pferdeschädel entweiht worden waren. Schlimmer noch, dass der Erste der austrischen Franken mit eigener Hand den gegen ihn gerichteten Schimpf zerstört hatte. Aber am schlimmsten war, dass der volle Mond über den Externsteinen all dies gesehen hatte.

19

Die Belagerung von Soissons

Schrecklicher hätte das Jahr für die Sachsen zwischen dem Osning und dem großen Weserbogen nicht zu Ende gehen können. Und auch ein anderer wurde in den folgenden Tagen und Wochen nicht mehr froh. Zu sehr schämte sich Wusing, der Friese, für das verächtliche Handeln seines jüngsten Sohnes.

Karl und das Heer waren wenige Tage nach den Ereignissen an den Externsteinen wieder zum Rhein zurückgezogen. Für den Rest des Jahres kümmerte sich Karl um die Verwaltung Austriens. Es waren merkwürdige Wochen und Monate. Schon kurz nach dem Fest des heiligen Martin fiel der erste Schnee. Wenige Tage später erfuhr Karl, dass ihm erneut ein Sohn geboren worden war. Er freute sich darüber, obwohl er diesen Nachkommen, den er mit Roudhaid in den Zülpicher Thermen gezeugt hatte, nicht anerkennen musste. Dennoch bestimmte er, dass dieser Sohn Remigius heißen sollte – nach dem Bischof, der zweihundertzwanzig Jahre zuvor die Franken nach der Schlacht von Zülpich getauft hatte.

Der Schnee blieb über Weihnachten liegen und türmte sich auch im folgenden Januar noch höher auf. Das Reisen und Herumziehen von einer Pfalz und einem Ort zum anderen wurde dadurch nahezu unmöglich. Karl hatte nichts dagegen, mit seiner Familie über Weihnachten in Colonia zu bleiben.

Nur einmal ritt er zusammen mit Rotbert nach Heristal und von dort aus über nun fast unpassierbare Bergpfade hinauf zum Ziegenberg. Hier verbrachte er einige Tage mit den Priestern, bei denen sich der König des östlichen Frankenreiches am wohlsten fühlte.

Chlothar hatte keinerlei Ansprüche. Er forderte nichts und bat Karl darum, dass er bis zum nächsten Märzfeld nicht nach Colonia musste, sondern weiterhin auf dem Ziegenberg bleiben durfte. Es fiel Karl nicht leicht, diesen Wunsch seines Merowingerkönigs zu erfüllen. Für ihn war wichtig, dass Chlothar gesehen wurde, wenn viele Menschen aus allen Teilen des Reiches zusammenkamen. Dennoch stimmte er zu. Eher aus Sympathie für den bescheidenen König als aus Notwendigkeit berichtete Karl, was sich während des

Jahres zugetragen hatte und was er im nächsten Jahr unternehmen wollte.

»Wir wissen alle, dass die Zeit unserer Familie abgelaufen ist«, sagte Chlothar IV. am zweiten Abend. Zusammen mit den Mönchen nahmen er, Karl und einige seiner Begleiter ein bescheidenes Abendessen zu sich. Sie tranken heißen, gesüßten und mit Pfeffer gewürzten Wein, für den die Mönche sogar ein wenig Zimt und Kardamom geopfert hatten.

»Die meisten von uns Merowingern haben sich eher als Hohepriester denn als Könige und Heerführer verstanden«, meinte Chlothar schließlich. »Aber wir haben nicht mehr die Kraft, allein durch das heilige Blut in unseren Adern ein ganzes Reich zusammenzuhalten.«

»Was wird geschehen?«, fragte einer der Priester vom Ziegenberg.

»Ich weiß es nicht«, antwortete Chlothar. »Möglicherweise entsteht in Neustrien oder in Austrien schon bald ein neues Königsgeschlecht, das nach deinen Vorfahren Arnulfinger, Pippine oder nach dir, Karl, vielleicht sogar Karolinger genannt wird.«

»Auf keinen Fall!«, protestierte Karl sofort. »Nicht mit mir! Ich will gern Majordomus sein. Aber es reizt mich nicht, eine der kostbaren Frankenkronen zu tragen.«

»Was hast du dagegen?«, fragte Chlothar verwundert.

Karl lächelte. »Ich sitze nun einmal viel lieber auf einem guten Pferd als in einem strohgefüllten Ochsenkarren.«

Die Männer lachten, verstummten aber gleich wieder, als sie bemerkten, dass Chlothar nicht über Karls Scherz lachen konnte.

»Ich bin ein König wie eine Monstranz«, sagte er leise. »Alles an mir ist heilig und schon fast überirdisch in seinem Wert und seiner Wirkung. Aber ich bin doch nur der sichtbare Überrest von etwas, das vor mir gewesen ist. Ich bin eine Reliquie, versteht ihr? Doch was durch mich bewirkt wird, liegt ausschließlich an jenen, die mich wie den halben Martinsmantel mit sich führen.«

Karl verstand, was der König meinte. Ohne dass er es deutlich aussprach, bewunderte er diesen bescheidenen Mann, über den er und sein Gefolge so gut wie nie nachgedacht hatten.

»Erlaubst du, dass ich dir einen Rat als König gebe?«, fragte Chlothar IV.

Karl nickte. Er war noch immer erstaunt über die Klarheit und Offenheit dieses Merowingers.

»Wenn du das Reich der Franken wieder zu neuer Größe führen willst, musst du zuallererst dafür sorgen, dass es nur einen gemeinsamen König gibt«, sagte Chlothar.

»Wir haben dich«, sagte Karl, »und Chilperich II. gehört zu den unterlegenen Neustriern.«

»Du hast mich nicht ganz verstanden, Karl«, sagte Chlothar. »Du brauchst einen König der Hauptlinie und nicht aus der Nebenlinie des Blutes, wie ich es bin.«

Während der letzten Wochen vor dem Märzfeld blieb Karl in Colonia. Beinahe täglich empfing er Abordnungen von Händlern, Flussschiffern und Bischöfen, dazu Boten zahlreicher Grafen, Besucher aus Baiern und Thüringen, ja selbst von den englischen Herrschern und vom König der Langobarden jenseits der Alpen.

Inzwischen hatte sich herumgesprochen, dass Karl der neue starke Mann in Austrien und vielleicht sogar im ganzen riesigen Frankenreich war. Aber noch blieben die endgültigen Entscheidungen offen – noch geboten zwei Merowingerkönige über die verfeindeten Teilgebiete. Während Raganfrid trotz seiner verheerenden Niederlage bei Vincy noch immer einen starken Rückhalt bei den Adligen und anderen Großen im Westen besaß, schlossen sich im Osten nach und nach auch die letzten Parteigänger Plektruds dem Sohn des großen Pippin an.

Als dann der Tag der Sommersonnenwende kam, der selbst in christlichen Gebieten mit starken Bischöfen und Äbten immer noch gefeiert wurde, hatte sich Karls Heer fast von selbst gebildet.

Karl hatte sich neben den Grafen Rotbert und Folker auch die beiden zwölfjährigen Karlmann und Gregor an seine Seite geholt. Sein frommer Ältester und der ebenso gläubige Sohn von Alberich waren inzwischen unzertrennliche Freunde geworden.

Zum ersten Mal ritt auch Karls Stiefneffe Hugo in einem Heereszug mit. Auch Hildebrand, der Graf von Burgund, erwies sich auf seine manchmal verletzende, manchmal klagende, dann wieder mitreißende Art als ein ebenso großer Gewinn. Die anderen Männer mochten es, wenn Pippins mit einer südlichen Konkubine gezeugter Sohn Geschichten von König Arthur und der langhaarigen Genoveva oder von längst vergangenen Königreichen der Griechen, Trojaner und Ägypter erzählte. Auch Karl setzte sich gern für eine Weile ans Lagerfeuer zu Hildebrand, wenn er seinen abendlichen Rundgang beendet hatte.

In diesen Tagen auf dem Zug gegen die feindlichen Neustrier kam es Karl manchmal so vor, als erwachte sein Heer erst in den Abendstunden zu wahrem Leben. Überall wurde gelacht und getrunken, gegessen, gesungen und getanzt. Männer und Frauen wanderten von einem Feuer zum anderen, besuchten sich gegenseitig und gingen weiter, wenn es hieß, dass es an einem anderen Lagerfeuer noch lauter und fröhlicher zuging.

Sie zogen ungehindert auf der alten Römerstraße nach Westen. Ehe sie nach Südwesten abbogen, erlaubte Karl seinem ledernen und zumeist rotgesichtigen Grafen Rotbert, für einige Tage in seinem Haspengau nach dem Rechten zu sehen. Er war sehr lange fort gewesen. Bis er zurückkehrte, sollte der zweite Sohn von Herzog Drogo ihn vertreten, obwohl Hugo eigentlich Priester war.

Karl selbst besuchte mit einem schnellen Ritt den Ort, aus dem sein Urahn Pippin der Ältere stammte. Zusammen mit Karlmann, Gregor, Hildebrand und einer kleinen Begleitmannschaft von zwei Dutzend Reitern erreichten sie Nivelles in weniger als zwei Stunden.

»Aus dieser Gegend stammt unser Urahn Pippin, genannt ›von Landen‹«, rief Karl den anderen zu. »Seht euch respektvoll um! Er war der erste Majordomus eines Merowingerkönigs.«

»Wieso? Ist er wie die Merowinger in einem Kloster aufgewachsen?«, fragte Karlmann ein wenig vorlaut. Karl lachte vergnügt.

»Nein, dieses Kloster, in das wir jetzt einreiten, wurde von Gertrud gegründet, der Schwester meiner Großmutter Begga, und von Grimoald – dem Majordomus, der so vermessen war, seinen eigenen Sohn zum Merowingerkönig krönen zu lassen.«

Sie nahmen nur ein kleines Mahl mit den Mönchen und Nonnen ein, beteten in der Klosterkapelle für einen glücklichen Ausgang des Zuges und verließen schon nach zwei Stunden wieder die kleine Klostersiedlung von Nivelles.

Karl hing lange seinen Gedanken nach, während sie schnell zur Spitze des weiterziehenden Heeres preschten. Erst als er die bunten Wimpel unter den Spitzen der aufgerichteten Reiterspeere erkannte, fühlte er sich wieder freier. Noch ehe sie vorn ankamen, erkannte Karl seinen Stiefneffen Hugo. Der viel zu jung geweihte Priester ritt ihnen entgegen und hob die linke Hand.

»Was ist geschehen?«, rief Karl ihm zu.

»Die Neustrier rücken auf Soissons zu«, stieß Hugo hervor. »Sie halten alle Zufahrtswege nördlich von Paris besetzt und versuchen, schneller als wir in der alten Königsstadt zu sein.«

»Dann müssen wir noch vor Cambrai und Vincy nach Sankt Quentin abbiegen«, sagte Karl sofort.

»Das wird uns nicht viel nützen«, antwortete Hugo besorgt. »Sie können von Paris aus viel schneller in Soissons sein als wir. Außerdem müssen wir noch die Wälder in den Bergen zwischen Noyen und Laon überwinden.«

»Wer sagt denn, dass ich ein Heer so führen muss wie in den Überlieferungen?«, gab Karl zurück. »Ich will, dass sich jeder auf seine Art nach Soissons durchschlägt! Und zwar so schnell wie möglich.«

Obwohl kaum jemand damit gerechnet hatte, schafften die jüngsten und verwegensten unter Karls Reitern noch am selben Tag die Strecke bis Soissons. Karl selbst kam nur wenig später in der Königsstadt an der Aisne an. Weder innerhalb der Mauern noch auf den Wiesen rechts und links der Ufer oder in den Wäldern an den Hängen war etwas vom feindlichen Heer zu sehen.

»Ich verstehe das nicht«, sagte Karl zu Rotbert, Folker und den anderen. »Sie hätten doch schon lange vor uns hier sein können.«

In diesem Augenblick trat ein stämmiger Mann aus der größten Kirche der ummauerten Stadt. Karl hob die Brauen und blickte ihm erstaunt entgegen.

»Was machst du denn hier, Milo? Wie kommst du dazu, Reims ohne Schutz zu lassen?«

Der schwarze Abt bleckte die Zähne. »Reims hat sehr hohe Mauern, wie du weißt«, grinste er. »Nenne mir ein anderes Tor, außer jenem in der Nordmauer von Trier, das ebenso mächtig ist wie das Westtor von Reims.«

Karl kaute an seinen Schnurrbartspitzen. »Manchmal wirst du mir einfach unheimlich. Doch wenn du dir schon meinen Kopf zerbrichst, verrate mir, wie du die Lage einschätzt.«

»Ganz einfach«, antwortete der Bischof von Trier und Reims. »Die Neustrier wissen längst, wo du bist, wie stark dein Heer ist und dass sie dir nicht mehr auf freiem Feld entgegentreten können. Sie haben nicht vergessen, wie schmachvoll sie bei Vincy und an der Amblève von dir geschlagen wurden.«

»Das heißt, sie werden uns umringen und belagern.«

»Das ist die einzige Möglichkeit für sie«, sagte Milo ernst. »Durch deinen Sieg im letzten Jahr fehlen überall Vorräte. Eine verlorene Schlacht mit derart vielen Toten und Verwundeten lässt sich nicht in einem Winter wieder ausgleichen. Von jedem in einer Schlacht gefallenen Adligen hängen nun mal Hunderte von Menschen und ganze Dörfer ab. Du weißt ja selbst, wie schnell ein Gau zugrunde geht, wenn auch nur ein Vasall oder der Lehnsherr zu jung, zu unfähig oder zu korrupt ist.«

»Eigentlich könnten die Niederlage von Vincy und der Tod der vielen Adligen Neustriens sie sogar stärker gemacht haben«, meinte Karl nachdenklich.

»Du kannst von jungen, gepfropften Zweigen nicht schon nach einem Jahr Früchte erwarten«, sagte Milo. »Und ebendies ist auch die Falle, in die ich sie an deiner Stelle locken würde.«

»Soll ich sie etwa noch ermuntern, mich einzuschließen und langsam auszuhungern?«

»Es reicht, wenn sie sich sicher wähnen«, antwortete Milo. »Gib ihnen Zeit, damit sie unvorsichtig werden. Füttere sie jeden Tag und möglichst auch bei Nacht mit falschen Nachrichten, damit sie denken, dass es schon bald den großen Aufstand unter deinen Männern gibt. Sie denken, dass du nur ein Bastard oder ein Herzog von wankelmütigen Rebellen bist.«

Karl musste die Zähne zusammenbeißen, um Milos Worte so zu nehmen, wie sie gemeint waren. Er spürte, wie das Blut ihm in den Kopf schoss und in den Schläfen hämmerte. Bei jedem anderen hätte er ohne zu denken ausgeholt und zugeschlagen.

»Mönchlein, Mönchlein«, spottete er dann. »Du solltest nie vergessen, dass auch ein Bischofsamt nur eine Ehre und geliehene Privilegien bedeutet, die leicht vergeben aber genauso leicht wieder genommen werden können.«

»Du warst es doch, der mich gefragt hat«, antwortete Milo furchtlos. »Und so, wie ich dich kenne, ist deine größte Stärke nicht dein

Schwertarm, sondern die Kraft, mit der du auch die Wahrheit tragen kannst. Das, Karl, und eigentlich nur das, erhebt dich über viele andere, die sich am Lügenschleim festhalten, in dem sie sich geschmeichelt suhlen.«

Sie verhielten sich genau so, wie Milo vorgeschlagen hatte. Obwohl Soissons bis in den letzten Straßenwinkel überfüllt war, benahmen sich Karls Männer diszipliniert und vorbildlich. Er hatte ihnen derart harte Strafen angedroht, dass keiner wagte, sich an den Frauen von Soissons oder an jenen Männern zu vergreifen, die gleich bei ihrem Einzug entwaffnet worden waren.

»Trotzdem«, sagte Karl am dritten Tag, »ich kann die freien Franken und die Bewaffneten nicht wochenlang wie Vieh einsperren. Die meisten sind den hohen Himmel und das weite Land gewohnt.«

Hugo saß an einer langen Tafel aus Böcken und Brettern vor einer selbst angefertigten Karte, die zu seinen wertvollsten Schätzen gehörte. Während seines Aufenthaltes in den Klöstern Neustriens hatte er alles in die Karte eingetragen, was ihm wichtig schien. Nur Karl und ein paar Edle kannten das geheimnisvolle Dokument. In Hugos Karte war genau angegeben, wie die Königspfalzen hießen, wo Grafen starke Kontingente von Bewaffneten stellen konnten, wo sich Mühlen und große Vorratsspeicher befanden und wo es Brücken oder Furten an den Flüssen gab. Zusätzlich hatte er sämtliche Klöster und Abteien sowie die Stellen eingezeichnet, an denen Boten und herumziehende Mönche eine versteckte Zuflucht finden konnten.

Karl blickte zum gegenüberliegenden Ufer der Aisne. Auch dort lagerten inzwischen Bewaffnete, so weit das Auge reichte. Inzwischen hatte das feindliche Heer sogar kleine Katapulte und Wurfmaschinen bis an die alte Römerbrücke herangebracht.

»Wenn wir noch weiter warten, können wir in zwei, drei Tagen hier nicht einmal mehr ans Flussufer«, sagte Karl besorgt. »Dann nämlich sind die anderen so weit, dass sie mit ihren Katapulten Felsbrocken bis in unsere Zelte schleudern können.«

»Das könnten sie auch jetzt schon«, sagte Hugo beiläufig.

»Wir werden ausbrechen!«, erwiderte Karl entschlossen. »Und dann jage ich sie so lange, bis ich den Königsschatz zurückhabe, den

Chilperich und Raganfrid aus Colonia geraubt haben. Und wenn es bis Paris oder an die Loire sein sollte!«

Sie brauchten noch zwei Tage und Nächte, bis der Plan für den Ausbruch fertig war. Am Abend vor dem alles entscheidenden Tag verabschiedeten sich Milo und Hugo von Karl.

»Und ihr habt wirklich genug Mut, um das zu tun, was wir besprochen haben?«, fragte Karl noch einmal. »Ich würde es euch nicht übel nehmen, wenn ihr die Sache noch mal überschlaft und dann lieber hierbleiben wollt.«

»Wir gehen«, sagte Milo.

»Ja, Karl, wir gehen«, bestätigte auch Hugo.

Karl trat zu dem Jüngeren und sah ihn lange an. »Ich werde nicht vergessen, was du da für mich tust.«

Zum ersten Mal sahen sie, wie der junge Priester bis über beide Ohren errötete. Er schlug die Augen nieder. Dann wandte er sich um und ging mit geneigtem Kopf davon.

»Dann geh auch du mit Gott«, sagte Karl zu Milo. »Verwirre unsere Feinde, wie es einst David mit Goliath und den großmäuligen Philistern tat.«

Die Entscheidung über die Zukunft der bitter verfeindeten Hälften des Fränkischen Reiches begann eine Stunde vor Sonnenaufgang. An den Uferbefestigungen nördlich der alten Römerstadt Soissons, die Chlodwig I. vor mehr als zweihundert Jahren zur ersten fränkischen Hauptstadt gemacht hatte, glitten zweihundert splitternackte Männer ins Wasser. Sie hatten Arme, Hände und Gesichter dunkel gefärbt. Jeder von ihnen schob einen Ledersack vor sich her, der an luftgefüllten Schweinsblasen befestigt war. Die Männer hielten sich zunächst sehr dicht an der Stadtmauer und dann am Uferschilf der Aisne. Obwohl der Fluss zu dieser Jahreszeit nicht viel Wasser führte, war er zu tief, um ihn zu durchwaten.

Die Männer wurden von Graf Folker angeführt. Karl hatte mit ihm vereinbart, dass er, während er stromab schwamm, bis tausend zählen sollte. Obwohl sie aus der Stadt heraus die Strömung nicht berechnen konnten, hatten ihnen Einwohner gesagt, dass sie auf diese Weise etwa eine Meile schaffen könnten.

Bei Sonnenaufgang sammelte sich ein zweiter Heereshaufen an

der Brücke, von der die Römerstraße durch die Uferberge nach Laon führte. Sie sollten sich nicht ruhig oder heimlich verhalten, sondern so viel Lärm wie irgend möglich machen.

Doch noch war es nicht so weit. Noch reichte der erste Sonnenstrahl erst an die Dachspitze der höchsten Kirche von Soissons. Erst dann, wenn er den Rand des Daches überschritten hatte und das Mauerwerk erhellte, sollten sie laut werden.

Die eigentliche Streitmacht und Karls stärkste Waffe war und blieb die Reiterei. Er hatte lange mit den Männern, die das Schwert zu führen hatten, aber auch mit ihren Stallburschen und den Pferdeknechten geredet.

»Wir werden als Dreieinigkeit gewinnen oder untergehen«, hatte er ihnen eingeschärft. »Hämmert euch in die Köpfe ein, dass es diesmal nur ein einziges großes Ziel für den gesamten Ausbruch gibt: Ich will kein Schlachtfest und nicht den von mir gehassten Majordomus Raganfrid, sondern seinen Merowingerkönig! Lasst alle anderen entkommen! Verschont jeden, der sich in den Weg stellt! Reitet vorbei, ohne viel Zeit dadurch zu verlieren, dass ihr mit irgendeinem Neustrier, Aquitanier oder Friesen die Kräfte messen wollt.«

Im selben Augenblick brach im Norden der Stadt unmittelbar an der Aisne das große Lärmen aus. Hörner, Pauken und Trompeten wetteiferten um den Sieg.

Zwei der fünfzig Wachen, die während der gesamten Nacht abwechselnd das Lager der Neustrier beobachtet hatten, polterten in den Raum. Karl erkannte sie sofort.

»Was gibt es?«, rief er ihnen zu. Die beiden Männer keuchten.

»Es geschieht!«, rief der jüngere der beiden. »Alles geschieht genau so, wie du vorausgesagt hast!«

»Die Neustrier kämpfen nicht allein«, warf der andere ein. »Es klingt verrückt, aber ich habe Friesen und Sachsen bei ihnen gesehen ... dazu Vasgonen aus den Pyrenäen und Aquitanier in lächerlichen Pluderhosen! Und nicht nur einige, sondern große Gruppen von Berittenen und Fußkriegern ...«

»Friesen!«, höhnte Karl. »Das hätte ich mir denken können! Und die anderen? Habt ihr irgendetwas von König Chilperich gesehen?«

»Er zieht sich offensichtlich zurück.«

»Zusammen mit dem übrigen Heer?«

»Nein, die Hauptstreitmacht der Neustrier lagert noch immer südlich der Stadt. Es scheint, als wären sie nicht auf deine List hereingefallen.«

Karl blieb für einen Augenblick unbeweglich stehen. Die Männer sahen, wie es hinter seiner Stirn arbeitete. Jetzt kam es darauf an! Und alle wussten, dass sein nächster Befehl die Entscheidung über Sieg oder Niederlage bringen würde.

Das Warten auf ein einziges, alle erlösendes Wort von Karl beanspruchte die Geduld der Männer bis zum Äußersten. Karl hatte befohlen, dass sie abwarten und ihre Pferde ruhig halten sollten. Gleichzeitig hörten sie den Lärm der anderen, die sich bereits nördlich des Flusses auf der Straße nach Laon befanden. Schließlich hielt auch Karl es nicht mehr aus. Er winkte ein paar von seinen Grafen und Heerführern zu sich.

»Jeder Berittene soll sein Pferd selbst bis zu den südlichen Toren führen. Niemand darf die Tiere seinen Pferdeknechten überlassen. Und jeder, dessen Tier wiehert oder Lärm macht, muss sich dafür selbst vor mir verantworten.«

Auch Karls Waffen und die Hufe seines Pferdes waren mit Werg und bunten Tüchern umwickelt. Er achtete darauf, dass er nirgendwo anstieß, als er durch die noch im Morgenschatten liegenden Straßen von Soissons ging. Zwischen dem südlichen und dem südwestlichen Stadttor hatten sich viele Männer mit ihren Pferden versammelt. Aber auch hier waren die Straßen zwischen den Häusern zu eng, um alle gleichzeitig zu überblicken.

Karl blieb direkt am Südtor stehen, wartete eine Weile. Dann griff er ans Sattelhorn seines Pferdes, stieg mit einem Fuß in die Steigbügel und hob sich vorsichtig in den Sattel.

Kein einziges der anderen Pferde tänzelte zur Seite, kein Zaumzeugschmuck klirrte, und nicht einmal die Schwertgehänge um die Leiber seiner Krieger gaben ein verräterisches Geräusch von sich.

Im selben Augenblick ertönte von Südwesten her ein lauter, mehrfach an- und abschwellender Ton aus einem Blashorn. Einige Männer und Pferde wurden unruhig. Karl streckte die flache Hand aus und bewegte sie, als schlüge er auf ein unsichtbares Kissen.

»Stillhalten!«, rief er halblaut. »Haltet die Tiere still!«

Er war froh über jeden weiteren Atemzug, der jetzt verstrich, ohne dass die Neustrier sich gegen Soissons wandten. Sie sollten glauben, dass er mit den Reitern seines Heeres nach Nordwesten abgezogen war. Und sie sollten glauben, dass nur ein paar Fußtruppen sich flussabwärts aufhielten.

»Sie tun es«, schnaubte er schließlich. »Sie fallen darauf rein.«

Er lachte glücklich und richtete sich auf, hob den linken Arm und deutete mit der flachen Hand nach allen Seiten. Dann schlossen sich die Finger und sein Daumen hob sich. Die Männer, die das Südtor bewachten, griffen nach den schweren Balken, um sie aufzuziehen. Die schenkeldicken Torzapfen in den steinernen Scharnieren waren dick mit Wagenschmiere eingefettet. Sie bewegten sich ohne jeden Laut.

Karl blickte sich kurz um. Dann stieß er seine Hand mit dem hochgereckten Daumen dreimal in die Luft. Seine Gefährten bildeten eine schmale Gasse für ihn.

Karl schrie, so laut er konnte, und feuerte damit die Berittenen an. Gemeinsam preschten sie aus dem Stadttor und jagten, ohne anzuhalten, weiter. Es war, als würde die erste Königsstadt der Franken ohne Unterlass neue Bewaffnete ausspucken. Mehr und immer mehr rasende Reiter jagten über die verlassenen Flächen, auf denen eben noch die Neustrier gelagert hatten. Sie waren überhastet aufgebrochen und hatten nicht einmal genügend Pfeile oder Schilde mitgenommen. Zu lächerlich und ungefährlich war ihnen das Auftauchen von Rotberts splitternackten Fußkriegern erschienen. Und damit rächte sich erneut, dass sie sich als die Stärkeren gefühlt hatten.

20

Jagd auf den Merowinger

Karl und seine besten Männer ritten wie die Teufel. Die Hufe ihrer Pferde hämmerten in den von der Sommerhitze trockenen Boden. Zweige von Büschen und Bäumen peitschten an ihren Körpern entlang, während sie immer weiter nach Süden jagten. Jedes Mal, wenn sie eine Hügelkuppe erreichten, hofften sie, den flüchtenden König der Neustrier zu erblicken. An jedem Bach, jedem Hohlweg und jedem Wäldchen, bei denen sie dachten: »Hier holen wir sie ein«, sahen sie nur noch Spuren auf dem Boden.

»Ich weiß nicht, was das alles bedeutet«, stöhnte Karls Stiefbruder Hildebrand, als die Männer erneut verschnauften. »Irgendetwas stimmt hier nicht. Die Merowingerkönige genießen zwar die Magie des heiligen Blutes, aber ich habe wirklich und wahrhaftig noch nie gehört, dass sie wie Engel fliegen oder unsichtbar werden können.«

»Nennst du das unsichtbar?«, fragte Karl. Er nahm eine kleine Lederflasche vom Sattelknauf, trank einen Schluck und spuckte den Rest vom leicht gesüßten, inzwischen warm gewordenen Essigwasser auf die Spuren im Staub.

»Nein«, antwortete Hildebrand. »Ich sehe selbst, dass hier viele Reiter unterwegs waren. Sie sind nach Süden geritten und hatten auch Wagen und Karren dabei.«

»Den Ochsenkarren«, knurrte Karl. »Mit Stroh, um ihren Merowingerkönig wie eine Bundeslade in Sicherheit zu bringen.«

Sie ritten weiter und erreichten eine neue Anhöhe. Schräg unter ihnen glänzte ein Fluss, nur etwas breiter als die Aisne bei Soissons.

»Die Marne«, stellte Hildebrand fest. »Das alles kann doch nur bedeuten, dass …«

»Ja, du hast recht«, sagte Karl. »Er hat die Marne in Richtung Süden überquert.«

»Aber warum?«, fragte Hildebrand. »Warum haben die Neustrier ihren König nicht nach Paris zurückgebracht, während sie uns belagerten?«

»Dafür gibt es nur eine einzige Erklärung«, sagte Karl nach kurzer Überlegung. »Die Neustrier haben sich nicht nur Friesen und Sachsen als Verbündete gekauft, sondern auch noch Herzog Eudo von Aquitanien und damit den gesamten Süden Galliens.«

»Gekauft?«, wiederholte Hildebrand ungläubig und stampfte auf. »Womit hätten Raganfrid und Chilperich den stolzen und mächtigen Herzog von Aquitanien denn kaufen können?«

Karl lachte trocken. »Hast du vergessen, dass sie nicht nur über einen Königsschatz verfügen, sondern gleich über zwei?«

»Verdammte Tat!«, stieß Hildebrand hervor.

Die Sonne war bereits untergegangen, als Karl endlich anhalten und lagern ließ. Die Nacht war warm, und sie konnten alles ablegen, was sie bei sich trugen. Die meisten Krieger nahmen sich gerade noch die Zeit, Kratzer und aufgescheuerte Stellen mit Salbe aus Ringelblumen einzureiben, ehe sie in tiefen Schlaf fielen.

Kurz vor Sonnenaufgang erwachte Karl und schälte sich aus seinen Decken. Er steckte zwei Finger in den Mund und stieß einen scharfen Pfiff aus.

»Los, los, los!«, rief Karl seinen Männern zu. Er legte bereits sein Wehrgehänge an, gürtete sich und nahm sein Schwert auf. »Ehe die Sonne über den Bäumen steht, will ich die Seine überquert haben«, rief er. »Essen und trinken könnt ihr unterwegs. Aber seid sparsam mit dem, was ihr habt. Wir wissen nicht, wo uns Chilperich ein paar Brosamen übrig gelassen hat.«

Er lachte, schlug sein Wasser an der Stelle ab, an der er eben noch geschlafen hatte, ließ sich einen Krug mit Flusswasser reichen, wusch sich seine Hände, benetzte sein Gesicht und kippte den Rest über den Kopf mit seinen vollen blonden Haaren.

Sie saßen auf und preschten zum Flussufer hinunter. Pferde und Reiter genossen das angenehme, nicht einmal sattelhohe Nass. Manch einer beugte sich so geschickt zur Seite, dass er den Körper kurz ins Wasser tauchen konnte.

Kurz darauf erreichten sie auf der anderen Seite der Seine die alte Römerstraße nach Orleans. Hier konnten sie schneller reiten und dabei ihre im Fluss nass gewordene Kleidung trocknen. Auch dieser Tag wurde bereits früh am Morgen sehr warm. Sobald Häuser und Hörige am Straßenrand auftauchten, hielt Karl mit ein paar Mann aus seinem engeren Gefolge an, während der Haupttrupp weiterritt.

Es waren mutige Bauern, die nicht einfach davonliefen und sich irgendwo versteckten.

»Habt ihr noch Speck, Brot und Wein?«, rief Karl ihnen zu.

»Nein, Herr«, lautete jedes Mal die Antwort in der eigentümlichen, romanisch klingenden Sprache. »Wir gaben alles freudig unserem König Chilperich II.«

»Das ist auch gut so«, bestätigte Karl dann. »So soll es sein! Doch da ihr wusstet, dass euer König verfolgt wird, habt ihr doch sicherlich für die Verfolger auch etwas aufgehoben.«

»Schon jetzt hungern unsere Kinder, Herr. Und unsere Frauen weinen. Wir haben nichts mehr, was wir geben können.«

»Dann wollen wir auch milde und großmütig sein«, antwortete Karl. »Uns reicht der Wein, den ihr unter dem Heu versteckt habt, sowie der Speck in der kühlen, mit einer Steinplatte zugedeckten Grube unter dem Küchentisch.«

»Du weißt … oh Herr, auch dort ist alles leer.«

Karl lachte nur, nickte denjenigen zu, die noch einmal versuchten, ihre Nahrungsmittel zu verteidigen. Er wartete, bis herangeschafft wurde, was er gefordert hatte. Ein paar Mal stieg er selbst vom Pferd, ließ die Eisentüren der Backöfen öffnen und legte seine Hand auf die Steinplatten im Inneren. Aber die Menschen in den Häusern am Straßenrand hatten wirklich kein frisches Brot gebacken, seit Chilperich mit seinem Heer durchgeritten war.

Zehn Meilen vor Orleans begannen dichte Wälder, durch die es nur wenige Wege gab. Karl ließ an einem kleinen Teich Rast machen. Zuerst wurden die Pferde zum Wasser geführt. Dann rissen sich die Männer die letzte Kleidung vom Leib und sprangen in den Teich.

Auch Karl schwamm kurz und ließ seine Kleidungsstücke von Pferdeknechten durch das Wasser ziehen. Als sie nach einer Stunde weiterritten, empfanden sie die Kühle des Waldes als frisch und angenehm. Der Friese Wusing näherte sich der Spitzengruppe.

»Nun?«, fragte Karl, als er ihn schräg hinter sich sah. »Was hast du auf dem Herzen?«

»Ich würde gern erfahren, warum wir langsamer geworden sind. Ich dachte, dass wir kurz davor sind, Chilperich und einen Königsschatz zu fangen.«

»Das waren wir bis gestern Abend noch«, antwortete Karl. »Aber ich habe heute Brot gesehen, das älter ist als einen Tag und eine Nacht.«

»Na und?«, fragte der Friese. »Was heißt das schon? Bei uns im Norden wird das Brot oft eine Woche alt.«

»Hier nicht«, antwortete Karl. »Hier haben sich die Menschen fünfhundert Jahre lang an die römischen Besatzer und ihr täglich frisches weißes Brot gewöhnt.«

»Und was bedeutet das?«, fragte Wusing.

»Dass Chilperich schon längst nicht mehr in Orleans zu finden sein wird. Und dass er seinen Untertanen nicht einmal Mehl für frisches Brot gelassen hat.«

Sie ritten durch das geöffnete Nordtor in Orleans ein. Die alte Römerfestung Genabium am nördlichsten Punkt der Loire in ihrem Lauf zum Meer bildete seit Jahrhunderten das Nadelöhr für alle, die hier durchzogen. Auch stromabwärts gab es Flussübergänge, aber die alte Römerbrücke von Orleans war die wichtigste von allen.

Karl und seine Begleiter ritten langsam durch die verlassenen Straßen. Obwohl die Loire nicht mit dem Rhein vergleichbar war, erinnerte die Stadt ihn an Colonia. Von allen Häuserwänden schallte das Klappern der Pferdehufe zurück.

Sie erreichten die leere Stadtmitte. Kurz dahinter neigten sich die Straßen zum Fluss und zur Stadtmauer am Ufer hinab. Gleich darauf passierten sie einen mächtigen Rundturm, der schon zu Römerzeiten Fluchtburg und Wachturm über den Fluss gewesen war. Ein wenig östlich davon gelangten sie auf einen großen, von Kastanienbäumen eingesäumten Platz mit einem Kloster und einer ziemlich alt wirkenden Kirche.

»Die Kirche des heiligen Aignan«, rief Hildebrand triumphierend. »Ich hätte nie gedacht, dass ich sie einmal sehen werde.«

»Was ist mit ihm?«, fragte Wusing. Karl lachte.

»Der legendäre Stadtpatron von Orleans. Es heißt, dass er noch im hohen Alter bis zu den Römern an der unteren Rhone reiste und sie zu Hilfe rief, als seine Stadt von den Hunnen belagert wurde.«

Sie ritten über den Platz bis zur Kirche und hielten dort, wo eine steile Treppe zur Krypta hinabführte. Karl musterte die Treppe, an der ein feiner Lichtschein aus dem Inneren sichtbar wurde.

Im selben Augenblick hörten sie leisen Gesang aus der Krypta.

Männer mit Tonsuren und weißen Gewändern kamen mit gesenkten Köpfen die Treppe hinauf. Sie hielten brennende Kerzen zwischen ihren zum Gebet zusammengelegten Händen. Karl hob die Hand. Er wollte, dass die Mönche zu Ende sangen. Sie warteten schweigend, bis es so weit war. Dann trat einer der Weißgekleideten vor und wandte sich an Karl:

»Ich grüße dich, Herr. Und ich erbitte Gnade für die Stadt, für meine Brüder und ganz zuletzt für mich.«

»Du weißt, dass selbst der Himmel seine Gnade nicht ohne Gegenleistung verschenkt«, sagte Karl.

Die Mönche neigten erneut den Kopf.

»Wir wissen, was du jetzt fragen wirst«, sagte ihr Sprecher. »Aber wir alle haben bei den Gebeinen unseres Bischofs, des heiligen Aignan, geschworen, dir nicht zu sagen, mit wie vielen Packpferden unser König über die Römerbrücke geritten ist.«

»Ist dir verboten, uns die Zahl seiner Reiter zu nennen?«

»Nein«, antwortete der Mönch. »Wir haben etwas mehr als hundert gezählt.«

Karl überlegte einen Augenblick. »Trugen die Packpferde eine schwerere Last als die Reittiere?«

»Nein, Herr. Sie trugen eine leichtere Last«, antwortete der Mönch.

»Dann danke ich dir«, lächelte Karl. »Denn damit steht fest, dass der König und seine Begleiter mindestens dreißig Packpferde benötigt haben, um den in Colonia geraubten Königsschatz so zu verstauen, dass sie auch bei schnellen Ritten mithalten konnten.«

Der Sprecher der Mönche hob die Schultern, antwortete aber nicht. Karl ritt zwei, drei Schritte auf ihn zu und beugte sich etwas vor.

»Ihr habt sehr schöne Gewänder an«, sagte er dann. »Ich habe Derartiges noch nie gesehen.«

Erst jetzt bemerkten auch die anderen, dass die Mönche keine Kutten, sondern ärmellose Überhänge trugen, die wie eine Mischung aus einer römischen Tunika und einer Toga aussahen.

»Unsere Gewänder sind noch neu«, sagte der Sprecher der Mönche. »Wir erhielten sie als Geschenk von unseren Brüdern im Süden.«

»Sag doch gleich: von Herzog Eudos Aquitaniern«, stellte Karl streng fest.

Ein paar der Mönche zogen die Köpfe zwischen die Schultern, wagten aber nicht, irgendetwas zu leugnen.

»Dann geht«, rief Karl. »Geht und seht zu, dass euch die Bewohner von Orleans nicht als Verräter erschlagen, wenn sie zurückkehren.« Er drehte sich zu seinen Männern um. »Wir bleiben über Nacht hier und kehren wieder um nach Norden.«

»Das geht nicht!«, protestierte Hildebrand. »Du kannst jetzt nicht die Verfolgung aufgeben!«

»Was erwartest du?«, gab Karl zurück. »Soll ich die Männer über die Römerbrücke in ein sinnloses und blutiges Gemetzel schicken? Nein, Hildebrand! Wir wissen nicht, ob sich Raganfrid bereits mit Herzog Eudo gegen uns verbündet hat. Gegen Neustrier und Aquitanier auf der anderen Seite gemeinsam sind wir in diesem Jahr nicht stark genug. Schon deshalb nicht, weil wir auch noch die Friesen und die Sachsen im Nacken haben.«

Karl wurde so unsanft aus dem Schlaf gerissen, dass er einen Augenblick nicht wusste, wo er war. Er und die Männer hatten am vergangenen Abend doch noch dem guten Wein der Mönche reichlich zugesprochen. Er schüttelte sich ein paar Mal, ehe er erkannte, wer ihn so aufgeregt geweckt hatte.

»Was soll das, Hildebrand?«, stöhnte er unwillig. »Bin ich ein Mönch, der mitten in der Nacht zu beten hat?«

»Du wirst dich gleich bekreuzigen, wenn du erfährst, was ich zu sagen habe.«

Karl verzog sein Gesicht, fuhr sich mit den Fingern durch Haare und Bart. Er stand leicht schwankend auf, ging mit weiten Schritten an seinem Halbbruder vorbei, schöpfte mit beiden Händen abgestandenes Wasser aus einem Krug und warf es sich ins Gesicht. Er prustete mehrmals und versuchte, langsam wach zu werden.

»Sag mir Bescheid, wenn du so weit bist, dass du mich nicht erschlägst, sobald ich dir sage, dass die Neustrier bereits auf der Römerbrücke sind.«

Karl fuhr so ruckartig zusammen, dass Hildebrand einen Schritt zurücksprang.

»Sag das noch mal!«, knurrte er mit einer vom vielen Wein heiser gewordenen Stimme.

»Herzog Eudo von Aquitanien steht seit dem ersten Sonnenstrahl an der Römerbrücke über die Loire und verlangt, mit dir zu sprechen.«

Karl war noch immer empört.

»Das kann nicht wahr sein!«, sagte er. »Er hat doch Chilperich, den Merowingerkönig, und dazu einen riesigen Königsschatz als Mitgift.«

»Vielleicht will er dir den König zurückgeben ... oder den geraubten Schatz.«

»Am besten alles beides!«, lachte Karl zum ersten Mal an diesem Morgen.

Bedienstete kamen in die Schlafkammer. Sie reichten ihm die Kleider, dann hängten sie ihm sein Wehrgehänge um, zogen ihm die Schuhe an und schnürten die Gamaschen. Karl sah sich nach der Kopfbedeckung um, die er in der Nacht irgendwo abgelegt hatte.

»Wo ist mein Helm?«, brüllte er. »Ich brauche den verdammten Helm, wenn ich dem Herzog über Aquitanien wie ein Majordomus gegenübertreten will!«

Er stürmte durch die Vorzimmer, in denen seine Männer auf Decken über Stroh am Boden lagen. Überall standen und lagen Krüge und Teller, hölzerne Bratenplatten mit abgenagten Knochen, gläserne Weinkelche, die noch aus der Anfangszeit des Klosters stammten, dazu Reste von Brot, Obst und Käse.

»Aufstehen!«, brüllte Karl.

Im Vorhof des Klosters sattelten bereits einige Stallknechte die Pferde. Gleichzeitig fanden sich immer mehr Männer im kleinen Klostervorhof ein. Einige hatten glasige Augen, andere wurden schneller mit den Härten des Lebens fertig.

Es waren tatsächlich nur einige Hundert Schritte am großen runden Turm vorbei bis zur Toranlage vor der Römerbrücke. Als sie ankamen, hob Karl eine Hand. Sofort öffneten mehrere Männer das hohe, mit Eisen bewehrte hölzerne Brückentor. Die Ketten auf ihren Drehspindeln klirrten, Balken knirschten, und dann fiel die Sonne von Osten her schräg durch die gemauerte Toröffnung.

Karl sah sofort, dass er ins Gegenlicht der Morgensonne auf die Brücke hinausmusste. Den anderen, die zur Begegnung aufgefordert hatten, stand die Sonne zu ihrer Rechten im Rücken.

Karl nahm die Zügel kürzer. Dadurch ging sein Wallach mit sehr kleinen Schritten über die Brücke. Die Männer in Herzog Eudos Begleitung trugen weite bunte Pluderhosen nach Sarazenenart, spitze Schuhe und vergoldete, mit hellen Edelsteinen verzierte Brustharnische. Sie hoben ihre mit bunten Wimpeln geschmückten Lanzen und ließen sie dann an den Köpfen ihrer Pferde vorbei, schräg zu Boden zeigen.

Karl lächelte kaum merklich. Er hatte sehr wohl bemerkt, dass einige der Lanzen für einen Augenblick in waagerechter Stellung verharrt hatten. Offensichtlich gab es im Gefolge von Eudo einige Adlige, die noch voll und ganz auf den Herzog eingeschworen waren.

»Ich grüße dich, Karl, Sohn des großen Majordomus Pippin II.«, rief Eudo mit klarer, etwas zu hoch klingender Stimme.

Karl nahm seine rechte Hand vom Schwertgriff, ballte sie zur Faust und legte sie nach Art der Römer auf die linke Brustseite.

»Ich grüße dich, Herzog von Aquitanien.«

Der andere stieß mit den Lippen einen Laut aus, der sich wie ein kleiner Kuss anhörte. Er kam auf seinem mit Schabracken behängten und prächtig verzierten Ross auf Karl zu. Die beiden ungleichen Männer musterten sich gegenseitig von oben bis unten.

»Kommst du, um mir den Königsschatz zurückzugeben, den Raganfrid und Chilperich aus Colonia geraubt haben?«, fragte Karl direkt.

Eudo ließ sich Zeit mit seiner Antwort. Er kaute an den spitzen Enden seines herabhängenden Schnurrbartes, spuckte sie aus und schürzte die vollen Lippen als Zeichen der Verachtung.

»Was ist dir wichtiger?«, fragte er dann. »Der Schatz aus dem Palast deines Vaters in Colonia oder ein anderes Angebot, das ich dir hier und heute machen könnte?«

»Ich bin nicht gekommen, um mir Angebote anzuhören, nur weil die Pyrenäenberge dir keinen Schutz mehr gegen die Bekehrungswut der Muselmanen bieten«, antwortete Karl beherrscht. »Ich fordere vielmehr den Merowingerkönig von Neustrien und den gesamten Königsschatz von Austrien.«

»Was du über die Muselmanen, die Sarazenen, denkst, ist falsch«, sagte Eudo fast schon verzeihend. »Verleumderische Lügen eurer eigenen Bischöfe und Mönche. Wir jedenfalls haben in den vergangenen sieben Jahren gelernt, mit den Muselmanen in Eintracht zu leben. Mit den meisten jedenfalls ... Und selbst die Bischöfe von

Carcassonne, Narbonne und Avignon erkennen an, dass der Koran ebenfalls ein heiliges Buch ist.«

Karls Mundwinkel zuckten. Die Begegnung mit Eudo verlief vollkommen anders, als er erwartet hatte.

»Ich kann dir aus verschiedenen Gründen heute nicht beides zurückgeben«, sagte Eudo. »Ich will den Königsschatz für eine Weile mitführen und überall herumzeigen. Als Gegenleistung liefere ich den Merowingerkönig an dich aus und annulliere meinen Bündnisvertrag mit Majordomus Raganfrid.«

»Und wie zum Teufel soll ich meinen Edlen erklären, dass ich auf unseren Königsschatz verzichte?«

»Du verzichtest nicht«, erklärte Eudo geduldig. »Sagen wir doch, dass du mir den Königsschatz als ein Lehen gibst, damit ich mir ein größeres Heer gegen die Sarazenen und die arabischen Eroberer aufstellen kann. Mit dieser Anleihe gelte ich wieder als stark und mächtig, auch wenn ich sie nicht antaste.«

Karl dachte nach. Eudos Ansinnen konnte sehr wohl eine List und eine böse Falle sein, doch selbst dann hatte der Plan Vorteile für beide Seiten. Karl wog das Risiko ab, und es gefiel ihm.

»Wenn wir – beschworen! – bei dieser Lesart bleiben, stimme ich zu.«

Es kam alles genau so, wie sie es vereinbart hatten. Während der König der Westfranken, der die meiste Zeit seines Lebens als Mönch hinter Klostermauern verbracht hatte, still und bescheiden blieb, war den Männern in seiner Begleitung Zorn, Wut und Enttäuschung deutlich anzusehen. Die meisten von ihnen waren Adlige und Gutsbesitzer aus den Gauen rund um Paris. Doch selbst lauter Protest hätte ihnen nichts mehr genützt.

Bereits am selben Tag kehrten die Bewohner von Orleans in die Stadt zurück. Am nächsten Morgen herrschte wieder das übliche Gewimmel zwischen den Häusern. Karl hatte angeordnet, dass mehrere Stellmacher gleichzeitig auf den verschiedenen Gutshöfen rund um die Stadt Teile für einen Wagen bauen sollten, mit dem er den König in einer Art Triumphzug bis nach Paris führen wollte.

Am Abend ihres zweiten Tages wurde der neue Wagen auf dem Platz zwischen dem Kloster und der Kirche von Sankt Aignan übergeben.

Karl schlug mit der Faust gegen die großen Scheibenräder, sah sich die geschmiedeten Reifen an, begutachtete die Deichsel für die Ochsen und blickte dann ins Innere des Wagenkastens. »Hier müssen mindestens fünf Ballen Stroh verteilt werden«, sagte er dann. »Sie sollen mir nicht nachsagen, dass ich einen Merowingerkönig schlechter fahren lasse als die Neustrier.«

»Warum hast du den Wagen schon hier bauen lassen?«, fragte Hildebrand, nachdem Karl die Prüfung des Gefährts abgeschlossen hatte. »Du hättest Boten nach Paris oder Sankt Denis schicken können, um dir dort den Wagen anfertigen zu lassen.«

»Du magst ein ehrenwerter Graf irgendwo in Burgund sein«, antwortete Karl gut gelaunt. »Aber der Mann, den ich auf diesem Wagen mit uns führe, soll nicht wie ein Gefangener, sondern als mein König gesehen werden.«

»Aber der Wagen mit dem doppelten Ochsengespann schafft bestenfalls acht bis zehn Meilen pro Tag.«

»Genau das will ich auch«, antwortete Karl und lachte. »Ich will, dass jeder Bauer am Weg später erzählen kann, wie Karl, der Sohn von Majordomus Pippin, mit König Chilperich II. von Orleans nach Norden zog. Jeder Händler, jeder Gaukler, jeder Bettler auf den Straßen soll mich und diesen König sehen.«

»Du willst ihn vorzeigen wie eine Reliquie.«

»Genauso ist es«, lächelte Karl nachsichtig.

Schon am nächsten Tag ließ Karl Reiterboten nach Ost und Nord ausschwärmen. Sie sollten überall verkünden, dass der Sieger von Vincy jetzt mit dem Merowingerkönig der Neustrier von der Loire an die Seine zurückkehrte. Sie sollten weiterhin verkünden, dass sich Karl mit dem mächtigen Herzog Eudo von Aquitanien auf ein Bündnis geeinigt hatte.

Der gemächliche, vom Tritt der beiden Ochsen vor dem Wagen des Merowingerkönigs bestimmte Zug nach Norden brauchte sechs Tage, bis er die ersten Häuser von Paris erreichte. Es war die beschaulichste Unternehmung, die Karl bisher erlebt hatte. Die Sommersonne brannte heiß, doch sie blieb erträglich auf der Römerstraße zwischen den weiten Wäldern, den Weiden und bereits gemähten Kornfeldern.

Manchmal kamen die Bewohner ganzer Dörfer bis zur Straße.

Frauen und Kinder liefen herbei, boten Wein und Essigwasser an und dazu sommerlich duftendes Honiggebäck. Bauern und Knechte nahmen ihre Filzkappen oder auch Vasgonenmützen ab. Sie senkten ihre Köpfe, sobald der Wagen mit dem König schwerachsig vorbeirumpelte.

Als die Römerstraße zwischen den Häusern von Paris sich zur Seine hinabneigte, kam ihnen ein Trupp eigener Reiter entgegen. Sie gehörten zu Herzog Folker, der seltsam ernst blieb, als Karl ihm fröhlich zuwinkte.

»Wir haben schon gehört, dass dir ein Wunder in Orleans gelungen sein muss«, rief Folker ihm mit eigenartigem Ernst entgegen.

»Und warum sagst du mir das voller Besorgnis?«

Folker sah sich verschwörerisch nach allen Seiten um.

»Du kommst als Sieger und als Held«, sagte er dann halblaut. »Aber hier im Herzen Neustriens wird die Frage laut, ob du rechtmäßig gehandelt hast.«

»Was soll das, Folker?«, fragte Karl scharf. »Chilperich II. ist mein Gefangener und nicht mein König. Mein König und der König aller Austrier ist und bleibt Chlothar IV.«

Graf Folker schüttelte schmerzvoll den Kopf. »Nein, Karl! Genau das wollte ich dir sagen: Du konntest an der Loire nicht mehr im Namen Chlothars handeln. Denn unser König starb am selben Tag, an dem du Orleans erreicht hattest ...«

Dennoch zog Karl als Triumphator durch die Stadt zur Seine. Chilperich II. hockte auf einer mit Stroh gepolsterten Decke aus weichem Bärenfell. Vier efeuumwickelte Stangen rechts und links an den Seiten des Ochsenwagens waren mit bunten Seidentüchern behängt.

Karl hatte angeordnet, dass kurz vor Paris die großen Scheibenräder mit Strohzöpfen, in die Ackerblumen eingeflochten waren, geschmückt wurden. Niemand sollte sagen, dass er den Merowingerkönig zu gering achtete. Chilperich II. war damit einverstanden gewesen, prächtige Gewänder anzulegen. Und auch die beiden Ochsen vor seinem Wagen waren mit Feldblumen und bunten Leinenbändern geschmückt worden.

Die Menschen waren längst daran gewöhnt, dass ihre Könige nicht auf wilden Rossen große Heere anführten, sondern sich eher wie die Hohepriester ihres eigenen Königtums von Ort zu Ort und von Pfalz zu Pfalz in Ochsenkarren fahren ließen.

Doch diesmal stimmte etwas nicht. Denn nicht der Majordomus Raganfrid, der eigentlich zu König Chilperich gehörte, führte den Zug über die Römerstraße bis zur Seine an, sondern jener andere, der »Kerrl« genannt wurde und der so stark und wild aussah wie sonst nur Friesen oder Sachsen.

Der lange Zug verließ die römische Seite der Stadt. Karl ließ Chilperich und die neustrischen Edlen auf der Insel im Fluss zurück. Er ritt mit seinen eigenen Leuten weiter nach Sankt Denis.

»Mit einer solchen Wendung konnte wohl niemand rechnen«, sagte Rotbert am selben Abend. Er hustete wieder häufiger. Wieder war es der einsiedlerische Mönch Sigbert, der das Gastmahl für die rheinischen Franken ausrichten ließ. Später traf laut und polternd auch noch der schwarze Abt ein.

Sie aßen, tranken und besprachen den ganzen Abend über, wie es weitergehen sollte. Karl übertrug Milo die Aufgabe, einen geeigneten Begräbnisort für Chlothar zu bestimmen.

»Weiß man, was er gehabt hat und woran er so plötzlich starb?«

»Er wollte nicht mehr«, antwortete Milo. »Er wollte einfach nicht mehr als königliche Monstranz von dir im Reich herumgefahren werden.«

»Hat er dir das gesagt?«

»Ich wusste es schon lange«, antwortete Milo. »Die Könige mit ihrem heiligen Blut vertragen einfach keinen Schlachtenlärm, das Brüllen von betrunkenen Männern und die Lustschreie der Weiber. Es schmerzt sie zu sehr, wenn sie erdulden müssen, was sich in ihrem Namen außerhalb der Klostermauern abspielt.«

»Meinst du, dass wir Chilperich II. ebenfalls ins Kloster zurückschicken sollten?«

»Auf keinen Fall!«, antwortete Milo sofort.

»Nun gut, dann will ich Chilperich II. behalten.«

Milo sah sich um. Doch selbst die schriftkundigen Referendare und die Männer, die sich in der *Lex Salica* und der *Lex Ripuaria* auskannten, öffneten die Hände.

»Du siehst es, Karl – keinerlei Einspruch gegen diese Lösung!«

»Dann nehme ich ab hier und heute Chilperich II., den König

Neustriens, auch als König Austriens an. Beim nächsten Märzfeld soll er offiziell bestätigen, dass ich sein Majordomus bin – und zwar für alle Gegenden der Francia ... für Neustrien ... Austrien ... Burgund ... und auch für Aquitanien! Dazu für Baiern, Thüringen und Alamannien ...«

Im selben Augenblick erhob sich ein Getöse im Speisesaal der Mönche von Sankt Denis. Alle Bewaffneten aus Karls Gefolge zogen ihre Kurzschwerter und schlugen mit der flachen Klinge auf die Tische und ihre Speiseplatten aus Metall. Gleichzeitig ertönten aus den vielen Dutzend Kehlen Jubelrufe und begeistertes Geschrei. Kräftige Fäuste rissen Karl an den Schultern hoch. Andere stemmten ihn noch höher, und irgendjemand fand einen Schild, auf den sie ihn hochwuchten konnten. Dann trugen sie ihn, wie zu Zeiten früherer Frankenkönige, auf dem Schild rund um die Tische und Bänke des Refektoriums.

21

Friesensturm

Die nächsten Tage vergingen damit, dass Karl sich im Refektorium der Mönche von Sankt Denis erklären ließ, worauf er in den Grafschaften Neustriens zu achten hatte.

Nach einer Woche voller Zahlen, Urkunden und Gemarkungskarten wandte er sich an die Adligen, die er aus allen Gauen rund um Paris zu sich befohlen hatte.

»Wir müssen diese Jahre nach meines Vaters Tod endlich als das begreifen, was sie wirklich waren –ein furchtbares Unglück, in dem sich verbrüderte Stämme so schrecklich bekämpften, als seien sie nie getauft worden! Wir werden ebenso untergehen wie die Ostgoten unter dem Ansturm der Langobarden oder die Westgoten unter den Hufen der schnellen Araberpferde, wenn wir uns nicht auf die Kraft der Einigkeit besinnen.«

Er machte eine kurze Pause und blickte jeden einzelnen der Männer an.

»Ich will nichts Unmögliches von euch«, sagte er dann. »Aber ich verlange die Bereitschaft, für ein großes und mächtiges Reich zu kämpfen. Ihr sollt es weder für mich noch für Chilperich II. tun. Ich will daher von heute an nichts mehr von Austriern, Neustriern oder Burgunden hören, sondern nur noch von Franken.«

Sie blickten ihn mit großem Respekt an. Auch wenn sie ahnten, dass dieser Mann viel von ihnen fordern würde, erkannten die meisten von ihnen, wie viel mehr sie gewinnen konnten, wenn sie sich auf seine Seite stellten.

»Und was geschieht mit Raganfrid?«, fragte einer der Grafen.

»Ich hege kein Gefühl der Rache in mir«, sagte Karl ruhig.

Es dauerte lange, bis alle Einzelheiten der neuen Ordnung so weit festgelegt waren, dass sie von den kundigen Mönchen und Notaren aus dem Hofstaat Chilperichs aufgeschrieben werden konnten.

An einem der letzten Abende vor Paris machte Karl noch einmal deutlich, dass es unter seiner Führung keine langatmigen Verfahren geben würde. Während des Abendessens mit den Mönchen von Sankt Denis klopfte er mit dem Messer gegen seinen Trinkbecher.

»Damit ihr alle seht, dass ich nicht nur nehme, sondern auch geben kann, ernenne ich hiermit meine treuesten Gefährten, die Grafen Rotbert, Folker und Hildebrand, zu Herzögen. Sie sollen unabhängig voneinander, aber gut abgestimmt mit mir Vasallenheere aufbauen, mit denen wir das Reich unbesiegbar machen.«

Die Männer an den Tischen nahmen ihre Messer, drehten sie um und klopften mit den Griffen auf die Tischplatten.

»Hildebrand, du kümmerst dich weiter um Burgund!«, ordnete Karl an. »Du, Rotbert, ordnest den Hennegau und Haspengau und übernimmst die Ländereien von Toxandrien bis an die Maasmündung. Und du, Folker, erweiterst dein Gebiet um alle Gaue zwischen Rhein und Maas, aber ohne Streit mit den Friesen! Das habe ich mir persönlich vorbehalten ...«

»Endlich!«, rief Wusing vom anderen Ende des Tisches. Er stand auf und schlug sich mit der rechten Hand an die Brust. »Ich habe jahrelang darauf gewartet, dass irgendwann ein Mann kommt, der meinem eigenen Fürsten das Christentum beibringt. Willibrord war Bischof in Utrecht und hat es nicht geschafft. Wynfrith, ein junger Mönch aus England, wird seit Wochen von Radbods Männern behindert. Pippin II. hat Radbod nur zurückgedrängt. Und du, Karl, musstest ebenfalls das Schwert der Friesen fühlen, die sich nicht taufen lassen wollen. Mein größter Wunsch ist daher, dass ich erlebe, wie du den Fürst der Friesen unterwirfst ...«

Fast alle Männer schwiegen eigenartig berührt. Nur einer in der Reihe hinter den Mönchen von Sankt Denis hüstelte, als wolle er an etwas erinnern. Karl sah zu ihm hinüber. Dann nickte er.

»Nein, Beningus«, sagte er lächelnd, »ich habe dich nicht vergessen. Du wirst natürlich wieder Abt von Sankt Wandrille.«

Die Heimkehr der Krieger in ihre Dörfer und Höfe beendete den heißen Sommer, der weit weniger blutig gewesen war, als die meisten von ihnen noch im Frühjahr befürchtet hatten.

»Raganfrid hat die Magie unterschätzt, die von einem Merowingerkönig ausgeht«, sagte Karl an einem schönen Septembernachmittag im Schatten der Obstbäume von Jupille. Die Bewaffneten, die jetzt immer bei ihm waren, übten auf der gegenüberliegenden

Seite des Flusses zwischen Lüttich und Heristal den Angriff zu Pferd in kleinen Gruppen.

»Wir dürfen einfach nicht mehr in der starren Schlachtordnung der Römer kämpfen«, sagte er.

Rotbert und Folker waren aus ihren Gauen erneut nach Jupille gekommen, um zu besprechen, ob sie noch im selben Jahr gegen die Friesen ziehen sollten. Anders als üblich saßen auch Chrotrud und die Frauen der beiden Herzöge bei den Männern. Sie kannten sich untereinander. Die Frauen der beiden Grafen stammten aus derselben Großfamilie wie Karls Ehefrau.

»Ich denke aber, dass wir einen harten, dauerhaft wachsenden Stamm aus gut bewaffneten, ja – besser noch – aus gepanzerten Reitern brauchen ...«

»Du meinst ein Reiterheer, das sich nicht erst zum Märzfeld bildet und im Herbst wieder auseinandergeht?«

»Genau das meine ich«, sagte Karl. »Ich sehe Männer vor mir, die Tag und Nacht bereit sind, aufzusitzen, und die noch mit geschlossenen Augen kämpfen und siegen.«

Karl lehnte sich auf seiner Sitzbank zurück, nahm den Weinkrug und trank einen tiefen Schluck. Er blinzelte in die Nachmittagssonne und fühlte sich wohl wie schon lange nicht mehr. So hätte der Frieden aussehen können, von dem er immer träumte – der Frieden jedes Tages und der ganzen Welt.

Aber es gab keinen Frieden. Mehrfach in den vergangenen Tagen war ihm berichtet worden, dass wieder Sachsen in die fränkischen Grenzgebiete eingedrungen waren. Sie hatten Speicher mit der neuen Ernte verbrannt, Viehherden am helllichten Tag fortgetrieben und bei Nacht die Familien von Hörigen im Grenzland zwischen Lippe und Ruhr überfallen, um ihnen Bäuche und Kehlen zu zerschneiden.

»Ich werde nicht wie jeder andere Majordomus oder König vor mir tatenlos zusehen, wenn unsere Grenzlande verwüstet werden«, sagte er grimmig. »Und ich will mich nicht jedes Jahr darüber ärgern, dass ich bis zum nächsten Märzfeld warten muss, ehe mir die Edlen des Reiches die Männer zur Verfügung stellen, die ich für einen Strafzug benötige.«

»Ein stehendes Heer also«, sagte Folker.

»Kein stehendes Heer!«, brach es aus Karl hervor. »Ich will ein reitendes! Zu jeder Stunde des Tages und der Nacht!«

»Wie viele hast du bereits?«, fragte Rotbert, als auf der anderen Seite des Flusses mehrere Gruppen von Reitern im stampfenden Galopp vorbeijagten.

»Schon fast zweihundert«, rief Karl stolz.

Wie schon häufiger in den vergangenen Jahren traf der jüdische Fernhändler Isaak als einer der Ersten zum Märzfeld ein. Er führte ein Dutzend Packpferde und Maultiere mit sich, auf denen er Stoffballen, Gewürze und Spezereien, dazu Duftstoffe und getrocknete Südfrüchte bis nach Colonia brachte.

Karl empfing ihn mit großem Wohlwollen. Er lud ihn und seine zumeist schweigsamen Begleiter zum Gelage am nächsten Abend ein. Bereits vorher setzte er sich mit Isaak und den drei wichtigsten Herzögen zusammen. Noch ehe das Märzfeld begann, wollte er wissen, was in den Wintermonaten in den südlichen Regionen des Reiches geschehen war.

»Ihr dürft nicht denken, dass eure Feinde im Süden in den vergangenen Jahren eine einzige starke und einheitliche Macht gewesen sind«, begann Isaak. »Wenn es so wäre, hätte Herzog Eudo von Aquitanien sicherlich Wege gefunden, sich mit dem stärksten der Anführer unter den Muselmanen zu verbünden.«

»Du meinst, dass die Mohammedaner untereinander verfeindet sind?«

»Schlimmer verfeindet, als es ihr Franken, Friesen und Sachsen jemals gewesen seid«, seufzte der alte Jude. »Im vergangenen Jahr wurde El Sammah zum Statthalter Spaniens ernannt. Natürlich musste er sofort beweisen, dass er dafür auch geeignet ist. Deshalb ist er, so schnell er konnte, über die Pyrenäen gezogen.«

»Stimmt es, dass er Narbonne belagert?«, fragte Karl.

»Das muss er nicht mehr«, gab der Jude ernst zurück. »Die Stadt gehört bereits den Sarazenen. Sie haben Narbonne vor drei Wochen erobert.«

»Narbonne erobert?«, wiederholte Rotbert entsetzt.

»Was geschieht jetzt mit Septimanien, Aquitanien und der Provence?«, wollte Karl wissen.

»Da fragst du mich etwas zu viel, Frankenherzog«, gab Isaak zurück. »Ich weiß nur, dass Narbonne furchtbar gelitten hat. Sehr viele Männer wurden getötet, Weiber und Kinder gefangen und nach

Spanien verschleppt. Das Gleiche droht auch den übrigen Städten im Süden Galliens.«

»Und du hast wirklich keine Vorstellung, in welche Richtung sie ziehen werden?«, fragte Karl.

»Nein«, antwortete der Fernhändler. »Sie können ebenso gut über die *Via Domitia* nach Nimes, Avignon und dann das Rhonetal hinaufziehen oder sich nach Westen wenden, um Carcassonne, Toulouse und schließlich Bordeaux einzunehmen.«

»Wenn das geschehen sollte, ist auch die Stadt des heiligen Martin in Gefahr!«, sagte Karl ernst.

Isaak holte besorgt Luft.

»Und nach Tours sogar Orleans, Paris und schließlich die gesamte Francia bis hier nach Colonia!«

Der Schnee lag noch, aber es regnete, als das Märzfeld vor den Toren Colonias begann. Wie seit vielen Generationen schimpften und fluchten Männer und Frauen über die riesigen Matschfelder zwischen den nassen Zelten. Nichts wurde mehr trocken, und die klamme Feuchtigkeit blieb in jedem Stück Stoff oder Leder, selbst wenn es lange am Feuer hing.

Karl ritt zwei Tage lang mit dreißig, vierzig Mann Begleitung von einem Lager zum anderen, hielt überall an, ließ sich ausführlich über alle Sorgen und Nöte berichten, fand freundliche Worte für Kinder und Frauen und zeigte deutlich, wie sehr ihm daran lag, dass er von allen anerkannt wurde.

Vielleicht übertrieb er sogar hin und wieder. Manche meinten hinter vorgehaltener Hand, dass ein Majordomus des Frankenreiches nicht so leutselig sein durfte, wie sich Karl jetzt gab. Sie verstanden nicht, dass er auch bei einfachen, verschmutzt aussehenden Bauern aus Toxandrien anhielt, von denen keiner sich ein eigenes Schwert oder einen Schild leisten konnte.

Am sechsten Tag, einem Sonntag, löste Karl das Märzfeld wieder auf. Bischof Faramundus und seine Priester zelebrierten eine schöne und eindrucksvolle Messe auf dem Forum von Colonia. Mehr als tausend Menschen waren aus den umliegenden Zeltlagern in die Stadt gekommen. Sie fanden großen Gefallen an gemeinsamen Gesängen – auch wenn kaum einer von ihnen die lateinischen Worte verstand.

Anschließend ritt Karl mit seinen Männern noch einmal an den Edlen Austriens entlang. Nur jeder Zehnte sollte mit einem Teil seiner Bewaffneten, den Pferdeknechten und Handwerkern aus den Gehöften bis zur Woche nach Ostern in Colonia zurückbleiben. Allen anderen wurde die Auflassung erteilt. Sie konnten in ihre Gaue zurückkehren, nachdem sie Karl noch einen Teil ihrer Waffen und Vorräte übergeben hatten.

Am Ostermontag teilte Karl die in Colonia gebliebenen waffenfähigen Männer in vier Heeresgruppen zu je fünfhundert Kriegern ein. Zwei von ihnen sollten unter der Führung von Herzog Folker auf der linken Rheinseite bis zur alten Römerstadt Xanten gegenüber der Mündung des Lippeflusses vorstoßen. Er selbst übernahm die beiden anderen Gruppen für die östliche Rheinseite, die zusammen mit Pferdeknechten, Waffenträgern und Tross weit über zweitausend Menschen umfassten. Er übergab den ersten Teil des Heeres seinem Stiefbruder, den zweiten vertraute er versuchsweise seinem Ältesten an. Karlmann sollte üben, denn nach dem Gesetz der Franken würde er schon in wenigen Monaten volljährig werden.

Karl hatte damit gerechnet, dass sich einige mutige und nicht an den Raubzügen beteiligte Familien nach dem Winter wieder an den zerstörten Siedlungsplätzen auf der rechten Rheinseite einfinden würden. Doch wohin sie auch kamen, ragten nur schwarz verbrannte Balken von Häusern aus dem Schnee, in denen Menschen und Tiere unter einem Dach gelebt hatten.

Nicht ein einziges Mal sahen sie einen Sachsen, ein fremdes Pferd, Kühe oder andere Haustiere.

»Wir verschwenden hier nur unsere Zeit«, sagte Karl schließlich. Er hatte die Edelsten aus seinem Heer zusammengerufen und sie in einem großen Kreis um ein Feuer versammelt. Fast fünfzig Adlige aus allen Teilen Austriens setzten sich auf Sättel, umgekippte Baumstämme oder auf mitgebrachte Schemel. Für Karl selbst wurde der einzige im gesamten Heer mitgeführte Stuhl aufgestellt, der eine Lehne besaß. Bedienstete gingen überall herum, schenkten Wein in irdene Krüge, hölzerne Becher und vergoldete Trinkschalen.

Jeder der Großen in Karls Heer hatte seine Eigenheiten. Während der eine seinen Wein nur unverdünnt aus einem mit Runen und Schnitzereien verzierten Kuhhorn trinken wollte, waren andere stolz auf ihre silbernen und vergoldeten römischen Trinkschalen oder auf gläserne Gemäße, die aus irgendwelchen Gräbern stammten.

Karl selbst begnügte sich mit einem Holzbecher, den er sich selbst vor vielen Jahren im Gefolge seines Vaters aus dem Wurzelstock jenes Rosenbusches geschnitzt hatte, unter dem sein Eheweib Chrotrud zum ersten Mal bei ihm gelegen hatte. Jedes Mal, wenn er einen Schluck Met oder Wein aus dem kleinen Holzbecher trank, für den sie ihm eine mit Goldfäden durchzogene Schlaufe gewebt hatte, dachte er an jene Nächte zurück, in denen er Karlmann gezeugt hatte.

Der junge Mann durfte an diesem Tag an seiner rechten Seite sitzen. Karl lächelte, als er ihm seinen eigenen Weinbecher reichte. Karlmann errötete ein wenig. Dann trank er einen kleinen Schluck und gab den Becher an seinen Vater zurück. Er kannte die Geschichte mit dem Wurzelholz und dem Rosenbusch.

»Wenn wir das Weibergeschwätz langsam beenden könnten, hätte ich nichts dagegen«, rief Karl den Männern zu. Die Anführer des Heeres tuschelten noch einmal zur Seite und richteten dann ihre Blicke auf Karl.

»Ich danke euch, dass ihr mich heute doch noch zu Wort kommen lasst«, rief Karl und lächelte. »Ich will euch nur eine Frage stellen: weiter ins Sachsenland, gegen die Friesen oder zurück nach Colonia?«

»Was können wir gewinnen, wenn wir weiter bis zur Weser ziehen?«, rief einer der älteren Grafen. Er hatte sechs Männer unter Waffen, ebenso viele Knechte, eine Handvoll Sklaven und fünf Frauen mitgebracht. »Sämtliche Vorräte der Sachsen sind doch längst in ihre Wallburgen geschafft.«

Karl nickte zustimmend.

»Dann ist das klar!«, rief er. »Ab sofort nicht mehr gegen die Sachsen, sondern gegen die störrischen Friesen!«

Am zwölften Tag nach dem Abmarsch aus Colonia kam Karl mit seinen beiden Heeresgruppen am rechten Rheinufer an. Boten von Herzog Folker auf der anderen Seite des Flusses trafen ein.

»Die Friesen erwarten dich, Karl. Sie haben schon länger damit gerechnet. Viele von ihnen haben bis zuletzt noch gehofft, dass du zunächst die Sachsen strafst.«

»Dann irrten diese Heiden! Was haben sie vorbereitet?«

»Sie wissen, dass sie die Hafenstädte wie Dorestad nicht verteidigen können. Wahrscheinlich werden sie auch Utrecht nicht bis zum letzten Blutstropfen halten wollen. Ihre großen Verteidigungsgewässer werden die Flüsse Sinksal und Flie sein.«

»Was heißt Gewässer?«, unterbrach Karl. »Haben die Fischköpfe keine Schwerter oder Messer mehr?«

»Doch. Aber sie vertrauen darauf, dass sie mit ihren Booten besser kämpfen können als wir mit unseren Pferden.«

Karl pfiff leise durch die Zähne. »So ist das also«, sagte er anerkennend. »Respekt, Respekt für ihre Fürsten! Sie locken uns in ihr Gewirr aus Flüssen und Kanälen, warten, bis wir uns selbst auf irgendwelchen Landspitzen zusammendrängen, landen danach in unserem Rücken und schlagen zu, wenn uns kein Platz mehr bleibt, um auszuschwärmen!«

Nur wenig später traf auch der krumm gewordene Willibrord mit einem halben Dutzend Mönchen ein. Das Bild von einem Labyrinth aus kleinen, sehr hinderlichen Wasserläufen beschäftigte Karl so sehr, dass er den Bischof von Utrecht sofort damit überfiel: »Wie viele Boote mit Rudern gibt es von hier bis Dorestad?«

Willibrord lachte vergnügt und ließ sich ächzend in einen Stuhl mit Seitenlehnen fallen, wie er sonst nur Karl und den Herzögen zustand.

»Es ist schon viele Jahre her, seit ich in Friesland war«, antwortete er und ließ sich dankbar seine wunden Füße in eine irdene Schüssel mit warmen Honigkräutern stellen. »Doch wenn ich mich recht erinnere, dass der Uferkai von Dorestad zu meiner Zeit etwa dreihundert Schritt lang war, kannst du selbst abschätzen, wie viele Handelsschiffe oder Frachtboote dort gleichzeitig anlegen konnten.«

»Das meine ich nicht«, sagte Karl ungeduldig. »Was ich brauche, sind diese flachen Boote ohne Kiel. Schiffe, die schon mit Stangen hin und her gestakt werden können.«

Willibrord sog den Duft des heißen Kräutersuds in seiner Fußschale ein. Er schloss die Augen, brummte wohlig, leckte sich langsam über die Lippen und nickte dann.

»O ja, bei Jesu Christi, unserem Herrn. Ich verstehe ja, was du beabsichtigst. Aber ich kann dir deine Frage beim besten Willen nicht beantworten.«

Am nächsten Morgen folgten sie der alten Doppelstraße der Römer, die schon vor sechshundert Jahren angelegt worden war, um die Militärlager und Kastelle am Niederrhein miteinander zu verbinden. Später, am Abend, saßen sie wieder zusammen an den Feuern und beratschlagten, auf welchen Wegen sie die Friesen stellen wollten, von denen sie bisher noch nichts gesehen hatten.

Doch dann, mitten in die Versammlung der fränkischen Edlen, brach plötzlich Unruhe. Ein Dutzend Lagerwächter trieb drei halb nackte Hünen unsanft zu Karls Lagerfeuer. Die Fremden sahen aus wie blonde, langmähnige Merowingerkönige, nur größer, wilder und entschlossener. Sie hatten Schrammen an den Armen und in ihren Gesichtern. Beim jüngsten tropfte Blut aus den Mundwinkeln.

»Wir kommen …«, keuchte der älteste, »wir kommen von Herzog Radbod …«

Karl hob sofort die Hand. Er zog die Brauen zusammen, und eine steile Falte bildete sich auf seiner Stirn.

»Lasst sie!«, befahl er.

Er bedeutete den drei Friesen, näher zu kommen. »Ihr sagt, Herzog Radbod schickt euch?«

»Nicht ganz«, antwortete der älteste von ihnen. Er nahm einen Becher mit Wein aus der Hand eines Mönchs, der mit Willibrord gekommen war. Die beiden anderen wischten sich ihre Blutspuren mit den Ärmeln ihrer über die Hosen fallenden Kittel ab. »Nicht alle Friesen sind mit dem einverstanden, was Herzog Radbod tut und wozu er zu oft durch die Dänen aufgestachelt wurde.«

»Was haben denn die Dänen damit zu tun, dass ihr Colonia angegriffen habt?«

»Eigentlich nichts«, gab der Anführer des kleinen Trupps zu, »aber man hört das überall. Auch deshalb kommen wir zu dir. Es gibt sehr viele bei uns, die nicht gegen dich kämpfen wollen.«

»Ihr wollt freiwillig aufgeben?«, fragte Karl erstaunt. »Das ist das Ungewöhnlichste, was ich je aus einem Friesenmund gehört habe.«

»So hat er es auch nicht gesagt«, antwortete der junge Mann, in dessen Mundwinkeln noch immer Blut zu sehen war. »Wir meinen nur, dass es sinnlos ist, wenn Hunderte von Männern mit ihrem Blut die Flüsse und Kanäle färben. Wir wollen lieber zur See fahren, die Meeresernte einfahren und zur See Handel treiben.«

»Halt ein!«, unterbrach Wusing. Er hatte sich bisher im Hintergrund gehalten. Jetzt ging er auf die drei Männer zu, stellte sich vor sie. Im Schein des Lagerfeuers prüfte er ihre Gesichter. Sie riefen ihm zwei, drei Worte zu. Wusing drehte sich wieder um, schüttelte ungläubig den Kopf und kicherte plötzlich wie ein kleines Kind. Karl schob die Lippen vor und sah die Friesen fragend an.

»Was gibt es da?«, rief er Wusing zu. »Lass mich an deiner Fröhlichkeit teilhaben.«

Wusing lachte glucksend. »Ich weiß nicht, wie ich das erklären soll«, sagte er dann. »Aber es gibt bei uns eine alte Mär vom guten und vom bösen König. Sie wollten gegeneinander in den Krieg ziehen, aber weise Männer in ihren Völkern schlugen vor, dass nur die Könige gegeneinander kämpfen sollten.«

»Das ist nichts Neues«, warf Willibrord ein. »Schon in der Bibel steht geschrieben, dass Einzelne nach vorn traten, um stellvertretend für die Heere und die Völker ...«

»Lassen wir Wusing weiterreden!«, unterbrach Karl knapp.

»Ich will es kurz machen«, fuhr der Friese fort. »Die Könige in unserem Märchen kämpften nicht mit Waffen oder Fäusten gegeneinander. Sie vereinbarten, dass sie sich voreinander auf ein Bein stellen wollten.«

»Und wozu das Ganze?«, fragte Karl ungeduldig.

»Sie vereinbarten, dass derjenige der Verlierer des Wettkampfs sein sollte, der zuerst mit einem anderen Körperteil als dem Bein, auf dem sie standen, den Boden unter sich berührt.«

»Das haben wir bereits gespielt, als wir zehn Jahre alt waren«, sagte Karl. »Dabei geht es nur um körperliche Kraft und nicht um irgendetwas anderes.«

»Verzeih mir, aber das ist falsch«, sagte Wusing. »In unserer Mär ließ der gute König nach einem Tag und einer Nacht seinen Handschuh fallen. Der böse fühlte sich bereits als Sieger. In seinem dummen Stolz bückte er sich, um den Handschuh des Verlierers hohnlachend aufzunehmen.«

»Und?«, drängte Karl.

»Er berührte dabei mit der Hand die Erde.«

Für einen Augenblick war alles still. Dann begriff Karl, was Wusing und die drei anderen Friesen sagen wollten.

»Wer sich zu früh als Sieger wähnt, hat bereits verloren«, sagte er nur. Dann nickte er und sah die Friesenboten an.

»Was schlagt ihr vor? Und vor allem, was wird Herzog Radbod tun, wenn ich mich mit euch Verrätern einige?«

»Wir können nicht verhindern, dass Herzog Radbod kämpfen will. Aber viele von uns meinen, dass die Zeit der Kriege zwischen euch und uns vorbei ist.«

»Würdet ihr denn wieder Mönche und Missionare überall in Friesland zulassen?«, fragte Willibrord.

Der Anführer der drei Friesen zuckte mit den Schultern.

»Geht zurück zu euren Leuten«, sagte Karl zu den Friesen. Er wandte sich an Wusing. »Und wenn du willst, kannst du sie begleiten, um zu bestätigen, was ich hiermit sage: Kein Friese, der nicht kämpfen will, wird von mir behelligt. Doch ich verspreche auch, dass ich mit jedem abrechne, der zu den Waffen greift.«

22

Recht und Gerechtigkeit

Die vier Heeresgruppen der Franken zogen durch das leere friesische Land nach Südwesten. Allmählich erkannten sie, dass hier niemals viele Menschen gelebt haben konnten. Sie lernten ein Land
kennen, dass in manchen Teilen zwischen den weit verästelten Wasserläufen und Kanälen nur aus Sümpfen und Mooren bestand, in
denen nie eine Kuh geweidet hatte. Andere, trockenere Gegenden
sahen so ursprünglich aus, als wirkten in ihnen noch immer die My-
then der Schöpfung weiter.

Tagsüber begleiteten dichte Schwärme von Raben und Krähen,
Möwen und anderen Vögeln das Heer. Ihr Kreischen und Lärmen
vermischte sich mit dem Geschrei und den lauten Rufen der Männer, die wieder und wieder Bretter und Bohlen auslegten, um über
die Wasseradern zu gelangen. Andere stiegen überhaupt nicht mehr
aus den Booten, sondern stakten an den kargen Ufern und Flussbö-
schungen entlang.

Die Nächte waren klar, während schnelle Wolken unter den blitzenden Sternen hindurchzogen. Je weiter sie nach Westen kamen,
umso mehr spürten Männer und Frauen das Salz der Friesensee auf
ihren Lippen. Hier wurde das Gras härter und der Boden stellen-
weise weiß und sandig. Nur die gefürchteten Kämpfer Radbods blieben weiterhin unsichtbar.

Längst hatten sich alle Männer an die unregelmäßigen Hornsignale gewöhnt. Nach fünf Tagen hörte Karl, dass dem Grafen von Burgund langsam die Vorräte ausgingen. Die Pferde verweigerten das
harte friesische Gras, und die mitgeführten Kühe und Schafe mochten sich nicht an das Brackwasser in den Wasserläufen gewöhnen.

Karl gab den Befehl, dass Hildebrand mit sämtlichen Kriegern,
Knechten und Sklaven zu ihm aufrücken sollte. Bei Herzog Folker
zögerte er noch, denn dessen Heeresgruppen durchstreiften die Gebiete, die sich die Friesen nach dem Tod von Pippin II. zurückgeholt
hatten.

»Wer will, kann jetzt in seine Gaue heimkehren«, sagte Karl am
Abend des siebten Tages nach dem Rheinübergang des Heeres. »Wir

aus dem Coloniagau und dem Lüttichgau schließen zu Herzog Folker auf. Für dieses Jahr begnügen wir uns mit den Gebieten, die schon mein Vater für uns Franken holte.«

»Und was passiert mit dem Osten Frieslands?«, fragte Wusing.

»Das überlassen wir Aldgisl II. und seinen Anhängern, solange sie sich friedlich verhalten.«

»Also kein Missionsgebiet für Willibrord«, meinte Hildebrand schadenfroh.

Karl hob die Schultern.

»Er sagt, dass ohnehin neue Männer aus England angekündigt wurden. Die jungen Mönche sollen bei ihm den letzten Schliff für ihre Missionstätigkeit in unseren Grenzgauen erhalten.«

»Und du bist damit einverstanden?«, fragte Wusing verwundert.

Karl nickte.

»Ich würde ja noch verstehen, wenn du den Mönchen aus Echternach erlaubst, bis nach Thüringen, Baiern oder zu den Sachsen vorzudringen. Aber warum diese Fremden, die nichts von uns und unserer Lebensweise verstehen?«

»Ein altes Versprechen«, sagte Karl nur. »Ich hatte es längst vergessen. Doch Willibrord hat mich daran erinnert. Außerdem haben die frommen Engländer und Iren sehr gute Augen und Ohren. Bessere als manch einer von ...«

Wusing konnte sich nicht erinnern, jemals von einem derartigen Gespräch zwischen Willibrord und Karl gehört zu haben. Aber er hob nur die Schultern und nahm als gegeben hin, was Karl nebenher bekannt gab.

»Wir brechen morgen früh in Richtung Utrecht auf«, sagte Karl, »und ab übermorgen nehmen wir zusammen mit dem Heer von Herzog Folker den Westen Frieslands erneut offiziell in den Besitz von Austrien.«

»Ganz einfach so?«, fragte Hildebrand und schien enttäuscht. »Ohne Schlacht und Unterwerfung – ganz ohne Beute für die Edlen und ihre Männer, die schon im Sachsenland leer ausgegangen sind?«

»Sie werden Beute in Hülle und Fülle in den Hafenstädten der Friesen finden, am Rhein ebenso wie am Waal und an der Maas ... fertig verpackt in Kisten und Ballen, Säcken und Krügen. Jeder Mann wird mehr Beute nach Hause bringen als nach einem siegreichen Gemetzel.«

Nur wenige waren enttäuscht darüber, dass es nun nicht mehr zu Kämpfen mit den Friesen kam. Die meisten Männer freuten sich darauf, dass sie auch ohne großes Blutvergießen am nächsten Morgen zu den lang ersehnten Beuteplätzen aufbrechen würden. Noch lange lauschten sie den Erzählungen derjenigen, die schon einmal in einer Hafenstadt am Niederrhein gewesen waren.

Da dieser Sommer ohne blutige Kriegszüge fast ganz den Heuforken, Kornsicheln und Dreschflegeln gehört hatte, rief Karl seinen ersten Reichstag bereits für Anfang Dezember nach Glamanvilla im Ardennengau ein. Sofort eilten Boten in alle Richtungen zu den Großen von Austrien, Neustrien und Burgund sowie nach Baiern und Thüringen, in die Provence und nach Aquitanien.

Zum ersten Mal seit seinem Aufstieg zum Majordomus des Frankenreiches forderte Karl zu Gesprächen und Verhandlungen und nicht zu einem Waffengang auf. Bisher war er nur als Heerführer, Eroberer und hart durchgreifender Sieger bekannt geworden. Er wusste genau, dass dies allein nicht ausreichte. Nach dem unerwartet friedlich und mit großer Beute beendeten Friesenzug wurde Karl immer klarer, dass ein Majordomus auch noch andere, ebenso schwierige Aufgaben zu lösen hatte.

Anfang Oktober jährte sich der Tag von Karlmanns Geburt zum vierzehnten Mal. Obwohl sein Ältester noch viel mehr lernen musste, war Karl stolz auf ihn und ließ ihn auch an den Gelagen teilnehmen.

Karlmanns Geburtstag fiel auf einen Sonntag. Karl nahm nur sein engstes Gefolge zum Ziegenberg über dem Flüsschen Vesdre mit. Dennoch passten nicht alle Mönche und die dreißig Mann aus seiner Begleitung in die winzige Kirche hoch über dem Bergfluss.

Die Mönche schlugen Karl vor, einen kleinen Altar in die Sonne zu bringen. Karl war einverstanden. Auf diese Weise konnten alle an der Sonntagsmesse teilnehmen. Es wurde ein eher leises Fest, mit dem die Männer Karlmann aufnahmen und als ihresgleichen anerkannten. Karlmann wusste, was von ihm erwartet wurde. Er suchte den Blick seines Vaters.

Karl presste die Lippen zusammen und nickte ihm aufmunternd zu. Gleichzeitig entdeckte er deutliche Anzeichen von Angst in den

Augen seines Ältesten. Sie saßen an einem langen Brettertisch, den die Kirchenmänner nun vor ihrer Kapelle aufgebaut hatten.

Solange sie nicht aufstanden, konnten sie die steile Schlucht hinter der Westkante des Ziegenbergs nicht sehen. Es sah so aus, als würde jeder Bogenschütze bereits mit einem Pfeil die Felsen auf der anderen Seite erreichen können. Doch der Schein trog, denn selbst die Ziegen mieden die Stellen an den Felsen, an denen ihre Hufe kaum noch Halt fanden.

Genau hier hatte Karl das Langschwert mit dem goldenen Griff, das noch von seinem Vater stammte, in eine Felsspalte gerammt. Direkt daneben befand sich der vergitterte Eingang in die Grabhöhle der Mönche vom Ziegenberg, in der auch Majordomus Pippin II. nach seinem Tod vor sechs Jahren beigesetzt worden war. Und in der gleichen Felsspalte hatte das Schwert auch für Karls Stiefbrüder Grimoald und Drogo gesteckt. Nur für ihn selbst hatte es die liebste Mutprobe seines Vaters niemals gegeben ...

»Muss das denn wirklich sein?«, fragte einer der Priester leise. Karl blickte weiterhin seinen Ältesten an. Kein Muskel bewegte sich in seinem Gesicht. Es war, als würde Karl in diesem Augenblick allen anderen zeigen wollen, was er von seinem Sohn erwartete: den klaren offenen Blick und den Mut, über ein Tal des Todes einfach hinwegzusehen.

Doch dann geschah etwas Unerwartetes.

»O Herr im Himmel, nimm mein Leben in deine Hand!«, rief Karlmann mit heller Stimme. Sie klang so unschuldig und rein, als würde nicht die geringste Spur von Angst sein Herz umkrallen. Dann stand er auf und ging zu der Stelle, an der der Berg mindestens hundert Schritt tief zum Fluss hin abfiel.

Die beiden Mönche halfen ihm auf den Ziegenbock. Als wäre nichts dabei, kletterte der mit seinem viel zu schweren Reiter über die Felsbrocken am Rand des Abgrunds. Er erreichte das Schwert im Fels, leckte daran. Karlmann hielt sich senkrecht. Mit den Fingern der linken Hand tastete er nach dem goldenen Schwertgriff. Solange noch die Scheide zwischen den Steinen steckte, konnte er sich am Schwert seines Vaters festhalten. Aber in dem Augenblick, in dem er es herauszog, wurde das Gewicht auf der linken Seite größer. Normalerweise konnte jeder Reiter sein Gleichgewicht schnell dadurch finden, dass er den anderen Arm weit ausstreckte.

Doch das war hier nach den überkommenen Gesetzen nicht erlaubt.

Keiner der Zuschauer vor der Kapelle auf dem Chèvremont bewegte sich. Schon ein Hüsteln oder ein versehentliches Scharren mit den Füßen hätte den Ziegenbock oder den jungen Karlmann selbst erschrecken können. Es war, als stünde hier, in der lichten Höhe der Ardennenfelsen, einfach die Zeit still.

»Amen!«, rief Karlmann. Er bückte sich, griff nach dem Schwert. Der Ziegenbock unter ihm knickte ein, Karlmann warf sich zur Seite und wirbelte das Schwert über seinem Kopf zurück. Er stürzte so, dass er mit dem anderen Arm einen Felsvorsprung umklammern konnte. Gleichzeitig stieß er sich mit beiden Beinen vom Leib des Ziegenbocks ab. Mit einem heiseren, enttäuscht klagenden Todesschrei stürzte das Tier in die Tiefe. Karlmann blieb nur einen Augenblick reglos am Felsen hängen. Dann zog er sich, als sei nichts gewesen, langsam nach oben. Noch an der rettenden Kante blickte er zum Himmel hinauf. Schmutzige Tränen rollten über seine Wangen bis zu den bleichen Lippen. Er zitterte, aber er hatte über seine eigene Angst gesiegt!

Karl war der Erste, der aufsprang, auf ihn zulief, ihn aufhob und in seine Arme schloss.

»Es musste sein!«, keuchte er. »Es tut mit leid, aber es musste sein! Ich bin sehr stolz auf dich, denn du hast mir gezeigt, was ich meinem Vater niemals zeigen durfte.«

Bereits der November ließ den Boden gefrieren. Dennoch war es alles in allem ein sehr gutes Jahr gewesen. Die Edlen aus allen Gauen des Frankenreiches prahlten einander übertrumpfend mit erstaunlichen Erträgen ihrer Güter, Weinberge und Fischteiche. Aus keinem Landstrich des langsam wieder groß und mächtig werdenden Frankenreiches wurden Seuchen, böse Unwetter oder Schäden durch Hexerei und magische Verschwörungen berichtet.

König Chilperich II. kam nicht zur Reichsversammlung nach Glamanvilla. Es hieß, es ginge ihm gesundheitlich nicht gut. In Wahrheit hatte Karl ihn nicht einmal eingeladen.

Zum ersten Mal seit dem Tod seines Vaters wollte Karl wieder Ordnung in die Reichsverwaltung bringen, die er selbst lange Zeit vernachlässigt hatte. Bereits in den Wochen vor der Versammlung im Dezember hatte Willibrord ihm einige seiner besten Mitarbeiter geschickt. Auch der Erzbischof von Reims, der Abt von Sankt Wandrille und die Mönche von Sankt Denis waren von Karl aufgefordert worden, über ein neues, einfaches System der Reichsverwaltung und der Kanzleiarbeiten nachzudenken.

Nahezu übereinstimmend empfahlen sie die Formularsammlung eines gewissen Marculf als ideales Handbuch für die Reichsgeschäfte.

»Und in den Marculf-Formularen sind alle Beispiele von Urkunden enthalten, die ich in den nächsten Jahren brauche?«, fragte Karl.

»So ist es«, bestätigten die Schriftkundigen. »Ja, so ist es.«

Damit war für Karl auch dieses Thema erledigt. Es interessierte ihn nicht weiter, dass die Formularsammlung des fast unbekannten Mönchs stark von den Urkunden abwich, wie sie von den Merowingerkönigen benutzt wurden. Karl war inzwischen davon überzeugt, dass in vielen Bereichen nur deshalb starre, unabänderliche Vorschriften und Gesetze galten, weil bisher niemand laut genug gefragt hatte, was der eine oder andere Unsinn im Geschriebenen bedeutete.

Noch am Vorabend des Reichstags überlegte Karl, wie er verhindern konnte, dass die Großen des Reiches von ihm die Einrichtung von Kanzleien verlangten, wie sie bei den Merowingerkönigen üblich waren.

»Wer die Macht hat, der bestimmt die Form«, beharrte er. Und selbst jene, die sich noch immer heimlich gegen ihn auflehnten, wagten nicht zu widersprechen.

Es war bereits später Nachmittag, als nach vielen Streitgesprächen über Fischereirechte und Mühlenzins, Abgaben aus den Wäldern, Privilegien der Klöster und dergleichen mehr endlich der Punkt der Tagesordnung aufgerufen wurde, auf den alle gewartet hatten.

»Wir verhandeln jetzt die Klage von Wulfram im Namen seines Eheweibes Richilda gegen das Kloster Stavlot-Malmedy. Es geht um die Entscheidung über den Besitzanspruch an den *villae* Tofino und Silvestri.«

Karl starrte auf einen imaginären Punkt am anderen Ende des scheunenartigen Versammlungssaals der Pfalz von Glamanvilla. Er wusste genau, dass jeder Lidschlag, jedes Zucken seiner Mundwinkel von drei Dutzend Augenpaaren beobachtet wurde. Sie hatten sich bereits am Vormittag darauf geeinigt, dass sie sich wegen der kalten Jahreszeit nicht alle im Versammlungssaal zusammendrängen wollten. Sobald die Luft drinnen zu schlecht wurde, mussten sie Tore und Fenster öffnen. Das wiederum ließ Schnee und Kälte ein.

Um dennoch zügig einen Fall nach dem anderen erledigen zu können, ließ Karl nur die Anwesenheit derjenigen in der Halle zu, die ein direktes Interesse an einer Streitsache hatten. Dazu diejenigen, die als Schreiber, Referendare und Zeugen für die Urkunden benötigt wurden. Dabei zählte er nicht mit, dass ständig Diener, Mundschenke und Mädchen herumliefen, die den hohen Herren kleine harte Honigplätzchen, gewürzten Wein und hin und wieder auch ein Stückchen jungen Speck brachten.

Zwischen den einzelnen Verhandlungen, wenn die Männer, die nicht mehr benötigt wurden, nach draußen gingen und die nächsten eintraten, ließ Karl das große Eingangstor an der Stirnwand des Saals offen. Auf diese Weise blieb die Luft in der Halle eisig und beschleunigte die Zeugenaussagen.

»Tritt vor, Wulfram«, sagte Karl nun. Seine Stimme klang weder freundlich noch abweisend.

Wulfram war ein großer breitschultriger Kerl, der jederzeit als Friese durchgegangen wäre, wenn er nicht dunkle Augenbrauen und schwarz funkelnde Augen gehabt hätte. Es waren diese Kleinigkeiten, die den Franken sagten, ob einer von den wilden Stämmen der Germanen oder vielleicht doch ein wenig von den Römern, ihren Senatoren und den Landadligen abstammte, die für fünf Jahrhunderte ganz Gallien als ihr Eigentum betrachtet hatten. Auch jetzt, fast ein Vierteljahrtausend später, bestanden noch immer Vorbehalte zwischen den Franken im Nordosten und den anderen südlich von Paris und Reims.

»Du sagst also, dass die beiden *villae* deiner Ehefrau gehören?«

»Nicht ganz«, antwortete Wulfram. »Wie die Namen bereits deutlich machen, sind die Ortschaften, für die ich streite, aus Landgütern der Römerzeit entstanden.«

»Und so lange schon gehören sie zum Erbteil deiner Familie?«, fragte Karl ohne große Verwunderung. Es gab Hunderte von ähnlichen Besitzansprüchen überall im Reich der Franken.

»Ich benenne diese angesehenen Herren hier neben mir als Zeugen dafür, dass ich nur die Wahrheit sage«, knurrte Wulfram.

Karl sah ihm an, dass er bereits an vielen Lagerfeuern über die Ungerechtigkeit der Welt und der fränkischen Gerichtsbarkeit geflucht hatte.

»Ich kenne die beiden«, sagte Karl, um das Verfahren abzukürzen. »Sie waren mehrmals in der Kanzlei meines Vaters Pippin.«

Die beiden Männer unbestimmten Alters verbeugten sich wie Zwillinge. Dann hoben sie den rechten Arm, als wollten sie bereits zum Schwur ansetzen.

»Gemach, gemach ...«, unterbrach Karl ihre Eile. »Ich sage nicht, dass Wulfram euch gut bezahlt hat. Und ich sage auch nicht, dass ich seine Klage abweise. Aber lasst uns zunächst hören, was die Kirchenmänner von der Amblève sagen.«

Diesmal war es Herzog Rotbert, der dem neuen Bischof von Stavlot-Malmedy zunickte.

»Was erwiderst du auf diese Klage?«

»Dass zutrifft, was der ehrenwerte Herr Wulfram gesagt hat. Die beiden Ortschaften gehörten tatsächlich über Jahrhunderte der Familie seiner Ehefrau.«

»Unbestritten?«, fragte Karl sofort.

»Unbestritten«, antwortete der Bischof. »Aber dann wurden sie an meinen Vorgänger übertragen.«

»Als was?«, fragte Karl sofort. »Als ein Geschenk, als Lehen oder als Erbteil?«

»Von allem etwas«, lächelte der Bischof. »Mein Vorgänger erhielt die beiden Orte als *precarie*, also als Abtretung aller Erträge des Jahres.«

»Genau das sage ich ja!«, stieß Wulfram hervor. »Ihr wisst so gut wie ich, dass die *precarie* eine Schenkung *in beneficio* ist. Nicht der Ort und nicht das Land werden übertragen, sondern nur die Ernten, wenn es erlaubt ist, das zu sagen.«

»Es ist erlaubt«, sagte Karl. »Demnach gehören beide Dörfer Wulframs Weib, und die Bewohner müssen ihre Ernten an das Kloster abliefern.«

Er wollte bereits aufatmen, als der Bischof von Stavlot-Malmedy eine schmale Lederrolle vom Boden aufnahm. Er öffnete die Schnüre an ihrem Deckel, dann zog er ein zusammengerolltes Pergament mit Siegeln hervor.

»Erlaube mir, dass ich dir diese *carta recaria* zur Ansicht übergebe«, sagte er. »Sie ist von deinem Vater Pippin unterschrieben. Und sie besagt, dass beim Tod meines Vorgängers als Abt die beiden Güter in den Besitz von Stavlot-Malmedy übergehen.«

Einer von Karls Referendaren eilte vor und nahm das Beweisstück an sich. Er brachte es zu Karl. Der aber sah nur kurz darauf, deutete mit dem Finger auf das Zeichen, mit dem sein Vater alle Urkunden bestätigt hatte, und ließ das Dokument an Wulfram weiterreichen. Er gab ihm und einigen anderen die Zeit, sich die *carta precaria* ganz genau anzusehen.

Nacheinander standen auch Karls Vertraute auf. Jeder von ihnen kam nach der Prüfung des Dokuments an dem Tisch vorbei, an dem Karl, Rotbert und Karlmann saßen. Ohne Ausnahme blieben sie kurz stehen und senkten den Kopf als Bestätigung dessen, was sie gelesen hatten.

Als Letzter gab der Mann sein Urteil ab, der die Klage gegen Stavlot-Malmedy eingereicht hatte.

»Nun?«, fragte Karl. »Was sagst du zu der Urkunde?«

»Ich beuge mich«, antwortete Wulfram mit schwerer Stimme. »Die Urkunde ist echt.«

Karl klatschte in die Hände und nickte seinen Schreibern zu: »Dann schreibt, dass der *inluster vir Carolus maior domus* und so weiter … in der Angelegenheit von Richilda, dem Eheweib von Wulfram und so weiter … schreibt das auf, was wir hier gesehen und entschieden haben. Die beiden Orte bleiben beim Kloster Stavlot-Malmedy. Gesagt und entschieden am sechsten Tag im Dezember vom fünften Königsjahr des Merowingers mit dem heiligen Blut Chilperichs II.«

Damit war der offizielle Teil von Karls erstem Reichstag beendet. Es würde mehr als eine Nacht dauern, bis die Schreiber mit der Urkunde und den erforderlichen Kopien fertig waren. Trotzdem entschied Karl, dass zum Schluss nicht nur der Abt von Stavlot-Malmedy, sondern auch noch ein halbes Dutzend Edler danach seinen Gerichtsentscheid und jede Abschrift unterzeichnen sollten.

Auch die anderen, die während der letzten Verhandlung nicht im großen Saal gewesen waren, kamen jetzt wieder hinzu. Die Scheunenhalle reichte kaum aus, um für alle ein großes Festmahl auszurichten. Knechte, Mägde und Mundschenke kamen mit ihren Bechern, Krügen und Weinkannen kaum zwischen den johlenden Edlen hindurch.

Spät in der Nacht, als die meisten Männer rote Köpfe hatten und ihre Wehrgehänge an die Knechte übergeben hatten, rumpelte auf einmal das große Tor an der Stirnseite der Halle auf. Schneewolken stoben über die Köpfe der Zechenden hinweg. Die meisten protestierten lauthals oder bereits kichernd gegen die unerwartete Abkühlung. Doch dann sahen sie, dass derjenige, dem das Tor geöffnet worden war, nicht einmal Zeit gefunden hatte, von seinem Pferd zu steigen.

Schnaubend, mit geblähten Nüstern, schweißnass unter straffen Zügeln stand das Pferd im Eingang der Versammlungshalle. Sein Reiter keuchte weiße Wolken aus. Schnee und Eis verklebten Bart und Haare unter dem Kapuzenmantel. Karl erkannte ihn als Erster.

»Folker!«, rief er mit bereits schwerer Stimme über alle Köpfe hinweg. »Edler Folker! Komm … setz dich zu mir!«

»Ich bin nicht wie der Teufel durch die Nacht geritten, um mit euch zu saufen!«, stieß der wild um sich blickende Herzog hervor. »Ich bringe euch sehr schlechte Kunde.«

Karl begriff, dass etwas nicht stimmte. Er hob die Arme, dann brüllte er: »Ruhe!«, und in die Stille hinein rief er: »Was ist passiert?«

»Das Reich der Franken hat seit heute früh keinen König mehr!«, rief Herzog Folker vom Rücken seines stampfenden Pferdes. »Chilperich ist tot. Er starb so still, wie er gebetet hat.«

23

Schenkungen

Das Jahr 721 sah keine großen Feldzüge und Reisen für Karl vor. Noch vor Weihnachten hatten die in Glamanvilla zum Reichstag versammelten Großen beschlossen, dass nur einer ihr nächster König sein konnte: jener Theuderich IV., der als Kleinkind von den Neustriern in der Erbfolge übergangen worden und in das Kloster Chelles geschickt worden war. Nach zwei älteren Merowingerkönigen wurde mit dem gerade erst siebenjährigen Sohn von Dagobert III. erneut ein unmündiger Knabe zum König aller Franken.

Bereits am 3. März durfte der von Mönchen unterrichtete Theuderich IV. seine erste Königsurkunde unterzeichnen. Die Erwachsenen und auch Karl selbst zeigten sich während der gesamten Zeremonie in Soissons gut gelaunt und voller Respekt für ihren kindlichen König.

Karl, seine Familie und sein engeres Gefolge zogen während des Sommers gemächlich hin und her. Sie weilten jeweils ein paar Tage in verschiedenen Pfalzen Austriens und Neustriens, beteten in Klöstern, speisten mit Äbten oder Bischöfen und sahen dort nach dem Rechten, wo einzelne Grafen oder Vasallen noch nicht verstanden hatten, dass es jetzt Karl war, dem sie dienen mussten.

Zum ersten Mal seit dem Tod seines Vaters empfand Karl Zufriedenheit und die Ruhe, die sich durch die eigene Kraft nährte. Er hatte mehr erreicht als viele andere vor ihm. Er war von einem Platz am Rand, auf den die herrschsüchtige Plektrud ihn verbannt hatte, Schritt für Schritt bis ins Innere der Macht vorgedrungen. In nur sechs Jahren hatte er sich in einem Strudel von Machtinteressen, alten Rechten und neuen Intrigen unbeirrt durchgesetzt.

Von Anfang an hatte er dabei durch seine Ehefrau Chrotrud Kraft gefunden. Auch Ruodhaid, die Mutter des kleinen Remigius, gehörte dazu. Er wusste genau, dass er ohne die Hilfe Willibrords und der irischen Mönche von Echternach niemals allein gegen seine Stiefmutter und ihre stolze Familie, gegen die fränkischen Bischöfe und Äbte und gegen die Landadligen angekommen wäre, die nur an ihrem eigenen Säckel und nur wenig am Zusammenhalt des ganzen Reiches interessiert waren.

Auch jetzt war längst nicht alles so, wie es sein sollte. Noch immer schürten Plektruds Enkel Arnulf, Arnold und Drogo II. aus ihrer Kerkerhaft im Kapitol von Colonia heraus Hass gegen ihn. Sie wurden dabei von Männern unterstützt, die am mittleren Rhein Einfluss und Verbindungen besaßen.

Einer von ihnen hieß Rupert. Er hatte vor fünfundzwanzig Jahren seinen Bischofssitz in Worms verlassen und sich zwei Jahrzehnte lang in Salzburg unter dem Schutz der fränkischen Agilolfinger in Baiern versteckt. Nachdem die Macht des Hauses Pippin an dessen Witwe Plektrud übergegangen war, hatte er verbreiten lassen, dass kein Adliger rechts des Rheins der Matrone am linken Rheinufer gehorchen müsse. Er war nach Worms zurückgekehrt und hatte angenommen, dass die Erben Pippins zu schwach waren. Karl konnte nichts mit diesen Männern anfangen. Sie waren gegen Plektrud – aber auch gegen ihn.

Seit dem Tod von Herzog Hedan und seinem tapferen Sohn Thuring konnte er kaum noch auf Verbündete zwischen Saale und Unstrut, Neckar und Main rechnen. Nicht einmal im näher liegenden Hessengau gab es Männer, auf die er sich verlassen hätte.

»Offiziell gehören all diese Gaue und Regionen bis nach Baiern in das Reich«, erklärte Karl seinem Ältesten, als sie sich für ein paar Tage in Jupille aufhielten.

»Und warum kannst du sie nicht zwingen, jetzt dir als dem Majordomus aller Franken zu gehorchen?«

»Weil ein Majordomus seine Macht nicht durch das Blut in seinen Adern, sondern nur durch eigene Kraft und die Zustimmung der anderen Großen erhält«, erklärte ihm Karl. »Dennoch wird es immer wieder andere geben, die sich gegen die erworbenen Rechte einer Familie wenden. Menschen sind nun einmal so, Karlmann. Alle Franken kennen auch die Zehn Gebote. Aber nur sehr wenige halten sich daran.«

Am Vormittag des Junitages beobachtete er gemeinsam mit Karlmann und Alberichs Ältestem Gregor, wie eine Rotte Schwarzwild auf sie zukam. Die Wildschweine schwammen durch den Fluss, als hätten sie ihr Leben lang nichts anderes getan. Sie ahnten nicht, dass ihre Jäger sie bereits unter den Haselnussbüschen am Ufer erwarteten. Karl und Karlmann erschlugen mit ihren Fäusten einen mächtigen Eber, danach fünf einjährige Frischlingskeiler an der richtigen Stelle zwischen Kopf und Nacken. Nur eine trächtige Bache und drei weitere mit Frischlingen ließen sie unbehelligt.

Karl ließ das erlegte Wild von ein paar Knechten gleich in die Küche schleppen. Da bemerkte er, dass sich der Sohn von Herzog Alberich heimlich hinter den Haselnussbüschen übergeben musste.

»Was kotzt du?«, fragte er den aufgeweckten Jungen.

»Ich habe nicht gekotzt, Herr!«, antwortete Gregor schniefend. »Es war nur etwas Teufelsdreck in meinem Hals, als ich das Blut der Schweine sah.«

»Du kannst kein Blut sehen? Ist es das?« Karl zog ein wenig seine Mundwinkel herab.

»Ja«, gab Gregor aufrichtig zu. Er wurde schamrot und legte seine Hände vor der Brust zusammen. »Verzeih mir … ich bin undankbar – aber eigentlich wäre ich viel lieber Mönch!«

Karl stutzte, dann lachte er nachsichtig und hielt dem Jungen einen Vortrag über das harte und oft blutige Leben der Mönche, wie er es selbst vor Jahren in Echternach erlebt hatte.

Anschließend beurteilte er mit Karlmann und ein paar anderen die Pferde auf den Koppeln. Viele Pferdekenner hielten Karls Traum von Reiterheeren für pure Zeitverschwendung. Auch wenn sie über die Araberpferde sprachen, von deren Schnelligkeit so oft die Rede war, blieben die Franken Austriens bei ihrer Meinung, dass die Böden und das Wetter zwischen Rhein und Maas nicht für die weibischen Pferde der Sarazenenkrieger geeignet waren.

Einige Tage später erreichten neue Nachrichten aus dem Süden des Reiches die Lütticher Wälder. Karl hatte die ganze Woche mit Rotbert, Folker und einigen anderen Edlen darüber diskutiert, wie sie die östlichen Gaue des Frankenreiches wieder enger an Austrien und Neustrien binden könnten. Er hatte auch Haderich und eine Reihe von jüngeren Adligen zu sich befohlen, auf die er schon seit einer Weile ein aufmerksames Auge hatte.

»Ich werde den verdammten Verdacht nicht los, dass diese Burschen nicht ganz sauber sind«, sagte er zu Rotbert und Folker, als sie kurz unter sich waren.

Folker stimmte sofort zu. »Es könnte sein, dass sie mit Thiatgrim, den Friesen und den Sachsen an der Ems in Verbindung stehen.«

»Schon möglich«, knurrte Karl. »Aber viel eher glaube ich, dass der Widerstand gegen uns von der Mosel her gesteuert wird. Immerhin ist Haderich ein Neffe meiner Stiefmutter Plektrud. Von jetzt an soll daher darauf geachtet werden, dass diese jungen Männer nicht zu dicht ans Kapitol in Colonia gelangen. Dort sitzt nämlich immer noch die Brut, die mir wie eine Eiterbeule in meinem Fleisch erscheint.«

Noch während sie über weitere Männer sprachen, deren Treue sie sich nicht sicher waren, näherte sich Lärm von der Maas her. Ein Dutzend Reiter kam in einer großen Staubwolke von Lüttich her unter den Uferfelsen auf Jupille zu. Der Anführer war noch zehn Pferdelängen entfernt, als er bereits rief:

»Ich grüße dich, Karl, und überbringe dir die besten Segenswünsche des Herzogs von Burgund.«

»Darum möchte ich auch gebeten haben«, lachte Karl. »Wie geht es meinem phantasiebegabten Halbbruder?«

»Hildebrand ist wohlauf. Er genießt die Gunst der Weiber, und der Wein an seinen Bergen ist in diesem Jahr besonders süß.«

»Dann soll er mir vom ersten jungen Wein genügend Fässer schicken. Und zwar bevor ich wieder Vater im Herbst werde.«

Die Umstehenden lachten. Sie warteten, bis alle Reiter herangekommen waren und ihr Anführer noch aus dem Sattel Bericht erstattete.

»Wir kommen nicht, weil es uns schlecht geht«, rief er mit lauter Stimme. »Burgund blüht und gedeiht. Aber weiter südlich in der Provence, in Septimanien und entlang den Pyrenäen brennen die Häuser, Dörfer und sogar die Städte.«

»Wieder die Krieger Allahs unter der grünen Fahne des Propheten?«, fragte Karl sofort.

»Genauso ist es«, antwortete der Anführer der Boten aus Burgund. »Bereits im Mai trafen die Heere von Herzog Eudo mit den Muselmanen vor Toulouse hart zusammen. Aber ihr Statthalter in Spanien hat keine Männer aus Arabien angeführt. Sie kamen alle aus dem Norden Afrikas – dem Land der Berber und Vandalen.«

»Meinetwegen«, sagte Karl. »Auf jeden Fall belagern sie jetzt Städte, über die unser König Theuderich IV. gebietet.«

»Wir wissen nicht genau, was dort im Süden wirklich vorgefallen ist«, berichtete der Anführer der Reiter, »aber es scheint, als hätte Herzog Eudo zwei Dinge gleichzeitig getan: Zum einen soll er einen großen Sieg über den Anführer der Muselmanen errungen haben – zum anderen aber wird von einem Vertrag gemunkelt, den er mit dem Nachfolger des getöteten El Sammah geschlossen haben soll.«

»Was soll das?«, fragte Karl unwillig. »Was nützen mir Nachrichten, mit denen ich nichts anzufangen weiß?«

»Die Muselmanen haben sich aus Toulouse und der Festung Carcassonne bis nach Narbonne am Mittelmeer zurückgezogen. Eudo hat sie verfolgt. Und dann geschah etwas, was dir dein Bruder unbedingt berichten wollte.«

»Was ist es?«, drängte Karl. »Was lässt mir Hildebrand bestellen?«

»Die Bewohner der Provence fliehen vor den Arabern durch das Rhonetal an Avignon vorbei nach Norden. Doch genau dies führt zu Widerstand und Aufruhr bei all jenen, die jetzt durch die Flüchtenden verdrängt werden. Es ist wie in einer Schlacht, wenn ein Getroffener gegen den nächsten kippt und diesen mit zu Boden reißt ...«

»Und?«, fragte Karl. »Hat Hildebrand irgendeinen Plan? Ein Begehren, was ich für ihn und für uns alle tun könnte?«

»Ja«, antwortete der Anführer des kleinen Reitertrupps. »Er bittet dich von ganzem Herzen, nicht mit einem Heer die Maas hinauf und dann bis nach Burgund zu ziehen.«

Karl und die Männer um ihn herum sahen den Boten aus Burgund verständnislos an.

»Habe ich dich recht verstanden?«, fragte Karl schließlich. »Mein Bruder bittet mich, dass ich ihm nicht zur Seite stehe?«

»Genauso ist es. Denn wenn du jetzt auftauchen würdest, hättest du nicht nur die Araber, sondern auch die Heere Eudos, die Flüchtlinge aus der Provence und die Christen in Burgund gegen dich.«

Karl holte tief Luft. Dann schrie er: »Was soll das, Kerl? Bist du vom Teufel angestiftet, dass du es wagst, mich derart zu beleidigen?«

Folker, Rotbert und ein paar andere konnten Karl nur mühsam bändigen. Nie zuvor hatten sie ihn so aufgebracht gesehen. Die meisten wussten nicht einmal, was der Burgunde eigentlich so Furchtbares gesagt hatte.

Erst als es dunkel wurde und Karl die Worte seines Bruders zum vierten oder fünften Mal anhörte, beruhigte er sich langsam wieder. »Es ist ein Missverständnis, Karl«, beteuerten die Edlen aus Burgund immer wieder. »Hildebrand hat niemals deinen Mut, deine Entschlossenheit und deine Kraft bezweifelt. Er denkt auch nicht daran, dir irgendwelche Vorschriften zu machen.«

Obwohl Karl mittlerweile verstanden hatte, was der Herzog von Burgund beabsichtigte, grollte er noch tagelang über die schlecht gewählten Formulierungen der Boten. Er wusste selbst, dass er in diesem Jahr keinen Heribann mehr befehlen konnte. Außerdem fehlten ihm noch immer jene Männer und Pferde, die er sich für schnelle, harte Einsätze schon lange wünschte. Widerwillig beschloss er, der Vernunft zu folgen. Erst ein paar Wochen später kam ihm der Gedanke, dass nicht er und die Grafen klären mussten, was in der Provence und in Septimanien geschehen war. Wozu gab es Mönche, wozu Bischöfe? Und wozu Händler, die selbst dann noch Gold und Silber rochen, wenn für andere nur noch der Gestank von verkohlten Häusern, Blut und Leichen in der Luft lag?

Am 30. September, dem Namenstag jenes Heiligen, der vor drei Jahrhunderten die lateinische Bibelübersetzung *Vulgata* geschaffen hatte, wurde Karls zweiter Sohn mit Ruodhaid geboren. Er ließ ihn auf den Namen des heiligen Hieronymus taufen.

Als die ersten Blätter fielen und der Herbst mit einem wilden Farbenrausch begann, schickte Karl eigene Boten zu den Herzögen und Grafen des Reiches. Er hatte lange darüber nachgedacht, wo der beste Platz für den nächsten Reichstag wäre. Eigentlich hätte er sehr gern alle in die Flussbiegung der Sauer nach Echternach geholt. Er besprach sich mehrere Abende lang mit seinen Getreuen, dann entschieden sie sich gemeinsam für einen Platz im Norden, an dem Karls Vater nach seinem Sieg über die Friesen im Jahr 690 schon einmal einen Bischof eingesetzt hatte.

Die Kirche des heiligen Martin zu Utrecht konnte kaum die vielen weltlichen Großen sowie die Äbte und Bischöfe fassen, die Karls Einladung gefolgt waren. Willibrord sah inzwischen grau und ledern im Gesicht aus. Trotzdem zelebrierte er mit bewegter Stimme die große Messe. Anschließend übergab er das Wort an Majordomus Karl.

Der Princeps des Fränkischen Reiches war sich genauso wie allen anderen der Feierlichkeit dieser Stunde bewusst. Hier hatten die irischen Mönche vor mehr als einer Generation mit ihrer Missionsarbeit begonnen. Hier war Willibrord vom Papst zum Missionar und ersten Erzbischof für die Friesen ernannt worden. Und jetzt, nach so vielen Jahren in Echternach, war der alte Mann zurückgekehrt.

Niemand verübelte Willibrord die Tränen. Sie sahen, wie er schluckte, während Karl langsam auf ihn zuging. Der Erste der Edlen aller Franken beugte den Kopf. Dann kniete er nieder, stellte das rechte Bein abgewinkelt vor sich und reichte Willibrord seine Hände. Der Erzbischof von Utrecht nahm Karls Geste nicht an. Er fasste ihn an den Schultern und ließ ihn wieder aufstehen.

»Du sollst nicht vor mir knien, Karl«, sagte er mit bewegter Stimme. »Wir haben beide für unser Christentum Seite an Seite gestanden, sodass ich dich für mich selbst als einen Bruder empfinde.«

»Dann lass mich sagen, dass auch ich dir danke«, gab Karl zurück. »Damals, als ich nichts mein Eigen nannte außer Bollendorf, habe ich dir meinen Anteil an diesem Landgut mit frohem Herzen geschenkt. Jetzt aber kann ich dir mehr als Dank für dich und deine Gefährten geben.«

Die Anwesenden in der Kirche wussten längst, welchen Sinn die große Versammlung hatte. Sie galt einerseits Willibrord und seinen Mönchen, doch sie war auch eine zweite und diesmal öffentliche und feierliche Übernahme der westlichen Friesenländer.

»Kraft meines Amtes übereigne ich dir mit dem heutigen Tag alle Güter, die innerhalb und außerhalb der Mauern von Utrecht dem König der Franken gehören. Außerdem schenke ich dir eine Weide in Graveningen sowie das Dorf und die Burg Fethnam unweit von Utrecht.«

Im Hintergrund der durch bunte Fenster und viele zusätzliche Öllichter erhellten Martinskirche stimmten Mönche einen Choral an. Karl wartete, bis der Gesang zu Ende war. Dann sagte er: »Ich gebe dir diese Urkunde, die wir bereits in Heristal vorbereitet haben. Sie ist von mir unterzeichnet, ebenso von meinem Sohn Karlmann, meinem Stiefneffen Theudoald sowie von anderen edlen Herren, die hierhergekommen sind. Nimm unser Geschenk an und übernimm zugleich wieder Utrecht als den Bischofssitz, den dir mein Vater vor einem Vierteljahrhundert bestätigt hat. Wir alle hier stimmen zu, dass du erneut den Ehrentitel ›Erzbischof der Friesen‹ führen sollst, den dir vor vielen Jahren Papst Sergius in Rom verliehen hat.«

»In Ewigkeit, amen«, sagte in diesem Augenblick einer der erst vor wenigen Jahren aus England gekommenen Mönche.

Karl war nicht auf diesen Einwurf vorbereitet. Durch das schnelle, unverschämte »Amen« des anderen war er nicht mehr dazu gekommen, die sorgsam ausgedachten, aber nicht in der Urkunde festgehaltenen Bedingungen an die Schenkung vor allen Ohren auszusprechen.

Auch Willibrord wusste genau, was geschehen war. Aber auch andere hatten mitbekommen, dass Karl und der neue englische Missionar namens Wynfrith keine Freunde sein würden …

»Ich muss mich endlich wieder in den anderen Gebieten sehen lassen«, stellte Karl fest, als die Frühlingssonne immer wärmer wurde. »Außerdem will ich prüfen, wie sich meine teuer gepanzerten Reiter auf einem kleinen schnellen Zug bewähren.«

Er befahl, dass weder Wagen noch Hörige mitgenommen werden durften. Kein Panzerreiter sollte mehr als zwei Knechte benennen. Der erste von ihnen sollte für die Pferde und das Lederzeug zuständig sein, der andere für Waffen, Gerätschaften und die Verpflegung.

Der erste Ritt begann kurz nach Ostern und führte erneut an der Wupper entlang in Richtung Osten. Als sie die Lippe erreichten, sahen sie überall im Sachsenland neue Katen und Häuser. Die meisten davon waren noch nicht fertig, aber von verbrannten Balken und Hauswänden war nichts mehr zu sehen.

Karl bog schon nach drei Tagen und weit vor den Externsteinen wieder nach Westen ab. Sie blieben eine Weile am Lauf der Lippe, ehe sie zum Rhein zurückkehrten und auch dort keinerlei Anzeichen von Aufruhr und Widerstand entdeckten. Karl beschloss daher, nach Colonia zu reiten.

Schon am Abend im *praetorium* am Rhein hörte Karl schlechte Neuigkeiten.

»Dein Freund aus Utrecht ist inzwischen ein gutes Stück die Himmelsleiter hinaufgefallen«, meinte Rotbert. Bischof Faramundus zischte ein wenig die Luft durch die Zähne. Der Protest des Kirchenmannes war so milde, dass Karl ihn verwundert ansah.

»Kein Widerspruch?«, fragte er. »Und keine Rüge für Herzog Rotbert wegen versuchter Gotteslästerung?«

Faramundus seufzte milde. »Ich verstehe sie nicht, diese von Rom ernannten Bischöfe. Wie konnte Papst Gregor einen ungehobelten jungen Angelsachsen wie diesen Wynfrith zum Bischof mit dem neuen Namen Bonifatius ernennen?«

»Halt ein!«, unterbrach Karl. »Wer ist hier Bischof? Und wer hat wen ernannt?«

»Die ganze Angelegenheit ist auch uns Frankenbischöfen unangenehm«, gab Faramundus zu. »Wir haben nichts davon gesagt, weil Bruder Willibrord uns darum gebeten hat.«

»Also«, sagte Karl streng, »was ist hier los? Ich fordere, dass mir alles berichtet wird.«

»Wynfrith oder auch Bonifatius hat nicht nur bei den Friesen mit Wort und Axt gekämpft«, warf der Bischof von Colonia ein, »er war auch wie ein schreckliches Ungewitter bei den Hessen und den Thüringern. Niemand seit Willibrord hat bis zu den Sachsen hin so hart an der Bekehrung dieser Heiden gearbeitet.«

»Das klingt jetzt aber eher nach Lob und Anerkennung als nach Anklage«, stellte Karl fest.

»Es ist ja sehr schwierig mit dem Kerl«, sagte Herzog Rotbert. »Einerseits muss man ihn bewundern für seine großartigen Leistungen. Andererseits schadet er den Menschen, indem er gnadenlos alles vernichten lässt, was ihnen heilig, aber ihm nur Tand und Teufelswerk ist.«

»Es heißt, dass er mehr heidnische Standbilder zerstört hat als Willibrord in dreißig Jahren«, sagte Faramundus und senkte seinen kleinen Kopf.

»Dabei spricht er so schlecht Latein, dass er beim Papst in Rom nicht einmal sein Glaubensbekenntnis in dieser Sprache vortragen konnte.«

»Gemach, gemach!«, warf Bischof Faramundus ein. »Er spricht zum Gotterbarmen schlecht in der alten Zunge, aber er schreibt es dafür umso besser. Das ist Willibrords Schule in Echternach zu verdanken. Auf jeden Fall hat er Papst Gregor durch seine Schreibfertigkeit so sehr beeindruckt, dass er mit ihm die Stadt wieder verlassen durfte.«

»Ein Mann mit großen Fähigkeiten«, grunzte jetzt auch Rotbert. »Aber Respekt: Immerhin ist er nicht den üblichen Weg rheinaufwärts und dann über den Alpenpass des Mons Jovis gegangen.

»Er hat sich für das Rhonetal entschieden«, bestätigte Faramundus seufzend.

»Dagegen ist doch nichts einzuwenden«, sagte Karl.

»Dagegen vielleicht nicht«, antwortete Rotbert. »Aber dann ist er auch noch durch Gebiete Italiens gewandert, die den Feinden des Vatikans gehören. Den Langobarden und ... was noch schlimmer ist ... den Bilderstürmern von Kaiser Leo in Konstantinopel.«

Karl überlegte einen Augenblick. Dann lachte er.

»Es ist schon eigenartig mit euch Kirchenmännern. Einerseits schreit ihr Zeter und Mordio, wenn auf irgendeiner Waldlichtung ein Stein mit Runenzeichen oder die Skulptur von einer alten Gottheit steht. Andererseits bekämpft ihr bis aufs Messer diejenigen Christen unter euch, die dagegen sind, Heilige und die Madonna oder irgendwelche frühen Kirchenfürsten auf Ikonen anzubeten.«

»Ich glaube, dass du da etwas verwechselst«, sagte der Bischof von Colonia. »Heidnische Germanen beten Götzenbilder an. Aber für uns sind die Ikonen keine Gottheiten, sondern nur Symbole, die den Weg zu Gott und seinem eingeborenen Sohn erleichtern.«

»Und wo ist da der Unterschied?«, fragte Karl streitlustig. »Für die Germanen, die für euch Heiden in der Hand des Teufels sind, gelten die Statuen und Steinzeichen als Brücken in die Welt der Ahnen. Ein Stein bleibt immer nur ein Stein, solange er nicht von den Kundigen geweiht und zum Heiligtum erklärt wird. Eure Ikonen aber ... die sind stets heilig und unberührbar.«

Faramundus hob die Schulter. Er lächelte nachsichtig, denn es behagte ihm nicht, sich mit dem Majordomus anzulegen.

»Wir müssen also auch auf diesen Mönch Wynfrith achtgeben«, sagte Karl. »Ich will von jetzt ab einmal im Monat hören, was er tut und wo er sich befindet.« Er wandte sich an seinen Ältesten. »Du kümmerst dich ab heute um alles, was mit diesen neuen Mönchen aus England oder Irland zusammenhängt.«

Karlmann errötete kaum merklich. Dann sagte er: »Darf ich meinen Gefährten Gregor dabei hinzuziehen? Er interessiert sich für alles, was die Mönche in den Ostgebieten tun.«

»Meinetwegen«, sagte Karl. »Aber seht zu, dass sie euch nicht ebenfalls den Kopf rasieren.«

Die Männer an den Tischen lachten. Dann wandten sie sich wieder den anderen Problemen in ihren Gauen zu.

24

Bonifatius

Der Rest des Jahres bestand aus Ereignissen, die sich nun schon fast regelmäßig wiederholten. Karl weilte zumeist in Colonia. Aber er ritt auch zur Hirschjagd in die Ardennen und – wenn er für ein paar Stunden oder auch Tage nichts anderes hören oder sehen wollte – gelegentlich hinauf zum Ziegenberg.

Er besuchte Maastricht und Utrecht, ritt auch einmal mit kleinem Gefolge bis nach Metz und kontrollierte Ländereien, die nicht von seiner Stiefmutter in die Ehe mit seinem Vater eingebracht worden waren, sondern noch aus dem Lehen und Geschenken stammten, die sein Ahnherr, der Bischof Arnulf von Metz, vor hundert Jahren vom Merowingerkönig Chlothar II. erhalten hatte.

Karl nutzte die langen Stunden auf den Rücken ihrer schweren Pferde und brachte seinem Ältesten sehr schonend bei, dass der Aufstieg ihrer mächtig gewordenen Familie eigentlich mit Betrug und Verrat begonnen hatte.

Weitere Reisen Karls dienten im Grunde nur dazu, dass er sich sehen ließ. Er nahm an Messen von Bischöfen und Äbten teil, besuchte Kirchen und Klöster und aß auf den Landgütern von Grafen und freien Bauern. Oft hielt er unterwegs an, wenn Bauern oder auch Sklaven am Wegesrand ihre Mützen vor ihm abnahmen und ihre Köpfe senkten. Er sprach mit ihnen ohne Hochmut und Stolz. Gerade bei den einfachen Menschen überall unterwegs benahm er sich schon fast wie ihresgleichen.

Er ließ sich sagen, wo wieder Kirchen oder Klöster gebaut worden waren, wie es den Ehefrauen und den Kindern der anderen Großen ging und was sich dieser oder jener ganz besonders wünschte.

Wer Karl neben seinen eigenen Kindern ebenfalls Freude machte, war Gregor, der Älteste von Alberich. Seinen jüngeren Bruder Haderich hatte er ebenfalls aufgenommen, doch es gefiel ihm nicht, dass dieser Junge etwas zu oft vor den Gebäuden des Kapitols an der südlichen Stadtmauer gesehen wurde. Es hieß sogar, dass er manchmal mit Plektruds eingekerkerten Enkeln redete.

Karl wollte ihn bereits zurechtweisen, doch dann beschloss er, einen anderen Weg zu gehen. Er wartete, bis eines Morgens Gregor zusammen mit Karlmann in den Privatgemächern auftauchte, in denen er mit Chrotrud und Hiltrud wohnte. An diesem Morgen übte er mit seiner Tochter eine besonders schöne Schrift. Hiltrud war inzwischen zu einem schönen Mädchen herangewachsen und konnte viel flüssiger lesen und schreiben als die meisten der jungen Adligen in ihrem Alter. Chrotrud war in den vergangenen Wochen zunehmend stiller geworden. Während alles im Land um sie herum wuchs, blühte und gedieh, kränkelte sie immer auffälliger. Stets zog sie sich zurück, sobald sie ihn morgens kurz begrüßt hatte, und ließ ihn mit seinen Dingen allein.

Er war jetzt vierunddreißig Jahre alt, sie selbst nur zwei Jahre jünger. Als sie sich kennenlernten, hatten Karls Stiefbrüder Drogo und Grimoald noch gelebt. Sie waren es, die zusammen mit ihrem Vater und ihrer starken Mutter alles Geschehen bestimmten. Später, als er mit den anderen Männern des Hofes ausritt, hatte sie ihn auch nicht sehr oft gesehen. In diesen Jahren war er zumeist bei den Pferden gewesen, bei Pippins Waffenschmieden und in den Tavernen der Städte, in denen Händler und Krieger bei Wein und Bier mit ihren Taten und Erfolgen prahlten.

Karl erinnerte sich wieder an die wenigen glücklichen Tage und Wochen, in denen er mit seiner Frau und den Kindern unbelastet gelebt hatte. Die Zeiten in Heristal und Jupille gehörten dazu, aber auch jene in Stavlot-Malmedy und seine erste Zeit in Colonia. Inzwischen gingen täglich Priester und Heilkundige bei ihr ein und aus. Nichts daran war besonders, bis zu dem Zeitpunkt, an dem der junge Gregor mit Karlmann zu ihm in die Privatgemächer kam, die er mit Chrotrud und Hiltrud bewohnte. Gregor erzählte von jenen Gerüchten, die er in Thüringen gehört hatte.

»Manch einer wundert sich, dass du Plektrud und ihre Enkel noch immer im Kapitol in Colonia gefangen hältst«, meinte er. »Viele sagen, dass es vielleicht besser wäre, wenn sie an die Mosel oder in ihr Kloster nach Pfalzel zurückkehren könnten.«

»Ich will sie hier haben«, sagte Karl.

»Ja«, meinte Gregor unbeirrt, »auch das wird von einigen Edlen aus der Familie von Herzog Hedan nicht verstanden. Sie sagen, du würdest Nattern an deinem Busen nähren, wenn du zulässt, dass die Frauen aus dem Stift im Kapitol mit ihren geheimen Rezepturen in jedes Haus gehen dürfen … sogar hierher zu Chrotrud …«

Karl legte seine Hand auf die Schultern des Jungen. Dann wandte er sich an Karlmann und hob die Brauen.

»Hast du auch von diesen Dingen gehört?«

Für einen Augenblick war alles still in den Räumen am Rheinufer. Draußen trieben zwei friesische Frachtkähne den Strom hinab. Mücken tanzten im von Westen her einfallenden Sonnenlicht, und im Hafen knarrten hölzerne Kräne, während sie Säcke und Ballen aus anderen Frachtkähnen luden. Karl hörte die kräftigen Stimmen von Händlern und Bootsleuten. Dazwischen Kinderstimmen und hellen Gesang von Frauen und Mädchen.

Und plötzlich rannen Tränen über Karlmanns Gesicht. Karl war so überrascht, dass er im ersten Augenblick nicht wusste, wie er sich verhalten sollte. Er hätte nie für möglich gehalten, dass sein Ältester nach seiner glänzend bestandenen Mutprobe auf dem Ziegenberg schon Tränen in den Augen hatte, wenn es doch nur um irgendwelche Gerüchte und Intrigen ging.

»Sie sagen, dass der Sensenmann bereits durch dieses Haus geht!«

Weihnachten verging trübe, und auch das neue Jahr begann ohne fröhliche Lieder. In all den Wochen hing Chrotruds Krankheit wie ein unheimlicher Fluch über dem *praetorium* von Colonia. Viele Fenster des alten römischen Verwaltungspalastes waren mit dunklen Tüchern verhängt. Karl befahl, dass in allen größeren Räumen Körbe aus geflochtenen Eisenbändern auf drei Beinen aufgestellt wurden. Für jeden Korb wurde ein Feuerknecht abgestellt, der auch in der Nähe schlafen musste und bei Strafe dafür zu sorgen hatte, dass die Holzkohlenglut nicht erlosch und stets ein paar Weihrauchbrocken weißliche Rauchwolken verströmten, die angenehm für die immer siecher werdende Chrotrud waren.

Karl opferte ein Vermögen an Bischof Faramundus für ständig neuen Weihrauch. Seit Karlmanns Tränenausbruch ließ er keine Ärzte, frömmelnde Nonnen oder Mönche, die sich auf Zahlenmagie verstanden, an ihr Krankenbett. Erst Anfang des Jahres duldete er, dass die Nonnen des Gertrudenklosters von Nivelles die Krankenpflege übernahmen. Beinahe augenblicklich trat eine Besserung ein. Karl und viele andere schöpften wieder Hoffnung. In allen Kirchen wurde für Chrotrud gebetet. Auch in Sankt Peter und Paul, der

Bischofskirche von Colonia, brannten Tag und Nacht Öllampen für die Sieche. Doch alles war vergebens.

Chrotrud starb am Aschermittwoch des Jahres 723. Karl hielt ihre Hand, als es zur dritten Stunde nach Sonnenaufgang geschah.

Am Tag zuvor hatte sich auch ein Abgesandter des Papstes in Rom mit seinem Gefolge angekündigt. Er kam zu spät. Denn als er auf der alten *Via Decumania* einritt, wurde auf der anderen Seite der Stadt jenseits der nördlichen Stadtmauer bereits die eiserne Schweinsglocke der Kunibertskirche angeschlagen. Das Geläut mit den langen Pausen dazwischen verkündete jedermann, dass Chrotrud, die stille und gütige Ehefrau von Majordomus Karl, nicht mehr lebte.

Chrotruds Beerdigung begann mit einer großen Messe und einem Hochamt in der Bischofskirche. Anschließend zogen Hunderte von Edlen aus dem gesamten Reich hinter dem Sarg her. Nur Karl und die Kinder sowie die Herzöge und Bischöfe durften den Sarg auf Pferden begleiten. Alle anderen hatten sich zu Fuß einzureihen.

Die Prozession führte über das Forum und dann auf die westliche Straße hinaus. Jenseits der Stadtmauer bog sie nach Norden ab, bis sie die Gräberfelder von Sankt Gereon erreichte. Auch hier wurde lange gebetet und gesungen, bis Karl und die Kinder eine Handvoll Erde auf den Sarg ihrer Ehefrau und Mutter warfen. Sie schämten sich ihrer Tränen nicht. Nur der achtjährige Pippin machte ein eher beleidigtes als trauriges Gesicht. Mit weit herabgezogenen Mundwinkeln nahm er einen der Erdklumpen und warf ihn zornig in das dunkle Loch, das ihm jetzt seine Mutter wegnehmen wollte.

»Hol sie da raus!«, rief er mit seiner hellen Kinderstimme dem Vater zu. Karl presste die Lippen zusammen und streckte seine Hand nach Pippin aus. Auch Karlmann und Hiltrud versuchten, den Jüngsten zu besänftigen. Aber der wollte nicht. Er sah sich nach allen Seiten um, reckte sich und zeigte sehr deutlich, wie gekränkt er darüber war, dass niemand der festlich gekleideten Edlen in der Lage gewesen war, das alles zu verhindern.

Als einer der Letzten trat ein Mann an das Grab, der bisher vergeblich versucht hatte, eine Audienz bei Karl zu erhalten. Trotz der Kälte trug er als einziger der versammelten Bischöfe und Äbte keinen wärmenden Mantel und keine Kopfbedeckung. Karl kniff die Augen zusammen und registrierte gleichzeitig, dass der frühere englische Mönch mit den Insignien eines Bischofs an das Grab gekommen war.

»Im Namen des Vaters und des Sohnes und im Angesicht des Todes überbringe ich dir den Segen des Heiligen Vaters in Rom«, sagte er leise zu Karl. »Ich bin im Gedanken die ganze Zeit bei dir gewesen und bitte dich um Gehör, sobald dein Schmerz nachlässt.«

»Was willst du?«, knurrte Karl nur. Schlagartig stand wieder das Bild vor seinem inneren Auge, mit dem dieser Mann unerlaubt und voreilig die wichtige Schenkungszeremonie in Utrecht beendet hatte. Karl wollte nicht, dass sich Derartiges noch einmal wiederholte. Er wollte überhaupt nicht mit diesem Wynfrith reden. Jetzt nicht und auch nicht irgendwann.

»Ich danke dir«, sagte er mühsam beherrscht. »Du darfst gehen.«

»Dann höre wenigstens, dass ich einen Brief für dich habe«, sagte der Bischof, den alle anderen bisher nur als Mönch gekannt hatten. »Einen Brief, den der Heilige Vater in Rom für dich schreiben ließ und eigenhändig unterzeichnet hat.«

»Ich brauche keinen Brief aus Rom«, wehrte Karl ab. »Und nun geh! Du störst mich in meiner Trauer.«

Doch Wynfrith ließ nicht locker. Und plötzlich ahnte der Majordomus der Franken, wie dieser Mann zu seinen Erfolgen als Missionar und Apostel kam. Er ließ sich auf nichts ein. Er reagierte weder auf Drohgebärden noch auf Zorn und Verärgerung. Und er schien keine Angst zu kennen ...

Sogar der hartnäckige Willibrord war bei allem, was er getan hatte, immer noch vorsichtig abwägend und klug gewesen. Dieser hier aber musste sich für unverwundbar und allen anderen überlegen halten.

Karl spürte eine ganz eigenartige Mischung aus Anziehung und Ablehnung. Der andere kam so dicht an ihn heran, dass Karl, der oberste Kriegsherr des gesamten Frankenreiches, unwillkürlich einen halben Schritt zurücktrat. Der Mönch kam ihm zu dicht. Er bedrängte ihn. Und er wich nicht zurück vor Schwertern und Titeln oder der Macht eines Amtes.

»Geh!«, befahl Karl hart und scharf. Er spürte, wie sich Dutzende von Augenpaaren auf ihn und den Boten des Papstes richteten. Nur wenige von ihnen waren freundlich. Und doch wollten alle wissen, wie sich der unerwartete Zweikampf am offenen Grab vor den Mauern von Colonia entschied.

»Ich gehe«, sagte Wynfrith so deutlich, dass viele ihn hören konnten. Aber noch ehe Bischof Faramundus »In Ewigkeit, amen« sagen konnte, fügte Wynfrith schnell noch hinzu: »Ich gehe ... und warte so lange am *praetorium*, bis du mich anhörst.«

Erst jetzt brachte Bischof Faramundus sichtlich verwirrt ein »Amen« heraus.

Karl ließ den Mann, den er als Wynfrith kannte, genau eine Woche warten. Ganz so, als sei überhaupt nichts geschehen, versuchte der Beauftragte des Papstes, Kontakt mit seinen fränkischen Amtsbrüdern aufzunehmen. Karl merkte schnell, dass sie ihn ablehnten. Selbst Bischöfe wandten den Kopf ab, wenn er sich ihnen näherte. Am sechsten Abend ließ Karl sämtliche Bischöfe bis auf Bonifatius zu sich bitten.

»Was habt ihr eigentlich gegen diesen Mann?«, fragte er ohne Umschweife.

»Du wirst keine Antwort bekommen, Karl«, sagte Willibrord.

»Aber ich, Milo, den viele noch immer gern als schwarzen Abt verhöhnen, gebe dir eine Antwort, Karl«, rief der Bischof von Trier und Reims. »Es ist die Angst vor dem Verlust alter Rechte.«

»Sprich weiter. Aber ohne Umschweife!«, sagte Karl.

»Die Merowingerkönige haben niemals die Oberhoheit des römischen Bischofs über die fränkische Kirche anerkannt«, sagte Milo. »Und auch hier ist niemand von uns damit einverstanden, dass fremde Mönche und Priester durch unsere fränkischen Gaue ziehen, überall Kirchen und Klöster bauen und das Wort Gottes angeblich besser verkünden als wir selbst.«

»Ihr habt selbst Schuld«, sagte Karl. »Niemand behauptet, dass ihr zu faul und feige wart. Aber wer hat sich um die Bekehrung der heidnischen Friesen und Sachsen wie auch der Franken in unseren östlichen Gauen gekümmert? Viele von euch wären doch gar nicht böse darüber, wenn sie sich nicht allzu weit aus ihren angenehmen Bischofsstädten und vom beschaulichen Leben in ihren Klöstern und Abteien entfernen müssten.«

Erst jetzt wollte Protest und Widerspruch aufkommen. Karl brach bereits die ersten Ansätze mit einer kurzen Handbewegung ab. »Ihr müsst nicht widersprechen«, sagte er ohne Respekt vor der Würde der Bischöfe.

»Ich widerspreche dennoch!«, stieß der Abtbischof von Stavlot-Malmedy aus. »Wie kommen wir eigentlich dazu, Männer zu dulden, die nie verschwiegen haben, dass sie eher einen Eid auf den Papst in Rom als auf das Reich der Franken schwören würden? Und warum willst du dulden, dass unter deiner schützenden Hand nicht mehr unsere fränkischen Heiligen verehrt werden, sondern ein Pontifex im fernen Rom?«

»Auch das stimmt so nicht«, mischte sich völlig unerwartet Hugo ein. »Ihr habt recht, wenn ihr sagt, dass durch den Papst unsere Geschlossenheit aufgebrochen wird. Aber ich erinnere daran, dass wir schon lange keine Synode mehr gehabt haben und im Grunde jeder von uns sein eigenes Süppchen kocht.«

Karl lächelte erstaunt. So deutlich wie Hugo hatte noch keiner gesagt, was ihn von Anfang an bei den fränkischen Kirchenmännern gestört hatte. Zu oft benahmen sich die Bischöfe und Äbte wie Herrscher auf kleinen Inseln, die nach Art von Gaugrafen und Herzögen über Güter und Ortschaften, Wälder und Teiche, Menschen und Tiere geboten.

»Er hat einen Brief mit«, sagte Karl in die plötzliche Stille hinein. »Vom Papst ... an mich! Ich schlage vor, dass wir uns alle anhören, was der Papst in Rom mir zu sagen hat. Und ihr sollt mitentscheiden, wie wir die Dinge gerecht regeln können.«

Die große Versammlung der Äbte und Bischöfe sowie der Herzöge und Grafen, die nach der Beerdigung Chrotruds in Colonia geblieben waren, glich bereits einer Synode oder einem Reichstag. Aber sie war weder das eine noch das andere. Karl entschied, dass Willibrord Bonifatius vorstellen sollte.

»Also hört, was ich über den Mann zu sagen habe, der vor dreiundvierzig Jahren in Wessex geboren wurde«, trug Willibrord vor. »Er erhielt seine Erziehung in den Benediktinerklöstern Exeter und Nuthescelle, das man auch Nursling nennt. Bereits 716 versuchte er zum ersten Mal, Friesen zu missionieren. Zwei Jahre später pilgerte er nach Rom, wo ihm Papst Gregor den Namen Bonifatius, nach dem Heiligen des 14. Mai, verlieh. Leider muss ich euch, ihr Herren, gestehen, dass Wynfrith und ich nicht immer einer Meinung waren.

Ich gebe zu, dass ich noch heute andere Vorstellungen über die Missionsarbeit habe als dieser Mann des Papstes.«

Zum ersten Mal hörten Karl und die anderen von einem Streit zwischen den beiden Mönchen.

»Wynfrith wollte stets härter und unduldsamer sein, als ich es zeit meines Lebens gewesen bin«, fuhr Willibrord fort. »Aus Widerspruch zu mir wandte er sich im vergangenen Jahr nach Hessen. Er gründete dort das Kloster Amönaburg am Flüsschen Ohm und berichtete nach Rom von seinen Erfolgen. Als ich davon erfuhr, hatte Papst Gregor II. ihn bereits eingeladen, zum zweiten Mal nach Rom zu kommen. Am letzten Tag im vergangenen November weihte der Papst ihn dann zum Missionsbischof ohne festen Sitz.«

Die Bischöfe und Äbte, aber auch die Herzöge und Grafen aus den verschiedenen Gauen des Reiches spürten genau, dass sich der alte Mann aus Echternach nur mit großer Mühe zu einem sachlichen Bericht zwingen konnte. Ohne dass Karl ihm ausdrücklich das Wort erteilte, sprang Bischof Bonifatius auf.

»Jawohl, es stimmt, ihr Herren des Frankenreiches und meine Brüder in Christo. Ich habe dem Papst in Rom den Treueid geschworen. Gleichzeitig habe ich geschworen, dass ich über jeden Bischof, der sich nicht an die kanonischen Vorschriften hält, nach Rom berichte. Und wenn es das ist, was meinen verehrten Lehrer Willibrord und einige andere gegen mich aufbringt, dann sage ich euch, dass der Bischof von Rom der einzige rechtmäßige Nachfolger des Apostelfürsten Petrus ist und dass die heilige Kirche nur dann bestehen und wachsen kann, wenn wir uns alle vor Rom verneigen …«

Der Protest der fränkischen Geistlichen brach so plötzlich und wild hervor, dass sogar Karl zusammenfuhr. Fast schien es, als wollten sich die Bischöfe auf den Engländer stürzen. Karl hob beschwichtigend beide Hände. Dennoch dauerte es lange, bis sich die erbosten Kirchenmänner einigermaßen beruhigten.

»Was ist mit dem Brief?«, rief Karl Bonifatius zu. »Du sagtest, du hast einen Brief vom Papst an mich.«

»Papst Gregor II. gab mir sechs Briefe an sechs verschiedene Herrscher im Norden mit«, bestätigte Bonifatius kühl. »Einer davon ist für dich, Majordomus Karl.«

»Und die anderen fünf?«, fragte Karl sofort.

»Darüber möchte ich nicht sprechen«, antwortete Bonifatius. »Aber ich darf dir sagen, dass auch Herzog Theodo von Baiern einen Brief des Papstes erhält.«

Karl schnaubte nur. Dann sagte er: »Lies vor.«

Doch Bonifatius machte nicht die geringsten Anstalten, den Brief des Papstes zu öffnen. Stattdessen sagte er: »Es würde viel zu weit führen und manchen der Herren hier langweilen, wenn ich den Brief des Papstes mit sämtlichen ehrenvollen Bezeichnungen für dich, Majordomus Karl, verlese. Aber ich will euch gern sagen, welchen Inhalt das Schreiben hat.«

Er legte seine Hände wie zum Gebet vor der Brust zusammen und schloss dabei die Augen.

»Papst Gregor schreibt dir, dass er mich zum Bischof weihte, nachdem er mich in meinem Glauben geprüft hat. Er entsendet mich zu den Völkern und Stämmen östlich des Rheins, die sowohl noch im heidnischen Irrtum leben als auch im Dunkel der Unwissenheit gefesselt sind. Papst Gregor II. bittet dich, Karl, dass du mich dafür in allen Angelegenheiten unterstützen mögest und gegen meine Widersacher verteidigst.«

»Ich soll was?«, platze es aus Karl hervor.

»Du sollst mich gegen jene in dieser Runde verteidigen, die mich nicht anerkennen und mir übelwollen.«

Karl war so empört, dass er eine Weile brauchte, um das Gehörte zu verdauen. Auch die anderen Versammelten waren derart schockiert über die Forderungen des Papstes, dass ihnen die Zornesröte ins Gesicht stieg. So schroff und unnachsichtig hatte noch nie zuvor ein Papst die Freiheit und Selbstständigkeit der fränkischen Bischöfe und Äbte zu beschneiden versucht.

Karl hob erneut die Hände. Dann stand er auf. Er senkte seinen Kopf wie ein Stier. Für einen Augenblick standen sich die beiden ungleichen Männer schweigend gegenüber.

»Nein!«, sagte Karl kalt. »Selbst wenn du mir alle sechs Briefe des Papstes auf einem goldenen Tablett übergibst, werde ich dich nicht gegen unsere fränkischen Bischöfe und Äbte schützen. Geh meinetwegen nach Hessen! Geh nach Thüringen! Geh zu den Sachsen und den Friesen! Aber du und dein Papst – mischt euch in Zukunft nie wieder in die inneren Angelegenheiten des fränkischen Königreichs ein! Du darfst missionieren … und du sollst dafür den Schutz bekommen, den du benötigst! Doch ich befehle dir: Bleib allen Klöstern und den Kirchen fern, die du nicht selbst gebaut hast!«

Am Nachmittag des Ostersonntags, als alle Messen gelesen und alle anstrengenden Feierlichkeiten beendet waren, wollte Karl mit seinen Söhnen Karlmann und Pippin und seiner Tochter Hiltrud ein wenig am Rheinufer entlangreiten. Er brauchte einfach frische Luft und wollte andere Stimmen hören als die von Bischöfen, Äbten und singenden Mönchen. Draußen wehte ein milder Frühlingswind, und auch die Menschen schienen zufrieden.

»Wann kommst du denn?«, rief Pippin ungeduldig. Er saß bereits auf einem kleinen Pferd, das weich für ihn gesattelt worden war. Auch die inzwischen vierzehn Jahre alte Hiltrud hatte ihren Vater überredet, noch einmal in einem Männersattel ausreiten zu dürfen. Sie wusste ganz genau, dass Karl ihr nichts verwehren konnte. Ihr Liebreiz, ihre Schönheit und ihr aufgeschlossenes Wesen erfreuten ihn, sooft sie sich begegneten.

Während andere junge Mädchen in der Stadt viel früher Wert auf damenhafte Kleider legten, hatte sich Hiltrud die Vorzüge ihrer ländlichen Herkunft auch in Colonia bewahrt. Am liebsten lief sie in langen, ärmellosen Leinenkleidern herum, die nur in der Taille durch einen Ledergürtel mit vielen kleinen Schlaufen zum Anhängen der Beutel für vielerlei Gerätschaften zusammengehalten wurde. Dazu trug sie ein oder zwei goldene, mit rotem Glasfluss und kleinen Turmalinen verzierte Bügelfibeln, die das Kleid an den Schultern rafften und zusammenhielten. Sie mochte Ketten aus glitzernden Bergkristallen, Rosenquarz und sogenannten Tigeraugen, und sie sammelte schmale Armringe jeglicher Art. Karl hatte sie bereits mit einem Dutzend dieser Ringe übereinander gesehen. Aber es war nichts Protziges an ihnen, sondern eher der Ausdruck ihrer Unbefangenheit.

»Komm doch!«, rief jetzt auch Hiltrud. »Sonst wird es dunkel, ehe wir zurück sind.«

Karl lachte fröhlich, während er schnell noch einige abwartend herumstehende Schreiber ansprach, die für die Urkunden im *praetorium* zuständig waren.

»Bereitet alles genau so vor, wie ich es gesagt habe«, ordnete er an.

»Aber seht zu, dass mein Schutzbrief für diesen Bischof Bonifatius kein voller Freibrief für ihn wird.«

»Wir haben schon verstanden«, sagte einer der Echternacher Mönche.

»Er soll nicht denken, ich hätte ihm ein Lehen oder eine Art *precaria* übertragen.«

Die Mönche grinsten. Karl hatte fast den Eindruck, als fänden sie Vergnügen daran, wie schroff er Bonifatius behandelte. Er nickte ihnen zu, drehte sich um und wollte gerade zu seinen Kindern gehen, als mit großem Lärm drei Reiter in den Innenhof des *praetoriums* preschten. Karl schüttelte den Kopf.

»Was soll der Lärm am Ostersonntag?«, schimpfte er. »Wer kommt da? Und was wollen die?«

Die drei Reiter hielten dicht vor ihm, sprangen sofort ab und hielten ihre bebenden, nach allen Seiten ausbrechenden Pferde mühsam am Zaumzeug fest.

»Wer seid ihr?«, fragte Karl unwillig. Sie wirkten einerseits wie freie Bauern, doch andererseits störten Karl die Kapuzen auf ihren Köpfen.

»Wir sind Mönche aus dem Kloster Sankt Wandrille«, berichtete der erste noch ziemlich atemlos. »Einige von uns sind unterwegs zu den Bischöfen. Wir aber kommen zu dir, um dir sofort zu melden, dass unser Abt Beningus – Gott hab ihn selig – am zwanzigsten des Monats still entschlafen ist.«

»Beningus ist tot?«, fragte Karl. Der alte Abt war ein sonderlicher Kauz gewesen. Karl hatte ihn dennoch gemocht. »Und?«, fragte er nach. »Ich nehme an, ihr wollt mir mehr als diese Nachricht überbringen.«

»So ist es, edelster und erster Herr der Franken. Wir bitten dich um deinen Schutz für unsere hirtenlos gewordenen Abtei und alle Klöster, die zu uns gehören.

»Um meinen Schutz?«, fragte Karl und sah zu den Schreibern aus Echternach. »Es scheint ein Ostersonntag für lauter Schutzbriefe zu werden.«

Er wandte sich wieder an die Mönche von Sankt Wandrille. »Eure Abtei und alle angeschlossenen Klöster sind so reich, dass ich schwerlich auf sie verzichten könnte. Wir brauchen euer Korn ebenso wie den Käse, das Geflügel und die Pferde, die ihr züchtet. Wie könnte ich ohne den guten grünen Speck von Sankt Wandrille gegen Sachsen oder Friesen ziehen.«

Er lachte kurz. »Also?«, fragte er ungeduldig. »Was treibt euch her?«

»Wir ersuchen dich, uns nicht irgendeinen ehrenwerten Bischof oder Abt vorzusetzen, der nicht viel von uns versteht. Unsere Herzen würden Hosianna singen, wenn du so weise wärst, uns deinem Stiefneffen zu übergeben.«

»An Bischof Hugo?«, fragte Karl verdutzt. »Ihr wollt freiwillig zu Hugo?«

»Er ist der frömmste Mann, der auf den Weinbergen des Herrn zu säen und zu ernten weiß.«

»Das walte Hugo«, lachte Karl. »Nun gut, einverstanden. Hugo hat in der Tat eine Anerkennung für seine Treue zu mir verdient.«

Er wandte sich halb zu den Mönchen von Echternach um.

»Schreibt also auch dafür die Diplome mit allen Einzelheiten!«

25

Mordanschläge

Pfingsten verstrich. Karl fühlte morgens immer häufiger einen unangenehmen Druck auf seiner Brust. Nach den Mahlzeiten hielt er sich manchmal verstohlen an den Tischbohlen fest. Dann drehte sich der Raum um ihn, und er bekam kaum noch Luft. Am Anfang glaubte er, dass er nur zu viel aß und trank. Aber das war es nicht. Selbst wenn er sich bei den Versammlungen zurückhielt, ging es ihm nicht besser. Und dann konnte er seinen schlechten Zustand nicht länger vor Karlmann und Hiltrud verbergen.

»Du machst zu viel selbst«, sagte Karlmann, »lass doch die anderen mehr entscheiden. Du hast gute Gefolgsleute. Sie sind dir treu ergeben.«

»Aber nicht alle«, stöhnte Karl. »Beileibe noch nicht alle!«

Im Juli fühlte sich Karl derartig schlecht, dass er sich bei den Gerichtstagen von Rotbert und Folker vertreten ließ. Bei den Streitfragen ging es auch um Besitzansprüche an einem Dorf am Flüsschen Orne. Karl wies Rotbert an, für das Kloster Sankt Wandrille zu entscheiden. Es passte ihm, dass er nicht selbst das Urteil verkünden musste. Es hätte nicht gut ausgesehen, wenn er selbst Hugo auch noch das Dorf an der Orne zusprach, nachdem er ihm gerade erst das Kloster übertragen hatte.

Karls Zustand verschlechterte sich von Tag zu Tag. Während draußen schönstes Sommerwetter herrschte, ließen Mönche und Heilkundige die Fenster seines Schlafraums bis zur Hälfte mit langen, dunklen Tüchern zuhängen. Gleichzeitig kamen Gerüchte auf, dass Raganfrid, der Majordomus mit der zerbissenen Lippe, erneut aufsässig wurde. Es hieß, dass er bereits die Bewohner der Stadt Angers gegen Karl aufgebracht hatte.

Karls Sinn stand nicht danach, sich mit irgendwelchen fernen Aufständen abzugeben. Doch dann hörte er, dass die Baiuwaren gegen Bonifatius protestierten. Auch bei den Alamannen zwischen dem oberen Rhein und der Donau flackerte Unruhe wegen der englischen Priester und Mönche auf.

Karl war bereits eine Woche lang bettlägerig, als Karlmann leise in sein Schlafgemach kam. Obwohl er sich müde fühlte, ließ Karl ihn am Rand seines Bettes Platz nehmen.

»Sprich langsam«, sagte er, »damit ich dich verstehen kann.« Karlmann schien zu zögern, ob er seinen Vater wirklich mit dem belasten sollte, was östlich des Rheins geschehen war.

»Es geht erneut um diesen Bonifatius«, sagte er schließlich. »Er hat ja bereits in Friesland Götzenbilder und heidnische Stelen zerstört. Doch nun hat er bei unserer fränkischen Befestigung Büraburg das Fass zum Überlaufen gebracht ...«

»Was ist es?«, drängte Karl matt und ungeduldig zugleich.

»Er hat befohlen, dass ein Baum gefällt wird. Mit dem Holz daraus sollen seine Mönche eine Kapelle zu Ehren des Apostels Petrus bauen.«

»Na und?«, fragte Karl angestrengt. »Warum belästigst du mich mit derartig unwichtigen Dingen?«

»Sie sind nicht unwichtig«, widersprach Karlmann. »Er hat die Eiche gefällt ... die heilige, Donar geweihte Eiche!«

Ein tiefes Stöhnen entrang sich Karls Brust. »Oh, dieser größenwahnsinnige Missionar!«, keuchte er. »Das kostet Blut! Blut von vielen Tausend Sachsen, aber auch von Franken ...«

»Und viele, viele Jahre, bis dieser Frevel an den alten Göttern unserer Ahnen endlich vergessen ist«, stimmte Karlmann zu. Eher zufällig nahm er den Löffel aus der Schale mit Gerstenbrei, den Karl an diesem Tag noch nicht angerührt hatte. Er roch ein wenig daran. Plötzlich entstand eine steile Falte auf der Stirn des jungen Mannes. Er schnupperte zum zweiten Mal an dem holzgeschnitzten Löffel. Dann schüttelte er verwirrt den Kopf.

»Verzeih mir die Frage«, meinte er dann, »hast du mit diesem Löffel gegessen?«

Karl antwortete nicht. Er drehte sich zur Seite und keuchte leise vor sich hin. Seit Atem klang flach und angestrengt. Karlmann beugte sich vor und tupfte ihm mit einem der bereitliegenden Tücher den kalten Schweiß von Hals und Stirn. An den Türen zum Schlafgemach bewegten sich ein Dutzend Bedienstete und einige Kräuterweiber mit weiten Kopftüchern.

Karlmann starrte auf den Holzlöffel. Dann sprang er auf, wischte den Löffel ab, hüllte ihn in ein Stück Tuch, verbarg ihn unter dem Gürtel und verließ den Raum. »Wascht seinen Leib mit Essig!«, befahl er im Vorraum des *praetoriums*. »Gebt ihm gewürzten Wein mit viel Honig. Auch wenn er es ausspeit, macht weiter, damit viel Süße das Gift aus seinem Gedärm spült.«

Herzog Rotbert tauchte auf. Er hatte mitbekommen, dass etwas nicht stimmte. »Von welchem Gift sprichst du, Karlmann? Geht es noch immer um Donars Eiche?«

»Nein«, antwortete Karlmann, und zum ersten Mal wurde sein Gesicht so hart wie das seines Vaters. »Es geht nicht um die Eiche unserer Ahnen, sondern um diesen Löffel hier.« Er zog ihn hervor, wickelte das Tuch halb ab und hielt ihn Rotbert unter die Nase.

»Riechst du etwas?«, fragte er dann. Rotbert schüttelte den Kopf.

»Eibenholz!«, sagte Karlmann abfällig. »Taxus baccata … mein Vater mochte sie schon immer, diese Mönchslöffel. Es heißt, dass sie den Sinn erhellen … fast so wie Weihrauch! Aber ich weiß auch, dass er sie niemals länger als eine Woche benutzte. Daher frage ich: Woher kommt dieser Löffel?«

»Ich weiß es nicht.«

»Könnte es sein, dass diese Löffel auch von Mönchen, Nonnen oder …« Er stockte unwillkürlich. »… oder Gefangenen in unseren Kerkern hergestellt werden?«

»Schon möglich«, antwortete Rotbert. Er ahnte längst, worauf Karlmann hinaus wollte.

»Du riechst es vielleicht nicht«, sagte Karls Ältester bestimmt. »Und viele Männer haben Löffel aus Eibenholz. Sie sind beliebt und harmlos. Aber nicht, wenn sie lange genug im Sud aus den Nadeln des Baumes lagen!« Er lachte grimmig. »Die Mönche von Echternach sagen, dass sie durch die Essenz aus Taxusnadeln nicht mehr so leicht in die Kutten pinkeln. Dabei kann bereits eine Handvoll Taxusnadeln im Futter den stärksten Gaul töten.«

»O mein Gott!«, stöhnte der Herzog. Sein Gesicht wurde rotfleckig. »Das wäre ja eine grauenhafte Erklärung für manche Todesfälle in der letzten Zeit.«

»Zum Beispiel Alberich«, sagte Karlmann grimmig, »und vielleicht sogar meine Mutter. Doch meinen Vater sollen sie nicht bekommen! Eher sorge ich selbst dafür, dass Plektrud und ihren Enkeln nie wieder ein Eibenmord gelingt.«

»Was hast du vor?«

Die beiden ungleichen Männer blickten sich prüfend an. Obwohl sie kein Wort sagten, schlossen sie in diesem Augenblick einen heimlichen Vertrag.

»Reite nach Heristal«, sagte Rotbert besorgt. »Nimm den kleinen Pippin mit und deine Schwester. Ihr müsst von möglichst vielen Zeugen gesehen werden. Und für das andere hier …«

Karlmann nickte nur und streckte seine Hand aus. Sie schlugen mit den Handflächen gegeneinander, umfassten sich auf eine Art, dass sie die Daumenballen drückten. Es war die alte Vereinbarung, die bei den Germanenvölkern mehr bedeutete als jeder Schwur.

Nur Karls Kinder und seine engsten Gefolgsleute bekamen mit, wie ernst und lebensbedrohlich seine Krankheit wirklich war. Er bekam abwechselnd Milch und Wein mit Honig, gelegentlich ein wenig Geflügelbrühe und Brei aus grob gemahlenen Körnern. In dieser Zeit war er kaum ansprechbar. Zwei Wochen später kehrten seine Kinder nach Colonia zurück.

Noch immer schickte Karl alle fort, die sich ihm nähern wollten. Auch Karlmann und der kleine Pippin hatten keinen Zugang mehr zu ihm. Nur Hiltrud durfte stundenlang an seinem Bett sitzen. Manchmal sagte er leise zu ihr:

»Sing etwas.«

Dann sang sie leise von den alten Helden der Stämme und Völker, vom Liebesleid und den Mädchen, die vergeblich auf die Heimkehr des geliebten Jägers oder Kriegers warteten.

Sie sang so lange, bis er wieder eingeschlafen war oder die Hand zum Zeichen hob, dass es genug sei. Dennoch irrten sich alle, die geglaubt hatten, dass Karl nichts von dem mitbekam, was in der Nähe seines Lagers gesprochen wurde. Das Gegenteil war richtig. Auch später sagte er nie, wie lange er sich in diesen Wochen nur deshalb still verhalten hatte, weil er hören und verstehen wollte, was um ihn herum geschah.

Am einundzwanzigsten Tag sah Herzog Rotbert, dass Karl wieder nach den Zügeln griff. Er saß halb aufgerichtet in seinem Bett und hatte nahezu alle Kissen, die ihn bisher gebettet hatten, auf den Boden geworfen.

»Was ist mit mir geschehen?«, fragte er, als Herzog Rotbert zwischen den alten römischen Säulen in den hohen Raum trat.

»Du warst krank, Karl. Fast tot sogar.«

»Das weiß ich besser als du«, gab Karl angriffslustig zurück. »Ich will wissen, was mich fast umgebracht hat.«

»Du hattest eine Vergiftung«, sagte Rotbert. Er setzte sich auf den Holzschemel, auf dem sonst Hiltrud gesessen hatte.

»Es war böser Eibensud an deinem Löffel«, erklärte Rotbert ernst. »Erspare mir die Einzelheiten. Aber wir haben die Schuldigen ausführlich verhört und in der Zwischenzeit bestraft.«

»Ihr habt was?«, fragte Karl und wurde plötzlich finster. »Soll das heißen, dass ihr, ohne mich zu fragen, Urteile gefällt und vollstreckt habt, die uns alle schaden können?«

»Es gab kein öffentliches Gerichtsverfahren«, sagte Herzog Rotbert. »Es war dein Sohn Karlmann, der darauf gedrängt hat, schnell und möglichst lautlos alle zu bestrafen, die dir nach dem Leben trachteten.«

»Karlmann?«, fragte Karl erstaunt. Für einen Augenblick wusste er nicht, ob er sich darüber freuen oder ärgern sollte. Dann stieß er ein leises, glucksendes Lachen aus.

»Wie man sich doch täuschen kann …«, sagte er dann. »Und ich dachte die ganze Zeit, der Kerl wäre längst durch Willibrords Mönche als mein Nachfolger verdorben.«

»Vielleicht wäre es sinnvoll, wenn wir Karlmann für ein, zwei Jahre etwas zurücknehmen«, meinte Rotbert. »Er sollte sich nicht am Mittelrhein, an der Mosel und dort blicken lassen, wo die Familie der Hingerichteten sesshaft ist.«

»Hast du gesagt ›der Hingerichteten‹?«, wiederholte Karl.

»Man könnte es so nennen«, bestätigte der Herzog. Er sah nach oben. Die ausgewaschenen Deckengemälde aus der Zeit der Römer sahen verträumt und milde aus. »Es lässt sich nicht mehr feststellen, ob die Matrone Plektrud an gebrochenem Herzen oder an Gift gestorben ist, das sie sich selbst beibrachte. Ihre mordlustigen Enkel jedoch wurden im Kapitol erhängt aufgefunden.«

»Seid ihr denn wahnsinnig – alle zusammen?«

Rotbert schüttelte den Kopf. »Wenn ich mich nicht irre, hat dir dein Sohn sogar angekündigt, was er alles rächen würde.«

»Natürlich hat er das gesagt«, gab Karl zu. »Aber konnte ich denn ahnen, dass er …«

»Er sagt, du hättest ihm nicht widersprochen«, erwiderte Herzog Rotbert.

Karl holte tief Luft. Dann fragte er: »Also lebt keiner mehr von Plektruds Nachkommen?«

»Doch«, antwortete Rotbert. »Dein immer noch getreuer und frommer Stiefneffe Hugo. Er weiß, was geschehen ist, und hat dir eine Nachricht aus Neustrien überbringen lassen.«

»Und die besagt?«

»Dass du dich nach wie vor auf ihn verlassen kannst und er ein Auge auf die Männer haben wird, die höchstwahrscheinlich Plektruds Enkel unterstützt haben.«

»Du meinst ihr ehemaliges Wolfsmaul Raganfrid?«

»Genau den meine ich«, sagte Rotbert. »Es heißt, er hätte alles vorbereitet für einen Aufstand gegen uns, sobald dein Tod bestätigt worden wäre.«

»Hast du noch weitere Kunde von Verschwörungen gegen mich?«, fragte Karl und lachte fast zufrieden.

»Ahnst du es? Oder weißt du es bereits?«, fragte Rotbert verdutzt.

»Was soll ich ahnen?«

»Dass es in der Tat noch eine andere Verschwörung gibt. Und zwar sehr weit im Süden: Dort hat sich Herzog Eudo von Aquitanien inzwischen mit den Sarazenen verbündet.«

»Etwa gegen uns?«

»Du sagst es. Und dafür hat er sogar seine schöne Tochter mit dem Anführer der Omaijaden verheiratet.«

Karl pfiff scharf durch die Zähne.

»Dann wird es schwer für uns, das Reich der Franken auch im Süden wieder fest an uns zu binden ...«

Für den Rest des Jahres blieb es bei den üblichen Händeln zwischen benachbarten Dörfern und Höfen, kleineren Raubüberfällen und Bränden an den Grenzen des Reiches. Nicht alles, was irgendwo an einer Furt, in einem Hohlweg oder in den endlosen Wäldern der ehemaligen römischen Provinzen Gallien und Belgien, Germanien und Rätien geschah, wurde von Händlern, Boten und Mönchen so weitergegeben, wie es wirklich stattgefunden hatte. Selbst den Boten zwischen den Königreichen und Herzogtümern, zwischen Grafschaften und Diözesen, Klöstern und Pfalzen musste zugutegehalten werden, dass sie oft nur erzählten, was ihre Gastgeber für ein gutes Mahl oder trockenes Nachtlager erwarteten.

Karl brauchte sehr lange, bis auch das letzte Gift aus seinem Körper so weit ausgeschwemmt war, dass er sich wieder stark und aufrecht zwischen den Großen des Reiches bewegen konnte. Er machte sich keinerlei Illusionen: Die heimtückische Krankheit, von der inzwischen jeder wusste, dass sie kein zufälliger Schicksalsschlag und kein Fingerzeig des Himmels gewesen war, schadete ihm ebenso sehr wie eine verlorene Schlacht. Er hatte Schwäche gezeigt. Er war anfällig gewesen. Mit all seiner Macht und seinem Willen hatte er nicht verhindern können, dass Häftlinge aus ihrem Kerker heraus gemeinsam mit dem noch immer schwelenden Widerstand im neustrischen Adel auch ihn zu Fall bringen konnten.

Nur seine Bärennatur und das gesunde Blut seiner Mutter hatten ihn überleben lassen. Vielleicht lag sein Glück auch an jenem heimlichen und verbotenen Vergnügen, dass sie als Kinder empfanden, wenn sie die Köpfe in Eibenbüsche gesteckt hatten, um mit den Fingern die hellen Nadeln zu zerquetschen und dann den strengen Duft durch die Nase einzuatmen. Wie viele Gleichaltrige hatte Karl an Fliegenpilzen gekostet, mit Hanfpflanzen experimentiert und fast zu Mulch gewordenes, in der Dunkelheit leuchtendes Holz geraucht ...

Er blieb über Weihnachten in Colonia, um die Geburt des Herrn und den Beginn des neuen Jahres zusammen mit Bischof Faramundus in der Kathedrale Peter und Paul zu feiern. Erst spät im Januar zog er mit seinem gesamten Hofstaat und engeren Gefolge nach Jupille.

Der Frühling kam früh in diesem Jahr. Nach den Feierlichkeiten zum Osterfest, an denen einige Tausend Männer unter Waffen teilnahmen, ritt Karl von Lager zu Lager an den Ufern der Maas. Sie wussten inzwischen, worum es diesmal ging, und erwarteten freudig einen erneuten Zug nach Westen. Trotzdem zögerte Karl noch, weil plötzlich aus mehreren Regionen gleichzeitig unangenehme Nachrichten bis zu ihm vordrangen. Genau eine Woche nach dem Osterfest hörte er, dass die Sachsen erneut unruhig wurden. Sofort beendete Karl die bisher laut, aber eher friedlich verlaufenden Gespräche. Er ließ die Anführer der Heeresgruppen zu sich nach Jupille kommen.

»Ich habe nicht vergessen, dass wir den Frieden immer wieder neu erkämpfen müssen!«, rief er so laut, dass alle ihn verstehen konnten. Wie üblich saßen sie an langen Bohlentischen zwischen den Häusern von Jupille und dem Ostufer der Maas. »Wir sind versammelt, um gegen die Aufständischen in Neustrien zu ziehen. Aber auch in Alamannien und Baiern, Sachsen und Aquitanien lodern Feuer, die sehr schnell zu gefährlichen Bränden werden können.«

»Wir können nicht überall gleichzeitig sein«, warf der Herzog von Burgund ein.

»Ganz richtig, Hildebrand«, bestätigte Karl und nickte seinem Halbbruder zu. »Deswegen schlage ich euch Herren vor, dass wir zunächst gegen Neustrien ziehen. Aber noch in diesem Jahr will ich auch die Alamannen und Baiuwaren daran erinnern, dass sie zu unserem Königreich gehören. Niemand soll glauben, dass unsere Kampfkraft durch einen Zug gegen Raganfrid und den Widerstand in Neustrien bereits erlöschen könnte.«

Die Edlen des Reichen griffen nach ihren Weinkrügen, johlten zustimmend und schlugen die schweren Gemäße auf die Holzbohlen.

Karl ließ sie lärmen. Es war genau das, was er jetzt haben wollte. Die Zustimmung der Anführer musste so laut werden, dass sie auch in den Lagern mit den dort wartenden Landadligen und ihren Fußkriegern gehört wurde.

»Wir brechen morgen die Lager ab und ziehen fünfhundert Meilen bis in die Grafschaft Angers an der Loire. Sobald die Sache dort erledigt ist, wenden wir uns wieder nach Osten. Wir nehmen den südlichen Weg über Orleans, Verdun und Metz zum Rhein zurück. Dort angekommen, entscheiden wir, ob wir zuerst im Norden den Sachsen einheizen oder uns vor den Alpenbergen die Alamannen und die Baiuwaren vornehmen ...«

Ein riesiges, hoch in den Himmel hallendes Geschrei und Gejohle bekräftigte Karls Worte. Das war die Sprache, die die Großen und Edlen des Frankenreiches von ihrem Majordomus seit Monaten vermisst hatten. Aber da war er wieder – der »Kerrl«, den sie zu ihrem Anführer erwählt hatten.

Um unterwegs die Versorgung mit Nahrungsmitteln breiter zu verteilen, hatte Karl erneut sein Heer in vier Gruppen geteilt. Sie sollten auf vier verschiedenen Wegen nach Südwesten und bis zur Loire vorstoßen. Unmittelbar vor dem Aufbruch fasste Karl vor seinen Edlen und Vasallen noch einmal die Aufgaben der Heerführer zusammen.

»Du, Hildebrand, reitest mit deinen Burgunden bis nach Metz und hebst weitere Krieger mit guten Waffen aus. Du, Folker, nimmst den südlichen Weg über Reims bis nach Orleans ...«

Ursprünglich hatte Karlmann die Heeressäule befehligen sollen, die über Laon und Soissons bis nach Paris vordringen sollte. Doch Karlmann wollte in diesem Sommer zu Exerzitien und zur weiteren Besinnung im Kloster von Nivelles zwischen Lüttich und Tournai bleiben. Karl hatte nur einmal sehr kurz über das gesprochen, was während seiner Krankheit auf Befehl seines Ältesten im Kapitol von Colonia geschehen war. Er hatte Karlmann nur angesehen und gefragt:

»Stimmt es?«

Karlmann hatte weder genickt noch den Kopf geschüttelt. Aber in seinen Augen hatte sein Vater eine große Traurigkeit entdeckt. Das war für ihn die schlimmste Antwort gewesen ...

Zehn Tage lang zog Karl mit seinen neuen, besonders geübten, schwer gepanzerten Reitern von Jupille aus nach Südwesten. In Nivelles, dem alten Kloster seiner Ahnen, ließ er sich bestätigen, dass Karlmann seine Tage und Nächte fromm verbrachte und viel um Gnade und Vergebung für das bat, was er in Colonia eigenmächtig und mit heißem Herzen angerichtet hatte.

»Wenn du dir wenigstens die Vergebung von Bischof Faramundus, Willibrord oder deinem bischöflichen Cousin Hugo geholt hättest«, seufzte Karl, als sie abends im Garten des Gertrudenklosters von Nivelles zusammensaßen.

»Wer sagt, dass ich das nicht getan habe?«, fragte Karlmann.

»Du hast mit ihnen gesprochen?«

»Das nicht. Aber ich erfuhr, dass sie dir Genesung und den Verfemten, die dich vergiften wollten, sämtliche Höllenqualen gewünscht hatten.«

»Und das war dir genug, um sie gleich umzubringen?«

Karl legte seinen Arm um ihn und drückte ihn kurz an sich.

»Vergiss niemals, dass alles, was wir tun, auch öffentlich verhandelt werden kann. Wir sind noch lange nicht die stärkste und mäch-

tigste Familie innerhalb des Reiches. Ich kann zwar über alle Krondomänen, über die Fiskalgüter und jetzt auch über Ländereien deines Großvaters zwischen Maastricht und Metz frei verfügen, aber
wir dürfen nie die anderen unterschätzen, die nach wie vor die Gegner von uns Arnulfingern oder Pippiniden sind.«

»Dann schon lieber Arnulfinger oder Pippine«, meinte Karlmann
mit einem ersten Lächeln. »Ich ärgere mich jedes Mal, wenn irgendjemand Pippiniden sagt.«

»Du wurdest auf den Namen Karlmann getauft, weil du mein
Erstgeborener bist«, sagte Karl. »Und Pippin erhielt den Namen
seines Großvaters und unseres Urahns, weil Willibrord mit dieser
Taufe Plektrud zeigen wollte, dass es außer ihren eigenen Enkeln
auch noch andere rechtmäßige Nachkommen meines Vaters gibt.«

»Das ist mir schon klar«, sagte Karlmann. »Trotzdem wäre ich
gern derjenige gewesen, der zum dritten Mal den Namen Pippin
führt.«

Unterwegs achtete Karl peinlich genau darauf, dass seine Panzerreiter und sämtliche Edlen Austriens, die ihn begleiteten, sauber und
mit gewaschener Kleidung, geschmeidig gewalktem Sattelzeug, glänzenden Waffen und Helmen und ohne nachlässig herabhängenden
Wangenschutz gesehen wurden.

»Unsere Werte sind Wahrheit, Zucht und Ordnung. Ich dulde
daher keine fettigen Haare und Bärte mehr, keine eingerissenen Mäntel und kein schlampig verknotetes Zaumzeug. Wir wollen Kraft
und Stärke zeigen. All das gelingt uns nur, wenn wir selbst beweisen, dass es uns mit diesen Forderungen ernst ist. Also achtet bis zur
Loire darauf, dass sich keine Kletten in eurer Kleidung verfangen
und dass ihr euch bei den Pausen nicht herumbalgt oder durch das
Gras rutscht. Ich will Reiter und stolze Franken. Sollte euch das
schwerfallen, denkt an die Prozessionen unserer Kirchenmänner.
Tragt euren Siegeswillen wie eine Monstranz vor euch her. Behandelt die Waffen wie heilige Geräte. Schützt, pflegt und achtet sie wie
jene das Kreuz und die Reliquien.«

Es war schon lange her, dass Karl eine derartig lange Ansprache
während eines Heerzuges gehalten hatte. Aber er wusste, wie schnell
sich Nachlässigkeit und mangelnde Gefahr in Schwäche und Versagen wandeln konnten.

Bis zur Stadt Le Mans des legendären Bischofs Liborius brauchten sie zwei weitere Tage. Hier warteten bereits Boten von den anderen Heeresgruppen.

»Morgen will ich die ersten von euch am Fluss Loire zwischen den Städten Tours und Angers sehen!«, befahl der Majordomus beim abendlichen Gelage. »Dort lagern wir und warten, bis wir stark genug sind, um die Aufständischen in Angers zu belagern.«

Der gesamte Feldzug sah bisher eher wie ein angenehmer Ausritt aus. Doch Karl misstraute dem allgegenwärtigen Frieden. Die Edlen Neustriens kamen ihm zu glatt, zu untertänig und zu hilfsbereit vor.

»Fast wie die Sachsen«, meinte Herzog Folker, als ihn Karl nach seinem Eintreffen darauf ansprach, »die sich, wenn es sein muss, jeden Monat taufen lassen und schon in der Nacht darauf zu den alten Göttern beten …«

Zum zweiten Mal innerhalb weniger Jahre rückte Karl wegen Raganfrid bis zur Loire vor. Doch diesmal hatte der abgesetzte Majordomus keinen Merowingerkönig, keinen gestohlenen Reichsschatz und keinen Herzog als Verbündeten auf seiner Seite. Bei aller Vorsicht hielt es Karl für eine leichte Übung, den lästigen Raganfrid zu packen.

»Es soll genug sein mit ihm!«

Weder er noch irgendeiner der ostfränkischen Edlen sahen ein Problem mit der unbedeutenden, wenige Meilen flussabwärts liegenden Stadt Angers.

Während die Nachkommenden noch mit viel Lärm und Staub freie Lagerplätze suchten, badeten Folkers Männer und die vielen Menschen aus dem Tross bereits in den flach gewordenen Wassern der Loire. Es war sehr warm geworden in den letzten Tagen, und sie genossen die Erfrischung zwischen den weißen Felsbrocken im Fluss.

»Angers, wir wecken dich aus deinem Sklavenschlaf«, grölten einige halb nackte Krieger im Fluss. »Schon morgen früh schleifen wir deine Mauern wie die Steine und Kiesel in der Loire …«

26

Die Feuerfalle

Bereits am frühen Morgen kleidete sich Karl sorgfältig an, aß ein Stück kaltes Huhn und trank etwas Milch aus einem Holzbecher. Dann wählte er aus mehreren Pferden eins aus, das nicht für lange Strecken geeignet war, sich dafür aber auch von wildem Kampfgetümmel nicht so leicht schrecken ließ.

»Wir werden uns die Lage von Raganfrids Bollwerk am Fluss aus der Nähe ansehen«, sagte er zu seinen Leuten. »Dreißig Mann kommen leicht gerüstet mit, aber nicht mehr!«

Sie hielten sich das erste Stück dicht an der Straße, die an der Nordseite der Loire von Orleans und Tours nach Angers und dann weiter bis zum Ozean führte. Während in den nördlichen Gauen Neustriens die Gehöfte und Siedlungen sehr weit auseinanderlagen, kamen ihnen hier die Felder fast wie Gärten und kleine Ortschaften mit gemauerten und weiß gekalkten Häusern vor, die noch nach Römerart »vicus« genannt wurden.

»Eine gute, schnelle Schlacht wird hier nur sehr schwer möglich sein«, meinte Herzog Folker. »Zu viele Obstbäume, zu viel Buschwerk und zu viele Mauern mitten in der Gegend.«

»Die Römer wussten schon, warum sie sich besonders gern hier aufhielten«, lachte Herzog Hildebrand. Sie waren fröhlich, ausgelassen und erwarteten einen schnellen, reichen Sieg über den rebellischen, noch immer knurrenden Raganfrid.

»Ich traue diesem Frieden nicht«, sagte Karl plötzlich. Er hob die Hand und ließ die anderen anhalten. Sie waren kaum zwei Meilen von Angers entfernt. Karl winkte Hildebrand und Folker heran. Gemeinsam und sehr langsam ritten sie auf ein kleines Wäldchen aus Pinien und Oleander zu.

»Das sieht mir alles viel zu still aus hier«, meinte Karl halblaut. »Wo sind die Menschen? Wo die Frauen und die Kinder?«

»Wahrscheinlich allesamt vor uns wilden Stammesbrüdern aus dem Norden hinter die Stadtmauern geflohen«, meinte Herzog Folker.

Karl schüttelte den Kopf.

»Wir kehren um«, sagte er knapp, »und wir rücken heute noch so dicht vor die Stadt, dass wir sämtliche Zugänge abriegeln können.« Er hatte noch nicht ausgesprochen, als mit gewaltigem Geschrei, Hörnerschall und schrillem Pfeifen ein Trupp von mindestens zweihundert bestens bewaffneten Fußkriegern aus dem Wäldchen dicht vor ihnen hervorbrach. Karl und seine Männer erkannten Bogenschützen, Schwertkämpfer und Lanzenträger mit bunten Wimpeln dicht unterhalb der Spitzen. Sie rückten vor, als wären sie von Legionären Roms ausgebildet worden.

»Sollen wir? Oder lieber nicht?«, rief Herzog Hildebrand.

Karl schob die Lippen vor, prüfte die Anzahl der Angreifer und hob warnend die Hände.

»Das bringt nichts!«, rief er. »Wir lassen sie so weit heran, dass wir sie in die Zange nehmen können. Wir fangen sie dort ab, wo unser Lager bis an die Uferböschung reicht.«

Sie wendeten die Pferde und ritten ohne Hast zurück. Jeder, der auch nur an den fünf Fingern seiner Hand zählen konnte, musste erkennen, dass der Vorstoß von Raganfrids Vasallen völliger Unsinn war. Sie konnten weder gegen Karls Heeresgruppen noch gegen seine Reiterei irgendetwas ausrichten.

Doch dann geschah etwas Merkwürdiges: Als hätten sie genau mit dieser Reaktion von Karl und seinen Herzögen gerechnet, schwenkten die Bewaffneten nach Süden und drängten sich dicht an dicht unter den Obstbäumen hindurch. Hier konnten sie selbst nur schwer von Pfeilwolken getroffen werden. Auch für die Reiterei von Karl standen die Bäume zu dicht.

»Was soll das?«, fragte Karl. »Was haben die vor?«

Als hätten sie auf diese Frage gewartet, griffen die Neustrier an. Überall unter den Obstbäumen flammten kleine Feuer auf. Gleich darauf flogen Feuerbälle mitten in die Zeltreihen, die gerade erst von den Knechten abgebaut werden sollten. Sofort schlugen Flammen in den Sommerhimmel an der Loire. Und plötzlich brannte alles, was irgend brennbar war: Zelte und Kleidung, Seile und Kornvorräte, Decken und sogar das Lampenöl in den hölzernen Fässern.

Karl und seine Gefolgsleute waren derart überrascht, dass sie im ersten Moment alle durcheinanderschrien. Einige versuchten, wenigstens etwas von ihrer Habe aus den Flammen zu retten. Keiner der Männer war an die Frühsommer in warmen, trockenen Gegenden gewöhnt. Sie hatten nicht darauf geachtet, dass viele von den Sträuchern, die sie für bereits verdorrt gehalten hatten, kein natürlich gewachsenes Buschwerk waren.

Sie begriffen, dass sie in eine perfekt getarnte riesige Falle geraten waren. Die Brände überall um sie herum nahmen so schnell zu, dass nur noch der Weg zum Flussufer offen blieb. Dort aber wurden sie von den Pfeilen jener Männer empfangen, die in immer neuen Gruppen aus den Büschen sprangen.

»Diese verdammten Hunde!«, schrie Herzog Folker. »Was ist denn das für eine Art, uns so aus dem Hinterhalt zu überfallen?«

»Schrei jetzt nicht rum!«, brüllte Karl zurück. »Vergesst die Vorräte! Rettet nur Pferde und die Waffen!«

Karls Befehl wurde dutzendfach bis zum letzten Mann weitergegeben. Aber es dauerte noch viele Stunden, bis sie sich so weit gesammelt hatten, dass sie zählen konnten, was sie noch besaßen und was die Feuerbüsche und Brandpfeile vernichtet hatten.

Die Männer waren voller Zorn über die heimtückische Falle. Auch in Karls engerem Gefolge erhoben sich bittere Anklagen und Proteste. Aber er winkte ab und sagte: »Was wollt ihr eigentlich? Wir selbst sind es, die leichtfertig und ohne die gebotene Vorsicht in diese großartige Falle getappt sind. Wäre das unsere Idee gewesen, könnten wir jetzt stolz auf uns sein.«

»Du hast Humor!«, wütete Hildebrand. »Mir kocht das Wasser immer noch im Arsch, und du lobst diese Mistkerle auch noch!«

»Sie haben vielleicht unsere Zelte und Vorräte verbrannt«, antwortete Karl, »aber sie haben damit gleichzeitig den gesamten Kampf verloren.«

Niemand verstand, was Karl mit einer derart kühnen Behauptung meinte.

Karl lachte trocken. »Seht mich nicht an, als würdet ihr an meinem Verstand zweifeln«, rief er. »Aber jetzt wissen wir, dass wir Angers nicht erobern können. Raganfrid rechnete mit einer wochenlangen Belagerung. In dieser Zeit hätte er mich und Tausende unserer besten Männer hier festgenagelt. Und in derselben Zeit hätten seine Verbündeten in Paris, im Süden und überall in Neustrien neue Heerscharen gegen uns versammeln können.«

»Und wir? Was sollen wir tun, wenn wir ihn nicht aushungern und ihm den roten Hahn schicken können?«

»Ganz einfach«, sagte Karl schadenfroh, »was wir mit Feuer oder Schwert nicht mehr erreichen, muss jetzt mit Gänsekielen und schwarzen Buchstaben erobert werden.«

Hildebrand starrte seinen Halbbruder ungläubig an. »Nein! Sag, dass du das nicht willst! Einen Vertrag mit diesem elenden Raganfrid abschließen?«

Karl lachte laut. »Hat jemand von euch eine bessere Idee? Dann soll er vortreten! Ich aber bin nicht bereit, auch nur einen Tropfen Blut für etwas einzusetzen, das wir genauso gut mit Tinte haben können.«

Karl blieb bei seinem Beschluss. Er ließ Verträge aufsetzen, die Raganfrid die volle Verfügungsgewalt über seine Grafschaften sicherten. Im Gegenzug sollte er anerkennen, dass Karl der einzige Majordomus aller Franken war.

Sie zogen schnell über die alten Römerstraßen nördlich der Loire nach Osten. In Tours legte Karl zwei Tage Rast ein. Obwohl er gern länger in der Stadt des heiligen Martin geblieben wäre, musste er sich beeilen, wenn er noch in diesem Sommer etwas gegen die Sachsen, Alamannen und Baiuwaren ausrichten wollte. Dennoch reichte die Zeit für mehrere Messen und Gebete in der Kirche des Heiligen. Nach langer Zeit sah er hier auch jenen tragbaren Kasten wieder, in dem der Rest des Mantels aufbewahrt wurde, dessen andere Hälfte Martinus als römischer Militärtribun an einen frierenden Armen verschenkt hatte.

Karl und sein Gefolge spürten die eigenartige, fast schon magische Wirkung, die von dem schweren dunkelblauen Wollstoff ausging, über den sich bereits eine graue Staubschicht gelegt hatte. Nacheinander blickten sie auf die Reliquie, die von den Merowingerkönigen durch viele Kriege und zu noch mehr Reichstagen und Versammlungen in ihren Pfalzen mitgeführt worden war. Erst Raganfrid und König Chilperich hatten den Mantel nach der Belagerung Colonias entwendet und wieder nach Tours gebracht.

»Diese Reliquie ist das Wertvollste, was wir besitzen«, sagte Karl andächtig. »Deshalb bestimme ich, dass sie nicht mehr herumgetragen werden soll, sondern von nun an nur verehrt wird, wo auch der Heilige Martin begraben ist.«

Die weltlichen und kirchlichen Fürsten um ihn herum nickten

und bestätigten damit Karls Entscheidung. In der Vergangenheit waren in vielen Pfalzen kleine Kirchen errichtet worden, in denen die Reliquie irgendwann einmal für ein paar Tage abgesetzt wurde. Sobald dann eine Messe am Mantelrest des Heiligen gelesen worden war, durfte der neue Andachtsraum ebenfalls Capella genannt werden. Das war jetzt vorbei …

Karl trennte sich nur mit schwerem Herzen von der Stadt, die nicht erst durch den großen Bischof und Geschichtsschreiber Gregor von Tours berühmt geworden war. Hier liefen ebenso wie in Sankt Denis, Metz und Colonia jene Fäden zusammen, die das Reich der Franken mit Tournai und Soissons, Paris und Orleans immer wieder verknüpft hatten. Aber die Teile des großen Flickenteppichs fränkischer Macht fransten nicht nur an den Rändern aus.

Karl wehrte sich dagegen, auch wenn er manchmal dachte, dass er noch mehr zum Hammer werden sollte, der noch viel härter zusammenschmieden musste, was er von Colonia aus begonnen hatte.

Er wusste längst, dass er die riesigen Gebiete von den Mündungen des Rheins, der Seine und der Loire bis zum Rhonedelta, zu den Alpen und nach Thüringen und Baiern hin durch kein noch so starkes Heer Jahr um Jahr zusammenhalten konnte. Nur deshalb hatte er darauf verzichtet, sich vor den Mauern von Angers lange aufzuhalten. Fränkische Heere waren nicht für Belagerungen geeignet.

Obwohl er Raganfrid noch immer für einen weiterschwelenden Brandherd hielt, richteten sich seine Gedanken jetzt auf die ebenso eigensinnigen Alamannen. Er war bereits in jungen Jahren zweimal mit Heeren seines Vaters gegen die Herzöge der Alamannen gezogen. Aber der alte, starke Herzog Gotefrid war schon lange tot. Inzwischen herrschte in der Residenz von Cannstatt bereits die übernächste Generation.

Karl wusste, dass er äußerst vorsichtig sein musste. Mittlerweile war das Herrscherhaus der Alamannen auch mit den fränkischen Agilolfingern in Regensburg verwandt. Wenn beide sich zusammenschlossen, sah es sehr schlecht für ihn aus. Wenn sich dann auch noch Thüringen auf seine frühere Unabhängigkeit besann oder die Sachsen quer durch Hessen bis zum Main vorstießen, würde er in kurzer Zeit verlieren, was die Merowingerkönige und seine eigenen Vorfahren in Jahrzehnten und Jahrhunderten mit sehr viel Blut vereint hatten.

Während die Edlen in seinem Gefolge den Zug über Orleans, Sens und Troyes nach Osten genossen, blieb Karl bis kurz vor Metz eher wortkarg und nachdenklich. Er war nicht zornig oder verärgert, sondern bewegte nur Möglichkeiten in seinem Kopf, zwischen denen er sich schon bald entscheiden musste. Sie kamen ihm inzwischen so verzweigt und verästelt vor, dass nicht einmal ein Konzil von Bischöfen aus allen Diözesen seines Reiches ausgereicht hätte, um ihm einen klaren und geraden Weg zu weisen.

Nur wenige Tage später kamen die Ereignisse Karl entgegen. Herzog Hildebrand war vorausgeritten. Er holte von Metz aus so viele wehrfähige Männer von den Feldern und aus den Weinbergen an der oberen Mosel, dass er eine hervorragend bewaffnete und reichlich mit Vorräten ausgestattete neue Heeresgruppe aufstellen konnte.

Hildebrand kam Karl mit seinem Gefolge entgegen. Knapp tausend Schritt vor der Stadtmauer trafen sie zusammen. Hildebrand brachte Priester, wohlhabende Kaufleute und Adlige aus der Gegend von Metz mit. Sie alle richteten ihre Pferde rechts und links der alten Römerstraße so aus, dass Karl und seine Männer durch ein Spalier aus Menschen und Tieren nach Metz einreiten konnten.

Auch die Bischöfe von Reims, Verdun und Trier waren gekommen. Jeder von ihnen hatte seinen eigenen Hofstaat mitgebracht. Priester und Nonnen mischten sich überall auf der Straße mit neugierigen Bürgern, Marktweibern und Handwerkern, die ihre Mützen vom Kopf nahmen, sobald sie Karl sahen. Viele von ihnen riefen sich zu, dass sie den Sohn des großen Pippin schon einmal gesehen hatten, als das Heer seines Vaters in drei aufeinanderfolgenden Jahren gegen den Alamannenherzog Gotefrid gezogen war.

Karl saß sehr gerade auf seinem Pferd. Er lächelte, als er die Rufe der Menschen hörte. Er ließ alles zu, was sein Halbbruder und die Bischöfe für ihn vorbereitet hatten. Bereits am ersten Tag nahm er an einer Huldigung auf dem Platz vor der Kirche des vor einem Jahrhundert verstorbenen und noch immer verehrten Bischofs Arnulf teil. Hildebrand hatte Tribünen so aufbauen lassen, dass ein freies Geviert vor der Arnulfskirche entstanden war.

Die eigentliche Messe fand in ihrem Inneren statt. Doch gleich darauf hatten die Bischöfe eine Prozession vorbereitet, um für alle

Zuschauer deutlich zu machen, dass sie mit dem Majordomus der Franken und den Zügen seines Heeres vollkommen einverstanden waren.

Einigen Eingeweihten fiel auf, dass der ehrwürdige Willibrord nicht nach Metz gekommen war. Hildebrand ließ die Erklärung verbreiten, dass sich der inzwischen Sechsundsechzigjährige auch für eine bequeme Flussfahrt über die Sauer und dann moselaufwärts nicht gesund genug gefühlt hätte.

Spät am Abend, als Karl und sein Halbbruder für einen Augenblick allein waren, fragte Hildebrand: »Was hältst du eigentlich vom Namen Bernhard?«

»Hart, ausdauernd wie ein Bär?«, fragte Karl und hob die Brauen. »Fast so gut wie dein Name, Hildebrand, der ja brennender Schwertschmerz heißt ... aber was soll die Frage?«

»Du könntest deinen dritten Sohn mit Ruodhaid so taufen lassen!«

»Was? Du meinst ...?«

»Ja, ein gesunder Knabe!«, strahlte Hildebrand. »Herzlichen Glückwunsch, Karl!«

Sie umarmten sich, und Karl fand, dass der Tag doch sehr erfreulich ausgegangen war.

In den nächsten Tagen empfing Karl wie bei einem Reichstag oder Märzfeld Grafen und andere Edle aus den umliegenden Gauen. Sie bestätigten, dass sie im Grunde mit ihren Nachbarn im Elsass, am Oberrhein und über den Schwarzwald hinaus gut zusammenlebten.

»Wir treiben Handel, saufen und feiern zusammen und heiraten auch untereinander«, hörte er mehrfach.

Vom fünften Tag an trafen die Kontingente und der Tross aus den anderen Heeresgruppen vor den Stadtmauern von Metz ein. Herzog Hildebrand verteilte sie und schickte einige von ihnen gleich weiter in Richtung Straßburg. Dort sollten sie auf den Rheinwiesen lagern und alles Erforderliche für die weiteren Vorstöße von Karl einrichten.

Sieben Tage nach Karls Ankunft in Metz wurden Reiterscharen von Osten her gemeldet.

»Es sind die Herzöge Bechthold und Rebi«, verkündete einer der

Grafen, die von Herzog Folker zum äußeren Schutz des Heerlagers eingeteilt worden waren. »Sie kommen mit großem Gefolge und bringen auch einen Priester aus Aquitanien mit.«

»Einen Priester aus Aquitanien?«, fragte Karl verwundert. Er saß mit einigen seiner Getreuen unter schattigen Bäumen am Ufer der Mosel. Sie hatten die Vormittagsstunden genutzt, um die weiteren Pläne zu besprechen.

»Es spricht sich eben herum, dass du ein Herz für Kirchenmänner hast«, grinste der Erzbischof von Reims.

Karl zeigte ihm kurz seine Zähne. Dann lachte er.

»Was wollen sie?«, fragte er den Grafen.

»Genaues war nicht zu erfahren. Aber es scheint, dass sie von deinem Freibrief für Bonifatius gehört haben.«

»Bonifatius!«, knurrte Karl. »Erinnert mich nicht an diesen zuschlagenden Missionar! Zuerst verärgert er die Friesen, dann die Hessen, und jetzt soll er auch noch in Thüringen sein Unwesen treiben.«

»Versündige dich nicht, Karl!«, mahnte Milo. »Ob du Bonifatius magst oder auch nicht, er treibt kein Unwesen, sondern bekehrt die heidnischen Stämme zum Christentum.«

»Und er fällt Donars Eichen«, warf Herzog Hildebrand respektlos ein.

Sie brauchten nicht lange zu warten, denn noch vor der Mittagszeit trafen die angekündigten Herzöge der Alamannen am Ufer der Mosel ein.

Karl wartete, bis sie von ihren Pferden gestiegen waren. Dann ging er ihnen unter den Obstbäumen entgegen. Er kannte sie nicht und hatte auch noch nicht viel von ihnen gehört. Die beiden Herzöge der Alamannen waren etwa in seinem Alter.

»Sie sind Gotefrids Enkel und nicht seine Söhne«, sagte Hildebrand schnell zu seinem Bruder. Karl nickte und blieb vor den mit kostbaren Waffen ausgestatteten Alamannen stehen.

»Wir grüßen dich, Majordomus und Princeps der Franken«, sagte der etwas Schmalere der beiden. »Ich bin Herzog Rebi, und jener hier ist Bechthold. Wir sind Söhne von Hunsching, dem ersten Sohn von Herzog Gotefrid.«

»Ich freue mich, euch zu sehen«, sagte Karl und meinte es auch so. »Kommt ihr, weil ihr von meinem Heer gehört habt? Oder wollt ihr mir mitteilen, dass die Alamannen wie durch ein Wunder in Zuneigung für mich entflammt sind?«

Noch ehe sie antworten konnten, bot er ihnen mit einer großzügigen Geste Plätze an seinem Tisch an. Die anderen rückten etwas zur Seite. Dann übergaben die beiden alamannischen Herzöge ihre Langschwerter den Edlen, die sie begleitet hatten. Sie waren mit rund hundert Mann zu Pferd und zu Fuß gekommen. Doch nur sie selbst und ein halbes Dutzend ihrer engsten Vertrauten waren bis unter die Obstbäume am Ufer des Flusses gekommen. Sie bekamen Wein, kleine Zwiebelkuchen und Kümmelgebäck.

Während der ganzen Begrüßungszeremonie war ein Dritter – ein mit einer Sommerkutte bekleideter Mönch – im Hintergrund geblieben. Er stand an einem Apfelbaum und hatte die Handflächen vor seiner Brust gegeneinandergelegt. Dennoch wirkte er nicht wie ein Büßer, sondern viel eher wie ein Mann, der gewohnt war, Befehle zu erteilen.

»Also?«, fragte Karl noch immer freundlich. »Was führt euch zu mir?«

»Wir sind sehr dankbar, dass du uns so wohlwollend empfängst«, sagte Rebi. Sein Bruder Bechthold blieb weiterhin schweigsam. »Du weißt, dass wir Alamannen uns vor gut fünfhundert Jahren gegen das grausame Joch des Imperium Romanum vereint haben. Und dass wir doch lernen mussten, für Rom zu kämpfen. Aber wir haben nie unseren Stolz verkauft. Das galt für die Römer ebenso wie für die Verträge mit den Königen der Merowinger.«

»Ihr gehört zum Reich der Franken«, stellte Karl sachlich fest. »Und als Herzöge der Franken seid ihr verpflichtet, nicht gegen mich, sondern für mich zu reiten.«

»Wir führen keine Empörung gegen dich im Sinn«, sagte jetzt Bechthold, der rundlichere der beiden Brüder.

»Nein«, bestätigte auch Rebi, »und wir versichern dich unserer Treue. Das gilt nicht nur für uns, sondern auch für die Brüder unseres Vaters. Sie sind zwar jünger als wir beide, aber sie werden nicht gegen euch kämpfen.«

»Nun gut«, sagte Karl, der bereits ahnte, dass auch hier für den Vasallenschwur eine Gegenleistung verlangt werden würde. »Was wollt ihr von mir? Soll ich euch gegen die Baiuwaren schützen oder gar gegen die Langobarden jenseits der Alpen?«

»Nein, nichts davon«, sagte Rebi. »Wir bitten dich, neben ein paar anderen Kleinigkeiten, um einen Schutzbrief für jenen Priester dort.«

»Wer ist er?«, fragte Karl und hob die Brauen. Mit einer kurzen Kopfbewegung bedeutete er dem Mönch, an seinen Tisch zu kommen.

»Wir bitten dich, diesen frommen Mann unter deinen Schutz zu stellen, wie du es bereits mit Bonifatius getan hast«, sagte Herzog Rebi. »Er heißt Pirmin, stammt aus Aquitanien und will mit Silber, das wir ihm geben, ein Kloster auf einer Insel im Untersee gründen.«

»Welchem Untersee?«, fragte Karl.

»Wir meinen den unteren See, der zum Bodensee gehört«, erklärte Bechthold.

»Und warum gerade dort?«

»Weil dort auf der reichen Au, wie wir den Platz nennen, noch Heiden leben, die sich abweisend gegen Christen und alle Franken verhalten.«

»Wenn dieser Platz, wie du sagst, bereits eine Insel ist«, meinte Karl, »wozu bedarf es dann eines Schutzes durch mich?«

Pirmin neigte demütig den Kopf. »Viele von uns im Süden wurden entwurzelt und mussten ihre Gemeinden verlassen, als die Sarazenen das Königreich der Goten auslöschten«, sagte er bedächtig. »Ich war Mönch dort, dann Abt und bin jetzt ein Wanderbischof, der einen Platz sucht, an dem er Gott ein neues Haus errichten darf.«

Karl blickte nacheinander seine eigenen Vertrauten an. Weder die Herzöge noch die Bischöfe von Metz, Verdun und Reims brachten irgendetwas gegen den Wunsch der Gäste vor.

»Ich will euren Wunsch erfüllen«, sagte Karl zu den Alamannen. »Aber ich möchte, dass mir Jahr für Jahr berichtet wird, wie das Kloster auf der Insel mit ihrer reichen Au erblüht. Es wäre auch nicht schlecht, wenn dort hin und wieder für das Wohl des Reiches sowie für mich und meine Kinder ein Gebet gesprochen würde.«

Pirmin fiel vor Karl auf die Knie und umfasste seine Schenkel. »Ich verspreche dir, dass ich auf der Insel im Bodensee ein Kloster gründen werde, von dem man viel Gutes hören wird.«

In den folgenden Tagen drang Karls Heer in mehreren Schüben bis in das weite Tal des oberen Rheins vor. Hier warteten bereits die beiden jüngeren Söhne des verstorbenen Alamannenherzogs Gotefrid.

Hildebrand und seine Heeresgruppe überquerten den Rhein direkt bei der alten Römerstadt Straßburg. Er wollte durch das Tal des Flusses Kinzig den Schwarzwald durchqueren, um am Oberlauf des Neckars wieder in einfacheres Gelände zu kommen. Karl gefiel der Plan nicht.

»Wenn wir das tun, brauchen wir einen Monat, bis der letzte Verpflegungskarren endlich am Neckar ist«, sagte er, während er mit seinem Gefolge an den sumpfigen Rheinauen mit ihren vielfach gewundenen und verzweigten Flussarmen entlangritt.

In manchen Augenblicken wurde Karl den Verdacht nicht los, dass sich die beiden Neffen vor ihren jüngeren Onkeln fürchteten. Auch den anderen in seinem Gefolge blieben die Spannungen, die zwischen den vier Männern herrschten, nicht verborgen.

»Nun gut«, sagte Karl schließlich, als er merkte, wie befangen die Alamannen waren. »Ihr zeigt mir die besten und schnellsten Wege durch den Schwarzwald, oder wir vergessen das Kloster auf eurer Insel im Bodensee.«

Jetzt stellte sich auch noch der gotische Wanderbischof auf Karls Seite.

»Bedenkt, was ihr aufgeben würdet, wenn ihr den Majordomus aller Franken nicht unterstützt«, meinte Pirmin mit leiser Drohung in seiner Stimme. Rebi und Bechthold gingen ein paar Schritte zur Seite und steckten die Köpfe zusammen. Obwohl dies ausgesprochen frech gegenüber Karl war, ließ er sie gewähren.

Schließlich war es der ruhigere der beiden Brüder, der vor Karl trat und fragte: »Schnell oder sicher? Welche Empfehlung willst du von uns hören?«

In selben Augenblick ahnte Karl, dass er nicht zum letzten Mal in dieser Gegend des Frankenreiches war. Schlagartig wurde ihm klar, dass auch Baiern für ihn verloren ging, wenn es ihm nicht gelang, mit diesen Alamannen auszukommen. Sie und ihr großer dunkler Bergwald konnten jederzeit eine finstere unüberwindbare Mauer aus Bergen und Bäumen bilden, durch die Baiuwaren ebenfalls zu einer unangreifbaren Insel wurde.

27

Ins Land der Baiuwaren

Sie wollten bereits aufbrechen, als ein Ereignis eintrat, das alle Planungen zunichtemachte. Mit scharfem Ritt preschte ein hochgewachsener Fremder mit einem Dutzend kaum bewaffneter Begleiter auf guten Pferden in das Hauptlager an den Rheinauen.

Die Leibwache des Majordomus reagierte so schnell, dass es um ein Haar zu einem unerwarteten Gemetzel gekommen wäre. Sie versperrten den fremden Reitern, die nur mühsam ihre schweißnassen Pferde bändigen konnten, den Zugang zu dem inneren Kreis der Zelte. Nur der Umstand, dass der Anführer der Fremden ein goldenes Bischofskreuz an einer Halskette hervorriss, verhinderte ein Blutbad im Lager Karls.

Wenige Augenblicke später verbreitete sich die Kunde, wer da angekommen war: der schwarze Abt, Erzbischof Milo! Gleich darauf erfuhr Karl, dass er den Zug gegen die Alamannen in ihren Schwarzwalddörfern und gegen die Gefahr aus Baiern in diesem Jahr nicht mehr beginnen konnte.

Milo warf seinen Umhang ab und setzte noch im Sattel einen großen Weinkelch an die Lippen, der ihm auf ein Fingerschnippen Karls von Knappen gereicht wurde.

»Es sind nicht nur die Sachsen, die darauf warten, dass du nach Baiern ziehst, sondern auch Raganfrid in Angers«, stieß Milo hervor und wischte sich den letzten Wein aus seinem schwarzen Bart. »Bei allen Heiligen, ich hatte ganz vergessen, wie gut der Wein in dieser Gegend schmeckt!« Er stieg ächzend von seinem Pferd herab. Karl hob die Brauen, sah kurz nach links und rechts. Dann fasste er den Erzbischof stützend am Arm und ging mit ihm einige Schritte zur Seite.

»Was ist geschehen?«, fragte er so, dass ihn nicht gleich alle anderen hören konnten.

»Raganfrid wird dir seine Niederlage von Vincy niemals verzeihen. Er hält sich nach wie vor für den rechtmäßigen und einzigen Majordomus im gesamten Frankenreich.«

»Ist der Mann blind?«, fragte Karl kopfschüttelnd. »Sieht er denn nicht, dass er vielleicht die Büsche an der Loire verbrennen kann, aber weniger Kampfkraft hat als ein Herzog bei uns?«

»Er hat die Städte!«, presste Milo hervor. »Jedenfalls einige davon. Außerdem steht der Adel Neustriens zum großen Teil der Lebensart der Römer noch immer näher als uns Franken von Maas, Rhein und Mosel. Aber ich habe eine weiche Stelle bei Raganfrid entdeckt. Ich könnte ihn ganz leicht als Geisel in meine Obhut nehmen …«

Karl starte Milo überrascht an.

»Was sagst du da?«, fragte er dann. Der schwarze Abt grinste und ließ wie in alten Zeiten in den Wäldern von Bollendorf seine starken Zähne sehen.

»Ich bin bisher recht gut mit dir gefahren, Karl«, sagte er freimütig. »Und es wird Zeit, dass ich dir wieder einmal Zinsen zahle für alles, was ich von dir erhalten habe.«

Die beiden Männer fassten sich an die Arme, blickten sich lange in die Augen und wussten, dass sie sich auch weiterhin aufeinander verlassen konnten.

»Dann lass uns jetzt die Einzelheiten deines Plans durchsprechen!« Karl lachte leise, dann sagte er: »Herzog Hildebrand bleibt in Alamannien. Er soll den Rhein überqueren und im Kinzigtal durch den Schwarzwald bis nach Cannstatt ziehen und dort die fränkischen Flaggen zeigen. Den gleichen Auftritt bei den Baiuwaren verschieben wir bis nach dem nächsten Märzfeld.« Er überlegte einen Moment. »Es soll genau hier stattfinden! Wir geben damit unseren Zug nicht auf, sondern unterbrechen nur für einen Winter. Und Herzog Folker muss inzwischen den Sachsen erneut auf ihr freches Haupt schlagen.«

Milo lachte zufrieden. »Es ist wie immer eine Freude, dich zu hören!«, grunzte er wie ein satter Bär. »Schade nur, dass dein Vater nicht mehr mitbekommt, wie kraftvoll uns der Hammer Karl das Schwert der Franken schmiedet!«

Die letzten großen schmerzhaften Feindseligkeiten zwischen Baiern und Franken lagen inzwischen eine Generation zurück.

»Eigentlich hätte ich auch irgendwo in Baiern geboren sein können«, meinte Karl versonnen. Er saß am Weihnachtsabend mit seinen

Edelsten rund um ein großes Kaminfeuer im Colonier Herrschaftssitz zusammen.

Herzog Rotbert wischte sich mit den Fingerkuppen über seine immer öfter wund bleibende Gesichtshaut. Nicht einmal die kleinen Kissen und Verbände mit Ringelblumensalbe in der Nacht halfen noch. Karl harre ihm deshalb geraten, nicht mehr vor zu viel Volk öffentlich zu erscheinen.

»Ich brauche dich als meinen eigenen, geheimen Majordomus«, hatte er ihm wenige Tage zuvor gesagt. »Du sollst hier wie schon in den letzten Jahren für Sicherheit und Ordnung sorgen, wenn ich unterwegs bin.«

Sie waren Freunde geworden, auch wenn sie nie darüber sprachen. Jetzt aber, in der Wärme des weihnachtlichen Kaminfeuers, bei köstlichen Honigkuchen, die Karlmann aus dem Gertrudenkloster von Nivelles mitgebracht hatte, und angenehm gewürztem Wein meldete sich Rotbert doch zu Wort.

»Immerhin hat dein Vater die bairischen Agilolfingerherzöge in den Jahren vor und nach deiner Geburt zweimal und ziemlich hart daran erinnert, dass sie den Merowingerkönigen Treue geschworen hatten.«

»Das ist alles sehr lange her«, seufzte Hildebrand. Er hatte noch vor dem ersten Schneefall den größten Teil seiner Krieger von Cannstatt aus nach Burgund zurückgeschickt und war in kleiner Begleitung nach Colonia gekommen. Die anderen von Karl zum Weihnachtsfest eingeladenen Herzöge und Grafen hatten ihm in den vergangenen Tagen über den Zustand der Friesen und Sachsen berichtet. Und auch darüber, wie viele nicht bei jedem Schwertklang ausbrechende Wallache sie für Karls Panzerreiter zur Verfügung stellen könnten.

»Wir hatten in den vergangenen Jahren einfach nicht die Zeit, uns um jedes Herzogtum des Frankenreiches zu kümmern«, sagte Karl bedauernd. »Außerdem konnten wir nicht überall gleichzeitig sein.«

»Trotzdem sollten wir auf die Baiuwaren aufpassen!«, sagte Herzog Rotbert mit einem leisen Stöhnen.

Karl wandte sich an den inzwischen achtzehn Jahre alten Karlmann. »Du hast gesagt, dass du alle Nachrichten über Missionare in Baiern im Kloster von Nivelles aufgeschrieben hast. Berichte uns, was wir jetzt wissen müssen.«

»In der Zeit von Herzog Theodo herrschte Ruhe«, sagte er, wurde aber sogleich von Herzog Folker unterbrochen.

»Wahrscheinlich auch deshalb, weil er in Baiern nicht nur einen Pirmin, sondern gleich drei Glaubensboten zugelassen hat!«

»Ob das wirklich so klug war?«, meinte Karl zweifelnd. Er blickte zu Karlmann. »Aber sprich weiter, mein Sohn!«

»Herzog Theodo hatte dem Wormser Bischof Rupert bereits vor dreißig Jahren angeboten, die Martinskirche in Salzburg zu übernehmen«, fuhr Karlmann fort. »Für Corbinian, der, wie die meisten von euch wissen, vaterlos in der Nähe der Kirche von Chartres geboren war, sah Herzog Theodo Freising als Bischofssitz vor. In Regensburg selbst übernahm kurz nach Pippins Alamannenzügen Emmeram aus Poitiers das Bischofsamt. Ursprünglich hatte Emmeram zu den Awaren weiterziehen wollen. Doch Herzog Theodo hat ihn zurückgehalten, indem er behauptete, er würde mit diesen Heiden an der mittleren Donau selbst im Streit liegen ... Ihr wisst schon: mit den wilden Steppenkriegern, die nach den Hunnen kamen.«

Karlmann sah sich nach allen Seiten um. Die Männer nickten ihm zu.

»Emmeram blieb«, fuhr Karlmann sichtlich erleichtert fort. »Doch schon drei Jahre später geschah dann diese grausame Geschichte, die seitdem überall weitererzählt worden ist ...«

»Bischöfe sind eben auch nicht aus Holz«, seufzte Hildebrand. Die anderen lachten anzüglich.

»Er hätte sich mit jedem Mädchen und mit jedem bairischen Weib vergnügen können!«, knurrte Karl. »Aber doch nicht mit Uta, der Tochter von Herzog Theodo.«

»Entehrt durch einen von Rom gesandten Missionsbischof!«, sagte einer.

»Gerade als Bischof hätte er nicht die Hand beißen dürfen, die ihn großzügig gefüttert hat.«

»Es war nicht Theodo, der Utas Schande gerächt hat«, stellte Karlmann richtig, »sondern ihr Bruder Landbert.«

»Gemach, gemach, ihr Herren!«, widersprach Karl. »Wir sind nicht mehr in den Zeiten der Blutrache oder bei irgendwelchen Heiden im Norden. Auch für derartige Vergehen gibt es bei uns Reichstage und Gerichte.«

»Viel schlimmer ist ja, dass durch diesen Bischofsmord auch Rupert von Salzburg nach Worms zurückgekehrt ist und der neue Bischof Corbinian auch jetzt noch sehr große Schwierigkeiten hat. Daran konnte auch Herzog Theodos Reise zum Papst nach Rom nichts ändern.«

»Ich weiß nicht, woher ihr eigentlich eure Überzeugungen nehmt«, sagte Karl unwillig. »Wer von uns weiß denn, was Herzog Theodo tatsächlich mit dem Papst besprochen hat? Und wer kann mir sagen, welche Zugeständnisse Rom dafür erhielt, dass Bischof Corbinian wieder nach Baiern zurückkehren konnte?«

»Vielleicht hast du recht«, meinte Herzog Folker nachdenklich. »Vielleicht war der Mord an Bischof Emmeram das Beste, was der Kirche in Baiern passieren konnte.«

»Das nun nicht gerade«, lachte Karl. »Aber immerhin hat Herzog Theodo vor seinem Tod seinen Sohn Landbert und seine Tochter Uta in die Verbannung geschickt.«

»Und wie die Dinge nun einmal sind, kommt ein Unheil selten allein«, berichtete Karlmann weiter. »Denn kaum war Corbinian von seiner Pilgerfahrt nach Rom zurück, fand er den Teilherzog Grimoald mit der Witwe von dessen Bruder Theudoald verheiratet.«

Die Männer am Feuer lachten. Sie wussten, dass auch Theodebert und Tassilo, die beiden anderen Teilherzöge, inzwischen verstorben waren. Und genau die dann einsetzenden Machtkämpfe zwischen Theodeberts Sohn Hucbert und dem überlebenden Grimoald hatten das Land der Baiuwaren zerrissen und verwundbar gemacht.

»Wenn Bischof Emmeram nicht so lüstern gewesen wäre«, stieß Karlmann plötzlich hervor, »dann müsstet ihr nicht bis nach Baiern reiten.«

»Wer weiß, wozu das alles gut ist«, meinte Karl nachdenklich. »Vergesst nicht, dass weder Grimoald noch sein Neffe Hucbert bisher einen Stammhalter nachweisen können. Wir sind gezwungen, jetzt Partei zu nehmen. Nur deshalb stärken wir Theudoalds Enkel Hucbert den Rücken und ziehen gegen seinen Onkel Grimoald.«

»Und gegen dieses Eheweib, das ihn nur aufhetzt!«, sagte Karlmann.

Karl blickte seinen Ältesten nachdenklich an. Die Scheite im Kamin krachten in den Flammen. Aber das war es nicht, was ihn inzwischen störte.

Die Franken bewegten sich mit größter Vorsicht durch die Täler und Schluchten des Schwarzwaldes. Sie hatten sich zuvor an derselben Stelle versammelt, an der Karl im Jahr zuvor das Heer aufgelöst und in die heimatlichen Gaue entlassen hatte.

Auch diesmal waren die Bewaffneten, die Paladine, Vasallen und Grafen mit ihren Lehnsmännern auf eigene Faust und auf den unterschiedlichsten Wegen bis zum Sammelplatz am oberen Rhein gekommen. Es war das erste Mal, dass ein Majordomus der Franken ein Märzfeld nicht im Kerngebiet des Reiches, sondern in einem anderen Herzogtum abhalten wollte.

Sie folgten Tälern und kleinen Bächen, keuchten steile Bergwege hinauf und scheuten sich auch nicht, dort durch die Wälder zu gehen, wo ihnen ortskundige Männer Wege und Pfade zeigten.

Trotzdem benötigten die meisten Gruppen fast eine Woche, bis sie den Neckar an ganz unterschiedlichen Stellen erreichten. Wieder und wieder wurden Kundschafter zu Fuß und zu Pferd ausgeschickt, ehe sich die nächsten fünfzig Reiter und ihr Gefolge um Flussbiegungen oder durch finstere Schluchten bewegten.

Die Herzöge der Alamannen boten Karl Feierlichkeiten und ein Gelage in Cannstatt an. Aber der Majordomus lehnte ab.

Inzwischen hatte auch der Letzte gemerkt, dass er sich nicht mehr in Austrien oder im Elsass befand, sondern im Kernland der wilden Alamannen. Die Männer und Frauen vor den Lehmkaten antworteten mit einem eigenartigen singenden Tonfall, wenn sie nach dem Namen ihrer Dörfer gefragt wurden. Selbst die einfachen Krieger Karls vom Niederrhein machten sich einen Spaß daraus, sich gegenseitig die Namen alamannischer Ortschaften zuzurufen, die ihnen so lustig vorkamen:

»Habt ihr gehört?«, riefen sie dann. »Wir waren in Sindelfingen und auch in Esslingen. Und weiter im Süden sind schon welche in Reutlingen und Pfullingen.«

Sie lachten auch in den nächsten Tagen und empfanden den langen Zug inzwischen schon fast als unterhaltsam. Wie auf allen Heerzügen erfuhren nach und nach auch die einfachen Reiter und Fußkrieger, was vor ihnen lag und wie die Dinge miteinander zusammenhingen:

Es war bereits zwei, drei Generationen her, seit die Baiuwaren am Aufstand des Thüringerherzogs Radulf gegen den Merowingerkönig Sigbert teilgenommen hatten. Seit dieser Zeit waren die erblichen Herzöge aus dem Geschlecht der Agilolfinger nahezu unabhängig geblieben.

»Sie haben sich nie viel um die Merowingerkönige gekümmert«, meinte Herzog Hildebrand, während er den großartigen Blick von der Kuppe des runden Berges in Urach genoss. Obwohl an einigen Stellen bereits neue Katen und kleine Grubenhäuser als Vorratslager für die Obsternten aus der Umgebung gebaut worden waren, wirkte die lang gestreckte, an ihrer breitesten Stelle kaum fünfzig Schritte messende Festung der Alamannen und früher auch der Kelten wie ein Ruinenfeld.

»Wir wissen nicht, wes Stammes oder Herzogs diese Feste war«, meinte einer der Alamannen, die ihnen als ortskundige Führer mitgegeben worden waren.

»Von der Höhe her erinnert mich das alles ein wenig an den Ziegenberg«, meinte Karl und setzte sich neben seinen Halbbruder an die Nordostspitze des Berges, der vor ihnen steil abfiel. Ein paar der jetzigen Bewohner brachten geflochtene Körbe mit Äpfeln, Birnen und Pflaumen.

»Inzwischen leben nur noch zwei Männer aus dem Geschlecht der Agilolfinger«, meinte Hildebrand versonnen. Er und Karl nahmen sich jeder eine Birne aus dem Korb. »Und manchmal ist es schon sehr merkwürdig, wie ein großes, stolzes Herzogtum über Nacht in sich zusammenfällt.«

»Möglicherweise ist die ganze Angelegenheit doch nicht so merkwürdig, wie du jetzt meinst«, sagte Karl. »Irgendwie verstehe ich Hucberts Onkel Grimoald sogar. Vergiss nicht, dass es Hucbert war, der den Streit begonnen hat.«

»Ich weiß nicht, welcher böse Geist es war, der diesem jungen Herzog eingeflüstert hat, sich mit den Langobarden zu verbünden«, seufzte Hildebrand und spuckte ein paar Birnenkerne aus.

»Da fragst du noch?«, lachte Karl. »Hast du vergessen, dass Hucberts Schwester Luitprand zum Weib gegeben wurde? Und glaubst du etwa allen Ernstes, dass der König der Langobarden ohne jede Absprache mit Hucbert die Plätze angegriffen und besetzt hat, die Grimoald entlang der Etsch gehören?«

»Daran habe ich im Augenblick gar nicht gedacht«, gab Hildebrand zu. »Für mich war immer klar, was auch die anderen sagen: dass nämlich Grimoald nur deshalb zu den Waffen gegen seinen Neffen griff, weil seine kinderlose Ehefrau ihn dazu aufgehetzt und angestachelt hat.«

»Auch das mag sein«, meinte Karl und schob seine Lippen vor. Er spuckte ein paar Birnenkerne an die Stelle, an der bereits die seines Bruders lagen. Es mochte Zufall sein, aber er traf sie ganz genau.

Die warme Sommernacht auf dem runden Berg von Urach war so still, dass Karl plötzlich davon aufwachte. Er lauschte lange in die samtweiche Dunkelheit unter dem Sternenhimmel. Aber außer dem eigenartigen Rauschen seines Blutes in den Ohren war nichts zu hören. Genau das störte ihn …

Es gab keine Nächte ohne jegliche Geräusche! Überall, im Wald, im Lager mit den Pferden, an Flüssen und selbst in der Abgeschiedenheit der Ardennenhöhen oder auf dem Ziegenberg schnaubte, atmete und grunzte immer irgendetwas. Nachtfalter strichen durch das Dunkel, Heimchen zirpten, und gelegentlich war selbst das Schmatzen eines Igels hundert Schritt weit zu hören.

Aber wo waren sie jetzt – jene Geräusche des Lebens und des Sterbens, des Schlafes und der Nacht?

Und dann wusste er es plötzlich: Es war die Stille, die nichts anderes als Gefahr bedeutete! Sie war so dicht, dass jeder, der sie kannte, fest davon überzeugt war, sie mit beiden Händen greifen und zerbrechen zu können …

Karl richtete sich ganz langsam auf. Er sah sein Schwert und sein Wehrgehänge auch mit geschlossenen Augen. Seine Finger schlossen sich in dem Moment um den Waffengriff, als von allen Seiten ein fürchterliches Geheul ausbrach. Feuerfunken sprühten unter dem Eisenschlag von Steinen, fraßen sich in Zunder und entflammten ihn. Waffen klirrten, und die ersten Männer stürzten schreiend über jenen Rand der Fläche, die den Siedlungsplatz auf der Kuppe des runden Berges bildete.

Karl sah im Feuerschein, dass es mindestens fünfzig waren. Im selben Augenblick schoss ihm der Verdacht durch den Kopf, dass irgendjemand ganz genau gewusst hatte, wo er sich mit seinen engsten Gefährten samt Gefolge in dieser Nacht befinden würde.

Schon mehr als einmal war er fast das Opfer eines Mordanschlags geworden. Ein Dutzend Fremde stürzte im Feuerschein direkt auf ihn zu. Er sah, dass sie sehr gute Waffen hatten. Nein, das war kein wilder Haufen aus irgendwelchen Dörfern mit den fröhlich klingenden Namen ...

Karl schlug so schwungvoll zu, dass er dem Ersten so glatt den Kopf vom Rumpf trennte, wie er ein gekochtes Ei zum Frühstück teilte. Den Zweiten kostete die Heimtücke des Überfalls den rechten Arm. Den Dritten und den Vierten konnte Karl nicht mehr so annehmen, wie er es bei den Zügen der vergangenen Jahre geübt hatte. Er schlug und traf, wehrte die anderen Schläge ab, wich zwei, drei Schritte bis zum Rand des Bergs zurück, stürmte erneut nach vorn und erkannte, dass ihm weder von hinten noch von den Seiten Hilfe zukommen konnte. Und plötzlich musste er an Karlmann denken. Auch er hatte auf dem Ziegenberg mit dem Rücken zum Abgrund gekämpft.

Karl duckte sich, richtete sich wieder auf und holte dabei sehr tief Luft. Dann stieß er einen ungeheuren, gewaltig durch die Nacht über Urach gellenden Schrei aus. Er stürzte mit dem Schwert nach vorn und hieb die Angreifer links und rechts zur Seite. Immer noch brüllend, bahnte er sich einen Weg bis zu seinen Männern. Sie stöhnten, schrien, brüllten und ließen ihre Schwerter krachend gegen anderes Eisen und auf die Holzschilde schlagen.

Auch wenn sie nie zuvor geübt hatten, auf einem Bergplateau zu kämpfen, das wie eine schmale Insel über dem Abgrund lag, wurde die Falle jetzt zum Schutz an ihren Seiten und im Rücken. Niemand konnte sie von den Flanken her anfallen, niemand sie einkreisen und durch mehr Bewaffnete überrumpeln. Der Nachteil wendete sich zum Vorteil.

Karls Männer kämpften furchtlos und mit solchem Zorn, dass schließlich auch die Übermacht der Alamannen weichen musste. Wurfaxt um Wurfaxt fuhr in die Brustkörbe der Angreifer, spaltete Schädel und zerschmetterte Gesichter. Die Toten und Verwundeten verstopften fast den schmalen Zugang auf dem runden Berg. Und dann, noch ehe irgendeiner der Verteidiger die Angreifer erkannt hatte, verzogen sich die Alamannen und ließen sogar ihre Verwundeten zurück. Sie flohen zurück in die Nacht und in die Wälder ihrer Berge.

Karls Heeresgruppen bewegten sich so weit auseinandergezogen an den Ufern der Donau entlang, wie es vor ihnen schon die Römer und viele andere getan hatten. An den Ufern war genügend Platz. Einige stiegen in die breiten Kähne der Pfalz Hulma, die auch beim flachen Wasserstand noch schwammen und sogleich von ihnen als »Ulmer Schachteln« verspottet wurden.

Der nächtliche Überfall auf dem runden Berg von Urach war nicht der einzige Zwischenfall gewesen. An mehreren Stellen des Schwarzwaldes, am Neckar und auf der Suebischen Alb war es zu kurzen und harten Kampfhandlungen gegen den Widerstand alamannischer Adelsfamilien und ihrer Bauernkrieger gekommen.

Karl selbst hatte vom Überfall auf dem runden Berg an der rechten Stirnseite einen mehrfach gezackten Schnitt davongetragen. Die Wunde schmerzte, ebenso wie die andere an seinem Hinterkopf, die ohne seinen Helm tödlich gewesen wäre.

Vier Tage nach den Ereignissen von Urach verließen sie den Fluss und bogen zum Lech hin ab. Karl hatte ursprünglich bis nach Regensburg vorstoßen wollen. Doch dann berichteten ihm vorausgeschickte Späher, dass sich der junge Herzog Hucbert nicht in der alten Stadt aufhielt. Er war mit seinem gesamten Gefolge aus Furcht vor kriegerischen Aktionen seines Onkels Grimoald in Freising donauabwärts bis nach Passau und von dort aus auf den sicheren Bischofsberg von Salzburg geflohen.

Als Karl davon hörte, saß er gerade mit einigen anderen Edlen am Ufer des Lech. Sie nagten an kleinen, auf Holzkohle gerösteten Rippchen. Karl hielt nicht viel von großen Spießbraten, von denen viele seiner Männer schwärmten. Es dauerte zu viele Stunden, bis sie durch waren. Und wer zuletzt drankam, musste sich oft mit halb rohen Stücken aus dem Inneren eines Schweins oder eines noch größeren Tieres begnügen.

»Was nun?«, fragte Herzog Folker, als sie die Berichte der Kundschafter gehört hatten. Er wischte sich die Finger an einem großen Huflattichblatt ab.

»Wir haben sie nicht gesehen«, antwortete einer der Kundschafter. »Aber wir hörten, dass gut gerüstete Reiter von Herzog Grimoald aus Freising bereits hierher unterwegs sind.«

Karl stutzte und hielt sein halb abgenagtes Schweinerippchen hoch. Die Sonne verabschiedete sich mit einem tiefen Abendrot.

Am Himmel blinkten die ersten Sterne auf, und überall an den Zelten stieg Gesang und der Klang von Drehleiern auf.

»Gibst du Alarm?«, fragte Herzog Folker.

Karl schürzte die Lippen und dachte nach, dann sagte er:

»Die Männer sollen sich gewarnt zur Ruhe legen. Aber lasst Wachen überall am Fluss aufstellen. Bei Sonnenaufgang sollen fünf Fähnlein von jeweils zwölf Mann in verschiedene Richtungen ausschwärmen: ein Fähnlein in Richtung Augsburg, eins zurück in Richtung Donau zum Kloster Neuburg und die drei anderen auf Fackelsichtweite nach Freising hin.«

Bereits am frühen Morgen war klar, dass es zum Schwertergang gegen den Baiuwarenherzog kommen musste. Nachdem die Sonne aufgegangen war, verging nur eine Stunde, bis alle Berittenen und Fußkrieger an mehreren Furten den Lech überquert hatten.

Die Sonne stand bereits schräg am Morgenhimmel, als die Abgesandten von Grimoald eintrafen. Karl erkannte schnell, dass der Baiuwarenherzog keine Verhandlungen mehr wollte.

»Dieser Baier hat gelogen und betrogen«, sagte Karl. »Und er ist nicht einmal ehrenhaft genug, um sich dafür zu verantworten!«

Er ließ die Abgesandten Grimoalds kurzerhand entwaffnen. »Wenn dieser Fürst glaubt, dass er Eindruck vor seinem Eheweib machen muss, dann zeigen wir, wie man mit Matronen umgeht.«

Er saß bereits auf seinem Pferd, war voll bewaffnet und trug den Helm aus Gold und Leder, der an der Stelle aufgeschnitten war, an dem ein Polster aus Kräutern und Leinenstücken seine Schlagwunde bedeckte. Die andere Wunde über seiner rechten Stirn war dick mit Ringelblumensalbe eingestrichen und ebenfalls mit Leinen abgedeckt.

Karl gab das Zeichen und ließ die Franken weiter vorrücken. Schon kurz darauf erkannten sie das Heer der Baiuwaren. Karl hatte sich einige ortskundige Franken in seine Nähe geholt, die verwandtschaftlich mit einigen Familien am Lech und in der alten Römerfestung Augsburg verbunden waren.

»Er wird uns dort entgegentreten«, meinte einer der Kundigen und deutete nach Südosten. »Der Wald heißt Pfeilenforst. Ein guter Ausgangsplatz für Grimoald. Er könnte dann die Hügelschräge nutzen und von drei Seiten gegen uns reiten.«

»Er kann es, aber er wird es nicht«, sagte Karl hart. »Hildebrand und Folker zu mir!«

Er wartete, bis sein Halbbruder und der Gefährte seiner frühen Jahre neben ihn geritten waren.

»Also, passt auf!«, sagte er kühl. »Wir wissen, dass Grimoald keine Erfahrungen mit großen Schlachten hat. Er denkt römisch, also frontal. Ihr beide sollt deshalb gleichzeitig Scheinangriffe führen. Treibt ihn von beiden Seiten so, dass er mit letzter Not entkommen kann und sich dann wie ein großer Feldherr fühlt ...«

»Aber ...«

»... und mir mit allem, was er hat, direkt in die Schwerter rennt.«

»Oh!«, stöhnte Hildebrand ergriffen.

»Verstanden«, sagte Folker und hob beide Daumen.

»Schafft ihr das bis zur Mittagsstunde?«, fragte Karl.

Die beiden Herzöge verständigten sich mit einem kurzen Blick.

»Eine Stunde später wäre eine Stunde mehr Sicherheit für das Gelingen«, sagte Folker dann.

Karl nickte. »Dann zieht jetzt los, damit das Ganze noch vor Sonnenuntergang beendet ist. Ich habe keine Lust, mich tagelang hier festzubeißen.«

28

Swanahild und Grifo

Der Zusammenstoß der Baiuwaren und der Franken verlief von Anfang an genau so, wie es Karl geplant hatte. Bevor seine beiden Herzöge ihre Heeresgruppen übernahmen, ritt er mit ihnen noch ein Stück zur Seite und schärfte ihnen ein, genau bei seinen Anweisungen zu bleiben.

Kaum eine Stunde später klangen das erste Geschrei und heller Kampflärm nördlich des Pfeilenforstes auf. Kurz danach hörten die Zurückgebliebenen auch von Süden her Getöse. Die Pferde unter ihren Reitern rund um Karl wurden ungeduldig. Hunderte von Augenpaaren blickten auf den Anführer. Der Majordomus blieb völlig ruhig auf seinem Pferd sitzen. Er blickte weder nach rechts noch nach links, sondern geradeaus auf die grüne Wand des Pfeilenforstes. Und dann, als der Kampflärm auf beiden Seiten nicht etwa näher kam, sondern sogar leiser wurde, ließ Karl sein Pferd einige Schritte zur Seite gehen. Mit einer knappen Kopfbewegung wies er Karlmann an, ihm zu folgen.

Sie ritten an den zum Aufbruch bereiten Reitern und Fußkriegern des Heeres entlang. Karl grüßte nach allen Seiten, dann sagte er: »Es gibt inzwischen noch einen Grund für unseren Zug gegen Grimoald.«

Karlmann sah seinen Vater fragend an.

»Ein böser Grund«, seufzte Karl. »Wir können nicht verhindern, dass er überall bekannt wird. Aber das, was Grimoald und sein Weib sich jetzt geleistet haben, bringt mich selbst in eine verdammt unangenehme Lage.«

»Du sprichst in Rätseln, Vater.«

»Es ist Corbinian, Bischof von Freising, durch den ich jetzt in etwas reingezogen werde, was ich liebend gern vermeiden würde.«

»Was hat er getan?«, fragte Karlmann. Er, der von Kindesbeinen an stets ein gutes Verhältnis zu Priestern und Mönchen gehabt hatte, wusste, dass sein Vater nicht immer damit einverstanden gewesen war.

»Corbinian hat nur getan, was alle Bischöfe ebenfalls getan hätten«, sagte Karl nachdenklich, während sie ihre Pferde wieder umwandten, um zu den anderen Edlen zurückzureiten. »Er hat verlangt, dass Herzog Grimoald sich von seiner Schwägerin Pilitrud trennt ... weil es unchristlich ist, dass er seine Schwägerin so kurz nach dem Tod des Bruders zum Weibe nahm. Inzwischen soll kein Tag vergangen sein, an dem Corbinian nicht gegen die hartherzige Witwe gewütet und geredet hat ...«

»Rechtfertigt das bereits einen großen Zug in das bairische Herzogtum?«

»Nein!«, stellte Karl klar. »Doch dummerweise gibt es Gerüchte, dass Pilitrud Mörder bezahlt hat, die den Bischof zum Verstummen bringen sollen.«

»Das glaube ich nicht!«, stieß Karlmann entsetzt hervor.

»Tatsache bleibt, dass der Bischof von Freising nur mit knapper Not geflohen und nach Mais in Tirol zu den Langobarden entkommen ist.«

Karl blickte seinen Ältesten wohlwollend an. »Und jetzt pass auf, was ich dir sage! Wenn ich mich hier und heute an die Spitze des Heeres stelle, könnte nicht nur Corbinian, sondern auch der Papst auf den Gedanken kommen, dass der Majordomus des Frankenreiches für die Anliegen der Kirche sogar in eine große Schlacht zieht.«

»Tun wir das nicht?«, fragte Karlmann verwundert.

Karl lachte trocken.

»Wir tun es, wenn es gut für das Königreich der Franken ist«, antwortete er. »Aber wir sind keineswegs der Schwertarm der Bischöfe und Mönche – und erst recht nicht des Papstes!«

Karl und sein Sohn erreichten die anderen Edlen aus dem Gefolge. Sie warteten so lange, bis kaum noch etwas vom weit entfernten Lärm zu hören war. Erst dann gab Karl das Zeichen für das Hauptheer.

Das Heer der Franken legte die Strecke bis nach Freising an der Isar schon fast gemächlich zurück. Karl hatte recht behalten: Bis auf die beiden kurzen Zusammenstöße der Kriegshaufen um Hildebrand und Folker waren sie ohne große Schlacht geblieben.

Karl ließ einen Teil seines Heeres südlich von Freising lagern. Der andere Teil überquerte die Isar und verteilte sich auf einer weiten, ebenen Fläche, die von den Unfreien in dieser Gegend »Erdinger Moos« genannt wurde.

Karl selbst und sein engstes Gefolge zogen weiter nach Norden bis zum Lerchenfeld. Hier, am Ostufer der Isar auf der anderen Seite der beiden stolz aufragenden Hügel, sollten seine Panzerreiter warten.

Grimoald hatte sich noch nicht wieder gezeigt. Karl ließ sich erneut Zeit. Er war bereit, eine weitere Nacht zwischen den Zelten zu verbringen.

»Gebt den Baiuwaren ihre Waffen zurück und schickt sie über die Isar«, befahl Karl, als die abendlichen Feuer aufloderten und ihr weißer Rauch in kleinen Wölkchen in den klaren weiß-blauen Himmel aufstieg.

Grimoalds Männer verschwanden schnell in Richtung Pfalz auf der anderen Seite des Flusses. Karl hatte ihnen auftragen lassen, dass er noch am selben Abend die Unterwerfungserklärung des Baiuwarenherzogs erwartete.

»Ich rechne nicht damit«, sagte er, nachdem zwei, drei Stunden vergangen waren und die Nacht sich über das Lager der Franken gesenkt hatte. »Aber ich rechne auch nicht damit, dass sich Grimoald lange in seiner Festung einigeln wird.«

Obwohl die Schmerzen in seinen beiden Kopfwunden nachgelassen hatten, trug er noch immer den Helm mit den eingeschnittenen Löchern.

Herzog Folker trug einen Verband an seinem linken Oberarm. Er hatte sich beim kurzen, harten Waffengang am Lech eine Fleischwunde durch einen bairischen Pfeil zugezogen. Auch Hildebrand und eine Reihe der anderen Edlen waren nicht ohne Schrammen davongekommen. Erst nach und nach erfuhr Karl, dass die Waffengänge im Pfeilenforst doch nicht so leicht und schnell gewesen waren, wie er angenommen hatte.

»Die Baiuwaren waren dem fränkischen Geschlecht der Agilolfinger nur so lange ergeben, wie es sich für sie gelohnt hat«, meinte Hildebrand auf seine direkte Art. »Für viele war der große Herzog Theodo fast schon ein eigener König. Aber weder sein letzter Sohn Grimoald noch dessen Neffe Hucbert kommen an seinen guten Ruf heran.«

»Dann wird es nicht sehr lange dauern, bis auch die Alamannen ein Auge auf das Herzogtum der Baiuwaren werfen«, sagte Karlmann.

Karl blickte seinen Ältesten prüfend an. Er schob die Unterlippe vor und nickte nachdenklich.

»Wir müssen klug sein, wenn wir dieses große Herzogtum wieder enger an uns binden wollen«, sagte er. »Die Friesen und die Thüringer, ja selbst die Sachsen sind uns dem Blute nach viel näher als die Baiuwaren, die aus dem Osten kamen.«

»Soll das etwa heißen, dass sie mit Awaren, Hunnen und Bulgaren mehr verwandt sind als mit uns?«, fragte Herzog Folker verdutzt.

»Das lass bloß keinen hören«, lachte Karl. »Außerdem stimmt es nicht, denn jene Völker sind Tausende von Meilen westwärts bis in unsere Nähe gezogen, während die Baiuwaren nur den Bergwald jenseits der Donau zu überwinden hatten.«

Im selben Augenblick kam Unruhe am Isarufer auf. Der Fluss führte ebenso wenig Wasser wie die Donau und der Lech. Nicht einmal die kleinen Holzbrücken waren im Frühling erneuert worden, so wenig Wasser hatte die diesjährige Schneeschmelze gebracht.

Der Lärm vom Ufer näherte sich, während zur selben Zeit die Gespräche und Gesänge an den Feuern rundum verstummten.

»Sollte Herzog Grimoald doch noch in einer Büßerkutte kommen?«, fragte Folker spöttisch.

Hildebrand lachte leise. »Vielleicht trägt ihn ja der Bär zu uns, der kein Problem damit gehabt hat, das Fluchtgepäck Corbinians über die Alpen zu tragen.«

»Es ist ein Weib!«, stieß Herzog Folker plötzlich erstaunt hervor.

»Aber doch nicht etwa die mordlustige Witwe?«

»Nein, diese da ist jünger«, stellte Karlmann fest.

Sein Vater legte den Kopf etwas zur Seite. Ein halbes Dutzend Wächter geleiteten eine schlanke junge Frau an den Feuern vorbei bis zu dem Kreis der Edelsten in Karls Gefolge. Aus irgendeinem Grund, den er sich auch später nicht erklären konnte, stand er auf. Er wusste sofort, dass diese wunderschöne junge Frau niemals Pilitrud sein konnte. Vielleicht war es die Abscheu vor der mörderischen anderen, über die so viel an den Feuern seines Heerlagers gesprochen worden war, dass ihn sein Herz daran erinnerte, dass er mit seinen sechsunddreißig Jahren zwar Witwer, aber keineswegs ein Mönch war …

Er starrte sie nur an, und seine Augen leuchteten. Sie kam bis auf fünf, sechs Schritte auf ihn zu. Dann blieb sie furchtlos stehen. Sie trug ein langes Leinenkleid, das mit Kastaniensaft hellbraun gefärbt war, dazu einen dunkelgrünen Gürtel mit Schlaufen, kleinen Täschchen und einem kurzem Messer. Sie hatte sich ein großes Tuch mit Perlen und Fransen an den Rändern über die Schultern gelegt. Es wurde zwischen ihren Brüsten mit einer goldenen Fibel gehalten. Die Frau trug ihr blondes, leicht gelocktes Haar lose nach hinten gekämmt und im Nacken mit einem Perlenband zu einem Pferdeschwanz gebunden. Um den Hals hatte sie mehrere Reihen von Ketten mit kleinen Tonperlen, Amulettsteinen und Glasschmelze gelegt.

Karl sah sie an, öffnete den Mund und wusste plötzlich nicht, wie er sie begrüßen sollte. Der Blick aus ihren großen, hellen Augen schien ihn zu umschlingen. Ihre Lippen öffneten sich ebenfalls.

»Ich grüße dich, Majordomus Karl, Princeps und Edelster der Franken«, sagte sie mit einer klaren, weichen Stimme, die Karl so vorkam wie ein warmer Sommerregen auf der nackten Haut. Er wusste selbst nicht, was mit ihm geschah. Nicht einen Augenblick seit dem Tod von Chrotrud hatte er daran gedacht, dass ihm ein Weib noch einmal mehr bedeuten könnte als sein Amt und seine Aufgabe. Jetzt aber, an diesem angenehmen Frühsommerabend vor der Herzogspfalz von Freising, spürte er, wie alles andere um ihn herum unwichtig wurde und im Feuerschein versank.

»Wie heißt du?«, fragte er fast schon verlegen. »Und was willst du hier?«

Er hatte eigentlich etwas ganz anderes fragen wollen, aber sie lächelte noch immer, und ihre Zungenspitze fuhr ganz leicht über ihre Lippen. Noch immer ohne die geringste Scheu antwortete sie: »Ich heiße Swanahild und bin eine Nichte von Herzogin Pilitrud. Und zugleich auch deine Base, Karl.«

Karl sah sie ungläubig an.

»Ich weiß von keiner Base hier in Baiern!«, stieß er hervor.

»Ich bin die Tochter deines Onkels Dodo«, sagte sie, »des Bruders deiner Mutter. Er wollte nicht, dass wir an der Maas bleiben, nachdem die Mordsache mit Bischof Lambert so furchtbar enden musste.«

Karl fühlte sich wie nochmals vor den Kopf geschlagen. Wenn Willibrord jetzt in der Nähe gewesen wäre, hätte er ihm geschworen, dass alles nur mit Zauberei zu tun haben konnte.

Er streckte seine Linke aus und bat sie damit näher zu sich. »Du kommst allein?«, fragte er dann, weil ihm nichts Besseres mehr einfiel.

»Ja, Karl. Ich soll dir sagen, dass Herzog Grimoald zu Verhandlungen bereit ist, sich aber nicht ehrlos unterwerfen möchte.«

Karl spürte genau, dass sie ihm eigentlich etwas anderes mitteilen wollte. Aber zu viele Ohren hörten zu, zu viele Augenpaare ließen sich nichts von dem entgehen, was deutlich sichtbar zwischen ihnen aufflammte. Kein Schwert, kein Pfeil, kein Lanzenstich hätte Karls Herz tiefer treffen können als das Erscheinen dieser schönen jungen Frau. Dennoch sprachen beide in der folgenden Stunde nur über Waffen und Gerätschaften, Vorräte in den Scheunen der herzoglichen Pfalz und die Priester in den beiden Kirchen, in denen schon gebetet worden war, ehe der Wanderbischof Corbinian nach Freising eingeladen wurde.

»Du meinst also, dass Grimoald sich unterwirft, wenn ich ihn nicht als Herzog ablöse?«, fasste Karl schließlich zusammen.

Swanahild schloss kurz die Augen und deutet ein leichtes Lächeln an. Sie war sechs Jahre alt gewesen, als ihr Vater vor zwanzig Jahren in die Blutrache von Bischof Lambert von Maastricht verwickelt worden war. Nur wenige Tage darauf war sie mit ihrer Mutter und einem sehr kleinen Teil ihres Gesindes heimlich nach Regensburg zum Agilolfingerherzog Theodo gebracht worden.

Grimoald sah ganz anders aus, als ihn sich Karl vorgestellt hatte. Er war ein schwerer, breitschultriger, ziemlich beleibter Mann in mittleren Jahren mit dunkel gekräuseltem Haar und einem ebenso dunklen, drei Finger unter dem Kinn gestutzten Vollbart. Das Auffälligste an ihm waren seine leidend herabgezogenen Mundwinkel und seine fast schwarzen Augen. Neben ihm wirkte die hochgewachsene Matrone Pilitrud mit ihren streng geflochtenen flachsfarbenen Haaren wie eine römische Marmorstatue in Colonia.

Das ungleiche Herrscherpaar von Freising empfing Karl im großen Saal seiner Pfalz auf dem östlichen der beiden Berghügel an der Isar. Während Grimoalds dunkle Augen unruhig hin und her zuckten, schien Pilitrud ohne die leiseste Gefühlsregung durch Karl hindurchzublicken. Nur einmal hatte er eine ähnliche Haltung bei einem Weib gesehen – damals, als er ins Kapitol von Colonia gezwungen worden war. Auch da hatte er bei Plektruds Blick die gleiche Missachtung gesehen.

»Machen wir's kurz!«, sagte Karl deshalb, während er zu einem der Fenster ging. Er blickte auf den Fluss hinunter bis zu seiner Zeltstadt auf der anderen Uferseite. »Du, Grimoald, wirst uns so viel von deinen Schätzen und Vorräten als Beute überlassen, dass die von dir erschlagenen Männer gerächt und die übrigen zufriedengestellt werden.«

Ein Zischen klang durch die plötzlich eingetretene Stille des großen Saales. Karl drehte sich betont langsam um. Die Witwe Theodeberts und jetzige Gemahlin von dessen Bruder Grimoald spuckte mehrmals schnell hintereinander vor Swanahild aus. Karls Base trat keinen Schritt zurück. Sie hob die rechte Hand und schlug der Herzogin flach ins Gesicht.

»Mörderin!«, sagte sie nur. »Du quälst mich niemals mehr!«

Sofort wurde auch allen anderen klar, warum sich diese schöne junge Frau nach zwanzig Jahren an den Höfen der bairischen Herzöge, ohne zu zögern, auf Karls Seite gestellt hatte.

»Hast du noch irgendetwas zu sagen?«, fragte er den beleibten Herzog.

Grimoald leckte sich über seine vollen Lippen. Sie zitterten, als er demütig fragte: »Du willst mich nicht bei meinem Leben oder bei meinem Rang bestrafen?«

»Nein«, sagte Karl. Er lächelte nicht einmal, so widerwärtig war ihm die Unterwürfigkeit von Pilitruds Gemahl. »Ich brauche Männer«, sagte er mit einem Seitenblick auf sie. »Deshalb sollst du zusammen mit deinem Neffen Hucbert weiter das fränkische Herzogtum Baiern verwalten.«

Er trat einen Schritt vom Fenster zurück unter die Wandteppiche und Waffen, wie sie überall an den Holzwänden des herzoglichen Pfalzsaals hingen.

»Benimm dich wie ein Mann, dann kannst du alt in deinem schönen Freising werden. Allerdings muss ich dir dafür deine Gemahlin Pilitrud nehmen. Sie soll mich als Geisel begleiten. Sobald ich mich mit unseren Großen der Kirche beraten habe, will ich sie vor ein

Gericht stellen.« Für einen Augenblick schien es so, als wolle sich die Herzogin mit gekrallten Fingern auf den Majordomus stürzen. Karl stellte sich breitbeinig vor sie hin, betrachtete sie vom Scheitel bis zu ihren kostbar bestickten Flechtschuhen und schüttelte dann kaum merklich den Kopf.

»Du kommst mit, Weib!«, wiederholte er seine Forderung. »Von nun an sollst du nicht mehr Rechte und Privilegien haben als ein Fischweib, das im Zorn seinen trunkenen Ehemann erschlagen hat.«

»Wir werden weder mit den Baiuwaren noch mit den Alamannen lange Freude haben«, sagte er, nachdem der Rhein wieder vor ihnen lag. Hier trennten sie sich und zogen auf verschiedenen Wegen in die heimatlichen Herzogtümer und Grafschaften zurück. Karl selbst entschloss sich, nur mit kleiner Begleitung durch den Pfälzer Wald und den Hunsrück nach Echternach zu reiten. Er hatte Swanahild so viel von den Mönchen dort erzählt, dass sie vereinbart hatten, sich von Willibrord im kleinen familiären Kreis trauen zu lassen.

Vorausgeschickte Boten holten einige Adlige aus dem Norden heran, dazu Karls andere Kinder und Alduin, den neuen Bischof von Colonia. Karl hatte erst am Oberrhein erfahren, dass Bischof Faramundus nicht mehr lebte. Der Klerus in und um Colonia hatte schnell geklüngelt und nicht gewartet, ob es auch einen ihm genehmen Kirchenfürsten gab.

Milo kam aus Reims, Sigibert aus Metz und Peppo aus Verdun. Nur zwei Männer, die eigentlich wichtig gewesen wären, kamen nicht zur Hochzeit. Der jugendliche König Theuderich IV. ließ Karl mitteilen, dass er sich für die Reise in einem strohgefüllten Ochsenkarren zu kränklich fühle.

Einen anderen Gast konnte sich Karl nur dadurch fernhalten, dass Willibrord einige Mönche zu Bonifatius schickte. Sie sollten ihn in Thüringen festhalten und, falls dies nicht gelang, ihm versichern, dass sein Glaubensrivale Corbinian nicht mehr nach Freising zurückkehren würde.

»Wir können einen Mann wie Wynfrith, genannt Bonifatius, nur mit einem großen unbestellten Heiden-Acker locken«, hatte Willibrord erkannt. Und so geschah es auch. Während Karl in Echternach Swanahild zu seiner zweiten Frau nahm, blieben der Merowingerkönig und der unermüdliche Heidenbekehrer Bonifatius der Zeremonie und dem kleinen Fest in der Biegung des Sauerflusses fern.

Karl fühlte sich in den schönen Herbsttagen so wohl und glücklich wie schon lange nicht mehr. Es ergab sich, dass er eines Vormittags ganz langsam mit dem schon gebrechlichen Willibrord jenen Weg noch einmal ging, den er vor zehn Jahren – bei seinem ersten Aufenthalt in Echternach – mit dem Abt des Klosters gegangen war. Und wieder saßen sie auf dem langen Baumstamm, von dem aus sie ins weite Tal und zum gewachsenen Klostergeviert hinabblicken konnten.

»Zehn lange Jahre«, sagte Karl. »Sie sind vergangen wie ein einziges.«

»Du hast sehr viel erreicht«, bestätigte der Abt. »Du bist herumgezogen, hast gekämpft, hast Könige zu Grabe getragen und auch deine liebe Frau, die dir in schwerer Zeit geduldig beigestanden hat ...«

Sie blickten eine Weile schweigend an den Bäumen vorbei.

»Das Königreich der Franken hat noch lange nicht die Einigkeit und Stärke, die es unter meinem Vater hatte«, seufzte Karl nach einer langen Pause. »Ich mache mir nichts vor, Willibrord. Mag mir gelungen sein, die Friesen und die Sachsen einigermaßen zu befrieden, mag es mir ebenfalls gelungen sein, rund um Paris und in den Gauen von Hessen, Thüringen und Baiern Respekt und Anerkennung zu erlangen, liegt doch ein großer Acker vor mir, den ich allein niemals bestellen kann.«

Sie sprachen noch sehr lange über Alamannen, Aquitanier, Langobarden und Sarazenen, die in diesem Jahr ganz Septimanien und die Stadtfestungen von Carcassonne, Nimes und Autun erobert und zerstört hatten.

»Es heißt, dass die schnellen, leichten Reiter unter den grünen Fahnen des Propheten große Schätze geraubt und nach Barcelona fortgeschleppt haben. Sie erfreuen sich am Gold der Kirchen, das sie sich einschmelzen und zum Schmuck für ihre Weiber schmieden lassen.«

Karl lachte verschwörerisch.

»Ich habe längst verstanden«, sagte er.

Karl und sein zweites Eheweib verbrachten den Winter in Heristal, Jupille und Colonia. Er stand jeden Morgen sehr früh auf, besuchte die Messen, ritt mindestens zweimal pro Woche zur Jagd aus, kümmerte sich um die Ausbildung seiner inzwischen auf fünfhundert Mann angewachsenen Panzerreitertruppe und saß am Abend mit seinen Getreuen bei Wein und Bier zusammen. Er hatte einen guten Appetit, versuchte streng, aber gerecht zu sein, und zeigte sich auch der Bevölkerung. Er lachte öfter und war nicht mehr so ungeduldig wie früher.

Für die Matrone Pilitrud hatte er noch nichts entschieden. Er wollte abwarten, was ihm seine vertrauten Bischöfe rieten. Bereits zum Jahreswechsel war zu erkennen, dass Swanahild schwanger war. Niemals zuvor hatte sich Karl fürsorglicher um eine Frau gekümmert. Er las Swanahild jeden Wunsch von den Augen ab und hörte ihr zu, wenn sie mit ihrer schönen Stimme Lieder von Maria in einem Rosenhag sang.

Auch Dinge, die zuvor undenkbar gewesen waren, wurden immer selbstverständlicher in Karls Hofstaat. Handwerker aus den umliegenden Gehöften, die sich auf die Anfertigung von feinem Schmuck und Spielzeug verstanden, wurden jetzt bis zu ihm vorgelassen. Das galt auch für die Fernreisenden und Händler, die mit Gewürzen, Spezereien und schönen Stoffen bis nach Colonia oder Jupille kamen. Karl sah sich vieles an und erfreute Swanahild mit kleinen, liebevoll ausgewählten Geschenken.

Nur wenig später gebar ihm Swanahild einen kräftigen und gesunden Sohn.

Karls Jüngster wurde zu Pfingsten von Bischof Alduin in Colonia auf den Namen Grifo getauft. Dem neuen Bischof gelang eine sehr feierliche Messfeier. Die Mönche sangen schöner als sonst. Und dann gab Herzog Rotbert endlich mit lauter Stimme bekannt, dass der Majordomus eine Schmauserei mit jeder Menge Wein und Braten in der ganzen Stadt befohlen hatte.

Großer Jubel brandete durch das Kirchenschiff und über das Atrium zwischen der Hauptkirche und der Taufkapelle. Keinem Bewohner von Colonia, keinem Freien und keinem Unfreien aus der Umgebung und erst recht keinem Sklaven war entgangen, dass bereits in den letzten Tagen Unmengen Geflügel, Schweine, Hammel und Fässer voller Moselwein herangeschafft worden waren. Das Märzfeld hatte in diesem Jahr nicht stattgefunden. Es sollte im Sommer durch eine Zusammenkunft in Zülpich ersetzt werden.

Nur eine Woche später war Karl mitten in einem Gespräch mit Herzog Rotbert und den Verwaltern einiger naher Gaue, als er aus einem Nebenzimmer des *praetoriums* einen Aufschrei und dann lautes Weinen hörte. Gleich darauf platzte die siebzehnjährige Hiltrud in die Beratung.

»Grifo!«, stieß sie laut schluchzend hervor. »Kommt schnell … er ist ganz rot … und bewegt sich nicht mehr!«

Karl sprang sofort hoch, schob seine schöne Tochter zur Seite und stürmte wild, wie man ihn lange nicht gesehen hatte, durch die Räume. Seine eigene Krankheit fiel ihm wieder ein. Gleichzeitig hämmerten die Erinnerungen an Chrotruds langes Leiden in seinem Kopf. Es war, als würde er erneut die Schmerzen empfinden, die damals zum Todesurteil für seine Stiefneffen im Kapitol geworden waren.

Ein Haufen Weiber kümmerte sich um den Säugling, als Karl bei ihnen eintraf. Er stieß sie fort, drängte sich vor. Doch dann sah er, dass eine der Nonnen von Nivelles Grifo ihm Arm hatte. Dankbar und zugleich erleichtert legte Karl seinen stürmischen Zorn ab. Vorsichtig schob er die Wiege des kleinen Grifo zur Seite. Während seine Stirn in sorgenvollen Falten lag, lächelten seine Lippen vor Liebe zu dem kleinen Wesen, von dem er gerade einmal die geschlossenen Augen, das Näschen und den weit geöffneten Mund erkennen konnte.

Er blickte lange auf seinen jüngsten Sohn, unfähig, an etwas anderes zu denken als an Mord und Hass, Missgunst und Intrigen. Er zweifelte nicht einen Augenblick daran, dass Grifo nur deswegen krank war, weil irgendjemand ein Attentat auf ihn verübt hatte. Die unnatürlich roten Flecken und die sehr dunkel angeschwollenen Säuglingslippen erinnerten ihn sofort daran, wie Chrotrud in den ersten Stunden ihrer Krankheit ausgesehen hatte.

Mit steinernem Gesicht blickte er der Reihe nach jeden Einzelnen der Umstehenden an. Er sah entsetzte Nonnen, beschämte Ärzte und im Gebet versunkene Mönche. Dann traf sein Blick auf den von Swanahild. Ihre Augen waren rot geweint und ihre Wangen so blutleer, wie er sie noch nie gesehen hatte. Er trat langsam auf sie zu, hob seine Arme und umschloss sie mit seiner großen, sanften Stärke. Erst jetzt schluchzte Swanahild verzweifelt auf. Ihr Körper bebte, schüttelte sich und suchte Halt an ihm. Hiltrud war ebenfalls in das überfüllte Säuglingszimmer getreten. Karl sah sie an, als könnte sie es sein, die jetzt noch Hilfe kannte. Und dann sah er in ihren Augen, dass seine Tochter das Gleiche dachte wie er selbst. Sie nickte ihm kaum merklich zu. Karl presste seine Zähne zusammen. Dann löste er ganz langsam Swanahild aus seinen Armen.

»Die Taxuslöffel!«, stieß er heiser hervor. »Hat irgendjemand meinem Sohn den ersten Brei mit einem Löffel aus gebeiztem Eibenholz eingefüttert?«

Er sah so grimmig aus, als würde er bereits im nächsten Augenblick mit seinem Schwert zuschlagen wollen.

»Antwortet mir!«, brüllte er. »Wo ist der Löffel, mit dem mein Sohn Grifo gefüttert wurde?«

Swanahild blickte ihn verständnislos an. Und wieder war es Hiltrud, die ihrem Vater jetzt bewies, wie klug und selbstständig sie in der Zwischenzeit geworden war.

»Ich glaube nicht, dass Grifo absichtlich mit einem Taxuslöffelchen gefüttert wurde«, sagte sie. Auch Swanahild schüttelte energisch den Kopf.

»Aber was dann?«, fragte Karl. »Ich kenne das hier doch. Genauso muss ich selbst schon einmal ausgesehen haben.«

»Von uns war immer jemand bei ihm«, bestätigte eine der Nonnen. »Wir haben niemals Ammen oder Mägde allein mit ihm gelassen.«

»War er denn immer hier?«, fragte Karl. »Ich meine, immer in diesem Haus?«

»Nein«, antwortete Swanahild. »Ich habe ihn ein paar Mal zur Messe ins Nonnenstift im Kapitol mitgenommen.«

»Im Kapitol?«, wiederholte Karl entsetzt. »Habt ihr ihn dort etwa unter den Taxusbüschen stehen lassen, um ihn vor der Sonne und hellem Licht zu schützen?« Er starrte seine junge Ehefrau und die Nonnen eher fragend als mit einem Vorwurf an. Nacheinander senkten sie die Blicke.

»Schnell!«, rief im selben Augenblick Hiltrud. »Kocht Kümmel auf in Wermut. Das ist das Einzige, was meinen kleinen Bruder jetzt noch retten kann!«

29

Die letzten der Agilolfinger

Sie mussten mehr als einen Monat um das Leben des kleinen Grifo bangen. In diesen Wochen kamen von überall her Besucher nach Colonia, die gute Ratschläge und Segenswünsche brachten. Sie warteten sehr viele Tage und Nächte. Aber weder gute Pflege noch die vielen in Sud aus Kümmel und Wermut getauchten Nuckelläppchen konnten Grifo heilen. Er verdaute schlecht, hatte Fieber, und die roten Flecken auf seinem kleinen Körper nahmen nicht ab.

Obwohl Karl nicht an Fluch oder die Strafe Gottes glaubte, konnte er weder den Ammen noch den Nonnen oder Mägden nachweisen, dass sie etwas anderes wollten, als Grifo vor dem Licht der Sonne zu schützen, als sie ihn unter die giftigen Taxusbüsche im ehemaligen römischen Kapitol stellten.

Er sah mehrmals täglich nach seinem Jüngsten und wollte bereits die in Zülpich geplante Zusammenkunft auf ein späteres Datum verschieben. Doch dann, Anfang Juli, besserte sich Grifos Zustand von einem Tag zum anderen. Die roten Flecken wurden weniger, seine Lippen verloren ihre Schwellung, und er behielt die Milch bei sich, die jetzt wieder ganz von seiner Mutter stammte.

Karl blieb zwei, drei Tage misstrauisch. Doch dann wuchs die Hoffnung in ihm. Er umarmte Karlmann und den jungen Pippin, scherzte mit Hiltrud und zeigte Grifo seine Liebe ebenso wie Swanahild.

Auch in den nächsten Tagen blieb er so gut gelaunt, dass er sein Erbgut Eliste bei Nimwegen an das Erlöserkloster in Utrecht verschenkte. Als einzige Bedingung bestimmte er, dass nicht die Kirche, sondern Willibrord und seine Nachfolger die Domäne als ihr persönliches Eigentum behandeln durften.

Karl ließ die Urkunden von einem Dutzend Männern unterschreiben. Dabei machte der Schreiber den Fehler, Folker nicht als Herzog, sondern als Grafen einzutragen. Sie lachten alle, und in ihrer guten Stimmung verziehen sie dem Mönch. Sie wollten einfach weiterfeiern, reichlich vom Braten und Gesottenes vertilgen und wieder ohne Sorge um die Familie des Majordomus zechen.

Die Zusammenkunft dauerte noch drei weitere Tage. Und jeder Abend klang mit Liedern und Gesängen aus – so lange, bis auch der Letzte an den Tafeln schnarchte oder vollends betrunken von seiner Bank gerutscht war.

Die nächsten Monate verliefen ruhig. Karl verbrachte Weihnachten mit seiner Familie in Heristal. Auch beim Märzfeld im folgenden Jahr musste er keinen neuen Befriedungsfeldzug gegen Friesen oder Sachsen ankündigen. Erst nachdem die Männer wieder in ihre Gaue und Dörfer zurückgezogen waren, erfuhr Karl, dass die Herzöge Rebi und Bechthold von den jüngeren Brüdern ihres Vaters schmählich vertrieben worden waren. Die wichtigsten Familien Alamanniens hatten die Herzogswürde auf Landfried und Theutbald übertragen.

»Auch in Baiern soll Grimoald bereits wieder wilde Reden führen«, sagte Karl besorgt. Er blicke zu den Halbwüchsigen, die sich wie stets in der Nähe der Männer aufhielten. »Das könnte diese Alamannen weiter aufstacheln ...«

»Grimoald sollte allen Heiligen dafür danken, dass du ihm die fürchterliche Pilitrud abgenommen hast«, meinte Hildebrand. Er hatte diesmal seinen Ältesten mitgebracht. Der zwölfjährige Nibelung war ebenso begierig, in Karls Nähe zu sein, wie schon einige Jahre zuvor Alberichs Sohn Gregor und andere junge Adlige.

»Was hast du eigentlich mit der Matrone vor?«, fragte Hildebrand.

»Ich denke, dass auch unsere Kirchenmänner keinen Wert auf ein Verfahren legen«, antwortete Karl. »Corbinian predigt jetzt bei den Langobarden, und diese wiederum liegen in Fehde mit dem Papst in Rom.«

»Kein Grund für uns also für irgendeine Meinung«, stellte Hildebrand fest. Karl sah ihn an und grinste.

Der folgende Sommer verging ohne Schreckensmeldungen. Karl und sein engeres Gefolge nutzten die Zeit, um die Verwaltung des Königreiches straffer zu ordnen. Zum Erstaunen vieler Grafen ließ er zu, dass auch freie Bauern Krondomänen der Königsgüter übernehmen konnten, wenn sie Beweise vorlegten, dass sie zu wirtschaften verstanden.

»Für die Pferdeställe und bei unseren Panzerreitern tragen nach wie vor die Edelsten Verantwortung«, erklärte er den Paladinen. »Aber dort, wo es um Vieh, Kornernten und Früchte oder um Eier, Mehl und Honig geht, sollen ab sofort Männer das Sagen haben, die sich mehr ums Wachsen und Gedeihen als um Stolz und Ansehen ihres Adelsnamens kümmern.«

Viele der Edlen murrten über diese Anweisung. Sie verstanden nicht, wie er überhaupt auf den Gedanken kommen konnte, Männern ohne Rang und Titel große Ländereien so zu übergeben, als seien sie bereits ein Lehen.

Karl kümmerte sich in all den Monaten ganz besonders um seine Panzerreiter. Ausritte und Übungen mit ihnen waren ihm inzwischen lieber als die wilde Jagd geworden. Zum Ausgleich befasste er sich viel mit dem kleinen Grifo. Karlmann und Hiltrud schmunzelten oft über die väterliche Fürsorge und das Vergnügen, das der Majordomus beim Spiel mit seinem Jüngsten empfand.

Nur Pippin III., der mittlerweile ebenfalls volljährig geworden war, wich seinem Vater und dessen junger Familie so oft wie möglich aus. Pippin litt darunter, dass er im Vergleich zu anderen jungen Männern eher klein für sein Alter war. Als zweiter männlicher Nachkomme Karls gehörte er nach altem Brauch ohnehin in die zweite Reihe. Während andere ihren Schritt ins Erwachsenenleben freudig erwarteten, war Pippin III. nach seinem vierzehnten Geburtstag noch verschlossener geworden. Er antwortete nur wortkarg, zeigte oft ein finsteres Gesicht und erhielt von den Panzerreitern schnell den Beinamen »der Kurze«.

Karls Zweitgeborener brauchte lange, um die Demütigung zu verschmerzen. Es war Willibrord, der ihm bei einem Besuch in Echternach den Rat gab, den Nachteil seines körperlichen Mangels in einen Vorteil umzuwandeln, indem er ihn durch ein kurz angebundenes Auftreten noch verstärkte.

Durch diesen Rat wurde Pippin III. mehr und mehr zum schweigend und verbissen übenden jüngsten Panzerreiter der Franken. Was ihm an Größe fehlte, ersetzte er durch Kraft und Ausdauer. Und wo die anderen Adligen hochnäsig auftrumpften, bellte er bestenfalls ein paar kurze Worte.

Karl brauchte eine Weile, bis er die Veränderungen an Pippin bemerkte. Er hielt sie anfänglich nur für Zeichen jener schweren Zeit, in der aus Jungen Männer wurden.

Im Winter kurz vor Weihnachten trat Pippin vor ihn und behauptete, dass sie im nächsten Jahr wohl oder übel wieder gegen die Alamannen und die Baiuwaren ziehen müssten.

»Und wie kommt mein kluger Sohn darauf?«, fragte Karl ein wenig zu sehr amüsiert. Pippin blickte ihn mit blitzenden Augen an.

»Herzog Theutbald von den Alamannen hat den Abt von Reichenau vertreiben lassen ... nicht durch Befehl ... durch aufgehetztes Volk ...«

»Und woher weißt du das?«, fragte Karl erstaunt.

»Von den Mönchen?«

»Herumziehenden.«

»Willst du mir keine klare Antwort geben?«

»Hab's doch gesagt«, blieb Pippin störrisch.

Karl wusste sehr wohl, was ihm Pippin andeutete. Aber er mochte die maulfaule Art nicht, in der sein Zweitgeborener sprach.

»Noch mehr?«, fragte er deshalb ebenso kurz.

Pippin nickte.

»Die Baiuwaren«, sagte er. »Du musst sie erneut züchtigen ... im nächsten Jahr ...«

Karl kniff die Augen ein wenig zusammen und schob die Unterlippe vor. Dann schnaubte er und nickte. Bei Licht besehen, konnte ihm Pippin in seiner schroffen und direkten Art vielleicht nützlicher sein als all die anderen, die nur viel redeten, um ihn zu täuschen und ihre eigenlichen Gedanken zu verbergen.

Karls zweiter Zug nach Baiern begann unmittelbar nach dem Märzfeld des Jahres 728. Zum ersten Mal sollten dreihundert gut ausgebildete Panzerreiter in ihrer schweren Rüstung zum Kern des Heeres werden. Zusammen mit den Ersatzpferden und der Reserve kamen sie auf mehr als tausend Tiere. Unabhängig von dieser Streitmacht sollten nochmals dreihundert Adlige zu Pferde mit ihren Waffenknechten den Zug begleiten.

Um die Probleme der Versorgung nicht allzu groß werden zu lassen, verringerte der Majordomus die Fußkrieger auf fünfhundert Mann. Beim Tross selbst sollten nur diejenigen mitziehen, die für Verpflegung und Bewaffnung unbedingt erforderlich waren. Karl wollte einen scharfen Kriegszug völlig ohne Frauen und Kinder im Gefolge.

Die Franken stießen viel eher als erwartet mit den wilden, unbändigen alamannischen Bauernkriegern zusammen. Vollkommen unerwartet waren sie in kleinen Haufen bis an den Austritt des Neckars aus dem Odenwald in die Rheinebene vorgestoßen. In einer kurzen, heftigen Schlacht legten sie Karls Panzerreiter vollständig lahm. Die Schwergerüsteten waren einfach nicht in der Lage, vom Neckarufer in die Berge hochzureiten. Von dort aus griffen die Alamannen mit Pfeil und Bogen an.

Erst fränkische Fußkrieger, die nach der Väter Brauch nur so bewaffnet und gerüstet waren, dass sie mit Schild und Spatha zugleich stürmen und kämpfen konnten, retteten den Majordomus vor einem frühen Ende seines Strafzuges.

Die alamannischen Stoßtruppen zogen sich auf einen heiligen Berg zwischen sehr alten keltischen Ringwällen zurück. Sie verschanzten sich in den Ruinen eines römischen Signalturms. Der Semaphor war fast völlig zerstört, aber die Alamannen nutzten die Höhe erneut, um geheime Zeichen von einem Berg zum anderen zu übermitteln. Es war Karlmann, der die Bedeutung der alten Nachrichtenwege erkannte und richtig zu deuten wusste.

»Ich habe in Echternach davon gehört«, berichtete er den Edlen, die noch immer nicht fassen konnten, wie todesmutig die Alamannen sich ihnen entgegengeworfen hatten. Seit jener Nacht auf dem runden Berg von Urach war Karl nicht mehr so übel überrascht worden. Zugleich bekamen jene wieder Oberwasser, die von Anfang an gegen den Aufbau der schwer gewappneten Panzerreitertruppe gewesen waren.

»Unsere Pferde sind zu langsam für die Attacken, wie sie von den Sarazenen in Aquitanien und Septimanien geritten werden«, betonte Herzog Rotbert immer wieder.

»Sie sind schneller als der schnellste Kämpfer zu Fuß. Und sie sind nahezu unbesiegbar«, erwiderte Karl dann unerschüttert. »Ich habe nie behauptet, dass wir mit Reiterkriegern Bergvölker besiegen können. Aber wir ziehen hier auch nicht gegen die Alamannen, sondern in Richtung Freising. Dort gibt es keine Schwarzwaldschluchten und noch keine Alpenberge ...«

»Es würde reichen, wenn du die Gesetze der Baiuwaren und der Alamannen so umschreiben lässt, dass ihre Herzöge sich noch klarer dem König der Franken unterordnen müssen«, meinte Karlmann.

»Grimoald und Hucbert – ja ... Herzog Landfried – nein ...«, kommentierte Pippin III. knapp. Es war das erste Mal, dass er in der Runde von Karls Vertrauten und Paladinen seine Ansicht äußerte. Obwohl es sein erster Heereszug mit den Panzerreitern war, benahm er sich, als gehörte er bereits zu den Anführern.

Das Zeltlager war noch vor Anbruch der Nacht errichtet worden. Gleich darauf hatten sich die Anführer des Heeres in seiner Mitte versammelt. Jetzt wandten sie sich den beiden Söhnen von Karl zu. Jeder spürte deutlich, wie sehr sie sich unterschieden. Karlmann neigte mehr und mehr zu einer christlichen und versöhnlichen Haltung. Der wesentlich jüngere Pippin aber schien das auszudrücken, was viele der Männer dachten.

»Wenn ich dich recht verstehe, Pippin«, sagte Karl ernsthaft, »dann meinst du, dass wir die Baiuwaren eher durch Gesetze und Verordnungen befrieden können als die Alamannen.«

»Ja«, antwortete Pippin. »Hucbert und Grimoald sind die letzten Agilolfinger, haben keine Nachkommen und gelten überall als schwach. Herzog Landfried dagegen bleibt aufsässig ... Wie lange soll das gut gehen?«

Der zweite Zusammenstoß der Franken und der Alamannen ereignete sich am Zusammenfluss von Neckar und Sulm. Diesmal hatten die rebellischen Adelsfamilien und ihre Bauernkrieger nicht die geringste Aussicht auf Erfolg. Karls Panzerreiter preschten so ungestüm vor, dass die Fußkrieger nur ihre hölzernen Schilde als schwachen Schutz hochreißen konnten. Sie wurden niedergeritten und so hart geschlagen, dass Tote und Verwundete wie die Ernte der Schnitter rechts und links der berittenen Franken zu Boden stürzten.

Kein einziger Bogenschütze, kein Fußkrieger der Franken musste nachrücken und eingreifen. Zum ersten Mal in der Geschichte des fränkischen Königreiches siegte ein Reiterheer ohne vorangegangene Drohungen und ohne die Unterstützung von Bogenschützen und Fußtruppen über ein großes Heer von ortskundigen Verteidigern.

Nur wenige Stunden nach der ungleichen Schlacht konnten die fränkischen Anführer dem Majordomus melden, dass sie nicht einen einzigen Toten und nur ein paar Dutzend Leichtverwundete gezählt hatten. Dagegen sah es bei den Alamannen grauenhaft aus. Karl erlaubte, dass die Toten und Verwundeten von Bauern und Knechten, Sklaven und Mägden aus der Umgebung geborgen und versorgt wurden. Er selbst wollte sich nicht lange an dieser Stelle des Neckars aufhalten.

Noch am Nachmittag ritten sie weiter in Richtung Cannstatt. Ihr eigentliches Ziel blieb weiterhin das Herzogtum der Baiuwaren.

Grimoald unternahm nur einen einzigen kläglichen Versuch des Widerstandes gegen die Macht des Majordomus. Das Heer der Franken war erneut über Augsburg gekommen. Grimoald brachte knapp zweitausend Bewaffnete zu Fuß und fast dreihundert Reiterkrieger auf. Schon als Karl näher rückte, sah er, dass der Agilolfinger nur noch der Form nach Widerstand andeutete.

Sämtliche Teillager standen so weit auseinander am Westufer der Isar, dass die Baiuwaren unter ihren Fürsten keinen Angriff mehr wagen konnten.

»Hier sparen wir viel Blut«, beschloss Karl. »Ich will nicht einen Tropfen fließen sehen. Denn das, was dieser Agilolfinger hier bietet, ist nicht einmal ein schlechter Mummenschanz.«

Grimoald kam ihnen mit kleiner Begleitung entgegen, während sich seine Edlen mit sicherem Abstand zurückhielten.

Schon als er noch zehn Pferdelängen entfernt war, nahm der Herzog von Freising beide Hände hoch und zeigte allen die Handflächen. Dann griff er an seinen Helm, nahm ihn ab und setzte ihn vor sich auf den Sattelknauf. Unter schleifenden Zügeln schritt sein wertvolles Pferd weiter auf Karl zu.

Der Majordomus nahm die Schultern zurück und richtete sich gerade auf. Rings um die beiden Männer wurde es still. Nur noch die Pferde schnaubten, ihre Hufe scharrten, und die Metallbeschläge der Wehrgehänge klirrten.

Karl rührte sich nicht. Er zeigte damit, dass er nicht bereit war, den Gruß des dunkelhaarigen Agilolfingers so einfach anzunehmen. Er blickte über ihn hinweg bis zu den Pfalzhügeln von Freising am Ufer der Isar und zu der kleinen Kirche auf einem der beiden Hügel.

»Ich unterwerfe mich mit meinem Leben und allem, was ich habe«, stieß Grimoald mit brüchiger Stimme hervor. »Ich weiß, dass ich erneut gefehlt habe, und stelle mich als dein Vasall unter deinen gnädigen Schutz.«

Karl schüttelte wortlos den Kopf. »Zu spät«, sagte er dann. Er musterte die Gesichter der Männer, die mit Grimoald herangekommen waren. »Sagt allen, dass mir an diesem Herzog nichts mehr liegt. Ihr müsst die Angelegenheiten hier in Baiern unter euch ausmachen. Lasst mir mitteilen, wie ihr euch entschieden habt, damit ich nicht auf den Gedanken komme, einen Alamannen über euch als Herzog einzusetzen.«

Er sah in die entsetzten Gesichter der Baiuwaren. Dann blickte er zu den weißen Federwölkchen am klaren blauen Himmel auf. Es war noch immer eigenartig still. Nur in der Ferne klang Lerchenschlag über den Feldern auf.

Erst beim Märzfeld des darauffolgenden Jahres musste sich Karl entscheiden, ob er die Franken erneut gegen die Sachsen oder gegen den Alamannenherzog führen sollte. Landfried pochte immer unverschämter auf seine Selbstständigkeit.

»Ein großer Feldzug gegen die Alamannen kann zwar schwer und gefährlich sein«, fasste Karl schließlich zusammen. »Dennoch ist es besser, ihn noch in diesem Jahr zu beginnen. Wenn wir zu lange warten, ist Landfried zwischen Oberrhein und Bodensee zu stark geworden.«

Die Vorbereitungen für den großen Krieg gegen die Alamannen liefen wie selbstverständlich ab, sodass sich der Majordomus kaum noch darum kümmern musste. Innerhalb weniger Jahre hatte er erreicht, dass sich nach dem Tod seines Vaters das unter der Herrschaft der Matrone Plektrud schnell zerfallene Reich wieder festigte. Aber es gab noch immer einflussreiche Familien von großem Reichtum, die alles, was er tat, für falsch und unzulänglich hielten.

Die einen warfen ihm vor, dass er kirchliche Ländereien und sogar ganze Klöster samt ihren Einkünften nur an Gefolgsmänner und Verwandte verschenkte. Andere zählten die Bevorzugung von Willibrord, Milo und Hugo zu den schändlichsten Entscheidungen des Majordomus. Wiederum andere warfen ihm vor, dass er sich zu sehr um die Festigung der nördlichen und östlichen Bereiche kümmerte und völlig außer Acht ließ, was sich in der Zwischenzeit in der Provence, in Septimanien und im Herzogtum Aquitanien ereignete. Auch Burgund stand noch nicht wieder in der strengen Abhängigkeit wie in der Blütezeit des Merowingerreiches.

»Es nützt uns nichts, wenn wir eine Decke, die überall zu kurz ist, von einer Seite auf die andere ziehen«, erklärte Karl den Edlen immer wieder. »Wir können uns nur dann um Burgund und Aquitanien kümmern, wenn uns die Fürsten dort nicht verraten, sobald wir wieder abgezogen sind.«

Noch während sie in aller Ruhe aufbrachen, um sich in drei Wochen mit den anderen Aufgeboten aus den verschiedenen Gauen Austriens und Neustriens an der Einmündung des Neckars in den Rhein zu treffen, wurde Karl das Nahen eines großen Haufens edler Reiter aus Alamannien gemeldet.

»Es ist Theutbald, der Bruder Herzog Landfrieds«, rief Karlmann schon von Weitem.

Karl blieb ruhig und abwartend. Theutbald nahm seinen Helm ebenso ab, wie es im Jahr zuvor der Baiuwarenherzog vor Freising getan hatte. Aber er neigte seinen Kopf nicht wie Grimoald, sondern legte beide Hände flach zusammen und streckte sie zu Karl hin aus. Der Majordomus zögerte einen Moment. Dann fragte er mit einem einzigen Wort: »Warum?«

»Mein Bruder, Herzog Landfried, ist gestorben. Ich selbst und die Edlen Alamanniens wollen nicht mehr gegen dich kämpfen. Wir geloben daher Gehorsam und bitten dich um deinen Schutz als Majordomus.«

»Kommt dein Gelöbnis freiwillig und von ganzem Herzen?«

»Ja, Karl, so ist es.«

»Dann nehme ich hiermit dein Treueversprechen an und biete dir dafür den Schutz sämtlicher Frankenwaffen gegen die Feinde, die euer Herzogtum von innen und von außen her bedrohen.«

Er legte seine Hände um die des Alamannen und wartete, bis die ringsum auf ihren Pferden sitzenden Männer Theutbalds Unterwerfungsgeste gesehen hatten.

Auch in den Zeiten, in denen die Annalen später keine großen Heereszüge und keine Katastrophen zu verzeichnen hatten, blieben die Tage im Reich der Merowingerkönige nach wie vor hart und die Nächte voller Ängste und Dämonenfurcht. Zweihundert Jahre lang waren die Könige der Franken mit ihrem Hofstaat und Gefolge unermüdlich von Pfalz zu Pfalz und von einem Versammlungsort zum anderen gezogen. Wie die Heuschreckenschwärme der sieben Plagen Ägyptens hatten sie alles leer gefressen.

Überall dort, wo die reisenden Könige mit ihrem Hofstaat, ihren Weibern, den Vasallenscharen, adligen Kriegern, Knechten, Handwerkern und dem gesamten Tross aufgetaucht waren, hatten sie den Alltag der Bevölkerung wie eine Horde wilder Götter mit Glanz und viel Getöse unterbrochen. Wo sonst Saat und Ernte, Sommer und Winter, Leben und Tod umeinanderkreisten, war das Hereinbrechen des königlichen Hofstaates stets ein Ereignis gewesen, an das sich alle im Nachhinein mit einem frommen Schauder erinnerten.

Sie konnten sich gegenseitig genau beschreiben, wie die Kleider ausgesehen hatten, die jede einzelne Matrone oder die Königin getragen hatte. Aber sie wussten auch zu sagen, wie köstlich doch die letzte Speckschwarte gewesen wäre, die sie noch am Tag des großen Aufbruchs aus dem Versteck hinter der Räucherkammer holen mussten, um sie den gnadenlosen Königsknechten auszuhändigen.

Aber die Merowingerkönige reisten nicht mehr. Theudoald IV., der als Kind die Merowingerkrone übernommen hatte, wollte sich nicht mehr auf einem Ochsenkarren in Stroh gebettet dem Volk am Rand der Straßen zeigen.

Inzwischen hatten sich Dutzende von Grafen und Hunderte Verwalter der Fiskalgüter und Krondomänen, der königlichen Forste und der zu Lehensabgaben verpflichteten Landgüter mit dem Majordomus arrangiert. Es war ein stetes gegenseitiges Geben und Nehmen. Nicht Macht und Stärke allein hielten das Frankenreich zusammen, sondern ein sorgsam ausgewogenes Geflecht aus Vergünstigungen.

Karl hielt unnachgiebig daran fest, dass ein Lehen niemals einer Familie, sondern stets einem Einzelnen gegeben wurde. Auch als die entrüsteten Adligen aus den Gauen an der Mosel ihn davon überzeugen wollten, dass das Erbrecht heilig sei, blieb er hart.

»Jeder Nachfolger eines verstorbenen Lehensmannes soll genau ein Jahr lang in Treue und Gehorsam nachweisen, dass er als Erbe würdig ist, das verliehene Land, den Wald oder die Fischteiche einer Abtei wie sein Eigen zu nutzen und zu mehren.«

Obwohl viele junge Adlige und die Erstgeborenen von Kirchenmännern murrten und sogar kleine Verschwörungen anzettelten, hielten die meisten Karls Befehl für richtig und gerecht. Doch dann starb unerwartet der letzte Enkel von Karls Stiefmutter Plektrud. Hugo, dem Karl mehr Ländereien, Abteien und Bistümer als irgendeinem anderen aus seiner Familie geschenkt hatte, war kinderlos geblieben.

»Was nun?«, fragte Herzog Rotbert, der zusätzlich noch immer Pfalzgraf von Colonia war. »Nach fränkischem Recht und Gesetz gehört jetzt alles, was du Hugo übertragen hast, der Kirche.«

»Bist du ganz sicher?«, knurrte Karl. Er biss für einen Augenblick auf seinen Schnurrbartspitzen herum. »Was sagen denn die anderen Bischöfe dazu? Und was sagt Alduin hier in Colonia?«

»Wir haben sie noch nicht befragen können«, antwortete Rotbert, »aber ich glaube nicht, dass du selbst irgendeinen Anspruch auf die Besitztümer deines Stiefneffen hast.«

Karl legte die Hände auf den Rücken und marschierte mit langen Schritten im großen Saal des *praetoriums* auf und ab. Dann stellte er sich wieder an die großen Fenster zum Rhein hin und blickte auf einige langsam vorbeiziehende Schiffe.

»Dann setze ich mir eben einen geeigneten Verwalter ein«, presste er schließlich hervor. »Ich bin nicht bereit, irgendeine der Belohnungen, die ausschließlich für Hugo gedacht waren, an Bischöfe in Neustrien abzutreten.«

»Vielleicht könnten wir Hugos Erbe sogar von Colonia oder über Milo in Reims verwalten lassen«, schlug Rotbert schließlich vor. »Dazu müssten wir nur einen Nachfolger für Hugo einsetzen, der meinetwegen sogar fromm und gottesfürchtig sein kann.«

Karl lachte, denn er verstand augenblicklich, was der Gefährte damit meinte.

»Ich werde mich ein wenig umhören«, versprach Rotbert.

30

Bräute und Geliebte

Der Sommer war schon fast vorbei, als Karl eine ganz neue Erfahrung machte. Zum ersten Mal in seinem Leben mischte sich ein Weib, mit dem er nachts das Lager teilte, in seine Angelegenheiten als Majordomus ein. Er lag unbekleidet mit Swanahild unter einem dünnen, tagsüber noch im Sonnenlicht gebleichten Leinentuch. Die sternenklare Nacht Ende August war warm, aber durch den nahen Rhein eher angenehm als schwül. Sie berührten sich nur mit ein, zwei Stellen ihrer Haut. Sie waren gerade noch viel enger zusammen gewesen, und der Schweiß auf ihren Körpern trocknete nur langsam.

»Wie fühlst du dich?«, fragte er leise. Er lag auf dem Rücken und hatte seinen linken Arm gerade zu ihr ausgestreckt. Ihr Kopf lag in seiner Armbeuge, während ihre rechte Hand leicht kraulend auf dem Körperteil verweilte, der sie soeben zu lauten Aufschreien gebracht hatte.

»Eines Nachts wird sich die Bevölkerung Colonias am Rheinufer versammeln und dich als Hexenmeister anklagen«, spottete sie leise, aber sehr zufrieden.

Er schmunzelte, drehte seinen Kopf zur Seite und berührte ihre Schläfe mit den Lippen.

»War ich zu grob zu dir?«, fragte er dann.

»Habe ich etwa um Hilfe geschrien?«, parierte sie sofort.

»Es hörte sich verdammt so an!«

»Du bist ein Narr!« Sie lachten beide. Dann sagte er: »Ich habe schon seit Tagen das Gefühl, dass du irgendetwas von mir willst. Möchtest du mir anvertrauen, was dich bedrückt oder du dir wünschst?«

»Eigentlich wollte ich nicht darüber sprechen«, sagte sie zögernd. »Es ziemt sich nicht, wenn ich dir als dein Weib im Ehebett Ratschläge gebe.«

»Wo sonst, wenn nicht im Ehebett?«, fragte er. »Es ist der Platz, an dem der Große klein und der Schmächtige zum Helden werden kann. Du bist mein Weib, Swanahild. Und hier bin ich dein Herr und Diener gleichermaßen ...«

»Dann bitte ich dich, nimm mich mit, wenn du nach Paris ziehst.«

»Nach Paris?«, fragte er verwundert. »Wie kommst du darauf, dass ich nach Paris will? Ich habe nichts dergleichen vor.«

»Wie willst du sonst die Angelegenheiten nach dem Tod von Hugo in den Griff bekommen?«

Er zog den Arm unter ihrem Kopf hervor, richtete sich ruckartig auf und drehte sich so weit, dass er im Licht des Öllämpchens in der Fensternische ihr Gesicht ohne Schatten sehen konnte.

»Was ist das, Swanahild? Was hast du mit mir vor?«

»Habe ich etwas Falsches gesagt?«

Er schob die Unterlippe vor und blickte sie sehr lange an. »Wer hat dich vorgeschickt?«, fragte er dann. »Wer legt durch deinen Mund Wert darauf, dass ich nach Paris komme?«

Sie strich mit ihrer flachen Hand über die straffen Muskeln seines rechten Oberarms.

»Du warst sehr lange nicht mehr im Kampf«, sagte sie dann. »Wozu die Kraft? Wozu die Muskeln? Wozu die Stärke in dir und dein Mut? Seit ich dich kenne, hast du mehr verhandelt und verwaltet als gekämpft …«

Zum ersten Mal, seit er mit Swanahild verheiratet war, spürte er ein leises Misstrauen in sich. Er hatte nichts darauf gegeben, dass sie nicht nur eine aus Baiern zurückgeholte Fränkin, sondern auch die Tochter seines Onkels Dodo war. Obwohl sie kaum darüber gesprochen hatten, ahnte Karl, dass ihr Vater, der Bischof Lambert von Lüttich getötet hatte, Mitverschwörer gehabt haben musste. Und was damals wirklich geschehen war, konnte nicht nur mit ihm und der Friedelehe seines Vaters erklärt werden.

Erst jetzt – fast eine Generation später – wurde ihm bewusst, wie wenig er sich für die Familie seiner Mutter interessiert hatte. Er lebte jetzt schon fünf Jahre mit Swanahild zusammen – fünf Jahre, in denen sie so gut wie nie über ihre Kindheit und die gemeinsamen Verwandten gesprochen hatten. Der erste kleine Stachel Misstrauen in ihm begann zu schmerzen. Wie oft war er in den vergangenen Jahren unterwegs gewesen? Wie oft hatte er sie allein mit Grifo zurückgelassen?

Vielleicht bildete er sich auch nur etwas ein. Aber hatte sie nicht manchmal still gelächelt, wenn sie in Neustrien oder im Parisgau gewesen waren und er sie dann im Weingut *Clippiacum* zurückgelassen hatte? In Clichy, wie sie es scherzhaft aussprach, und bei einem Grafen namens Gaerefrid?

Es waren Dutzende von Grafen im großen Frankenreich, die sich wie Gockel oder Habichte tagaus, tagein um seine Gunst bewarben. Einige stampften wie unfähige Verwalter schlammiger Ackerhufen mit ein paar Bauern heran. Andere kamen wie kleine Feldherren von irgendeinem Hügel mit straffer Knappschaft in funkelndem Gepränge. Und wieder andere schlichen sich an – sanft und bescheiden, sauber duftend, schlicht gekleidet und gekämmt. Ganz so wie Gaerefrid, der glatte Jungherr von der Seine.

Karl wusste plötzlich, dass er sein stolzes Weib schon viele Nächte mit dem Grafen von Paris geteilt hatte …

Kurz vor dem Geburtstag des heiligen Martin im November zog Karl mit einer Gruppe von Panzerreitern und einigen Dutzend Getreuen bis zur Stadt an der Seine. Er suchte weder die Pfalz von Gaerefrid auf, noch zeigte er sich in Paris. Was er zu regeln hatte, konnte er von Sankt Denis aus in die Wege leiten. Schon vorab hatte er den Erzbischof von Reims ebenfalls in das Königskloster bitten lassen, dazu einige Äbte von der unteren Seine und die Gaugrafen, die ihm bis zu den Bretonen und zur Loire für die Einhaltung der Gesetze und seiner Anordnungen verpflichtet waren.

Nach dem offiziellen Begrüßungsmahl am ersten Abend zog er sich mit seinen Söhnen Karlmann und Pippin, Herzog Folker und dem Erzbischof von Reims in ein kleines Nebengemach des Klosters zurück. Sie verhandelten eine Weile bei einem guten Fässchen Klosterwein über die Zukunft der Bistümer und Abteien, die Karl Hugo übergeben hatte. Milo bestritt nicht, dass er neben Trier und Reims auch am Bistum Paris außerordentlich interessiert war. Dafür, so sagte er, würde er gern auf Rouen, Bayeux sowie die Abteien Sankt Wandrille und Jumièges verzichten.

»Wie kommst du darauf, dass es nach der besonderen Ehrung, die ich meinem Stiefneffen gewährt hatte, erneut einen Bischof im Königreich der Franken geben soll, der über mehr als ein Bistum verfügen kann?«

»Ich habe ebenfalls zwei«, sagte Milo.

»Und das ist nach allen Regeln eurer Kirche bereits eins zu viel«, stellte Karl unmissverständlich fest. »Aber ich denke, dass die Kirchenfürsten stillhalten werden, wenn ich irgendeinen einfältigen Priester als Abt über die verwaisten Kirchenschätze einsetze ...«

»Nur eine Strohpuppe ...«, warf Pippin der Kurze in der ihm eigenen Offenheit ein.

»Pippin!«

»Lass ihn doch!«, lachte der schwarze Abt. »Und ich antworte dir ebenso offen, Karl: Ich denke, dass dein Vorschlag sehr verlockend ist. Ich denke auch, dass ich meinen Brüdern in Christo in den anderen Diözesen erklären kann, warum du selbst zumindest die Erträge der Klöster und der Ländereien brauchst, wenn du den Kampf gegen die Feinde unserer Kirche bestehen willst.«

»Meinst du die Muselmanen?«, fragte Herzog Folker. Er hatte ebenso wie Karlmann die ganze Zeit nur zugehört.

»Ich meine Muselmanen, Araber, Sarazenen oder wie auch immer«, bestätigte der Erzbischof von Reims. Er griff nach seinem Becher und trank einen tiefen Schluck.

»Vergesst niemals, dass diese Heiden unter der grünen Fahne Allahs jeden als Feind betrachten, der sich nicht ihrem Glauben unterwirft. Bei uns Germanen und Christen gehen Sieger und Besiegte aufeinander zu. Bonifatius mag die heilige Eiche gefällt haben, aber die anderen Missionsmönche haben nie alle alten Bräuche verboten.«

»Du rätst mir also zur Rüstung und zu einem großen Kriegszug?«, fragte Karl so direkt, wie er es bei seinem zweiten Sohn gehört hatte.

»Hilf Herzog Eudo!«, forderte der Erzbischof von Reims. »Hilf ihm, ehe er dich bitten muss! Niemand kann einem Ertrinkenden die Hand reichen, wenn der bereits untergegangen ist.«

Noch von Paris aus ließ Karl Boten nach Lyon reiten. Sie sollten Isaak, den jüdischen Fernhändler, noch vor Wintereinbruch nach Colonia bitten. Karl selbst kehrte auf der nördlichen Route über Compiègne, Vincy und Cambrai an die Maas zurück. Wenige Tage vor Weihnachten erfuhr er, dass der alte Isaak nicht mehr lebte. Dafür kam sein ältester Sohn Elias und war bereit, Karl alles über die Muselmanen, ihre Stärken und ihre Schwächen zu berichten.

Zusammen mit seinen Getreuen saß Karl viele Stunden an den

Bohlentischen und – solange es das Wetter noch erlaubte – auch draußen vor den Häusern am großen Feuer. Nach und nach bekamen sie ein Gefühl für die Machtverteilung im Großreich der Araber.

Es war Pippin III., dem nach vielen Abenden die kürzeste Beschreibung der Lage an der Pyrenäengrenze gelang.

»Ihr müsst das so sehen«, sagte er ungeduldig, nachdem immer die gleichen Fragen gestellt worden waren. »Die Könige dieser Araber heißen Kalifen. Doch unter ihnen gibt es offensichtlich zwei Lager, die miteinander bis aufs Blut verfeindet sind. Die einen sind die Jemeniten, die anderen die Caisiten. Da die Bevölkerung von Afrika und Spanien fast ausschließlich jemenitisch ist, verhält sie sich so lange ruhig, wie sie von Männern ihrer eigenen Partei regiert wird. Aber sobald das Kalifat von Jemeniten zu Caisiten wechselt, gibt es unter den Muselmanen Aufruhr, Streit und schwere Kämpfe.«

»Nicht sehr viel anders als bei uns«, knurrte Karl.

»Genau das ist im Augenblick erneut das Problem«, bestätigte Elias, »denn diese Kämpfe unter den herrschenden Familien beeinflussen natürlich auch die Statthalter in Hispanien und Fürsten in den Grenzgebieten nach Aquitanien und Septimanien.«

»… bis einer von ihnen – ritsch, ratsch – den Bogen überspannte«, lachte Pippin beinahe schadenfroh.

»So ist es«, stimmte Elias zu. »Kalif Hisham schickte einen hohen Richter mit unbeschränkten Vollmachten nach Spanien. Dieser ernannte vor ein paar Monaten Ab-dar-Rahman al-Gafiki zum neuen Statthalter von Spanien …«

»Ist das derselbe Mann, den wir bereits kennen?«, fragte Karl verwundert. »Ich meine den, der die Araber bei Toulouse und Narbonne geführt hat.«

»Genau der«, bestätigte der Sohn von Isaak. »Ab-dar-Rahman ist ein großer Feldherr. Zudem hat er jetzt die gleichen Vollmachten durch den Kalifen in Damaskus wie du als Majordomus im Königreich der Franken.«

»Das heißt, dass dieser Mann von jetzt an unser schwerster Gegner ist. Gibt es unter den Muselmanen andere, die wir zu unseren Verbündeten machen könnten?«

Elias lächelte. »Ja, vielleicht gibt es einen. Ich denke an Othman ben Abi Reza, genannt Munousa.«

»Was ist mit ihm?«, fragte Karlmann, der die ganze Zeit schweigend zugehört hatte.

»Munousa ist kein Araber, sondern gehört zu den Fürsten der Berberstämme im Norden Afrikas. Die Berber standen bei den Auseinandersetzungen zwischen Jemeniten und Caisiten auf der falschen Seite. Zur Strafe wurden ganze Familien ausgerottet, und unter Folter wurden ungeheure Summen aus versteckten Schätzen von ihnen erpresst. Die Berberstämme sind dadurch so voller Hass, dass sie jederzeit gegen ihre Glaubensbrüder im Koran kämpfen würden, wenn man ihnen auch nur die kleinste Möglichkeit dafür gäbe ...«

»Die gibt es bereits«, stellte Pippin trocken fest. »Oder habt ihr vergessen, dass Munousa mit Herzog Eudos Tochter Lampiega verheiratet ist?«

Die Männer an den Tischen blickten mit großen Augen über ihre Weinkrüge hinweg auf Karls Zweitgeborenen. Keiner von ihnen hatte bisher daran gedacht, dass Herzog Eudo durch seine Tochter und seinen arabischen Schwiegersohn den Schlüssel in der Hand hielt, mit dem er sämtliche Angriffe aus dem Süden versperren konnte.

Karl lehnte sich zurück und streckte beide Arme aus. Dann schlug er mit den Fäusten immer wieder auf die Tischplatte. »Ich will die Reiter mit den grünen Fahnen Allahs so hart schlagen, dass sie sich zurückziehen! Und ich will Jesus Christus zum Sieg über diesen angeblichen Propheten Mohammed verhelfen!«

Zum Märzfeld Anno Domini 731 folgten mehr Männer als je zuvor dem Ruf des Majordomus. Mehr und mehr Bewaffnete trafen schon in den letzten kalten Tagen des Februars an beiden Ufern der Maas ein. Bis zu den Häusern von Heristal und Jupille hin wurden die Lagerplätze immer enger.

Es kamen neue Männer mit Pferden, Wagen und schwer beladenen Karren hinzu. Es wurden so viele, dass Herzog Rotbert den Befehl erteilte, jede weitere Gruppe, die jetzt noch zum Märzfeld wollte, auf die Wiesen zwischen den steilen, fast senkrecht abgeschnittenen Felshängen am Fluss in Richtung Lüttich umzuleiten. Diejenigen, die aus Toxandrien und Friesland heranrückten, sollten noch vor Maastricht nach Westen abbiegen und sich dann bei Namur am Zufluss der Sambre in die Maas bereithalten. Für alle anderen, die aus den Ardennen, vom mittleren Rhein sowie aus Hessen oder Thüringen erwartet wurden, galt der Befehl, dass sie sich bei Metz einfinden sollten.

Als Karl schließlich den Befehl zum Aufbruch gab, übernahmen junge Fußkrieger die Führung. Sie machten sich einen Spaß daraus, wie beim Wettlauf vorauszustürmen, um zu sehen, wer von ihnen als Erster die nächste Wegbiegung am Fluss erreichte. Der Einsatz derartiger Wettrennen war nicht besonders hoch, aber gelegentlich setzte einer der Anführer auch einen Sceatta, einen Extrakrug Wein oder das Haarband eines Mädchens als Belohnung aus. Karl ließ die stürmischen Jungmänner gewähren. Er hatte nicht vergessen, wie viele bunte Bänder er selbst bei derartigen Vergnügen gewonnen hatte.

Von Tag zu Tag wurde das Wetter angenehmer. Bereits an der alten Römerstraße zwischen Metz und Paris war der Boden so trocken, dass sie endlich schneller vorankamen. Doch dann, als die ersten Voraustrupps bereits die Loire erreicht hatten, brach Karls großer Plan zusammen.

»Herzog Eudo will nicht gegen die Sarazenen kämpfen«, meldete Pippin III., den Karl vorausgeschickt hatte. Für einen langen Moment war Karl versucht, den Überbringer der schlechten Nachricht zu erschlagen.

»Der Herzog schuldet mir noch etwas!«, schrie er seinen Sohn an. »Wir hatten damals auf der Römerbrücke von Orleans vereinbart, dass ich den Merowingerkönig zurückbekomme und er den Königsschatz aus Colonia behalten darf, bis ich ihn zurückfordere.«

»… und genau deshalb fürchtet er jetzt, dass für ihn der Zahltag kommt.«

»Was willst du damit sagen?«

»Wahrscheinlich hat er gar nichts mehr«, stieß Pippin III. hervor. »Aber auch schöne Bräute brauchen eine Mitgift.«

Karl sah seinen Zweitgeborenen mit hochgezogenen Brauen an.

»Du könntest recht haben«, sagte er nachdenklich. »Mit dem Vater einer Braut, die ganze Königsschätze mitbringt, lässt sich natürlich für ein paar Jahre Frieden schließen.«

Die Bewohner von Bourges am Flüsschen Cher handelten so klug und einsichtig, wie es in ihrer Lage möglich war. Eudo hatte die Stadt eingenommen und benutzte die Gefangenen in der Stadt als lebende Schilde. Karl nahm sämtliche Panzerreiter zusammen und ritt von der Loire im Osten um die Bergwälder im großen Flussbogen herum.

Knapp zwei Meilen vor der Stadt rannten ihnen einige Hundert Bewaffnete entgegen. Karl schnalzte nur mit der Zunge. Drei Dutzend von seinen Panzerreitern ritten los. Sie hieben schnell und gründlich zu. Und schneller, als die Lerche über den Feldern bis zur Sangeshöhe aufsteigen konnte, war der Spuk vorbei. Doch dann erfuhren sie, dass Herzog Eudo die Stadt bereits wieder verlassen hatte.

Karl zögerte nicht lange, sondern ritt sofort weiter. Er musste Bourges nicht einmal belagern. Anders als früher in den Städten des Nordens öffneten sich hier sofort die Tore. Begleitet von den Herzögen, ritt er an Häusern und Kirchen vorbei, hielt auf dem Marktplatz an und sagte selbst kein Wort. An seiner Stelle forderte Herzog Folker von den versammelten Edlen von Bourges ausreichend Beute, dazu Verpflegung für das Heer und die Versicherung, nie wieder Herzog Eudo in die Mauern ihrer Stadt einzulassen.

Drei Wochen später kam die Kunde zu Karl, dass sich Herzog Eudo erneut über Bourges hergemacht hatte. Diesmal, so hieß es, sei die Stadt auch für eine längere Belagerung bestens vorbereitet.

Karl glaubte nicht an derartige Gerüchte. Trotzdem entschloss er sich, die Herausforderung anzunehmen. Zum zweiten Mal innerhalb kurzer Zeit kam so das Heer der Franken über Orleans nach Bourges. Das Gelände war nicht besonders schwierig. Der Majordomus versammelte seine Panzerreiter vor den Mauern der Stadt. Als alle zusammen waren, befahl er, mit kleinem Schritt gegen die Stadt zu reiten. So oder ähnlich mussten auch die Legionen des Imperium Romanum machtvoll und diszipliniert auf die Städte und Feldlager zugeritten sein, die sie erobern wollten.

»Halt!«, befahl Karl schließlich. »Schwerter gezückt, Lanzen nach oben! Und dann nur warten!«

Es wurde eine sehr lange Probe auf die letzte Geduld der Krieger. Doch gerade als die Sonne unterging, öffneten sich die Tore der

Stadt. Eine Abordnung der Großen verließ die schützenden Mauern.

Karl empfing sie ohne die geringste Regung. Er zeigte weder Stolz noch Hochmut. Während er auf seinem Pferd sitzen blieb, rammten die Knechte und Bediensteten aus seinem Hofstaat Fahnenstangen und Pfähle mit bunten Wimpeln an den Spitzen in den Boden, stellten Tische auf und zogen sich wieder zurück. Schriftkundige und Notare, in Steuerdingen geübte Grafen und ein Haufen Hilfskräfte setzten sich an die Tische. Gleich darauf begannen die Verhandlungen.

Auf der einen Seite wurden die Vorräte von Rindern bis Geflügel und von Brotgetreide bis zum Öl zusammengezählt. Auf der anderen notierten die Beamten des Majordomus, was die Bewohner von Bourges und die Großen des Landes an Gold und Münzen, kostbaren Tuchen und Geschmeide, Waffen und Werkzeug zu bieten hatten.

Die Beuteverhandlungen für einen friedlichen Abzug von Karls Heer zogen sich bis in die späten Abendstunden hin. Während rund um die Stadt Lagerfeuer aufloderten, wurde auch dem letzten Gesandten allmählich klar, dass sich Karl nicht mit Almosen oder Geschenken abspeisen ließ.

Als es bereits vollkommen dunkel geworden war, inspizierte Karl die Männer, die nicht schnell genug verstanden hatten, dass er kein weichlicher Merowingerkönig und kein zögerlicher Gaugraf war.

»Jeder soll einzeln vor mich treten und mir den Umfang und die Art seines Vermögens nennen!«, befahl er von seinem Pferd herab. »Wer auch nur eine Hufe Land, ein Dutzend Gänse oder einen Sklaven falsch angibt, soll Hab und Gut, seinen ererbten Titel und jeden anderen Anspruch verlieren!«

Sie glaubten es nicht, konnten einfach nicht fassen, dass sich der Majordomus aus dem Norden an ihnen, die doch allesamt Franken und keine Feinde waren, derartig ungebührlich zeigte. Doch dann bewies Karl, dass er noch mehr wagen konnte:

»Ihr zögert? Wollt nicht? Denkt, dass ihr euch durch eure großen Namen schützen könnt? Nun gut, dann befehle ich, dass jeder von euch nicht das eigene Vermögen, sondern das des jeweils rechts von ihm stehenden Mannes nennen soll.«

Für einen Augenblick verstummten alle Geräusche der Nacht. Dann aber ging ein Stöhnen durch die Reihen der Unglücklichen. Nicht nur Karl wusste, dass er auf diese Weise die beste und zuverlässigste Aufzählung aller Werte bekommen würde, die sich in und um die Stadt als Beute lohnten.

Kurz darauf beendete der Majordomus den Feldzug. Er befahl, dass sämtliche Adlige mit Ausnahme der Panzerreiter und der Paladine seines Hofstaats unverzüglich in ihre Gaue zurückkehren sollten. Die meisten Franken verstanden nicht, was Karl dazu bewog, das größte und stärkste Heer, das je mit ihm gezogen war, schlichtweg zurückzuschicken.

Erst über viele Monate hinweg drangen allmählich die wahren Gründe für Karls Rückzug bis in die einzelnen Pfalzen und Gaue. Der erste Grund für Karls zunächst unverständliche Entscheidung war aus der Gegend von Echternach gekommen. Vertraute Willibrords, denen im Heerlager an der Loire niemand eine besondere Bedeutung beigemessen hatte, waren heimlich zu Karl gekommen. Sie hatten mitgeteilt, dass Adela, die Tochter von Irmina, Schwester von Plektrud, Mutter von Alberich und Gründerin von Echternach, im Sterben lag.

Noch immer lebte einer der Nachkommen von Plektrud. Es war ihr Enkel Drogo II. Er hatte sich in all den Jahren als sehr zurückhaltender Herzog der Champagne gezeigt. Wie viele andere war er im Heer Karls mitgeritten, ohne besonders aufzufallen. Um allen Hoffnungen und Intrigen von vornherein die Spitze zu brechen, befahl Karl noch vor Weihnachten, dass der Herzog der Champagne von seinem Amt entfernt, in Fesseln gelegt und ins Kapitol nach Colonia gebracht werden sollte.

Der zweite Grund für Karls Entscheidung lag tausend Meilen weiter südlich. Zur selben Zeit, als er mit seinem großen Heer zur Loire vorrückte, war Papst Gregor II. gestorben. Der aber hatte zuvor Wynfrith unter dem Namen Bonifatius zum Bischof und zum Apostel der östlichen Germanenstämme in Hessen und Thüringen gemacht. Anschließend hatte er mit dem Baiuwarenherzog Theodo ein Konkordat und die Missionsarbeit neuer Bischöfe in Baiern vereinbart.

Für die meisten der Großen im Königreich der Franken waren

Rom und Konstantinopel so weit entfernt wie Sonne und Mond. Dennoch hatte Karl sehr genau beobachtet, was innerhalb der Kirche geschah. Als dann die Nachricht kam, dass ein Syrer unter dem Namen Gregor III. zum neuen Bischof von Rom und damit zum Papst gewählt worden war, bedeutete dies keinen Wechsel, sondern eine eher verschärfte Fortführung der bisherigen Kirchenpolitik.

Der dritte Grund für den Abbruch des Heereszuges hieß Abdar-Rahman. Der neue arabische Statthalter auf der Iberischen Halbinsel war mit Munousa, dem Oberbefehlshaber des muselmanischen Reiterheeres an der Pyrenäengrenze, in offenen Streit geraten. Schon deshalb wollte Karl erst einmal abwarten.

Mehr dazu erfuhren die Männer um Karl durch die Fernhändler, die sich zur Weihnachtszeit an der Maas einfanden. Zum Jahreswechsel kam Elias, der Sohn Isaaks. Wie stets wurde er freundlich empfangen. Karl gab sogar ein kleines Gelage für ihn. Dann musste er erzählen, was sie in Europas Süden gehört hatten.

»Es war nicht Abd-ar-Rahman, der angefangen hat«, berichtete Elias, »sondern Munousa. Der Anführer der Sarazenen hatte ja schon länger einen privaten Frieden mit Herzog Eudo von Aquitanien geschlossen.«

»War er denn stark genug dafür?«, fragte Pippin.

»Jedermann glaubte das zumindest«, antwortete der jüdische Fernhändler. »Munousas Reiter haben sich über viele Jahre hinweg mit steten Überfällen und Kämpfen in den Grenzgebieten geübt. Zusätzlich hatte der Sarazene auch die vasgonischen Fußkrieger vom Westen der Pyrenäen und die Kämpfer von Herzog Eudo auf seiner Seite.«

»Und was ist schiefgegangen?«, fragte Karl.

»Munousa hat sich und die Stärke seiner aquitanischen Verbündeten einfach überschätzt«, antwortete Elias. »Er hat nicht damit gerechnet, dass viele Araber in Frieden ihren neuen Reichtum genießen wollten. Sie stellten sich deshalb auf die Seite des Mannes, der offiziell zum Obersten aller Mohammedaner in Spanien ernannt worden war.« Elias nahm einen kleinen Schluck angewärmten Wein. Dann berichtete er weiter.

»Ich selbst war nicht dabei. Aber ich habe von anderen Kaufleuten erfahren, wie grausam Munousa zu Tode gekommen ist.« Er seufzte tief und starrte auf seinen Weinbecher.

»Sprich doch!«, drängte Pippin.

»Ja, erzähl weiter!«, mahnte auch Karlmann ungeduldig.

Elias hob langsam den Kopf. Er blickte zu den Fackeln an den gegenüberliegenden Wänden des Raumes. Und dann erzählte er, was mit dem Berberfürsten und der Tochter von Herzog Eudo geschehen war:

»Munousa wurde bereits nach kurzer Zeit von den Truppen des spanischen Statthalters gestellt. Er konnte mit seiner jungen Gemahlin bis ins Gebirge entkommen. Sie flohen immer höher in die Pyrenäen – bis sie vor Erschöpfung zusammenbrachen und die Verfolger sie einholten. Sie forderten von Munousa, sich Abd-ar-Rahman als neuem Statthalter bedingungslos zu unterwerfen. Aber der stolze Berberfürst warf sich lieber über eine Felskante in die Tiefe. Seine Verfolger sind bis ins Tal hinabgestiegen, haben seinen Leichnam geköpft und sein Haupt im Triumph bis nach Cordoba gebracht.«

»Und sein Weib?«, fragte Karl sofort.

»Lampiega wurde gefesselt und ebenfalls zu Abd-ar-Rahman mitgenommen. Der aber erkannte ihre Schönheit und schickte sie an den Kalifen in Arabien weiter.«

Die Franken starrten mit ungläubigen Gesichtern auf den Sohn Isaaks. Der Jude zog den Kopf ein wenig ein und hob die Schultern.

»Dann steht es schlecht um Eudo«, sagte Karl ernst. »Zumal ich gerade hörte, dass ihn auch sein letzter Verbündeter verlassen hat.«

Die anderen blickten Karl fragend an.

»Raganfrid, mein alter Feind und angeblicher Majordomus für den Westen der Francia, ist tot«, sagte Karl in die Stille hinein.

»Dann sind der ganze Süden und der Westen bis nach Paris für die schnellen Sarazenenreiter offen«, stellte Pippin fest.

»Auch wenn du recht hast, wir werden ihnen mit allem, was wir haben, entgegentreten«, stieß Karl laut hervor. »Mit Gottes Hilfe will ich der Christen Hammer aus Colonia werden, der die Ungläubigen unter den Fahnen Mohammeds zurückschlägt.«

31

Tours und Poitiers

Die Muselmanen brachen wie Gewitterstürme durch die Täler und von den Pässen der Pyrenäen über das Land zwischen den beiden Meeren herein. Sie kamen nicht über die uralten Verbindungswege der Römer über den Ufern des Mittelmeers, sondern fanden andere, ebenso günstige Durchlässe bei Roncevalles und noch weiter im Westen.

Der Majordomus der Franken war nicht überrascht, als junge Krieger von Herzog Eudo auf wilden, herrlich anzusehenden Araberpferden bei ihm eintrafen. Die erschöpften Männer hatten weder sich noch ihre Tiere geschont.

»Es ist so furchtbar …«, stieß der Erste hervor, nachdem sie sich als Söhne Eudos vorgestellt und mit einem kühlen Schluck Wein erfrischt hatten. »Ihr könnt euch überhaupt nicht vorstellen, wie schnell die Sarazenen alles niederreiten.

»Das Heer quillt ohne Unterlass aus den Pyrenäen hervor, sodass es bereits vom Meer im Osten bis zum Ozean im Westen reicht«, bestätigte der Zweite.

»Und bei Pamplona auf der anderen Seite der Berge sollen noch Tausende von Sarazenenreitern warten«, stöhnte der Erste.

Karl war gewohnt, dass Boten immer etwas übertrieben. Aber die Männer, die ihm Herzog Eudo in seiner Not geschickt hatte, sahen nicht so aus, als wollten sie sich durch besonders wüste Meldungen hervortun.

»Was ist mit den tapferen Vasgonen beiderseits der Berge?«

»Sie sind zerschlagen und ins Meer getrieben«, antwortete Hunold, der Erstgeborene von Herzog Eudo. Zusammen mit seinem finster blickenden, schweigenden Bruder Hatto führte er die Gesandtschaft seines Vaters an.

»Die Sarazenen haben bereits die Garonne überquert«, berichteten die Aquitanier weiter. »Als wir losritten, griffen sie gerade Bordeaux an. Sie sind so zahlreich und so schnell, dass sich kein Ort gegen sie wehren kann.«

»Kämpft ihr denn nicht?«, fragte Pippin.

»Wie willst du kämpfen, wenn dein Gegner auf seinem Pferd fast so schnell ist wie der Pfeil, mit dem du ihn zu treffen suchst?«, lachte Hatto abfällig. »Was wisst ihr von den Arabern und Berbern? Ihr kennt doch nur die schwerfälligen Friesen oder Sachsen.«

Pippin wollte aufbrausen. Karlmann legte ihm schnell seine Hand auf den Arm. Die vier jungen Männer mochten sich so wenig, dass ihre Abneigung fast körperlich zu spüren war.

»Herzog Eudo bittet also um meine Hilfe?«, fragte Karl nach.

»Er bittet nicht nur, sondern fleht um deine Hilfe!«, bekannte Hunold. Sie sahen alle, wie schwer den jungen Adligen das Zugeständnis voller Unterwerfung fiel.

»Wir müssen das nicht tun«, presste sein jüngerer Bruder mit schmalen Lippen hervor. »Wir haben längst bewiesen, dass wir mit Muselmanen auskommen. Wir könnten jederzeit Verträge mit ihnen schließen und einfach zusehen, wie sie nach Norden stürmen und sich den Mantel des heiligen Martin in Tours holen.«

Karl sah, wie nahezu alle Großen seines Hofstaates den Aquitanier voller Entsetzen anblickten. Die unverhohlene Drohung und die Aussicht auf einen nochmaligen Verrat von Herzog Eudo verschlug ihnen die Sprache.

»Mein Bruder meint es nicht so«, warf Hunold schnell ein. »Natürlich nehmen sie alle Schätze, die sie finden. Sie erschlagen ihre Feinde und stecken überall Häuser in Brand. Aber die eigentliche Kraft in ihren Angriffen richtet sich gegen unseren Glauben. Sie nennen es Heiligen Krieg, wenn sie Christen töten, Bischöfe köpfen und unsere Kirchen abfackeln.«

Bereits am nächsten Tag sandte Karl erneut Boten in alle Himmelsrichtungen aus. Jedem der jungen Adligen schärfte er ein, dass sie wie die Teufel reiten sollten. Es sprach sich schnell herum, was auf dem Spiel stand. Dort, wo es sonst manchmal auch Einwände und Bedenken gegeben hatte, stimmten diesmal alle dem Majordomus des Frankenreiches zu. Gutsbesitzer brachten mehr Männer auf als in den vergangenen Jahren. Sie stellten Waffen, Pferde und Wagen, Vorräte und Bedienstete, wie sie Karl in einer solchen Vielfalt bisher noch nicht gesehen hatte.

Es war, als würden sich geheime Waffenkammern und Truhen voller Schätze in allen Gauen Austriens öffnen. Friesen kamen hinzu und sogar einige bereits getaufte Sachsenstämme. Thüringer und Hessen ließen Karl mitteilen, dass sie den Rhein bei Mainz überqueren würden, um dann stromaufwärts zu ziehen und über Metz und Verdun zu ihm zu stoßen. Baiuwaren und Alamannen wählten die großen Römerstraßen der Vergangenheit und kamen ebenfalls über den Rhein und durch das Elsass bis in die Champagne. Von den Gütern zwischen Schelde und Somme, Seine und Marne erhielt Karl Nachricht, dass bewaffnete Kontingente Neustriens vorauseilen und an der Loire auf ihn warten würden.

Die gesamte Francia geriet durch die unheimliche Gefahr aus dem Süden in Aufruhr. Jahrzehntealte Fehden zwischen den Familien wurden beigelegt. Männer, die sich nie gegrüßt hatten, eilten nebeneinander nach Südwesten. Und über allem hing der Ruf: »Haltet sie auf! Haltet sie auf!«

Das ständig wachsende Schutzheer der Franken sammelte sich bei Tours auf beiden Seiten der Loire. Der Sommer war trocken, und an mehreren Stellen gelang es, mit großen Baumstämmen und im Fluss versenkten Wagen Brücken und Übergänge zu bauen.

Tag für Tag empfingen die Männer um Karl zurückkehrende Kundschafter. Dennoch dauerte es bis Anfang Oktober, ehe sich Karl stark genug fühlte. Mit annähernd fünfzigtausend Kriegern zu Fuß aus sämtlichen Grafschaften nahm er den Marsch nach Südwesten auf. Sie wollten von Tours aus über Poitiers bis nach Bordeaux vorstoßen.

»Er verliert einen Haufen Männer nach dem anderen«, sagte Karl kopfschüttelnd, als ihm Eudos ältester Sohn mitteilte, dass sich sein Vater durch die Wälder des Périgord bis nach Limoges zurückgezogen hatte.

»Er will einfach nicht einsehen, dass er längst zum Getriebenen geworden ist«, sagte Hunold tief betroffen. Dann neigte er den Kopf, trat einen halben Schritt vor und deutete einen Kniefall an. »Ich bitte daher um die Erlaubnis, zu ihm zurückzukehren.«

Karl schob die Lippen vor. Das kam unerwartet für ihn. »Nun gut«, sagte er dennoch, »ich kann dem Sohn nicht verbieten, schützend an seines Vaters Seite zu reiten.«

Nur wenige Augenblicke später preschte Hunolds Bruder heran. Hatto, der nie ein Hehl daraus gemacht hatte, dass er die Franken des

Nordens ebenso wenig mochte wie Burgunder von der Loire, überbrachte mit finsterer Miene die lang erwartete Nachricht. Sie klang fast wie Triumph:

»Abd-ar-Rahman rückt nach Norden vor!«

Das Jahr war inzwischen so weit fortgeschritten, dass weiter nördlich bereits wieder mit Sturm und schweren Regenfällen gerechnet werden musste. In den vergangenen Tagen hatte Karl mehrmals daran gedacht, ob er die Sarazenen nicht in die Wetterfalle locken könnte, die auf der anderen Seite der Pyrenäen nicht bekannt war.

»Ihre beste Waffe sind ihre schnellen Pferde«, hatte Hunold immer wieder gesagt. »Aber sie mögen nur den sonnentrockenen Boden und wissen nicht, wie lähmend regendurchweichte Wiesen für einen schnellen Angriff sein können.«

»Wir haben dafür unser kühles Blut«, hatte Karl gesagt. »Das gilt für die Männer ebenso wie für die Pferde.«

Am zweiten Tag nach dem Aufbruch der riesigen fränkischen Streitmacht erfuhr Karl, dass der Oberbefehlshaber der Sarazenenheere bereits vor Wochen einen großen Umschließungsring aufgebaut hatte. Ein Teil seiner Reiter hatte Herzog Eudos Stellungen in Limoges überrannt und ihn in Richtung Poitiers abgedrängt. Ein anderer Teil war von der Mündung der Gironde weiter nach Norden vorgestoßen, hatte überall Gehöfte, Siedlungen und auch die alte Stadt Saintes in Brand gesteckt und kam von Südwesten her ebenfalls auf Poitiers zu.

»Wir müssen uns entscheiden, ob wir über die Brücke der alten Römerstraße bei Cenon auf die Westseite der Vienne übersetzen oder ob wir am östlichen Ufer sicherer vor Überraschungsangriffen sind«, meinte Karlmann am Abend desselben Tages. Sein Vater wollte nichts mehr von einer neuen Wartestellung wissen.

»Wir setzen über und verteilen uns nördlich und südlich der Römerstraße von Tours nach Poitiers. Dann haben wir die Vienne östlich von uns auf der linken Seite und den Fluss Clain auf der rechten. Von dieser Stelle aus fließen sie in unserem Rücken zusammen und bilden somit ein Dreieck, das unsere Flanken schützt.«

»Dann können uns die Araber nur noch frontal angreifen«, meinte auch Pippin, »das heißt von Südwesten her.«

»Aber sie nageln uns damit zugleich ans Kreuz«, gab Karlmann zu bedenken. »Falls wir in Not geraten, können wir uns weder nach Norden noch nach Osten zurückziehen. Die beiden Flüsse schneiden uns jede Möglichkeit für einen Rückzug ab.«

»Karlmann!«, sagte Karl mit leisem Vorwurf in der Stimme. »Nimm deinen Verstand und deine Gedanken ein bisschen aus dem kirchlichen Weihrauch, in dem ich dich immer öfter sehe. Wir sind nicht schnell genug für erfolgreiche Angriffe gegen die Araber. Die Landspitze zwischen den beiden Flüssen verstärkt daher unsere eigene Kraft wie eine natürliche Mauer im Rücken. Wir bilden ein großes christliches Bollwerk gegen die Heidengefahr. Und unsere Panzerreiter sollen die lebende Mauer sein, die wir immer dort aufrichten, wo sie gebraucht wird.«

»Das ist ein riskantes Spiel, Karl«, sagte Herzog Folker. Auch Rotbert meinte: »Wir igeln uns ein und verschenken alle Möglichkeiten für eigene Angriffe.«

»Es ist kein Spiel, und wir verschenken nichts, ihr Herren«, sagte Karl hart. »Aber ihr wisst ganz genau, dass wir auch mit fünfzigtausend Fußkriegern nicht stark genug sind, um sie zu schlagen. Wie wollt ihr sie angreifen, wenn sie mit zehnmal tausend Berittenen von zehn Seiten zugleich kommen? Wenn keiner von uns mehr weiß, ob er nach rechts oder links schauen, nach vorn das Schild heben und zugleich nach hinten die Schläge der Krummschwerter abwehren soll? Glaubt ihr etwa, ich schicke die besten Männer des Königreiches, die Jugend des Landes und all die Tapferen, die schon so viele Züge überlebt haben, mutwillig in ihr Verderben?«

Er sprang auf, verschränkte die Hände auf dem Rücken und stapfte mit vorgebeugtem Oberkörper schwer vor dem abendlichen Hauptfeuer hin und her.

»Nein, ihr Herren«, sagte er dann, »wir werden kämpfen und sie im Zeichen des Kreuzes schlagen. Aber ich will es sein, der Zeitpunkt und Richtung bestimmt.«

Sie kamen zu Tausenden aus Richtung Poitiers. Stunde um Stunde preschten immer neue Haufen phantastisch bunt gekleideter Sarazenen heran – mit blitzenden Waffen, wehenden Wimpeln an Lanzen und Speeren, Turbanen auf den Köpfen und in lang hinter ihnen her wehende Schleier gehüllt. Jede der mehrere Hundert Mann starken Gruppen kündigte sich durch schnelles Pferdegetrappel und schrilles Zungentrillern an. Die Krieger der Sarazenen konnten derartig hoch und gellend schreien, wie es nicht einmal die Weiber der Franken in höchster Angst vermocht hätten. Die Serien der Triller und die in unregelmäßigen Abständen aufkommenden Hufschläge hielten die Franken Stunde um Stunde in Atem. Niemand wusste zu sagen, was geschah. Jedes Mal verschwanden die Muselmanen ebenso schnell, wie sie über die Hügel kamen.

Erst als die Sonne versank, brachen die Sarazenen ihr zermürbendes Ritual ab. Wer bei den Franken anfänglich noch geglaubt hatte, dass es sich immer um dieselben Reiter gehandelt hatte, wurde schnell eines Besseren belehrt.

»Sie haben sich nur die Gegend angesehen, in der sie uns schlagen wollen«, sagte Karl. »Aber sie können nicht erkunden, was ich plane. Ich will, dass sich jeder Fußkrieger so dicht an den nächsten stellt, dass zwischen den Schilden nur noch für ihren Schwertarm Platz ist. Jeweils drei Männern mit Kurzschwertern soll ein Langschwert folgen. Die Männer mit Wurfäxten stehen dahinter. Ihnen soll eine Quergasse folgen, durch die neue Wurfäxte und andere Ersatzwaffen gebracht werden können. Dahinter stehen die Speerwerfer in einer zweiten Front. Und erst danach will ich die Reihen der Bogenschützen sehen.«

Er erklärte immer wieder, dass man die Araber niemals aus der Bewegung heraus besiegen konnte. »Sie haben alles erobert, weil ihre Pferde so schnell sind«, sagte er zu den Getreuen. »Ich aber zwinge sie, vor uns anzuhalten. Das ist die einzige Möglichkeit, wie wir das Reich der Franken und mit ihm das christliche Abendland jetzt noch retten können.«

»Wir werden stehen und kämpfen wie zehntausend Felsen in Sturm und Brandung«, versprach Pippin III.

Ein Lächeln spielte um Karls Mundwinkel. So wie diesen tapferen jungen Mann hätte er sich auch seinen Ältesten gewünscht. Er ließ das, was Pippin gerade gesagt hatte, in allen Heerlagern verbreiten. Schon kurz darauf übernahmen die Anführer und Grafen, aber auch Bischöfe, Äbte und Mönche das Wort von den Felsen in der Brandung in die Gesänge und Gottesdienstfeiern.

Der Samstagmorgen im Oktober begann klar und wolkenlos. Kein Lüftchen wehte, als die Sonne aufging. In weniger als einer Viertelstunde verwandelte sich das Nachtlager des riesigen Frankenheeres in eine lärmende, quirlige Versammlung von Menschen und Tieren. An den Rändern der Zeltstadt auf beiden Ufern der Vienne zogen Herden von Schafen und Kühen zu den bewaldeten Hügeln hinauf. Am Ufer selbst erfrischten sich Männer und die Frauen, die im Tross mitgezogen waren.

Gleich nach dem Erwachen gab Karl den Befehl, sämtliche Zelte und Gerätschaften, die nicht für den Kampf benötigt wurden, auf die östliche Seite des Flusses zurückzuschaffen. Er wollte seine Stellung wie vereinbart so aufbauen, dass sie einen Sperrriegel zwischen den beiden Flüssen Vienne und Clain bildete.

Ein letztes Mal schärfte er seinen Anführern ein, dass sie dem Sturm der Sarazenen nur dann widerstehen konnten, wenn sie so kämpften, wie es die germanischen Völker seit eh und je getan hatten – stark, furchtlos und mit dem gemeinsamen Geschrei aus Männerkehlen, das durch das Echo in den hölzernen, mit Leder beschlagenen Schilden unheimlich drohend verstärkt wurde.

Die Sonne war noch keine Daumenbreite über den Wäldern im Osten aufgestiegen, als an den flachen, teilweise bewaldeten Hügeln im Süden die ersten feindlichen Krieger auftauchten. Karl und seine Anführer sahen sofort, dass die Araber nicht mehr zufällig erschienen. »Es ist so weit«, sagte Karl, nachdem er noch einmal die eineinhalb Meilen der Verteidigungslinie zwischen den beiden Flüssen entlanggeritten war. Er wendete sein schweres, schwarz-weiß geflecktes Pferd. Es wurde Zeit für die letzte Ansprache.

»Ihr weicht nicht einen Schritt!«, rief er den Männern noch einmal zu. »Keiner darf ausbrechen! Keiner auch nur eine Pferdelänge nach vorn gehen! Und keiner soll sich verleiten lassen, einem Araber auf seinem Pferd zu folgen. Ihr müsst begreifen, dass der Langsamste von ihnen immer noch schneller ist als der Schnellste von euch. Das Blut ihrer Pferde ist heiß wie die Sonne des Südens. Ihr habt die Kraft, mit der ihr zuschlagen und alles abwehren könnt. Jeder von euch soll nicht nur Mauer, sondern sein eigener Feldherr sein, so unerbittlich und stark im Glauben wie die irischen Missionare, die nur mit dem Kreuz gegen die Schwerter von Friesen, Sachsen und Baiuwaren standen. Denkt an die Helden des Glaubens! Betet zu Gott und den Heiligen! Aber weicht keinen Schritt zurück vor den Fahnen Allahs!«

Sie brauchten fast den ganzen Vormittag, bis sich die riesigen Heere endlich so voreinander ausgerichtet hatten, dass nur noch der letzte Befehl fehlte. Was noch bei Sonnenaufgang laut und lärmend begonnen hatte, verwandelte sich zunehmend in ein großes schweigendes Warten. Immer mehr Gespräche verstummten, und als die Sonne ihren höchsten Punkt am Himmel erreichte, kam nicht einmal mehr aus den weiter entfernten Lagern der Handwerker und Weiber irgendein Laut.

Karl und seine Söhne saßen ebenso wie die Panzerreiter, die Grafen und Herzöge wie erstorben auf ihren Pferden. Nur hin und wieder schnaubte eines der eng zusammenstehenden Rösser. Es hätte donnern und hageln können, aber kein einziger Wallach der Franken wäre auch nur einen Schritt zurückgewichen.

Und dann, als die Sonne bereits den Zenit überschreiten wollte, gellte ein hohes Trillern über die Köpfe der Sarazenenkrieger auf ihren ungeduldig tänzelnden Pferden. Karl sah, wie sich auf einem Hügel zwischen den feindlichen Reihen der Pferde, Lanzen und Fahnen eine Gasse bildete. Auch aus dem Lager der Franken war zu erkennen, dass sich ein Fürst der Muselmanen an die Spitze des feindlichen Heeres setzte.

»Abd-ar-Rahman!«, rief Hunold Karl zu. »Er hat geschworen, dass er selbst die Kirche des heiligen Hilarius von Poitiers in Brand stecken will, um sich danach die Schätze aus Tours, der Stadt des heiligen Martin, zu holen.«

»Eine blutige Nase soll er sich holen!«, rief Karl laut. »Denn zwischen Tours und Poitiers stehe ich mit dem größten und besten Heer, das es jemals im Königreich der Franken gegeben hat.«

»Allah il Allah!«, schrie in diesem Augenblick der Statthalter des Kalifen von Bagdad in Spanien. »Gott ist allmächtig! Und Mohammed ist sein Prophet ...«

Mit ungeheurem Geschrei wiederholten die Sarazenen den Kampfruf, der sie in ihrem als heilig gelobten Krieg begleitete. Sie brachen gleichzeitig von den Hügeln herab und preschten durch die Senken wie eine unaufhaltsame und tödliche Flut.

»Gelobt sei Jesus Christus!«, brüllte Karl, so laut er konnte. Aus

Tausenden von Kehlen schallte der Schlachtruf der Franken wider. Und dann ging alles sehr schnell.

Die erste Welle der Araber prallte hart und mit lautem Getöse gegen die Mauer der fränkischen Panzerreiter. Zum ersten Mal wurde deutlich, um wie viel größer die Franken auf ihren Kaltblütern waren. Sie brauchten nur ihre Schwerter zu heben und nach vorn zu schlagen, um die kleinen, geduckten Araber auf ihren schnellen Pferden hart zu treffen. Rüstungen brachen wie tönerne Schalen. Schutzlose Körper fielen gespalten vom Rücken der Reittiere.

Von beiden Seiten prasselten Wolken aus Pfeilen kreuz und quer gegen die Schilde. Ihr Aufschlag klang dumpf auf der ledernen Bespannung der Frankenschilde und hell auf den golden schimmernden Metallbeschlägen der Sarazenenschilde.

Hundertfach bäumten sich die Pferde der Muselmanen auf, wenn sie in vollem Lauf vor der Wand aus Frankenreitern getroffen wurden. Viele stürzten zu Boden. Der Zusammenprall war derartig hart und ohne Ausweichmöglichkeit für die Mohammedaner, dass sie durch ihre eigene Schnelligkeit und Wucht in ein blindes Chaos stürzten. Keiner der Franken gab nach. Kein Panzerreiter wich zurück. Wo sie zusammensanken, von Schwert oder Pfeil, Speer oder Lanze getroffen, rückten sofort andere nach, damit keine Lücke in die lebende Verteidigungsmauer brach.

Die erste Angriffswelle endete so furchtbar, dass die Araber in wilder Wut sofort eine zweite hinterherschickten. Karl richtete sich hoch in seinem Sattel auf, hob die Hand mit dem Schwert, dann brüllte er durch den Lärm:

»Das Ganze ... fünfzig Schritt ... vorrücken!«

Dutzende von Anführern wiederholten seinen Befehl bis zu den letzten Reitern, die schon fast im Wasser der beiden Flüsse standen. Die Rosse der Panzerreiter zögerten, als sie zwischen den gestürzten Araberpferden, den Toten und Verwundeten hindurchgezwungen wurden. Doch dann lag wieder freies Feld vor ihnen, das leicht nach Süden hin anstieg, aber nur wenige Büsche und kaum Bäume aufwies.

Die zweite Welle griff wesentlich geschickter an. Sie raste nicht mehr in blindem Eifer auf die Panzerreiter zu, sondern ging knapp zwanzig, dreißig Pferdelängen vor dem Sperrriegel in eine Transversale über. Die Sarazenen teilten sich nach rechts und links. Doch auch das nutzte ihnen nichts, denn damit waren sie von den Flanken her noch angreifbarer für den Pfeilhagel der Franken, die blitzend durch die Luft fliegenden Wurfäxte und die Schwerthiebe der Panzerreiter.

Auch die dritte und vierte Angriffswelle ließ Karl in der gleichen Art abwehren. Stück um Stück rückte sein Heer nach Süden vor. Doch nicht ein einziges Mal bildete sich irgendwo eine Lücke, eine schwache Stelle oder ein Durchlass für die immer wilder heranstürmenden Muselmanen.

Spät am Nachmittag, als sich wieder eine neue Welle schneller Reiter näherte, erkannte Karl Herzog Eudo. Der Herzog von Aquitanien stieß plötzlich einen gellenden Schrei aus. Dann ritt er auf eine nachlässige Lücke in der müde gewordenen Reihe aus Panzerreitern zu.

Zu allem Unglück trug Eudo Pluderhosen und eine Rüstung, die ihn fast wie einen der Sarazenen aussehen ließ. Und dann geschah etwas so Ungewöhnliches, dass weder Karl noch irgendjemand sonst sagen konnte, wie das Zusammentreffen wirklich abgelaufen war.

Eudo preschte auf die Mitte einer neuen Angriffswelle der Sarazenen zu. Gleichzeitig sah Karl, dass sich Abd-ar-Rahman, der Statthalter in Spanien, erneut an die Spitze des Angriffs gesetzt hatte. Doch Eudo griff ihn nicht an, sondern versuchte, ihn zur Seite hin abzulenken. Abd-ar-Rahman brach aus der stürmenden Front aus. Karl wollte den Herzog von Aquitanien trotz seiner Untreue in den vergangenen Jahren nicht einfach opfern. Schnell sah er sich nach allen Seiten um. Dann entdeckte er eine Gruppe von Fußkriegern hinter Reihen von Bogenschützen.

»Eine Franziska!«, brüllte er den Männern zu. »Schnell! Eine Franziska!« Er rammte sein Schwert in die Scheide am Wehrgehänge zurück und streckte die rechte Hand aus. Die Männer zögerten. Nur einer von ihnen begriff, was der Majordomus verlangte. Er hob seine Wurfaxt, hielt sie für einen Augenblick senkrecht über den Kopf und warf sie dann so zu Karl, dass sie sich in den genau geübten Kreisen drehte.

Karl starrte der Wurfaxt entgegen. Dann schnellte seine Hand vor und packte den Griff. Obwohl die besten der Männer auch diese Übung beherrschten, bewunderten sie Karls Geschick. Gleichzeitig prasselten von allen Seiten Araberpfeile auf ihre Schilde.

Karl drehte sich halb um. Er sah, dass nur noch ein Wimpernschlag Herzog Eudo vom Tod trennte. Karl hob sich halb aus dem Sattel, drehte sich um und schleuderte die Wurfaxt über die Köpfe der Panzerreiter hinweg. Hunderte von Augenpaaren verfolgten den schwirrenden Flug der Streitaxt. Eudo riss sein Pferd hart zur Seite. Aber die Axt galt nicht ihm. Sie traf den Anführer der Muselmanen genau über der Nase in den Helm. Abd-ar-Rahman warf beide Arme hoch, blieb wie ein Betender aufgerichtet und kippte dann aus dem Sprung seines Pferdes heraus zur Seite.

Auch die Reiterkrieger der Muselmanen sahen, wie ihr Anführer fiel. Mit einem ungeheuren Geschrei stürmten sie auf die Stelle zu, an der das für sie Unfassbare geschehen war. Sie fingen den Körper des Statthalters noch auf, griffen nach den Zügeln seines Pferdes und flohen über die Hügel.

Überall mischten sich Wut und Jubel. Sämtliche Männer im Frankenheer, die noch die Kraft dazu hatten, hoben Schwerter und Wurfäxte und drohten damit hinter den Sarazenenreitern her. Tausende von Pferden, Toten und Verwundeten blieben auf dem Schlachtfeld südlich der Frankenstädte Tours und Poitiers zurück.

Als dann der rote Sonnenball hinter den Bäumen versank, erkannten die Franken fast schon ungläubig, dass sie gewonnen hatten.

32

Die Fahnen des Propheten

Alle getauften Christen im Heer nahmen am Sonntag, dem 19. Oktober 732, an den Frühmessen teil. Sie dankten Gott von ganzem Herzen für seine Güte und Gnade, die ihnen die Kraft geschenkt hatte, gegen die furchtbaren Angriffe der Muselmanen standzuhalten. Bisher hatte sich kein neuer Arabertrupp gezeigt. Karl und seine Leute rechneten daher damit, dass die Muselmanen erst in der Mittagssonne angreifen würden.

»Sie haben schwere Verluste erlitten und während der Nacht nur ihre Verwundeten, nicht aber ihre gefallenen Krieger geholt«, berichtete Karlmann, der mit Erlaubnis seines Vaters zusammen mit ein paar anderen jungen Adligen über das Schlachtfeld geritten war. Sie kamen mit kostbaren Waffen beladen zurück. Kaum jemand hatte zuvor die kunstvoll geschmiedeten und reich mit Edelsteinen verzierten Hieb- und Stichwaffen der Araber aus der Nähe gesehen.

»Wir dürfen ihnen nicht mehr erlauben, dass sie in einem Bogen vor uns entlangreiten«, sagte Karl zu den Anführern seines Heeres.

Die Herzöge und Grafen redeten durcheinander. Jeder hatte eine andere Vorstellung davon, wie an diesem Sonntag die Panzerreiter, die Bogenschützen und die Fußkrieger aufgestellt werden sollten.

»Meine Schwertkämpfer verlangen, dass auch sie mitkämpfen dürfen«, meinte einer der Alamannen, die Karls Ruf sofort gefolgt waren. »Sie sehen nicht ein, dass sie den ganzen Tag warten müssen, während sich Bogenschützen und die gepanzerten Reiter mutig bewähren dürfen.«

Auch Herzog Eudo zeigte, dass er inzwischen wieder obenauf war. Nur einmal, spät in der Nacht, hatte Karl mit ihm gesprochen. Er hatte ihm deutlich gesagt, dass er ihn nur dann wieder als Herzog der Aquitanier anerkennen würde, wenn er sich ohne Wenn und Aber ihm als dem Majordomus des gesamten fränkischen Königreiches unterordnete.

Eudo war klug genug gewesen, noch einmal Karls ausgestreckte Hand anzunehmen. Doch jetzt, kurz bevor die Sonne den höchsten

Punkt ihres Laufes am Himmel erreichte, wollte er nicht mehr länger warten.

»Ihr seht doch, sie greifen nicht an. Wollt ihr etwa warten, dass sie in großem Bogen an uns vorbeiziehen?«, fragte er.

Doch Karl blieb hart und ließ nicht mit sich handeln.

»Wir werden zu wehrlosen Opfern, wenn wir uns mit unseren langsamen Pferden und mit Tausenden von Fußkriegern gegen die Angriffsstürme der Sarazenen werfen. Wir sind nur stark, solange wir wie ein einziger Felsblock widerstehen.«

»Aber wir könnten sie nur dann schlagen, wenn sie zu den Seiten hin abdrängen«, meinte Pippin.

Zum ersten Mal senkte der Herzog von Aquitanien seinen Blick. Nichts konnte das Gefühl der Schmach in ihm mildern, das er seit Karls rettendem Eingriff empfand.

»Aber in einem Punkt sollt ihr recht bekommen«, sagte der Majordomus. »Wir werden entlang der beiden Flüsse ebenfalls Sperrriegel aus Panzerreitern aufstellen.«

»Wir dürfen angreifen?«, fragte Pippin sofort, und seine Augen leuchteten.

»Nicht angreifen, sondern gemeinsam vorrücken«, berichtigte Karl. »Du, Pippin, reitest mit Rotbert und Folker zusammen mit den Alamannen und Baiuwaren am Westufer der Vienne stromaufwärts.« Er drehte sich zur Seite und ging einen halben Schritt auf die Aquitanier zu. »Und du, Herzog«, sagte er zu Eudo, »folgst der Römerstraße von Tours nach Poitiers am Clain entlang. Dir werden die Neustrier zugeordnet. Ich selbst bleibe mit den Friesen, den getauften Sachsen, den Fußkriegern aus Aquitanien und sämtlichen Panzerreitern in der Mitte.«

»Dann rücken wir also in drei Säulen vor«, sagte Pippin. »Welche Gruppe fängt an?«

»Keine fängt an«, sagte Karl hart und unmissverständlich. »Hört meinen Befehl! Niemand, kein Reiter und kein Krieger zu Fuß, darf auch nur eine Pferdelänge vor mir selbst gehen. Nur wenn wir eng zusammenbleiben und dicht an dicht ihre Angriffe auffangen, können wir, so wie gestern, bestehen. Und nun hebt eure Hand zum Schwur und versprecht bei Leben und Besitz, dass ihr mir diesen Gehorsam leisten wollt.«

Das Heer der Franken bewegte sich Schritt um Schritt vor. Ganz langsam wurden die Spitzen von Fahnenstangen und dann von Zelten auf der anderen Seite der flachen Hügel sichtbar. Die ersten Berittenen starrten mit Bewunderung und zunehmendem Schrecken auf die in völlig ungewohnter Ordnung aufgereihten Zelte der Muselmanen. Es waren Hunderte, wenn nicht gar Tausende!

Nie zuvor hatte auch nur einer von ihnen ein derartig buntes und beeindruckendes Lager gesehen. Die Zelte erstreckten sich über eine weite Ebene bis zu den ansteigenden Hügeln im Süden und zu den Waldrändern. Karl hatte den Befehl erteilt, möglichst schweigsam vorzudringen. Er wollte sich den Bariton der Männer und den schrecklichen Lärm der Blashörner so lange aufsparen, bis sie der ersten Welle von Angreifern erneut standhalten mussten.

Die Sarazenen hatten nicht einmal Wachen aufgestellt oder kleine berittene Gruppen eingeteilt, die eine halbe Meile vor den Zeltreihen hin und her streiften, wie es bei den Franken und allen anderen Feldheeren üblich war.

Obwohl die Sonne bereits hoch am Himmel stand, deutete nichts auf einen neuen Angriff der Araber hin. Je weniger Menschen sie sahen, umso vorsichtiger wurde der Majordomus. Zu offensichtlich erschien ihm die Taktik der Sarazenen. Wenn sie ihn bis in die Reihen ihrer eigenen Zelte locken wollten, dann machten sie dies mit einer ganz ungewöhnlichen Disziplin und Ordnung.

»Das ist doch unmöglich!«, rief Pippin seinem Vater zu. »Niemand kann sich so vollständig hinter Zelten verstecken.«

Auch Karl hielt es für undenkbar, dass sich ein riesiges Reiterheer so verstecken konnte, dass kein Schnauben eines Pferdes, kein versehentlich umfallender Speer und nicht einmal ein einziger Kopf eines neugierigen Kriegers zu sehen war. Kein Turban, keine grüne Fahne des Propheten und kein Stutenkopf verriet den Franken, wo sich die Sarazenen versteckt hielten.

»Aber sie müssen doch irgendwo sein!«, rief Karlmann verstört.

Karl hob den Arm. Der gewaltige, dreiköpfige Lindwurm des fränkischen Heeres kam nur langsam zum Stillstand. Dicht an dicht, schwer bewaffnet und nur von einem leisen, stetigen Klirren der Waffen und Ausrüstung begleitet, verharrten Tausende von Männern beinahe atemlos vor der scheinbar vollkommen leeren Zeltstadt der

Araber. Es war eine unheimliche, von jedem Einzelnen als falscher Sonntagsfriede empfundene Stille.

Die Wahrheit war so ungeheuerlich, dass sogar Karl eine ganze Weile brauchte, bis sich seine Anspannung langsam löste.

»Sie sind weg!«, rief Pippin halblaut.

Karl brachte ihn mit einer schnellen Handbewegung zum Schweigen. Doch dann war es Herzog Eudo von Aquitanien, der sich über alle Versprechen und Verbote hinwegsetzte und mit gewaltiger Kraft in sein Horn blies.

Karl spürte, wie ihm das Blut ins Gesicht schoss. Wenn ihm nicht seine eigenen gepanzerten Reiter den Weg zu ihm versperrt hätten, wären die Hornsignale des Aquitaniers die letzten seines Lebens gewesen.

So aber verlor sich der Kampfruf des Herzogs in der Stille und Leere zwischen den Araberzelten. Niemand griff an und niemand kam, um sich zu verteidigen. Erst jetzt begriffen die Franken, dass all das keine Täuschung war. Die Kämpfer der heiligen Heere Allahs und seines Propheten Mohammed waren nach Monaten ihres alles verwüstenden Beutezuges an der unverrückbar stehenden Mauer der fränkischen Streitmacht gescheitert.

»Sie haben das Dunkel der Nacht feige genutzt«, rief Karl. »Sind entkommen ...«

Für einen Augenblick blieb alles still. Doch dann begriffen die Männer um ihn herum, was das bedeutete. Ein unbeschreiblicher, weithin tragender Jubel stieg in den Himmel auf. Wildes Geschrei und Siegesrufe vermischten sich mit Gebeten. Schwertträger fielen auf die Knie und küssten die Erde. Andere rammten ihre Lanze in den Boden, hoben die Hände zum Himmel und dankten Gott für seine Gnade. Es war ein wilder, großartiger, erleichterter Freudensturm, der an diesem Tag in aquitanischen Gefilden den Sieg der Christen über die Krieger aus dem Morgenland bejubelte.

Karl wusste, was er den versammelten Stämmen der Franken und den verbündeten Völkern schuldig war.

»Sämtliche Herden unserer riesigen Beute werden geteilt«, befahl er. »Das Gleiche gilt für die erbeuteten Waffen und die Gerätschaften bei den Zelten und den zurückgelassenen Tross der Sarazenen. Hiermit ergeht mein Befehl, dass ein Viertel von allem den beraubten Aquitaniern und Vasgonen zurückgegeben werden soll. Achtet besonders auf Zuchtbullen und trächtige Muttertiere, damit die Verheerten nicht allzu lange auf einen neuen Anfang warten müssen.«

Er ritt im Gefolge seiner Getreuen durch das schier endlose Zeltlager der Araber. Sie hatten fast alles zurückgelassen, was sie nicht auf ihren schnellen Pferden mitnehmen konnten. In Kisten und Teppichballen fanden die Sieger sogar goldene Kruzifixe, Monstranzen, wertvolle Pergamentrollen und kunstvoll gestickte Gobelins aus Kirchen und Klöstern.

»Ich will, dass von sämtlichen geraubten Kirchenschätzen die früheren Eigentümer oder Besitzer festgestellt werden«, ordnete er an. »Dazu sollen die Äbte und Bischöfe gemeinsam entscheiden, was nach Poitiers oder Saintes, nach Bordeaux oder Bourges gehört. Als Richter, dessen Entscheidung nicht mehr angefochten werden soll, setze ich hierfür den Erzbischof von Reims ein. Allerdings behalte ich mir das Recht vor, allzu strittige Gegenstände in den Kronschatz zu überführen. Hierfür ist von der gesamten Beute ebenfalls ein Viertel vorzusehen.« Er sah sich um und erkannte, dass jedermann mit der noblen Entscheidung einverstanden war.

»Und was ist mit der anderen Hälfte der Beute?«, fragte Abt Milo, der ständig zur Seite blickte, um jene Mönche nicht aus den Augen zu lassen, die bereits mit dem Einsammeln des geraubten Kirchengutes beschäftigt waren.

»Die andere Hälfte wird ebenfalls geteilt«, entschied der Majordomus. »Ein Viertel der gesamten Beute beanspruche ich als Lohn für mich selbst, meine Vasallen und Paladine sowie für die Herzöge und Grafen. Das letzte Viertel soll so gezählt werden, als würde es einen großen Topf voller Silbermünzen ergeben. Daraus soll zunächst jeder, der mitgezogen ist, einen Silberling erhalten. Einen zweiten bekommen jene, die verwundet wurden oder sich im Kampf besonders ausgezeichnet haben. Den dritten Sceatta erhalten alle, die schwer verletzt wurden, den vierten und fünften die Familien der Gefallenen.

»Und wenn die Summe nach dieser Berechnung nicht für alle ausreicht?«, fragte der Erzbischof vom Reims.

»Dann werde ich wohl oder übel für einen kleinen Ausgleich durch einen Teil der Schätze sorgen, die ich eigentlich der Kirche zurückgeben wollte«, antwortete Karl mit einem feinen Lächeln. »Außerdem denke ich, dass ich mir nach unserem Sieg über die Paganen einmal diejenigen unserer Kirchen und Klöster ansehen sollte, die mich bisher nicht sonderlich unterstützt haben.«

»Was hast du vor?«, fragte Milo. »Und warum kümmerst du dich so sehr um die Verteilung der Beute, wenn wir doch alle erwarten, dass du dem fliehenden Feind nachsetzt?«

»Erwartet ihr das wirklich?«, fragte Karl und lachte wieder. Er tätschelte mit der linken Hand den Hals seines starken, prächtigen Rosses. Der schwere Kaltblüter war wie die anderen bei keiner Angriffswelle der Araber zurückgewichen. »Wir sollten diesen Pferden vielleicht ein Denkmal setzen«, sagte Karl. »Aber wir haben mit ihnen keinerlei Möglichkeit, die schnellen Araber zu verfolgen. Was glaubst du, wie lange es dauern würde, bis unser Heer mit sämtlichen Fußkriegern und dem Tross die Pyrenäen erreicht? Wenn wir dort ankommen, liegen die Sarazenen schon tagelang jenseits der Berge in den Armen ihrer Weiber. Nein, Milo! Unsere Männer sollen ebenfalls in ihre heimatlichen Gaue und zu ihren Frauen zurückkehren.«

Jetzt lachte auch der schwarze Abt. »Auch das ehrt dich, Karl – ebenso wie die Rettung des christlichen Abendlandes vor der islamischen Flut.«

»Mir reicht, wenn die Annalen berichten, dass ich, Karl, der Sohn Pippins von Heristal, die Reiterheere Mohammeds auf ihren schnellen arabischen Pferden durch einen Wall von tapferen Franken gestoppt und in die Flucht getrieben habe.«

»Nur in die Flucht getrieben? Oder auch verfolgt?«, fragte Milo.

»Also gut«, meinte Karl und ließ seine Zähne sehen. »Natürlich werde ich sie verfolgen. Aber nicht mit einem großen Heer, sondern nur mit ein paar Hundert Edlen zu Pferd und meinen Panzerreitern.«

»Gelobt sei Jesus Christus!«, stieß der Erzbischof von Reims erleichtert hervor. »Ich hatte schon die Befürchtung, dass es dich nach diesen schweren Waffengängen zu deinem Weib Swanahild nach Paris zieht.«

»Nach Paris?«, wiederholte Karl, und es klang sehr erstaunt. »Da weißt du mehr als ich.«

Sie sahen sich für einen Moment in die Augen. Keiner von beiden sagte noch etwas dazu.

Das seines Kopfes und obersten Anführers beraubte Sarazenenheer zog sich entlang der alten Römerstraße von Tours nach Toulouse zurück. Die Route durch die westlichen Berge des fränkischen Zentralmassivs war beschwerlicher als durch die Landstriche zwischen Bordeaux und Poitiers, die die Eroberer auf ihrem Eroberungszug nach Norden genommen hatten.

»Wir müssten die Schnelligkeit und das Feuer der arabischen Stuten mit der Stärke und Ausdauer unserer eigenen Rösser vereinen«, meinte Karl, als sie die stille Dordogne erreicht hatten und um Ufer absaßen.

»Willst du sie etwa kreuzen?«, fragte Karlmann entsetzt.

»Warum nicht?«, antwortete Karl. »Jetzt, wo du es sagst, halte ich die Züchtung einer neuen Pferderasse für eine ausgezeichnete Idee.«

»Aber das geht nicht!«, protestierte Karlmann. »Das kannst du niemals ernstlich wollen!«

»Und warum nicht?«, fragte Karl verwundert.

»Weil ... weil ... unsere Wallache sind doch gesegnet. Und wer weiß, ob die Muselmanen ihre Pferde nicht ebenfalls in die Gebete einschließen.«

Karl blickte seinen Ältesten mit großen Augen an. Es dauerte eine Weile, bis er endlich begriff, was Karlmann sagen wollte.

»Du meinst, dass Christenpferde und Araberpferde ...?« Er brach ab und lachte. »Karlmann!«, stieß er dann hervor. »Gesegnet werden doch nur Wallache! Und für die Zucht brauchst du bekanntlich Hengste!«

Pippin prustete los und brach in schallendes Gelächter aus. Auch Karl musste lachen, als er Karlmanns beleidigtes Gesicht sah. Karl legte seinen Söhnen die Arme um die Schultern, während sie langsam weitergingen. Der stille Fluss war von beiden Ufern bis fast zur Hälfte mit hellgrünen Wasserlinsen bedeckt. Und wieder empfand er einen leisen Stich in seinem Herzen, als ihm klar wurde, dass sein Zweitgeborener eigentlich derjenige war, der alle Fähigkeiten hatte, einmal sein Nachfolger zu werden. Karlmann hingegen wandte sein ganzes Denken mehr und mehr kirchlichen Fragen zu. Karl dachte erneut darüber nach, ob er bei der Erziehung seiner Söhne etwas falsch gemacht hatte.

Sie hatten ihre eigenen Zelte am Ufer zwischen dem stillen Fluss und den Eichenwäldern rund um das kleine Dorf Souillac aufgeschlagen. An den Spießen über den Feuern brieten die Männer Stücke von gerade erst erlegten Wildschweinen, die durch die Trüffel und die vielen Eicheln in den Wäldern ganz besonders schmackhaft waren.

Karl und seine Söhne gingen weiter am flachen Ufer der Dordogne entlang. Nur hin und wieder schnappten ein paar Fische in dem stillen Wasser nach Luft. Die Römerstraße führte ein Stück flussaufwärts über eine kleine steinerne Brücke, deren Bögen auch nach den vielen Jahrhunderten kaum nennenswerte Schäden aufwiesen.

Karl und die meisten seiner Männer hatten die schweren ledernen Brustharnische, Beinschienen und Wehrgehänge abgelegt. Sie trugen nur die Gürtel mit Kurzschwertern und Dolchen, wie es auf den Pfalzen und Landgütern üblich war. Dennoch traute Karl dem idyllischen Frieden an der Dordogne nicht. Er blickte zu den Wäldern auf der anderen Seite des Flusses hinauf, die sanft nach Süden hin anstiegen.

»Ich kann mir einfach nicht vorstellen, dass alle Sarazenen kopflos geflohen sind, nur weil ihr Oberbefehlshaber getötet wurde.«

»Dann sollten wir von jetzt an in den Nachtstunden unsere Wachen verstärken«, schlug Pippin vor.

Sie gingen an der Römerbrücke vorbei und wollten sich gerade wieder dem Lager zuwenden, als Karl abrupt stehen blieb.

»Was ist das?«, fragte er und deutete auf den Abdruck von Pferdehufen im von der Hitze welk gewordenen Gras an der Uferböschung.

Pippin eilte auf die Stelle zu, die sein Vater entdeckt hatte.

»Nicht einmal eine Stunde alt«, sagte er, nachdem er sich kurz bis zum Boden gebückt hatte. Er richtete sich wieder auf und sah sich ruckartig nach allen Seiten um. Karl begriff ebenfalls.

»Das sieht nicht gut aus!«, stieß er hervor. »Die Brücke mit der Römerstraße ... wie ein offenes Tor für jeden Angreifer ... der auf schnellen Pferden ... seid mal still!«

Und dann hörten sie die Araber auch schon. Karl drehte sich um. Zusammen mit seinen Söhnen rannte er zum Lager zurück.

»Los! Zu den Waffen!«, brüllte er über das Lager hinweg. »Sie greifen an!«

Karls Lager geriet augenblicklich in einen wilden Aufruhr. Die

Männer nahmen sich nicht mehr die Zeit, Beinschienen anzulegen oder sich voll zu rüsten. Der schmale Uferstreifen zwischen dem Fluss und dem Eichenwald war zu eng für eine große Schlacht. Doch Karl rief nur einen einzigen, über alle Köpfe hinwegdröhnenden Befehl.

»Gasse bilden!«, brüllte er, so laut er konnte. »Lasst alle über die Brücke kommen! Nur Gasse bilden und keinen Einzigen aus dem Sattel heben!«

Araber um Araber preschte in rasendem Galopp, weiten Gewändern und wehenden Halstüchern über die Römerbrücke. Doch niemand schlug sie. Kein Pfeil, kein Schild, kein Langschwert hielt sie auf. Sie merkten viel zu spät, dass es diesmal keinen harten Zusammenstoß mit den Panzerreitern der Franken gab. Sie preschten einfach ohne den geringsten Widerstand durch die Haufen ihrer Feinde. Aber sie konnten keinen Bogen reiten. Erst als sie zurück zur Brücke wollten, gab Karl den Kampfbefehl.

»Verschont die Pferde, Männer! Und schlagt die Sarazenen, wie sie es verdient haben!«

Wie der Fisch arglos und schnell in eine Reuse schwamm, so zappelten die Muselmanenkrieger schon nach wenigen Augenblicken hilflos herum. Es wurde nur ein kurzes, aber blutiges Gemetzel. Nicht nur das stille Wasser zwischen der schwimmenden Pflanzendecke färbte sich rot, sondern auch die grünen Fahnen der Eroberer, die nach und nach in der Dordogne versanken.

Die Franken verfolgten die schnell ausweichenden Sarazenen Tag um Tag und Meile um Meile über hügliges Land und durch felsige Täler bis nach Toulouse. Noch zweimal gerieten sie mit kleineren Trupps in kurze heftige Kämpfe. Offensichtlich hatten die Muselmanen inzwischen verstanden, dass Karls Franken ganz anders kämpften als die Krieger Herzog Eudos und die Vasgonen. Die gepanzerten Reiter aus dem Norden wichen keinen Schritt zurück, wenn sie angegriffen wurden.

Nicht nur Karl war erleichtert, als sie die frühere Hauptstadt des ersten germanischen Königreiches in der Römerprovinz Gallien vor sich sahen. Sie wirkte noch immer groß und mächtig mit ihren Mauerziegeln aus dem roten Uferschlamm der Garonne. An allen Seiten hingen die grünen Fahnen der Eroberer an den Mauern herab.

Aber Karls kleine fränkische Streitmacht war nicht stark genug für eine Belagerung von Toulouse.

Während sie weiter nach Südosten in Richtung Carcassonne ritten, dachte Karl immer öfter an die Warnungen vor der Eroberungslust der Sarazenen, die der alte Händler Isaak vor langer Zeit ausgesprochen hatte. Erst jetzt verstand er ihre wahre Bedeutung.

Seit der Römerzeit stark und unbesiegbar über dem Flüsschen Aude aufragende Festung Carcassonne beherrschte die Kreuzung der jahrhundertealten Wege zwischen Pyrenäen und Zentralmassiv, Mittelmeer und Atlantik. Die Aquitanier erzählten Karl und seinen Männern, dass die Bauern hier noch Brot aus Weizen und Gerste nach Art der Römer backen konnten. Aber die Franken aus dem Norden begeisterten sich viel mehr für die Weinberge. Trotz der vorgerückten Jahreszeit entdeckten sie noch überall süße, würzige Trauben zwischen den in herbstlichen Farben leuchtenden Blättern an den Weinstöcken.

Sie lagerten südlich der gallorömischen Befestigung. Aus den hufeisenförmigen Türmen mit den großen Bogenfenstern hatten vor Jahrhunderten die Legionäre ihre Speere geworfen. Für Karl und seine Männer wirkte es so, als hätten sich die Römer erst vor wenigen Tagen zurückgezogen.

»Heißt es nicht, dass Alarich II. als König der Westgoten hier seinen sagenhaften Schatz versteckt hat, ehe er sich im Jahr 507 den Franken unter dem Merowingerkönig Chlodwig ergeben musste?«, fragte Karlmann seinen Vater.

»Du musst nicht alles glauben, was du hörst«, meinte Karl nachsichtig. »Wahrscheinlich wurde Alarich der Schatz nur angedichtet, weil sein großer Namensvetter Alarich I., der schon hundert Jahre zuvor Rom erobert hatte, mit seinem eigenen Schatz in irgendeinem Fluss im Süden von Italien auf geheimnisvolle Art vergraben wurde.«

»Das war im Busento«, sagte Pippin.

Karl lächelte und freute sich, dass seine beiden Ältesten doch ziemlich gut ihren Mönchslehrern zugehört hatten.

In den nächsten Tagen ritten sie mehrmals bis dicht an die Mauern auf dem Festungshügel und forderten die Männer auf der anderen Seite auf, entweder zu kämpfen oder sich zu ergeben. Alles, was sie als Antwort von den Verteidigern der Festung hörten, war das platschende Geräusch von Kot und Schmutzwasser, die sie aus den Fensterhöhlen kippten.

Karl wollte nicht, dass sich der Zustand seines kleinen, aber starken Heeres durch derartige Beleidigungen verschlechterte. Er beriet sich mit seinen Edlen. Dann entschloss er sich, zur ebenfalls ummauerten Stadt Narbonne zu reiten.

Kaum einer der Frankenreiter hatte je zuvor das Mittelmeer gesehen. Es erschien ihnen auf den ersten Blick nicht anders als ein übergroßer Teich, der selbst für Wellen viel zu alt und schläfrig war. Obwohl sie auf schmalen Wegen im sumpfigen Gelände des weitverzweigten Flüsschens Aude und den karstigen Uferbergen an Narbonne vorbei bis zur sandigen Küste vorgedrungen waren, blieben sie auf den Rücken ihrer Pferde.

Karl erkannte, dass er auch diese Stadt nicht erobern konnte. Doch anders als in Carcassonne sahen sie mehrere Sarazenen. Von allen Türmen der alten Hafenstadt, die bereits von den Griechen der Antike als Kolonie und Handelsplatz gegründet worden war, wehten die grünen Fahnen des Propheten. Die Bäume trugen überall noch grünes Laub. Und rote Früchte hingen wie vergessene Orangen an den Zweigen.

Als der Monat Oktober zu Ende ging, schickte Karl seine Söhne und einige Aquitanier wieder einmal bis an die Stadtmauern. Sie sollten herausfinden, unter welchen Bedingungen die Muselmanen zu Verhandlungen bereit wären. Auch diesmal blieben alle Versuche einer Verständigung ergebnislos. Dennoch erfuhren Karls Unterhändler, dass Obaida, der Statthalter von Afrika für Spanien, einen neuen Oberbefehlshaber ernannt hatte.

»Er heißt Abd-al-Melik«, berichtete Pippin seinem Vater. »Und es heißt, dass Kalif Hisham ihm in einem eigenhändig geschriebenen Brief befiehlt, jeden Blutstropfen, der durch uns vergossen wurde, gnadenlos zu rächen.«

»Wie wollen sie das machen?«, fragte Karl ungerührt. »Die einen sitzen in Toulouse, die anderen in Carcassonne. Und der Rest hat sich hier in Narbonne verschanzt. Sie müssten neue große Heere auf der Iberischen Halbinsel aufstellen. Und das braucht seine Zeit.« Er wandte sich an seine Söhne. »Wenn ihr wollt, könnt ihr den Winter über hierbleiben und mit Herzog Eudos Hilfe ein neues Südheer zusammenziehen. Aber ich warne euch – es heißt, dass diese Gegend auch ohne Sommersonne ziemlich heiß werden kann.«

»Und was hast du vor? Kehrst du nach Colonia zurück?«

»Nein«, sagte Karl dann, »ich glaube nicht, dass ich am Rhein gebraucht werde. Mich zieht es eher nach Paris.«

»Ich komme mit, wenn du erlaubst«, sagte Karlmann eifrig.

»Dann bleibe ich solange hier und kümmere mich um ein neues Heer«, bot Pippin an.

Karl lächelte seinen beiden Söhnen zu. Er freute sich über ihre Entschlüsse.

33

Strafaktionen und Verträge

Mitte November erreichte Karl mit seinen ausgewählten Panzerreitern und einem kleinen Gefolge erneut die Loire. Sie hatten nicht denselben Weg zurück genommen, sondern waren zwischen den Schwarzen Bergen nördlich von Narbonne und an der Meeresküste entlang auf der alten *Via Domitia* an der ebenfalls von Muselmanen besetzten Stadt Nimes vorbei zur Rhone geritten. Sie folgten dem Fluss bis nach Lyon, bogen dann nach Nordwesten ab und erreichten über Bourges die Loirestadt Orleans.

Noch während er über die alte Römerbrücke ritt, kamen Gesandte des Bischofs Karl zu Fuß entgegen. Wie Sarazeninnen verschleierte Tänzerinnen brachten Wein, süßes Gebäck sowie nach Lavendel duftende Tücher. Nach einigen Begrüßungsworten und dem gebührenden Lob für Karls Taten gegen die Sarazenen lud der Bischof Eucherius von Orleans zu einem Gastmahl.

»Er riecht den Braten!«, rief Karl seinen Getreuen zu, die dicht an dicht hinter ihm über die steinerne Römerbrücke von Orleans auf das südliche Stadttor zuritten.

»Vielleicht will er wirklich Frieden stiften«, meinte Karlmann versöhnlich.

Karl lachte trocken.

»Du musst noch viel lernen, mein Sohn«, rief er ihm zu. »Ein Bischof, der ohne vorherige Absprache zu einem großen Gastmahl lädt, beherrscht das Spiel nicht oder hat etwas zu verbergen.«

»Verstehe ich nicht«, antwortete Karlmann. »Haben wir nicht gerade erst im Zeichen des Kreuzes über die islamischen Eroberer gesiegt? Ist es dann nicht selbstverständlich, dass wir vom Bischof dieser Stadt, die ebenfalls in tödlicher Gefahr war, zu einem Festmahl geladen werden?«

»Nein, Karlmann«, sagte der Majordomus so laut und klar, dass ihn viele hören konnten. »Ein Bischof darf mich zu einer Messe oder zu einer Osterfeier einladen. Aber nicht zu einer Orgie mit Tänzerinnen, bei der wir uns vollfressen und jeder Tadel schon vorab in Wein ersäuft wird.«

Karl war durch die Verhältnisse an der Rhone gewarnt. Ein Gastmahl in Orleans konnte harmlos sein. Aber es konnte ebenso gut für viele, die sich noch immer zu den Gegnern des Majordomus zählten, als Zeichen einer Schwäche gewertet werden.

»Sagt eurem Bischof, dass ich mit ihm beten, aber nicht essen werde. Sagt ihm auch, dass ich es sehr schätzen würde, wenn er sich in Zukunft nur noch in seiner eigenen Diözese aufhält. Zurzeit heißt unser nächstes Ziel Paris. Und auch dort will ich ihn nicht sehen.«

Die Priester des Bischofs von Orleans blickten verwirrt von einem zum anderen. Sie schienen nicht zu verstehen, dass irgendein Mann auf Gottes Erdboden sich weigerte, einer Einladung des mächtigen Bischofs zu folgen. Sie fürchteten sich und warteten auf eine Korrektur – auf eine Änderung in Karls Verhalten. Doch Karl betrachtete die Unterredung als erledigt. Er schnalzte kurz mit der Zunge, dann ritt er weiter.

Den ganzen Weg bis nach Paris sprach Karl nicht mehr über die Ereignisse von Orleans. Er blieb zwei Tage und zwei Nächte im Kloster von Sankt Denis. Er ließ sich von Mönch Sigbert berichten, was in der Zwischenzeit vorgefallen war, und lächelte zufrieden, als ihm nochmals bestätigt wurde, wie gottesfürchtig sein Neffe Hugo auch als Bischof von Paris und bis zu seinem Tod in Jumieges gewesen war.

Nach den erholsamen Tagen verringerte Karl sein Gefolge. Er entließ die meisten Angehörigen des Hofstaates und die Berittenen mit ihren Knechten in ihre heimatlichen Gaue.

Er selbst wollte nur mit engsten Gefährten das Weihnachtsfest im alten Königsgut Bernum ganz in der Nähe feiern. Erst dort erklärte Karl den anderen, warum er sich in Orleans so hart gegen ein Gastmahl mit Bischof Eucherius gezeigt hatte.

»Er hat gleich mehrere Fehler auf einmal gemacht. Zum Ersten hat er mir niemals dafür gedankt, dass ich ihn zum Nachfolger seines Onkels Savaricus gemacht habe. Zum Zweiten hat er seine eigene Familie in all den Jahren schamlos mit Ämtern, Geschenken und Precarien überhäuft. All das könnte ich noch durchgehen lassen. Aber ich kann und will ihm nicht verzeihen, dass er jahrelang Herzog Eudo von Aquitanien unterstützt hat, wann immer dieser Mann Verträge mit uns brach.«

Als hätte der Bischof von Orleans bereits geahnt, dass in diesen Tagen über seine Zukunft entschieden werden würde, tauchte er wie durch eine zufällige Fügung zusammen mit Karls Ehefrau Swanahild und seinem jüngsten Sohn Grifo im Gut Bernum auf.

Karl wurde wütend, als er vom Eintreffen des Bischofs erfuhr. Sein Zorn steigerte sich noch, als er sah, dass Swanahild nicht nur mit ihrem Gefolge aus Colonia in der Königspfalz einritt, sondern auch noch vom Grafen von Paris begleitet wurde.

Karl kam sich plötzlich unsagbar alt vor. Er wollte Swanahild nicht sehen. Sein ganzer Grimm richtete sich jetzt auf einen anderen. Er stampfte in die Haupthalle zurück, in die gerade eben der Bischof von Orleans mit seinen Begleitern eintrat. Die Hälfte von ihnen waren Verwandte des Bischofs. Sie taten allesamt so, als würden sie Gott über alle Maßen dafür preisen, dass Eucherius endlich mit dem Majordomus zusammentreffen konnte.

Mit einer großen, gemessenen Geste trat Eucherius auf ihn zu. Karl blieb vollkommen regungslos. Erst als der Majordomus nichts unternahm, um dem Bischof die Ehre zu erweisen, erkannte Eucherius, dass er verloren hatte. Sein Gesicht wurde trotzig und weinerlich zugleich. Doch Karl interessierte sich nicht mehr für irgendwelches Gejammer des Kirchenmannes.

»Rotbert, übernimm du ihn!«, befahl er knapp. »Er kommt nach Colonia in die Verbannung.«

Im selben Augenblick trat auch Swanahild am Arm von Gaerefrid ein. Nicht einmal dabei schämt sie sich!, dachte Karl. Er schloss für einen kurzen Moment die Augen. Nein! Und von nun an wollte er nichts mehr von ihr hören oder sehen!

Dann hörte er die helle Stimme des siebenjährigen Grifo. Der Knabe riss sich von der Hand seiner Mutter los und rannte auf seinen Vater zu. Karl hatte nur noch Augen für seinen kleinen Sohn. Und genau so, wie er es sich gewünscht hatte, nahm er ihn hoch, warf ihn in die Luft und fing ihn mit einem breiten, glücklichen Lachen wieder auf. Für Swanahild hatte er keinen einzigen Blick.

Kurz nach dem Jahreswechsel erfuhr Karl, der inzwischen nach Heristal zurückgekehrt war, was sich in den vergangenen Wochen im Süden des Reiches und in den Pyrenäenbergen zugetragen hatte.

»Die Muselmanen haben noch vor Weihnachten an mehreren Stellen Durchbrüche nach Septimanien, Aquitanien und Vasgonien versucht«, berichtete sein Zweitgeborener. Pippin III. hatte den weiten Weg vom Mittelmeer durch die Täler der Rhone, der oberen Marne und zuletzt der Maas in zehn Tagen zurückgelegt.

Zusammen mit den wichtigsten Getreuen des Majordomus saßen sie in dem großen Haus von Heristal, in dem schon Pippins Großvater seine Versammlungen am Kaminfeuer abgehalten hatte. Sie tranken angewärmten Met und knabberten dazu die harten, süßen Honigkuchen, die mit viel Butter nur in dieser Gegend an der Maas gebacken wurden.

»Dann stimmt es also, dass ihr Abd-al-Meliks Krieger im gesamten Pyrenäenraum abgewehrt habt«, stellte Karl befriedigt fest.

»Nicht nur abgewehrt, sondern hart zurückgeschlagen!«, korrigierte Pippin. »Abd-al-Melik hat sich eine so blutige Nase geholt, dass er sich jetzt zweimal überlegen dürfte, wo und wann er noch einmal über die Pyrenäen kommt.«

Karl legte seine Hand auf Pippins Arm. Er fühlte eine schöne Wärme in sich.

»Gut gemacht, Sohn«, sagte er. »Hast du bei deinem Ritt die Rhone hinauf irgendeine Nachricht von deinem Stiefonkel erhalten?«

»Nein«, antwortete Pippin, »wir wollten keine Zeit verlieren und haben nicht bei Hildebrand gerastet. Es wird schon Gründe haben, wenn er nicht allzu viel über die Lage in Burgund berichtet.«

»Sieht es so schlecht aus?«, fragte Herzog Rotbert.

»Ich kann das nicht beurteilen«, gab Pippin zurück. »Ich weiß nur, dass der Adel in Burgund keineswegs so königstreu ist, wie wir erwarten.«

»Dann könnten wir sogar von Glück reden, dass wir die Muselmanen haben«, sagte Karl. »Ohne diese Bedrohung hätten wir vielleicht noch mehr Ärger mit Burgunden, Aquitaniern oder kriegerischen Bischöfen.«

Er blickte durch den großen, von Kienspänen und an den Wänden hängenden Tonlampen erhellten Raum. In der Nähe der Tür saß Gregor, der Enkel von Adela und älteste Sohn von Alberich. Er war nur wenige Stunden vor Pippin und seinen Reitern in Heristal eingetroffen. Zusammen mit einigen kräftigen und schweigsamen Mönchen war er durch Schnee und Kälte von Thüringen bis an die

Maas gekommen. Alberichs Sohn war inzwischen zum Stellvertreter von Bonifatius aufgerückt. Er hatte Karl unter dem Siegel der Verschwiegenheit mitgeteilt, dass der neue Papst in Rom Bischof Bonifatius das Pallium verliehen hatte: »Damit kann er als Erzbischof Bistümer einrichten und Bischöfe ernennen«, hatte Gregor ihn erinnert.

Karl hatte sofort erkannt, was das bedeutete: »Das wird unseren Frankenbischöfen überhaupt nicht gefallen! Denn nach dem Recht und Gesetz der Kirche steht er jetzt über ihnen.«

Inzwischen sah Karl auch die Vorteile der Ernennung. Manchmal, wenn er nachts aufwachte, dachte er bereits an einen neuen Limes gegen die heidnischen Völker des Ostens. Sein Glaubenswall bestand nicht aus Mauern und Kastellen, sondern aus Kirchen, Klöstern und Abteien. Vom Meer im Norden bis an den Rand der Alpen konnte auf diese Weise ein starker Schutzwall für die Kernlande des Königreiches entstehen. Einziger Schwachpunkt in diesem Gottesgürtel war nach wie vor das Herzogtum der Alamannen.

Er gab nur eine Lösung. Bei der Versammlung im März musste er verkünden, dass er den Alamannenherzog Theudebald wegen seiner vielen Feindseligkeiten absetzte.

Sämtliche Großen, die zur Heerschau nach Jupille gekommen waren, bestätigten den Majordomus in seinen Plänen. Gleichzeitig stimmten sie zu, dass auch gegen Friesen und Burgunden härter durchgegriffen werden sollte. Der Einzige, der sich gegen einen großen kriegerischen Strafzug ins Rhonetal zur Wehr setzte, war Karls Halbbruder.

»Das Gleichgewicht der Treue ist dort über alle Maßen empfindlich«, berichtete Herzog Hildebrand in der großen Runde. »Ich beschwöre euch daher bei allem, was uns heilig ist: Schleudert die Wurfäxte nicht gegen die Burgunden. Ihr riskiert sonst, dass sich gute Christen aus Zorn mit den Muselmanen verbünden.«

Karl ließ Rotbert, Folker und einige Bewährte an seiner Stelle sprechen. Es dauerte einen ganzen Tag und eine Nacht, bis Hildebrand und die Edlen, die ihn aus Burgund begleitet hatten, schließlich aufgaben und einlenkten. Am selben Tag erfuhren die Versammelten, dass sich nicht nur Friesen, Alamannen und Burgunden aufsässig zeigten, sondern auch der Bischof, den Karl gerade erst entmachtet hatte.

»Es ist unglaublich!«, berichtete Gregor, der seit dem Winter in Jupille lebte. »Ich habe gerade erst gehört, dass Colonia in Empörung ist.«

»Empörung?«, fragte Karl sofort. »Warum weiß ich nichts davon?«

»Es ist kein Aufruhr, bei dem Waffen klirren«, beschwichtigte Bonifatius' Stellvertreter augenblicklich. »Aber Eucherius verbreitet überall, dass du ihn nur abgesetzt hast, weil du dem Bonifatius und dem Papst gefallen willst.«

»Ich dem Papst gefallen?«, stieß Karl hervor. »Wer das von mir verbreitet, ist voll von Hexensud … vollkommen wirr im Kopf! Wie kommt der Kerl dazu, solch einen Unsinn zu behaupten?«

»Kannst du das nicht selbst sehen?« Gregor holte tief Luft. »Zuerst der Schutzbrief für Bonifatius, dann reiche Schenkungen für Willibrord und schließlich all die Verstöße gegen Recht und Brauch, die du dir für Milo und deinen Stiefneffen Hugo geleistet hast – das alles lässt schon lange viele Bischöfe der Franken grollen.«

»Sie grollen, wenn sie leer ausgehen, aber sie segnen mich, sobald ich Muselmanen oder andere Heiden schlage«, knurrte Karl verärgert. Er drehte sich zu Rotbert um.

»Nimm diesen lästigen Bischof bei dir im Haspengau in strenge Schutzhaft!«, befahl er dann.

»Und was ist mit Burgund?«, fragte Pippin.

Karl sah ihn an, und seine Augen blitzten.

Der Zug ins Rhonetal war kurz und ohne jeden Umweg. Karl ritt direkt ins Zentrum des Widerstands. Er wusste, wie gefährlich diese scheinbar friedfertige Gegend war. Trotzdem war er verärgert, dass Hildebrand ihm erst während des Ritts nach Süden die ganze Wahrheit berichtete.

»Ich habe immer versucht, euch im Norden nicht gegen die Adelsfamilien im Rhonetal aufzubringen«, erklärte er wie zur Entschuldigung. »Aber so wie Bischof Eucherius in Orleans hat hier in Lyon der Herzog Maurontus stets mit allen Seiten zugleich verhandelt.«

»Dann schicken wir ihn eben zu den Arabern oder verjagen ihn wie den Herzog der Alamannen«, verlangte Pippin.

»Stellt euch das nicht so leicht vor«, warnte Hildebrand. »Wenn die Gerüchte stimmen, dann haben bereits mehrere einflussreiche Mitglieder aus der Familie Maurontus' Schutzverträge mit dem Wali von Narbonne geschlossen.«

»Schluss damit!«, sagte Karl, während sie in die Stadt einritten, die sie ohne Jubel empfing. »Wenn die Großen hier an der Rhone glauben, dass sie mich durch einen Pakt mit den Muselmanen erpressen können, dann steht mir frei, mich ebenfalls durch Verträge mit Dritten zu verbünden.«

»Was meinst du damit?«, fragte Pippin.

Karl sah ihn lange an, lächelte wortlos und ritt weiter.

Die Hufe ihrer Pferde klapperten laut in den leeren Straßen der Stadt. Die Bevölkerung von Lyon hatte sich in die Häuser zurückgezogen. Nur ein paar Kinder und Hunde standen ohne Scheu in den Hauseingängen.

»Was hast du vor?«, fragte Pippin, als sie an einer Werkstatt für Flussboote entlangritten. »Östlich des Rhonetals ist nur das Alpengebirge.«

»Und dahinter?«, fragte Karl. Er lachte, als er Pippins Gesicht sah.

»Die Langobarden?«, fragte Karlmann vorsichtig. Er war seit ihrem Aufbruch an der Maas sehr schweigsam gewesen.

»Es ist nur ein Gedanke, aber warum eigentlich nicht?«, antwortete Karl und blickte schmunzelnd zu seinem Erstgeborenen. Es freute ihn, dass Karlmann wieder an ihrem Leben teilnahm. »Die Langobarden sind Germanen, ebenso wie wir. Wenn hier vom Rhonetal über die Provence und Septimanien bis nach Spanien die Muselmanen an die Macht kommen, ist das für die Könige und Herzöge im oberen Italien eine größere Bedrohung als alle Streitigkeiten, die sie bisher mit den Päpsten in Rom ausfechten mussten.«

»Genau deshalb kannst du unmöglich die Langobarden zu Verbündeten von uns machen«, protestierte Karlmann. »Im Langobardenreich herrscht doch ein größeres Chaos als bei uns Franken nach dem Tod von Großvater Pippin.«

»Ein Langobardenkönig braucht keinen Majordomus wie mich, um zu herrschen«, widersprach Karl. »Und anders als wir Franken haben sie mit Pavia eine feste Hauptstadt.«

»Das meine ich doch gar nicht«, erwiderte Karlmann schmollend.

»Ich meine vielmehr, dass die Langobarden schon seit zwei Generationen katholisch sind, und doch nicht so den Päpsten und Bischöfen gehorchen, wie es ihre Pflicht wäre.«

Karl lachte so laut, dass die Edlen in seiner Begleitung unwillkürlich ihre Pferde zügelten.

»Darauf also läuft es bei dir hinaus!«, stellte er fest. »Ich fürchte fast, du hast deinen Kopf zu lange in die Weihrauchschwaden unserer Bischöfe gehalten. Wir sind zwar Christen und kämpfen unter dem Kreuz. Aber wir sind noch lange nicht die Thronwächter der Päpste! Merk dir das endlich, Karlmann, ein für alle Mal!«

Sie erreichten die alte römische Mitte von Lyon. Einige Honoratioren hatten sich zum Empfang des Majordomus versammelt, aber Maurontus selbst zeigte sich nicht. Doch dann kamen junge Mönche herbei. Sie zeigten sich weder bußfertig noch bescheiden. Sie sahen trotz der Kutten und der frisch geschabten Tonsuren eher so aus, als hätten sie bis vor die Stadt am Zusammenschluss von Rhone und Saone lange im Sattel gesessen.

Karl erkannte die Söhne von Abt Beningus sofort. Sie stotterten eine Weile herum, dann berichteten sie leise, aber noch immer aufgeregt, welche Gefahr bei den Friesen aufbrach.

»Sie überfallen schon wieder Kirchen und stecken Klöster an!«, erzählte einer der Söhne von Beningus. »Die ganze Gegend zwischen Ems und Flie leidet unter der grausamen Verheerung.«

»Das ist ein Aufstand, Herr«, keuchte sein jüngerer Bruder. »Ein großer Aufstand gegen alle Franken! Aldgisl II., der so lange friedlich war, ist verschwunden. Die Friesen haben einen neuen Herzog namens Bodo.«

»Es heißt, dass die wasserumschlossenen Inselländer Austrachia und Wistrachia nördlich des Rheins schon an ihn verloren sind.«

Karl befragte die jungen Mönche noch mehrmals in derselben Sache. Er ließ ihnen nicht eine Stunde Ruhe. Irgendwann ließ er den Getreuen Wusing kommen. Zusammen befragten sie die jungen Mönche noch einmal. Die ganze Zeit über mussten Hildebrand, Karlmann und Pippin allein mit den burgundischen Adligen verhandeln.

Als die Sonne über den Alpen aufging, befahl Karl, dass ein Vertrag mit den Burgunden geschlossen werden sollte, der alle Seiten zunächst zum Stillhalten verpflichtete. Sie hielten fest, dass sie sich nicht im Streit befanden, sich aber auch nicht einig werden konnten.

Noch ehe alle unterschrieben hatten, brach Wusing bereits mit zwei Dutzend getaufter adliger Friesen aus dem Stamm der Panzerreiter nach Norden auf.

»Geht klar!«, hatte er kurz und bündig gesagt.

Drei Wochen später stand auch Karl am Niederrhein. Während sich am Westufer des Flusses Krieger und Knechte versammelten, um ihre Lager für die Nacht aufzuschlagen, herrschte auch auf der anderen Flussseite ein emsiges Treiben. Dutzende von Booten, Schiffen und Kähnen schienen wie ein Schwarm gestrandeter Fische gegen die Kaimauern und an die Uferböschungen des Rheins zu drängen.

Aus allen Himmelsrichtungen kamen weitere Boote heran. Die meisten von ihnen waren einfach und konnten nicht mehr als fünf Männer oder ein Pferd mit seinen Pferdeknechten tragen. Aber genau das war es, was Karl gewollt hatte. Er strahlte über das ganze Gesicht und war so fröhlich und kraftvoll wie schon lange nicht mehr.

»Hohoho!«, rief er und ritt zusammen mit Hildebrand und Karlmann zu Wusing.

»Gottes Segen und Karls Dank für dich!«, rief Karlmann ihm zu. »Das habt ihr großartig gemacht!«

»Wenn wir Friesen ›geht klar‹ sagen, dann geht das klar, verstehst du?«, gab Wusing zurück. »Dort drüben, nach Osten und Norden hin, beginnt Radbods und jetzt Bodos Reich aus Land und Wasser, das bis an die Küste des friesischen Meeres sehr flach und tückisch bleibt. Was wie eine Wiese aussieht, kann Sumpf und Morast sein. Mit jedem Schritt können Männer und Pferde bis zur Brust einsinken.«

»Genug, genug!«, unterbrach Karl. »Ich habe deine Warnung längst verstanden. Aber es reicht nun einmal nicht, wenn wir hier in unsere Hörner blasen und nach Bodo rufen. Wir müssen ihn finden, ehe wir ihn in die Knie zwingen können.«

Die Boote waren den ganzen Tag über ohne Pause hin und her gefahren. Im Grunde war der Rheinübergang nicht einmal schwierig gewesen. Die ersten Männer hatten Seilrollen auf ihren Kähnen mitgenommen und sie über den tausend Schritt breiten Strom gespannt. Alles andere war nur eine Frage der Geschicklichkeit und einer geschickten Ausnutzung der Strömung. Sie brauchten nicht einmal zu rudern oder mit den herbeigebrachten Stangen nach dem Flussgrund zu suchen. Bereits vor Sonnenuntergang befanden sich alle Heeresgruppen und der gesamte Tross am nördlichen Rheinufer.

»Sämtliche Gruppen sammeln sofort nach dem Morgenmahl alles zusammen und brechen in Richtung Friesenmeer auf«, befahl Karl.

Am nächsten Tag wollten sie die aufmüpfigen Friesen schlagen. Aber obwohl die Sonne schien und kaum Wolken am Himmel zu sehen waren, setzten sich die Männer und die Weiber aus Karls Heer erst einmal fröhlich an die flackernden Feuer, schöpften sich Schalen mit Dinkelbrei und tranken dazu frisch gemolkene Milch.

Die große Schlacht kam daher schneller, als sie erwartet hatten. Die Friesen begannen mit einer List. Sie ließen einfache Fischerboote, auf denen nur ein oder zwei Mann zu sehen waren, so durch die Wasserläufe und Moore fahren, bis sie sich genau zwischen den Lagerplätzen der Franken und dem Wind befanden. Niemand schöpfte Verdacht. Doch dann stand vollkommen überraschend eine schwarze Rauchwand nördlich des Frankenheeres. Sie wallte hoch und kam schnell über sie.

»Was soll das?«, riefen die Franken durcheinander. Auch Karl brauchte einen Moment, bis er begriff, was die Friesen planten.

»Alle Mann in die Boote!«, brüllte er. »Nicht weg vom Rauch, sondern durch ihn hindurch nach Norden!«

Es war der ungewöhnlichste Befehl, den Karl jemals gegeben hatte. Sie alle fürchteten den verheerenden Fluch von Rauch und Feuer. Nicht jeder war mutig genug, um Karl zu gehorchen. Dennoch gab es genügend Männer, die sich nach einem schnellen Gebet in die Boote stürzten.

Überall tauchten andere Wasserfahrzeuge in der Wand aus Rauch und Feuer auf. Die friesischen Krieger hatten die Köpfe mit nassen Tüchern wie mit Turbanen vermummt. Aber sie irrten sich, wenn sie glaubten, dass sie derart vermummt die Nachtlager der Franken erobern konnten. Ein plötzlicher Windzug riss die schwarzen Rauchwolken weiter. Gleich darauf stießen die ersten Boote der Franken und Friesen zusammen.

Die Männer schlugen aufeinander ein. Sie packten alles, was sie fassen konnten: Schwerter und Stangen, Ruder und Lanzen, Wurfäxte und rostverschmierte Ankerketten krachten gegeneinander.

Die ersten Boote sanken sofort. Andere kippten um und schleuderten ihre menschliche Fracht ins Wasser. Das wilde Getümmel wurde so unübersichtlich, dass niemand mehr wusste, wer Franke oder Friese war. Jeder schlug schreiend auf jeden ein. Und überall, wo sich nur irgendetwas bewegte, quoll Rauch über Flammen und blutschäumende Gischt.

Nie zuvor waren fränkische Krieger in einen Kampf gezogen worden, der nur zur Hälfte auf festem Land, zur anderen aber in Morast und Wasser stattfand.

Nur das weitsichtige Verhalten von Wusing rettete Karls Krieger vor einer grauenhaften Niederlage. Seine Friesenpflicht siegte über die Friesenlist der anderen. Nach einer langen Stunde verzogen sich die Rauchwolken. An vielen Stellen kokelten halb verbrannte und zerborstene Holzkähne im wild zerstampften Schlamm.

Karl und die Panzerreiter, die sich in dieser Gegend wie Gefesselte vorkamen, ritten schwerfällig an den Ufern hin und her. Sie hatten nicht eingreifen können. Nur langsam sammelten und unterschieden sie Tote, Verletzte und Überlebende.

Nur zwei Stunden nach dem Auftauchen der ersten Räucherschiffe stieß ein flaches Boot direkt vor Karl ans Ufer. Es brachte einen leblosen Körper, von dem die anderen sagten, dass es Bodo sei, der letzte Herzog der Friesen.

Karl biss die Zähne zusammen. Er hatte kein Mitleid mit dem Erschlagenen. Aber es kränkte ihn, dass er nicht selbst den frechen Heidenfürsten besiegt hatte. Seit seiner Niederlage vor den Mauern von Colonia hatte er davon geträumt, dass er mit eigener Hand die Schmach vergelten konnte.

Zu spät. Bodo hatte sich ihm ebenso wenig gestellt wie Radbod. Karl zog nacheinander zuerst an seinem linken und dann am rechten Ende seines Schnurrbarts. Noch immer roch es überall nach Rauch. Karl schnäuzte sich. Dann rief er nach Wusing.

»Du warst es, der uns durch deinen Weitblick vor dem Untergang bewahrt hat«, sagte er dankbar, »ich gebe dir deshalb zurück, was Radbod dir geraubt hat, und noch so viel dazu, sodass du der Erste unter den Friesen sein sollst.«

34

In der Hitze des Südens

»Zumindest im Norden können wir mit unseren Erfolgen zufrieden sein«, sagte Karl, nachdem er das Märzfeld des Jahres 735 aufgelöst und alle Edlen mit ihrem Gefolge in die Heimat zurückgeschickt hatte. »Die Priester und Mönche von Willibrord und Bonifatius können jetzt auch im Land der Friesen ihre Kirchen und Klöster bauen.«

Er saß allein mit Pippin am Fenster in der Präfektur von Colonia und blickte auf den in der Sonne glitzernden Fluss. Es war ein schöner Frühling in diesem Jahr. Sie hofften alle, dass auch der Sommer gut und die Ernten reich sein würden. Dennoch waren einige Grafen mit der Entscheidung Karls unzufrieden. Sie hätten lieber gesehen, wenn auch in diesem Jahr das Schwert und nicht die Sichel für Lohn und Beute gesorgt hätte.

»Ich hoffe, dass du mir keine Schande machst, wenn du nach Pavia gehst«, sagte Karl zu Pippin. »Denn was ich für dich mit dem König der Langobarden vereinbart habe, ist nichts anderes als ein christliches Schutzbündnis gegen die Muselmanen.«

»Genau das sehen die Apostel Willibrord und Bonifatius völlig anders«, lachte Pippin vergnügt. »Da kannst du hundertmal behaupten, dass du mich nur deshalb vom Langobardenkönig adoptieren lässt, damit er uns in Burgund gegen die Sarazenen zur Seite steht. Sie werden darin stets einen Ketzerpakt gegen ihren Papst in Rom vermuten.«

»Sie liegen ständig miteinander in Fehden und kriegerischem Streit. Soll ich deswegen zulassen, dass uns Aquitanien und von Burgund das ganze Rhonetal verloren geht?«

Er sprang auf und lief an den Fenstern zum Fluss hin auf und ab.

»Nein, Pippin!«, stieß er fest entschlossen hervor. »Ob es nun den Mönchen, den irischen Bischöfen oder dem Papst in Rom gefällt – du wirst in diesem Sommer vom Langobardenkönig Luitprand adoptiert und kehrst im Herbst hierher zurück. Das ist beschlossen und wird nach Spanien, Afrika, Konstantinopel und zum Kalifen in Bagdad gemeldet.«

Ende September saß der Majordomus wie schon so oft mit Rotbert und einigen anderen Kundigen seines Hofstaates unter schattigen Kastanien. Auf dem grob behauenen Holztisch standen Weinkrüge und geflochtene Schalen mit Obst. Karl war nicht ganz bei der Sache.

Während Rotbert redete, beobachtete er die anderen Männer der Verwaltung, die sich mit den bisher eingegangenen Erntemeldungen beschäftigten. Einige der edlen Frauen saßen in der Nähe des Spinnhauses und vertrieben sich die Zeit, indem sie Spielzeug für die Kleinen anfertigten. Flussaufwärts sangen Mägde und Frauen aus dem Gesinde beim Reinigen der Wäsche. Flussabwärts in Richtung Maastricht übten die Panzerreiter ohne angelegte Rüstungen verschiedene Formationen in der Verteidigung zu Pferd.

Karl hatte inzwischen einige Hundert Araberstuten auf die verschiedenen Gaue in Austrien und Neustrien verteilt. In diesem Jahr konnten sie zum ersten Mal den jungen Nachwuchs begutachten, der aus der Kreuzung der feurigen Araberpferde und der schweren Kaltblüter aus dem Norden entstanden war. Die Ergebnisse waren nicht sonderlich ermutigend. Trotzdem blieb Karl bei seiner Überzeugung, dass es irgendwann große Zuchterfolge geben würde.

Er dachte daran, wie still sein langjähriger Widersacher Eudo von Aquitanien im Martinskloster auf der Insel Ratis im westlichen Meer in Frieden mit sich selbst gestorben war. Doch dann holte Lärm ihn aus seinen Tagträumen …

Flussaufwärts begannen Kinder zu schreien. Normalerweise gehörten Kinderlachen und Hundegebell ebenso wie die Glöckchen der Kapellen und der Gesang der Priester zu den vielen Geräuschen eines Landgutes. Doch dann entdeckte Karl, dass es ausgerechnet die drei Söhne seiner langjährigen Geliebten Ruodhaid waren, die den nachmittäglichen Frieden kreischend unterbrachen.

»Bernhard! Remigius! Hieronymus! Schreit nicht so rum!«

Die beiden Jüngsten verstummten augenblicklich. Nur Bernhard konnte sich vor Lachen und lautem fröhlichen Geschrei nicht beruhigen.

»Er ist ein Mönch!«, kreischte er immer wieder und zeigte in Richtung Lüttich. Dort, unter den Bäumen am Ufer, näherte sich eine Gruppe von Berittenen. Die Jungen waren ihnen entgegengelaufen und sofort wieder zurückgekommen.

»Tonsur missglückt«, rief Bernhard mit seiner hellen Jungenstimme. »Tonsur missglückt! Und jetzt hat unser großer Bruder Pippin eine glitzeglatte Glatze!«

Karl zog die Brauen zusammen, zögerte einen Moment und musste ebenfalls lachen. Noch nie zuvor hatte er seinen Zweitgeborenen mit einem solch finsteren Gesicht gesehen. Pippin und die anderen Männer in seiner Begleitung trugen keine Helme. Doch während sich die anderen mit langem blondem Haar und teilweise mit schönen Bärten schmücken konnten, wirkte Karls Zweitältester ausgesprochen unglücklich. Sein länglicher, ein wenig kantiger Schädel trug nur kurze blonde Stoppeln.

»Ich freue mich, dich hier zu sehen«, rief Karl lachend und stand auf. »Auch wenn du wie ein junges Ferkel aussiehst!« Pippin presste die Lippen zusammen und knurrte nur. Dann sprang er von seinem Pferd und ließ es von den Knechten wegführen.

»Nun?«, fragte Karl. »Wie fühlst du dich nach deiner Aufnahme in ein Königsgeschlecht?«

»Willst du das wirklich wissen?«, gab Pippin harsch zurück. »Dann sage ich dir, dass ihr mir von jetzt an alle Ehren schuldet, die mir als Königssohn der Langobarden zukommen.«

»Bei Gott, ich grüße dich, mein königlicher Sohn«, sagte Karl sofort, »und hoffe, dass es dir in Pavia nicht allzu schwer geworden ist.«

»Wenn du wüsstest …«, seufzte Pippin. »Die Herzöge am Po sind noch zerstrittener als unsere. Das gilt auch für Spoleto und Benevent.«

»Und? Können sie uns dennoch eine Hilfe gegen die Araber sein?«

»König Luitprand ist es auf jeden Fall. Er selbst hat mir das Haupthaar als Zeichen für die Adoption abgeschnitten und schickt dir viele königliche Geschenke.«

»Hört an! Hört an!«, rief Karl den anderen zu, die sich inzwischen eingefunden hatten. »Ich wusste doch, dass dieser Langobardenkönig vielleicht kein starker, aber doch ein kluger Mann ist.«

»Er hat sehr schnell verstanden, dass er zum nächsten Opfer der Muselmanenreiter wird, wenn uns das Rhonetal verloren geht. Und wenn du nichts dagegen hast, brauchen wir alle erst einmal ein Bad im Fluss.«

Karl hob die Hände und lächelte zufrieden. »Genießt es«, sagte er. »Du hast einen guten Weg geschafft.«

»Und die Geschenke sehen wir uns morgen in aller Ruhe an«, gab Pippin zurück. »Es sind viele Goldfibeln aus dem Erbe der Ostgoten dabei.«

Er nahm sein neues kostbares Wehrgehänge ab und legte es auf den Bohlentisch unter den Kastanienbaum.

»Ich bin noch bis nach Ravenna gekommen und habe mir dort das große Mausoleum vom Ostgotenkönig Theoderich und das von Galla Placidia, der letzten Kaiserin des Imperium Romanum, angesehen.«

»Du wirst noch Zeit haben, uns alles zu berichten«, sagte Karl. Er wirkte so zufrieden wie schon lange nicht mehr.

Nach einem Jahr des Kräftesammelns war die Zeit reif für einen neuen großen Zug gen Süden. Der Aufbruch des Heeres nach dem Märzfeld erfolgte ohne flammende Reden und ohne Streit unter den Herzögen.

Sie zogen ohne Hast in mehreren Heeressäulen durch die Champagne bis zur Loire. Dort trafen Hildebrand mit seinen Burgunden, einige Alamannen und Baiuwaren sowie Fußkrieger aus Neustrien mit den Franken von Maas und Rhein zusammen.

Sie lagerten eine Woche lang vor den Toren von Tours. Jeder Edle wollte in der Kirche des heiligen Martin beten. Karl gab allen die Zeit dafür. Erst dann zogen sie weiter am Ort der großen Schlacht gegen die wilden Reiter von Abd-ar-Rahman vorbei bis nach Bordeaux. Diesmal wollte Karl an der Atlantikküste bis ins Gebiet der Vasgonen vorstoßen. Nachdem Herzog Eudo nicht mehr lebte, sah er in diesem eigenwilligen Volk eine weitere Gefahr für den gesamten Süden.

»Diese Vasgonen im Südwesten sind so dickschädlig wie die Friesen im Norden«, schimpfte Bischof Milo von Reims.

»Es gibt Verträge mit Herzog Eudo, aber nicht mit seinen Söhnen Hunold und Hatto«, bestätigte auch Hildebrand. »Die beiden betrachten die Vasgonen als ihr Eigentum.«

»Sie haben mir zu gehorchen! Und wenn sie das nicht wollen, werden wir ihnen aufs Haupt schlagen«, sagte er, als sie die Ruinen der zerstörten Kirche und viele Häuser in Saintes passierten. Die

Spuren der heidnischen Verheerung wurden umso deutlicher, je weiter sie nach Süden kamen. Ganze Ortschaften waren verlassen mit verbrannten Trümmern. Überall sahen Karls Krieger verwilderte Felder, nicht mehr gepflegte Weinberge und eingestürzte Brunnen mit verfaultem Wasser. Am Zusammenfluss der Garonne und der Dordogne wurde Karl ein Heer mit mehreren Tausend Kriegern samt einigen Hundert Berittenen auf schnellen Pferden gemeldet.

»Zum Teufel, warum wusste ich nicht schon eher davon?«, fluchte Karl. »Warum hat niemand gesehen, dass die Araber erneut über die Pyrenäen hervorgebrochen sind?«

»Keine Araber«, meldeten die Kundschafter, die wie stets dem Haupteer vorausgeritten waren. »Diesmal sind es die Aquitanier unter Herzog Eudos Söhnen. Sie wollen Bordeaux verteidigen und dich vor ihrer starken Festung Blaye so lange festhalten, bis sie noch weitere Verstärkung durch die Vasgonen bekommen.«

»Narren!«, entschied Karl nach kurzer Beratung mit seinen engsten Vasallen. »Wenn es die aquitanischen Herzogssöhne in ihren Pluderhosen darauf anlegen, dann werden wir beweisen, dass auch wir wissen, was Rammböcke und Onager, Belagerungstürme und Katapulte sind.«

»Willst du dich wirklich auf eine derartig unwürdige Weise mit ihnen einlassen?«, fragte Hildebrand entsetzt.

Auch Pippin hielt nichts von einer ermüdenden Belagerung nach Art der alten Römer. »Wir sind nicht dafür geeignet«, warnte er.

»Aber wir könnten sehr großes Blutvergießen vermeiden«, widersprach Karlmann. »Wenn wir verhandeln und um Gottes Hilfe bitten, könnten wir sie zur Aufgabe bewegen.«

»Du wirst mir langsam zu fromm!«, blaffte Karl seinen Erstgeborenen an. »Aber gut, ich will es euch beiden recht machen.« Er wandte sich an Pippin: »Du übernimmst die Panzerreiter und besetzt mit ihnen Bordeaux!«

Er drehte sich zu Karlmann um. »Und du, mein gottesfürchtiger Sohn, sollst eine Woche Zeit für Verhandlungen und Gebete haben. Ich gebe dir tausend Mann mit, für die Umlagerung der Festung Blaye. Dazu zweitausend Mann, die Katapulte bauen, hohe Holztürme errichten und Erdwälle vor den Mauern aufschütten.«

»Das alles wird überhaupt nicht nötig sein«, sagte Karlmann störrisch.

Karl wurde ebenfalls unwirsch. Er zog die Brauen zusammen. »Was ist mit dir, Karlmann? Gehörst du inzwischen auch zu jenen Kriechern, die am liebsten jeden Ungehorsam, Betrug und Verrat verzeihen und zugleich für jedes sträfliche Verhalten Milde und Vergebung verlangen?«

»Ich bin kein Mönch«, antwortete Karlmann ernst. »Aber du siehst doch selbst, wie verwüstet die ganze Gegend ist. Hier wird seit Jahren nicht mehr gesät und geerntet. Sahen wir Viehherden auf den Weiden? Und Bettelnde vor den Mauern der Festung?«

»Du magst vielleicht einen scharfen Blick haben«, gab der Majordomus zu. »Ich habe nicht erwartet, dass uns die Aquitanier und die Vasgonen Wagen mit Getreidesäcken und bestes Schlachtvieh an den Weg stellen. Aber wenn Eudos Söhne bereits die Hungernden aus Blaye vertrieben haben, dann stimme ich dir zu – dann kann verhandeln klüger sein als kämpfen.«

Zum ersten Mal seit langer Zeit erhielt Karlmann wieder ein Lob von Karl. Er neigte wie zum Dank den Kopf.

»Aber vergiss eins nicht«, ermahnte ihn sein Vater. »Als Heerführer oder Majordomus darf ich immer nur das androhen, was ich im Ernstfall gnadenlos erzwingen will. Es gibt für alles keinen dümmeren Fehler als eine leere Drohung.«

»Ich weiß genau, was du meinst«, antwortete Karlmann. »Aber ich weiß auch, wie ich mit den Söhnen von Herzog Eudo verhandeln kann. Und ich befolge deinen Rat und belagere die Stadt mit allen Männern, die du mir zur Verfügung stellst.«

Karl nickte. »Nutzt die Gelegenheit!«, rief er dann den Versammelten zu. »Ich will den Klang von vielen Äxten in den Wäldern hören.«

Schon eine Woche später kam Pippin mit den Panzerreitern aus Bordeaux zurück. Karl hörte schon von Weitem den fröhlichen Klang ihrer Hörner.

»Nach ihrem Lärm zu urteilen, müssen sie erfolgreich gewesen sein«, meinte Hildebrand.

Der Majordomus lachte. »Hast du etwas anderes von Pippin erwartet?«

»Er scheint viel von deinen Fähigkeiten geerbt zu haben«, sagte Hildebrand.

»Ich war nie so schroff und kurz angebunden wie er«, protestierte Karl und lachte noch immer.

»Aber genauso hart und entschlossen, wenn du eine einmal gefasste Entscheidung durchsetzen wolltest.«

»Das ist mein Amt und meine Aufgabe«, stellte Karl fest. »Und jedes Zögern, jedes zaghafte Verharren würde mir auch jetzt noch als Schwäche und Unfähigkeit ausgelegt. Ein Princeps wird nicht Erster aller Großen, weil er sanftmütig und gütig ist. Du kannst das Amt eines Grafen oder auch eines Herzogs bekommen, weil man dir zutraut, dass du wie ein guter Hausvater und Hirte handelst. Aber zum wahren Herrscher wirst du nicht durch Güte und Strenge oder gar heiliges Blut, sondern nur dadurch, dass du an dich selbst zuerst denkst. Nur dann nämlich trauen dir alle anderen zu, dass du auch sie sicher führen kannst.«

Die Panzerreiter des fränkischen Heeres näherten sich in einer großen Staubwolke. Obwohl es noch nicht richtig Sommer war, war das Land bereits trocken, und die Blätter an den Bäumen hatten die Frühlingsfrische verloren.

Die siegreichen Franken brachten Herzog Hunold als Gefangenen zusammen mit mehr als hundert weiteren Edlen Aquitaniens aus Bordeaux mit.

»Musste das wirklich sein?«, fragte Karl, nachdem Hunold vom Pferd gestiegen war. Er stellte sich vor ihn und schüttelte immer wieder den Kopf. »Wie konntest du nur so dumm sein und dir zu den Muselmanen auch noch mich verärgern?«

»Du bist nicht verärgert, sondern erfreut über deinen Sohn«, sagte Hunold stolz. »Ich gebe zu, dass ich mich zu einem sinnlosen Abenteuer verleiten ließ. Wir hätten wissen müssen, dass wir Aquitanien nicht aus dem Fränkischen Reich herauslösen können.«

Im selben Augenblick näherte sich von anderer Seite her ein neues Getöse. Diesmal kamen keine Panzerreiter, sondern nur ein Trupp Berittener und ein großer Haufen von Fußkriegern an. Sie gehörten zu den Männern, mit denen Karlmann die Festung Blaye belagern sollte.

»Schneller, als ich angenommen hatte!«, triumphierte Karlmann. Er ritt neben einem stolzen Aquitanier, der blutige Pluderhosen trug, aber keinerlei Waffen mehr bei sich hatte.

In diesem Moment erkannte Karl, wie recht er mit der Vermutung gehabt hatte, dass der Widerstand der Aquitanier nichts anderes als ein Bruderzwist gewesen war.

»Verräter!«, schrie der jüngere dem älteren vom Pferd herab zu. »Ich hätte schwören können, dass du den ungläubigen Franken die Füße küssen würdest.«

»Und du, Hatto?«, rief Karl. »Bist du nicht derjenige, der bis zum letzten Mann gegen mich kämpfen wollte?«

Der jüngere Sohn von Herzog Eudo spuckte aus. Sofort stieß ihm Karlmann die Faust zwischen die Rippen. Hatto heulte auf. Er neigte sich zur Seite, dann rutschte er vom Pferd. Er schlug so hart auf, dass ihm sein Bruder zu Hilfe eilen wollte. Doch weder Pippin noch die anderen Berittenen ließen Hunold durch.

»Lass das!«, warnte auch Karl. »Du musst dich jetzt entscheiden, ob ich euch alle als Verräter köpfen lasse oder ob ihr unsere Königstreuen in Aquitanien sein wollt.«

»Niemals!«, schrie Hatto vom Boden aus. Er kam schwankend auf die Beine. Mit vorgeneigtem Oberkörper wankte er auf den Majordomus zu.

»Besinn dich, Hatto!«, rief sein Bruder Hunold. »Wir sind getauft. Und Jesus Christus ist unser Erlöser.«

»Allah bleibt Allah!«, schrie sein Bruder. Mit harten Griffen riss er die Riemen seiner ersten Rüstung auf. Direkt darunter, über sein Kettenhemd geschlungen, sahen die Franken die grüne Fahne der Muselmanen.

»Allah il Allah!«, rief Herzog Eudos jüngster Sohn noch einmal. »Und Mohammed ist sein Prophet!«

Auch später konnte niemand sagen, woher Hatto plötzlich einen Krummdolch hatte. Er stürzte sich auf Karl, hob die Hand mit dem Dolch und sah im selben Augenblick, wie alle anderen ihre Wurfäxte hochrissen. Sie kamen nicht mehr dazu, den Majordomus zu verteidigen. Mit einem einzigen Faustschlag streckte Karl den Angreifer zu Boden. Dann stellte er den rechten Fuß auf Hattos Schulter. Damit verbot er, dass Dutzende Spathae nach ihm geworfen wurden.

Noch auf dem Weg nach Toulouse erhielt Herzog Hildebrand beunruhigende Nachrichten aus den Gauen von Burgund. Er besprach sich sofort mit Karl. Gemeinsam beschlossen sie, nicht wie vorgesehen Toulouse und Carcassonne zu belagern, sondern direkt zur Küste des Mittelmeers vorzustoßen

Sie kamen dennoch zu spät! Noch bevor sie das Mittelmeer erreichten, kamen ihnen Vertraute von Hildebrand entgegen und berichteten, dass die Muselmanen Arles an der Rhone nur wenige Tage zuvor fluchtartig verlassen hatten.

Als sie die Rhone überquerten und zwischen den leeren Häusern die schräge Straße zum gewaltigen Oval des Amphitheaters hinaufritten, wurde Karl sogleich klar, warum die Araber sich gerade in Städten wie dieser festgesetzt hatten. Es waren nicht die Mauern, nicht die Befestigungstürme und nicht die Thermen von Kaiser Konstantin, der auch in Colonia eine Brücke errichtet hatte – es war die Arena, wie sie in gleicher Größe nur noch in Nimes stehen sollte. Die Großen aus dem Norden des Fränkischen Reiches bestaunten die gewaltigen übereinanderstehenden Bogenreihen des über hundert Schritt breiten und fast hundertfünfzig Schritt langen Bauwerks.

»Genau hier drin werden wir uns versammeln und Gericht über alle halten, die um des eigenen Vorteils willen König und Reich und das Christentum verraten haben.«

Sie konnten zu viert nebeneinander reiten, um ins Innere des riesigen Ovals zu gelangen. Und dann sah Karl, was sein Halbbruder und seine Burgunden zusammen mit den Bewohnern von Arles für ihn vorbereitet hatten. Noch nie zuvor war ein Majordomus der Franken mit derartig triumphalem Jubel empfangen worden wie Karl, der ein halbes Leben lang nur als Bastard aus einer Friedelehe des großen Majordomus Pippin gegolten hatte.

Er reckte sich zu seiner vollen Größe und blickte in das gewaltige Oval. Tausende von Menschen aus der gesamten Umgebung hatten sich auf den schräg ansteigenden Sitzreihen eingefunden. Sie winkten mit wehenden Tüchern, warfen ihm duftende Lavendelsträuße zu und erkannten ihn als ihren neuen Schutzherrn an.

Hildebrand kam ihm auf seinem Pferd entgegen. Er nahm den Helm ab und neigte das Haupt vor seinem Bruder. Die Menge verstummte. Zum ersten Mal wurde Karl bewusst, was sich in den vergangenen Jahren tatsächlich im Süden des Reiches abgespielt haben musste.

Die Muselmanen unter der grünen Fahne des Propheten waren

wieder und wieder in das hitzeflirrende Land zwischen den Meeren eingebrochen. Sie hatten ohne Rücksicht Christenmenschen erschlagen und ihr Vieh davongetrieben, Scheunen ausgeraubt, Kirchen geplündert und alles niedergebrannt, was sie nicht brauchen konnten.

Aber sie mussten auch Meister der schärfsten Waffe sein, durch die sich alle Eroberer auszeichneten: Sie mussten überall die kleinen Speichellecker verschont haben, um sie zu ihren Statthaltern zu machen. Diese Männer galt es zu finden.

Noch während Karl den Jubel genoss, kam eine feierliche Abordnung aus dem Inneren des großen Bauwerks. Die festlich gewandeten Würdenträger traten unter den Rängen mit den ersten Sitzstufen aus den inneren Arkaden hervor. Karl und manch anderer erinnerte sich an die Legenden, dass hier einst Löwen und andere wilde Tiere in mörderische Wettkämpfe getrieben worden waren. Nun aber schritten die Edelsten von Arles mit entblößten Häuptern auf den Majordomus zu. Sie reihten sich wie Legionäre in Reihen vor ihm auf.

»Ich grüße euch, Edle Burgunds, Herren und Damen der Stadt Arles!«, rief Karl mit seiner starken, lauten Stimme. »Ihr habt sehr lange unter dem falschen Zeichen geblutet und gelitten. Aber der Halbmond, der für kurze Zeit das Kreuz in dieser Stadt verdunkelt hat, ist vor der Stärke unserer Schwerter und dem Glauben an Gott und seinen eingeborenen Sohn gewichen.«

Hildebrand nickte ihm kaum merklich zu.

»Rikulf«, sagte er leise.

Karl nickte. Keiner der vielen tausend Zuschauer wagte schon zu jubeln. Nur einige der Frauen begannen zu weinen. Aber es war kein Zorn, kein Hass und keine Trauer, sondern Erleichterung über die Befreiung vom jahrelangen Joch.

»Ich rufe Rikulf, den Reichbegüterten in den Gauen hier zwischen Rhone und Alpen.«

Er wartete. Dann wiederholte er mit Blick auf die vor ihm stehenden Mächtigen der Stadt Arles: »Ist jemand unter euch, der Rikulf heißt?«

Mit grimmigem, aber furchtlosem Gesicht trat ein schwerer, gut fünfzig Jahre alter Mann in seidenen Gewändern einen Schritt nach vorn. Sein Kopf saß halslos auf den Schultern. Er war von onduliertem Haar umrahmt, das durch einen roten Hut mit einer breiten, starren Krempe vor Sonnenlicht geschützt wurde.

»Rikulf«, sagte er nur. »Ich bin Rikulf, der Mann, der hier in schwerer Zeit für Ordnung sorgt.«

Karl lächelte kaum merklich. Er bewunderte den Mut des feisten Ausbeuters. Aber dann hob er seine Hand und streckte sie den Menschen auf den Tribünen entgegen. »Ihr urteilt!«, rief er dann. »Ihr ganz allein!«

Ein furchtbares Geheul, vermischt mit gellendem Geschrei von Wut und Zorn erfüllte die Arena. Genauso ging es mit den nächsten Namen in der Hitze dieses Tages.

»Das waren keine Gottesurteile«, sagte der Majordomus einige Tage später. »Ich habe auch nicht willkürlich die besten Männer der Provence dem Zorn des Pöbels vorgeworfen. All das war vorbereitet durch meinen Bruder Hildebrand, von dem ich sehr wohl wusste, wer mit den Muselmanen unter einer Decke steckte oder gezwungen wurde, ihnen zu gehorchen.«

Sie hatten Arles verlassen und waren die Rhone aufwärts über die alten römischen Flussfestungen Orange und Vienne bis Lyon weitergezogen. Noch immer waren Avignon, Narbonne, Nimes, Carcassonne und Toulouse fest in der Hand der Muselmanen. Deshalb nahm Karl an, dass sich aus Lyon am Zusammenfluss der Rhone und der Saone die Angelegenheiten der Provence besser regeln ließen als vom Süden her.

»Was du in Arles gemacht hast, hat sich sehr schnell überall herumgesprochen«, meinte Pippin und lachte.

»Ich wollte, dass möglichst viele Menschen sehen, dass es noch Gerechtigkeit unter der Sonne gibt«, gab sein Vater zurück. Er wandte sich an Pippin und dessen Halbbruder Remigius: »Ihr beide sollt Hildebrand von jetzt ab in Burgund unterstützen. Aber vergesst nicht, dass wir hier immer noch mächtige, untereinander verschworene Familien gegen uns haben.«

Noch vor dem Aufbruch nach Norden ließ sich Karl im alten *praetorium* von Lyon sämtliche Beutestücke und Geschenke zeigen, die er in diesem Jahr errungen hatte. Zusammen mit seinen engsten Beratern und den Paladinen in seiner Begleitung schritt er von einem Tisch zum nächsten. Sie nahmen sich einen halben Vormittag Zeit, um Waffen und Schmuckstücke, Kelche und wertvolle Pergament-rollen, alte Parfümkästchen, kostbares Zaumzeug, bestickte Seiden-gewänder und große Teppiche mit Jagdszenen genau anzusehen.

Während sie einen Raum nach dem anderen langsam durch-schritten, traf draußen im Hof ein unkriegerisch wirkender Reiter ein. Sein Pferd war staubig und trug einen Sattel, der schon fast wie ein tragbarer Markt aussah. Überall hingen Töpfe und Pfannen, Kannen und Glöckchen, Taschen und Beutel herab. Karl erkannte den Mann sofort. Es war Elias, der Sohn des Juden Isaak.

»Was gibt es?«, rief Karl ihm fröhlich zu. »Was treibt dich derar-tig in Eile her?«

»O Karl, o Herr des Reiches«, erwiderte der Sohn des Fernhänd-lers völlig erschöpft. »Ich sage nur: Abd-al-Melik ist nicht mehr. Sein Nachfolger Ocba ben Alhegag will die Schmach von Arles rä-chen.«

35

Sarazenenblut

Der Winter im *praetorium* am Rheinufer war sehr lang, und als die ersten Boten wieder durchkamen, erzählten sie von schlimmen Dingen überall im Königreich. Karl musste hören, dass er den Widerstand des burgundischen Adels nicht hart genug gebrochen hatte. Auch die Muselmanen waren erneut in Septimanien eingebrochen. Hier musste Hildebrand eingreifen. Dann trafen Berichte über rebellische Sachsen ein, dazu Beschwerden, in denen das harte und unduldsame Vorgehen von Erzbischof Bonifatius und seinen Mönchen beklagt wurde.

Genau in diese angespannte Stimmung brach die Kunde von einem Ereignis, das für Karl schlimmer war als alles andere.

»Der König ist tot!«, meldete Rotbert mit ungewohnt bleichem Gesicht. Er war kurz zuvor in einen der Vorräume hinausgegangen, als dort störende Stimmen laut wurden.

»Wer sagt das?«, fragte Karl sofort.

»Die Priester vom Ziegenberg«, antwortete Rotbert. »Theuderich IV. ist bereits vor einer Woche gestorben. Aber der Schnee war so hoch, dass die Kirchenmänner den Felsen über dem Fluss nicht verlassen konnten.«

Karl empfing die Priester im Vorraum und winkte sie herein. Die Männer mit ihren Kapuzen und Umhängen hatten allesamt rot und blau verfrorene Gesichter.

»Woran starb er?«, fragte der Majordomus sofort.

Sie zogen die Schultern zusammen. Dann neigten sie einer nach dem anderen den Kopf.

»Es muss die zugige Luft auf dem Ziegenberg gewesen sein«, sagte der Sprecher der Priester. »Aber es war auch seine eigene Unvernunft. Denn oftmals hat er sich unseren Bitten verschlossen, doch mehr als ein seidenes Hemd anzuziehen, wenn er von einem Haus in ein anderes ging.«

»Wer weiß außer euch und uns hier noch davon?«

»Nur unsere Brüder auf dem Felsen.«

»Dann soll es im Augenblick auch dabei bleiben«, befahl Karl kurz entschlossen. »Schwört, dass ihr schweigen werdet, bis ich die Auflassung gebe.«

»Wir schwören bei Gott, dem Allmächtigen«, sagte der Sprecher der Priester sofort.

Karl nickte und entließ ihn mit einer kurzen Bewegung der linken Hand. Als sie gegangen waren, sprach keiner der Anwesenden. Vollkommen regungslos saßen sie am mit Pergamenten, Weinkrügen und Kuchenkörben übersäten Tisch. Rotbert und Folker blickten nach unten. Karlmann beobachtete seinen Vater nur aus den Augenwinkeln, und Karl selbst starrte wortlos geradeaus. Es war, als wollte er durch die Mauern hindurch weit nach Westen bis zum Ziegenberg hinaufsehen.

Allen war klar, was jetzt zu geschehen hatte. Der Majordomus musste eine geeignete Grablege für den verblichenen Merowinger bestimmen. Dafür kamen nur Metz oder Sankt Denis in Frage, doch daraus ergaben sich weitere Probleme. Spätestens beim Märzfeld in drei Wochen musste er den Großen des Reiches einen Nachfolger für Theuderich IV. vorschlagen.

Die brennenden Holzscheite knisterten im Kamin. Während draußen Schneeflocken über den noch immer halb vereisten Rhein trieben, spürte Karl, wie eine eigenartige, wohlige Wärme durch seinen Körper rann. Zuerst wehrte er sich noch gegen den verführerischen Gedanken, aber dann ließ er ihm behutsam mehr und mehr Raum. Was würde geschehen, wenn er einfach darauf verzichtete, sich einen neuen Merowinger, einen neuen König zu suchen?

War er nicht längst der alleinige Herrscher über das Königreich der Franken? War er nicht von den Großen und Edlen des Reiches zum Ersten von ihnen gewählt und bestätigt worden? Gewiss – nach Recht und Gesetz wäre es ungeheuerlich, wenn er das *Regnum Francorum* ohne König ließ. Er war der erste Diener des Souveräns, doch ohne heiliges Blut und ohne Krone. Und ohne König konnte er auch nicht Majordomus sein. Was aber dann?

Karl biss die Zähne so fest zusammen, dass sie schmerzten. Er musste jetzt und hier entscheiden, wie es weitergehen sollte. Drei Möglichkeiten standen klar und deutlich vor ihm. Die erste bestand darin, nach irgendeinem im Blut mit den Merowingern verwandten Mann aus irgendeiner Nebenlinie zu suchen. Die zweite Möglichkeit war so gefährlich, dass er auf keinen Fall den Fehler seines Vorfahren Grimoald I. wiederholen wollte. Weder er selbst noch einer seiner Söhne durfte die Krone der Merowinger tragen. Denn trotz aller Erfolge hätte ihm dies auch der Norden des Reiches nicht verziehen.

Nur der dritte Weg war zuvor von keinem Majordomus erprobt worden. Sie bestand ganz einfach darin, für eine Weile auch ohne Schattenkönig zu herrschen. Karl verzog seine Mundwinkel zu einem Lächeln, und seine Augen begannen zu leuchten. Er schürzte seine Lippen, und der Gedanke erfüllte ihn wie ein süßer Rausch.

Mit dem Oberbefehl über ein Vorauskommando zog Herzog Hildebrand so schnell wie möglich nach Burgund. Vor jedem morgendlichen Aufbruch schickte er Boten mit einem Lagebericht an den Majordomus zurück. Dadurch erfuhr Karl Tag um Tag, wie schnell und wie weit sich die Muselmanen im Rhonetal zurückzogen.

Aber auch Pippin schickte Botschaften. Sie stimmten nicht mit denen Hildebrands überein. Während Karls Stiefbruder behauptete, die meisten der Burgunden seien dem König und dem Majordomus treu ergeben, berichteten die Boten Pippins von einer heimlichen Zusammenarbeit zwischen Burgunden und Arabern.

»Pippin berichtet von der unteren Rhone«, versuchte Karlmann zu schlichten, »und Hildebrand meint wahrscheinlich die Gegend zwischen Dijon und Lyon.«

»Das ist für mich alles immer noch Burgund«, sagte Karl verärgert. »Wenn mein Bruder von Frieden und mein Sohn von Krieg spricht, muss ich mir eben selbst ein Bild verschaffen.«

Er teilte erneut das Heer in Berittene und Fußkrieger. Zusammen mit seinen Panzerreitern und einer Auswahl der Edlen aus Austrien, Neustrien, Hessen und Thüringen ging er in einen zügigen Vormarsch über. Als sie das Tal der Saone erreichten und schnell in Richtung Lyon vorrückten, kamen ihnen Abgesandte Pippins mit neuen Hiobsbotschaften entgegen. Jetzt zeigte sich, dass Hildebrand nicht die Wahrheit berichtet hatte.

Karl erfuhr, dass sein Halbbruder Lyon verlassen hatte, während die muselmanischen Eroberer auf ihren schnellen Pferden überall mit Feuer und Schwert wüteten, ehe sie sich wieder zurückzogen. Sie hatten wahllos Klöster entweiht, heilige Stätten zerstört und unzählige Menschen in die Gefangenschaft mitgeschleppt.

»Wir halten uns nicht in Lyon auf«, ordnete Karl an, »nur eine Nachtrast, dann reiten wir direkt nach Avignon. Pippin und Hildebrand dürfen auf keinen Fall am Felsen von Avignon in eine Katastrophe stürzen.«

Die Pferde waren nicht für schnelle Ritte geeignet. Aber sie hielten durch, begnügten sich mit kurzen Pausen am Wasser und halben Raststunden, bei denen ihnen die Futtersäcke unter das Maul gehängt wurden. Viel anstrengender war der fast endlose Ritt für die Packpferde. Sie schleppten schwere Rüstungen, Helme und Beinschienen, Kettenhemden und Wehrgehänge. Da alles, was die Panzerreiter brauchten, diesmal ohne Karren mitgeführt wurde, geriet der Vormarsch an der Rhone entlang nach Süden zu einer großen Schinderei. Zwar hatte Karl von Anfang an Marscherleichterung befohlen, doch ab Lyon galten wieder die Bedingungen des Krieges. Sie mussten darauf vorbereitet sein, dass zu jeder Zeit unerwartete Angriffe von Felshängen herab oder aus versteckten Seitentälern über sie hereinbrechen konnten.

Der erste Tag und die erste Nacht südlich von Lyon verliefen ohne Zwischenfälle. Auch der zweite Tag blieb wider alle Erwartungen ruhig. Am dritten Tag, als die Berge im Westen und Osten zurückgewichen waren und das Tal verbreitert hatten, erreichten sie den großen Rhonebogen mit seinem Schwemmland und dem Zufluss der Dourance aus den Alpenbergen zwischen dem Herzogtum Burgund und dem Königreich der Langobarden. Schon von Weitem erkannten sie die Mauern der Stadt auf der Felsplatte, die zum Fluss hin gut dreißig Schritt hoch war und nach Osten hin sanft abfiel.

»Jetzt bist du wieder dran!«, rief der Majordomus aus dem Sattel heraus seinem Erstgeborenen zu. »Du hast den Aquitanier Hatto aus seiner Festung Blaye geholt. Jetzt lass dir was einfallen, wie wir die Muselmanen aus Avignon vertreiben können.«

»Sie haben sicherlich genügend Vorräte«, rief Karlmann zurück. »Aber sie könnten gerade hier am Fluss das Wasser nicht bedacht haben!«

»Was willst du damit sagen?«

»Dass sie dort drüben auf dem Felsen in einer schönen Falle sitzen. Ich sage nur: Denk an den Ziegenberg ...«

Karl lachte stolz. »Dein Wort in Gottes Ohr! Aber lass uns zuerst mit Hildebrand und deinem Bruder reden.«

»Ich habe bisher nichts von Pippin gesehen.«

»Dann sperr die Augen auf«, rief Karl zurück. »Dort kommen beide. Und jeder will als Erster bei uns sein.«

Die Panzerreiter blickten an den Obstbäumen außerhalb der Stadt entlang. Pippin und seine Begleiter waren bereits so nahe, dass die Männer um Karl die Wimpel und die Wappen ihrer Schilde unterscheiden konnten. Hildebrand und sein Gefolge hatten die schnelleren Pferde.

Bereits am ersten Abend der Belagerung von Avignon erfuhr der Majordomus, dass der Graf Maurontus in dieser Gegend auch mit dem Titel Dux oder Herzog bezeichnet wurde.

»Wenn er wirklich Herzog wäre, wüssten wir davon«, meinte Karlmann abfällig.

»Ihr solltet nicht unterschätzen, wie frei und überlegen sich die Edlen in diesen Gebieten fühlen«, mahnte sein Bruder.

Karl wurde ungeduldig. »Ich hätte nichts dagegen, wenn wir langsam zur Sache kämen. Ich weiß bisher nur, dass Hildebrand die Araber aus dem Flachland auf den Stadtfelsen getrieben hat.«

»Das war das Dümmste, was er machen konnte«, meinte Karlmann.

»Nicht für uns«, stellte Karl fest, »denn jetzt schmoren sie in ihrem eigenen Saft. Deshalb beginnen wir noch heute mit der Belagerung und den ersten Angriffen.«

Karls Söhne und die versammelten Heerführer sahen den Majordomus verwundert an.

»Sollten wir nicht zuerst Sturmwaffen bauen, Tauwerk zusammenholen und Leitern zimmern lassen?«

»Habt ihr vergessen, was wir im vergangenen Jahr aus Aquitanien mitgebracht haben?«, fragte Karl mit einem überlegenen Lächeln. Keiner der anderen hatte daran gedacht. »Das hat doch lange genug stromab in Arles gelegen. Die Wagen und Frachtkähne müssten schon in den nächsten Stunden eintreffen.«

Schon wenige Stunden darauf wurden die ersten Boote um die Biegung des Flusses gerudert. Sie hielten sich dicht an die bis zum Wasser herabhängenden Zweigen der Uferbäume. Auf diese Weise konnten die Ruderer auch von den Mauern und Türmen auf dem Felsplateau von Avignon nicht mit Steinen beworfen oder mit Pfeilen beschossen werden.

Genau so, wie es Karl gesagt hatte, trafen bis in die Nacht auf dem Fluss und in einem großen Bogen auch vom Osten her Belagerungsgeräte, Wurfmaschinen und zusammengelegte Teile von beweglichen hölzernen Kampftürmen ein.

»Wir warten nicht, bis alles hier ist«, ordnete Karl an. »Jedes Katapult soll von sich aus mit seinen Angriffen beginnen, sobald seine Mannschaft dazu in der Lage ist. Ich will, dass die Geschosse über Mauern und Türme hinweg bis auf die Dächer hinaufschleudern. Aus anderen Katapulten will ich Ölkrüge mit brennendem Zündlappen fliegen sehen. Bogenschützen sollen flammende Pfeile in die Stadt schießen. Aber kein einziger unserer Männer soll so dicht an den Felsen rücken, dass er von oben mit kochendem Öl oder durch Pfeile der Eingeschlossenen getroffen werden kann.«

Die flammende Belagerung Avignons traf die muselmanischen Reiter vollkommen unvorbereitet. Sie waren in schnellen Angriffen und wilden Verheerungen geübt, nicht aber in der Verteidigung einer eingeschlossenen Stadt. Noch in der Nacht sahen die Franken aus dem Norden, wie sich der Feuerschein über den Häusern von Avignon höher und höher in den sternenklaren Himmel hob. Die Flammenwand spiegelte sich im Wasser der Rhone und erhellte noch die gegenüberliegenden Bergwälder. Dennoch blieben die Muselmanen standhaft. Sie wagten keinen Ausbruch.

Bei Sonnenaufgang bewegten sich die hohen hölzernen Türme wie in den Zeiten römischer Legionäre Stück um Stück auf Felsen und Mauern zu. Überall knarrte das Tauwerk der Katapulte. Die Luft war angefüllt mit dem Gestank von ranzigem Öl, verbranntem Fleisch und saurem Weinessig.

Inzwischen nachgerückte Fußkrieger aus dem Norden, die bisher nur Schild und Schwert, Speer oder Wurfaxt gekannt hatten, schleppten zu Hunderten lange Leitern bis an den Fels. Andere zogen die Boote aus dem Fluss und stapelten sie direkt am Steilufer übereinander. Sie schlangen Seile um Holzbohlen und frisch geschlagene Baumstämme. Auf diese Weise entstanden Gitterwerke, die wie schräg an den Fels gelegte Brücken aussahen. Und dann kletterten die ersten Angreifer nach oben und begannen mit dem Kampf.

»Lasst die Drometen schmettern!«, rief Karl in voller Rüstung, als die Sonne hoch genug über den Alpen im Osten stand. »Schlagt alle Pauken zum Lobe des Allmächtigen!«

Er scharte die Panzerreiter und sein persönliches Gefolge um sich, dann schnalzte er laut mit der Zunge, schlug mit den Zügeln gegen beide Halsseiten seines schweren Wallachs und ließ ihn einen ersten Schritt auf die Osttore von Avignon zugehen.

Auch später wusste niemand zu sagen, wer von den Arabern oder den Bewohners Avignons den Franken die Tore in den festen Mauern geöffnet hatte. Während die einen hinauswollten, drängten die anderen hinein. Auf engstem Raum schlugen Schwerter gegeneinander, auf Männer, Schilde und Pferde. Die schmalen Gassen von Avignon waren weder für die Araberpferde noch für die Kaltblüter aus dem Norden geeignet. An manchen Stellen passten gerade je ein Pferd beider Arten nebeneinander zwischen die Häuser mit ihren flachen, römischen Dächern aus halbrunden Ziegeln. Urplötzlich zeigte sich, dass die Standfestigkeit der fränkischen Kaltblüter der tänzelnden Unruhe der Araberstuten eindeutig überlegen war.

Gleichzeitig mussten Karl und die anderen fränkischen Edlen erfahren, wie geschickt die Sarazenen mit ihren Krummschwertern nicht nur die Luft, sondern auch die Stadteroberer zerteilten. Während manch fränkische Spatha an Mauervorsprüngen oder den Balken der Häuser zerbrach, zogen die Muselmanen ihre Damaszenerklingen durch die Körper der Gegner.

Zum Fluss hin hüllten Rauch und Feuer die Stadt immer weiter ein. Im Osten Avignons kämpften Mann und Mann so verbissen um Leben und Tod, dass schon bald Ströme von Blut durch das Gefälle der steinernen Gassen bis zu den Stadttoren flossen.

Karl war nicht froh über den schweren Sieg. Sie brauchten mehrere Tage, bis sie sich von der Eroberung Avignons so weit erholt hatten, dass sie in Richtung Narbonne weiterziehen konnten. Hunderte von Franken und Arabern waren bei den Kämpfen umgekommen, weit über tausend Sarazenenreiter in Gefangenschaft geraten. Sie wurden entwaffnet und mussten ihre Pferde abgeben. Ohne die Tiere waren sie eher klein und scheu.

Karl und die anderen waren an den Gefangenen vorbeigeritten und hatten sich dabei gefragt, wie groß ihr Glaubenseifer sein musste, dass weder Blut noch Feuer, weder Niederlagen noch der Tod sie schreckte.

»Vergesst unsere Mönche aus Irland und England nicht«, lästerte Pippin. »Die haben auch alles verbrannt und zerschlagen, wenn es nach ihrer Überzeugung nicht christlich genug war.«

»Dabei müssten wir alle Brüder sein und gemeinsam gegen die wirklich Ungläubigen kämpfen«, sagte Karlmann. Er ritt auf der rechten Seite seines Vaters, sein Bruder Pippin auf der linken. Sie hatten die Flussarme der Rhone verlassen und folgten jetzt wieder der alten römischen *Via Domitia* durch Septimanien.

Karl befahl, die gefangenen Sarazenen im großen Amphitheater von Nimes zu bewachen. Die Arena war noch größer als die von Arles. Seit einem halben Jahrhundert diente der Rundbau als Gefängnis für das gesamte Herzogtum Burgund.

Das riesige, inzwischen durch Tausende von Fußkriegern verstärkte Heer des Majordomus lagerte an mehreren Plätzen rund um Nimes.

Doch dann hörte Karl, dass die Besatzer von Narbonne davon erfahren hatten, was in Avignon geschehen war. Es hieß, dass sie als Rache ein Gemetzel unter den Bewohnern planten.

Karl ließ sofort die Umschließung von Nimes abbrechen und rhoneabwärts bis zum Stadtberg von Arles verlagern. Er selbst und alle Panzerreiter preschten voraus.

Am Tag darauf, als die Sonne seit mehr als einer Stunde wie ein glühendes Fanal im dichten Dunst über den Flussauen und den Sümpfen der Camargue stand, entschied sich Karl für einen Überraschungsangriff.

»Du übernimmst, Pippin!«

Noch in der Nacht nach ihrer Ankunft hatten sie kleine Brücken und Stege erkundet. Vom Schilf verborgen, kamen sie bis an das Lager der Araber heran.

Pippin und die Panzerreiter schnitten den Muselmanen den Fluchtweg aus der Stadt ab. Plötzlich sah er, dass die Kaltblüter nicht mit der weichen Erde zwischen den Wasserläufen zurechtkamen. Sie sanken tief ein und scheuten vor dem scharfen Schilf und den fremdartigen Dornenbüschen.

»Zurück!«, schrie Pippin, so laut er konnte. »Alles zurück!«

Zu spät! Die ersten der muselmanischen Reiter preschten heran. Sie zerstörten die Stege, über die die Franken gerade gekommen waren.

Die Schlacht in den Sümpfen der Aude begann so schlecht geplant wie kaum ein Waffengang zuvor. Die Männer strauchelten und rutschten von ihren Pferden, schlugen mit Spatha und Krummschwert aufeinander ein, kämpften schon ohne Schilde und wurden immer unbeweglicher.

Karl wollte eingreifen, aber er sah keine Möglichkeit, Pippin zu helfen. Dort, wo sein Sohn die Übergänge über die Wasserläufe gefunden hatte, ragten nur noch zerborstene Stege zwischen Pferdekadavern an den Böschungen, Leichen und schreienden Verwundeten aus dem Wasser empor.

In ohnmächtigem Zorn musste der Majordomus mit ansehen, wie sich die Sarazenen über die Körper von Franken hinweg auf festeren Boden flüchteten, dann auch die letzten Sperrriegel durchbrachen und sich bis zu den Mauern der Stadt Narbonne durchschlugen. Andere Franken, die, von Karls Boten alarmiert, von allen Seiten zu Hilfe eilten, prallten direkt vor den Toren der Stadt mit schnellen Berittenen zusammen, die den anderen ihren Fluchtweg freikämpfen wollten. Aber es war und blieb eine vollkommen ungeplante, sinnlose Schlacht, die mehr einem verbissenen Gemetzel als einem offenen Kampf auf freiem Feld glich.

Erst gegen Mittag drang Karls Befehl zum Abbruch auch bis zu den letzten Franken vor, die längst auf eigene Faust kämpften und nur noch vergelten wollten, was ihnen die Musclmanen bei ihrem Durchbruch zur Stadt zugefügt hatten.

Tagelang wiederholte sich das unwürdige Schauspiel. Fränkische Fußkrieger griffen über Leitern und Belagerungstürme an. Dann öffneten sich die Tore, und muselmanische Reiter preschten blitzschnell heraus, schleuderten Krüge mit brennendem Öl gegen die Belagerer und verschwanden wieder, ehe die Kaltblüter der Franken sich mehr als ein paar schwere Schritte bewegt hatten.

Narbonne war anders als Avignon. Hier halfen weder Katapulte mit Steinladungen noch Feuertöpfe, um die Dächer in Brand zu stecken. Es gab ausreichend Wasser innerhalb der Stadt, um jedes Feuer sofort zu löschen.

Auch an ein Aushungern war nicht zu denken. Karl wusste inzwischen, dass im alten römischen *horreum*, dem riesigen unterirdischen Labyrinth aus Speichern, genügend Vorräte für viele Monate gehortet wurden.

Und genau das wurde zu seinem Problem. In der gesamten Umgebung war so viel verwüstet worden, dass kein Heer eine wochenlange Belagerung von Narbonne überleben konnte. Selbst wenn sie Tag um Tag nur Meeresfische aßen und sich mit dem Wasser der Aude begnügten, konnten sie die Eingeschlossenen nicht bezwingen.

Karl befahl, sämtliche Boote und Schiffe aus den Wasserläufen der Aude bis in den Hafen von Narbonne zu bringen. Von dort aus ließ er sie in die Haffs und Brackwasserteiche südlich der Stadt rudern. Im Tross mussten Fischnetze geknüpft werden. Und dann kämpften die Männer, die eigentlich das Schwert und die Axt führen sollten, zumeist vergeblich um glitschige, schillernde Fischbeute aus dem Mittelmeer.

Am siebten Tag der Belagerung kamen die ersten der jungen Kundschafter zurück, die Karl in Richtung Barcelona geschickt hatte. Sie berichteten von einem großen Heer, das sich dort bereits in Bewegung setzte.

»Es wird von Omar ibn-Chaled angeführt«, antworteten die Kundschafter, »dem spanischen Statthalter. Sie kommen sehr schnell auf der Küstenstraße voran. Und ihr schweres Gerät haben sie bereits mit Schiffen vorausgeschickt.«

Karl wandte sich an Pippin. »Du bleibst mit einem Fünftel des Heeres hier«, sagte er und zog die Enden seines Schnurrbartes fest. Dann drehte er sich zu Karlmann um: »Und du kommst mit.«

Sie brachen noch am selben Tag auf und ritten an der Landseite der Teiche entlang, die durch die Wasser der Aude gespeist wurden. Auf der anderen Seite der Brackwasserflächen trennten Dünen und kleinere baumlose Berge mit schroffen Felsspitzen das Mittelmeer von den tückischen Flachwassern.

Nach drei Meilen überquerte das Heer die einzige Brücke über das Flüsschen Berre an den ausgebrannten Ruinen eines Landgutes.

»Wir warten hier!«, ordnete Karl an. Dann erklärte er von einem Felsvorsprung aus, wie er die Muselmanen zwischen den hügeligen Ausläufern der Pyrenäen und dem salzigen Brackwasser südlich von Narbonne in die Zange nehmen wollte. Gleich darauf ließ er beginnen.

»Fünfhundert Mann in die Boote!«, rief er. Die Männer auf dem Wasser wurden durch Spiegelzeichen näher gerufen. Gleichzeitig verteilte Karl die Fußkrieger so hinter mehreren Hügelkuppen, dass sie von der Straße aus nicht zu sehen waren. Dennoch wurde ihre Geduld auf eine harte Probe gestellt. Und dann, fast wie bei Tours und Poitiers, tauchten die Sarazenen auf ihren schnellen Pferden auf, als die Sonne den Zenit erreichte.

Karl ließ sich ein großes, gebogenes Kampfhorn geben und blies mit aller Kraft hinein. Der urtümliche Kriegsruf schallte weit über die Sarazenen hinweg. Sie brachen sofort nach allen Seiten aus. Von Westen her stürmten ihnen Karls Panzerreiter entgegen. In ihrem Rücken versperrten dichte Haufen von schwer bewaffneten fränkischen Kriegern die Flucht zurück.

Der Kampf war so hart und heftig, dass die alte Römerstraße im Blut schwamm, geschlagene Kämpfer über die Ränder der Straße stürzten und an den Böschungen hinab bis zu den Ufersümpfen rollten. Erst jetzt tauchten die Frachtschiffe der Muselmanen auf.

Als die berittenen Sarazenen erkannten, dass sie gegen die Panzerreiter der Franken nicht ankamen, wollten sie die Flucht ergreifen. Doch da begann zum ersten Mal zwischen Christen und Muslimen eine Schlacht im Wasser. Anders als bei den Friesen waren die Franken diesmal auf einen Kampf von Boot zu Boot vorbereitet.

Obwohl sie nur über Fischerboote und flache Lastkähne verfügten, trugen einige von ihnen Katapulte und fest verzurrte Rammböcke am Bug. Die Franken schützten sich mit Dächern aus Schilden. Einige ruderten, andere stakten im Seichtwasser. Und wiederum andere hockten hinter ledernen Planen und schossen eine Pfeilsalve nach der anderen auf die Schiffe der Araber ab.

Karl sah, wie sich aus dem Getümmel an der Straße eine Gruppe von Vornehmen löste. Das war der Augenblick, auf den er die ganze Zeit gewartet hatte. Der Anführer des neuen Heeres erkannte ihn ebenfalls. Omar ibn-Chaled ritt, prächtig in weiße und hellgrün leuchtende Seide gekleidet und mit einem goldgelbem Turban auf dem Kopf, direkt auf ihn zu.

Karl sah, wie er seinen edlen Begleitern Befehle entgegenschleuderte, sein eigenes Pferd nach links und rechts riss und erneut nach vorn drängte. Karl zog die Mundwinkel herab. Zu viel Theater für seine Vorstellungen von einem noblen Zweikampf. Er rückte seinen Helm fester, holte so tief Luft, bis sein Brustkorb zu platzen schien, stieß einen röhrenden Schrei aus und gab seinem Ross die Sporen. Das schwere Kaltblut setzte sich wie eine mächtige antike Kampfgaleere in Bewegung.

Karl zog sein Langschwert und wehrte sich ein Dutzend Angreifer wie lästige Insekten so vom Leib, dass ihre Krummschwerter ihn nicht mal kratzen konnten.

Omar ibn-Chaled erkannte ihn. Ganz so, als hätte er nichts anderes als diesen einen Kampf erwartet, stellte er sich dem Mann, den er im Namen Allahs und des Propheten besiegen und vernichten wollte.

Karl hatte kein Interesse an einem langen Zweikampf. Dennoch reizte es ihn, den anderen zuerst das Schwert heben zu lassen. Eiskalt erwartete er den Streich des Arabers. Und als er kam, wehrte er den geschickten Schlag der Damaszenerklinge so hart ab, dass sie mit ihrem perlenverzierten und smaragdbesetzten Knauf in hohem Bogen bis zu den Felsen flog. Karl musste nur noch den Arm senken.

Mit einer leichten und schon fast spielerischen Bewegung seines eigenen Schwertes schnitt er dem Anführer der Muselmanen das Leben ab. Der Kopf des Araberfürsten kippte zur Seite. Die eben noch furchtlosen Krieger in seiner Nähe schrien vor Entsetzen. Zu Fuß und zu Pferd flohen sie hinab zum Wasser. Dort aber warteten bereits die anderen Franken auf den Booten.

Die schwer Besiegten wurden entwaffnet und von ihren Pferden getrennt. Die Franken machten keinen Unterschied zwischen Berbern und Omaijaden, Sarazenen und Arabern oder den zum Trossdienst im Heer der Muselmanen verpflichteten Goten.

Die Franken zogen sich bis zum Flüsschen Berre zurück. Hier fanden sie klares, frisches Wasser, um ihre Wunden zu waschen und ihre Köpfe zu kühlen. Pippin hatte einen Pfeil in seine linke Schulter bekommen. Er trug seinen Arm in einer Schlinge aus grüner Fahnenseide. In Karls Brustharnisch klaffte ein langer, schräger Schnitt.

»Sie sind unglaublich scharf und hart, diese verdammten Damaszenerklingen«, presste Pippin hervor.

Jeder der Männer aus Karls Gefolge würde noch einige Zeit die Zähne zusammenbeißen müssen, um die Schmerzen durch zerrissene Kettenhemden, flache Schwertschläge oder auch brennende Schnitte zu ertragen. Sie sprachen nicht darüber, denn all das gehörte nun einmal zu einem Heereszug. Selbst für die Toten wurden nur kurze Gebete gesprochen. Die Zeit der Trauer begann erst dann, wenn die Überlebenden wieder zu Hause waren und den Zurückgebliebenen berichteten, wer nicht mehr wiederkommen würde.

36

Heimkehr der Helden

Sie zogen von Narbonne aus über die Steinplatten der *Via Domitia* in Richtung Béziers. Kurz bevor sie die ummauerte Stadt erreichten, die sich wie eine Akropolis über dem Fluss Orb erhob, schwenkte Karl mit einigen Begleitern zu einem kurzen Abstecher an einen anderen Platz von der Straße ab. Sie ritten einen rund dreihundert Schritt langen Hügel hinauf, auf dessen Kuppel sich einer der geheimnisvollsten Plätze in ganz Septimanien befand.

Während die meisten von Karls Begleitern kaum einen Unterschied zwischen dem alten Siedlungsort und den vielen Ruinenfeldern aus römischer Zeit bemerkten, wurde Karl unwillkürlich an den runden Berg von Urach erinnert. Das *oppidum* Enserune musste bereits in grauer Vorzeit eine alles beherrschende Stellung über die weite, bis nach Narbonne und zum Meer reichende Ebene gehabt haben. Karl blickte durch die flirrende Hitze über kleine, verkrüppelte Eichen und verdorrtes Gras in die Runde. Die ganze Gegend schien ihm, als sei sie schon immer ein Schlachtfeld zwischen Eroberern und Verteidigern gewesen.

»Wir müssen sämtliche Festungen und Stützpunkte ringsum zerstören, damit sich die Eroberer aus dem Süden nicht Jahr für Jahr erneut hier festsetzen können«, sagte er.

»Ich denke, dass wir die Sarazenen für lange Zeit zurückgeschlagen haben«, meinte Herzog Folker. Anders als bei Karl war sein einst blondes Haar schon fast weißgrau geworden.

»Zurückgeschlagen ist richtig«, antwortete der Majordomus. »Aber nicht durch einen Sieg von Dauer.«

»Du zweifelst daran?«, fragte Folker.

»Nicht an unserer Überlegenheit. Aber sie nutzt nur dann etwas, wenn wir auch hier sind, sobald sie erneut auf ihren schnellen Pferden heranreiten. Und genau das können wir uns nicht leisten.«

Der getreue Herzog, der Karl nun schon seit vielen Jahren begleitete, musste ihm recht geben.

»Dann bleibt uns nichts anderes, als bis zur Rhone hin genauso zu wüten, wie es die Sarazenen seit Jahren tun.«

»So ist es«, sagte Karl mit einem tiefen Seufzer. Sie verließen die keltische Hügelsiedlung und ritten der Hauptmacht des Heeres nach. Nur kurze Zeit später kamen ihnen die Bewohner der Bergstadt entgegen. Sie brachten ihnen schon auf der Brücke symbolisch den Schlüssel zur Stadt.

Trotz der Sommerhitze, in der sich kein Lüftchen bewegte, trugen die Edlen von Béziers kostbare, aber auch schwere Gewandungen mit goldenen Stickereien. Einige hatten weiche, fast bis zur Schulter fallende Barette auf den Köpfen. Andere trugen eine Art Bischofshut mit steifen, breiten Krempen. Wiederum andere waren wie römische Senatoren oder auch Sarazenen in kostbare seidene Tücher gehüllt.

»Sind noch Muselmanen in der Stadt?«, fragte Herzog Folker anstelle des Majordomus.

Niemand von ihnen verstand die Antwort der Männer aus Béziers. Sie sprachen in einem eigentümlichen Singsang, den keiner der Franken beherrschte. Nur mühsam konnten sie sich schließlich auf Latein verständigen.

»Er sagt, es seien keine Araber mehr in der Stadtfestung«, meinte Folker schließlich.

»Dann sehen wir doch einmal nach, ob wir nicht wenigstens ein paar von ihren willigen Helfern finden«, entschied Karl.

Sie ritten über die Brücke und bogen hinter dem Südwesttor nach rechts ab. In steilen Serpentinen führte die enge Zugangsstraße höher. Während rechts und links winzige verwinkelte Gässchen abzweigten, öffnete sich schließlich oben auf dem Plateau des Festungsberges ein langer, schon fast an ein römisches Forum erinnernder Platz. An seiner oberen Schmalseite standen die Reste einer ausgebrannten Basilika. Folker und einige andere radebrechten so lange in lateinischer Sprache, bis sie mehr herausgefunden hatten.

»Die Kirche stammt noch aus dem ersten Jahrhundert nach der Kreuzigung Christi«, sagte Folker schließlich. »Sie ist dem Schutzpatron der Stadt geweiht, der hier zum Märtyrer wurde. Der Sarkophag des heiligen Bischofs hat bis vor einigen Jahrzehnten als Taufbecken gedient.«

»So lange jedenfalls, bis das wundertätige Wasser von den Pferden der Muselmanen gesoffen wurde«, ergänzte Karl. »Das habe ich auch verstanden.«

Er befahl sämtlichen Bewohnern der Stadt, sich auf dem Platz oben auf dem Hügel zu versammeln. »Es würde Wochen dauern, bis wir jeden Einzelnen hier auf Kreuz oder Halbmond geprüft hätten«, meinte er. »Ich will daher den Spieß umkehren. Also hör mir genau zu, Folker: Ich will mich diesmal nach dem Buch Hiob und dem Versprechen Gottes richten, dass er die Stadt vor Zerstörung bewahren würde, wenn sich Gerechte finden ließen, und seien es auch nur wenige. Lass also übersetzen, dass die Bevölkerung von Béziers die hundert treuesten Christenmenschen aus ihren eigenen Reihen benennen soll.«

Karl wollte keine gegenseitigen Denunzierungen. Zu oft hatten Anhänger der Besiegten gerade die Unschuldigen als Verräter und Parteigänger der vorangegangen Herren benannt. Es dauerte lange, bis sich kleine Gruppen von den anderen trennten. Es waren diejenigen, die von den Bewohnern der Stadt als gute Christen benannt worden waren.

Folker befragte sie erneut. Jeder von ihnen durfte zehn benennen und für sie bürgen. Auf diese Weise lichteten sich die Reihen der nicht Ausgewählten mehr und mehr. Karl ließ Kinder unter vierzehn Jahren zur Seite treten, dann auch die Männer, die keine Waffen mehr führen konnten.

»Und nun benennt alle, die euch mit Billigung oder im Auftrag großes Leid an Körper und Seele zugefügt haben«, befahl er dann. »Wenn einer von ihnen nicht frei genug war, um Widerstand zu leisten, soll er zur Seite treten. Wer aber mit Gold und Beute, besonderen Ämtern und anderen Freiheiten belohnt wurde, der soll alles verlieren und seine nächsten Jahre als Unfreier zwischen den Furchen der Äcker im Norden verbringen.«

Karl achtete darauf, dass keine Burgunden über Burgunden richteten und keine Aquitanier über Männer, die bereits einmal ihre Verbündeten oder Feinde gewesen sein konnten. Er blieb zwei Tage und zwei Nächte in der Bergstadt, von deren Mauern er bis zum Meer im Osten blicken konnte. Dann machte er sich mit seinen Panzerreitern auf, um zur Küste zu ziehen. Sie folgten dem Lauf des Flusses und zogen südlich an einer großen Salzwasserlagune entlang bis zum Vulkanberg von Agde.

Die kleine Stadt, die von den antiken Griechen Agathe Tyche – Das Große Glück – genannt worden war, empfing ihn eher furchtsam. Im Gegensatz zu den roten Ziegeln in der weiteren Umgebung trugen die Häuser von Agde Dachplatten aus schwarzem Lavagestein. Sie wirkten düsterer als andere Behausungen im Süden, die den Franken bisher als hell und sonnig gefallen hatten.

In der Stadt angekommen, ließ der Majordomus alle Kollaborateure benennen, die zu eng mit den heidnischen Eroberern zusammengearbeitet hatten. Er strafte die Genannten wie bereits in Béziers. Bereits am nächsten Tag zog er mit seinen Männern auf einer langen Landzunge weiter in Richtung Nimes. Sie ließen sich Zeit und machten auch unterwegs noch Beute bei Viehhirten, Winzern und Fischern.

Am vierten Tag nach dem Aufbruch aus Agde erreichte Karl mit seinen Panzerreitern und ihrem kleinen Tross die Stadt, die einst die Perle des Römischen Reiches genannt worden war. Sie kam ihnen wie Reims und Paris zu fremdartig und immer noch zu protzig vor.

Die Männer ritten am Kapitol, dem früheren Theater, dem Circus und dem Tempel des Apollo vorbei. Am rechteckigen Vorbau zum Haupteingang der großen Arena ließ Karl anhalten. Einige der Arkaden waren zugemauert, und an den Seiten ragten Türme empor, die nicht von den Römern stammten. Hier wartete Karlmann bereits auf ihn.

»Es hat sehr lange gedauert, bis du gekommen bist ...«

Zum ersten Mal erkannte Karl eine Kritik seines Sohnes an. »Ja, ich war zögerlich, weil ich nicht wissen wollte, was hier nach unseren Siegen getan werden muss.«

»Darf ich es anordnen?«

Karl hob die Brauen und blieb an einer römischen Säule stehen. Genauso entschlossen hatte er sich seinen Ältesten schon seit Jahren gewünscht. Er schob die Unterlippe vor wie nach einem Schluck schönen Weins. Dann lachte er tief aus der Brust heraus und nickte ihm zu. Sie schritten noch eine weitere Treppe hinauf. Dann konnten sie in das weite, ummauerte Oval unter sich blicken.

Die einzelnen Gruppen und Völkerschaften hielten sich eng zusammen. Einige hatten Gräben zwischen sich ausgehoben und schützende Mauern aus Steinen aufgeschichtet, die sie zuvor aus den Sitzreihen des weiten Runds herausgebrochen hatten.

Karl und Karlmann sahen Zelte und hüttenähnliche Verschläge zum Schutz vor der heiß lastenden Luft, dazu Zisternen, Stangen mit geschlachteten Tieren, steinerne Ofenhöhlen zum Backen von Brot und dazwischen Frauen und Mädchen, die offensichtlich freiwillig zu den Gefangenen gegangen waren.

»Es heißt, dass die Weiber nicht nur mit Küssen und Umarmungen bezahlt werden«, berichtete Karlmann.

»Also müssen noch genügend Gold, Silber und Edelsteine in der Stadt sein«, stellte Karl fest. »Sorge dafür, dass auch diese Weiber vor die Wahl gestellt werden, entweder mit den Gefangenen nach Norden zu ziehen oder sich hier bei uns freizukaufen.«

»Verteilt die Gefangenen auf alle Grafschaften des Königreichs«, befahl Karlmann, nachdem er und sein Vater genug gesehen hatten.

Unterwegs überlegte Karl lange, ob er in diesem Herbst an die Maas oder den Rhein zurückkehren sollte. Nach seinem langen Aufenthalt im Süden des Reiches sagten ihm Gefühl und Verstand, dass ein Winter in Austrien keine besonderen Vorteile für ihn brachte. Andererseits durfte er die Gebiete rund um Paris nicht zu lange unbeobachtet lassen. Obwohl es offiziell keinen Mann unter den Edlen Neustriens mehr gab, der offenen Widerstand gegen ihn schüren konnte, hatte er nicht vergessen, was heimlich zwischen Swanahild und dem Grafen von Paris entstanden war.

Karl dachte jetzt immer häufiger an die Jahre zurück, in denen er mit den Männern in den Wäldern am Feuer gesessen, gerauft und gestritten hatte. Zu weit war diese Zeit inzwischen entfernt und zu groß sein Abstand zu den einfachen Landadligen, den biederen Pfalzgrafen und den Amtsverwaltern in den Gauen.

Durch die ständigen Kämpfe in der Provence und in Septimanien, aber auch in Friesland und Aquitanien hatte er seine beiden ältesten Söhne fast immer bei sich gehabt. Und doch waren beim letzten Zug gegen die Muselmanen einige Dinge passiert, die Karl nicht billigen konnte.

Auch wenn ihm der Gedanke nicht gefiel, musste er sich langsam damit abfinden, dass sein Erstgeborener Karlmann nicht über die Härte und den Weitblick verfügte, die er von ihm erwartete. Karlmann war ihm zu nachgiebig und zu sehr auf ein gutes Verhältnis mit den Männern der Kirche aus.

Pippin hingegen trug den großen Namen, auf den ihn Willibrord getauft hatte, mit allzu viel Stolz. Er war schnell und gewandt, tapfer und auch im Kampf geschickt. Aber er benutzte seinen Kopf noch zu oft als Rammbock.

Zu einem besonderen Problem wuchs inzwischen Grifo heran. Karl sah ihn manchmal viele Monate lang nicht. Und jedes Mal, wenn sie sich wieder begegneten, war der einst so anschmiegsame Junge noch unleidlicher geworden.

Karl wusste längst, dass Swanahild ihren Sohn zielstrebig an die Seite von Karlmann und Pippin dirigierte. Sie hatte nie einen Zweifel daran gelassen, dass sie für ihn die gleichen Rechte forderte wie Karls Söhne von Chrotrud.

Karl ärgerte sich darüber, dass er sich aus einem Wunsch nach Harmonie und Frieden heraus dafür entschied, das Weihnachtsfest bei den Mönchen von Sankt Denis zu verbringen. Er hätte lieber hart gegen Swanahild sein wollen. Außerdem missfiel ihm der Gedanke, längere Zeit bei den Gräbern der Merowingerkönige zu leben. Er überlegte ständig, wo er die Zeit bis zum nächsten Märzfeld besser zubringen könnte. Als ihm der Abt Sigibert von Sankt Denis schließlich das kleine Gut Verimbrea an der Oise nahelegte, war er sofort damit einverstanden.

Doch vor dem Umzug in die Stille des Winters trafen vollkommen unerwartet päpstliche Gesandte in Sankt Denis ein. Karl kümmerte sich zunächst nicht um sie – so lange, bis Abt Sigibert am dritten Tag vor ihm auf die Knie fiel.

»Ich bitte dich, Karl! *Per Dominum nostrum* ...«

Noch nie, seit er Princeps der Franken war, hatte er sich so widerwillig auf ein Gespräch mit einer Gesandtschaft eingelassen. Nur die Abneigung, die er vor vielen Jahren Bonifatius gegenüber empfunden hatte, war vergleichbar mit dem, was er jetzt fühlte. Sogar die Mönche und der Abt von Sankt Denis unterstützten ihn in seiner Ablehnung. Es war, als ahnten sie, dass der Bischof von Rom Karl in etwas hineinziehen wollte, was noch niemand überblicken konnte.

»Verteidige unsere Kirche im Königreich der Franken«, flüsterte ihm der Abt von Sankt Denis noch zu, als sie durch die Gänge des Klosters zum Refektorium schritten. Hier sollte er auf die Gesandten des Papstes treffen.

»Weiß niemand von euch, was sie wirklich wollen?«, fragte Karl unwillig. Seine Berater hatten ihn überredet, noch einmal in diesem Jahr die Rüstung anzulegen, den oft getroffenen Helm aufzusetzen und sein Schwert umzuhängen. »Ich bin kein König, dem man huldigt!«, schimpfte Karl noch immer, als sie bereits an den hohen geschnitzten Türen des Refektoriums ankamen. »Will dieser Papst mir nur danken, oder führt er etwas anderes im Schilde?«

»Ein Papst führt niemals etwas im Schilde, weil er den Bischofsstab und keinen Schild trägt«, murmelte Abt Sigibert leise.

Und dann, nur wenige Augenblicke später, geschah genau das, was Karl befürchtet hatte. Er war noch nicht ganz in den großen Raum des Refektoriums eingetreten, als sie ihn bereits umringten, in Latein auf ihn einredeten und ihm auf einem violett leuchtenden Kissen golden blinkende Schlüssel überreichen wollten.

Karl hob die Hände und versuchte abzuwehren. Es dauerte sehr lange, bis die Gesandten des Papstes begriffen, dass ihr Eifer den Majordomus immer abweisender machte. Sie hörten auf, sahen sich untereinander hilflos an und hielten ihm wie verwirrte Kinder immer noch das Kissen mit den goldenen Schlüsseln entgegen.

»Schluss jetzt!«, stieß Karl mit rauer Stimme hervor. »Was soll das Ganze? Und was, zum Teufel, wollt ihr eigentlich von mir?«

Die Abgesandten des Papstes fuhren zusammen wie unter einem Peitschenschlag.

Sigibert stieß ein paar Zischlaute aus. »Ihr müsst schon in der Sprache der Franken reden, wenn ihr von ihrem Majordomus etwas haben wollt.«

»Es fällt uns so schwer, fränkisch zu sprechen, dass wir uns Knoten in die Zunge holen.«

»Dann spuckt sie aus!«, schnauzte Karl böse. »Sagt endlich, was ihr wollt!«

Für einen Augenblick war alles still.

»Papst Gregor bittet dich um deine Stärke«, sagte der Anführer der Delegation unterwürfig. »Er hofft von dir, dass du ihn *in brachio tuo* … mit deinem starken Arm … beschützt vor dem wilden Eroberungsdrang der Langobarden.«

Karl starrte die Männer aus Rom ungläubig an.

»Was soll ich tun?«

»Du hast bewiesen, dass du der starke Hammer von Colonia bist, der selbst die Halbmondkrieger schlagen kann. Deshalb bittet der Papst dich um den Schutz deiner Panzerreiter, der Schwerter und der Wurfäxte.«

»Gegen die Langobarden?«, fragte Karl noch einmal.

»Ja«, antwortete der Anführer der Gesandtschaft. »Die Herrscher der Langobarden sind vor einem halben Jahrhundert von ketzerischen Arianern zu gläubigen Katholiken bekehrt worden. Aber sie sind weiterhin eroberungslustig geblieben, haben dem Kaiser in Byzanz das Exarchat von Ravenna genommen und die Stadt in diesem Jahr wieder an Konstantinopel verloren. Dafür aber breiten sie sich hemmungslos nach Süden aus. Schon seit zehn Jahren versucht König Luitprand, die freien Herzogtümer Spoleto und Benevent zu unterwerfen.«

»Das ist ganz allein seine Sache, denke ich«, antwortete Karl. »Was hat der Papst damit zu tun?«

»Der König der Langobarden hat sich ein Beispiel an dir genommen«, erwiderte der Sprecher. »Er sagt, dass er, wie du im Königreich der Franken, ein einiges Italien schmieden will.«

Karl lachte abfällig. »Ich kann den Papst nicht gegen die Langobarden schützen.«

»Weil einer deiner Söhne dorthin adoptiert wurde?«

»Nein, das ist nicht der Grund«, sagte Karl kalt. »Aber ich brauche König Luitprand und jedes Schwert der Langobarden schon im nächsten Jahr, wenn die Wut der Muselmanen über die Niederlagen durch mich so groß wird, dass sie mit allem, was auf ihren schnellen Pferden kämpfen kann, erneut in unsere südlichen Regionen einbrechen.«

Die Gesandten des Papstes steckten die Köpfe zusammen. Sie sprachen leise, aber sehr schnell und nur lateinisch miteinander.

»Ist das dein letztes Wort?«, fragte der Anführer dann.

»Mein absolut letztes Wort«, sagte Karl. »Und jetzt, ihr Herren, entschuldigt mich bitte. Ich muss mich ein wenig erholen.« Er drehte sich um und ging bis zu den großen Türen des Refektoriums.

»Noch eins«, rief er über die Schulter. »Nehmt eure Schlüssel vom Grab des heiligen Petrus wieder mit. Hier gibt es nichts, was wir damit öffnen oder verschließen könnten.«

»Deine Treue gehört voll und ganz dem Frankenreich«, sagte der Mann, der früher einmal der schwarze Abt genannt worden war. Auch sein Haar war längst von grauen Strähnen durchzogen, und sein Blick war sanftmütig geworden.

Sie saßen in der kleinen heimeligen Halle des Königsgutes an der Oise, tranken heißen, mild gewürzten Honigwein und besprachen all die Dinge, die ihnen gerade in den Sinn kamen.

Während sich draußen große Schneeflocken lautlos immer höher auf die Zweige legten, die durch die kleinen Fenster an den Stirnseiten der Halle gerade noch zu sehen waren, lachte Bischof Milo plötzlich auf.

»Was gibt es?«, fragte Karl. »Lass mich an deiner Freude teilhaben.«

»Ach, es ist nichts«, schmunzelte der Bischof und strich sich über seinen Bart. »Ich dachte nur daran, wie oft ich dich in den vergangenen Jahren mit diesem ungeliebten Erzbischof von Thüringen verglichen habe.«

»Mit Bonifatius?«, brauste Karl auf. »Bist du von Sinnen?«

»Gemach, gemach«, antwortete Milo. »Ihr seid nicht so weit auseinander, wie du vielleicht glaubst. Aber was du mit deinen Schwertern und großen Zügen Jahr um Jahr erkämpfen musstest, hat dieser Engländer mit kleinen Äxten und einer Schar von Arbeitsmönchen auf eine Art und Weise durchgestanden, für die ich ihm die gleiche Achtung zollen muss wie dir.«

»Wenn ich nicht wüsste, dass du genau das meinst, was du sagt, könnte ich dir alles fortnehmen und dich als Mönch in einer Klosterzelle hungern lassen.«

»Ich würde auch das überleben«, lächelte Milo. »Zumindest, bis ich sterbe. In meiner Welt herrschen Frieden und sogar Zufriedenheit. Mich kümmern keine Sachsen oder Sarazenen. Ich kann mit Heiden, Hexenbräuchen und dem Aberglauben der Bauern besser leben als der große Majordomus Karl.«

Der winterliche Frieden und die Abgeschiedenheit des Hofgutes Verimbrea hatten Karl gutgetan. Da der Platz an der Oise nicht günstig für eine Heeresschau und die Zusammenkunft der Großen war, trafen sie sich erneut in Heristal und Jupille. Wie schon so oft in den vergangenen Jahren begleiteten Regen, kalte Winde und der Matsch des gerade erst auftauenden Bodens die Musterung der Männer, Waffen und Pferde.

Es wurde ein sehr kleines, schmutziges und dennoch fröhliches Märzfeld. Viele der Männer schwelgten noch immer in den Erinnerungen an die blutigen Züge im Süden. Sie schwärmten von schwerem Wein, würzigem Wildschweinbraten, köstlichen Fischen der Flüsse und des Meeres und den grandiosen Freuden mit den südlichen Engeln der Nacht, die sie nach den oft unerträglich heißen Sonnentagen gehabt hatten.

Karl ließ sie gewähren. Er beschloss, in Zukunft keine jungen Adligen, sondern viel öfter Männer der Kirche für Gesandtschaften und als Kundschafter einzusetzen.

»Mönche und Beichtväter sind die besten Geheimnisträger für alles, was ich schnell und möglichst weit verkünden möchte«, sagte er, als Herzog Rotbert ihn vorwurfsvoll ansprach.

Auch Karlmann mischte sich ein: »Die Männer der Kirche wollen damit nur etwas von dem retten, was du den Bischöfen in den Kirchen und Städten des Südens gestohlen hast.«

»Gestohlen?«, wiederholte Karl abfällig. »Vergreif dich nicht mit deinen Worten, Sohn! Wo steht geschrieben, dass ein goldenes Kreuz oder ein Kelch für das Abendmahl stets im Besitz der Kirche bleiben muss? Wer will mich daran hindern, mich an schön ausgemalten Pergamenten und Evangelienbüchern zu erfreuen? Und was hindert mich daran, die goldenen Einbände mit ihren Edelsteinen zu behalten, wenn das Geschriebene wieder an Klöster geht?«

»Das darfst du auf keinen Fall tun!«, sagte Karlmann erregt. »Wir haben kein Recht, die liturgischen Geräte zu behalten.«

»Und warum nicht?«, fragte Karl eher spöttisch.

»Weil sie der Ehre Gottes und nicht der Zunahme des Staatsschatzes dienen sollen«, antwortete Karlmann furchtlos.

»Wenn aber aus diesem von dir so verachteten Staatsschatz Jahr für Jahr wertvolle Geschenke und Belohnungen gerade an die Kirchen und Abteien gegeben werden, die sich zum Ruhme Gottes besonders ausgezeichnet haben, geht das dann auch gegen deine christliche Gesinnung?«

Karlmann schob die Lippen vor. »Ja, ich weiß, was du meinst«, sagte er dann. »Aber gestohlen bleibt gestohlen, ganz gleich, wo oder durch wen. Auch wenn es anschließend zum Wohl der Menschen oder zum Ruhme des Allmächtigen verwendet wird.«

37

Keine Gnade für Verräter

Am dritten Tag des Märzfeldes trafen Kundschafter aus dem Gebiet der Lippemündung an der Maas ein. Sie berichteten von Aufständen und neuen Verwüstungen der heidnischen Sachsen.

»Hört das, zum Teufel, niemals auf?«, fluchte Karl grimmig. »Die einen fallen mordend ein, weil wir den Glauben ihres fernen Propheten nicht wollen, die anderen brennen, weil sie weiterhin auf dem Zorn ihrer alten und wüsten Götter bestehen.«

»Und zwischen all dem geht es doch nur um Macht und Beute«, meinte der Erzbischof von Colonia mit einem feinen Lächeln. Alkuin hatte sich bisher noch nicht besonders hervorgetan. Er war kein freundlicher Genussmensch wie Faramundus und auch kein selbstbewusster Mann wie Milo von Reims. Er war vielmehr von seinem Amt so erfüllt, dass ihn bereits die stete Wiederkehr der Messen und Gebete sowie der Sonn- und Feiertage mit Glück erfüllte.

»Hast du bereits vergessen, dass ein Mann aus Colonia der Erste war, der das Kreuz gegen die Sachsenschwerter und die Götter der Germanen erhob?«

»Ich weiß sehr wohl, was wir Kunibert von Colonia verdanken. Aber das alles begann vor mehr als zwei Generationen. Und ebenso wie die beiden Ewalde dient uns Kunibert als Märtyrer und Vorbild. Jetzt aber ist es Bonifatius, der den Sachsen ihren Glauben raubt, wo immer er nur kann.«

»Höre ich etwa daraus, dass du nicht mit der Arbeit unseres Erzbischofs im Osten einverstanden bist?«, fragte Karl.

»Es heißt, dass er und seine Mönche bereits dreihunderttausend Heiden getauft haben«, antwortete Alkuin. »Ich kann nicht glauben, dass diese vielen Menschen durch Massentaufen auch zu guten Christen wurden.«

»Das ist nicht mein Problem«, meinte der Majordomus schon fast verzeihend. »Und wenn du mich fragst, müsste ich jeden Sonntag neu getauft werden, um ein Christenmensch zu werden, der nicht mehr sündigt und so gottesfürchtig lebt, dass ihr Bischöfe nur Freude an mir hättet.«

Noch ehe das Märzfeld zu Ende ging, schickte Karl mehrere Pferdekundige, aber auch Priester aus, die überall in Neustrien und bis nach Aquitanien herausfinden sollten, wie weit die verschiedenen Zuchtversuche gediehen waren. Gerade in diesem Punkt hatte er kein großes Vertrauen in seine Gaugrafen. Es hieß, dass die einen bereits erzielte gute Ergebnisse aus Eigennutz verschwiegen, während andere glatt ablehnten, ihre Hengste mit Stuten zu paaren, die zuvor von Muselmanen geritten worden waren.

Bereits drei Tage später drangen die Franken an der Lippe entlang in Richtung Paderborn und Osning vor. Nach und nach spürten sie immer mehr Männer in den Uferwäldern rechts und links der träge fließenden Lippe auf.

Die meisten der Bauernkrieger erwiesen sich als starrsinnig und zäh. Selbst wenn das Blut ihnen bereits aus Nasen und Ohren troff, pressten sie weiter die Lippen zusammen und schwiegen. Sie waren die Einzigen, bei denen Karl auch Milde walten ließ. Alle anderen, die sich frech und sogar stolz auf das Kreuz und ihre Taufe beriefen, wurden kurzerhand zusammengetrieben, in Beinfesseln gelegt und von den jüngsten der Frankenreiter nach Colonia gebracht.

Wieder und wieder gingen Häuser, Ställe und Vorratsschuppen in Flammen auf. Die Spuren der Verheerung hatten nichts mehr mit einem Feldzug oder den üblichen kriegerischen Zusammentreffen zu tun. Sie zeigten vielmehr, dass der Majordomus des fränkischen Königreiches den schon oft Getauften nicht noch einmal vergeben wollte.

Am Abend des einundzwanzigsten Tages nach ihrem Übergang über den Rhein beendete Karl den Zug gegen die aufständischen Sachsen. Während der ganzen drei Wochen hatte es an keiner Stelle einen größeren Kampf gegeben. Die Sachsen waren ihm nicht einmal mit ihren legendären Hundertschaften der freien Männer entgegengetreten.

Swanahild hielt sich erneut mehrere Monate lang in Paris auf. Karl unternahm nichts dagegen.

»Ich kann ihr nicht verdenken, dass sie lieber in Colonia oder Paris als in unseren ärmlichen Pfalzen leben will«, sagte er zum Weihnachtsfest, das er diesmal in der Königspfalz Quierzy nördlich von Compiègne und Soissons verbrachte. Karlmann und Pippin waren gekommen, ebenso alle anderen Kinder und Herzog Hildebrand aus Burgund. Nur Grifo und seine Mutter blieben fern – angeblich, weil Grifos Gesundheit zu angegriffen für eine beschwerliche Reise durch den Winter war.

»Dabei reist sie ebenso gern wie ich«, sagte Hiltrud. »Aber mich hat bisher niemand gefragt, ob ich nicht auch einmal bei einem Heereszug meines Vaters mitziehen will.«

Karl hatte nur gelacht und ihr gesagt, dass sie zu schön für das heiße Blut der Männer im Süden sei.

»Ich hätte nichts dagegen, einen von denen zu heiraten. Meinetwegen sogar einen Langobarden oder den Aquitanier Hunold.«

»Kommt nicht in Frage!«, entschied Karl sofort. »Du weißt, was mit der Tochter von Herzog Eudo geschehen ist. Und ich denke nicht daran, dass ich mich eines Tages von den Muselmanen erpressen lasse, nur weil ich dein Leben zu schützen habe.«

»Trotzdem will ich endlich auch einen Ehemann haben. Ich bin jetzt dreißig Jahre alt und will keine kinderlose Matrone werden.«

Karl sah ein, dass sie recht hatte. Aber er wusste einfach keinen geeigneten Bewerber um die Hand seiner Tochter. Er selbst würde in wenigen Monaten sein fünfzigstes Lebensjahr vollenden.

»Wenn dieser Tag kommt, will ich sagen können, dass ich meine wichtigsten Ziele als Majordomus aller Franken erfüllt habe«, sagte er ernsthaft. Aber es schien, als wüsste er bereits zu diesem Zeitpunkt, wie schwer das vor ihm liegende Jahr sein würde.

Bereits in den nächsten Tagen kamen von verschiedenen Seiten beunruhigende Nachrichten aus Aquitanien und der Provence. Karl hatte eigentlich beabsichtigt, mit seinen Kindern und seinem Halbbruder Hildebrand ein wenig mehr für die Familie zu tun. In stillen Stunden empfand er Stolz darüber, dass er der erste Franke werden konnte, der ohne einen König aus dem strahlenden Geschlecht der Merowinger herrschte. Aber er wusste auch, wie schnell Verehrung, Macht und Ruhm auf Strohlagern in müden Ochsenkarren enden konnten. Wenn er bei den Vassallen und im Volk nicht wieder alles aufs Spiel setzten wollte, brauchte er für sich und seine Nachkommen eine gute Geschichte über die gemeinsamen Vorfahren und ihre Herkunft.

»Keine große Familie und erst recht kein Königsgeschlecht kann ohne eine Chronik auskommen, die bis in die Legenden der ersten

Anfänge zurückreicht«, sagte er bei einem Nachtmahl zu Hildebrand. »Ich will keine Heiligenvita über mich, aber wir müssen etwas Ähnliches finden wie die Merowinger mit ihrem heiligen Blut.«

»Willst du dich etwa ebenso wie die Merowingerkönige auf Europa und ihren Stier zurückführen?«, fragte Hildebrand belustigt. Doch Karl meinte ernst, was er sagte.

»Also gut«, lenkte Hildebrand ein. »Niemand kann jetzt schon beurteilen, wie sich das Königreich der Franken ohne die Merowinger bewähren wird. Weißt du, ob wir nicht doch einen neuen König brauchen? Was ist mit den Langobarden, was mit dem Papst oder dem Kaiser von Ostrom? Nein, Karl! Wir dürfen noch nichts niederschreiben, was schon in wenigen Jahren ganz anders gesehen werden kann. Warte noch zehn Jahre. So lange, bis feststeht, ob sich deine Nachkommen Arnulfinger, Pippine oder gar Karolinger nennen werden.«

»Du magst ja recht haben«, sagte Karl. »Aber dann sag mir, warum du selbst mit deinem Sohn Nibelung schon ähnliche Gedanken durchgespielt hast.«

Hildebrand sah ihn verdutzt an.

»Du meinst doch nicht etwa die Sache mit Troja?«

»Doch!«, antwortete Karl. »Genau die meine ich! Ich hätte nichts dagegen, wenn überall erzählt würde, dass sich die Linie unserer Vorväter bis zu den griechischen Helden der Antike zurückverfolgen lässt.«

»Woher wusstest du …?«, fragte Hildebrand noch erstaunter.

Karl lächelte. Dann sagte er: »Ich schätze ebenso wie du die Mönche als höchst verschwiegene Kundschafter.«

Obwohl Karl nicht vergaß, wie falsch sein Halbbruder die Lage in Burgund geschildert hatte, schickte er ihn noch vor dem Märzfeld in Quierzy an der Oise mit dreihundert Berittenen und seinem eigenen Tross an die Rhone zurück.

Gleich nach dem Abschied von Hildebrand setzte sich Karl erneut mit seinen engsten Vertrauten zusammen.

»Es ist nicht gut für das Land, wenn Jahr um Jahr die besten Männer von den Feldern geholt werden und ihre ganze Kraft nur noch auf Beute und nicht mehr auf gute Ernten aus ist.«

»Heißt das, dass du in diesem Jahr keinen Heribann planst?«, fragte Herzog Rotbert sofort. Er, der eigentlich die Aufgaben eines Pfalzgrafen in Colonia wahrnahm, hatte Karl darum gebeten, dass er in Zukunft wieder mehr in seinem angestammten Haspengau bleiben durfte. Karl war einverstanden gewesen – aber nur unter der Bedingung, dass sich Rotbert auch um die kleine Pfalz von Quierzy kümmerte.

»Natürlich habe ich meinen Halbbruder nicht ganz ohne Absicht ins Rhonetal vorausgeschickt«, sagte Karl nach einer Weile.

»Was denkst du wirklich?«, fragte Herzog Folker.

»Ihr erinnert euch doch noch, dass ich im letzten Jahr verstärkt Männer der Kirche als Beobachter ausgeschickt habe.«

Die anderen nickten.

»Genau das ist dem ersten von ihnen jetzt sehr übel bekommen«, fuhr Karl verärgert fort. »Ich hatte Lantfred, den Abt von Sankt Germain von Paris, mit einem besonderen Auftrag nach Bordeaux geschickt. Er sollte sich zum einen um den Wiederaufbau der Kirchen und der Klöster kümmern und zum anderen Eudos Sohn Hunold auf die Finger sehen.«

»Und das hat diese treue Seele dann ja auch getan«, spottete Pippin.

Sein Vater ging nicht darauf ein.

»Herzog Hunold hat Abt Lantfred von Anfang an über seine Treue zu mir getäuscht und ihn dann eingekerkert«, berichtete er sachlich. »Das konnte er nur, weil er ganz genau wusste, dass ich ihn im Augenblick nicht bestrafen werde.«

»Warum nicht?«, begehrte Pippin auf.

»Das will ich euch gerade erklären«, antwortete Karl geduldig. »Als wir die ersten Male nach Süden ritten und die Muselmanen zurückschlugen, kamen wir als Retter und Befreier. Wir waren das siegreiche Heer eines Merowingerkönigs und der vereinten fränkischen Gaue, Herzogtümer und Provinzen ...«

Erst jetzt begriffen sie! Sie verstanden, was sich geändert hatte.

»Wir haben keine Legitimation durch heiliges Geblüt mehr«, seufzte Karlmann leise. »Nach all dem, was inzwischen geschehen ist, sehen uns die Menschen dort wahrscheinlich nicht mehr als Befreier, sondern eher als eine andere Horde von Eroberern ...«

Im selben Augenblick stand Pippin auf und stemmte seine Fäuste in die Seiten. Dann sagte er mit sichtlichem Stolz: »Vielleicht solltet ihr alle euch daran erinnern, dass ihr mit mir doch einen König oder zumindest einen Königssohn habt. Und ich garantiere euch, dass mein Adoptivvater nicht das geringste Interesse an einem Rhonetal mit Sarazenen, Muselmanen, Berbern und Arabern hat.«

»Muss er sich davor fürchten?«, fragte Karlmann skeptisch. »Zwischen der Rhone und der Tiefebene des Po ragen schließlich noch die Alpen in den Himmel.«

»Und wie lange halten die Befestigungen an der Küste? Wie lange lässt sich der Pass über den Mont Cenis, das Tal von Susa oder das Gebiet von Novalese verteidigen? Ich weiß, was ihr vielleicht nicht wisst: Die ersten Muselmanen haben die Alpenpässe und die Täler dort vor Jahren schon bis Turin und Piemont erkundet.«

»Wir wissen nicht, wie die Lage in Italien ist«, gab der Majordomus zu. »Aber mit kostbaren und gut ausgewählten Geschenken müsste Pippin eigentlich Erfolg haben.«

»Ich schwöre und verspreche, dass ich mit hervorragenden Langobarden zurückkomme.«

Karl brummte sehr zufrieden. »Wir treffen uns bei Avignon. Und wer von uns der Schnellere ist, treibt Maurontus und die Aufständischen bis zum Meer zurück.«

»Bis in die Sümpfe der Camargue?«, jubelte Pippin.

»Und wenn es sein muss, auch darüber hinaus!«, versprach sein Vater grimmig.

Die Straßen und Brücken an der Rhone waren Karls Franken inzwischen ebenso geläufig wie die Verbindungswege zwischen Paris und Colonia. Sie kamen schnell voran, wussten, wo sie Vorräte in versteckten Abteien finden konnten. Dennoch waren die Männer entsetzt über das erneute Ausmaß der muselmanischen Verheerung. Kaum eine Ortschaft ohne eingestürzte Dächer und schwarz verbrannte Hauswände. Kein Kirchlein und keine Kapelle, in der noch ein Altar vorhanden war. Selbst im alten römischen Theater von Orange waren mehr Säulen umgestürzt als bei ihrem ersten Ritt an den Ufern des großen Flusses entlang.

Je weiter sie die letzten Meilen auf Avignon vorrückten, umso verlassener kam ihnen das sonst so liebliche untere Rhonetal vor. Der Frühling war hier bereits in einen satten Sommer übergegangen. Doch überall mischte sich der ekelhafte Geruch von Brand und von Verwesung unter die Blumendüfte.

Als die schräge Felsenplatte von Avignon sichtbar wurde, sahen sie, dass auch hier die meisten Häuser keine Dächer mehr trugen. Rauchfäden wie von Opferfeuern stiegen in den klaren blauen Himmel hinauf. Vor den Toren der kleinen Feste am Ufer der Rhone brüllten Kühe, die niemand mehr gemolken hatte.

»Sie sind fort«, stellte Karl verärgert fest. »Wie kommt dieser verdammte Hildebrand dazu, den Muselmanen ohne uns nachzusetzen?«

»Vielleicht war die Gelegenheit so günstig, dass er sie einfach nutzen musste«, meinte Karlmann entschuldigend.

»Ich bin es, Karlmann! Ich muss den Muselmanen erneut die Franziska und das Langschwert zeigen! Das hier ist Recht und Pflicht für einen Majordomus und nicht für einen Herzog der Burgunden!«

»Und wenn er nur diesem Maurontus gefolgt ist?«

»Dann hat mein Bruder einmal mehr bewiesen, wie wenig er von Politik und Krieg versteht.«

Karl wandte sich um. Vollkommen ungewohnt führte er sein Pferd selbst an den zerstörten Stadttoren vorbei ins Innere der Flussfestung. Alle Geräusche der langsam höher schreitenden Franken und ihrer Pferde prallten von den engen Mauern der verlassenen Gassen und ihrer Häuser ab. Nur ein paar alte Frauen mit unbewegten ledernen Gesichtern, tränenverschmierte Kinder und leise vor sich hin murmelnde Greise in ausgebrannten Hauseingängen ergaben sich in die erneute Eroberung.

»Wasser!«, krächzten die wenigen von ihnen, die überhaupt noch sprechen konnten.

»Gnade, ihr Herren!«, flehten sie. »Gelobt sei Jesus Christus.«

»Allah il Allah, und Mohammed ist sein Prophet.«

Karl ritt mit Karlmann, Rotbert und Herzog Folker die enge Gasse hinauf, in der sie schon einmal Klinge an Klinge gegen die muselmanischen Eroberer gestanden hatten. Jemand hatte mit Holzkohle in eckigen lateinischen Buchstaben die Erinnerung an ein früheres Massaker an eine fensterlose Hauswand geschrieben:

»KARLS ROTE BLUTGASSE«.

Karl zog die Mundwinkel herab. Das also war es, was hier von ihm als Verteidiger des Glaubens, Retter des Abendlandes überdauern würde! In diesem Augenblick litt er noch mehr als alle anderen unter der schwülen Hitze und dem Gestank zwischen den Ruinen. Und dann erreichten sie den höchsten Punkt des Kreidefelsens, der schon Jahrtausende vor den Römern besiedelt worden war.

Karl blicke nach Norden und nach Süden den breiten Strom entlang. »Ein guter Platz«, sagte er anerkennend. »Und irgendwann vielleicht ein idealer Platz für eine steinerne Brücke!«

Karlmann lachte nur. »Eine hölzerne hatten sie dort bereits, doch für ein Bauwerk aus Stein müssten schon Engel helfen. Siehst du denn nicht, dass hier der Fluss schon fast so breit ist wie der Rhein bei Colonia?«

Karl ließ sich auf sein schweres Ross helfen. Er lachte, hob die Hand und ritt über den Berghang und die schrägen Stadtgassen bis zu den Hafenruinen im Süden.

»Was hast du vor?«, rief ihm sein Erstgeborener nach.

»Seht ihr das nicht?«, rief Karl, ohne sich umzudrehen. Er war noch keine zwanzig Pferdelängen entfernt, als von Osten her lautes Geschrei und Kriegshörner ertönten. Karl zügelte sein Pferd und hob sich halb aus dem Sattel. Obwohl das flache Land am Ostufer der Rhone bis nach Arles und zur Camargue hin inzwischen schon aus sattem Grün bestand, sahen er und seine Krieger aus dem Norden die große Staubwolke, die sich wie ein tief liegendes Gewitter von Osten her auf den Fluss zubewegte. Ihre Ursprünge reichten bis zu den Alpenbergen. Und dann strahlte Karl: Sein jüngster Sohn hatte nicht zu viel versprochen …

Mit bunten Wimpeln, Fahnen, blitzenden Rüstungen, Lanzen und Speeren, starker Reiterei und einer großen Zahl von Fußkriegern drängten die Langobarden bis zur Rhone. Die meisten Männer hatten die Helme abgenommen und an die Waffengürtel gehängt. Noch heller als die Franken aus dem Norden trugen sie ihr blondes langes Haar offen bis auf die Schultern.

»Die Langobarden sind da!«, rief Karl.

Im selben Augenblick erkannte er auch Pippin. Er trug eine goldene Rüstung wie der neben ihm reitende König des neuen Heeres. Für einen Moment hatte Karl das Gefühl, die beiden prächtigen Heerführer würden tatsächlich Vater und Sohn von gleichem Blut sein.

Die beiden Herrscher begrüßten sich, als wären Franken und Langobarden schon seit Jahrhunderten verbrüdert und nur mit irgendeinem Schicksalsfaden der Parsen durch die schneebedeckten Seealpen getrennt worden.

Karl erkannte plötzlich, dass er noch nie einem richtigen König in einer goldenen Rüstung begegnet war. Obwohl sich alles in ihm dagegen wehrte, empfand er völlig anders als bei den Merowingern mit ihrem heiligen Blut. Er nahm all seine Kenntnisse der lateinischen Sprache zusammen und entbot dem Langobardenkönig seinen Gruß.

»Ich verneige mich vor dir, König der Langobarden!«, rief Karl, während von Osten her das große Aufgebot der Langobarden noch immer lärmend nachrückte. »Unser Herr Jesus Christus sei mit dir und mit deinem Volke!«

»Die Muselmanen fliehen!«, gab Luitprand laut zurück und lachte. »Ja, sie sind voller Furcht zurückgewichen, als sie von meinem Kommen hörten.«

Karl schluckte unwillkürlich über so viel Dreistigkeit. Gleichzeitig erkannte er, dass er durch die Flucht der Muselmanen in eine unerwünschte Verpflichtung bei Luitprand und dem Heer der Langobarden geriet. Aber er wollte und konnte sie nicht einfach so zurückschicken – ohne Ergebnis, ohne Waffengang und ohne den gerechten Lohn für ihre Hilfe.

Zu seiner Rettung fiel ihm Hildebrand ein: »Viele von unseren Großen sind unter dem Befehl von meinem Stiefbruder Hildebrand den Muselmanen auf den Fersen«, stellte er fest, obwohl ihm diese Auslegung der Lage sehr schwerfiel. »Aber ich weiß natürlich, dass ich dir für deine Hilfe zu großem Dank verpflichtet bin.«

Obwohl der Majordomus und die Edlen hinter ihm keineswegs erwarteten, dass der Langobardenkönig verzichtete, ging Luitprand leicht über die Brücke, die ihm der Majordomus anbot.

»Nicht du bist es, der uns irgendetwas schuldet«, rief Luitprand, »sondern wir bedanken uns dafür, dass du in all den Jahren die Eroberer daran gehindert hast, sich in Burgund und der Provence als schreckliche Gefahr für alle Herzogtümer und Provinzen von Italien festzusetzen.«

Karl hob die Brauen. Damit hatte er nicht gerechnet. Auch seine Herzöge und die Edlen aus dem Norden glaubten im ersten Moment nicht, was sie hörten. Doch dann erfuhren sie den zweiten Grund für die schnelle Hilfsbereitschaft des Langobarden.

»Da wir uns also einig sind, dass in diesen schwer geprüften Gauen kein Feind von innen oder außen die Herzen dieser Stämme hier vergiften soll«, sagte der König feierlich, »und da wir uns die Hand zum Freundschaftsbund zwischen Franken und Langobarden reichen, wird auch Rom nicht mehr auf Schwerter von abtrünnigen Herzögen in Italien hoffen können.«

Das also war es!

Karl wollte, dass sein Gesicht versteinerte. Kein Muskelzucken sollte verraten, was er dachte. Denn ließ er jetzt Luitprand ohne jede weitere Vereinbarung zurückkehren, konnte das von den römischen Äbten, Bischöfen und Mönchen sofort als Sieg Roms ausgelegt werden. Traf er aber irgendeine Absprache mit Luitprand, machte er sich nicht nur den Papst, sondern zugleich auch Bonifatius, Willibrord und alle anderen Christen bis nach Irland und England zu Feinden.

Die Edlen beider Völker standen sich auf ihren Pferden in der Hitze der Provence angespannt gegenüber.

»Lass dein eigenes Heer zurückkehren«, sagte Karl schließlich. »Aber es wäre uns eine große Ehre, wenn du selbst uns mit deinem Adoptivsohn Pippin und ausgesuchten Edlen deines Volkes zum Mittelmeer begleitest. Du kennst die Küstenberge bei euch und könntest uns bei der Suche nach den Rebellen wertvoller als jeder andere werden.«

Karl ließ sein Heer nach allen Seiten ausschwärmen, damit in jedem Landgut, jeder Siedlung und jeder Ansammlung noch nicht zerstörter Häuser kundgetan wurde, dass die Macht des Frankenherrschers endgültig bis zu den Gestaden des Mittelmeers reichte.

Er selbst verfolgte zusammen mit dem Langobardenkönig, einigen seiner Herzögen und Grafen, einem kleinen Kontingent von Bogenschützen und Panzerreitern die flüchtigen Rebellen um Maurontus. Sie blieben an der Straße nach Marseille. Unterwegs erfuhren sie von jammernden Händlern am Straßenrand, dass die Flüchtigen sich bis in die unzugänglichen Bergnester auf den Kreidefelsen östlich von Marseille retten wollten.

Die Hafenstadt zwischen den fast baumlosen, nur durch Buschwerk leicht begrünten Felsen empfing sie mit einer Mischung aus Neugier, Furcht und Hoffnung. Sie hätten Marseille und den Hafen leicht umgehen können. Aber Karl wollte, dass sie sich zeigten. So ritten dann der Princeps aller Franken und der König der Langobarden nebeneinander mitten durch die Stadt.

Am Abend ihrer Ankunft besuchten sie gemeinsam eine Abendmesse in der kleinen Kirche am alten Römerhafen. Sie war nach dem römischen Offizier Viktor benannt, der an derselben Stelle über den Katakomben vor rund fünfhundert Jahren den Märtyrertod gefunden hatte.

Als sie bei Sonnenuntergang bei weißem Wein, frischem Fisch und Meeresfrüchten vor einem Haus am Berghang zusammensaßen, das der weitverzweigten Familie des Fernhändlers Elias gehörte, berichtete Luitprand, was tatsächlich zwischen ihm und dem Papst in Rom stand. Die Männer um Karl verstanden nicht alles. Doch immer dann, wenn es schwierig wurde, konnten Pippin und Karlmann übersetzen.

»Die Ursache für unseren Streit geht eigentlich bis auf das Ende des Imperium Romanum zurück«, meinte Luitprand. »Ihr wisst ja, wie der Westen einige Jahre nach Alarich und dem Hunnenkönig Attila auch noch seinen letzten Kaiser verloren hat, wie später Theoderich mit den Ostgoten dort herrschte und wie wir dann von der Donau nachgekommen sind. Seit fast zweihundert Jahren gehört Rom zum Oströmischen Reich. Aber die Bischöfe von Rom haben sich stets als die Nachfolger Petri und damit als die obersten Würdenträger der Kirche gefühlt.«

»Das sehen fränkische Bischöfe aber ganz anders«, warf Karl ein und spuckte ein paar Schalen von in Öl und Knoblauch gebratenen Meerestieren auf den Tisch. Er sprach fränkisch und ließ übersetzen.

»Natürlich gab es immer wieder Spannungen zwischen Patriarchen von Konstantinopel und dem Oberhaupt der abendländischen Kirche. Aber seit der Kaiser in Konstantinopel die Verehrung von Heiligenbildern verboten hat, herrscht Krieg – offener Krieg zwischen Papst und Kaiser.«

»Und die Römer selbst?«, fragte Karl. »Sie sind doch Untertanen des Kaisers in Byzanz.«

»Das ist nicht so einfach«, antwortete Luitprand. »Sowohl die Vornehmen als auch das Volk von Rom haben geschworen, dass sie niemals zulassen werden, dass der Papst angegriffen oder gewaltsam weggebracht wird. Die ganze Sache wäre längst zu Ende, wenn das Oströmische Reich nicht ständig, so wie wir hier, durch die Muselmanen bedrängt würde. Als einzige Strafe konnte der Kaiser in Konstantinopel dem Papst und Bischof von Rom nur die Patrimonien in Kalabrien und Sizilien wegnehmen.«

»Aber dafür hat sich Papst Gregor III. schon im ersten Jahr seiner Regierung sofort gerächt«, meinte Pippin. Karl sah ihn fragend an.

»Gregor III. will jeden exkommunizieren, der auf Befehl des Kaisers Bilder von Heiligen wegnimmt, zerstört, entweiht oder sich über sie lustig macht.«

»Und ihr wollt tatsächlich noch immer Krieg gegen den Papst in Rom führen?«, fragte Karlmann empört.

»Vielleicht noch nicht gleich gegen ihn«, antwortete der König der Langobarden. »Aber Gregor hat zu einseitig Partei für die Herzöge von Spoleto und Benevent ergriffen, die sich mit dem Schwert gegen mich als König auflehnen.«

Es war, als würde Karl an diesem wunderschönen Sommerabend am alten Hafen von Marseille Stück um Stück erkennen, auf was er sich eingelassen hatte: Wem stand mehr Heiltum und Gefolgschaft zu? Dem Papst als Bischof von Rom und Stellvertreter Christi? Oder dem weltlichen Herrscher mit königlichem Blut, der sich gegen Raub und Betrug zur Wehr setzte?

38

Die Königsfrage

Trotz großer Bedenken verzieh Karl seinem Halbbruder Hildebrand erneut und ließ ihn als seinen Vertreter in Burgund zurück. Er bemerkte sehr wohl, dass viele seiner Vasallen nicht damit einverstanden waren.

Er kehrte in die Gegend nördlich von Paris zurück. Für seinen Aufenthalt wählte er erneut die kleine Königspfalz Verimbrea an der Mündung des Flüsschens Oisne in die Automne.

Zwei Wochen nach seiner Ankunft besuchte ihn Milo. Nach den offiziellen Begrüßungen für Priester und Gefolge, immer herumstreifende Beobachter und das Gesinde innerhalb des Hofguts setzten die beiden Männer sich an einen Holztisch unter den Weidenbäumen am Flussufer. Sie ließen sich gekühlten Wein und süße Kuchen bringen.

»War der Anblick des Langobarden in königlicher Rüstung an der Spitze seines Heeres nicht doch verführerisch für dich?«, fragte Milo mit einem leichten Schmunzeln.

Karl strich sich über die Stirn.

»Nein, Erzbischof«, sagte er ernsthaft. »Bei allem, was mir heilig ist, schwöre ich, dass ich niemals eine Bischofsmütze oder eine Krone tragen werde.«

»Du reitest auch nach all den großartigen Erfolgen immer noch auf dünnem Eis«, meinte Milo besorgt. »Du kannst nicht überall zugleich sein. Was ist mit Baiern? Was mit Aquitanien? Und warum bleibst du taub bei allem, was über dein Weib Swanahild gemunkelt wird?«

»Ich will es nicht mehr wissen«, antwortete Karl mürrisch.

»Dann schick wenigstens den Befehl an Herzog Hunold, dass er den Abt von Sankt Germain freilässt. Lantfred soll sich endlich um den Wiederaufbau der verheerten Klöster kümmern.«

Karl nickte und verzog plötzlich das Gesicht. Für einen Augenblick blieb er mit zusammengepressten Lippen bewegungslos an dem Tisch sitzen, an dem er ohne Hast mit Milo all die Dinge durchsprechen wollte, die sie beide bewegten.

»Was ist mit dir?«, fragte der Mann, der in vielen Dingen ein Beichtvater für ihn geworden war. »Was hast du?«

»Ach nichts«, presste Karl hervor. »Nur eine Art Schwindel, der mich hier seit ein paar Tagen überfällt. Er kommt und geht wie dunkle Wolken am Himmel.«

»Hast du etwas Falsches gegessen oder zu viel getrunken?«

Karl schüttelte den Kopf.

»Ich habe weder eine Fischvergiftung noch dieses Fieber, das in den Sümpfen bei Marseille so verheerend wirken kann.«

»Aber was dann?«, bohrte Milo weiter. »Du siehst tatsächlich nicht gut aus.«

»Gib dir keine Mühe«, stöhnte Karl und lachte mühsam. »Meine Söhne sind nicht da, und Swanahild hat mich auch nicht vergiftet, wenn du auf diesen wahnsinnigen Gedanken kommen solltest ...«

»Ich behaupte nichts«, schnaufte Milo. »Aber du bist krank, Karl! Wenn du in diesem Zustand vor irgendwelche anderen trittst, hast du genau das, was du mit aller Kraft verhindern willst. Ein schwacher, kranker Majordomus ... das kann zerstörend werden für das Königreich der Franken.«

Karl knurrte unwillig. »Soll ich schon jetzt mein Testament machen und alles meinen Söhnen übergeben?«

»Es wäre nicht die schlechteste Idee zu deinem fünfzigsten Geburtstag.«

»Ach, hör doch auf damit!«, wehrte Karl ab. »Ich bin nun einmal nicht mehr zwanzig und habe meinem Körper in all den Jahren weiß Gott nicht wenig zugemutet.«

»Wohl wahr, wohl wahr«, stimmte Milo zu. »Deshalb verstehe ich auch nicht, warum du neulich sogar auf die Jagd reiten musstest – und ausgerechnet mit dem ungebildeten, von dir ernannten Bischof Wido.«

»Warum denn nicht?«, fragte Karl. »Wido ist zwar kein geweihter Priester, aber immerhin um drei Ecken mit mir und der Familie meines Vaters bei Heristal verwandt.«

Milo antwortete nicht. Er blickte auf das leise am Ufer plätschernde Wasser des Flüsschens Oise und beobachtete, wie große bunte Libellen über die Ufersteine schnurrten.

»Was hast du?«, fragte der Majordomus, als ihm das Schweigen des Bischofs endlich auffiel.

»Ich habe nichts gesagt.«

»Aber du weißt und denkst etwas!«

»Wenn du mich so fragst, sollst du meine Meinung hören«, antwortete Milo. »Ich habe meinen Mund gehalten, als du Wido zum Abt von Fontanelle gemacht hast. Auch, als du ihm zusätzlich die Abtei von Sankt Wandrille übergeben hast, die, wie wir alle wissen, unter deinem ganz besonderen Schutz steht. Aber ein Bischof? Das ist zu viel, Karl! Furchtbare Gotteslästerung …«

»Was soll das?«, unterbrach Karl. »Warum kannst gerade du etwas gegen die Belohnung guter Männer haben?«

»Ja, Karl, das habe ich inzwischen«, antwortete Milo ernsthaft. »Denn ich war selbst ein wilder Mann, der heute noch nicht richtig eine Messe lesen kann. Und gerade deshalb stört mich, dass er statt des geistlichen Kleides lieber den Kriegsmantel umhängt und sich dabei weder um die geistliche Zucht, noch um die Regeln und Gesetze unserer Kirche kümmert. Wido ist …«

»Halt! Halt! Halt!«, fiel ihm Karl ins Wort. »Wirfst du ihm etwa auch noch vor, dass er die Hunde liebt, die ihn zur Jagd begleiten? Und dass er sich im Bogenschießen übt?«

»Ich werfe ihm sogar noch sehr viel mehr vor«, brummte Milo. »Wido verwendet täglich nicht einmal eine Stunde auf das Gebet. Das alles kränkt mich nicht. Aber auch andere sehen, was du dem falschen Bischof erlaubst. Trotzdem verstehe ich nicht, dass du mit einem Mann zur Jagd gehst, der sich schon lange gegen dich verschworen hat.«

Karl spürte, wie der Ärger immer höher in ihm stieg.

»Woher, zum Teufel, willst du das wissen?«

»Von Heribert«, sagte Milo ebenso ärgerlich, »dem Grafen von Laon. Er ist derjenige, der mir in seiner Seelennot gebeichtet hat.«

»Heribert? Doch nicht der Sohn von Bertrada der Älteren … Neffe von Plektrud und Adela von Pfalzel?«

»Genau dieser Heribert«, grunzte Milo. »Er soll, ganz abgesehen von seiner scheinheiligen Frömmigkeit, mit Bertrada der Jüngeren eine der schönsten Töchter haben, die es im Königreich gibt.«

»Ja, ich erinnere mich«, sagte Karl abwesend. »Ich habe schon von ihr gehört. Mein wohlgeratener Sohn Pippin nannte sie ›Bertrada mit den großen Füßen‹ …«

Sein Blick folgte ebenfalls dem Flug der schillernden Libellen.

Flussabwärts hüpften kleine Grünfrösche über Seerosenblätter. Sie waren derart winzig, dass sie auf eine Sceattamünze gepasst hätten.

»Was soll ich tun?«, fragte er schließlich. »Ich schade mir doch selbst, wenn ich jetzt Wido absetze oder vor Gericht stelle. Lässt sich beweisen, was du sagst, dann wird bekannt, dass es aus meiner eigenen Familie Widerstand und Intrigen gegen mich gibt.«

»Schweigst du jedoch und verschließt die Augen vor dem, was Wido bereits angefangen hat, dann bringen sie dich um, wie es Verwandte von dir schon vor ihm versucht haben.«

»Das waren keine Verwandten!«, antwortete Karl. »Nur Stiefneffen und Enkel einer machthungrigen Matrone.«

»Dann nimm es als die weise Fügung Gottes, dass ich dir heute ausgerechnet von Heribert aus der Familie der Irminen eine Warnung vor dieser neuerlichen Bosheit gebe.«

»Wer sollte ihn nach deiner Meinung anhören?«

»Als Bischof gehört Wido vor eine Synode. Die müsste über ihn das Urteil sprechen.«

»Die gibt es seit Jahrzehnten hier nicht mehr.«

»Genau das ist ja das Problem«, sagte der Bischof von Reims und schürzte lächelnd seine Lippen. »Wenn du mir freie Hand lässt, könnte es sein, dass mir noch eine Lösung einfällt.«

»Du meinst, für noch mehr Einfluss für dich?«

»Ich meine, dass du vielleicht erneut mit einem Löffel aus dem Holz des Taxusbaums gegessen hast.«

Karl empfand plötzlich ein sehr warmes, angenehmes Gefühl für den knorrigen Erzbischof von Trier und Reims.

Er fühlte sich noch wochenlang geschwächt. Hiltrud hatte seine Pflege übernommen. In ihrer stillen Fürsorglichkeit kümmerte sie sich so herzlich um ihn, dass er bedauerte, sich in all den Jahren nicht mehr mit ihr befasst zu haben. Gleichzeitig bewunderte er ihre reife Schönheit, in der er hin und wieder sogar ein Feuer zu erkennen glaubte, wie er es sonst nur bei den Weibern im Süden Galliens gesehen hatte.

Er blieb in Verimbrea und ritt nicht einmal zu den anderen Hofgütern und Pfalzen in der Nähe. Weder Quierzy noch Soissons oder Compiègne sahen ihn im Sommer des Jahres 739. Er schickte Pippin zur Regelung verschiedener offener Verwaltungsfragen nach Colonia. Karlmann sollte zugleich bei den Friesen gesehen werden.

Während Rotbert nur zweimal aus seinem Haspengau zum Bericht kam und Herzog Folker an der Mosel aufgehalten wurde, bewährte sich in Verimbrea ein kluger und belesener Adliger, den Karl inzwischen sogar zum Leiter seiner Kanzlei ernannt hatte. Karl zweifelte keinen Augenblick daran, dass Chrodegang von Metz dort sogar Bischof werden konnte, sobald er das kanonische Mindestalter von dreißig Jahren erreicht hatte.

»Es sieht nicht gut aus«, sagte Chrodegang, als die ersten Augustgewitter über das kleine Königsgut hinwegzogen. »Es heißt, dass der Papst jetzt sogar offen zum Krieg gegen die Langobarden aufgerufen hat.«

»Der Papst will Krieg führen?«, meinte Karl abfällig. »Das erinnert mich an unsere frühen Wehrbischöfe, die auch nur schlecht zwischen Kreuz und Schwert unterscheiden konnten.«

»Der Papst braucht trotzdem Hilfe. Wir sollten aufpassen, dass er sie nicht aus Aquitanien oder Baiern holt.«

Karl schüttelte den Kopf. »Aus Aquitanien wird er nichts bekommen. Dort müssen wir selbst noch einen unserer Äbte aus dem Kerker holen. Aber mit Baiern könntest du tatsächlich recht haben. Durch meine dumme Krankheit habe ich dieses Herzogtum viel zu sehr vernachlässigt.«

»Ich sagte dir aber schon vor einiger Zeit, dass Herzog Hucbert dort im Sterben liegt«, meinte Chrodegang vorsichtig.

Karl sah ihn an und nickte.

»Ja, du hast es gesagt. Aber nur sehr beiläufig, wie ich mich erinnere.«

Chrodegang senkte den Blick. »Es war Alberichs Sohn Gregor«, gab er dann zu. »Er bat mich, noch zu warten, bis er und Bonifatius klarer sehen, mit welchen Bischöfen für Salzburg, Freising, Regensburg und Passau ein neuer Herzog rechnen muss ...«

»Moment mal!«, unterbrach ihn Karl. »Sagst du mir gerade, dass der letzte Agilolfinger bereits tot ist und dieser Bonifatius erst die Bischofsfrage regeln will, um mir dann gütig mitzuteilen, wann ich einen neuen Herzog für Baiern ernennen darf?«

Chrodegang hob die Schultern.

»Du musst das nicht so streng sehen«, sagte er dann. »Papst Gregor III. hat Bonifatius vorgeschlagen, sich noch in diesem Jahr zu einem Konzil an der Donau zu treffen. Dabei soll festgelegt werden, was mit den mutigen Missionaren von Corbinian und Bonifatius geschehen soll. Der Erzbischof muss vielerlei bedenken. Zum Beispiel, was mit Bivilo, dem ehemaligen Bischof von Lorch, geschehen soll.«

»Bivilo?«, fragte Karl mit langen Zähnen. »Wer ist Bivilo?«

»Er konnte keinen Widerstand mehr in der alten Römerfeste Laureacum leisten. Es geht dabei um die alten Feinde Baierns im Osten. Die Awaren von der mittleren Donau haben Lorch schon im vorigen Jahr eingenommen.«

»Warum erfahre ich das alles nur noch häppchenweise?«, fragte Karl verärgert. »Bin ich ein Greis, dem ihr die Wahrheit nicht mehr zumuten wollt?«

»Nein, keineswegs«, sagte Chrodegang schnell. »Aber als Majordomus können wir dich nicht mit jeder Kleinigkeit belästigen. Es ist zu viel, Karl! Kein Mensch kann Tausende von Namen, von Orten, Abgaben und Stammbäumen in seinem Kopf behalten.«

Karl blickte den jungen Mann ungläubig an.

»Und wer entscheidet darüber, was mir gesagt oder verschwiegen wird?«, fragte er dann. »Zum Beispiel jetzt das mit Bivilo? Ich will das wissen.«

»Er floh nach Passau. Aber Papst Gregor will ihn nicht. Du selbst hattest doch ähnlichen Ärger mit deinem unfähigen Verwandten, diesem schrecklichen und sträflich ungebildeten Abt und sogar Bischof Wido.«

Karl starrte auf den jungen Priester. Über ihnen türmten sich Gewitterwolken immer höher. Noch regnete es nicht. Aber am Horizont zuckte bereits Wetterleuchten über das Land.

»Es war ein Gericht der Ältesten, das ihn nördlich von hier, in der Grafschaft Vermandois, zum Tode verurteilt, geköpft und seinen Leichnam sofort im Moor versenkt hat.«

»Wer sprach das Urteil?«, fragte Karl.

»Getaufte Frilinge, Edlinge und Grafen«, antwortete Chrodegang. »Aber für eine Nacht bei Neumond ließen sie die alte *Lex Salica* wieder so in Kraft treten, wie sie zur Zeit der ersten Merowingerkönige Gesetz gewesen ist.«

»Ich aber als der Majordomus dieses Königreiches erfahre eher zufällig davon«, schnaubte Karl und lachte trocken. Er blickte eine

Weile in hoher Anspannung auf die Holzbalken des Fußbodens. Noch immer kämpfte er gegen die Dämonen in seinem Leib. Sie brüllten, krallten und tanzten so grausam, dass dagegen selbst das heilige Blut eines Merowingerkönigs machtlos gewesen wäre.

»Gut!«, stöhnte er schließlich. »Vielleicht habt ihr sogar weise gehandelt. Aber ich will von derartigen Maßnahmen nicht erst erfahren, wenn der Kopf gerollt ist, sondern vorher! Damit die Herren sich das merken, soll keiner der Beteiligten eine Belohnung für die Tat erhalten. Im Gegenteil: Die Abtei und die Ländereien von Sankt Wandrille und so weiter werden nicht geteilt. Sie fallen ohne irgendeine abgeschnittene Ackerfurche voll und ganz an mich zurück! Und für die bairische Frage sollen in den nächsten Tagen Vorschläge gemacht werden.«

Nur wenige Tage später meldete Chrodegang von Metz eine ganz besondere, hochrangige Gesandtschaft. Hiltrud wollte nicht, dass ihr Vater anstrengende Gespräche führte. Dennoch wischte der Majordomus ihre Bedenken zur Seite und empfing die Abordnung des Papstes mit allen Ehren und Bequemlichkeiten, die er in der kleinen Pfalz Verimbrea bieten konnte.

Während des Nachmittags, nachdem die Römer sich erfrischt und festliche Gewandung angelegt hatten, tauschten sie nur kurz höfliche Grußworte und Fragen nach dem Befinden aus. Karl erfuhr, dass Bischof Anastasius und der Presbyter Sergius auf dem Seeweg von Rom nach Marseille gesegelt waren und dann den Weg durch das Rhonetal genommen hatten.

Erst später, bei einem kleinen Gelage, brachte der kräftige Bischof sein Ehrengeschenk für den Majordomus ins Licht der Öllampen und Fackeln an den Wänden. Er hob einen kunstvoll geschnitzten, mit Gold und Edelsteinen verzierten Kasten hoch.

»Dies schickt dir der Bischof von Rom, Papst Gregor III., als Zeichen der größten Hochachtung für den Subregulus der Franken.«

»Wieso nennt er mich Unterkönig?«, fragte Karl unwillig. Er fühlte sich an diesem Tag wieder unwohl und ärgerte sich, dass er selbst nicht erkennen konnte, woran er erkrankt war.

»Der Heilige Vater hat diese Bezeichnung gewählt, weil sie dir zukommt, solange die Krone des Reiches nicht auf dem Haupt eines Merowingers zu sehen ist«, antwortete der Bischof.

»Und was sind das für Schlüssel?«, fragte Karl. »Wollen die Großen Roms ihre Stadt lieber mir als dem Langobardenkönig übergeben?«

»Auch wenn du dies scherzhaft gemeint haben solltest, so ist es doch die Wahrheit«, sagte der Bischof feierlich. »Roms Edle bieten dir den Konsulatsrang an. Du sollst der Erste über sie und ab sofort ihr unbeschränkter Herrscher werden.«

Für einen endlos langen Augenblick wagte kaum jemand zu atmen. Zu unerwartet und zu großartig klang dieses Angebot der Unterwerfung. Einige sahen den Majordomus der Franken bereits in einer weißen Toga mit breiten Purpurstreifen an den Rändern und einem Lorbeerkranz auf kurz geschnittenem Haar.

»Neben schönen Geschenken für dich und deine Getreuen sowie verschiedenen Reliquien für die Kirchen eurer Bischöfe schickt der Papst dir ganz persönlich diesen Schlüssel, den du vor dir siehst«, fuhr der Bischof feierlich fort. »Ich soll dich daran erinnern, dass einige Eisenspäne von den Ketten des Apostels Petrus in diesen goldenen Schlüssel eingearbeitet sind. Und auch daran, dass es der Apostelfürst ist, der über die Schlüsselgewalt zur Himmelspforte verfügt. Papst Gregor III. beschwört dich im Namen von Petrus, uns und die gute Sache zu unterstützen, damit dieser Schlüssel euch dereinst die Tore des Himmels öffnet.«

»Also ein Tauschhandel!«, stellte Karl respektlos fest. »Damit König Luitprand nicht durch die Tore Roms eindringt, bringt ihr mir vom Papst einen Schlüssel zum Himmelreich. Ist das die Botschaft?«

Die Mundwinkel des Römers zuckten kaum merklich. Ganz offensichtlich hatte er erwartet, dass ihm Karl mit viel größerem Respekt und Demut entgegentreten würde. Doch genau das geschah nicht.

»Ich fürchte, ich muss euch enttäuschen«, sagte der Majordomus. »Im Augenblick sehe ich keine Verwendung für einen Schlüssel zum Grabe Petri oder zum Himmelreich. Nehmt daher dieses wertvolle Geschenk des Papstes wieder zurück nach Rom.«

Die Franken sahen, dass sich die Gesandten von Gregor III. nur mühsam beherrschten. Sie waren so verstört über die ungeheuerliche Ablehnung, dass sie kaum noch Worte fanden.

»Aber hast du ... hast du nicht immer wieder bewiesen, dass du der Verteidiger der Christenheit, Beschützer der irischen Mönche und Äbte und ein großzügig Schenkender für Klöster und Bischöfe bist?«, stieß Bischof Anastasius aus. »Soll denn auch unser weiter, beschwerlicher Weg zu dir völlig umsonst gewesen sein?«

»Lasst euch vom neuen päpstlichen Legaten Bonifatius bestätigen, wie sehr ich meine Hand schützend über euer Missionswerk halte«, antwortete Karl. »Ich will ohnehin mit ihm reden. Doch dabei geht es nicht um den Papst und seinen Streit mit den Langobarden, sondern um die Neuordnung von Baiern.«

Die Gesandten des Papstes sanken mit grauen Gesichtern in sich zusammen. Sie konnten einfach nicht fassen, dass er ihr Anliegen derartig abgelehnt hatte.

Zwei Wochen nachdem die Gesandtschaft des Papstes verstört, aber mit vielen Geschenken versehen, wieder abgereist war, entschloss sich Karl, Verimbrea doch für einige Tage zu verlassen. Hiltrud und Chrodegang von Metz waren strikt dagegen. Sie ließen sogar Ärzte kommen und schickten nach dem Bischof von Reims.

Milo kam schon drei Tage später mit einem Gefolge von heilkundigen Priestern und einigen Großen, die sich gerade in Reims aufgehalten hatten. Alle zusammen versuchten sie vergeblich, Karl vom kurzen Ritt nach Sankt Denis abzuhalten. Da ihm weder spezielle Speisepläne noch Medikamente, Kräutersud oder Salben geholfen hatten, wollte Karl wieder zu seinen eigentlichen Aufgaben zurückkehren. Er ließ nur zu, dass Milo ihn mit einer kleinen Gruppe von Männern in Richtung Paris begleitete.

In Sankt Denis angekommen, dauerte es drei Tage, bis er sich stark genug für längere Gespräche fühlte. Er wollte gerade eine eigene Gesandtschaft nach Rom schicken, als von den Mönchen die Ankunft von Erzbischof Bonifatius gemeldet wurde.

»Aber er kommt nicht allein, sondern bringt einen Onkel von Swanahild mit.«

»Auch das noch!«, knurrte Karl verärgert. Am liebsten hätte er überhaupt nicht mit dem Missionar der Hessen, Thüringer und Baiuwaren geredet. Aber Chrodegang schlug vor, Bonifatius über die Zustände in Italien und in Rom zu befragen.

»Du weißt, dass Bonifatius Legat, also der offizielle Botschafter dieses Papstes ist, der uns verboten hat, Pferdefleisch zu essen. Er kennt die Welt und hat bewiesen, dass er auch in der Finsternis unserer Wälder Klöster und Kirchen bauen kann.«

Karl verstand, was Chrodegang ihm sagen wollte.

»Es bleibt dabei!«, befahl er. »Ich will, dass Abt Grimo von Corbie und der Mönch Sigbert von Sankt Denis in meinem Auftrag mit Geschenken nach Rom gehen. Wer weiß, was Bonifatius uns erzählt. Ich baue lieber auf das Urteil kluger Männer, denen ich vertraue.«

Die beiden nächsten Tage vergingen mit Berichten aus Hessen, Thüringen, Baiern und Italien. Bonifatius fühlte sich verpflichtet, seinem fränkischen Schutzherrn so viel wie möglich über die Missionsarbeit im Osten seines Reiches zu erklären. Es störte ihn auch nicht, dass Karl das meiste überhaupt nicht wissen wollte. Während Gregor, der Sohn von Alberich, den Erzbischof in allem unterstützte und ergänzte, blieben zwei andere Männer aus dem Gefolge von Bonifatius auffällig im Hintergrund. Karl merkte sehr wohl, dass die beiden ihn genau beobachteten.

»Ich habe mit dem Heiligen Vater alles in unserem Sinne besprochen«, fasste Bonifatius schließlich zusammen. »Ich trage Schreiben von ihm an die Bischöfe in Baiern und Alamannien bei mir. Sie sollen endlich alle heidnischen Gebräuche und abweichenden Lehren unterbinden. Zu allem anderen bin ich aufgefordert, ein Konzil an der Donau oder in Augsburg zu halten.«

»Was spricht dagegen?«, fragte der Majordomus lapidar. Er zuckte mit den Achseln und spuckte ein paar Reste von gekauten Bucheckern auf den Boden. »Doch zuvor will ich wissen, warum der Heilige Vater so flehentlich um meine Hilfe bittet.«

Bonifatius stöhnte wie unter schwerem Schmerz. »Nun gut, dann sage ich es ganz direkt«, seufzte er schließlich. »Papst Gregor hat sich in die Streitigkeiten der Langobardenherzöge mit ihrem König eingemischt. Er wollte Frieden, aber es ziemt sich nicht für mich, dir mehr darüber mitzuteilen.«

»Dann tue ich es!«, wagte sich Gregor vor. Er stand auf, ging um die Tische herum und stellte sich in die Mitte des klösterlichen Refektoriums von Sankt Denis.

»Wir alle haben selbst gesehen, wie schrecklich die Entwicklung rund um Rom ist«, berichtete er tonlos und mit blassen Lippen. »Papst Gregor hat die Aufstände der Herzöge Trasimund von Spoleto und Godeschalk von Benevent gegen König Luitprand und seinen Mitregenten Hildeprant von Anfang an gefördert. Als dann ein königliches Heer Trasimund aus seinem Herzogtum verjagte, fand der geschlagene Herzog Zuflucht in Rom. So weit wäre alles noch verständlich geblieben. Doch dann forderte König Luitprand aus Spoleto, das er gerade erst erobert hatte, den abtrünnigen Herzog an ihn auszuliefern.«

Karl nickte Gregor freundlich zu. Er glaubte ihm mehr als Erzbischof Bonifatius und den Abgesandten aus Rom.

»Papst Gregor und der Oberbefehlshaber des römischen Heeres lehnten beide ab. Sie stellten sich damit schützend vor den Aufständischen.«

»Und Luitprand? Hat er sich das gefallen lassen?«, fragte Karl sofort.

»Natürlich nicht«, antwortete Gregor. »Er ist nach Rom marschiert, hat alle Straßen abgesperrt und dann – wie der westgotische König Alarich vor über dreihundert Jahren – die Stadt belagert, um sie auszuhungern.«

»Ich verstehe«, meinte Karl und nickte. »Deshalb also musste der Bischof Anastasius den Seeweg nach Marseille nehmen. Aber wir hörten, dass König Luitprand die Belagerung längst abgebrochen hat.«

»Das ist wohl wahr«, bestätigte Gregor. »Aber er hat das ganze Land rings um Rom verwüstet, hat viele vornehme Römer gefangen, hat sie gezwungen, sich nach der Art seines Volkes zu kleiden und selbst die Haare so zu tragen, wie es bei den Germanen im Norden von Italien üblich ist.«

Karl stutzte, dann lachte er und schüttelte vergnügt den Kopf.

»Lass das nicht Pippin hören«, sagte er. »Er schämt sich heute noch dafür, wie Luitprand ihm das Haar geschnitten hat.«

»Aber die Angelegenheit ist noch nicht beendet«, sagte Erzbischof Bonifatius und hob die Hände wie zum Segen. »Ich weiß, dass der König der Langobarden Hunderte von Römern nach Pavia verschleppt hat. Aber dort angekommen hat Luitprand offiziell verkündet, dass er die anderen dem Papst zugehörigen Städte nicht mehr als Pfand und die Bevölkerung dort nicht als Geiseln will.«

»Und ich?«, fragte der Majordomus. »Was soll ich daran ändern?

Etwa mit meinen Panzerreitern wie Hannibal mit seinen Elefanten über die Alpen reiten und Pavia belagern?«

»Nein, aber du könntest deinen Sohn Pippin mit Ermahnungen zu König Luitprand schicken. Desgleichen könntest du ihm anbieten, dass er die Ländereien Baierns in Tirol und vielleicht noch einiges dazu behalten kann.«

»Wer von den Adligen in Baiern würde dem zustimmen?«

»Vielleicht der neue Herzog, den du ohnehin ernennen müsstest«, sagte Bonifatius. »Gegebenenfalls mit eben diesen kleineren Verzichtsbedingungen ...«

Karl spürte sehr genau, dass ihn die Kirchenmänner bereits in eine Richtung führten, von deren Ziel und Ende er bisher noch nichts wusste.

»Die Baiuwaren wären einverstanden, wenn du einen Edlen zu ihrem Herzog erhebst, mit dessen Zustimmung das ganze Land wieder in vier Bistümer gegliedert würde. Diesmal jedoch in vier Diözesen, die mir als ihrem Erzbischof gehorchen müssten.«

»Und für das weltliche Feigenblatt der schönen neuen Ordnung könnt ihr mir sicherlich schon einen Namen nennen.« Karl lachte spöttisch und blickte Bonifatius in die Augen.

»Ja«, sagte der völlig unbefangen. »Es ist der gottesfürchtige und bescheidene Edle dort am Tischende, der dem alamannischen Zweig der Agilolfinger entstammt und dennoch nie das Schwert gegen das Königreich der Franken erhoben hat.«

»Das wäre ihm auch schlecht bekommen«, knurrte Karl. »Ich kenne euren Kandidaten. Wenn ich nicht irre, heißt euer Auserwählter Odilo.«

Er wusste, wie der Agilolfinger über eine Schwester von Herzog Theodo mit den Alamannen verwandt war. Vor einer Generation hatte sie Herzog Gotfrid in Cannstatt geheiratet. Sie war daher ebenso Odilos Großmutter wie die der widerspenstigen Alamannen Landfried und Theutbald.

Für Karl war das ein mehrfacher Blattschuss: Wenn sich der Papst, Bonifatius und seine Bischöfe mit dem bairischen Adel auf einen Herzog verständigten, dann war das mehr wert als der Schlüssel zum Himmelreich oder zum Petersgrab in Rom.

Karl musterte den etwa dreißig Jahre alten Alamannen. Odilo war weder groß noch kräftig, sondern eher unauffällig. Aber er hatte bis auf die Schultern fallende, weich gewellte braune Haare, ein offenes, ovales Gesicht mit vollen Lippen, einer schön geformten, etwas schiefen Nase und langen Wimpern über sanften braunen Augen.

»Tritt vor!«, sagte der Majordomus. »Und dann berichte uns, wer du bist und was dich befähigt.«

39

Verschmähte Reliquien

Sie sprachen eine Woche lang über alle Fragen, die den Majordomus der Franken und Erzbischof Bonifatius gleichermaßen berührten. Dabei stellte Bonifatius auch den Mann vor, der sich die ganze Zeit sehr still verhalten hatte. Der Edle aus begüterter Familie hieß Sturmi, kam aus Oberbaiern und hatte an der Fulda in Hessen nach langem Suchen eine verfallene Königspfalz gefunden, bei der er jetzt ein Kloster gründen wollte.

»Du möchtest also Abt auf königlichem Land werden?«, fragte Karl. »Besitzt du denn die nötige Erfahrung?«

»Ich bin seit sechs Jahren geweihter Priester und war in Fritzlar Küchenmeister«, antwortete Sturmi.

Karl lächelte verhalten. »Hast du schon einen Namen für deine Abtei?«

Ein frohes Lächeln huschte über das Gesicht des Mönchs.

»Ja«, sagte er stolz, »sie soll Fulda heißen ... wie der Fluss.«

Ein paar der Umstehenden lachten über so viel Einfallsreichtum.

»Wir reden später noch einmal darüber«, sagte Karl. Dann gab er seine Einwilligung zu den anderen Plänen der Kirchenmänner in Hessen, Thüringen und Baiern. Zum Erstaunen aller Beteiligten waren auch Bischof Milo und andere Große im fränkischen Klerus mit den Ergebnissen der Unterredungen einverstanden.

»Das liegt ganz einfach daran, dass wir hier Ruhe haben, solange sich der Bonifatius im Osten unseres Reiches mit den Edlen und dem Volk dort reibt«, erklärte Milo eines Abends. Sie saßen diesmal nicht im Speisesaal der Mönche, sondern unter den Walnussbäumen im stillen Klostergarten. Seit Bonifatius mit seinen Gefährten, dem jungen Odilo und ein paar weiteren Mönchen aus Sankt Denis abgezogen war, fühlte sich Karl deutlich besser.

»Ich glaube, ich sollte nicht zurück nach Verimbrea reiten. Mir ist es lieber, wenn wir diesen Winter in der Pfalz Quierzy verbringen.«

»Die beiden Güter unterscheiden sich doch kaum«, meinte Chrodegang verwundert.

»Ja«, stimmte Karl zu, »aber in Verimbrea war ich zu lange krank.«

Sie wollten bereits aufbrechen, als ihnen Kundschafter des Bischofs von Paris die Rückkehr von Karls Boten aus Rom ankündigten. Nur wenige Stunden später trafen Abt Grimo von Corbie und Sigbert von Sankt Denis im Kloster ein. Karl ließ ihnen Zeit, bis sie sich erfrischt und gewaschen hatten. Er empfing sie im Klostergarten.

»Wir bringen einen Brief des Papstes mit«, sagte Abt Grimo stolz. »Er ist sehr lang und enthält eine große Klage.«

»Sagt mir zuerst, wie es zwischen Rom und Pavia aussieht.«

Abt Grimo setzte sich, nachdem ihn Karl mit einer Handbewegung dazu aufgefordert hatte. Sie warteten, bis andere Mönche Weinkrüge und die Schalen mit kleinen Kuchen vor sie gestellt hatten.

»Inzwischen muss man sagen, dass es Papst Gregor III. höchstpersönlich ist, der als Kriegsherr auftritt. Er hat Herzog Trasimund alle Vollmachten über die Bewaffneten des gesamten Herzogtums von Rom gegeben. So gesehen ist der Papst oberster Feldherr Roms im Kampf gegen die Langobarden.«

»Und warum hat er das getan?«, fragte Karl. »Ich dachte, Trasimund will nur sein Herzogtum Spoleto zurück.«

»Er soll es haben«, antwortete Abt Grimo. »Aber als Gegenleistung muss er für den Papst vier verlorene Städte von den Langobarden zurückerobern.«

»Das sieht mir nicht nach reiner Gegenwehr von Bedrängten aus«, meinte Karl nachdenklich.

»Genau das wollten wir dir auch berichten«, sagte Sigbert, der Einsiedler von Sankt Denis. »Wir können nicht beurteilen, wer angefangen hat und auf welcher Seite die Gerechteren zu finden sind. Aber du als Majordomus aller Franken solltest sehr gut überlegen, ehe du dich für die Langobarden oder für den Papst entscheidest.«

»Wie gut, dass Bonifatius bereits abgereist ist«, seufzte Bischof Chrodegang. »Wäre er hier, wäre die Partei des Papstes stärker, als uns lieb sein kann.«

Karl lachte kurz. »Jetzt zu dem Brief«, sagte er. »Du sagst, dass er sehr lang ist?«

»Der längste Brief, den ich jemals gesehen habe«, antwortete der Abt von Corbie. »Aber der Papst schmeichelt dir nicht nur, indem er dich als Unterkönig bezeichnet, sondern überhäuft die Langobarden auch mit schwersten Vorwürfen. Zusätzlich sollen wir dir die Leiden dieses Papstes ausführlich berichten. Gregor III. verlangt, dass du noch weitere Sendboten zu ihm schickst, die sich von seiner Not und der großen Gefahr für die gesamte Christenheit überzeugen sollen ...«

»Genug, genug«, unterbrach Karl. »Ich höre immer nur das gleiche Flehen. Wenn es nicht anders geht, dann lies jetzt vor, was mir der Stellvertreter Christi hier auf Erden schreibt!«

»Meinst du, genau so, wie es in Latein sehr fein und salbungsvoll geschrieben steht?«

Karl wandte sich an Grimo. »Kannst du es übersetzen?«

»Ja«, antwortete Abt Grimo sofort. »Dennoch werden die Worte dieses Papstes auch in unserer Sprache nicht sehr leicht verständlich sein. Er spricht genauso, wie er predigt. Und das ist völlig anders, als wir selbst hier sprechen.«

»Genug der Vorreden«, befahl Karl. »Lies vor!«

»Wegen des allzu heftigen Schmerzes unserer Herzen und unserer Tränen haben wir es für nötig befunden, wiederholt an deine Exzellenz zu schreiben, darauf vertrauend ...«, las Abt Grimo von Corbie.

Karl lachte bellend. »Steht das da wirklich so?«

»Beim Mantel des heiligen Martin«, antwortete der Abt. »Ich lese Wort für Wort und Satz für Satz den Brief des Papstes an dich.«

»Nun gut, dann weiter! Aber sieh zu, dass du noch vor dem Nachtmahl fertig wirst!«

Die anderen um sie herum grinsten verhalten. Abt Grimo holte tief Luft. Dann las er an der Stelle weiter, an der Karl ihn unterbrochen hatte: »... darauf vertrauend, dass du ein liebender Sohn des Apostelfürsten Petri und unserer selbst seist und dass du aus Ehrfurcht vor unseren Bitten und Aufträgen gehorchen werdest zur Verteidigung der Kirche Gottes und des ihm eigenen Volkes.«

»Was schreibt er da?«, unterbrach Karl unwillig. »Wie kommt er darauf, dass ich ihm gehorchen soll?«

»Ich lese nur, was hier steht«, jammerte Grimo und krümmte sich. Karl schüttelte den Kopf. Dann nickte er ihm dennoch zu und ließ ihn weiterlesen.

»Denn wir können diese Unterdrückung durch das Langobardenvolk nicht mehr länger ertragen. Sämtliche frommen Geschenke zum Grabe des Apostels, auch die von euren Vorfahren und die von euch selbst gestifteten, haben sie geraubt und weggeschleppt. Und weil wir zu dir unsere Zuflucht genommen haben ... gerade deshalb beladen uns die Langobarden mit noch mehr Schimpf und unterdrücken uns.«

»Ein großes Schlitzohr, dieser Papst!«, schnaubte Karl halb verärgert und halb belustigt. »O ja, ich verstehe! Er will mich zornig machen, indem er behauptet, dass die Langobarden sogar meine Geschenke an die Kirche gestohlen haben.«

Milo hob die Hände wie zum Gebet.

»Der eigentliche Kriegsgrund war doch die Weigerung des Papstes, ihm die Rebellen und die verräterischen Herzöge zu überstellen.«

»Es geht noch weiter«, meinte Grimo vorsichtig. Karl hob den Daumen.

»Deshalb ist die Kirche des heiligen Petrus entblößt und in sehr großes Elend gestürzt«, las Grimo mit zitternder Stimme. »Und im Genaueren haben wir all unsere Schmerzen dem Träger dieses Briefes in den Mund gelegt, der dir das alles zu Ohren bringen wird. Dir aber, unser Sohn, soll es hier und im künftigen Leben durch Gott und Sankt Petrus so ergehen, wie du es verdient haben wirst, wenn du dich für seine Kirche und unsere Verteidigung entscheidest und mit Entschiedenheit kämpfen wirst ...«

»Das kann kein Schwein ertragen!«, stöhnte Karl. »Das reicht, Grimo! Hör auf!«

»... auf dass alle Völker deine Treue, Reinheit und Liebe erkennen mögen«, fuhr der Abt von Corbie verzweifelt fort, »welche du für den Apostelfürsten, für uns und das uns eigene Volk der Römer hegst. So und in eiserner Verteidigung von Rom wirst du dir ein unvergessliches und ewiges Leben erwerben.«

»Schluss!«, donnerte Karl.

»Unfassbar!«, stieß auch Milo hervor. Selbst die Mönche von Sankt Denis schämten sich für die Übertreibungen des Bischofs von Rom.

»Ihr habt Gregor gesprochen und gesehen«, sagte Karl zu seinen Gesandten. »Was sagt ihr selbst dazu?«

»Ich habe nie zuvor etwas derartig Unaufrichtiges gehört oder gelesen!«, rief Sigbert entsetzt.

Karl blieb noch zwei weitere Wochen in Sankt Denis. In diesen Tagen sahen ihn der Abt und die Mönche des Klosters großzügig und dankbar. Er bedachte sie mit wertvollen Geschenken und sagte dazu: »Ihr habt nicht nur meinem Erstgeborenen eine gute Erziehung gegeben, sondern euch von Anfang an auch mir gegenüber offen und zuverlässig gezeigt.«

Wie zufällig ging er mehrmals mit Sigbert in die Kirche zu den Sarkophagen und Grabstätten vergangener Merowingerkönige. Es blieb den Kirchenmännern nicht verborgen, dass er mehrmals einen Platz auf der linken Seite des Kirchenraumes aufsuchte und sich von dort nach allen Seiten umsah. Sofern die Sonne schien, ging er auch zu verschiedenen Tageszeiten in die Kirche. Und jedes Mal betrachtete er ganz genau das wechselhafte Spiel der Farben aus den bunten Kirchenfenstern auf dem Steinfußboden. Niemand von ihnen sprach darüber. Doch alle ahnten bereits, was Karl daran so faszinierte.

Gleich nach Sankt Martin verlagerte Karl seinen Aufenthalt wieder in das kleine Königsgut Quierzy. Es hatte ihm bereits gefallen, als er noch mit den Neustriern und ihrem finsteren Majordomus Raganfrid um die Macht in der gesamten Francia kämpfte. Die flachen Berge rechts und links der Oise erinnerten wie stets an Heristal und Jupille. Nur dass hier, nordwestlich von Paris, die Uferstreifen schmaler und das Buschwerk noch immer lichter waren als an der Maas. Wenige Tage nach dem kleinen Fest zu Ehren des heiligen Martin trafen Mönche aus Echternach in Quierzy ein. Karl ließ sie sofort vor.

»Voll Trauer in unseren Herzen müssen wir dir Kunde davon bringen, dass unser verehrter Abt Willibrord, der auch der Bischof von Utrecht war, in der Nacht vom sechsten zum siebten November im gottgefälligen Alter von einundachtzig Jahren verstorben ist. Sein letzter Wunsch war, dass er nicht dort begraben wird, wo er als Apostel der Friesen wirkte, sondern in der Kirche, die er in Echternach an der Sauer selbst gebaut hat.«

Karl überlegte lange, ob er nicht zur Beerdigung des Mannes reiten sollte, dem er viel mehr verdankte als jedem anderen Edlen der Franken. Doch dann trat Hiltrud auf ihn zu und überredete ihn, sich zu schonen.

Sie feierten das Weihnachtsfest am 25. Dezember und damit den ersten Tag des Kirchenjahres 740 im Kreis der Familie und der Vertrauten. Karlmann und Pippin waren zurückgekehrt, ebenso Karls andere Söhne. Sogar Swanahild hatte ihren Pariser Aufenthalt beendet und versuchte inzwischen, Frieden mit Karl zu schließen.

Karl bewunderte, wie groß Grifo geworden war, der in diesem Jahr vierzehn Jahre alt wurde und damit in den Kreis der Erwachsenen aufgenommen werden sollte. Karl wusste nicht, warum er sich gerade jetzt, mitten im Winter, an die Prüfung erinnerte, die er vor vielen Jahren auf dem Ziegenberg in den Ardennen bei Lüttich für wichtig gehalten hatte. So sehr er Grifo in den ersten Jahren nach seiner Geburt geliebt und gehätschelt hatte, so klar war ihm auch, dass dieser junge Mann nicht zu den Erben des fränkischen Königreiches gehören konnte.

Karl hatte gerade in den vergangenen Wochen sehr oft und sehr lange darüber nachgedacht, ob er schon jetzt festlegen durfte, dass Karlmann und Pippin seine Nachfolger werden sollten. Nur zu gut erinnerte er sich an die katastrophale Lage im Königreich der Franken, als sein eigener Vater gestorben war und keine Söhne aus seiner ersten Ehe mehr lebten.

In diesen Tagen und Abenden, die seit einiger Zeit wegen der verschiedenen Kalendereinteilungen die »Tage zwischen den Jahren« genannt wurden, sprach er mehrmals mit seinen Söhnen über diese Dinge.

Auch in den ersten Wochen des neuen Jahres, die nach alter Tradition am Hof der Könige und des Majordomus der Beurteilung des vergangenen Jahres und der Vorbereitung des nächsten Märzfeldes dienten, beriet sich Karl mit seinen Paladinen und Vasallen, die nach und nach aus ihren heimatlichen Grafschaften zurückkehrten. Unter den Vertrauten erreichte auch eine erneute Gesandtschaft des Papstes die Pfalz im Norden des Frankenreiches.

Karl hatte keine Lust, sich erneut die Klagen des Papstes anzuhören. Und nur, weil ihn alle anderen dazu drängten, erwies er den Abgesandten die nötige Ehre und bot ihnen seine Gastfreundschaft an. Trotzdem mussten sie drei Tage warten, bis sie zunächst von Chrodegang gehört wurden. Der Vorsteher der Kanzlei berichtete anschließend, was in den vergangenen Wochen in Italien geschehen war.

»Gegen Ende des Jahres ist Herzog Trasimund von Rom aus tatsächlich mit einem voll ausgerüsteten Heer der Römer nach Spoleto gezogen. Er hat seine ehemalige Hauptstadt zurückerobert und eigenhändig den Herzog Hildeprant getötet, den König Luitprand an seiner Stelle eingesetzt hatte.«

»Hildeprant?«, fragte Karl erstaunt. »Doch nicht ...«

»Nein, keine Sorge«, lachte Chrodegang. »Kein Merowinger und auch nicht dein Halbbruder.«

»Oh, diese Namen!«, zürnte Karl und trank einen kleinen Schluck warmen Honigwein. »Immer die gleichen überall und in jeder Familie! Ganz so, als gäbe es keine anderen Schmucksteine! Wie hat König Luitprand darauf reagiert?«

»Wie zu erwarten«, antwortete Chrodegang. »Er hat geschäumt und sofort zu einem neuen Feldzug gegen die Verschwörer, gegen Rom und gleich auch noch gegen die Byzantiner gerüstet. Der Papst weiß, dass er sich jetzt nach der Decke strecken muss. Er hat alle Bischöfe der Langobarden beschworen, sie sollten ihren König von einem derart gottlosen Vorhaben abhalten. Und der Brief, den er dir jetzt geschrieben hat, strotzt nur so von Unverschämtheiten und frechen Forderungen.«

»Müssen wir uns das nochmals antun?«

Chrodegang zuckte mit den Achseln. »Auch wenn es dir nicht gefällt«, sagte er vorsichtig, »aber als Majordomus der Franken kannst du den Brief eines Papstes nicht einfach ungelesen lassen.«

»Also gut!«, sagte Karl leidend. »Dann sollen sie kommen!«

Chrodegang nickte wartenden Kanzleischreibern am Eingang des Saales zu. Kurz darauf begannen im großen Raum der Pfalz die üblichen Grußworte und Beteuerungen. Mindestens dreißig Männer hatten sich in dem viel zu engen Raum versammelt. Sie alle wollten miterleben, wie der Erste unter den Edlen im Frankenreich die Bitten und Forderungen des Papstes behandelte.

»Fangt an und lest vor!«, befahl Karl schließlich. Er lehnte sich zurück und wirkte plötzlich sehr aufmerksam und milde.

»Tag und Nacht weinen wir«, begann der Anführer der päpstlichen Gesandtschaft. »Wir sehen, wie täglich und überall die Kirche im Stich gelassen wird von ihren Söhnen, von denen sie die Rache erwarten durfte. Das Geringe, was im Vorjahr übrig geblieben ist, war für die Unterstützung und Nahrung der Armen Christi gedacht. Doch auch dies wird mit Feuer und Schwert von den Königen der Langobarden vernichtet. Sie haben das übrig gebliebene Vieh davongetrieben und die Gehöfte zerstört, von denen die Diener des heiligen Petrus in Rom mit Nahrung versorgt wurden.«

»Also nichts Neues«, sagte Karl, fast schon erleichtert. Er sah die Abgesandten des Papstes sehr lange und nachdenklich an. Und dann verriet er, was er eigentlich erwartet und befürchtet hatte:

»Selbst wenn ihr mich zum Patricius der Römer erhebt – ich kann und will nicht für den Papst gegen die Langobarden kämpfen.«

Bis zum Märzfeld beherrschte das Thema »Der Papst und die Langobarden« fast alle Gespräche in der Pfalz von Quierzy.

Jeder, der ankam, musste seine Angelegenheiten, Fragen und Beschwerden oder auch Klagen und Streitigkeiten zurückstellen. Grafen und Herzöge, Gutsbesitzer und freie Bauern aus allen Gauen hockten überall tagelang zusammen und sprachen selbst an den Lagerfeuern nur noch über den Kaiser von Byzanz, den König der Langobarden, rebellische Herzöge in Italien und über den Papst und die Römer.

Vergessen waren die Aquitanier, die aufständischen Burgunden und die schrecklichen Sturmritte der Muselmanen auf ihren schnellen Pferden. Männer, die bereits in Friesland und gegen die Sachsen, in Baiuwaren und gegen die Alamannen gekämpft hatten, fragten sich, wie die Römer wohl kämpfen würden, ob sie noch immer so aussahen wie auf den steinernen Reliefs in den zerfallenen Städten, ob sie noch Senatoren in langen Togen hatten und ob sie Gefangene nach einem Kriegszug noch immer gegen Gladiatoren und wilde Tiere kämpfen ließen. Jeder wusste irgendetwas zu berichten. Und in der Phantasie der Männer schien das Imperium Romanum aus dem Dunkel der Vergangenheit neu zu entstehen.

Karl selbst sah sich schließlich gezwungen, ein Machtwort zu sprechen. Er ließ die Großen und Edlen des Reiches zusammenrufen und versammelte sie am Ufer der Oise.

Weit mehr als hundert Berittene kamen zusammen, als er auf einem neuen, in der Grafschaft Perche gezüchteten Pferd zu ihnen kam. Es war das erste Ergebnis der langen Zuchtversuche, mit dem nicht nur Karl, sondern auch alle anderen zufrieden sein konnten – eine sehr starke und doch elegante schwarze Stute mit langer buschiger Mähne und einem glänzenden Schweif, der viel länger war als bei den Kaltblütern des Nordens. Das kräftige Tier hatte einen etwas zu groß geratenen Kopf. Aber es stand bei aller Kraft so anmutig, dass es alle bewunderten.

»Ich grüße euch, ihr Herren!«, rief Karl seinen Edlen zu. »Ich wollte euch nicht warten lassen, sondern genügend Zeit geben, all das zu hören und zu beraten, was sich inzwischen ereignet hat. Leider werden auch viele wilde und ausgeschmückte Geschichten erzählt. Deswegen hört mich an, damit ihr wisst, worüber ihr mit mir gemeinsam entscheiden sollt.«

Er ritt ein Stück vor den Reihen der Männer auf und ab. Flussaufwärts hinter den letzten Häusern der Pfalz hatten sich dicht an dicht die Panzerreiter versammelt. Flussabwärts standen freie Bauern, die sich zwanglos einem der Grafen oder großen Gutsbesitzer angeschlossen hatten. Die Fußkrieger und das Gefolge der Edlen wollten ebenfalls sehen, was sich rund um den Majordomus ereignete. Sie konnten nur wenig von dem verstehen, was er sagte. Aber sie beugten sich allesamt weit vor, um wenigstens etwas von Karls Ansprache zu hören.

Seine Söhne sowie die wichtigsten seiner Grafen saßen hinter ihm auf ihren Pferden. Sie wussten bereits, was er sagen wollte. Aber sie kannten die Entscheidung am Ende dieser Versammlung nicht. Karl wollte nicht mehr und nicht weniger als eine Antwort auf die Frage, ob er den König der Langobarden mit allen Schwertern und Wurfäxten unterstützen sollte oder ob sich die Franken auf die Seite des Papstes und der Römer stellten.

»Ich werde euch fragen, was ich tun soll und was ihr mir empfehlt. Aber hört zunächst, wie die tatsächliche Lage ist. Dazu müsst ihr wissen, dass der Papst und die Römer noch immer Untertanen des griechischen Kaisers in Konstantinopel sind. Byzanz ist Ostrom, und die Langobarden sind zwar ein freies Königreich, doch Kaiser Leo in Konstantinopel kann und will dem Papst und den Römern nicht beistehen. Er hat selbst genug mit den Muselmanen zu tun. Außerdem liegt er im Streit mit dem Papst über die Frage, ob Heiligenbilder angebetet werden dürfen oder nicht.«

Die Männer begannen untereinander zu tuscheln. Doch Karl hob die Hand und gebot Ruhe.

»Jetzt aber ist der Streit zwischen den Langobarden und dem

Papst in Rom so heftig geworden, dass aus der Fehde ein Krieg entstanden ist. In dieser Situation hat mich der Papst mehrfach und schriftlich um Hilfe und Unterstützung gebeten. Aber er geht noch weiter! Viel weiter sogar, ihr Herren. Der Papst ist bereit, das Herzogtum aus den achtzehn Exarchaten des byzantinischen Kaisers herauszubrechen und mir ganz persönlich als dem Majordomus des Frankenreiches zu unterstellen. Damit ihr ganz genau versteht, was das heißt, sage ich es noch einmal: Der Papst und die Römer bieten mir die gleichen Rechte an, die der Kaiser von Ostrom oder Byzanz bisher in Italien hatte.«

Für einen Augenblick herrschte ungläubiges Schweigen am Ufer des kleinen Flusses. Doch dann brach ein riesiger Jubel unter den Edlen des Reiches aus. Die Männer auf der anderen Seite der Oise hatten nicht verstanden, worum es ging. Aber auch sie fielen mit lautem Geschrei in den Jubel und die Hochrufe auf Majordomus Karl ein. Nie zuvor hatte Karl derartig viel Freude und Genugtuung in den Gesichtern der Männer bei einem Märzfeld gesehen.

Gleichzeitig erkannte er, welchen Fehler er gemacht hatte. Er hätte zuerst die Bedingungen und dann die Gegenleistungen im Angebot des Papstes nennen sollen. So aber würde er viele Tage, wenn nicht sogar Wochen brauchen, bis auch der Letzte verstand, wie die Kehrseite dieses verlockenden Angebots aussah. Bisher hatten die Männer nur den leuchtenden Apfel für den Sündenfall gesehen – nicht aber die Schlange im Vatikan, die nur darauf wartete, dass sich die Franken blenden ließen, um gegen den König in Pavia und zugleich gegen den Kaiser in Konstantinopel zu kämpfen.

Karl wusste nur zu gut, dass er, obwohl er immer noch ohne König regierte, derartig große Dinge nicht allein entscheiden konnte. Er hatte bewiesen, dass er mit ganzem Herzen zur Verteidigung des christlichen Glaubens bereit war. Groß war auch die Verlockung, ein neuer Cäsar und Imperator und zugleich Herr über das Königreich der Franken und Rom zu werden. Aber das alles war nichts anderes als die klingenden Schellen und tönernen Füße, vor denen bereits die Evangelisten im Neuen Testament gewarnt hatten.

»Bevor ihr entscheidet …«, rief er deshalb, als wieder einigermaßen Ruhe eingekehrt war. »Bevor ihr entscheidet, ihr Herren, denkt auch daran, dass Herzog Hunold von Aquitanien noch immer den Abt von Sankt Germain gefangen hält. Denkt daran, dass die Provence jederzeit wieder abtrünnig werden kann. Und denkt daran, wie leicht die mühsam errungene Ordnung hier im Norden des Königreiches zerbricht, sobald Friesen und Sachsen wieder übermütig werden.«

Er beugte sich zur Seite, ließ sich sein Schwert reichen und reckte es gegen den Himmel.

»Bei allem Jubel«, rief er mit starker Stimme. »Lasst euch nicht täuschen von den Engelschören! Hört, wovor unsere eigenen Bischöfe warnen, wenn wir uns wie Bonifatius allzu eng mit einem Papst verbünden, der nicht aufrichtiger ist als jene, über die er klagt und jammert!«

40

Das letzte Licht

Nach vielen schwierigen Gesprächen in kleinen Gruppen und wechselnden Zusammensetzungen löste sich die Versammlung der Franken nach und nach auf. Aber nicht nur Paladine, Vasallen, Frilinge und die Männer aus der Kanzlei des Majordomus hatten ihren Anteil daran, dass dem anfänglichen Jubel Ernüchterung und Einsicht folgte. Auch die Bischöfe und viele Äbte, Beichtväter und sogar verschiedene Fernhändler, die sonst nichts mit den Entscheidungen am Hof des Majordomus zu tun hatten, bemühten sich darum, die erste, falsch verstandene Begeisterung zu dämpfen.

Überall wurde bestätigt, dass der Majordomus den Ehrentitel »Patrizius der Römer« behalten konnte. Allen Getauften konnte Karl versichern, dass er auch weiterhin der Schirmherr und Bewahrer der Kirche war. Als dann im August unvermittelt Herzog Odilo von Baiern in Quierzy auftauchte, konnte Karl beweisen, dass er es damit immer noch sehr ernst meinte.

Odilo, der Verwandte von Swanahild, sah nicht besonders glücklich aus, als er in Quierzy einritt. Er kam mit einem kleinen, fast ärmlich wirkenden Gefolge von dreißig Mann zu Pferd und einem Tross, der nicht einmal den Namen wert war.

»Was ist passiert?«, fragte Karl. Er saß wie häufig in diesem Sommer im Schatten alter Bäume am Flussufer. Nach außen hin hatte er die lange Zeit seiner Krankheit überwunden. Aber er wusste selbst, dass er inzwischen Mühe hatte, sich zu entscheiden. Er lachte kaum noch und fand keinen Gefallen mehr an Schmausereien oder Trinkgelagen. Für manche in der Pfalz sah es fast aus, als würde er sich auf das Dasein eines Eremiten in irgendeiner Klosterzelle vorbereiten.

Die Einzigen, die jederzeit noch Zutritt zu ihm hatten, waren Sigibert von Sankt Denis, Chrodegang von Metz und seine Tochter Hiltrud. Manchmal vermuteten sie, dass er vielleicht doch dem ausgeschlagenen Angebot von Papst Gregor III. nachtrauerte. Aber die Boten mit dem klaren Nein des Majordomus waren längst wieder zurückgekehrt. Nur eine Handvoll Eingeweihter kannte den gan zen Wortlaut jener Botschaft Karls, auf die der Papst nichts mehr erwidert hatte.

Odilo stieg ab und übergab sein Pferd den Bediensteten. Er ging auf Hiltrud zu und verneigte sich kurz und höflich vor ihr.

»Ich brauche keine Einzelheiten«, sagte Karl geduldig, ohne dass Odilo irgendetwas gesagt hatte. »Du solltest bis zum nächsten Märzfeld hierbleiben, damit du lernst, wie sich ein Herzog in Friedenszeiten zu verhalten hat. Es war mein Fehler, dass ich dich ohne jede Warnung dem Wolfsgeschlecht der Baiuwaren zum frohen Fraße überlassen habe.«

Hiltrud stellte sich neben Odilo. »Lass ihn doch!«, bat sie ihren Vater.

Karl sah sie lange an. Seit er sie und Odilo in der Kirche von Sankt Denis hinter dem Altar gesehen hatte, rechnete er damit, dass beide vor ihn treten würden. Doch das geschah weder in den nächsten Wochen noch in den Monaten bis Weihnachten.

»Wenn er dort wieder Fuß fassen soll, braucht er im Erzbistum von Bonifatius ein Eigenkloster mit Mönchen, auf die er sich verlassen kann. Sie sollen auf ihn schwören und auch noch Alamannen sein«, sagte Karl beim Fest des heiligen Martin. Er kniete mit seinen Söhnen in der kleinen, überfüllten Pfalzkapelle.

»Dann kommen nur die Mönche von der Reichenau in Frage«, stimmte Pippin zu, der rechter Hand von seinem Vater betete. Karl senkte seinen Kopf.

»Besprecht das alles untereinander. Und sag ihm, dass ich ihm die Mittel gebe, damit er sich sein Kloster gründen kann.«

Irgendwie musste Odilo Karls Zusage noch weitergehend gedeutet haben. Denn als das neue Jahr begann, erkannte jedermann, dass Hiltrud schwanger war. Als Karl durch Chrodegang von Metz die Bestätigung dafür erhielt, dass Odilo der Vater war, ließ er die beiden zu sich kommen.

»Du hättest mich ganz einfach bitten können, dass ich dich ihm zum Weib gebe«, tadelte er Hiltrud. »Nur ein ganz kleines Wort, meine Tochter. Es hätte dir und mir viel üble Nachrede erspart.«

Odilo trat mutig einen Schritt nach vorn.

»Ich bin bereit, für alle Folgen ...«

»Du bist bereit für gar nichts!«, unterbrach ihn Karl. »Du bist vor deinen eigenen Großen in Baiern weggelaufen und hast dabei weniger Mut bewiesen als jeder kleine Mönch von Bonifatius. Du bist hierhergekommen wie ein schlechter Jagdhund, der schon beim ersten Schnauben eines Keilers winselnd seinen Herrn sucht. Ich habe meine Hand über deinen dummen Kopf gehalten. Zum Dank dafür verführst du meine Tochter!«

»Er hat mich nicht ...«

»Du schweigst!«, sagte Karl hart. »Aber du kannst ihn haben. Auch wenn er sich in meinen Augen wie der Geringste unter den Vasallen aufgeführt hat.«

Er wandte sich erneut an Odilo: »Du wirst ab sofort durch Chrodegang von Metz so ausgebildet, wie ich es befehle. Gleich nach dem Märzfeld gehst du zurück nach Baiern. Hiltrud bleibt hier, und auch dein Kind wird hier geboren.«

»Willst du tatsächlich, dass wir ungetraut ...«

»Ihr heiratet beim Märzfeld«, bestimmte Karl. »Wir werden sagen, dass wir absichtlich gewartet haben, damit möglichst viele Große und Edle aus allen Teilen unseres Königreiches gemeinsam mit euch feiern können.«

In den verbleibenden Wochen bis zum Märzfeld sprach Karl mit verschiedenen Großen des Königreiches der Franken. Ganz so, als wolle er sich nicht mehr über Papst und Langobarden, Aquitanier oder Baiuwaren ärgern, beschäftigte ihn immer mehr die Frage seiner Nachfolge. Er wusste sehr gut, dass er nicht mehr stark genug für weitere Kämpfe und Auseinandersetzungen war. Aber er wollte nicht so enden wie sein Vater oder gar sein Vorfahr Grimoald.

Spät – viel zu spät hatte er die Augen auch nicht mehr vor dem verschlossen, was über Swanahild erzählt wurde.

Er musste zugeben, dass er stets von Swanahilds immer noch bestehenden Beziehungen nach Regensburg und Freising, zu Kirchenmännern Baierns und zu der alamannischen Linie der Agilolfinger geahnt hatte. Jetzt aber wurden viele der bisher heimlichen Stimmen lauter.

Selbst Bischöfe und Äbte, die ohne große Scheu zu ihren Nachtgefährtinnen und ihren Kindern gingen, empörten sich in ihren Sonntagspredigten über das unkeusche und lasterhafte Leben in den Königspfalzen und auf den Gutshöfen des Landes.

Karl war erbost darüber, was ihm auf einmal angelastet wurde. Im

Gegensatz zu den Jahrhunderten der Merowinger war sein eigener Hofstaat in all den Jahren eher streng, gesittet und ganz und gar nicht ausschweifend gewesen. Nicht, weil sie keine Freude an Gelagen oder Saufereien gehabt hätten! Daran hatte es selbst in den Jahren der Unwetter und Seuchen nicht gemangelt. Aber die Arbeit am Zusammenschmieden eines auseinanderbrechenden Reiches hatte von Karl und seinen engsten Gefährten Jahr um Jahr die ganze Kraft gefordert.

Karl wusste längst, dass er das Alter seines Vaters oder gar das eines Willibrords niemals erreichen würde. Aber noch zögerte er und wollte nicht bekannt geben, wie das Frankenreich nach seinem Abgang verwaltet werden sollte. Er war sich noch nicht sicher, wie sich die Mächtigen im Flickenteppich des großen Reiches verhalten würden, wenn er eines Tages nicht mehr war. Es wäre einfacher für ihn gewesen, wenn nicht sein Vater vor den Antworten auf dieselben Fragen nach einer großen Amtszeit doch noch gescheitert gewesen wäre.

»Was passiert, wenn meine Söhne vor mir sterben?«, fragte er immer wieder, als Rotbert, Folker und auch andere Bewährte in den Tagen vor dem Märzfeld eintrafen.

»Es ist verständlich, dass du jetzt noch nichts entscheiden willst«, sagte Rotbert drei Tage vor dem Beginn der großen Heerschau. »Aber es wird noch sehr viel schlechter für uns alle, wenn diese Fragen erst an einem Grab aufkommen.«

»Was redet ihr von Gräbern?«, protestierte Herzog Hildebrand. Er war erst mit Verspätung am letzten Februartag in Quierzy eingetroffen. »Ich dachte, dass wir eine Hochzeit feiern. Extra dafür habe ich mit meinem Sohn Nibelung eine neue Herkunftsgeschichte unserer Familie ausgearbeitet.«

»Mit dir selbst als Odysseus und deinem Sohn als tapferem Achill?«, fragte Karl spöttisch, als er am selben Abend davon hörte. Obwohl ihm überhaupt nicht danach zumute war, belustigte ihn Hildebrands Begeisterung. »Wie ich dich kenne, kannst du mit einem Seitenblick auf Kaiser Leo nachweisen, dass wir alle Byzantiner oder sogar Nachkommen der Trojaner sind.«

»Wolltest du etwas anderes?«, fragte Hildebrand erstaunt.

»Ich kann darüber nicht lachen«, sagte Karl und zog die Mundwinkel herab. Er merkte nicht einmal, dass alle anderen plötzlich sehr schweigsam wurden.

Obwohl die Braut nicht tanzte, wurde es die größte und schönste Hochzeit, die seit Jahrzehnten im Königreich der Franken gefeiert worden war.

Auch wenn der Brautvater die Schlüssel zum Grab des heiligen Petrus zurückgeschickt hatte, zeigte sich der nämliche Apostel einsichtig und ließ ein Wetter aufziehen, wie es die Franken nördlich von Paris und Reims, Compiègne und Soissons noch nie so schön um diese Jahreszeit erlebt hatten.

Herzöge und Grafen, Landadlige, Bischöfe und Äbte vergaßen, was sie irgendwann und irgendwo abfällig über die wunderschöne hochschwangere Braut gesagt hatten. Hiltrud trug ein griechisch anmutendes langes Kleid aus feinem weißen Leinen mit einer goldenen Kordel zwischen der Brust und dem schon stolz gewölbten Leib. Sowohl die Bündchen an den Ärmeln und am Kragen als auch der Ausschnitt waren mit breiten goldenen Stickereien eingefasst. In winzigen Stichen hatten die Weiber in der Spinnstube der Pfalz zierliche Ornamente gestickt, wie sie in gleicher Art von den Königinnen der Merowinger geschätzt waren. Die Braut trug ein Diadem aus dem Königsschatz, dazu Perlenketten und einen himmelblauen Umhang, der an den Schultern mit Fibeln aus schierem Gold und rotem Glasfluss in Form von Bienen gerafft und festgehalten wurde. Hiltruds kornblondes Haar fiel in Kringellocken bis auf ihre Schultern. Nur über den Ohren war es zu einem Kranz geflochten.

Neben ihr und dem Majordomus, der ebenfalls Schmuck aus dem Königsschatz und sein langobardisches Wehrgehänge angelegt hatte, saß Herzog Odilo von Baiern. Der sanfte Alamanne wirkte wesentlich reifer als noch vor einigen Wochen. Sein Blick war offen, obwohl er ebenso wie alle anderen reichlich getrunken hatte. Sobald ein Trinkspruch auf den Majordomus, die schöne Braut und den Bräutigam ausgebracht wurde, mühte er sich, sein kostbares, aus einem Römergrab stammendes Glas erneut anzuheben.

Zum zweiten Mal innerhalb weniger Jahre verband sich Karl mit dem Herzogtum zwischen dem großen Donaubogen und den Alpen. Die Adligen aus Regensburg und Freising, Passau und Salzburg trugen eine eigenartige Gewandung, in der sich fränkische Hosen mit böhmischen Verzierungen und römische Legionärsmäntel mit keltischen Amuletten mischten. Aber sie hielten sich bei dem Gelage von Anfang an viel besser als die Alamannen vom Neckar und vom

Bodensee, die sich auffällig still benahmen. Auch die Burgunden an den vielen langen Tischen feierten nicht ganz so ausgelassen, wie Karl es erwartet hatte.

Herzog Hunold und die Edlen aus der Gegend von Bordeaux und Vasgonien waren nicht erschienen, dafür aber Friesen, Hessen, Thüringer und sogar sächsische Edelinge, Austrier und Neustrier. Kein Herzog und kein Gaugraf oder Begüterter aus den großen Adelsgeschlechtern zwischen der Rheinmündung und dem Zentralmassiv hatte sich ausgeschlossen. Mehrere Tausend Männer und viele, viele Weiber lagerten auf beiden Seiten der Oise bis zu den Hügeln hinauf. Ständig brachten Gesinde und Unfreie Nachschub an Fleisch und Brot, Kuchen, Wein und Obst aus Compiègne und Laon, Sankt Quentin und Soissons. Nie zuvor waren derartige Mengen in so kurzer Zeit vertilgt worden. Selbst wenn sie nichts mehr essen konnten, kauten die Franken weiterhin kleine Stücke des beliebten grünen Specks.

Karl hatte die gesamte Feier in die Hände von Chrodegang gelegt. Für die Messen und Gebete, den Gesang zwischen den Tänzen und die feierlichen kirchlichen Handlungen waren Bischof Milo von Reims, der Abt von Sankt Denis und ein paar Dutzend weitere Kirchenmänner zuständig.

Vom späten Nachmittag an bis zur Abendmesse tanzten und sangen die Gäste die alten Lieder, die noch aus der Zeit der Germanengötter stammten. Als dann die Priester ihre Liturgien ertönen ließen, schwiegen die Franken. Die meisten konnten kein Latein. Aber sie fanden es sehr schön, wenn die Mönche sangen.

Später, als Odilo und Hiltrud nicht mehr mit nach draußen kamen, gingen die Edlen zu den Dingen über, die für die Gaue, die Pfalzen, die Städte und die Märkte wichtig waren. Karl stimmte zu, dass bei Sankt Denis ein neuer Markt mit Vergünstigungen bei den Abgaben eingerichtet werden sollte.

Da auch die Frage seiner Nachfolge längst mit den Großen des Frankenreiches besprochen worden war, musste Karl jetzt nur noch einige Ämter und Grafschaften strategisch klug besetzen. Und dann geschah es: Am vierten Tag des Märzfeldes verkündete er den noch vom letzten Trinkgelage erschöpften Adligen und dem halb schlafenden Gefolge mit eher leiser Stimme:

»Das von uns allen mit Blut und Schweiß so schwer erkämpfte

Königreich der Franken ... *regnum* der überkommenen Merowingerkönige ... Zukunft und Sehnsucht vom einigen Europa ... soll über mich auf meine Söhne und Erben übertragen werden.«

Er wartete. Vollkommen reglos. Wie eine Statue im Strom der Zeit. Die Stille um ihn herum wusste nicht, nach welcher Seite sie sich wenden oder neigen sollte. Karl blickte in die Gesichter seiner Männer. Keines war stark genug, gegen ihn aufzuleuchten.

»Dann lasse ich jetzt aufschreiben und als mein Testament bestätigen, dass mein erstgeborener Sohn Karlmann alle östlichen, vollkommen germanischen Länder erhalten soll, wenn ich einmal nicht mehr bin. Dazu gehören Austrien, über den Rhein hinweg Thüringen und Alamannien. Das Herzogtum Baiern wird von dieser Regelung zunächst ausgenommen.«

Er trank anstelle von Wein oder Met seit zwei Tagen einen leichten Kräutersud, den ihm die Ärzte empfohlen hatten.

»Mein zweiter Sohn aus meiner ersten Ehe bekommt die Teile unseres Königreiches, die nicht sehr einfach zu regieren sind«, fuhr Karl mit klarer Stimme fort. »Ich will daher, dass Pippin III. die ehemaligen römischen Teile Neustriens, dazu Burgund und das Herzogtum an der Mosel mit Metz und Trier bekommt. Auch hier bleibt eins der Herzogtümer ausgenommen. Erst wenn wir Herzog Hunold von Aquitanien gezüchtigt und gestraft haben, wollen wir darüber noch einmal reden.«

Die Edlen der Versammlung schlugen gegen ihre Wehrgehänge. Der Lärm der Zustimmung war so eindeutig und klar, dass Karl für einen Augenblick erneut die Kraft und Stärke in sich fühlte, mit der er diese Männer jahrzehntelang geführt hatte. Nur über Grifo und seine anderen Söhne sprach er nicht.

Das Osterfest wurde sehr schön. Dennoch dauerte es lange, bis sich die beim Märzfeld zertretenen und verwüsteten Uferwiesen und die wie in Räude gefallenen Büsche an den Berghängen wieder erholt hatten.

Wie jeden Morgen begann der Tag in der Pfalz mit dem krächzenden Geschrei kleiner Zwerghähne, die ihre Köpfe mutig in den Tag steckten und so viel Lärm machten, dass schnell alle wach wurden. Dann wurde Brot gebacken und in großen Kesseln Fleisch und Gemüsesuppe gekocht. Irgendwo lärmten immer Kinder, und manchmal quiekten die Schweine, ehe eins von ihnen in den Schlachtraum getrieben wurde.

Der Majordomus bewegte sich vollkommen selbstverständlich unter den vielen Menschen, die auf der Pfalz wohnten, lebten und arbeiteten. Zumeist ging er bereits nach dem Frühstück, das aus etwas trockenem Brot, Speck und verdünntem Wein oder auch nur einer Schale lauwarmer Gerstengrütze bestand, zu den Panzerreitern oben am Fluss. Er ließ sich zeigen, wie gut sie ihre Übungen beherrschten, und freute sich, wenn sie auf neuen Pferden aus der Zucht von Perche wendiger und schneller waren als auf den Kaltblütern, die sie bisher geritten hatten.

Hiltruds Niederkunft fand zwanzig Tage nach Ostern statt. Karl sah nicht viel von seinem in Windeln gewickelten Enkel, aber die Ammen versicherten ihm wortreich, dass er gesund, kräftig und ihm wie aus dem Gesicht geschnitten aussah.

Kurz vor Pfingsten ließ Karl Bischof Milo aus Reims kommen. Da der ehemalige schwarze Abt noch immer Schwierigkeiten mit der Liturgie hatte, ließ Karl zusätzlich den Eremiten von Sankt Denis in die Pfalz holen. Odilo war kurz zuvor aus Baiern angekommen. Auch einige ausgewählte Pfalzgrafen aus der Umgebung von Laon bis Soissons und Compiègne wurden mit ihren Familien eingeladen. So konnte Karls Enkel zu Pfingsten nach seinen Agilolfinger-Ahnen auf den Namen Tassilo III. getauft werden.

»Nicht dass du denkst, dass du dir damit Sonderrechte erworben hast«, sagte der Majordomus beim anschließenden Festmahl zu seinem Schwiegersohn. »Du wirst schon in der nächsten Woche in dein Herzogtum zurückkehren und gemeinsam mit Erzbischof Bonifatius die Vereinbarungen durchsetzen, die in Sankt Denis besprochen wurden.«

Odilo wollte protestieren, aber ein kurzer Blick von Karl ließ ihn wieder verstummen.

»Du hast gehört, was ich gerade gesagt habe! Hiltrud ist meine Tochter und Tassilo mein erster Enkel. Die beiden bleiben hier, solange bei den Baiuwaren noch nicht alles geregelt ist. Aber du kannst beruhigt sein. Während deiner Abwesenheit wird Pippin vormundschaftlich die Rechte deines Sohnes wahrnehmen und vertreten.«

Odilo warf einen hilfesuchenden Blick zu Hiltrud. Karls Tochter nickte ihm nur zu. Mit einem zweiten Blick suchte der Agilolfinger nach Swanahild. Aber die tat so, als wolle sie sich nicht einmischen. Erst nach dem Festmahl, als die Männer sich die Füße am Flussufer vertraten, konnte Odilo kurz mit Swanahild sprechen. Karl sah es aus einem gewissen Abstand. Er knurrte abfällig, als er bemerkte, wie vertraut die beiden miteinander umgingen.

Auch in den folgenden Tagen und Wochen blieb das Leben in der Pfalz ungewöhnlich friedlich. Gelegentlich kamen Händler, die sich über Behinderungen durch Gaugrafen oder Bischöfe in den Städten beschweren wollten. Dann wieder trafen Kundschafter ein, die Karl das Jahr über berichteten, was sie in den Gauen und von den Völkern außerhalb des Königreiches gehört hatten.

Erst im Hochsommer nahmen die Dinge einen etwas anderen Lauf. Es begann mit Hinweisen auf Widerstände in Burgund. Karls Halbbruder Hildebrand schickte mehrere Botschaften über Schwierigkeiten mit Adligen an der Rhone, die immer noch Anhänger des geflohenen Aufständischen Maurontus waren. Es hieß, dass sie die Aufteilung des Reiches auf die beiden ältesten Söhne des Majordomus nicht hinnehmen wollten.

»Was ich geeint habe, kann ich auch wieder teilen«, sagte Karl nur. Doch dann, als wieder einmal eine warnende Botschaft aus Burgund kam, rief Karl seinen Zweitgeborenen zu sich.

Pippin war nicht sehr begeistert, als er erfuhr, dass er erneut in den Südwesten des Reiches reiten sollte.

»Ich komme gerade erst aus Laon.«

»Ich weiß, von welchem Weib du kommst«, knurrte Karl unwillig. »Es passt mir nicht, was sich da anbahnt! Hast du vergessen, dass Bertrada mit den großen Füßen die Enkelin einer Schwester Plektruds ist?«

»Ich mag sie gern«, antwortete Pippin kurz.

»Und dass sie über ihre Mutter sogar etwas von diesem elend verfluchten heiligen Blut der Merowinger in sich haben soll ...«

»Das wird auch von ihrem Vater Heribert, dessen Mutter Bertrada die Ältere in Prüm und sogar über Plektrud gemunkelt.«

Karls Adern an seinen Schläfen schwollen an. »Dann wird Gesetz, dass du Abstand gewinnst!«, sagte er scharf. »Hast du vergessen, wie die hochmütige Familie der Irminen mit mir und uns Pippinen umgegangen ist? Die Söhne deines Großvaters mit der Matrone Plektrud sind tot. Ich habe mir oft gewünscht, dass ich in Colonia meine letzte Ruhestatt finde, doch der Allmächtige hat anders entschieden. Schon deshalb will ich keine Familienbande mehr!«

»Sollen sie meine Feinde bleiben, nur weil sie deine waren?«

Karl blickte Pippin lange an. »Dann warte wenigstens, bis ich nicht mehr bin«, bat er. »Und jetzt zu deinen Aufgaben: Da ich selbst nicht mehr gegen die verräterischen Herzöge und Grafen reiten kann, musst du in deinem Erbteil Flagge zeigen. Stell dir ein kleines gutes Heer aus Panzerreitern und jungen Adligen zusammen. Ich werde Hildebrand anweisen, dass er dir von Lyon mit einem großen Hofstaat, zuverlässigen Vasallen und zahlreicher Dienerschaft entgegenzieht. Die Burgunden sollen endlich sehen, wohin sie gehören!«

Der August verging ohne schlechte Nachrichten. Doch dann, gerade als Karl gehört hatte, wie leicht es Pippin gelungen war, ohne einen Schwertstreich sein zugedachtes Erbe zu besetzen, meldete ihm Chrodegang, dass der Eremit von Sankt Denis in seine Kanzlei gekommen war und um eine vertrauliche Unterredung gebeten hatte.

»Ich erwarte euch beide in der vierten Stunde bei den Weiden am Fluss. Dort können wir ungestört reden.«

Sie sprachen eine Weile über den neuen Markt von Sankt Denis, über den Erfolg von Pippin in Burgund und über das Missionswerk, an dem Bonifatius jetzt zusammen mit Swanahilds Verwandten im Herzogtum der Baiern arbeitete.

Karl kannte den grau und faltig gewordenen Mönch von Sankt Denis viel zu gut, um nicht zu merken, dass er nicht zufällig auf Odilo und Swanahild kam.

»Also, dann beichte endlich, wofür du mir die Augen öffnen willst.«

»Wo denkst du hin?«, protestierte Sigbert. »Es steht mir überhaupt nicht zu, über Swanahild und Odilo zu richten. Sie ist dein zweites Eheweib und er dein Schwiegersohn.«

»Und dennoch haben beide etwas mit deinem heutigen Besuch zu tun.«

»Nur ganz entfernt«, wehrte Sigbert sofort ab. »Wir sind in Sankt Denis schon längst nicht mehr verärgert über die Art, wie uns der Gaugraf von Paris jahrelang behandelt hat.«

»Nicht mehr verärgert?«, wiederholte Karl.

»Nein, überhaupt nicht«, bestätigte der alte Mönch. Sie schwiegen eine Weile. Dann griff Chrodegang ein.

»Aber es war doch ziemlich viel, was ihr durch Gaerefrid verloren habt«, sagte er. »Viele Geschenke und Abgaben, die eigentlich dem Kloster zugedacht waren, sollen dem Vernehmen nach überhaupt nicht bei euch angekommen sein.«

Sigbert hob die Schultern und zeigte seine leeren Hände.

»Das alles haben wir doch längst verziehen«, sagte er nachsichtig. »Natürlich hat es uns geschmerzt, wenn wir erfuhren, dass Graf Gaerefrid Händler auspresste und Geschenke für uns abfing. Aber er brauchte schließlich große Summen, um sich das Schweigen anderer zu kaufen.«

»Ich sehe, dass ihr beide viel vom Papst gelernt habt«, meinte Karl nachdenklich. Er hatte zugehört und sofort verstanden, was sie ihm andeuten wollten. »Aber ihr irrt euch, wenn ihr glaubt, dass ich Swanahild und Gaerefrid noch irgendetwas nachtrage. Ich liebe Grifo viel zu sehr, um ihn durch eine Strafe für seine Mutter oder einen anderen zu verletzen.«

»Ist das der Grund, warum du niemals eingegriffen hast?«

»Manchmal sind Kinder stärker als das beste Bollwerk«, antwortete Karl. »Und ihr als Prediger sagt doch ebenfalls, dass alles Tand wäre, hätten wir Liebe und Vergebung nicht.«

Keiner der beiden Männer hatte den Majordomus jemals so reden hören.

»Ich bewundere deine großherzige Einstellung«, sagte der Eremit von Sankt Denis nachdenklich. »Aber aus der Leidenschaft jener wilden Tage zwischen Swanahild und Gaerefrid ist inzwischen eine sehr große Gefahr entstanden. Lass mich ganz offen sein, Karl. Gaerefrid hat Freunde überall in Neustrien. Und Swanahild spinnt nach wie vor ihre Fäden bis nach Alamannien und ins Herzogtum der Baiern.«

»Selbst wenn ihr Zeugen für das findet, was ihr hier behauptet, würde es mich nicht mehr kümmern«, sagte der Majordomus. »Ich habe meine Herrschaft über das Königreich der Franken beim letzten Märzfeld auf meine beiden Erstgeborenen übertragen. Ihr wart dabei, als alle Großen zustimmten.«

»Das war vor einem halben Jahr«, beharrte Sigbert auf seiner Meinung. »Inzwischen regt sich überall Protest.«

»Nun gut, dann sagt mir, was die Anhänger von Gaerefrid und die bairische Partei um Swanahild und Odilo verlangen. Was wollen sie? Was soll ich meinen Söhnen Karlmann und Pippin wieder wegnehmen und auf Halbbruder Grifo übertragen? Oder gar meinen Söhnen mit Chrotrud? Wer wüsste besser als ich, wie gern die mir lieben Bastarde ein solches Erbe hätten.«

Sigbert drehte seinen Kopf ganz langsam von einer Seite zur anderen. Dann strecke er den Arm aus und zeigte über die Uferhügel. »Das alles hier«, sagte er, »dazu die angrenzenden Gebiete von Aquitanien, Neustrien und Burgund.«

Karl schwieg sehr lange, während ein hartes Lächeln um seine Mundwinkel spielte.

»Das Herz des Königreichs also«, sagte er dann und lachte Chrodegang zu. »Du setzt ein neues Testament auf. Und zwar genau so, wie es Sigbert gesagt hat. Wenn das den Frieden sichert, sollst du die Urkunde ausstellen. Und lass all jene als Zeugen unterzeichnen, die zu den Anführern des Widerstandes zählen.«

Er wandte sich an Sigbert. »Und dir gebührt als Dank für deine Warnung ein Ausgleich der Verluste, die ihr durch Gaerefrid und Swanahild erlitten habt. Ich schenke deinem Kloster Sankt Denis das schöne Gut Clipiacum, auch Clichy genannt, mitten im Parisgau, und zwar mit allem Zubehör und allen Rechten. Und ich will, dass auf dieser Schenkungsurkunde auch Swanahild und Grifo unterzeichnen. Mit ihrer Unterschrift sollen sie bestätigen, dass dieses heimliche Refugium sowohl für Gaerefrid als auch für sie verloren ist.«

Die Schenkungsurkunde für das Landgut Clichy mit allem Zubehör, einschließlich der Bewohner und der Weinberge der Umgebung, wurde am 17. September im fünften Jahr nach dem Tod von König Theuderich IV. genau so unterschrieben, wie es Karl angeordnet hatte. Als Strafe bei Protest oder Zuwiderhandlung wurden zwölf Pfund Gold und zwanzig Pfund Silber festgesetzt.

Beiläufig erwähnte Karl vor den schweigend Zürnenden, dass er inzwischen auch einer Neuverteilung des Reiches zustimmte. Es war sein Triumph, mit dem er Grifo und dem Anhang seiner Mutter genau die Gebiete zusprach, von denen sie geglaubt hatten, dass nur Verschwörer von ihnen wussten.

Er entließ sämtliche Edlen, die an dem Vorgang beteiligt waren, mit einer einzigen kurzen Handbewegung.

»Kehrt zurück«, sagte er nur, »und lasst mich in Ruhe!«

In den nächsten Tagen blieb er nah bei der Wiege, in der Tassilo III. juchzend dem Spiel des Herbstlaubs über sich zusah. Es waren Haselnussbüsche, denn in der kleinen Königspfalz von Quierzy und auch in Verimbrea, Heristal und Jupille gab es inzwischen keinen einzigen Taxusstrauch mehr.

Noch vor der Geburt von Tassilo hatte Karl alle Eibengewächse in diesen Hofgütern wurzeltief ausgraben und verbrennen lassen. Nur ein einziges Mal hatte sein Blick dabei den von Swanahild gestreift. Es war keine Frage und auch keine Antwort in diesen Blicken.

Bereits vor dem Martinsfest trafen Karlmann und Pippin, Hildebrand und sogar der alte Wusing aus Friesland in Quierzy ein. Rotbert ritt wie ein alter Germanengott auf einem schweren Gaul heran, Folker musste bereits gefahren werden. Thüringer kamen, Mönche aus Echternach, danach die Bischöfe von Orleans und Rouen, Metz und Verdun.

Als hätte Karls Körper, nach einem Vierteljahrhundert und ungezählten Meilen kreuz und quer durch das Königreich der Franken und darüber hinaus müde geworden, nur darauf gewartet, dass die Vertrauten unter den Großen noch einmal vollzählig versammelt waren, wurde er über Nacht von einem heftigen Fieber befallen.

Er blieb bis zum letzten Augenblick wach. Und dann starb er, als die Sonne den Zenit erreichte, so geradlinig, wie er gelebt, gekämpft und stets gehandelt hatte. Nur einmal noch hatte er leise gesagt, dass er noch so lange leben wollte, bis er erfuhr, ob sich die Mönche von Sankt Denis über sein letztes Geschenk gefreut hatten. Doch dieser letzte Handel mit dem Tod fand keine Zeugen mehr.

Der Herrscher ohne Krone des fränkischen Königreiches verschied am 21. Oktober des Jahres 741. Als er ging, glaubte er, dass er alles getan hatte, um das durch ihn wieder groß gewordene Reich der Franken in sichere Hände zu legen.

»Er hat den schieren Eigennutz der Adligen besiegt, die nach dem Tod seines Vaters überall im Frankenreich die Herrschaft an sich reißen wollten«, sagte der knorrige, ebenfalls alt gewordene Milo, der schon als schwarzer Abt an seine Seite getreten war.

»Wir brauchen keine großen Worte mehr an seinem Grab«, sagte auch Sigbert. »Es ist sein Leben, das ihn lobt.«

Karls Leichnam wurde nach einer Woche tiefer Trauer in einem langen, stillen Zug auf einem herbstlich geschmückten, von vier stolzen Perche-Pferden gezogenen Wagen nach Sankt Denis gebracht. Sie warteten nicht, bis sein Sarkophag fertig war.

»Er hat das bunte Sonnenlicht so gern gemocht, das durch die Kirchenfenster fällt«, sagte der Eremit von Sankt Denis. An einem strahlend schönen Herbstmorgen, dem Namenstag des Schutzpatrons der Franken, wurde der tote Herrscher auf der linken Seite des Chores beigesetzt – als erster Karolinger neben den Ruhestätten der Merowingerkönige.

Epilog

Hätten Karls Erstgeborene die letzten Verfügungen ihres Vaters gehorsam hingenommen, wäre das Reich der Franken gemeinsam mit Karl Martell und schon vor seinem Enkel Karl dem Großen gestorben. Unmittelbar nach Karls Beisetzung versammelte Swanahild neustrische Adlige um sich, die sie aus ihren Wochen in Clichy kannte. Da sie die Gunst der Stunde nutzen wollten, wurden sich alle bisherigen Rivalen sehr schnell einig. Mit größter Geheimhaltung stellten sie ein kleines, starkes Heer gegen die Brüder Karlmann und Pippin auf. Bereits im folgenden Frühjahr eroberte Grifo die Stadt und Pfalz Laon.

Ob Pfalzgraf Heribert, der Sohn von Bertrada und Neffe von Plektrud, hierbei Tore geöffnet oder sich nur zu zögerlich verteidigt hatte, blieb auch später unbeantwortet. Grifo erklärte seinen beiden Halbbrüdern zugleich den Krieg.

Ohne zu zögern, verständigten sich die älteren Söhne des verstorbenen Majordomus. Sie belagerten die Stadt auf dem Berghügel nordwestlich von Reims und schlossen sie so unnachgiebig ein, wie sie es in Blaye, Narbonne und Avignon gelernt hatten.

Grifo und die verräterischen Adligen mussten bereits nach wenigen Tagen aufgeben. Karlmann und Pippin III. ritten im Triumph durch die engen Gassen der Stadt. Unmittelbar vor der Pfalzkirche ergaben sich Grifo und seine Mitverschwörer. Einige hörten Swanahild fluchen, andere beschworen später, dass sie nur auf Bairisch gebetet habe.

In diesen Stunden sah Pippin III. auch Bertrada die Jüngere wieder. Sie sagte ihm, dass er der Vater jenes Kindes war, das sie unter ihrem Herzen trug. Er aber sagte ihr, dass er sie auf keinen Fall zum Eheweib nehmen könne.

»Niemand aus dem Geschlecht der Irminen an der Mosel und an der Prüm würde einer Ehe mit einem Sohn von Karl Martell zustimmen«, erklärte er ihr. »Zu groß ist noch der Hass deiner Großmutter und der anderen Schwestern von Plektrud auf uns.«

Sie sah ein, dass er recht hatte. Aber sie sagte ihm auch, dass sie ihm nicht im Weg stehen wolle, wenn er sich als Majordomus oder gar als neuer König in allen Grafschaften und Herzogtümern durchsetzen wollte.

Grifo wurde gezwungen, auf alle Erbteile aus dem letzten Testament seines Vaters zu verzichten. Seine Halbbrüder verzichteten auf ein Gerichtsverfahren. Swanahild fand durch Milos sanften Druck nach mehreren Seiten einen Platz als Äbtissin im Nonnenkloster Chelles zwischen Reims und Paris.

Karlmann und Pippin III. übernahmen ihr Erbe. Jeder der beiden wurde Majordomus in einem Teilreich. Sicherheitshalber beschlossen die Brüder, doch wieder einen Merowinger als König über sich einzusetzen. Sie wählten einen fast namenlosen Mann aus, der als Childerich III. den Frankenthron bestieg. Hiltrud zog mit ihrem Sohn Tassilo III. nach Baiern, und Bertrada gebar einen Sohn, dessen Namen sie lange Zeit verschwieg.

Sturmi wurde kurz darauf Abt von Fulda, Chrodegang Bischof von Metz und Remigius einige Jahre später Erzbischof von Rouen. Nur Gregor wurde nicht der Nachfolger von Bonifatius.

Sechs Jahre nach dem Tod seines Vaters erkannte Karlmann, dass er mit seines Bruders Stärke nicht mehr mithalten konnte. Obwohl er der Erstgeborene und Stammhalter von Karl Martell war, verzichtete er zugunsten von Pippin dem Kurzen auf alle weltlichen Pflichten und Aufgaben. Karlmann entschied sich für ein beschaulicheres, gottgefälliges Leben und wurde 747 Mönch im Kloster auf dem Monte Cassino südlich von Rom.

Erst jetzt hatte Pippin III. erreicht, was er schon immer wollte. Wie seine Vorfahren war er Alleinherrscher der Franken. Und erst jetzt konnte er Bertrada mit den großen Füßen heiraten und seinen Sohn öffentlich zeigen. Sie hatten ihn heimlich durch Milo nicht erneut Pippin, sondern nach seinem Großvater Karl taufen lassen.

Zehn Jahre nach dem Tode Karl Martells waren die Beziehungen zum neuen Papst so weit gediehen, dass Pippin III. ihm – im Gegenzug für die Bestätigung einer angeblich schon auf Kaiser Konstantin zurückgehenden Schenkung über den Vatikanstaat – eine der berühmtesten Fragen der europäischen Geschichte stellen konnte. Soll denn, so ließ er den Papst entscheiden, soll denn derjenige der wahre König sein, der tatsächlich die Macht ausübte, oder ein Niemand, der nur dem Namen nach noch Herrscher war.

Der Papst entschied gegen Recht und Gesetz, Tradition und heiliges Blut. Er fand es nützlicher, dass er selbst Pippin III. die Krone als Frankenkönig aufsetzen konnte – wie später auch die Kaiserkrone Karl dem Großen, dem Enkel Karl Martells.

Anhang

Nachwort

Im Februar 1992 fand in Bad Homburg ein internationales Historikerkolloquium über »Karl Martell und seine Zeit« statt – gut 1.300 Jahre nach seiner Geburt und 150 Jahre, nachdem der Schweizer Historiker Jacob Burckhardt eine Arbeit über den ersten Karolinger vorgelegt hatte. In der Zwischenzeit wurde Karl Martell nicht nur jahrhundertelang diffamiert, sondern stand auch fast vollständig im Schatten seines kaiserlichen und zum Heiligen erhobenen Enkels Karl, genannt »der Große«.

Es gab bisher keinen Roman über ihn, keine allein ihm gewidmete Biographie – bis auf die Beschreibung seiner Regierungszeit in den fränkischen Jahrbüchern und eben Burckhardts kurze wissenschaftliche Arbeit.

Dabei gilt der erste Karolinger als Sieger über die seit 711 durch Europa vorstürmenden Araber, als Erfinder des Lehnswesens und sogar des Rittertums, aus dem bis heute Tausende von Legenden, Gesängen, Filmen und Romanen entstanden – und immer noch entstehen. Karls Image hat das alles nichts genützt, seit ihm der Makel eines Räubers von Kirchengut angeheftet wurde. Und dafür gibt es Gründe.

Die Verlegenheit, mit der die Teilnehmer am verspäteten Homburger Kolloquium eingestanden, dass Karl Martell tatsächlich einer der bedeutendsten Männer des frühen Mittelalters war, konnte die lange Zeit der Diffamierung nicht wiedergutmachen. Ohne sein Wirken wäre der Aufstieg des karolingischen Hauses über weite Teile des heutigen Europa nicht möglich gewesen, und ohne seine Siege über die Muselmanen ab 732 hätte das christliche Abendland keinen Bestand gehabt.

Auch die blutigen Auseinandersetzungen, die Karl der Große mit Friesen und Sachsen, Baiern und Langobarden hatte, begannen bei seinem Großvater Karl Martell und zum Teil noch eine oder zwei Generationen früher. Genau besehen waren es die vier Generationen von Pippin I. über Pippin II. und Karl Martell bis zu dessen Sohn Pippin III., die für Karl den Großen jenes Westeuropa vorbereiteten, das der Kaiser selbst trotz seiner stets gerühmten Größe mit seinen eigenen Nachkommen wieder untergehen ließ.

Anno 1999, an der Schwelle zum dritten Jahrtausend, wurde in

Paderborn der 1.200. Jahrestag jener Verhandlungen zwischen Karl dem Großen und dem geflohenen Papst Leo III. gefeiert, die im Jahr 800 (aber genau genommen 801) zur berühmt gewordenen Kaiserkrönung Karls in Rom führten.

Vielleicht sollte gerade deshalb gewürdigt werden, dass der Mann, der als erster Karolinger den Namen »Kerrl« trug, jedem Bestechungsversuch mit heiligen Reliquien oder Ehrentiteln widerstand und nicht einmal mit dem Petrusschlüssel und für einen zugesicherten Platz im Paradies bereit war, Krieg für einen Papst zu führen.

Als Preis für diese saubere Haltung blieb Karl Martell in der Erinnerung des Volkes »der Hammer von Colonia« und ein Herrscher ohne Krone.

Thomas R. P. Mielke
www.trpm.de

Erläuterungen

Abtei – Seit Karl Martell eine Pfründe und erst im 11. Jh. ein Kloster mit Mönchen und/oder Nonnen. Die Herrscher setzten Äbte und Äbtissinnen für das Abtsgut ein, die ihnen durch Verwandtschaft oder Treueverhältnis verbunden waren.

Adel – Der Adel im Frankenreich war eine überwiegend militante und intrigante Vertretung von Familieninteressen. Nur wer mehr Geld und Getreue hatte, konnte sich durchsetzen. Die bedingungslose Treuepflicht gegenüber dem Lehnsherrn galt als Adelstugend schlechthin. Adlige hatten keinen Sinn für das öffentliche Wohl, sondern vorrangig für eigene Ämter und Besitztümer.

Beneficium – In der Merowingerzeit jede Leihe, die eine »Wohltat« für den Beliehenen darstellte, z. B. Landschenkung zum Eigentum auf Lebenszeit.

Berufe – Die gering geachteten Handwerker waren keine Spezialisten mehr wie in den römischen Städten, sondern Unfreie, die in Dörfern und Königspfalzen so gut wie alles machen mussten, denn Handwerk »schändete«, weil es nicht zum kriegerischen Lebensstil passte.

Bewaffnung – Sax = einschneidiges Hiebschwert, mit Almandinen und Onyx

– Spatha = zweischneidiges Schwert, Länge: 0,9 bis 1 Meter

– Kurzschwert (Semi-Spatha), am Gürtel getragen für Reiter

– Lanze aus Eschenholz, Länge: zwei Meter mit stählerner Spitze

– Rüstung = Lederhemd mit Metallschuppen besetzt, konischer Helm und lederbespannter Schild aus Holz oder Weidengeflecht

Bischöfe – Die fränkischen Könige hatten seit Chlodwig das Recht, Bischöfe einzusetzen. Bei Karl Martell veränderte sich das Amt ebenso wie das Grafenamt, da es bei Treuebruch wieder genommen werden konnte. Obwohl ihnen durch kanonisches Recht verboten war, Blut zu vergießen, nahmen die Bischöfe an Kriegszügen teil. Selbst wenn ein Graf seinen Amtssitz in der Stadt hatte, war der Bischof der eigentliche Stadtherr.

Dörfer – Sie bestanden aus großen Bauernhöfen mit mehreren Gebäuden aus Holz, Flechtwerk und Lehm. Das große Wohnstallhaus für die Familie und das Vieh konnte 30 Meter Länge und mehr haben. Daneben gab es Grubenhäuser von zwei mal drei Meter oder drei mal vier Meter Größe, die als Weber-, Back-, Schmiede- oder Werkstatthäuser dienten. Dazu kamen noch Getreidespeicher. Mehrere dieser großen Anwesen bildeten eine dörfliche Siedlung.

Ehe – Nach germanisch-römischer Tradition war die Ehe eine Privatsache zwischen Familien. Sie bestand aus dem Eheversprechen, der Hochzeitszeremonie und der Morgengabe am nächsten Tag. Der Segen durch einen Priester war keine Bedingung. Bei den Merowingern gab es Polygamie, ebenso bei den Priestern und Adligen. Anders als die *uxor*, die wie Karls Mutter Alphaid als (Zweit) Ehefrau galt, lebten Konkubinen in anerkannter Munt- oder Friedelehe (von *fridila* = Herzallerliebste).

Geld – Vor Karls Geburt galt noch der spätrömische Goldsolidus von 4,55 Gramm Gewicht. Nach der *Lex Ripuaria* galten dabei folgende Preise: eine Kuh: 2 Solidi, ein Helm: 5 Solidi, ein Schwert mit Scheide: 7 Solidi, ein gutes Reitpferd: 10 Solidi (alle Preise für fürstliche Ausführungen, einfache Waffen waren preiswerter). Jeder Bischof, Abt oder Graf ließ seine eigenen Silberdenare schlagen. Im Norden waren friesische Sceattas in großer Menge im Umlauf.

Gräber – Die Franken begruben ihre Toten außerhalb der Siedlungen. Mit zunehmender Christianisierung folgten die Kirchen den Gräberfeldern. Die Franken holten sich (z. B. rund um Köln) Metall und Schmuck, aber auch Glasgefäße und Keramik auch aus alten römischen Gräbern und handelten damit.

Grafen – *Comites* waren Verwalter von Königs- oder Staatsrechten, teilweise mit militärischer und gerichtlicher Amthoheit. Das Amtgut (*fiscus comitialis*) stammte von den römischen *civitates* und wurde als Machtbasis erst im 7. Jh. erblich.

Heer – Bis zu Karl Martell zogen die Franken überwiegend zu Fuß in den Kampf. Die Heerhaufen bestanden nicht nur aus Angehörigen des eigenen Stamms, sondern auch aus Männern, die gegen Beute und Bezahlung Heeresdienst leisteten. Als Karl Martell begann, eine stehende Ritterschaft aufzubauen, musste manch einer Acker und Sklaven verkaufen, um Pferd und Schwert erwerben zu können.

Heribann – Im Netzwerk gegenseitiger Verpflichtungen und Abhängigkeiten hatten sich Adlige und Freie jedes Jahr voll bewaffnet zum Heeresdienst zu melden. Je nach Größe des Besitzes musste eine entsprechende Anzahl von Kriegern, Gefolge und Knechten sowie die Verpflegung für drei Monate Kriegsdienst mitgebracht werden.

Herzöge – Die als *dux*, *duces*, von den Merowingerkönigen geschaffene, nicht einheitliche Zwischengewalt über den Grafen bestand zumeist im Oberbefehl über ein Heereskontingent.

Irische Mönche – Anders als die ortsgebundenen fränkischen Kirchenmänner folgten viele irische und englische Mönche dem asketischen Ideal der Heimatlosigkeit, dem Wandern um der Liebe Christi willen. Als einer der Ersten kam Columban der Jüngere zu Merowingerkönig Childerich II. um 600 ins Frankenreich. Zur Zeit Karl Martells folgten Willibrord und Bonifatius.

Kirche – Die religiöse Landschaft setzte sich aus mehreren Kirchen zusammen, an deren Spitze jeweils ein Bischof stand. Der jeweilige Kirchenschatz wurde aus Zins- und Zehnterträgen, Geldbußen, Opfergaben der Gläubigen und Schenkungen zusammengebracht.

Klöster – Klosteranlagen waren keine Erfindungen von Mönchen, sondern führten das Siedlungskonzept eines römischen Landgutes (*villa*) fort: ein ins Viereck angelegte, einen inneren Hof oder Garten umschließendes Wohngebäude, mit einem den Hofraum unmittelbar umgebenden bedeckten Säulengang (*perystilium*) oder auch Kreuzgang. Die jeweilige Kirche bildete eine Seite des Hofes. Aus dem römischen Speisesaal entstand das Refektorium, aus *atrium* und *vestibulum* ein Empfangs- und Sprechzimmer. Die großen Abteien besaßen zwischen 3.000 und 8.000 Hufen Land.

Klosterregeln – Das abendländische Mönchtum entwickelte bis zur Zeit Karl Martells rund 30 sehr unterschiedliche Regelwerke für das klösterliche Leben. Für die englischen und irischen Mönche im Frankenreich galten die Regeln des Benedikt von Nursia.

Könige – Die germanischen Könige waren zumeist Anführer von räuberischen Haufen. Die Macht eines fränkischen Königs beruhte dagegen auf den drei Säulen Abstammung, Charisma und Erfolg.

Lehen – Durch den Niedergang der Städte im 7. Jh. während der Kriege zwischen den verschiedenen Merowingerkönigen flohen immer mehr Menschen unter den Schutz von Grundherren. Um diese Vasallen zu belohnen und anzuspornen, schenkten die Adligen ihnen Beuteanteile und Geld und verliehen ihnen Landbesitz. Karl Martell verringerte die Schenkungen, um nicht eines Tages wie die Merowingerkönige ohne Grundbesitz zu sein. Er verlieh lieber konfisziertes Kirchenland auf Zeit als Lehen.

Leibeigene – Der Landbauer, der mit seinem Ochsen lebenslänglich an Ackerpflug, Scholle und gestrengen Herrn gebunden war, lebte in heidnischen Gewohnheiten weiter, opferte dem altnordischen Odin (Wodan), dem Vollmond oder Göttern der Nacht.

Lex Ripuaria – Das Gesetz der rheinischen Franken in der Fassung des 7. Jhs. bestimmte fast unbezahlbare Strafen, z. B. 60 *Solidi* für die Plünderung eines Toten, sofern dieser noch nicht begraben war, oder 200 *solidi* für Grabraub. Dennoch wurde dieses Gesetz ebenso häufig übertreten wie die *Lex Salica* und die *Lex Bavariorum*.

Märzfeld – An der jährlichen Heerschau und Volksversammlung konnte jeder freie Franke teilnehmen, um neuen Gesetzen zuzustimmen. Wegen der beschwerlichen Anreisen und der hohen Kosten konnten sich praktisch aber nur die *potentes* eine Teilnahme leisten.

Majordomus – Der *maior palatii* (Palastdirektor, Hausmeier) war dem König oder der Königin persönlich unterstellt. Er kontrollierte die Verwalter der königlichen Landgüter, kümmerte sich um die Belange der Königin und die Erziehung der Königskinder. Das Amt wurde schon bald das begehrteste Sprungbrett zur Macht.

Maße und Gewichte – Im Frankenreich gab es keine einheitlichen Maße und Gewichte. Einige der römischen Maße wurden aber weiter verwendet, z. B. der Fuß (0,296 Meter) und die Meile (von 1,5 bis 1,8 Kilometer). Die Hufe als Maßeinheit für bäuerlichen Grundbesitz bezeichnete nicht die Landgröße, sondern den Ernte- und Weideertrag, von dem eine Familie sich ernähren konnte (je nach Bodenqualität zwischen sieben bis 15 Hektar oder 30–60 Morgen).

Merowinger – Merowingische Könige waren alle untereinander verwandt und zumeist verfeindet. Um Anhänger und Gefolge zu gewinnen, verteilten sie immer mehr von ihren Krondomänen (*fis-*

cus). Das führte dazu, dass ihnen schließlich Vermögenswerte fehlten und sie keine weiteren Gefolgsmänner mehr verpflichten konnten.

Pfalzen – Ähnlich wie Klöster beherbergten die königlichen Residenzen in unterschiedlich großen Gebäuden Bauern, Handwerker, Geistliche und Amtsträger. Einige dieser Residenzen lagen in Städten, aber die Mehrzahl war als Landgüter angelegt. In der Pfalz lebte der Beauftragte des Königs und/oder Majordomus (teilweise als Pfalzgraf). Er beaufsichtigte die Bauern und Handwerker und die Bewirtschaftung. Die vielen Pfalzen waren Stützpunkte und Versorgungslager, einige auch Versammlungsplätze während der Reichsversammlungen oder zur Vorbereitung eines Kriegszuges.

Pferde – Die meisten Pferde waren Wallache (im zweiten Jahr kastriert). Kein Wohlhabender ritt einen Hengst oder eine Stute. Zugpferde gingen hintereinander statt nebeneinander, das Halsjoch wurde allmählich durch das Schulterjoch ersetzt. Nach Karl Martells Sieg bei Tours und Poitiers wurden Araberpferde für eine neue Zucht ins heutige Gebiet La Perche gebracht.

Religion – Da das Christentum im Reich der Franken als Religion der Edlen und Vornehmen begann, glaubte der Leibeigene mehr dem, was ihm Zauberer und weissagende Weiber erzählten. Selbst im Klerus gab es Anhänger animistischer und magischer Zeremonien. Heilige Bezirke, Bäume, Felsen und Quellen waren Gegenstand der Verehrung. So lebte das alte Heidentum auf den unbewohnbaren Heiden (wovon es seinen Namen trägt) in den Ardennen und in den Missionsgebieten östlich des Rheins weiter.

Schatz – Ein Königs- oder Kirchenschatz enthielt alles, was wertvoll genug war, um damit Gefolgsleute ganz direkt zu kaufen und zu belohnen: Münzgeld und Gold, Schmuck, Gefäße und liturgische Geräte, Reliquiare und Bücher, aber auch kostbare Stoffe, Gewänder, Möbel, Armringe, Waffen, Zaumzeug und so weiter.

Schiffe – Es gab selbst im Mittelmeer keine großen Schiffe mehr wie in der Römerzeit. Im Norden fehlten hochbordige Segelschiffe mit Masten, die Boote wurden von Ruderern vorangetrieben.

Schrift – Um 670 wurde die aus Nordfrankreich stammende »Minuskelschrift« als Ablösung der römischen Majuskel- und Kursivschrift im Columban-Kloster Luxeuil fixiert. Damit war der Weg frei für die bereits im 4. und 5. Jh. entwickelten Unzialen und Halbunzialen mit Groß- und Kleinbuchstaben.

Sprachen – Bis zur Zeit Karl Martells verständigten sich die germanischen Völker überwiegend mündlich. Ihre Stammesdialekte waren einander so ähnlich, dass sich benachbarte Völker problemlos verstanden. Die Weiterentwicklungen von Niederfränkisch spricht man noch heute in den Niederlanden, Mittelfränkisch zwischen Köln und Aachen, Moselfränkisch in der Eifel und Luxemburg, Rheinfränkisch bis um Mainz. Im Westen entwickelte sich das regional unterschiedlich gesprochene Latein der Römer ebenfalls weiter. Die Schrift- und Rechtssprache von Klerus und Adel blieb das klassische Latein.

Städte – Nach der Teilung des fränkischen Merowingerreiches gab es für die vier Könige im Reichsteil Austrien auch vier Hauptstädte: Paris, Soissons, Reims und Orleans. Das Reich befand sich immer dort, wo sich König, Palast, Schatz und Gefolge befanden. Fehlte einer dieser Teile, veränderte sich auch das Reich. Zu den Städteformen im Frankenland gehörten

– die *colonia*, einst von römischen Bürgern erbaut und bewohnt

– das *municipium* aus einheimischen Wurzeln

– der *vicus* als Marktsiedlung an verkehrsgünstigen Plätzen

– die *villa rustica* als Pfalz oder Gutshof

Urkunden – Von Karl Martell sind keine Originalurkunden überliefert – nur sechs als echt bezeichnete Abschriften sowie neun verlorene Urkunden und diverse Fälschungen. So gilt auch die Urkunde zugunsten der Reichenau (724) als mittelalterliche Fälschung.

Vasallen – In einem Privatvertrag schlossen Herr (= Senior, von franz. *seigneur*) und Hilfesuchender (Vasall) ein lebenslanges Treueverhältnis. Der Schutzbefohlene zahlte als Gegenleistung für Nahrung, Unterkunft und Schutz mit Gefolgschaft im Krieg.

Zeit – Das Kirchenjahr begann am 25. Dezember, das Ackerjahr im Frühling. Die Kirche schaffte es nicht, die antike Form der Zeitrechnung zu verdrängen. Auch die zwölf Monate behielten ihre heidnischen Namen. Der lichte Tag hatte immer zwölf Stunden, die im Winter kürzer waren als im Sommer. Mönche wurden alle drei Stunden zum Gebet gerufen.

Völker, Stämme und Familien

Agilolfinger – Ab dem 6. Jh. herrschendes fränkisches Herzogsgeschlecht in Baiern, allerdings stark bavarisiert mit familiären Verbindungen zu den Langobarden. Über Swanahild, Odilo und Karls Tochter Hiltrud wieder so eng an die Franken gebunden, dass die Baiuwaren zur Zeit Karls des Großen voll in dessen Reich gehörten und nach Tassilo III. ihre Eigenständigkeit verloren.

Alamannen – Im 6. Jh. durch die Merowinger unterworfen, konnten die alamannischen Adelsfamilien autonom bleiben, bis sie viel Widerstand gegen Pippin II. und Karl Martell leisteten. Das auch mit den Baiuwaren verwandte Herzogsgeschlecht, dem auch Karls Schwiegersohn Odilo entstammte, starb um 739 aus.

Aquitanier – Bewohner des Landes zwischen Garonne und Pyrenäen. Zuvor unter römischer, dann westgotischer Herrschaft, wurden sie Anfang des 6. Jhs. dem Fränkischen Reich eingegliedert, blieben aber lange Unruheherd.

Araber – In den Quellen bis heute wechselweise Sarazenen, Muselmanen oder Mohammedaner genannt. Zur Zeit Karl Martells sind zumeist die zuvor ebenfalls unterworfenen und islamisierten Berberstämme (Mauren) Nordafrikas gemeint, die unter dem Kommando der Omaijaden 711 das spanische Westgotenreich überrannten und das ehemalige südliche Gallien verwüsteten und besetzten.

Austrier – Bewohner des östlichen Fränkischen Reiches, bestehend aus dem Mosel- und Maasgebiet, Ardennerwald im Raum Lüttich und ripuarischen (rechtsrheinischen) Besitzungen, eher anti-römisch und anti-neustrisch.

Baiern – Baiuwaren oder auch Boier, vermutlich aus Böhmen. Ihr agilolfingisches Herzogtum konnte als autonom betrachtet werden und blieb bis zur Zeit Karls des Großen ein ständiger Unruheherd.

Brukterer – Rechtsrheinische Franken im Bergischen Land, von Suitbert missioniert, bis die Sachsen erneut vordrangen.

Burgunden – Germanischer Volksstamm aus dem Weichselgebiet, breitete sich nach der von Rom befohlenen Umsiedlung von Worms nach Südwesten und Norden aus; um 534 ins Merowingerreich eingegliedert.

Byzanz – Um 660 v. Chr. von Griechen am Bosporus gegründete Handelsniederlassung. 330 v. Chr. von Konstantin dem Großen in Konstantinopel umbenannt, auch nach dem Fall Westroms weiterhin kaiserliche Hauptstadt des Oströmischen Reiches. Von Arabern bedrängt, mit den Päpsten in Rom wegen des Verbots der Bilderverehrung zerstritten.

Dänen – Normannen, Nordmänner, seit dem 6. Jh. auf friesischem Boden, wurden aber erst nach Karl dem Großen zur großen Bedrohung.

Engländer/Iren – Zur Zeit der Pippine im 6. Jh. in sieben Königreiche der Jüten, Angeln und Sachsen gegliedert. Hier lebten kaum 400.000 Menschen. England und Irland wurden Keimzellen für romtreue Missionsmönche wie Willibrord und Bonifatius.

Franken – Das Frankenreich entstand in den Wirren der germanischen Völkerwanderung aus den austrischen Stammlanden zwischen Maas und Metz und dem neustrischen Reichsteil Nordgallien (Soissons, Orleans, Paris). Mit dem Sieg über den letzten römischen Feldherrn Syagrius fiel das Gebiet an den Merowinger Chlodwig, der ab 482 der erste große König der Franken wurde. Alamannien, Burgund, Baiern, Thüringen und Teile des Tolosanischen Westgotenreiches kamen in den folgenden 200 Jahren vor Karl Martell unter fränkische Herrschaft.

Friesen – Teil der Stammesgruppe der germanischen Ingwäonen, verwandt mit den Chauken und Sachsen. Sie gehörten zu den wenigen Germanen, die ihre ursprünglichen Siedlungsgebiete (seit dem 2. Jh. v. Chr.) an der Nordsee nicht verließen. Sie galten in merowingischer Zeit als unabhängige Fischer, Viehzüchter und die ersten germanischen Kaufleute mit eigenem Herzogsgeschlecht.

Langobarden – Die germanischen Langobarden traten in Norditalien die Nachfolge der Ostgoten mit Pavia als Hauptstadt an. Ihre Herzöge und Grafen waren vergleichsweise so lange unabhängig von ihren Königen, bis sie den Franken untertan wurden. Obwohl katholisch, waren sie eher verfeindet mit den Päpsten.

Merowinger – Ursprünglich zwischen Maas und Schelde (oder in den Ardennen) beheimatetes Fürstengeschlecht der salischen Franken. Sie dehnten sich unter Childerich I. weit nach Süden aus und stiegen unter seinem Sohn Chlodwig I. zur führenden Macht Europas auf. Die ganze Familie bekämpfte sich bis aufs Blut, kaum ein König starb einen friedlichen Tod. Da schließlich kaum noch erwachsene Thronfolger vorhanden waren, begann die große Zeit der Hausmeier und königlichen Erzieher/Verwalter (Majordomus).

Neustrier – Bewohner des westlichen Teilgebietes des Fränkischen Reiches zwischen Maas und Loire, mit Paris, Soissons und Tours. Bis auf einen zum Tode verurteilten endeten fast alle Hausmeier Neustriens durch Mord.

Ostgoten – Der Teilstamm der ostgermanischen Goten beendete unter König Theoderich dem Großen das Weströmische Reich. 555 durch Byzanz mithilfe der Langobarden vernichtet.

Sachsen – Königlose Germanenstämme zwischen der Elbe und dem Rhein, mit mehreren regionalen Stammesgruppierungen.

Thüringer – Nach dem Abzug der Hunnen im Jahr 453 dehnten die Thüringer Herrscher ihr Reich vom Nordharz bis über den Main hinweg aus. Nach der Schlacht bei Burgscheidungen (533) wurde Thüringen Teil des Ostfränkischen Reiches.

Ubier – Germanischer, ursprünglich an der unteren Lahn und im Taunus sesshafter Volksstamm; im letzten Jahrhundert vor Christus von den römischen Eroberern als Lohn für Kollaboration im Gebiet der vernichteten Eburonen am linken Rheinufer um Köln angesiedelt.

Vasgonen – Der unabhängige Volksstamm von den westlichen Pyrenäen bis Bordeaux kämpfte mit spanischen Sarazenen und aquitanischen Herzögen.

Westgoten – Teilstamm der ostgermanischen Goten von der Weichsel, eroberten 410 Rom und gründeten 418 das Tolosanische Königreich mit der Hauptstadt Tolosa (Toulouse). Von den Franken über die Pyrenäen vertrieben, gingen sie 711 durch den Einfall der Araber nach Spanien unter.

Personen

(Quellengetreue Auswahl, ähnliche/gleiche Namen sind zur besseren Unterscheidung teilweise unterschiedlich geschrieben)

Abbo – Gründer der Klosters Novalese, Bischof von Verdun, um 739 Anhänger Karl Martells, der ihm konfiszierten Besitz überlässt.

Abd-al-Melik – Ab 732 arabischer Statthalter in Spanien.

Abd-ar-Rahman Ibn Abdallah al-Gafiki – 731 Nachfolger von Haitam als Statthalter in Spanien.

Adela – * um 660, Tochter von Irmina von Oeren, der Gründerin von Echternach, Schwester von Regentrud und Plektrud, Mutter von Alberich, gründet das Nonnenkloster in Pfalzel bei Trier, † 732/33.

Adelbert – Betrügerischer Prediger, von Karl geduldet.

Alberich – Ältester Sohn von Adela von Pfalzel, der Schwester von Plektrud, bis zu seinem Tod vor 716/18 Gefolgsmann von Karl, Vater von Gregor, dem Gefolgsmann von Bonifatius.

Aldgisl I. – Erster Friesenfürst (König), bis 680 Vorgänger von Radbod.

Aldgisl II. – Dritter Friesenfürst (König), ab 719 Nachfolger von Radbod.

Alphaid – Chalpaida, damals nicht ungewöhnliche zweite Ehefrau (*uxor*) von Pippin II. aus dem Raum Lüttich, Mutter von Karl Martell, † ca. 690.

Ansegisel – Domesticus, Sohn von Arnulf (Arnulfinger), Vater von Pippin II., Großvater von Karl Martell, † 673.

Arnold – * 697, dritter Sohn von Herzog Drogo, Enkel von Pippin II. und Plektrud, Stiefneffe von Karl.

Arnulf von Metz – 614–629 Bischof von Metz, Vater von Ansegisel, der mit Begga, der Tochter von Pippin I., zum Ahnherrn der Karolinger wird, † 640.

Arnulf – * 694, erster Sohn von Herzog Drogo, Enkel von Pippin II. und Plektrud, Stiefneffe von Karl.

Bechthold – Alamannischer Herzog, Sohn Hunschings, tritt mit Herzog Rebi 724 zu Karl in freundliche Beziehung.

Begga – Tochter von Pippin dem Älteren und Itta (Iduberga), Schwester von Grimoald dem Älteren und Gertrud von Nivelles, heiratet Ansegisel, Sohn von Arnulf von Metz, Ahnfrau der Karolinger.

Beningus: 710–724 Abt von Sankt Wandrille, für Karl und gegen Raganfrid, † 723.

Bernhard – * vor 732, unehelicher Sohn Karls mit Ruodhaid (nach ihm wird später der Alpenpass über den Mons Jovis benannt).

Berthar – Neustrischer Majordomus, verliert 687 die Entscheidungsschlacht gegen Pippin II. bei Tertry an der Somme.

Bertrada I. – Berta die Ältere, von der Burg Mürlenbach, Mutter von Heribert, dem Grafen von Laon, dem Vater von Bertrada II.

Bertrada II. – Berta die Jüngere (mit den großen Füßen) 726–783, von Karls zweitem Sohn Pippin III. als Fünfzehnjährige geschwängert (Sohn: Karl der Große) und erst sieben Jahre später seine Ehefrau.

Bischof Milo – Der schwarze Abt, kriegerischer und Gefolgsmann Karls, wie sein Vater Lutwin Bischof von Trier, zusätzlich Bischof von Reims, † 757.

Bischof Remigius – Bischof von Reims aus vornehmer galloromanischer Familie der Gegend um Laon, tauft nach dem Sieg von Zülpich am Weihnachtstag 498 Merowingerkönig Chlodwig und 3.000 fränkische Krieger aus seinem Gefolge, † 530/533 in Reims.

Bischof Rigobert – Ab 690 Bischof von Reims, Nachfolger des heiligen Remigius, Taufpate Karls, aber Anhänger Raganfrids, weigert sich, Karl die Tore der Stadt zu öffnen.

Bischof Willibrord – * 659 in Northumbria, Angelsachse, Missionar. 695 die Weihe zum Erzbischof mit dem ungeliebten Namen Clemens durch Papst Sergius, erhält die Wiltaburg, seitdem Utrecht genannt, zur Errichtung einer Metropolkirche, gründet mit Irmina 698 das Kloster Echternach, schwenkt zu Karl um, † 739.

Bischof Corbinian – Bischof von Freising, baut Sankt Stephan (Weihenstephan), ist gegen die zweite Ehe von Pilitrud, flieht 724 vor den von ihr gedungenen Mördern zu den Langobarden.

Bischof Eucherius – Neffe von Bischof Savaricus, 717 von Karl als Bischof von Orleans eingesetzt, wird zu mächtig und 733/34 nach Köln verbannt, † 738.

Bischof Pirmin – Wanderbischof, wahrscheinlich aus dem gotischen Spanien, stiftet um 724 das Kloster Reichenau. Aus Schwaben vertrieben, übernimmt er 727 das Kloster Murbach in der Pfalz.

Bischof Chrodegang – von Metz, * vor 712, Karls Geheimschreiber, 742 von Pippin III. zum Bischof von Metz erhoben.

Bischof Faramundus – 711/16 – ca. 723 Bischof in Köln, Vorgänger von Alduin.

Bischof Lambert – von Maastricht, vom Domesticus Dodo, dem Bruder von Karls Mutter Alphaid, 703/05 in Lüttich wegen Beleidigung seiner Schwester erschlagen.

Bischof Martin – * um 316 im heutigen Ungarn, Bischof von Tours und der Frankenheilige, kommt als römischer Legionär nach Amiens, wo er der Legende nach seinen Mantel mit einem Armen teilt. Sein Mantelteil, die *Capa*, wird die wichtigste Reliquie der fränkischen Könige.

Bischof Bonifatius – Wynfrith, Engländer, mit Schutzbrief von Karl Missionar und später Erzbischof für Hessen, Thüringen, Baiern, erleidet 755 in Dokkum/Friesland den Märtyrertod.

Bischof Raganfred – Eigentlich Laie, aber von Karl zum Bischof von Rouen gemachter Analphabet, Taufpate von Pippin III.

Bischof Gregor von Tours – Bischof, † 541, Verfasser einer großen Frankengeschichte.

Bobo – Bodo, letzter Herzog der Friesen, † 734 beim entscheidenden Kampf gegen Karl.

Chrotrud – Karls erste Ehefrau, Kinder: Karlmann (geht ins Kloster), Pippin III. (Vater von Karl dem Großen), Hiltrud (heiratet Odilo von Baiern).

Clemens – Schottischer Mönch, Gegner der römisch-katholischen Kirche, von Karl geduldet.

Dodo – *domesticus* (Verwalter) der Königsgüter im Umkreis von Lüttich, Bruder von Alphaid, erschlägt 703/05 Bischof Lambert von Lüttich wegen der Behauptung, Karls Mutter sei nur eine Geliebte von Pippin II.

Drogo I. – * um 670, erster Sohn von Pippin II. mit Plektrud, Halbbruder von Karl, Herzog der Champagne, vier Söhne: Arnulf, Hugo, Arnold, Drogo II., † 708.

Drogo II. – * 699, vierter Sohn von Drogo I., Enkel von Pippin II. und Plektrud, Herzogtum der Champagne (und Land im Herzogtum Burgund), 732 in Fesseln gelegt.

El Sammah – Ab 719 arabischer Statthalter in Spanien.

Eudo – Herzog in Aquitanien, von Chilperich II. und Ranganfrid 719 um Unterstützung gegen Karl gebeten, unterliegt mit seinem vasgonischen (baskischen) Heer, liefert Chilperich II. aus und darf dafür Herzog bleiben, verbündet sich 730 mit den Arabern im Süden Galliens.

Ewald – der schwarze und der weiße, Märtyrer, bezahlen 693 ihre Missionsversuche in Sachsen mit dem Leben und werden in Kölns St. Clemens (St. Kunibert) beigesetzt.

Folker – Graf/Herzog in Austrien, unterzeichnet Zülpicher Urkunde (Diplom) vom 9. Juli 726.

Gaerefrid – Gaugraf von Paris, Vertrauter und Geliebter von Swanahild.

Godeschalk – Herzog von Benevent nach der Ermordung von Luitprands Neffen Gregor.

Gotefrid – Herzog der Alamannen, heiratet in das Geschlecht der Agilolfinger ein, Söhne: Hunching, Landfried, Theudebald und Karls späterer Schwiegersohn Odilo, † 709.

Gregor II. – Papst 715–731, Römer, Streit gegen das Bilderverbot durch Kaiser Leo III., macht Bonifatius zum Missionsbischof, bittet Karl um Hilfe gegen die Langobarden.

Gregor III. – Papst 731–741, Syrer, exkommuniziert Bilderstürmer, weiter im Krieg mit den Langobarden und bittet Karl ebenfalls vergeblich um Hilfe im Krieg gegen die Langobarden.

Gregor – * 706/07 Enkel von Adela, ältester Sohn von Alberich, Stellvertreter von Bonifatius, vom Papst als sein Nachfolger vorgesehen, durch die Streitigkeiten nach Karls Tod aber nicht berücksichtigt.

Grifo – * 727, Sohn von Karl mit Swanahild, oft krank, kämpft bei Laon gegen Karlmann und Pippin um das Erbe und verliert.

Grimoald I. – der Ältere, 615–662, Sohn und Nachfolger als Majordomus von Pippin dem Älteren und Itta (Iduberga), Gründer der

Abteil Stavlot-Malmedy, stirbt 662 nach missglücktem »Staatsstreich« im Kerker in Paris.

Grimoald II. von Bayern – Sohn von Theodo II. (Freising), heiratet nach dem Tod seiner ersten Gemahlin Pilitrud, die Witwe seines Bruders Theudoald, Corbinian protestiert und muss nach Tirol fliehen, ermordet † 720.

Grimoald II. – * 680 der Jüngere, Halbbruder von Karl, zweiter Sohn von Pippin II. und Plektrud, Majordomus in Neustrien und Burgund, kinderlos verheiratet mit Theudesinde, der Tochter von Friesenfürst Radbod, wird mit einer Konkubine Vater von Theudoald, † 714 erschlagen.

Hatto – Sohn von Eudo, Herzog in Aquitanien, erhebt sich 736 mit seinem Bruder Hunold gegen Karls Besetzung Vasgoniens, wird gefangen und eingekerkert.

Hedan II. – 704–717 Herzog von Thüringen, früher Gefolgsmann Karls, Vater von Thuring.

Heribert – Graf von Laon, durch seine Ehefrau mit den Merowingern verwandt, Vater von Bertrada mit den großen Füßen, der Mutter Karls des Großen.

Hieronymus – Unehelicher Sohn Karls mit Ruodhaid.

Hildebrand – Stiefbruder Karls, Graf in Burgund, Sohn einer Konkubine von Pippin II., 737/38 Herzog gegen die Sarazenen, Vater von Nibelung, dem Geschichtsschreiber Karls.

Hildeprant – 736–744 Mitregent der Langobarden.

Hiltrud – * ca. 709, Tochter von Karl und Chrodrud, heiratet 741 den Baiuwarenherzog Odilo.

Hucbert – * um 690, Sohn des Agilolfingerherzogs Theodebert, Schwager von Langobardenkönig Luitprant, vereinigt Baiern, † 736.

Hucbert – 703/05 Nachfolger Lamberts als Bischof von Tongern-Maastricht, Vater von Florbert, der 727 sein Nachfolger wird.

Hugo – * ca. 695, zweiter Sohn von Herzog Drogo, Enkel von Pippin II. und Plektrud, erhält von Karl viele Bistümer und Abteien.

Hunold – Sohn von Herzog Eudo, erhebt sich 736 zusammen mit seinem Bruder Hatto gegen Karls Besetzung Vasgoniens, wird besiegt, nimmt aber Karls Gesandten gefangen.

Irmina von Oeren – Der Legende nach Tochter von Merowingerkönig Dagobert II., Mutter von Adela, Bertrada der Älteren, Plektrud und Heribert von Laon, Mitbegründerin des Klosters Echternach und Äbtissin des Irminenklosters bei Trier, † 710.

Karl Martell – ca. 689–21.10.741, Sohn von Pippin II. und seiner Zweitfrau Alphaid, nach dem Tod seines Vaters 714 vom Erbe ausgeschlossen und von seiner Stiefmutter Plektrud in Köln eingekerkert, bricht aus, besiegt die westlichen Franken, wird Princeps der gesamten Francia, kämpft gegen Friesen, Sachsen, Baiern, Alamannen, Aquitanier und Araber und ist über seinen Zweitgeborenen Sohn Pippin III. Großvater des späteren Kaisers Karl des Großen. Karl »der Streithammer« gilt als Retter des Abendlandes vor dem Islam, aber auch als Kirchenguträuber und Ahnherr des Rittertums.

Karlmann – * 706, erster Sohn von Karl, erzogen in Echternach, geht 747 ins Kloster, † 754.

Lantfried – Lantfrid, Sohn von Gotfried, Herzog der Alamannen † 730.

Leo III. – * 680, Kaiser von Byzanz/Ostrom, schlägt die Angriffe des Islams unter Einsatz des »griechischen Feuers« zurück. 725/26 erstes Edikt gegen die Bilderverehrung. Papst Gregor II. spricht gegen ihn den Bann aus, Leo verbündet sich mit den Langobarden, der Papst fleht daraufhin vergeblich bei Karl um Hilfe.

Luitprand – 712–744 König der Langobarden, will Rom erobern, seine Frau Guntrud ist die Schwester von Hucbert und verwandt mit Karls zweiter Ehefrau Swanahild, er adoptiert Karls Sohn Pippin III., † 744.

Merowech – Der 451 aus dem Ozean geborene legendäre Namensgeber der Merowingerkönige.

Merowinger Dagobert III. – * 699, 711–715 König von Austrien, Neustrien und Burgund (Majordomus: Pippin II.).

Merowinger Chilperich II. – (Mönch Daniel) Sohn von Childerich II., 715–721 König der Neustrier, nach der Schlacht von Vincy von Karl aus dem Land getrieben.

Merowinger Chlodwig I. – * 466, Clovis, Chlodowech, Sohn von Childerich I., wird als Sechzehnjähriger erster Gesamtkönig der

Franken. Das Gebiet des Römers Syagrius wird zum Kernland des Frankenreiches, Paris fränkischer Königssitz. Er erobert 494 das Burgundenreich, 508 Toulouse und den westgotischen Königsschatz, lässt sich 497 nach seinem Sieg über die Alamannen bei Zülpich/Köln mit ca. 6.000 Mann taufen. Sein größter Fehler ist die Aufteilung des Frankenreiches auf seine Söhne Theuderich (Reims), Chlodomer (Orleans), Childebert (Paris) und Chlothar (Soissons).

Merowinger Chlothar IV. – 682–719 König in Austrien, vermutlich Sohn von Theuderich III., von Karl eingesetzt.

Merowinger Theuderich IV. – Von 721–737 Karls zweiter König von Austrien, Neustrien und Burgund.

Munousa – Othman ben Abi Reza, einer der vier Berberführer Tariks, Statthalter von Asturien, mohammedanischer Oberbefehlshaber an der spanisch-fränkischen Grenze. Schwiegersohn von Herzog Eudo von Aquitanien.

Nibelung – Sohn von Graf Hildebrand, führt später die Umschreibung der Fredegar-Chronik als Chronik der Karolinger fort.

Ocba ben Alhegag – Mohammedanischer Statthalter in Spanien ab 736.

Odilo – * vor 700, alamannische Linie der Agilolfinger, Onkel von Swanahild, 739 von Karl als Herzog von Baiern eingesetzt, heiratet Karls Tochter Hiltrud, versucht nach Karls Tod vergeblich Aufstände gegen Karls Söhne Karlmann und Pippin III., † 754.

Pilitrud – Fränkin, Gemahlin der Baiuwarenherzöge Theudoald und Grimoald, wegen Mordauftrags für Bischof Corbinian von Karl verhaftet, † um 730.

Pippin I. der Ältere – Auch »P. von Landen«, ruft 613 zusammen mit Bischof Arnulf von Metz Chlothar II. in das Königreich Austrasien, fällt bei Dagobert I. in Ungnade. Verheiratet mit Itta (Iduberga), drei Kinder: Grimoald, Gertrud und Begga, † 640.

Pippin II. der Mittlere – Auch »P. von Heristal«, nach dem Sieg von Tertry 687 starker Majordomus der Franken. Will nach dem Tod seiner beiden Erstgeborenen aus seiner offiziellen Ehe mit Plektrud seine unmündigen Enkel vor Karls Ansprüchen schützen, † 714.

Pippin III. der Jüngere – Auch »P. der Kurze«, * 714–768, zweiter Sohn von Karl Martell, getauft von Willibrord, teilweise erzogen in Sankt Denis, wird 751 erster gekrönter Karolinger, Vater von Karl dem Großen.

Plektrud – * um 650 als Tochter von Hucbert und Irmina, reich begütert um Köln und Trier, erste Gemahlin von Pippin II., lässt nach dem Tod ihrer eigenen Söhne ihren Stiefsohn Karl einkerkern und wird von ihm nach seiner Revolte arretiert. In der Kölner Kirche »Maria im Kapitol« begraben.

Radbod – Nach Aldegisl I. ab 680 Fürst (König) der Friesen zwischen Rheinmündung und Wesermündung. Obwohl schon fast von Willibrord getauft und Schwiegervater von Grimoald, dem Sohn Pippins II., bleibt er mit den Franken verfeindet, † 719.

Raganfrid – 714–720 Majordomus des neu erhobenen neustrischen Merowingerkönigs Chilperich II., in unterschiedlichen Bündnissen mit Friesen und Aquitaniern ständiger Gegner Karls.

Rebi – 720–724 Herzog der Alamannen, Sohn Hunchings.

Rotbert – Graf/Herzog im Haspengau, früher Vertrauter von Karl mit Herrensitz in Donk in der Nähe des toxandrischen Missionsgebietes.

Sigibert – der Lahme, König von Köln und Teilen des Rheinlandes, † 508.

Swanahild – Sonichildis, * um 710, einzige Tochter von Baiuwarenherzog Tassilo II., angeblich Nichte von Pilitrud, Hucbert und Odilo, zweite Ehefrau von Karl, Sohn Grifo, † 741.

Tarik – Zum Islam übergetretener Berber, überquert 711/12 als Heerführer die Meerenge zwischen Afrika und Spanien (Gibraltar wird nach ihm Djebel el Tarik = Fels des Tarik benannt).

Tassilo III. – * um 741, Sohn des Alamannen Odilo und Karls Tochter Hiltrud, Baiuwarenherzog.

Theodebert – Erster Sohn von Theodo, Baiuwarenherzog in Salzburg. Vater von Hucbert, † vor 720.

Theodo – 680–717 Herzog von Baiern, teilt sein Erbe auf Theodebert (Salzburg) und Theudoald (Regensburg) auf. Nach deren Tod geraten Theodos Sohn Grimoald und Thodeberts Sohn Hucbert so in Streit, dass Karl eingreift.

Theudebald – Herzog der Alamannen, Bruder von Lantfred, büßt Feindseligkeiten gegen Karls Schützling Pirmin 732 mit der Vertreibung.

Theudoald – * ca. 708, unehelicher Sohn von Grimoald II., Enkel von Pippin II. und Plektrud, Stiefneffe von Karl, 714–715 kindlicher Majordomus.

Thuring – Sohn von Thüringerherzog Hedan II., einer der ersten Gefolgsmänner Karls, † 717 in der Schlacht von Vinchy.

Wusing – Friese, flieht vor Radbod zu Grimoald, dem Sohn von Pippin I., wird zum Gefolgsmann Karls.

FAMILIENBANDE

Arnulfinger – Pippine – Karolinger – Irminen – Agilolfinger – Alamannen

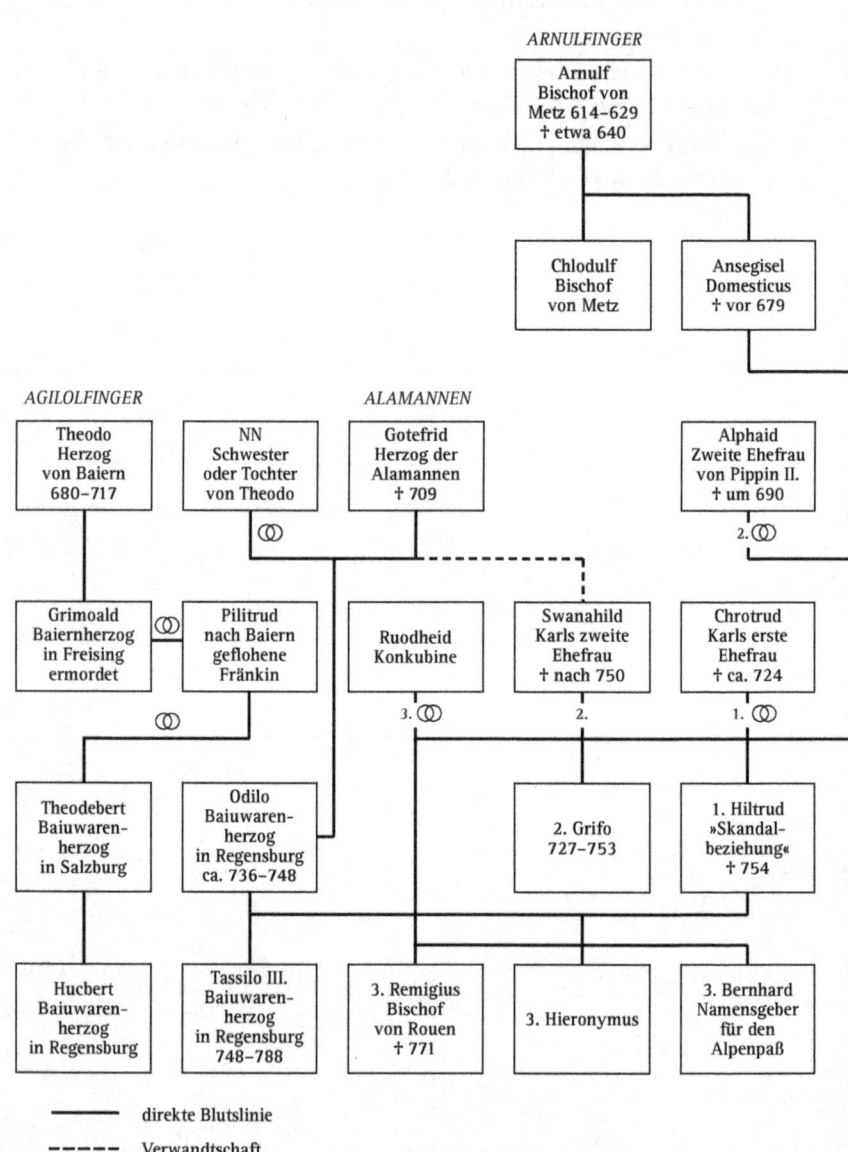

ARNULFINGER

Arnulf
Bischof von
Metz 614–629
† etwa 640

Chlodulf
Bischof
von Metz

Ansegisel
Domesticus
† vor 679

AGILOLFINGER

Theodo
Herzog
von Baiern
680–717

NN
Schwester
oder Tochter
von Theodo

ALAMANNEN

Gotefrid
Herzog der
Alamannen
† 709

Alphaid
Zweite Ehefrau
von Pippin II.
† um 690

2. ⊚

Grimoald
Baiernherzog
in Freising
ermordet

⊚

Pilitrud
nach Baiern
geflohene
Fränkin

Ruodheid
Konkubine

Swanahild
Karls zweite
Ehefrau
† nach 750

Chrotrud
Karls erste
Ehefrau
† ca. 724

⊚

3. ⊚   2.   1. ⊚

Theodebert
Baiuwaren-
herzog
in Salzburg

Odilo
Baiuwaren-
herzog
in Regensburg
ca. 736–748

2. Grifo
727–753

1. Hiltrud
»Skandal-
beziehung«
† 754

Hucbert
Baiuwaren-
herzog
in Regensburg

Tassilo III.
Baiuwaren-
herzog
in Regensburg
748–788

3. Remigius
Bischof
von Rouen
† 771

3. Hieronymus

3. Bernhard
Namensgeber
für den
Alpenpaß

————— direkte Blutslinie

- - - - - Verwandtschaft

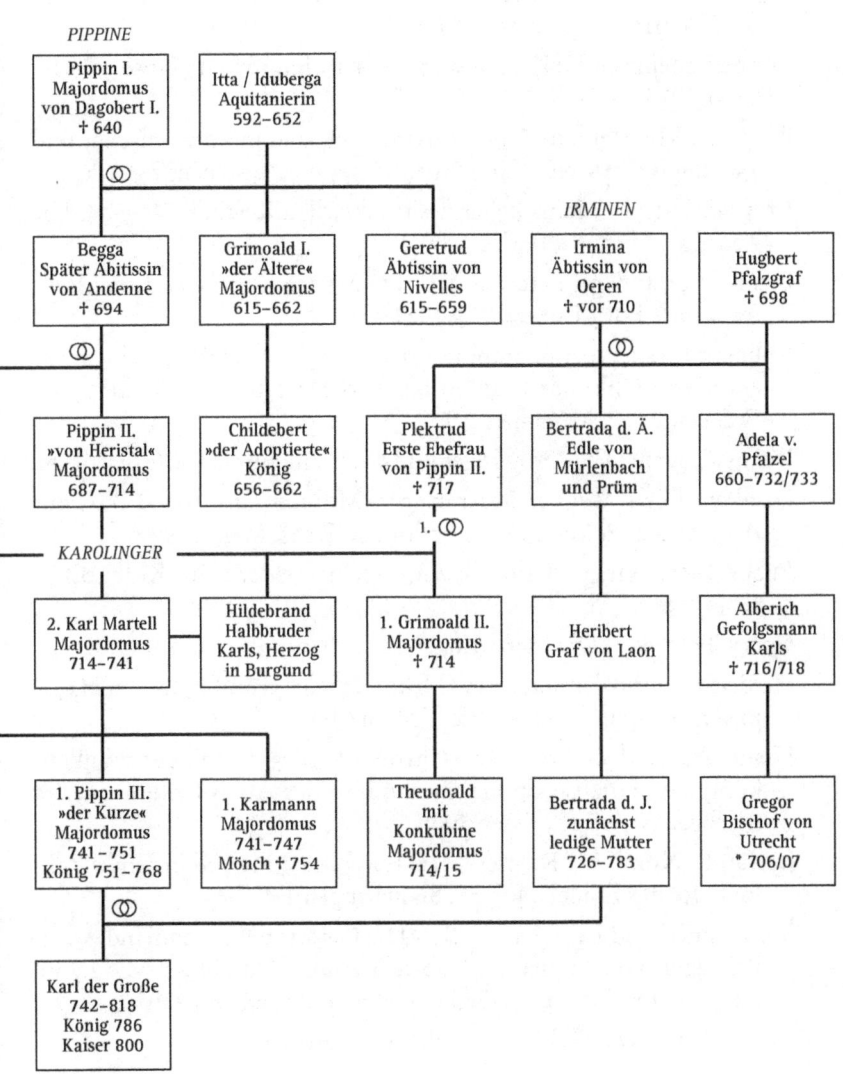

PIPPINE

Pippin I. Majordomus von Dagobert I. † 640	Itta / Iduberga Aquitanierin 592–652		

⊕

IRMINEN

Begga Später Äbtissin von Andenne † 694	Grimoald I. »der Ältere« Majordomus 615–662	Geretrud Äbtissin von Nivelles 615–659	Irmina Äbtissin von Oeren † vor 710	Hugbert Pfalzgraf † 698

⊕ ⊕

Pippin II. »von Heristal« Majordomus 687–714	Childebert »der Adoptierte« König 656–662	Plektrud Erste Ehefrau von Pippin II. † 717	Bertrada d. Ä. Edle von Mürlenbach und Prüm	Adela v. Pfalzel 660–732/733

1. ⊕

KAROLINGER

2. Karl Martell Majordomus 714–741	Hildebrand Halbbruder Karls, Herzog in Burgund	1. Grimoald II. Majordomus † 714	Heribert Graf von Laon	Alberich Gefolgsmann Karls † 716/718

1. Pippin III. »der Kurze« Majordomus 741–751 König 751–768	1. Karlmann Majordomus 741–747 Mönch † 754	Theudoald mit Konkubine Majordomus 714/15	Bertrada d. J. zunächst ledige Mutter 726–783	Gregor Bischof von Utrecht * 706/07

⊕

Karl der Große 742–818 König 786 Kaiser 800

Quellenauswahl

Baiuwaren, Die – Von Severin bis Tassilo 488–788, Begleitbuch zur Ausstellung, Rosenheim/Mattsee 1988

Binding, Günther: Deutsche Königspfalzen – Von Karl dem Großen bis Friedrich II., Darmstadt 1996

Bonnell, Heinrich E.: Die Anfänge des karolingischen Hauses, Berlin 1866/1975

Borgolte, Michael: Die Grafen Alamanniens in merowingischer und karolingischer Zeit – Eine Prosopographie, Sigmaringen 1986

Breysig, Theodor: Jahrbücher des fränkischen Reiches, 714–741: Die Zeit Karl Martells, Berlin 1869/1975

Brimmeyer, Johann Peter: Geschichte der Stadt und der Abtei Echternach, 2 Bde., Luxemburg 1921

Ebling, Horst: Prosopographie der Amtsträger des Merowingerreiches: Von Chlothar II. (613) bis Karl Martell (741), Beihefte der Francia, Bd. 2, München 1974

Ewing, Eugen: Die Merowinger und das Frankenreich, Stuttgart 1988

Franken, Die – Wegbereiter Europas, Museumsausgabe, 2 Bde. zur Ausstellung in Mannheim, Berlin und Paris, Mainz 1996

Fuchs, Peter (Hrsg.): Chronik zur Geschichte der Stadt Köln, Bd. 1, Köln 1990

Geary, Patrick J.: Die Merowinger, München 1996

Heidrich, Ingrid: Titulatur und Urkunden der arnulfingischen Hausmeier, Inaugural-Dissertation, Mainz 1964

Heine, Alexander (Hrsg.): Die Chronik Fredegars und der Frankenkönige/und die Lebensbeschreibungen des Abtes Columban, der Bischöfe Arnulf ff., Essen 1968

Jarnut, J., Nonn, U., Richter, M. (Hrsg.): Karl Martell in seiner Zeit, Beihefte der Francia, Bd. 38, Sigmaringen 1994

Mohammed und Karl der Große – Die Geburt des Abendlandes, mit Beiträgen von Francesco Gabrieli, André Guillou, Bryce Lyon, Jacques Henri Pirenne, Heiko Steuer, Stuttgart und Zürich 1987

Riché, Pierre: Die Welt der Karolinger, Stuttgart 1984

Riché, Pierre: Die Karolinger – Eine Familie formt Europa, München 1991

Schieffer, Rudolf: Die Karolinger, Stuttgart 1992

Stern, Leo/Bartmuß, Hans-Joachim: Deutschland in der Feudalepoche von der Wende des 5./6. Jh. bis zur Mitte des 11. Jh., Berlin 1963

Weidemann, Margarete: Kulturgeschichte der Merowingerzeit nach den Werken Gregor von Tours, 2 Bde., Mainz 1982

Werner, Karl Ferdinand: Adelsfamilien im Umkreis der frühen Karolinger, Sigmaringen 1982

Werner, Matthias: Der Lütticher Raum in frühkarolingischer Zeit/ Veröffentlichungen des Max-Planck-Instituts für Geschichte 62, Göttingen 1980

Mitarbeit und nützliche Hinweise: Astrid Ann Jabusch (Endredaktion), Claudia Mielke, Marcus Olaf Mielke, Annmarei Roth (Köln), Anja Scheer, Christina Kuhn (Lektorat)

Thomas R. P. Mielke
COLONIA
Roman einer Stadt
Broschur, 560 Seiten
ISBN 978-3-89705-599-5

»Spannende Zeitreise durch die 2000 Jahre umfassende Geschichte Kölns.« Rheinische Post

»2000 Jahre Kölner Stadtgeschichte – spannend erzählt und aufbereitet.« Top Magazin Köln

www.emons-verlag.de